Beherrsche die Farben

Roland Rohowsky

Impressum

copyright	Roland Rohowsky

Erschienen im Verlag im Ziegelhaus Ulrich Gohl

Auslieferung an den Buchhandel durch den Verlag

Umschlaggestaltung	Jochen Ehmann
Gestaltung	Roland Rohowsky
Software	Wilhelm Gromöller
Gesamtherstellung	Druckerei Enzig

Printed in Germany

ISBN 3-925440-90-9

Inhaltsverzeichnis

Einleitung

Das ist mein erstes Bridgebuch. Tolle Coups und Tricks werden Sie darin nicht finden, darüber gibt es schon genug gute Bücher. Mir persönlich gefallen nur sehr wenige Bridgebücher. Es werden Spiel- und Reiztechniken erklärt, alle möglichen Konventionen erläutert, die Gedankenwelt, die diesen Erkenntnissen zugrunde liegt, kommt aber nur selten zur Sprache. Bridge ist ein Spiel, in dem der Spieler kreativ sein kann und muß. Dieses Spiel wird niemals jemand wirklich beherrschen. Man kann dieses Spiel nicht lernen, man kann es nur in kleinen Schritten mehr und mehr verstehen - deshalb macht Bridge auch soviel Spaß. Die Gedanken des Spielers und seine Erfahrungswerte sind die Grundlagen für seine Entscheidungen in allen Bereichen dieses Spiels. Mein Ziel ist, Ihr Bridgedenken zu fördern, Ihnen zu zeigen, warum und wieso gute Spieler etwas tun. Dieses Buch ist in einem sehr lockeren und umgangssprachlichen Stil geschrieben. Einige Leser wird das vielleicht stören, da ich aber über meine eigenen Gedanken schreibe, kann und will ich meinen Stil nicht ändern. Ich bin 25 Jahre alt. Warum sollte ich mich verstellen?

Ich möchte mich sehr herzlich bei Wilhelm Gromöller bedanken. Ich habe das Buch in Bamberg geschrieben und er stand mir immer mit Rat und Tat zur Seite. Obwohl wir uns oft über Bridge streiten - vor allem der Streit zwischen 4er Oberfarben, die er mag, und 5er Oberfarben, welche ich stark bevorzuge - ist er der beste Bridge-Lehrer den ich kenne.

Roland Rohowsky

Rotebühlstr. 108

70197 Stuttgart

Tel und FAX: 0711/615 94 89

Vom gleichen Autor:

- Zerberus 1993: Ein 5er-Oberfarbensystem für Turnierspieler

Jeder Bridgespieler kann sein Alleinspiel verbessern!

Der häufigste und unnötigste Fehler im Alleinspiel: Der erste Stich wird viel zu schnell gespielt!

Der Dummy - der Dummy darf nie aktiv ins Spielgeschehen eingreifen. Das automatische Bedienen einer offensichtlichen Zwangskarte im allerersten Stich (Singleton, bzw. klein von 3-2 ...usw) schadet nur dem Alleinspieler, also auch Ihnen selbst. Das Tempo gibt ausschließlich der Alleinspieler an. Er trägt jetzt die ganze Verantwortung - nehmen Sie darauf bitte Rücksicht. Im späteren Spielverlauf dürfen Sie ihre Zwangskarten immer unaufgefordert bedienen.

Der Spielplan - ein Buch mit sieben Siegeln

Kommt Ihnen folgendes bekannt vor:
Wir spielen 4 Pik. Das Ausspiel kommt, und der Dummy breitet seine Schönheiten vor uns aus. Halt, da war etwas. Ja, ja, ich weiß - einen Spielplan soll ich mir machen. Trumpf ist die Seele des Spiels. Aber ich weiß doch viel mehr: Schnappen, schneiden, ducken, hochspielen, eliminieren, endspielen - weiß ich doch, habe ich alles schon gelernt. Ärgerlich, dieser Spielplan läßt mal wieder lange auf sich warten. Bin ich denn blind? 26 Karten sehe ich, meine ganze Streitmacht - schön sortiert. Die Gedanken rasen hin und her. Einen Plan habe ich nicht - dafür aber einen gordischen Bridgeknoten in meinem Kopf. Also gut, ich muß jetzt anfangen, Plan hin, Plan her, ein Drama in 13 Akten ist sowieso viel spannender als so ein langweiliger Plan.

Die Bestandsaufnahme - Basis des Alleinspiels

In jedem Alleinspiel mache ich nach dem Ausspiel erst einmal eine Bestandsaufnahme meiner 26 Karten - das ist noch **kein** Spielplan. Ein Spielplan ist normalerweise ziemlich schwierig - ich fange immer mit den elementaren und einfachen Überlegungen an. Diese Bestandsaufnahme ist eine reine Stoffsammlung. Niemand kann planen, ohne seine Ziele, seine Stärken und Schwächen zu kennen. Aus dieser Bestandsaufnahme entwickelt sich dann der Spielplan. Glauben Sie mir, der Plan fällt Ihnen dann oft regelrecht in den Schoß.

Die Bestandsaufnahme im Sans-Atout

Ich zähle meine todsicheren Schnellstiche. Kombinationen, die ich **jederzeit** in einen Stich umwandeln kann.

Kombinationen denen das As fehlt, sind im Augenblick Null Schnellstiche.
KDB gegenüber 432
Obwohl wir leicht zwei Stiche in dieser Farbe erzielen können, müssen wir erst das Spiel an den Gegner abgeben. Solche Stiche müssen erst **entwickelt** werden.

Wir zählen als Schnellstiche nur geschlossene Sequenzen mit dem
As, König, Dame, Bube ....

Garantierte Längenstiche werden sofort als volle Stiche gezählt.
AKD765 gegenüber 10432
Das sind 6 Schnellstiche. Diese Farbe bringt auch gegen einen 3-0 Stand alle Stiche.

Die Bestandsaufnahme im Sans-Atout

Beispiel 1: 3 SA von Süd - Ausspiel Coeur Bube

♠ DB102 ♥ 8653 ♦ 7 ♣ A543
N S
♠ A ♥ AD ♦ K98542 ♣ KDB2

<u>Schnellstiche:</u>

1 Pik	(As)
2 Coeur	(As und Dame - durch das Ausspiel)
0 Karo	(kein As)
4 Treff	(A, K, D, B)

Ich habe 7 schnelle Stiche. Zwei weitere Stiche muß ich irgendwo entwickeln.

Erst nach dieser Bestandsaufnahme bediene ich ein kleines Coeur vom Dummy.

Zweiter Schritt im Sans-Atout:

- **Wo kann ich mir die fehlenden Stiche entwickeln?**
- **Kann der Gegner mich dann mit seinen Stichen überrollen?**

Die Bestandsaufnahme in einem Farbkontrakt

Ich verwende im Farbspiel zwei verschiedene Bestandsaufnahmen:

1) **unterschiedliche Trumpflängen der beiden Hände**
(5-3, 6-2, 4-3 usw.)

2) **gleiche Trumpflängen der beiden Hände**
(4-4, 5-5, hoffentlich nie 3-3)

Die Bestandsaufnahme mit unterschiedlichen Trumpflängen

Ich zähle die drohenden Verlierer in jeder Farbe, und zwar immer auf der Seite mit den **längeren** Trümpfen. Dabei bin ich immer Pessimist - jeder Schnitt kann ja schiefgehen. Ich setze relativ normale Trumpfstände voraus - bei einem Fit mit 8 Trümpfen also einen 3-2 oder 4-1, aber keinen 5-0 Stand.

Beispiele für Verlierer: Nebenfarbe; die Hand hat die Trumpflänge

Hand	**Tisch**	**Verlierer der Hand (längere Trumpfseite)**
2	A543	Null. Das Single wird durch das As abgedeckt.
5432	A	Drei. Die drei kleinen Karten sind Sorgenkinder.
AD2	543	Zwei. Wir rechnen mit dem Schlimmsten.
D32	B54	Drei. Wenn wir spielen, geht das oft schief.
AB432	5	Vier. Vielleicht können wir einige schnappen.

Die Bestandsaufnahme mit unterschiedlichen Trumpflängen

Beispiel 2: 4 Coeur von Süd - Ausspiel Karo König

♠ K53 ♥ A2 ♦ A942 ♣ B972
N S
♠ A864 ♥ KDB1093 ♦ 876 ♣ --

Verlierer der längeren Trumpfseite (Süd)

2 Pik	Nach As und König bleiben 8 und 6 übrig.
2 Karo	Nach dem As bleiben 8 und 7 übrig.

Ich muß also mit 4 Verlierern rechnen - das wäre nicht nett.

Zweiter Schritt nach dieser ersten Bestandsaufnahme:

- **Welche Verlierer sind unvermeidbar?**
- **Wodurch kann ich einen Verlierer verschwinden lassen?**
- **Kann mich der Gegner mit seinen Stichen überrollen?**

Wie können wir Verlierer vermeiden?

- Durch schnappen mit der **kürzeren** Trumpfseite.
- Durch Abwürfe auf hohe Karten einer Nebenfarbe.
- Durch erfolgreiche Schnitte. Impaß - Expaß - Viel Spaß.

Die Bestandsaufnahme mit gleichen Trumpflängen

Theoretisch ist der 4-4 Fit den unausgeglichenen Fits überlegen. Leider gilt das für die meisten schwachen Verteilungshände nicht. Bei relativ schwachen Verteilungshänden spielt sich ein 6-2 oder 7-1 Fit besser als der ebenfalls vorhandene 4-4 Fit.

Verteidigen Sie nie mit einem 4-4 Fit gegen ein gegnerisches Vollspiel - es kann unvorstellbar bitter enden. Die Bestandsaufnahme bei einem 4-4 Fit ist für mich die schwerste. Verlierer zählen ist meist trügerisch, 4-4 Fits haben oft relativ wenig Verlierer, aber meistens auch viel zu wenig wirkliche Stiche. Bei 4-4 Fits zähle ich die Verlierer aus der Sicht **beider** Hände. Ich versuche, mit einer Mischung aus **Schnellstichen** und **Verlierern**, meinen Kontrakt einzuschätzen. Oft entwickelt sich dadurch eine 'Sans-Atout-geprägte' Grundstrategie:

- **Wo kommen die Stiche her?**

4-4 Fits eignen sich gut für einen **cross-ruff** (Details später).
Durch kreuzweises Schnappen der Verlierer werden zusätzliche Trumpfstiche erzielt.
Haben die beiden Hände Kürzen und relativ wenig sichere Stiche, ist diese Spielweise oft richtig.

Alternative Methode bei einem 4-4 Fit

- Zählen Sie die Verlierer ihrer Hand.
- Sie machen die Bestandsaufnahme wie bei einem unausgeglichenen Fit.
- Diese Methode ist einfacher und führt auch zu guten Ergebnissen.

Beispiel 3: 4 Pik von Süd; Ausspiel Treff König

♠ KD43
♥ A976
♦ 9752
♣ 8

N

S

♠ AB76
♥ 4
♦ A863
♣ AB75

Bei den Verlierern sieht es gut aus, nur 2 oder 3. Bei den wirklichen Stichen sieht es weniger gut aus, ich habe nur 7 Schnellstiche. Das ist bei 4-4 Fits meistens so, also keine Panik!

Zweiter Schritt bei ausgeglichenen Trumpflängen:

- **Wo kann ich die fehlenden Stiche machen?**
- **Kann mich der Gegner mit seinen Stichen überrollen?**

Von der Bestandsaufnahme zum Spielplan

Meine Spielpläne für die Beispiele 1 bis 3 stehen auf den nächsten Seiten.
Versuchen Sie bitte, sich einen Spielplan für die Beispiele 1 bis 3 zu machen.
Den besten Lernerfolg erzielt man durch Aufschreiben seiner ganzen Überlegungen. Die guten Bridgespieler überlegen nicht länger als Sie selbst! Sie haben nur gelernt, sich nur den wichtigen und notwendigen Problemen eines Alleinspiels zu widmen. Gute Alleinspieler wachsen nicht auf Bäumen, man muß sich schon etwas anstrengen. Die Fähigkeiten besitzt jeder Bridgespieler, sonst hätte er schon in der harten Anfangsphase das Handtuch geworfen.
Ganz nebenbei: Dieses Wissen hilft Ihnen immer. Die größte Gefahrenquelle im Bridge - der Partner - ist ja im Augenblick keine Bedrohung mehr. Partner kann man wechseln, schlechtes Alleinspiel ist so treu wie der eigene Schatten.

Meine Behauptung, daß der Partner die größte Gefahrenquelle ist, soll bitte in keiner Weise mißverstanden werden. Bridge ist ein Spiel mit permanenten und oft schwierigen Entscheidungen. Ein aggressiver und ein etwas zurückhaltender Spieler gelten als ideale Kombination. Die Reizung ist für mich oft mit dem Fußballspiel verwandt! Die Mannschaftsteile sind voneinander abhängig. Der weltbeste Stürmer kann ohne ordentliche Vorlagen nicht erfolgreich sein. Erfolgreiche Entscheidungen beim Bridge hängen oft von einer guten Vorlage des Partners ab. Leider ist eine gutgemeinte Vorlage für den Partner oft die schlimmste Falle, er sieht die Situation vielleicht ganz anders als ich.

Oft ist ein Spieler einer Partnerschaft besser als der andere. Mal wieder passiert eine Katastrophe in der Reizung: Vollspiel verpaßt, oder 1100, oder ähnliches. Der gute Spieler schimpft (sollte er nicht, bringt gar nichts) oder er schweigt verständnisvoll (schon besser), denkt aber insgeheim, daß er eigentlich völlig unschuldig ist. Hat der bessere Spieler seinem Partner in der Reizung durch eine, für den nur schwer zu durchschauende, Bietfolge das Leben sehr schwer gemacht, sollte er selbst die Verantwortung für die Katastrophe übernehmen, er ist in diesem Falle derjenige, der den Fehler gemacht hat.

Fehler beim Bridge stehen immer in enger Beziehung zu der Spielstärke des Spielers. Eine schwierige Reizung nicht zu verstehen und dann ein schlechtes Gebot abzugeben, ist für einen schwachen Spieler also kein Fehler. Welcher Tennisspieler spielt schon so gut wie Boris Becker? Es ist doch kein Fehler, den Rückhandschmetterball nicht perfekt plaziert zu haben, oder? Einen für mich leichten Ball zu verschlagen, das ist ein Fehler.

Zu welchen Spielplänen führt die Bestandsaufnahme?

Beispiel 1: 3 SA von Süd - Ausspiel Coeur Bube

♠ DB102 ♥ 8653 ♦ 7 ♣ A543
N S
♠ A ♥ AD ♦ K98542 ♣ KDB2

Zwei weitere Stiche müssen entwickelt werden. Karo ist meine längste Farbe, aber selbst wenn der Expaß zum König gelingt, wäre das nur ein weiterer Stich. Längenstiche in Karo könnte ich mir dann zwar entwikkeln, der Gegner wird aber nicht untätig sein und sich seinerseits seine Längenstiche in Coeur etablieren. Dieses Rennen um die Längenstiche werde ich auch bei einem freundlichen Karostand verlieren. Was kann ich sonst noch machen? Meine kürzeste Farbe - Pik - sieht gar nicht schlecht aus. Singleton As gegenüber DB10x ist sehr entwicklungsfähig. Ich müßte das As entblockieren - zum Tisch kommen und mit der Pik Dame fortsetzen - mit diesem Spielzug wären Bube und 10 in Pik hochgespielt, meine zwei fehlenden Stiche. Aber Moment mal, was nützen mir hochgespielte Karten, wenn ich sie nicht verwerten kann, da ich nie mehr zum Tisch komme? Also brauche ich außer dem Treff As noch einen zweiten Übergang zum Tisch. Glücklicherweise habe ich die Treff 2 in der Hand, meinen Joker. Bei 8 gemeinsamen Treffkarten ist die Chance einer 3-2 Verteilung ca. 68 %, mehr Glück benötigt dieser Kontrakt nicht. Mein Ziel ist also, zweimal mit Treff zum Tisch zu kommen, erst entwickelt man die Piks und dann genießt man die Piks. Wie geht das?

Coeur Bube mitnehmen - Treff König und Treff Dame abziehen - brave Menschen, da beide Gegner bedienen - halt, nicht vergessen, das blockierende Pik As abzuziehen - es fehlt nur noch eine Treffkarte beim Gegner - jetzt folgt Treff Bube, welcher mit dem As übernommen wird! Nun spiele ich die Pik Dame und werfe Karo weg - sollte der Gegner heimtückisch ducken, wird das Spielchen mit dem Pik Buben einfach wiederholt - der Gegner kann mir noch nichts antun und muß mich wieder ans Spiel lassen - durch die sorgfältig bewahrte Treff 2 komme ich dann zum Tisch und ziehe meine entwickelten Pikstiche ab.

Dieses Spiel ist ziemlich schwer - der entscheidende Spielzug - eine Figur unnötig übernehmen, um einen zusätzlichen Übergang zu schaffen, ist oft nützlich.

	♠ DB102 ♥ 8653 ♦ 7 ♣ A543	
♠ K974 ♥ KB1092 ♦ D10 ♣ 97	N W O S	♠ 8653 ♥ 74 ♦ AB63 ♣ 1086
	♠ A ♥ AD ♦ K98542 ♣ KDB2	

Beispiel 2: 4 Coeur von Süd; Ausspiel Karo König

	♠ K53 ♥ A2 ♦ A942 ♣ B972
	N S
	♠ A864 ♥ KDB1093 ♦ 876 ♣ --

Verlierer von Süd (die längere Trumpfseite):

2 Pik. Nach As und König bleiben die zwei kleinen Karten übrig.

2 Karo. Nach dem As bleiben die zwei kleinen Karten übrig.

Gegen die zwei Karoverlierer kann ich nichts tun - **2 im Sinn**. Gegen einen der beiden Pikverlierer kann ich auch nichts tun - **1 im Sinn**. Ich habe demnach **3 unvermeidliche Verlierer**. Ich muß mich also nur auf meinen zweiten Pikverlierer konzentrieren. Wie könnte er verschwinden? Die Piks könnten 3-3 ausfallen - mein viertes Pik wird dann hoch. Die Karos könnten 3-3 ausfallen, wodurch das dreizehnte Karo ein Parkplatz für meinen Verlierer wäre. Ich habe auf der kurzen Trumpfseite weniger Piks als auf der langen Trumpfseite. Die Grundbedingung für einen **sinnvollen** Schnapper ist demnach vorhanden. Nur Schnapper auf der kürzeren Trumpfseite bringen zusätzliche Stiche. Eine Kürze auf der langen Trumpfseite ist ein rein defensiver Wert. Niemals freiwillig mit den langen Trümpfen stechen, außer man kann sich dadurch eine Farbe hochspielen.

Was braucht man für jeden Schnapper?

1) eine Chicane auf einer Seite

2) mindestens eine Karte in dieser Farbe auf der anderen Seite

3) natürlich einen Trumpf

Wie könnte ich Punkt 1) erreichen? Nach dreimaligem Pikspiel hat Nord eine Chicane in Pik. Punkt 2) ist auch in Ordnung, Süd hat ja ein Pik mehr als Nord.

Punkt 3) habe ich auch selbst in der Hand. Ich muß ja nicht Trumpf ziehen, die Gegner können mir auch nicht beide Trümpfe wegspielen.

Was könnte schiefgehen?

a) Der Gegner sticht die zweite Pikrunde. Bei 6 fehlenden Karten ist das sehr unwahrscheinlich. In ca. 84 % der Fälle kann er das nicht. (Nur bei 5-1 oder 6-0 Stand)

b) Der Gegner könnte meinen Trumpf überstechen, bzw. vorstechen. Also brauche ich einen hohen Trumpf. Das Coeur As erfüllt diese Bedingung. Kann ich mir das leisten? KDB109 in Coeur machen mich doch recht zuversichtlich.

Jetzt geht's aber endlich zur Sache: Karo As - Pik König - Pik zum As - Pik aus der Hand - eventuellen Trumpfswitch in der Hand gewinnen - Pikverlierer mit Coeur As stechen -**Vorhang**.

	♠ K32 ♥ A2 ♦ A942 ♣ B972	
♠ B1072 ♥ 87 ♦ KDB3 ♣ D86	N W O S	♠ D9 ♥ 654 ♦ 105 ♣ AK10543
	♠ A864 ♥ KDB1093 ♦ 876 ♣ --	

Beispiel 3: 4 Pik von Süd - Ausspiel Treff König

♠ KD43 ♥ A976 ♦ 9752 ♣ 8
N S
♠ AB76 ♥ 4 ♦ A863 ♣ AB75

Wo nehme ich drei weitere Stiche her? Wie sehen denn die Nebenfarben aus?

Treff Bube? Sehr unwahrscheinlich. Ein Längenstich in Karo? In 68 % aller Fälle klappt das - **1 im Sinn**. Na, dann wohl in Coeur? War nur ein Scherz. Die einzig mögliche Stichquelle scheint die Trumpffarbe zu sein. Wie kann man zusätzliche Trumpfstiche machen? Durch kluge Schnapper! Wie zählt man bei diesem Spielplan am besten seine Stiche?

1) Schnellstiche in den Nebenfarben zählen: **3 Asse**

2) Wieviel Trumpfstiche benötige ich dann noch? **7 Trumpfstiche**

Wie geht das?

Treff As - Coeur As - Coeur klein gestochen - Treff klein gestochen - Coeur klein gestochen - so langsam auch mal Karo As - Treff hoch stechen - Coeur hoch stechen - Treff hoch stechen - das sind schon 9 Stiche - glücklicherweise haben wir noch das Trumpf As - **Vorhang**.

So etwas Einfaches nennt man auch cross-ruff.

Cross-ruff

Wenn wir unsere Verlierer stechen müssen:

- **Nur Trumpf ziehen, wenn dann noch ausreichend Trümpfe verbleiben.**
- **Im Zweifelsfall dann gar nicht Trumpf spielen.**

	♠ KD43 ♥ A976 ♦ 9752 ♣ 8	
♠ 5 ♥ D82 ♦ DB104 ♣ KD1043	N W O S	♠ 10982 ♥ KB1053 ♦ K ♣ 962
	♠ AB76 ♥ 4 ♦ A863 ♣ AB75	

Danke - klein bitte!

Jedes Buch über Spieltechnik behandelt Farbkombinationen für den Alleinspieler. KB10 gegenüber 432 und viele mehr. Dabei wird immer vorausgesetzt, daß der Alleinspieler diese Farbe zuerst spielen muß. Klein zu den Figuren; Impaß und Expaß. Alles schön und gut. Die richtige Spielweise kann sich aber dramatisch ändern, wenn der Gegner diese Farbe zuerst spielt.

Wie behandelt man häufige Kombinationen, wenn der Gegner zum ersten Stich ausspielt?

Wovon wir immer ausgehen:

Gegen einen Farbkontrakt spielt der Gegner nie unter dem As aus.

Na gut, Sie und ich kennen Spieler, die das manchmal tun und damit auch gelegentlich einen Treffer landen. Aber auf Dauer ist das Ausspiel unter dem As gegen Farbkontrakte der sicherste Weg zum Verlust und zu verunsicherten Partnern.

I. Der Gegner spielt eine kleine Karte aus. Der Gegner hat nicht gereizt.

West **Ost (Die Hand) Ausspiel: eine kleine Karte**

AKx **Bxx**

Sans-Atout: zum Buben laufenlassen und drei Stiche gewinnen, wenn der Gegner von der Dame ausgespielt hat.

Trumpf: wenn es keine Möglichkeit gibt diesen Verlierer auf eine andere Farbe loszuwerden, lassen wir ebenfalls zum Buben laufen. Sonst das As.

Bxx **AKx**

Jetzt nehmen wir sofort den Buben. Wenn die Dame hinter ihm steht, hat er sowieso keinen großen Wert mehr. Jetzt oder nie.

West Ost (Die Hand) Ausspiel: eine kleine Karte

ADx Bxx

Immer zum Buben laufenlassen.

ADx 10xx

Sans-Atout: klein bleiben. Hält Süd KB.. machen wir alle, wenn er eine Figur hat, bekommen wir immer zwei Stiche.

Trumpf: Falls wir einen der beiden Verlierer auf eine andere Farbe loswerden, versuchen wir den Schnitt mit der Dame. Sonst auch klein.

ADx 432

Sans-Atout: klein bleiben. Nord wird den Stich gewinnen, und wir behalten zwei Stopper. Wenn der Schnitt sitzt, dann sitzt er später immer noch.

Trumpf: Ohne Abwurf bleiben wir ebenfalls klein. Oft gibt es folgendes Bonbon: Nord legt auf klein den König. Falls er König und 10 hat, ist die Situation für ihn unklar. Dritter Mann so hoch er kann!?

Axx Dxx

Immer zur Dame laufenlassen. So bekommen wir immer zwei Stiche.

Axx B10x

klein bleiben. Wenn Süd eine Figur hat, bekommen wir durch den Schnitt später (Ax - B10) zwei Stiche. / Schnitt

ABx 10xx

Selbes Motiv. Schnitt mit AB - 10x. Man Beachte: Diesen beiden Kombinationen sind aus eigener Kraft fast chancenlos. Deutlich unter 50 % für zwei Stiche. Wenn der Gegner spielt, hat man 75 % auf zwei Stiche. / Schnitt

West — Ost (Die Hand) — Ausspiel: eine kleine Karte

ABx — 9xx

Immer klein. Hat Süd eine Figur und die 10, machen wir mit einem Schnitt später zwei Stiche. Figur + 10 ist doppelt so häufig wie Figur + Figur.

Kxx — Dxx, Bxx, 10xx, xxx, xx, x, --

Immer klein zu den Figuren laufenlassen. Bei den kleinen Karten erhält man sich im Sans den sicheren Stopper und im Farbspiel erhält man den defensiven Wert des Königs. Nord kann diese Farbe nicht weiterspielen, ohne den König hochzuspielen. Er hat im Farbspiel das As!

Kx — Dxx

Sans-Atout: Den König. Falls Süd das As hat, muß er warten, bis Nord durch unsere Dame durchspielen kann. Wenn wir klein bleiben, ist der König danach blank und wäre leichte Beute.

Trumpf: klein bleiben. Entweder Nord nimmt das As und gibt uns zwei Stiche oder er schneidet mit dem Buben oder der 10. Wenn er schneidet haben wir zwar nur einen Stich, aber das Spiel in der Hand.

Kx — Bxx

Immer klein. Wir machen garantiert einen Stich. Den König zu spielen wäre im Farbspiel chancenlos, da das As bei Nord steht. Im Sans-Atout riskieren wir den 100%-igen Stopper. As auf König und dann wird durch den Buben durchgespielt. Nein danke.

West — Ost (Die Hand) — Ausspiel: eine kleine Karte

Kx — 10xx

Sans-Atout: Wir legen den König aus zwei Gründen. Erstens wäre er danach blank und ungeschützt und zweitens ist die Karte in der Hand recht kraftlos. klein bleiben ist nur gut, wenn Süd Dame und Bube, und Nord das As hat.

Trumpf: Wir bleiben klein und hoffen, daß Nord das As von As und Bube spielt. Gegner, denen man wenig Chancen zu Fehlern gibt, machen auch wenig.

KBx — A9x

Immer klein. Den Schnitt zum Buben können wir auch noch machen, nachdem rechts die 10 kam. Hält Süd die 10 oder die Dame, machen wir drei Stiche.

KBx — 9xx

Sans-Atout: klein bleiben. Das ist immer besser wenn die 10 bei Süd ist. Hat dieser Dame und 10, bekommen wir sogar zwei Stiche. Der Bube ist nur richtig, wenn Süd As + Dame ohne die 10 hat.

Trumpf: Ohne Abwurf bleiben wir ebenfalls klein. Wir bekommen nur dann keinen Stich, wenn AD10 hinter dem Tisch sitzt. Falls wir einen Verlierer sicher loswerden, spielen wir den Buben.

DBx — A10

Immer die Dame. Hoffentlich deckt Nord mit dem König.

Regel:

- **Wenn es für Sie gut ist, daß der Gegner eine Figur deckt, dann legen Sie ihm eine möglichst hohe Karte vor. Ideal ist die Figur direkt unter dem gesuchten Opfer. Diese wird am liebsten gedeckt.**

West   Ost (Die Hand)   Ausspiel: eine kleine Karte

DBx   A9x

Wenn wir alle drei Stiche benötigen, ist eine kleine Karte richtig. Man hat Erfolg wenn Süd die 10 und Nord den König hat. Im Sans-Atout kommt es auf die gesamte Hand an. Wenn man z.B. nur an Süd aussteigt, ist ein Bild richtig. Und wenn nicht? Na ja, so genau weiß ich das auch nicht. Learning by doing.

D10x   A9x, K9x, 9x

Immer klein bleiben.

D10x   xxx

Immer die 10. Wir hoffen auf eine Figur + Bube bei Süd.

D10x   Kxx

Im Sans-Atout die 10. Klein bleiben kann zu einem unangenehmen Rathaus führen: 1. Stich: x - x - 9 - König. Wenn Süd dann noch einmal dazu kommt, klein auszuspielen, weiß man nicht, ob er das As oder den Buben hat.

Im Farbspiel ist die Position des Asses bekannt , und deshalb bleiben wir klein. Der Schnitt auf den Buben läuft nicht weg. Das gibt Nord die Möglichkeit, von AB8 oder AB7 uns mit seinem gerngesehenen Buben die Probleme zu lösen.

Dx   xxx

Im Sans-Atout ordern wir die Dame und hoffen auf Lady Luck, die netterweise Süd AKxxx gab. Die Dame hat entweder sofort oder nie eine Chance.

Dx   Axx

Immer die Dame. Entweder diese macht jetzt einen Stich oder nie. Klein bleiben und die Dame blank stellen, macht sie zum leichten Opfer des Königs.

West	Ost (Die Hand) Ausspiel: eine kleine Karte

Dx **A10x**

Die 10 verändert die Situation dramatisch. Nun haben wir drei wichtige Karten welche die zwei hohen Karten der Gegner in den Schwitzkasten nehmen. Wir bleiben klein und zwingen Nord dazu, entweder eine der beiden hohen Karten zu spielen, welche wir mit dem As nehmen, oder uns einen billigen Stich mit der 10 zu geben.

Dx **K10x, Bxx**

Natürlich klein. Immer wenn unsere Figuren eng beinander liegen, übt die Figur in vierter Position mindestens den selben Druck aus wie die Figur in zweiter Position.

Dx **K9x**

Interessant in einem Sans-Kontrakt, in dem Nord bestimmt frühzeitig zu Stich kommt. Dann ist unsere beste Chance, klein zu bleiben. Wir müssen dann hoffen, daß Süd sowohl den Buben als auch die 10 besitzt. Falls wir wahrscheinlich an Süd aussteigen werden, ist die Dame richtig, da dann nicht durch den König durchgespielt werden kann.

D10 **Kxx**

Die 10.

D10 **Ax oder Axx**

Tja, einfach richtig raten. Hat ein Gegner durch eine Eröffnung oder eine Gegenreizung vielleicht etwas mehr Punkte gezeigt?

Dxx **A10x, Kxx, Bxx, 10xx**

Immer klein bleiben.

West Ost (Die Hand) Ausspiel: eine kleine Karte

Dxx xxx

Im Farbspiel immer klein. Manchmal kommt von Nord das As von A10x, ABx.

In einem Sans-Atout-Kontrakt bleibe ich meistens auch klein. Es sieht dann manchmal sehr dumm aus, wenn Süd As + König hat, allerdings ist es häufiger, daß Süd folgendes auf der Hand hält:

KBxxx, ABxxx, K10xxx, A10xxx.

In diesen Fällen hält Nord eine Hochfigur (As/König) und eine Karte, mit der er unsere Dame herausschneiden kann (Bube/10).

Diese beiden Karten hat er blank. Er wird auf klein schneiden und dann seine Hochfigur abziehen. Danach hat er aber keine weitere Karte in der Farbe. Die Farbe blockiert. Süd benötigt einen Einstich in einer anderen Farbe, um seine Länge abziehen zu können.

Wenn man die Dame legt, gewinnt er mit der Hochfigur und spielt die kleine Figur (Bube/10) zurück. Diese kleine Figur kann Süd übernehmen und drei weitere Stiche abziehen.

Ax 109xx

Immer das As! Warum soll man im Sans-Atout nicht ducken?

Frage:

Spielen Sie von KDBx(x) eine kleine Karte aus? Nein, Sie spielen von einer schönen Sequenz eine Figur aus. Also hat Nord mindestens eine höhere Karte als unsere 10. Mit dem As blockiert man die Farbe wenn Süd folgendes hält:

KBxxx Nord:Dx oder DBxxx Nord: Kx oder KDxxx Nord: Bx

Nord gewinnt die zweite Runde dieser Farbe und hat keine kleine Karte mehr. Diesmal benötigt Süd oft zwei Einstiche, um seine Längenstiche zu bekommen.

Wenn wir klein bleiben, gewinnt Nord die erste Runde mit der Figur und spielt die kleine Karte nach. Die Farbe ist bereits hoch, und Süd darf nie wieder dran kommen.

Bx A10x

Unbedingt klein bleiben. Bei verteilten Figuren massakriert man den zweiten Stopper, wenn man den Buben `zum Abschuß freigibt`.

Nord D8x und Süd K9xxx. Nach Bube-Dame-As ist die 10 im Schnitt.

II. Der Gegner spielt eine hohe Figur aus

West | **Ost (Die Hand)** | **II.1 König (zeigt die Dame)**

xxx **ABx**

klein bleiben. Das ist der klassische Bath-Coup. Süd kann die Farbe nicht weiterspielen, ohne uns einen Stich mit dem Buben zu schenken.

Axx **Bxx**

klein bleiben. Wieder der Bath-Coup.

Bxx **Axx**

Diesmal nehmen wir das As. Durch einen Expaß zum Buben können wir später einen weiteren Stich erzielen.

xxx **Axx**

Ohne schnelle Abwürfe ist es auch im Farbspiel gut, das As einmal zu ducken. Entweder der Gegner spielt aus Angst vor dem Bath-Coup die Farbe nicht weiter, oder die Farbe ist 5-2 verteilt und wir haben erfolgreich die Verbindung der Gegner gestört.

xx **Axx**

Falls man den Verlierer am Tisch stechen möchte, ist es richtig, die erste Runde zu ducken. Falls man das As sofort nimmt und die Farbe weiterspielt, muß man erst einen Einstich zur Hand finden, damit der Schnapper realisiert werden kann.

xx **A10xx**

Im Sans-Atout ducken. Falls Süd die Dame (Bube) nachspielt, sichert nochmaliges ducken zwei Stopper in der Farbe.

West Ost (Die Hand) II.2 Dame (zeigt den Buben)

K10x Axx

Mit dem As gewinnen und später den markierten Schnitt zur 10 spielen.

A9x K10x

Diesmal gewinnen wir mit dem König und können dank der 9 schneiden.

Kxx 10xx

klein bleiben. Das ist wie beim Bath-Coup. Süd kann die Farbe nur zu unserem Vorteil fortsetzen.

Kxx xxx

Im Trumpfspiel klein bleiben und auf die nächste Runde ebenfalls klein. Das As steht hinter dem König, und unsere Hoffnung ist, daß es single oder double steht.

Im Sans-Atout ducken wir die erste Runde, müssen aber in der zweiten Runde normalerweise den König versuchen. Süd: ADB10x ?!

Ax 98xx

Im Sans-Atout darf man nicht ducken. Wenn die Farbe 4-3 steht, ist es egal, was wir tun, aber bei einer 5-2 Verteilung hält Nord den Double König und wir blockieren die Farbe nur, wenn wir sofort das As nehmen.

9xxx Ax

Auch hier nehmen wir unser As sofort und hoffen auf eine Blockade.

West Ost (Die Hand) II.3 Bube (zeigt die 10)

D9x Kxx

Immer klein bleiben. Der spätere Schnitt zur 9 bringt den zweiten Stich.

Dx Axx

Immer die Dame. Entweder die Dame ist jetzt wertvoll und gewinnt den Stich, oder sie ist immer wertlos, da der König hinter ihr steht.

Dxx Axx

Diesmal bleiben wir klein und nehmen das As. Die Dame ist immer noch wertvoll, sie wird noch von einer kleinen Karte geschützt. Diese Spielweise ist immer besser, wenn der König rechts steht. Wenn man einen schnellen Stich braucht, da ein unangenehmer Switch droht, spielt man eben sofort die Dame.

Kxx xxx

Immer klein. Im Sans-Atout legt man in der zweiten Runde den König und hofft, daß Süd AB10x hat. Den König sofort einzusetzen, ist schlecht. Nord kann z.B. AD zu dritt haben. Wir machen zwar auch keinen Stich, wenn wir die erste Runde ducken, verhindern aber, daß der Gegner vier schnelle Stiche bekommt. Jetzt können die Gegner durch die Blockade erst einmal nur drei Stiche abziehen. Wenn Nord AD Double hat, sehen wir noch dümmer aus.

Dxx xxx

klein bleiben. Im SA kann es vorkommen, daß Süd AKB10x hält und sich ins Fäustchen lacht. Viel häufiger hat er aber:

B10xxx, AB10xx, KB10xx

In diesen Fällen blockiert die Farbe. Nord hat dann eine Double Figur.

III. Der Partner des Ausspielers hat diese Farbe gereizt

- Bedenken Sie im Farbspiel die Möglichkeit eines Schnappers.
- Man darf nun nicht mehr so sorglos klein bleiben oder schneiden.

West Ost (Die Hand) Ausspiel:x (Nords Farbe)

D10x Kxx

Frage: Wie ist die Farbe verteilt?

Bei Nord wird AB9xx stehen. Was können wir damit anfangen?

- wir bleiben klein: Nord wird mit der 9 unseren König herausfordern. Falls Süd einen Einstich hat, wird er durch D10 durchspielen und das wird dann gar nicht lustig.
- wir legen die Dame: Nord muß sein As nehmen, denn sonst machen wir mit dem König einen weiteren Stich. Nun kann Nord die Farbe nicht vorteilhaft weiterspielen, da er uns sonst die 10 schenkt. Er muß also erst seinen Partner ans Spiel bringen. Falls ihm das gelingt, spielt dieser durch 10x durch und etabliert die Farbe. Nun hat Süd aber keine Karte mehr in dieser Farbe und Nord benötigt einen weiteren Einstich.

Die Dame ist die richtige Karte. Wie man sieht, ist es dann für die Verteidigung viel schwerer, die Farbe hochzuspielen und noch in den Genuß der hochgespielten Karten zu kommen.

K10x Dxx

Genau wie oben. Nur diesmal spielen wir den König.

West **Ost (Die Hand) Ausspiel: x (Nords Farbe)**

Dxx **A9x**

Wie ist diese Farbe verteilt?

Bei Nord wird KB10xx sein. Da die Dame nichts bringen kann, bleiben wir am Tisch klein. Aber welche Karte spielen wir, nachdem von Nord die 10 kommt, von der Hand?

- Das As: Süd braucht nur einen Einstich, um die Farbe ein zweites mal durchzuspielen.
- wir bleiben auch klein: Nord kann die Farbe wieder nicht vorteilhaft weiterspielen und muß den Einstich seines Partners suchen. Selbst wenn ihm das gelingt, benötigt er selbst noch einen weiteren Einstich, da sein Partner keine Karte mehr übrig haben wird.

B10x **Axx**

Diesmal wird Nord KD9xx haben.

Am Tisch klein bleiben ist schwach, da die 9 oder 8 schon das As ziehen würde. Ducken hilft dann auch wenig, da der Gegner seine Farbe sofort hochspielen wird und dann nur noch einen Einstich benötigt, um uns die Längenstiche um die Ohren zu hauen.

Eine Figur ist demnach richtig. Diese wird gedeckt und wir sind wieder gefragt. Sollen wir nehmen oder ducken?

Wer die ersten Beispiele durchgearbeitet hat, wird wohl schon gelangweilt weitergeblättert haben. Für die treuen Leser:

Wir ducken und vermiesen Nord dadurch das Nachspiel der Farbe. Nord muß erst seinen Partner ans Spiel bringen und später selbst noch einen Einstich haben.

West	Ost (Die Hand)	Ausspiel:Figur (Nords Farbe)
Axx	**Bxx**	**Der König wird ausgespielt.**

Wie steht die Farbe?

Nord wird wohl die fünfte oder sechste Dame haben. Wir nehmen also sofort das As und haben mit dem Buben später einen weiteren Stich.

Unter folgenden Bedingungen ist eine kleine Karte richtig:

- Nord hat eine 6er Farbe gezeigt. Süd hat also den Single König!
- Wir spielen Sans-Atout und müssen zweimal aussteigen. Ducken ist jetzt effektiv. Nord braucht drei !!! Einstiche, um seine Farbe hochzuspielen. Wenn wir das As nehmen, genügen ihm zwei Einstiche.

Kxx **10xx** **Die Dame wird ausgespielt.**

Wie steht die Farbe?

Nord hat AB9xx. Wir decken mit dem König und bekommen dann mit der 10 einen Stich. Im Trumpfspiel kann man auch ducken, falls der Schnapper von Süd in der dritten Runde fatal ist. Ducken ist super, wenn Süd nur die Single Dame hat.

Dxx **K9x** **Der Bube wird ausgespielt.**

Wie steht die Farbe?

Nord wird wohl A10xxx haben. Wir decken mit der Dame und können mit K9 zwei weitere Stiche machen.

D9x **Kxx** **Der Bube wird ausgespielt.**

Wieder steht bei Nord A10xxx. Wir decken mit der Dame, und Nord wird sein As nehmen. Nun kann er die Farbe nicht weiterspielen, ohne uns am Tisch die 9 zu schenken.

D9x **Axx oder Kxx** **Die 10 wird ausgespielt.**

Bei Nord wird AB8xx bzw. KB8xx stehen. Es ist das bereits bekannte Motiv. Man deckt am Tisch mit der Dame und verhindert, daß Nord die Farbe vorteilhaft weiterspielen kann. Das As in der Hand wird geduckt.

Das Ausspiel

Als Alleinspieler sollte man sich die ausgespielte Karte sorgfältig betrachten und merken. Fast jeder Gegenspieler spielt korrekt aus, das heiß er spielt korrekt nach den Regeln, die er mit seinem Partner vereinbart hat. Ausspiele im späteren Verlauf sind nicht immer so ehrlich.

Wenn Sie als Alleinspieler nicht immer folgende Informationen parat haben, sind Sie kein besonders sorgfältiger Spieler:

- Wie spielt der Gegner von Sequenzen?
  Manche spielen nämlich nicht die höchste Karte. Oft bedeutet die 10 und die 9, daß er entweder keine oder noch zwei höhere Karten hat.
- Wie spielt der Gegner von einem kleinen Double aus?
  Es wird nämlich immer populärer, die kleinere Karte auszuspielen.

- Wie spielt der Gegner von einer Länge aus?
  Vierthöchste, 3./5. oder 2./4. oder einfach klein vom Bild.

Die Elferregel

Beim Ausspiel der vierthöchsten Karte ermöglicht man dem Partner und dem Alleinspieler, die Karten in dieser Farbe auszurechnen. Man zieht den Wert der ausgespielten Karte von 11 ab (z.B. 11 weniger 6) und erhält die Anzahl der Karten, welche die drei übrigen Spieler in ihrem Blatt höher als die ausgespielte 6 haben. Nun betrachtet man seine eigenen Karten und die Karten des Dummy und kann auszählen, wieviele höhere Karten der vierte Spieler hat.

Ausspiel Coeur 6.

11 - 6 = 5 höhere Karten haben die drei übrigen Spieler.

Tisch: AKB3

Hand: 98

Ich sehe alle 5 höheren Karten. Der rechte Gegner kann nicht über meine 9. Demnach bleibe ich am Tisch klein und gewinne mit der 8. Es winken also vier leichte Stiche. Der Ausspieler hält D10762.

Wie kann man die populären Ausspiele von 3./5. lesen?

Die magische Zahl ist 15.

15 weniger vierthöchste macht 11. Es gilt die Elferregel.

15 weniger dritthöchste macht 12. Es gilt die Zwölferregel.

15 weniger fünfthöchste macht 10.Es gilt die Zehnerregel.

Bei 3./5. rechne ich erst mit 10 und dann mit 12. Oft ist ein Ergebnis unmöglich, und man weiß, ob es die dritt- oder die fünfthöchste Karte ist.

Ausspiel Coeur 8 (3./.5). Wir spielen einen Farbkontrakt.

Tisch: KB5

Hand: 962

10 minus 8 macht 2. Unmöglich, ich sehe bereits 3 höhere Karten.

12 minus 8 macht 4. Drei höhere habe ich selbst. Rechts ist also noch eine höhere Karte. Aber welche?

Spielt der Gegner im Farbspiel unter dem As aus? Wohl kaum. Die eine höhere Karte des rechten Spielers ist genau dieses As. Wir bleiben siegessicher klein am Tisch und erzielen zwei Stiche in der Farbe.

Alleinspiel im Sans-Atout

Zuerst in Ruhe die Bestandsaufnahme machen:

- Schnellstiche zählen.
- Wieviele Stiche müssen noch entwickelt werden?
- Ist der Gegner gefährlich, wenn er dran kommt?
- Welcher Gegner ist gefährlich?

Um von der Bestandsaufnahme zur richtigen Spielweise zu kommen, muß man oft die einfachen Wahrscheinlichkeiten des Bridgespiels kennen.

	gelingt	nicht
Einfacher Schnitt bzw. Expaß	50 %	50 %
Einer von zwei Schnitten	75 %	25 %
Ich habe 8 Karten. Rest fällt 3-2 aus:	68 %	32 %
Ich habe 7 Karten. Rest fällt 3-3 aus:	36 %	64 %
Ich habe 6 Karten. Rest fällt 4-3 aus:	62 %	38 %
Ich habe 9 Karten. Rest fällt 2-2 aus:	41 %	59 %

Regel:

- **Fehlen 4 oder 6 Karten, dann fällt die Farbe selten gleichmäßig aus.**

- **Fehlen 3, 5 oder 7 Karten, dann stehen diese so gleichmäßig wie möglich.**

♠ 32 ♥ AD2 ♦ AKD ♣ AKD32	W O	♠ A4 ♥ 6543 ♦ B10432 ♣ 54

West spielt 3 SA und bekommt Pik Dame als Ausspiel.

Schnellstiche: 1 Pik + 1 Coeur + 3 Karo + 3 Treff = 8 (klingt gut)

Ist der Gegner gefährlich? Oh ja, er droht mit zu vielen Pikstichen.

Uns fehlt nur ein kleiner Stich. Leider hat der Gegner den einzigen Einstich des Dummy gekillt, und wir können mit den fünf Karos nichts mehr anfangen.

Wie sollen wir spielen?

In Treff fehlen 6 Karten. Fallen diese 3-3 aus, machen wir zwei Längenstiche in Treff. Der 3-3 Stand hat aber nur 36 %.

In Coeur können wir einen einfachen Schnitt zur Dame spielen. Der Schnitt gelingt zu 50 %.

Wie man erkennt, ist der Schnitt die bessere Chance.

Variante 1 3 SA und die Pik Dame wird ausgespielt

♠ 32 ♥ AD2 ♦ AK2 ♣ AKD32	W O	♠ A4 ♥ 6543 ♦ 76543 ♣ 54

Nun haben wir einen Schnellstich weniger. Die Karo Dame ist weg.

Müssen wir unsere Spielweise ändern? (Der Coeur-Impaß)

Unbedingt! Mit 7 Schnellstichen fehlen uns zwei Stiche. Der Coeurimpaß bringt höchstens einen Stich. Diesmal müssen wir auf Treff 3-3 hoffen.

Variante 2 3 SA und die Pik Dame wird ausgespielt

W		O
♠ 32		♠ A4
♥ AD2	W O	♥ B1043
♦ A32		♦ K7654
♣ AKD32		♣ 54

Diemal können wir unsere Chancen kombinieren. Das bedeutet, daß man von zwei oder mehr Möglichkeiten erst eine testen kann, und falls diese nicht gelingt, noch eine weitere Chance hat.

Sowohl der Coeurimpaß als auch Treff 3-3 würden uns zwei Stiche bringen. Da wir in Karo einen Einstich haben, kann der Impaß warten.

Wir testen erst Treff und wenn die nicht ausfallen, gehen wir mit Karo König zum Tisch und legen den Coeur Bube vor. Insgesamt hat das Spiel eine Chance von 68 %. Treff 3-3 hat 36 % und in den erfolglosen 64 Fällen gewinnen wir die Hälfte der Coeurschnitte. Macht 32. Diese 32 % kommen zu den 36 % dazu.

Variante 3 3 SA und die Pik Dame wird ausgespielt

W		O
♠ 32		♠ A4
♥ AD92	W O	♥ B103
♦ A32		♦ KB1054
♣ AK32		♣ 654

Ohne die Treff Dame muß unser Glück in einer roten Farbe liegen. Jeder erfolgreiche Schnitt bringt die 3 fehlenden Stiche. Auch diesmal können wir unsere Chancen kombinieren:

Wir ziehen Karo As und König ab. Wenn die Dame fällt, ist alles gut und wenn nicht, bleibt immer noch der Coeurimpaß. Das bei 5 fehlenden Karten die Dame Single oder Double fällt hat ca. 33 %. Von den übrigen 67 % gewinnt die Hälfte mit Impaß, also ca. 33 %. Insgesamt ergibt das eine Chance von mehr als 66 %.

Alleinspiel im Sans-Atout

Ducken der ausgespielten Farbe

Welches Ziel hat man dabei?

- Wir wollen die Verbindung der Gegner in dieser Farbe zerstören.

	Dummy	
	54	
KDB76		1098
	Wir	
	A32	

Der König wird ausgespielt. Wenn wir sofort das As nehmen, kann der rechte Gegner seinen Partner mittels einer kleinen Karte noch erreichen. Einmal ducken hilft auch nicht. Der rechte Gegner hat immer noch eine Karte übrig. Wenn wir aber zweimal ducken, haben wir ihm alle Karten der Farbe weggenommen, und er kann diese nicht mehr spielen, sollte er im Spielverlauf an den Stich kommen.

- **Mit 5 gemeinsamen Karten zweimal ducken!**

	Dummy	
	854	
KDB76		109
	Wir	
	A32	

Diesmal erreichen wir das Ziel schon mit einem Duckmanöver.

- **Mit 6 gemeinsamen Karten einmal ducken!**
- **Mit 7 gemeinsamen Karten müssen wir gar nicht ducken.**

Alleinspiel im Sans-Atout

Ducken der ausgespielten Farbe

Wenn bereits eine Viererlänge des Gegners eine Gefahr darstellt, ducken wir mit 6 Karten zweimal und mit 7 Karten einmal.

Wann ducken wir niemals?

- Ducken kostet uns einen Stich.

Dummy: 54 Wir: K32

Eine kleine Karte kommt heraus und die dritte Hand spielt die Dame.

Wenn wir ducken, wird unser König herausgeschnitten. No fun.

- Eine andere Farbe ist für uns noch viel gefährlicher.

Nebenfarbe: 654 gegenüber B32

Schnell mitnehmen und dankbar sein, daß die Nebenfarbe nicht ausgespielt wurde.

Ducken von eigenen Farben

Welches Ziel hat man?

- Wir wollen die Verbindung unserer beiden Hände bewahren. Oft hat man nicht genug Übergänge und muß höllisch aufpassen, wann man den Übergang nutzt.

Wir	Dummy	(Dummy hat keinen weiteren Einstich)	
32	AK7654	Erste Runde ducken.	68 % für 3-2 Stand.
432	A8765	Zweimal ducken.	68 % für 3-2 Stand.
32	AKD54	Wenn 4 Stiche reichen, ducken wir einmal.	
		Der 3-3 Stand hat ja nur 36 %.	
432	AK8765	Wenn 5 Stiche reichen ducken wir einmal.	
		Der 2-2 Stand hat nur 41 %.	
32	AD7654	Erste Runde ducken und dann den Schnitt.	
		Gibt es keine bessere Chance als diese Farbe?	
		Es sind nur 50 % von 68 % = 34 %	

Alleinspiel im Sans-Atout

Avoidance Play (to avoid = verhindern)

West		Ost
♠ A32	W O	♠ 54
♥ K2		♥ A543
♦ KB1032		♦ A94
♣ K32		♣ A654

Nord spielt Pik König gegen 3 Sans-Atout aus. Wir ducken die beiden ersten Pikrunden lässig ab. Gelernt ist gelernt!

Der gefährliche Gegner ist Nord. Er wird normalerweise die Piklänge haben. Um auf 9 Stiche zu kommen, muß die Karofarbe entwickelt werden. Dabei darf Nord nicht in Karo dran kommen.

Wir legen aus der Hand den Buben vor und lassen ihn laufen. Wenn Süd die Dame hat, ist das kein Beinbruch. Falls er noch ein Pik hat, steht die Farbe 4-4 und wir verlieren nur 3 Pik und die Karo Dame. Zuerst den Karo König abziehen ist riskant, da Nord Dxxx halten kann und in der vierten Runde mit der Dame dran kommt.

Wir Dummy (Nord darf nicht an den Stich kommen)

AB432 **K95**

Ein tiefer Schnitt zur 9 mit der Überzeugung, daß er verliert, da Nord mit D10x die 10 spielen könnte. Gegen jeden normalen Stand machen wir 4 Stiche. Legt Nord aber die 10, nehmen wir den König und spielen zum As. Nord kommt nur mit D10x ans Spiel.

AD432 **K9**

Wieder ein hoffnungsloser Schnitt zur 9. Nord bleibt aus dem Spiel, wenn er nicht gerade B10xx hat.

AK432 **765**

Zweimal klein vom Tisch spielen. Legt Süd dabei einmal die Dame, wird geduckt. Auf klein kommt das As, und wir wiederholen das Manöver. Nur mit der dritten Dame hat Nord eine Chance.

Alleinspiel im Sans-Atout

Timing - Welche Stiche zuerst entwickeln?

Falls wir Stiche in zwei Farben entwickeln müssen, ist die Reihenfolge oft entscheidend.

W		O
♠ AB2		♠ K
♥ B32	W O	♥ A1054
♦ AD2		♦ B103
♣ KD32		♣ B10954

3 SA und Nord hat Pik ausgespielt.

Wir zählen Schnellstiche: 2 Pik + 1 Coeur + 1 Karo und 0 Treff = 4

In Treff können wir sicher 4 Stiche entwickeln. Der normale Reflex geht zu Treff. Allerdings wissen wir, daß uns diese 4 Treffstiche noch nicht reichen. Wir müssen noch einen weiteren Stich in Karo entwickeln.

Wer ist der gefährliche Gegner? Nord, da er wohl die Piklänge hat?

Nein, es ist im Augenblick Süd. Wir haben noch Pik AB und Nord würde uns in die Gabel spielen. Süd würde leider durch die Gabel hindurch spielen. Es wird sofort der Karoschnitt gemacht. Wenn Nord gewinnt und Coeur durchspielt, nehmen wir sofort das As und entwickeln die Treffs. Die Gegner machen höchstens: Karo König, Treff As und Coeur Mariage.

W		O
♠ AD2		♠ 43
♥ KD2	W O	♥ B43
♦ D432		♦ AB109
♣ AK2		♣ 6543

3 SA von West. Das Pik Ausspiel gewinnt unsere Dame.

Wir sollten erst Coeur spielen. Beim Karoimpaß könnte später nur der ungefährliche Südspieler drankommen. Die gegnerische Pik Fortsetzung ducken wir einmal. Wenn Süd später mit Karo König ans Spiel kommt, hat er kein Pik mehr bzw. die Piks sind 4-4 verteilt.

Alleinspiel im Farbkontrakt

Stiche durch Schnapper

♠ AKD32 ♥ 2 ♦ 2 ♣ --	W O	♠ B54 ♥ A43 ♦ A ♣ --

Pik ist Trumpf.

Ist es sinnvoll, die zwei kleinen Coeurs zu schnappen?

Nein, wenn wir Trumpf ziehen, bekommen wir die selben 6 Stiche.

- **Schnappen mit der Trumpflänge bringt nur selten zusätzliche Stiche. Meistens schwächt man seine Trumpflänge und verliert vielleicht dadurch die Kontrolle über das Spiel.**

♠ AKD109 ♥ A32 ♦ -- ♣ --	W O	♠ B87 ♥ 4 ♦ 432 ♣ 2

Ist es sinnvoll, die zwei kleinen Coeurs zu schnappen?

Und ob! Coeur As und Coeur gestochen. Mit einem Schnapper in die Hand und wieder Coeur stechen.

Wir machen: 5 Trümpfe der Hand + Coeur As + 2 Schnapper = 8 Stiche

Wenn wir Trumpf ziehen, verlieren wir die beiden kleinen Coeurs.

- **Durch Schnapper mit der Trumpfkürze gewinnen wir zusätzliche Trumpfstiche.**

Wann sind Schnapper mit der Trumpflänge gut?

- Wenn wir damit eine Nebenfarbe hochspielen. Das ist oft gut.
- Wenn wir einen Dummy Reverse spielen.
- Bei einem cross-ruff.

Cross-ruff

West		Ost
♠ KDB2	W O	♠ A1093
♥ 2		♥ A6543
♦ A6543		♦ 2
♣ K32		♣ A54

Nord spielt die Treff Dame gegen 4 Pik aus.

Bestandsaufnahme dieses 4-4 Fits:

Schnellstiche: 4 Pik + 1 Coeur + 1 Karo + 2 Treff = 8

Verlierer beider Hände: Nur 1 Treff.

Das ist typisch für 4-4 Fits. Wenig Verlierer, aber nicht ausreichend wirkliche Stiche.

Wir haben Kürzen auf beiden Seiten und keine tolle Nebenfarbe. Die gesuchten Stiche können nur aus der Trumpffarbe kommen.

Treff As und Treff König abziehen (Warum folgt später). Dann ziehen wir die beiden Asse ab und jetzt geht's los. Coeurschnapper - Karoschnapper-Coeurschnapper-Karoschnapper und so weiter. Wenn sich der Rauch verzogen hat, schreiben wir uns 2 Überstiche auf:

4 Stiche in den Nebenfarben + 4 Karoschnapper +4 Coeurschnapper.

Warum soll man die zwei Treffstiche sofort kassieren?

Im Verlauf der Schnapperei werden einem Gegner ebenfalls die Coeurs bzw. die Karos ausgehen. Da er nicht bedienen kann, wirft er vielleicht sein letztes Treff ab und sticht später unser zweites Treffbild.

Nord		Süd
♠ 4	N S	♠ 8765
♥ KB987		♥ D10
♦ B7		♦ KD1098
♣ DB1076		♣ 98

- **Bevor wir hin- und herschnappen, ziehen wir die Stiche in den Nebenfarben ab.**

Dummy Reverse

West		Ost
♠ AD932		♠ KB10
♥ 432	W O	♥ AK5
♦ 2		♦ A543
♣ 5432		♣ A76

4 Pik von West und Nord spielt einen kleinen Trumpf aus.
Verlierer der langen Trumpfseite (West): 1 Coeur + 3 Treff = 4
Durch den Angriff kann der Gegner wahrscheinlich einen Treffschnapper am Dummy verhindern. Wie machen wir unseren Kontrakt, ohne auf Treff 3-3 bauen zu müssen?
Zählen wir einmal die Verlierer von Ost aus gesehen:
1 Coeur + 3 Karo + 2 Treff = 6! Hoppla, das war wohl nix. Und ob das was ist. Die drei Karoverlierer können doch alle geschnappt werden. Mit den Übergängen gibt es diesmal auch keine Probleme.
An den Übergängen scheitern die meisten Dummy Reverse Abspiele.
Trumpf in der Hand gewinnen. Karo As und Karoschnapper, Coeur As und Karoschnapper, Coeur König und Karoschnapper mit dem As.
Jetzt haben wir alle Karoverlierer geschnappt und ziehen Trumpf.
4 Stiche in den Nebenfarben + 3 Karoschnapper + 3 Trumpfstiche am Tisch. Wir haben uns mühsam einen sechsten Trumpfstich erkämpft.

Diese Spielweise ist selten gut. Es müssen viele Faktoren zusammen kommen:

- Ein Schnapper mit der Trumpfkürze ist unmöglich oder kann vom Gegner verhindert werden.
- Die Trumpfkürze besteht aus echter Qualität, da man mit den kurzen Trümpfen die gegnerischen Trümpfe ziehen muß.
- Es müssen genug Übergänge vorhanden sein.

Dummy Reverse sieht aus wie ein einseitiger cross-ruff der Trumpflänge.

Loser on Loser

Das Abwerfen eines Verlierers auf eine andere Farbe, in der der Gegner den Stich machen wird. Diese Technik kann in vielen Situationen nützlich sein.

- Um einen Stich in der gespielten Farbe zu entwickeln:

West		Ost
♠ AKD432		♠ B1065
♥ 2	W O	♥ DB3
♦ A32		♦ 654
♣ A32		♣ K54

4 Pik von West. Nord spielt Coeur As und dann Karo. Die Trümpfe ziehen und auf die Coeur Dame einen Karoverlierer abwerfen. Auf den hohen Coeur Buben werden wir den Treffverlierer los.

- Um einen sicheren Schnapper am Dummy zu machen:

West		Ost
♠ AKDB109		♠ 432
♥ 2	W O	♥ A6543
♦ 432		♦ 65
♣ K32		♣ A54

4 Pik von West. Nord hat Karo gereizt und spielt den König aus. Süd übernimmt mit dem As und es folgen zwei weitere Runden Karo. Da Süd den Dummy überschnappen würde, schnappen wir nicht, sondern werfen einen Treffloser weg. Der Treffschnapper ist der 10. Stich.

Das war nur die Spitze des Eisbergs. Loser on Loser ist eine wichtige Spieltechnik, denn sie kommt in der Praxis auch häufig vor.

Endspiele - Gib dem Zufall keine Chance!

Süd spielt 6 Coeur. West spielt die Pik Dame aus.

♠ 543
♥ B976
♦ AD92
♣ D2

N

S

♠ A
♥ AKD432
♦ 876
♣ AK3

Es drohen 2 Verlierer in Karo.
Neulich im Club: Ich habe in Pik eine As-Dame Gabel und mein linker Gegner, Fred Feuerstein, ist gerade am Stich. Was habe ich mir wohl gewünscht? "Komm schon Fred, laß dir raten, spiele Spaten"
Es bringt angenehme Ruhe ins Spiel, wenn der Gegner von hinten in eine Gabel spielt.

Wie kann man in diesem Spiel Ost zwingen, in die Karo Gabel zu spielen?
1. Schritt: Ost darf keine andere Farbe spielen können, ohne uns einen Stich zu schenken. Das nennt man Elimination. Wenn Ost am Stich ist, dürfen unsere Hände nur noch aus Trumpf und Karo bestehen. Mit einer schwarzen Farbe würde er in die Doppelchicane spielen.

Endspiele - Gib dem Zufall keine Chance!

1. Schritt: Wir eliminieren die schwarzen Farben.

Zuerst wird Trumpf gezogen. Es folgt Treff Dame und dann schnappen wir ein Pik in der Hand. Auf das zweite Treffbild verschwindet das letzte Pik vom Tisch. Es sind noch folgende Karten übrig:

N	♠ -- ♥ B9 ♦ AD92 ♣ --
S	♠ -- ♥ D43 ♦ 876 ♣ --

2. Schritt: Die kritische Farbe wird gespielt.

Süd spielt Karo und wartet was West spielt. Kommt eine kleine Karte zum Vorschein, legen wir die 9. Ost nimmt mit der 10 und ist Schachmatt. `You can`t beat the feeling` und eine PEPSI bitte.

Spielt West Karo Bube oder 10, decken wir mit der Dame. Ost seufzt.

- **Reichlich Trümpfe auf beiden Seiten und eine kritische Nebenfarbe. Damit ist oft ein Endspiel möglich.**

	♠ 543 ♥ B976 ♦ AD92 ♣ D2	
♠ DB102 ♥ 85 ♦ B43 ♣ 10987	N W O S	♠ K9876 ♥ 10 ♦ K105 ♣ B654
	♠ A ♥ AKD432 ♦ 876 ♣ AK3	

Übungsaufgaben
Bestandsaufnahme und Spielplan

Die Übungshände haben unterschiedliche Schwierigkeitsgrade:

* relativ leicht

** machbar

*** es wird schon schwierig

**** richtig knifflig

Können Sie Ihre Spielweise auch begründen?

1) **3 Sans-Atout von West. Ausspiel: kleines Coeur**
Level **

West		Ost
♠ DB32		♠ 654
♥ AB3	W O	♥ 104
♦ 32		♦ AK7654
♣ AKD2		♣ 43

2) **4 Pik von West. Ausspiel: Karo As**
Nord spielt klein Coeur zu Süds As,
Süd spielt klein Coeur zurück
Level *

West		Ost
♠ DB102		♠ AK43
♥ 2	W O	♥ KD1054
♦ D32		♦ 54
♣ AD1092		♣ KB

3) **4 Pik von West. Ausspiel: Treff Dame**

Level ***

W		O
♠ AD932		♠ KB54
♥ 432	W O	♥ KB95
♦ B32		♦ KD4
♣ K2		♣ A3

4) **3 Sans-Atout von West. Ausspiel: Coeur König**

Level **

W		O
♠ AK2		♠ 543
♥ A32	W O	♥ 104
♦ B9		♦ AK1082
♣ A5432		♣ K76

5) **3 Sans-Atout von West. Ausspiel: Karo 5**

Level ***

W		O
♠ A1092		♠ 543
♥ D2	W O	♥ KB1093
♦ A108		♦ D76
♣ AKDB		♣ 32

6) **4 Coeur von West. Ausspiel: Karo König**

Level ***

W		O
♠ 5432		♠ AK6
♥ ADB982	W O	♥ K10
♦ B2		♦ A543
♣ 2		♣ B543

7) **5 Karo von West. Ausspiel: Coeur Dame**
Level ***

W	O
♠ AD2	♠ 43
♥ 2	♥ A3
♦ AB1032	♦ D98654
♣ DB32	♣ K104

8) **7 Pik von West. Ausspiel:CoeurKönig (Süd C-Bube)**
Level **

W	O
♠ AKB73	♠ D1092
♥ A5432	♥ 6
♦ 32	♦ A654
♣ 2	♣ AK43

9) **4 Pik von West. Ausspiel: Coeur Dame**
Level ****

W	O
♠ AKD5432	♠ B108
♥ 32	♥ K54
♦ 432	♦ AB105
♣ 2	♣ A43

10) **4 Coeur von West. Ausspiel: Pik As und kleines Treff**
Level **

W	O
♠ 2	♠ DB3
♥ KDB9876	♥ A32
♦ AD2	♦ 543
♣ 32	♣ A654

11) 3 SA von West nach einer 1 Pik Eröffnung von Süd

Ausspiel: Pik 9

Level ****

W		O
♠ AK2		♠ 43
♥ A2	W O	♥ K3
♦ DB982		♦ A1073
♣ KB2		♣ D8543

12) 4 Pik von West. Ausspiel: Pik Bube

Level ****

W		O
♠ 8432		♠ AKD5
♥ K2	W O	♥ 43
♦ 1032		♦ AB4
♣ A432		♣ KD105

13) 4 Pik von West. Nord hatte 1 Coeur eröffnet

Ausspiel: Coeur As gefolgt von Karo 9

Level ****

W		O
♠ AKD5432		♠ B108
♥ 9	W O	♥ D1082
♦ B2		♦ A43
♣ AD2		♣ 543

14) 3 Sans-Atout von West. Ausspiel: Coeur Dame

Level ****

W		O
♠ KD32		♠ 654
♥ AK2	W O	♥ 543
♦ A1092		♦ B83
♣ 32		♣ AKB10

15) 4 Coeur von West. Nord spielt Karo A-K-D
Wir schnappen mit Coeur 7 und Süd bedient Karo
Level **

West		Ost
♠ A2	W O	♠ B543
♥ AB103		♥ K762
♦ B32		♦ 54
♣ AKDB		♣ 432

16) 3 Sans-Atout von West. Ausspiel: Treff Dame
Level **

West		Ost
♠ AK2	W O	♠ 543
♥ AK32		♥ 54
♦ 432		♦ A10985
♣ A32		♣ K54

17) 4 Coeur. Ausspiel: Karo, mit dem König gewonnen.
Auf Coeur wirft Süd ein Treff ab (oh je)
Level **

West		Ost
♠ A	W O	♠ 65432
♥ AK9832		♥ 654
♦ 432		♦ AK5
♣ KDB		♣ 32

18) 3 SA. Ausspiel: Treff 3. Süd legt auf klein die 9
Level ***

West		Ost
♠ B432	W O	♠ AK
♥ ADB		♥ K32
♦ KB32		♦ D654
♣ A4		♣ 10765

19) 4 Coeur. Ausspiel: Treff König

Level **

W	O
♠ 2	♠ ADB10
♥ AKB92	♥ D1083
♦ K32	♦ 654
♣ B432	♣ A5

20) 6 Coeur von West. Ausspiel: Coeur-Bube

Wir müssen dreimal Trumpf ziehen. Nord hat ein Single. Auf Karo As und König bedient Nord nur einmal. Noch ein Single.

Wie kann man gegen diese schreckliche Verteilung gewinnen?

Level ***

W	O
♠ AK2	♠ D103
♥ AKD986	♥ 732
♦ AK32	♦ B754
♣ --	♣ KD2

Lösungen der Übungsaufgaben

1) 3 Sans-Atout von West. Ausspiel: kleines Coeur.
Level *

West		Ost
♠ DB32		♠ 654
♥ AB3	W O	♥ 104
♦ 32		♦ AK7654
♣ AKD2		♣ 43

Schnellstiche: 0 Pik + 1 Coeur + 2 Karo + 3 Treff = 6
Wo kann ich die fehlenden Stiche entwickeln?
Wie gefährlich ist der Gegner, falls er drankommt?
Ich muß mir also noch 3 Stiche entwickeln. Die einzige Möglichkeit, soviel Stiche zu entwickeln, liegt in der Karofarbe. Ich will mir in Karo **Längenstiche** entwickeln. Leider muß ich den Gegner dabei immer in Karo zu Stich kommen lassen. Ist das ein Problem? Nein, ich habe in Coeur einen sicheren Doppelstopper.
Hürde 1: unbedingt ein kleines Coeur am Tisch legen, sonst kann sich mein schöner Doppelstopper in Rauch auflösen. Probieren Sie, was nach Coeur 10 - gedeckt von der Dame - passiert.
Hürde 2: Ich habe außer Karo As und Karo König keinen sicheren Übergang zum Tisch. Ich will die entwickelten Karostiche aber unbedingt wieder erreichen. Mein einziger Übergang liegt demnach in der Karofarbe. In dem Moment, in dem die Längenstiche entwickelt sind, muß ich also noch ein kleines Karo in der Hand haben. Einen Karostich muß ich ja immer abgeben. Um ein kleines Karo für den Galaabend parat zu haben, muß ich den allerersten Karostich an den Gegner abgeben.

Abspiel:

Klein Coeur vom Tisch - kommt bei Süd eine Figur, ducke ich schlau?! Nein, nein, man duckt nie, wenn man damit Stiche wegwirft - also mitnehmen.Jetzt kommt kleines Karo, ich ducke, jetzt ist es schlau - egal wie clever der Gegner ist, er kann jetzt nur 4 Stiche abziehen
(2 Pik, 1 Coeur und den Karostich) - ich komme wieder dran und fahre die Ernte ein - sollten die Karos nicht 3-2 verteilt sein, werde ich zähneknirschend zweimal fallen, dagegen kann ich mich in diesem Spiel aber nicht schützen.

	♠ A1087 ♥ K9752 ♦ 98 ♣ 65	
♠ DB32 ♥ AB3 ♦ 32 ♣ AKD2	N W O S	♠ 654 ♥ 104 ♦ AK7654 ♣ 43
	♠ K9 ♥ D86 ♦ DB10 ♣ B10987	

2) 4 Pik von West - Ausspiel: Karo As.
Nord spielt Coeur 3 zu Süds As und Süd spielt klein Coeur zurück. Level *

West		Ost
♠ DB102	W O	♠ AK43
♥ 2		♥ KD1054
♦ D32		♦ 54
♣ AD1092		♣ KB

Verlierer: 0 Pik + 1 Coeur + 2 Karo + 0 Treff = 3

Schnellstiche: 4 in Pik und 5 in Treff, der Gegner hat mir gerade geholfen einen Coeurstich zu entwickeln, also auch noch einen Stich in Coeur. Nur 3 Verlierer und stolze 10 Schnellstiche. Was ist faul im Staate Dänemark? Wieso spielen die Gegner so eifrig meine schicke Coeurfarbe? Ding, Dong, endlich höre ich die Alarmglocke - Schnapperalarm! Da sollten wir doch einen Riegel vorschieben und **selber mit der Pik Dame vorstechen**, das kann nie schaden. Dann ziehen wir die gegnerischen Trümpfe bis zum letzten Mohikaner. Alle Trümpfe weg, jetzt werden die hohen Stiche abgespielt. Erst die Coeur Dame - dann den Treff König - dann übernehme ich den Treff Buben mit der Dame und spiele die restlichen Treffs von oben. Ich mache also folgende Stiche: einen Coeurschnapper mit der Pik Dame, vier Trumpfstiche mit B, 10 und A, K, die hohe Coeurfigur und fünf Treffstiche. Nach Adam Riese macht das 11.

	♠ 8765	
	♥ 3	
	♦ AKB87	
	♣ 654	
♠ DB102	N	♠ AK43
♥ 2	W O	♥ KD1054
♦ D32	S	♦ 54
♣ AD1092		♣ KB
	♠ 9	
	♥ AB9876	
	♦ 1096	
	♣ 873	

3) 4 Pik von West. Ausspiel: Treff Dame

Level ****

West		Ost
♠ AD932	W O	♠ KB54
♥ 432		♥ KB95
♦ B32		♦ KD4
♣ K2		♣ A3

Verlierer der längeren Trumpfseite (West):

0 Pik + 3 Coeur (so sieht echter Pessimismus aus) + 1 Karo = 4

Welche Verlierer sind unvermeidlich? Die beiden Asse sind unvermeidlich. Die beiden anderen Coeurverlierer könnten durch günstigen Kartenstand verschwinden. Na, dann los: Trümpfe ziehen und hier und da ein bißchen in Coeur schneiden, was soll's? Unzufrieden mit diesem Plan, schaue ich noch etwas genauer hin. Reichlich Trümpfe auf beiden Seiten, stabile Kombinationen in zwei Nebenfarben, nur eine kritische Farbe, in der ich auf einen günstigen Kartenstand angewiesen bin. Alles Merkmale für ein mögliches Endspiel. Ich will also erst dann in Coeur schneiden, wenn der Gegner nur noch hilfreiche Farben zurückspielen kann. Was ist denn hilfreich? Er spielt in eine Gabelposition hinein

(hier ist das Coeur). Wenn Süd Coeur ausspielt, haben wir einen sicheren Stich, oder er spielt in eine Doppelchicane, eine Nebenfarbe, die weder ich noch der Dummy besitzen. Wenn ich dann noch Trümpfe auf beiden Seiten habe, kann ich auf einer Seite schnappen und auf der anderen etwas abwerfen. Um dieses hilfreiche Rückspiel zu erzwingen, muß ich die Stiche in den stabilen Nebenfarben zuerst weggespielt haben, damit ich in diesen Farben jeweils keine Karte mehr in der Hand und auf dem Tisch besitze, also eine Doppelchicane.

Abspiel: Treff As - Trümpfe ziehen (nehmen wir an, daß ich drei Runden ziehen muß) - jetzt kommt Karo König - wenn Süd das Karo As hat, ist der Kontrakt schon gewonnen - ich ziehe dann meine Nebenfarbenstiche ab, wobei ich den letzten Stich in der Hand gewinne (ich will ja zu den Coeurs hinspielen) - klein Coeur zur 9 oder Bube - Pech gehabt, Süd nimmt die 10 bzw. die Dame - was soll Süd jetzt spielen? Spielt er Coeur, habe ich einen sicheren Stich und damit meinen dritten Coeurverlierer vermieden - spielt er eine Unterfarbe in die Doppelchicane, kann ich einen Coeurverlierer von West wegwerfen und die Unterfarbe am Tisch schnappen - ich erfülle also immer, egal wie gemein die Karten sitzen oder wie schlecht ich bei verteilten Coeurfiguren rate. Hält Nord zum Beispiel: Axx oder 10xx in Coeur, könnte man zwar richtig schneiden, aber manchmal hat man halt seinen schlechten Tag und findet einfach nichts.

	♠ 108 ♥ 876 ♦ 1098 ♣ DB1054	
♠ AD932 ♥ 432 ♦ B32 ♣ K2	N W O S	♠ KB54 ♥ KB95 ♦ KD4 ♣ A3
	♠ 76 ♥ AD10 ♦ A765 ♣ 9876	

4) 3 Sans-Atout von West. Ausspiel: Coeur König

Level **

W		O
♠ AK2		♠ 543
♥ A32		♥ 104
♦ B9		♦ AK1082
♣ A5432		♣ K76

Schnellstiche: 2 Pik + 1 Coeur + 2 Karo + 2 Treff = 7

Wo nehme ich 2 weitere Stiche her? Ich kann in Treff Längenstiche entwickeln, und ich kann in Karo Figurenstiche entwickeln. Was kann mir der Gegner antun? Unangenehm, daß die Leute immer meine schwächste und kürzeste Farbe angreifen. Wenn mein Coeur As weg ist, ist der Gegner leider brandgefährlich. Welcher Gegner hat denn wahrscheinlich die längeren Coeurs? Normalerweise Nord, da der Ausspieler gegen einen Sanskontrakt ja seinerseits Längenstiche entwickeln möchte. Kann ich verhindern, daß Nord in Karo zu Stich kommt? Ja sicher, ich kann ja in Karo schneiden und sehen, was Nord legt. Wie sieht es in Treff aus? Weiß ich nicht, da kann ich für nichts garantieren. Aha, Karo klingt demnach viel besser. Aber der Schnitt muß ja nicht sitzen, Süd könnte mit der Dame drankommen. Wenn Süd dann noch ein Coeur hat, könnte das fatal sein. Wie kann ich die Kommunikation der Gegner unterbrechen? Süd kann Nord nur in Coeur an den Stich bringen, in den anderen Farben habe ich ja überall das As. Ich muß Süd also die Coeurs wegnehmen. Mit einem geschickten Taschenspielertrick? Nein, nein, mit fairen Mitteln. Ich ducke die beiden ersten Coeurrunden, dann kommt der Karoschnitt. Habe ich Pech, und der Schnitt sitzt nicht, kommt Süd dran. Jetzt gibt es zwei Möglichkeiten: a) er hat kein Coeur mehr "sehr schön" oder b) er hat noch ein Coeur, das ist aber auch nicht schlimm, da die Coeurs dann 4-4 verteilt sind, und ich nur 3 Coeurstiche und die Karo Dame abgebe. Diesmal stimmt die Duckregel, daß man mit 5 gemeinsamen Karten zweimal ducken soll.

Bitte beachten Sie:

Nie ducken, wenn es einen Stich kostet und fast nie ducken, wenn eine andere Farbe noch viel gefährlicher für mich ist.

	♠ 9876 ♥ KDB95 ♦ 3 ♣ DB10	
♠ AK2 ♥ A32 ♦ B9 ♣ A5432	N W O S	♠ 543 ♥ 104 ♦ AK1082 ♣ K76
	♠ DB10 ♥ 876 ♦ D7654 ♣ 98	

5) 3 Sans-Atout von West. Ausspiel: Karo 5

Level **

W	O
♠ A1092	♠ 543
♥ D2	♥ KB1093
♦ A108	♦ D76
♣ AKDB	♣ 32

Schnellstiche: 1 Pik + 0 Coeur + 1 Karo + 4 Treff = 6.

In Karo haben wir nach dem Ausspiel immer einen Doppelstopper. Zählen wir diesen Stich gleich mit, dann komme ich auf 7 Schnellstiche. Wo kann ich weitere entwickeln? Die Coeurs sehen sehr gut aus, wenn ich das As heraustreiben kann, mache ich 4 Coeurstiche. Gibt es ein Problem? Ja, der Tisch ist leider arm wie eine Kirchenmaus und hat keinen sicheren Übergang. Wenn der Gegner sein Coeur As einmal duckt, ist die Kommunikation zum Tisch in Coeur zerstört. In welcher Farbe könnte ich denn sonst noch zum Tisch kommen? Außer der Karo Dame ist weit und breit kein Land zu sehen. Was muß ich tun, um mit der Karo Dame zum Tisch zu kommen? Ist es klug, den ersten Karostich billig mitzunehmen, wenn Süd nur eine winzige Karte legt? Haben Sie gefragt, wie der Gegner ausspielt? Ob er vierthöchste, dritte-fünfte oder grünindisch ausspielt? Das sollten Sie immer tun! Die Ausspiele und Markierungen der Gegner sind wichtig. Mit dem Konventionssalat sollten Sie sich erst gar nicht belasten. Starker oder schwacher Sans? Acol oder Fünferfarben? Mehr schaue ich mir im Paarturnier nie an. Aha, vierthöchste spielen die Gegner gegen Sans. Die gute alte Elferregel besagt: 11 minus die ausgespielte kleine Karte ergibt die Anzahl der höheren Karten dieser Farbe, welche die drei restlichen Blätter besitzen müssen. (Bei 3/5 ist es die 12er- bzw. 10er-Regel) 11 minus 5 macht 6. Diese 6 höheren Karten sehe ich alle selbst (D76 und A108). Logischerweise muß Nord den Karo König haben. Mit diesem Wissen geht es ans Werk:

klein Karo vom Tisch - Süd bedient klein - und ich nehme das **As**! Jetzt kommt die Coeur Dame - der Gegner duckt schlau - kleines Coeur zum Buben - diesmal nimmt er sein As - was soll er tun? Bei bestem Gegenspiel gebe ich noch einen Pik und den Karo König ab. Auf jeden Fall komme ich mit der Karo Dame zum Tisch. Das Karo As zu nehmen ist entscheidend. Mit A10 zu Dx würde ich aus eigener Kraft nie wieder zum Tisch kommen.

West		Nord / Süd		Ost
		♠ K6 ♥ 54 ♦ KB952 ♣ 10654		
♠ A1092 ♥ D2 ♦ A108 ♣ AKDB		N W O S		♠ 543 ♥ KB1093 ♦ D76 ♣ 32
		♠ DB87 ♥ A876 ♦ 43 ♣ 987		

Lösungen der Übungsaufgaben

6) 4 Coeur von West. Ausspiel: Karo König

Level ***

West		Ost
♠ 5432	W O	♠ AK6
♥ ADB982		♥ K10
♦ B2		♦ A543
♣ 2		♣ B543

Verlierer der längeren Trumpfseite: 2 Pik + 1 Karo + 1 Treff = 4

Immer zuviel Verlierer, ich möchte mal wieder 3 Sans-Atout mit 9 gedruckten Stichen spielen, das ist so schön entspannend. Gegen die beiden Unterfarbenverlierer kann ich nichts machen. Gegen den einen Pikverlierer ist auch kein Kraut gewachsen. Auch gut, weiß ich doch wenigstens, worauf ich mich konzentrieren muß. Wie könnte der zweite Pikverlierer verschwinden? Ich ziehe fünfmal Trumpf und spiele den 'Verwerfsqueeze'. Wenn man nichts besseres hat, ist dieser Abwurfzwang "der Gegner wird hoffentlich falsch abwerfen" eine sehr erfolgreiche Spieltechnik. Auf lange Farben werfen auch Spitzenspieler oft den größten Unsinn ab. Aber ich sehe noch etwas Besseres. Am Tisch habe ich ein Pik weniger als in der Hand. Ich könnte also die vierte Pikrunde am Tisch schnappen, und wenn ich Glück habe, liegt zu diesem Zeitpunkt auch noch der notwendige Trumpf am Tisch. Ein Schnapper mit der kurzen Trumpfseite ist grundsätzlich schlau, da man nur so zusätzliche Trumpfstiche macht. Könnte mir der Schnapper einen Verlierer in meiner langen Trumpffarbe bescheren? ADB98 zu K10 ist selbst für Pessimisten recht stabil. Da ich in den Unterfarben nichts Brauchbares sehe, bin ich mit dem Plan zufrieden. Los geht's:

Karo As - Pik As und Pik König - sollte hier einer stechen, werde ich das anschließend sorgfältig überprüfen - es wäre nicht das erstemal, daß einer mit einem Double die zweite Runde freudig schnappt - dann folgt die dritte Pikrunde - stehen die ausnahmsweise 3-3 kann ich auch Trümpfe ziehen - möglichst keinen vergessen - da mein viertes Pik ja hoch ist. Bei einem 4-2 Stand muß ich das letze Pik schnappen. Da ich Pik aus der Hand spielen muß, nehme ich den eventuellen Trumpfswitch in der Hand mit einer Figur und schnappe dann mein viertes Pik mit Coeur König.

	♠ 98 ♥ 7654 ♦ KD106 ♣ AD6	
♠ 5432 ♥ ADB982 ♦ B2 ♣ 2	N W O S	♠ AK6 ♥ K10 ♦ A543 ♣ B543
	♠ DB107 ♥ 3 ♦ 987 ♣ K10987	

7) 5 Karo von West. Ausspiel: Coeur Dame

Level **

W		O
♠ AD2		♠ 43
♥ 2		♥ A3
♦ AB1032		♦ D98654
♣ DB32		♣ K104

Verlierer der längeren Trumpfseite (Ost !)

1 Pik + 1 Coeur + 1 Karo + 1 Treff = 4

Wie bitte, 4 Verlierer? Ist der Patient noch zu retten? Sicher doch! Welche Verlierer sind unvermeidlich? Eigentlich nur das Treff As. Coeur kann man stechen, in Pik kann man schneiden, in Karo kann man schneiden oder schlagen, was will man mehr? Bravo, Sie haben gut aufgepaßt, man könnte auch einen Verlierer auf die vierte Treffrunde abwerfen. Welchen? Den Pikverlierer, genau. Wenn die beiden Oberfarbenverlierer versorgt sind, muß es doch klappen. Was könnte denn schiefgehen? Wenn Süd drankommt und Pik durchspielt, das kann unangenehm werden. Wie könnte Süd drankommen? Eigentlich nur mit Treff As, aber das macht nichts, weil die Treffs dann hoch sind, und ich einfach das Pik As nehme und meinen Pikverlierer auf die Treffs versenke. Dumm wäre nur, wenn der Gegner dann noch den Karo König hat und meinen Treff absticht, bevor ich den Abwurf vollenden kann. Wenn ich jetzt den Karoschnitt mache, und der sitzt nicht, ist das schlimm? Nord wäre dann dran und kann uns nichts antun, da er Pik in die Gabel spielen müßte. Bei 11 gemeinsamen Karten ist das Schlagen etwas besser als das Schneiden, aber gerade mal 52%-48%. Oft hängt die korrekte Farbbehandlung aber von der ganzen Hand ab, wie hier. Wer das nicht genau erkannt hat und in Karo nicht schneiden möchte, für den habe ich einen sehr nützlichen Tip. Sie wollen doch den Karo König sehen? Würden Sie mit dem Double König auf eine kleine Karte den König einsetzen? Hoffentlich nicht.

Aber wenn der Alleinspieler die leere Dame vorlegt und Sie haben Kx dahinter?

Darüber sollten Sie sich als Gegenspieler schon vorher im klaren sein, jetzt ist das kleinste Zögern leider schon zuviel. Wenn man eine bestimmte Karte sehen will, legt man eine möglichst hohe darunterliegende Karte vor. Am besten die Karte, die direkt unter der vermißten Figur liegt. Gegenspiel ist schwierig:

Kennen Sie diesen Witz? Bild auf Bild.

	♠ K8765 ♥ DB104 ♦ -- ♣ 9876	
♠ AD2 ♥ 2 ♦ AB1032 ♣ DB32	N W O S	♠ 43 ♥ A3 ♦ D98654 ♣ K104
	♠ B109 ♥ K98765 ♦ K7 ♣ A5	

8) 7 Pik von West - Ausspiel: Coeur König (Süd Coeur Bube)

Level **

West		Ost
♠ AKB73	W O	♠ D1092
♥ A5432		♥ 6
♦ 32		♦ A654
♣ 2		♣ AK43

Verlierer der längeren Trumpfseite: 4 Coeur + 1 Karo + 0 Treff = 5
5 Verlierer im Großschlemm? Oh, Tiger, stärke meine Gedanken.
Was kann ich gegen die Coeurverlierer tun? Wie wär's mit schnappen? Gut, vier Trümpfe habe ich am Tisch und vier Verlierer in der Hand. Das klingt sehr harmonisch. Ich will diese Harmonie durch Trumpf ziehen doch nicht zerstören, oder? Nein, nein, Trumpf darf nicht sein. Wie versorge ich meinen Karoverlierer? Ich werfe ihn auf Treff König ab. Süd hat Coeur Buben bedient, oh je, er hat nur Single Coeur, also steche ich die Coeurs lieber mit den hohen Trümpfen. Aber das kann nicht gut sein. Ich muß alle vier Coeurverlierer schnappen, also muß ich irgendwann mit der Pik 5 schnappen, sonst klappt das nie. Wann ist der sicherste Augenblick für meinen kleinen Trumpf? So früh wie möglich, also beim ersten Schnapper.

Na denn, auf ihn mit Gebrüll. Coeur As - klein Coeur - gestochen mit der 2 - die Luft knistert vor Spannung - bei Süd erscheint eine rote Karte, Coeur 10. Treff As und auf Treff König den kleinen Karo wegwerfen - Karo As und Karo klein stechen - Coeur schnappen - Treff mit der 7 schnappen - jetzt haben wir nur noch unbezwingbare Trümpfe und können aufatmen - schnapp hin, schnapp her, wie Ping-Pong, das macht Laune und bringt stolze 2210.

	♠ -- ♥ KD987 ♦ K7 ♣ B98765	
♠ AKB73 ♥ A5432 ♦ 32 ♣ 2	N W O S	♠ D1092 ♥ 6 ♦ A654 ♣ AK43
	♠ 8654 ♥ B10 ♦ DB1098 ♣ D10	

9) 4 Pik von West. Ausspiel: Coeur Dame
Level **

West		Ost
♠ AKD5432	W O	♠ B108
♥ 32		♥ K54
♦ 432		♦ AB105
♣ 2		♣ A43

Verlierer der längeren Trumpfseite: 2 Coeur + 2 Karo + 0 Treff = 4
Was kann ich gegen die Coeurverlierer tun? Wenig, Nord wird kaum von ADB die Dame ausgespielt haben. Mein Coeur König ist also ein Kind des Todes. Wie kann ich den Karoverlierern begegnen? Ich kann in Karo einen Doppelimpaß spielen, das hat satte 75%. Moment mal, reichlich Trümpfe und eine kritische Farbe mit Schnittmöglichkeiten? In Übungsaufgabe 3 war das auch das Motiv. In Coeur bleibe ich klein - Nord ist kein Hellseher, der spielt niemals jetzt Karo. Brav, Coeur Bube kommt nach - eine zweite Chance bekommt er nicht, also drauf mit dem König. Überraschung, Süd nimmt das As und versucht eine dritte Coeurrunde abzuziehen. Das Coeur schnappe ich mit Pik As, man weiß ja nie. Treff zum As und Treff gestochen - mein rechter Gegner wird blaß - er merkt jetzt auch, wo der Hase langläuft. Pik zum Tisch, jeder bedient (78%) und das letzte Treff gestochen. Mit Pik König wird der Widerstand gebrochen - Trümpfe weg - ich habe noch zwei, der Tisch hat noch einen Trumpf. Coeur und Treff haben wir beide nicht mehr. Es ist angerichtet. Klein Karo zum Buben - Süd nimmt die Dame und steckt die Karten zurück ins Board. Karorückspiel schenkt den Schnitt und Coeur oder Treff geht in die Doppelchicane, worauf ich den Karo aus der Hand putze und mit dem letzten Trumpf am Tisch schnappe.

Ein Endspiel macht den Gegner zum Hecht im Haiteich

	♠ 97 ♥ DB109 ♦ 876 ♣ KB105	
♠ AKD5432 ♥ 32 ♦ 432 ♣ 2	N W O S	♠ B108 ♥ K54 ♦ AB105 ♣ A43
	♠ 6 ♥ A876 ♦ KD9 ♣ D9876	

10) 4 Coeur von West. Ausspiel: Pik As und dann Treff

Level **

West		Ost
♠ 2	W O	♠ DB3
♥ KDB9876		♥ A32
♦ AD2		♦ 543
♣ 32		♣ A654

Verlierer der längeren Trumpfseite: 1 Pik + 2 Karo + 1 Treff = 4
Wie könnte einer der Karoverlierer verschwinden? Durch den Schnitt. Der Treffverlierer sieht unvermeidbar aus. Für einen Plan etwas dürftig. Pik As ist weg, Dame und Bube liegen am Tisch. Im Sans-Atout ein todsicherer Stopper. Ich könnte mir in Pik immer einen Stich entwickeln. Was muß man bei entwickelten Stichen immer beachten? Ein Übergang muß vorhanden sein. Sonst geht es mir wie den Königskindern. Die konnten auch nie zueinander finden. Ich habe nur zwei Übergänge zum Tisch. Treff As und Coeur As. Leider sind 3 und 2 in Coeur keine Hilfe. Ich nehme das Treff As - ducken ist schlecht - Süd könnte Karo durchspielen, das will ich nicht sehen. Jetzt kommt der Pik Bube, auf den ich meinen Treffverlierer abwerfe. Verlierer ist Verlierer, in welcher Farbe ich ihn abgebe, ist doch egal. Nord nimmt den König und spielt Treff. Den schnappe ich und ziehe Trümpfe, wobei ich die letzte Trumpfrunde mit dem As am Tisch gewinne. Auf die hohe Pik Dame verschwindet mein kleines Karo. Ob der Karoschnitt auch klappt? Klein zur Dame und tschüß, Nord nimmt den König. Auch kein Beinbruch, 10 Stiche habe ich schon. Das ist die einfachste Form eines Loser-on-Loser-Spiels. Diesmal haben wir uns einfach einen Stich entwickelt, wie im Sans-Atout. Das Problem sind oft die Übergänge, da muß man aufpassen. Wenn man nach Treff As nicht sofort Pik spielt, klappt es nicht mehr.

Loser on Loser auch für die kleinen Fische

	♠ AK654 ♥ 105 ♦ K87 ♣ 1098	
♠ 2 ♥ KDB9876 ♦ AD2 ♣ 32	N W O S	♠ DB3 ♥ A32 ♦ 543 ♣ A654
	♠ 10987 ♥ 4 ♦ B1096 ♣ KDB7	

11) 3 SA von West nach einer 1 Pik Eröffnung von Süd.

Ausspiel: Pik 9

Level **

W		O
♠ AK2		♠ 43
♥ A2	W O	♥ K3
♦ DB982		♦ A1073
♣ KB2		♣ D8543

Schnellstiche: 2 Pik + 2 Coeur + 1 Karo + 0 Treff = 5

4 Stiche muß ich noch entwickeln. Wo kann ich die finden ? In Karo sieht es gut aus, es fehlt nur der König. In Treff sieht es auch nicht schlecht aus. Dxxxx zu KBx ist fein. Bei einem 3-2 Stand kann man 4 Stiche entwickeln. Da ein 3-2 Stand wahrscheinlicher ist als ein Schnitt, (68% gegen 50%) nehme ich den Pik König und spiele den Treff Buben. Leider ist diese Analyse noch etwas oberflächlich. Ich habe insgesamt 27 Punkte in den gemeinsamen Händen. Süd hat 1 Pik eröffnet. Wenn ein Gegner eröffnet hat, gebe ich ihm mindestens 11 Figurenpunkte, soviel wird er schon haben. Für Nord bleibt also maximal eine Dame übrig, ach so, deswegen sieht der Nordspieler so gelangweilt aus. Die kritischen Karten in dieser Hand sind Karo König und Treff As. Da nur 40 Punkte im Spiel sind, obwohl die Reizung oft nach 60 klingt, muß Süd beide kritischen Karten haben. Was kann ich mit diesem Wissen anfangen? Der Karoschnitt kann nicht sitzen und ein Treffbild aus der Hand zu spielen, kommt mir immer fragwürdiger vor. Wenn es geht, spiele ich immer klein zu den Figuren, wenn ich nicht alle wichtigen Mittelkarten besitze. In Treff fehlt mir 10 und 9. Jetzt gefällt mir mein Plan schon besser.

Frisch ans Werk: Pik König - Karo Dame vorlegen (man weiß ja nie) - Nord legt klein, ich übernehme mit dem As. Der König fällt nicht. Jetzt folgt ein kleines Treff vom Tisch - nimmt Süd das As, bleibe ich klein, sonst nehme ich den Buben. Falls der Bube hält, kann ich über Karo weiterspielen und mir dort 3 weitere Stiche entwickeln. Das ist bei einem 4-1 Stand der Treffs (Süd A10xx) wichtig. In der aktuellen Hand kommt das As. Ich gewinne das Rückspiel in der Hand und spiele die beiden blockierenden Treffiguren ab. Mit Coeur König komme ich zum Tisch und kassiere die restlichen Treffs.

	♠ 95 ♥ B98765 ♦ 4 ♣ 10976	
♠ AK2 ♥ A2 ♦ DB982 ♣ KB2	N W O S	♠ 43 ♥ K3 ♦ A1073 ♣ D8543
	♠ DB10876 ♥ D104 ♦ K65 ♣ A	

12) 4 Pik von West. Ausspiel: Pik Bube

Level ****

West		Ost
♠ 8432	W O	♠ AKD5
♥ K2		♥ 43
♦ 1032		♦ AB4
♣ A432		♣ KD105

Verlierer **beider** Hände: 2 Coeur + 2 Karo = 4

Schnellstiche: 4 Pik + 0 Coeur + 1 Karo + 4 Treff = 9

Bei einem schlechten Trumpfstand habe ich natürlich einen Pikverlierer, aber dann wird das Eis sowieso zu dünn. Spieglein, Spieglein an der Wand, was ist die schönste Verteilung im Land? Ein Spiegelblatt gefällig? Nein, danke. Diese grausamen Spiegelblätter, beide haben exakt die gleiche Verteilung. Nichts kann man schnappen und Abwürfe gibt es auch keine. 25 Punkte reichen bei Spiegelblättern nur selten für ein Vollspiel. Oft ist ein Endspiel die einzige Möglichkeit, dem toten Vogel wieder Leben einzuhauchen. Einem Coeurverlierer könnte ich durch einen erfolgreichen Expaß beikommen. Die Karoverlierer sind sehr lästig. ABx zu 10xx ist aus eigener Kraft nur selten mit Erfolg zu lösen. Wenn allerdings der Gegner diese Kombination anfaßt, verbrennt er sich fast immer die Finger. Wie könnte ich den Gegner dazu überreden? Da ich nichts schnappen kann, ziehe ich die gegnerischen Trümpfe. Immerhin, sie fallen aus. Der Coeurexpaß läuft nicht weg, erst werden noch die Treffstiche kassiert. Treff König und Treff As (den vierten Buben bei Nord würde ich jetzt erkennen und herausschneiden können). Die restlichen Treffs abziehen. Jetzt bleibt übrig: Auf jeder Seite ein Trumpf, zwei Coeurs und die drei Karos. Erst jetzt kommt der Coeurexpaß. Nord nimmt den König mit dem As und brütet. Hat Süd beide Karofiguren hinter ABx, können gute Gegenspieler den Kontrakt noch schlagen. Nord spielt Karo durch. Süd übergibt in Coeur wieder an Nord, und er spielt wieder Karo durch. Gratulation!

Bei verteilten Karofiguren sind die Gegner jetzt machtlos. Auf Karo bleibe ich klein - Süd gewinnt den Stich und spielt Coeur zu Nord. Nord spielt wieder Karo und ich lege den Buben. Hurra, er hält! Spielt Nord nach Coeur As weiter Coeur, ist der Kontrakt gewonnen, auch wenn beide Bilder schlecht stehen. Probieren Sie es.

	♠ B109 ♥ AD87 ♦ D97 ♣ B98	
♠ 8432 ♥ K2 ♦ 1032 ♣ A432	N W O S	♠ AKD5 ♥ 43 ♦ AB4 ♣ KD105
	♠ 76 ♥ B10965 ♦ K865 ♣ 76	

13) 4 Pik von West. Nord hatte 1 Coeur eröffnet

Ausspiel: Coeur As gefolgt von Karo 9

Level ****

West		Ost
♠ AKD5432	W O	♠ B108
♥ 9		♥ D1082
♦ B2		♦ A43
♣ AD2		♣ 543

Wir zählen von West Verlierer: 1 Coeur + 1 Karo + 2 Treff = 4

Der Schnitt in Treff könnte den zehnten Stich bringen. Normalerweise hat ein einfacher Schnitt 50%. Hat dieser Schnitt auch 50% ? Nein, Nord hat die Reizung eröffnet. Die Karo 9 sieht nach einer schwachen Karohaltung des Nordspielers aus. Welche Punkte kann er haben? 0 in Pik, maximal 8 in Coeur, und wenn wenn er auch keine Karopunkte hat, muß er den Treffkönig besitzen. Gut, dann spielen wir doch Treff As und ein kleines Treff und gewinnen, wenn Nord den König Single oder Double hat. Unsere Kartenplatzierung ist zwar vielversprechend und viele andere Spiele werden wir dank guter Platzierung der kritischen Figuren (durch die Karten sehen) erfüllen, aber diese Hand nicht.

Ist ihnen an der Coeurfarbe nichts bemerkenswertes aufgefallen? D108x und wir hatten die Single 9. Das As ist schon weg. Im SA könnten wir uns durch zweimaliges Coeurspiel einen Coeurstich entwickeln. Was heißt hier SA? Trumpf oder SA, in erster Linie spielen wird Bridge.

Wir haben hier ein wundervolles Loser on Loser Spiel. Und das geht so:

Karo As nehmen (Süd darf nicht drankommen, da er Treff durchspielen würde). Danach folgt die Coeur Dame, auf die wir einen Loser abwerfen. Welchen? Treff oder Karo? Loser ist Loser, also egal? Oh nein, wir dürfen nicht zulassen, daß Süd dran kommt, um Treff zu spielen und werfen deshalb den Karo Buben ab. Nord nimmt Coeur König. Er spielt Karo und wir stechen. Jetzt ziehen wir Pik As ab und gehen mit Pik zum Tisch.

Die Trümpfe fallen 2-1 aus (78 %). Würden diese 3-0 verteilt sein, könnte der Gegner den Kontrakt schlagen. Nun kommt wieder Coeur, auf das wir den ersten Treff-Loser abwerfen. Nord nimmt den Buben und spielt Karo.

Wir schnappen und spielen einen kleinen Trumpf zum Tisch. Auf die hochgespielte Coeur 10 bzw. 8 werfen wir den zweiten Treff-Loser, unsere Dame, ab und haben erfüllt. Eine lustige Situation. Wir haben ein Single und geben bei bestem Alleinspiel trotzdem 3 Stiche in der Farbe ab.

Loser on Loser für große Fische

	♠ 6 ♥ AKB43 ♦ 9876 ♣ KB7	
♠ AKD5432 ♥ 9 ♦ B2 ♣ AD2	N W O S	♠ B108 ♥ D1082 ♦ A43 ♣ 543
	♠ 97 ♥ 765 ♦ KD105 ♣ 10986	

14) 3 Sans-Atout von West. Ausspiel: Coeur Dame

Level ****

West		Ost
♠ KD32		♠ 654
♥ AK2	W O	♥ 543
♦ A1092		♦ B83
♣ 32		♣ AKB10

Schnellstiche: 0 Pik + 2 Coeur + 1 Karo + 2 Treff = 5

Die Trauben scheinen hoch zu hängen, da wir noch 4 Stiche entwickeln müssen. Ist der Gegner gefährlich? Ja, aber wir haben zum Glück zwei Coeurstopper und können einmal gefahrlos aussteigen.

Soll man das Ausspiel ducken? Ja. Keine andere Farbe ist so gefährlich und wenn Süd nur Double Coeur hat, kann ducken viel bringen. Coeur kommt weiter und wir nehmen mit. Die 4 fehlenden Stiche müssen in mindestens zwei Farben entwickelt werden. Ich habe in 3 Farben Möglichkeiten:

Pik: Durch doppelten Expaß zu KD könnten 2 Stiche entwickelt werden. Das As muß Süd haben.

Karo: klassischer Doppelimpaß auf KD. Eine Figur muß Süd haben. Wieder sind 2 weitere Stiche möglich.

Treff: einfacher Impaß auf die Dame, den man wiederholen kann. Die Dame muß bei Nord sitzen. Ebenfalls zwei weitere Stiche sind möglich.

Da wir Pik und Karo nur erfolgreich vom Tisch spielen können, brauchen wir Übergänge. Gut, in Treff haben wir zwei. Da wir entweder in Karo oder in Pik Stiche entwickeln können, müssen die beiden anderen Stiche in Treff gemacht werden. Wir werden also den Impaß in Treff spielen. Wir müssen uns zwischen Pik-Expaß und Karo-Doppelimpaß entscheiden. Welche Farbe bietet die besseren Chancen?

Na, wer hat seine Hausaufgaben gemacht?

Einfacher Schnitt bzw. Expaß hat 50 %

Einer von zwei Schnitten gelingt in 75 %

Wir spielen Treff und schneiden sofort. Da wir nur zwei Treffs in der Hand haben und zweimal schneiden wollen, muß sofort geschnitten werden. Der Schnitt gelingt. Wie behandelt man die Karofarbe?

A109x - B8x Achtung: Wir haben nur zwei Einstiche zum Tisch.

Um eine vierte Figur bei Süd herauszuschneiden, muß dreimal auf Süd geschnitten werden.

Variante 1

Wir legen den Buben vor und Nord gewinnt. Dann spielen wir vom Tisch und schneiden mit der 9. Gut, das klappt. Dummerweise sind wir jetzt in der Hand und können den Schnitt nicht wiederholen. War das Pech?

Variante 2

Wir legen die 8 vor und Nord gewinnt. Beim nächsten mal legen wir den Buben vor und bleiben mit der 9 drunter. Und siehe da, wir können auch den dritten Schnitt machen.

Das beste Abspiel, Stich für Stich:

S1: Coeur ducken, S2: Coeur König, S3: Treff zur 10, S4: Karo 8 läuft zur Dame des Nordspielers, S5: Coeur As, S6: Treff Bube, S7 und S8: Treff A+K (sonst futsch) S9: Karo Bube , S10: Karo zur 10. S11: Karo As. Der Gegner claimt mit Pik As und einem hohen Coeur den Rest.

Wir haben gemacht: 0 Pik + 2 Coeur + 3 Karo + 4 Treff = 9

14) 3 SA von West - Ausspiel: Coeur Dame

	♠ A8 ♥ DB1096 ♦ D4 ♣ D654	
♠ KD32 ♥ AK2 ♦ A1092 ♣ 32	N W O S	♠ 654 ♥ 543 ♦ B83 ♣ AKB10
	♠ B1097 ♥ 87 ♦ K765 ♣ 987	

15) 4 Coeur von West, Nord spielt Karo A-K-D
Wir schnappen mit Coeur 7 und Süd bedient Karo.***

West		Ost
♠ A2	W O	♠ B543
♥ AB103		♥ K762
♦ B32		♦ 54
♣ AKDB		♣ 432

Verlierer: 1 Pik + 1 Coeur + 2 Karo = 4

Gegen den Pikverlierer sind wir machtlos. Wir müssen die Coeur Dame finden. Was ist die beste Spielweise und warum?

Mathematisches Können ist im Bridge nicht so ausschlaggebend wie viele Spieler glauben. Um die richtige Spielweise zu finden, genügen meist recht rudimentäre Kenntnisse. Wer tief in die Materie eintauchen möchte, dem empfehle ich z.B.: Kelsey: `Test your Percentages`

Ich möchte mich auf eine sehr häufige Situation beschränken.

<u>Die Wahrscheinlichkeiten im 8 Karten - Fit</u>

Verteilung der 5 fehlenden Karten:

3-2 68 %

4-1 28 %

5-0 4 %

Wir müssen die Dame finden:

Auf welcher Seite und mit wie vielen Karten kann die Dame sitzen?

Die Prozente sind auf ganze Zahlen gerundet!

Haltung	Insgesamt	linker Gegner	rechter Gegner
Single Dame:	6 %	3 %	3 %
Double Dame:	27 %	13,5 %	13,5 %
Dritte Dame:	41 %	20,5 %	20,5 %
Vierte Dame:	23 %	11,5 %	11,5 %

Der 5-0 Stand interessiert fast nie. Da bleibt die Küche kalt.

Eight ever! Einen Schnitt zu machen, ist also auf Dauer die erfolgreichste Spielweise. Die Dame fällt Single oder Double nur in 33 % der Fälle. Manchmal weiß man aus der Reizung oder dem Spielverlauf, daß die 5 fehlenden Karten garantiert 3-2 sitzen. Dann sitzt die Dame zu 60 % zu dritt (3 aus 5) und zu 40 % Double (2 aus 5). Ob wir die Dame bei einem 4-1 Stand erfolgreich herausschneiden können, hängt von den vorhandenen Mittelkarten und Übergängen ab. Zurück zum Abspiel. Wir haben verschiedene Möglichkeiten, die Dame zu finden.

Variante 1

König abziehen und dann Schnitt zur 10. Wir gewinnen in 39,6 %.

Variante 2

Klein zum As und Buben vorlegen. Selbe Chance von 39,6 %.

Variante 3

König und As abziehen. Klappt nur in 33 %.

Variante 4

klein zur 10. klein zum König. Falls die Dame zu viert steht noch einmal klein zum Buben. Wir gewinnen in ca. 48 %.

Viele Spieler haben gelernt, daß man im 8 Karten Fit erst eine hohe Figur spielt und dann den Impaß. Wovor schützt uns die erste Figur?
Die erste Figur schützt uns nur gegen die Single Dame hinter unserer `Schnittrichtung`. Das sind lächerliche 3 %. Wenn man die Dame zu viert findet, muß man oft noch einen Einstich zur anderen Seite finden, um wieder schneiden zu können. In unserem Beispiel ist der Coeur König der einzige Übergang zum Tisch. Die vierte Dame bei Süd hat 11,5 %. Die Single Dame bei Nord hat nur 3 % (2,8 %). Mit der Spielweise der Variante 4, nämlich erst klein zur 10, schützt man sich gegen die vierte Dame. Diese Spielweise ist 4 mal besser als die Varianten 1 und 2.

Farbbehandlung im 8 Karten Fit ohne die Dame

Wir	Dummy	Chance auf alle Stiche:
KB9x	**A108x**	**53 %**

Bube vorlegen und mit dem As übernehmen. Dann die 10 laufenlassen. Hoffentlich deckt der Gegner den Buben mit Dx oder Dxx ab und zu.

ABxxx	**Kxx**	**34 %**

König und dann zum Buben. Nur die Hälte aller 3-2 Stände gewinnen.

A9xxx	**KBx**	**37 %**

Sofort klein zum Buben. Die Single Dame links mitnehmen.

Axxxx	**KB10**	**48 %**

Sofort klein zur 10. Vierte Dame hilft nur bei Nord und nie bei Süd.

AB10x	**Kxxx**	**53 %**

König und dann zum Buben. Gegen die vierte Dame haben wir nur eine Chance, wenn Süd sie hat. König nur mit genug Übergängen.

- **Mit 8 gemeinsamen Karten schneiden Sie auf die Dame. Falls Sie gegen eine vierte Dame nur bei einem Gegner Erfolg haben können, schneiden Sie auf diesen Gegner. Ziehen Sie nur dann die erste Topfigur ab, wenn Sie noch andere Übergänge haben.**

	♠ D1087 ♥ 5 ♦ AKD6 ♣ 10987	
♠ A2 ♥ AB103 ♦ B32 ♣ AKDB	N W O S	♠ B543 ♥ K762 ♦ 54 ♣ 432
	♠ K96 ♥ D984 ♦ 10987 ♣ 65	

16) 3 Sans-Atout von West - Ausspiel: Treff Dame

Level **

West		Ost
♠ AK2	W O	♠ 543
♥ AK32		♥ 54
♦ 432		♦ A10985
♣ A32		♣ K54

Schnellstiche: 2 Pik + 2 Coeur + 1 Karo + 2 Treff = 7

Zwei weitere Stiche kann nur die Karolänge bringen. Ist der Gegner gefährlich? Na ja, er kommt zweimal in Karo dran. Sicht wacklig aus. Sollen wir das Ausspiel ducken? Nein! Alle Farben ausser Karo bestehen aus 6 gemeinsamen Karten mit As und König. Nord könnte auf eine Oberfarbe wechseln, was dann? Wieder ducken? Wo soll das enden? Falls Treff 5-2 steht, darf Nord später halt in Karo nicht dran kommen. Wie spielen wir die Karos? Klein Richtung Tisch und jetzt ducken wir, egal was Nord legt. Der Gegner wird uns immer den Treff König wegspielen können und deshalb ist das Karo As unser einziger sicherer Einstich zum Tisch. Die zweite Karorunde wird auch geduckt. Glück gehabt. Nord ist zwar dran, hat aber nur eine 4er-Länge in Treff.

Mit mehr Übergängen hätten wir eine Karofigur von Nord mit dem As genommen, um auch gegen zwei Figuren zu viert bei Süd zu gewinnen.

	♠ 987	
	♥ 1096	
	♦ KDB	
	♣ DB109	
♠ AK2	N	♠ 543
♥ AK32	W O	♥ 54
♦ 432	S	♦ A10985
♣ A32		♣ K54
	♠ DB106	
	♥ DB87	
	♦ 76	
	♣ 876	

17) 4 Coeur, Ausspiel: Karo, welches der König nimmt.
Auf Coeur wirft Süd ein Treff ab (oh je)
Level **

W		O
♠ A		♠ 65432
♥ AK9832		♥ 654
♦ 432		♦ AK5
♣ KDB		♣ 32

Verlierer der langen Trumpfhand: 2 Coeur! + 1 Karo + 1 Treff = 4
Welche Verlierer sind unvermeidlich? Alle ausser Karo. Das sieht auf den ersten Blick nicht gut aus. Keine gute Nebenfarbe am Dummy und ein blöder 3-3 Fit in Karo. Was geht? Ich sag`s euch ganz konkret, ein Schnapper geht. Auf das dritte Treff kann man ein Karo am Dummy loswerden. Danach ist der Schnapper möglich. Finger weg von Trumpf! Mehr als eine Runde sollte man auch nicht spielen, wenn beide Gegner bedient haben. Sofort Treff As austreiben und den Karo auf das hohe Treff abwerfen. Dann den Schnapper realisieren. Claim!

- **Wenn man einen Verlierer mit der kurzen Trumpfseite schnappen möchte, aber in dieser Farbe nicht weniger Karten auf der kurzen Seite hält, sucht man nach einer Möglichkeit diesen Zustand zum Positiven zu verändern.**

	N	
	♠ B98	
	♥ DB107	
	♦ 987	
	♣ A87	
W		**O**
♠ A		♠ 65432
♥ AK9832		♥ 654
♦ 432		♦ AK5
♣ KDB		♣ 32
	S	
	♠ KD107	
	♥ --	
	♦ DB106	
	♣ 109654	

18) 3 SA von West. Ausspiel: Treff 3
Süd legt auf klein die 9
Level ***

♠ B432	W O	♠ AK
♥ ADB		♥ K32
♦ KB32		♦ D654
♣ A4		♣ 10765

Schnellstiche: 2 Pik + 3 Coeur + 0 Karo + 1 Treff = 6

Wenn Karo gut sitzt kann ich mir die fehlenden 3 dort holen. Wie gefährlich ist der Gegner? Die Luft brennt. In Treff geht gerade mein einziger Stopper flöten. Aber wir können uns wehren. Wir haben bei dem Kapitel `Ducken` aufgepaßt und ducken mit gemeinsamen 6 Karten einmal ab. Leider nicht gut genug aufgepaßt. Welche Verteilung ist für uns gefährlich? Der 5-2 Stand. 4 Treffstiche und Karo As dürfen wir nicht verlieren. Wenn Nord ein 5er Treff hat, welche Haltung hat er dann mit hoher Wahrscheinlichkeit auf keinen Fall? Mit KDBxx spielt fast jeder Bewohner dieser Galaxis eine Figur aus. Er wird höchstens zwei Figuren zu fünft haben. Aha, dann bleibt für Süd eine Double Figur. Wenn wir das As sofort nehmen, blockieren die Treffs. Nord kann nicht die Figur von Süd übernehmen, ohne uns die 10 hochzuspielen. Wir nehmen sofort und ohne Verzug Treff As.

Wie behandelt man diese Karofarbe richtig? Die Gefahr ist das Single Karo As. Wer in der ersten Runde eine Karofigur vorgelegt hat, überlegt sich bitte eine soziale Bußetat:

Vereine zur Bewahrung des deutschen Gartenzwerges freuen sich über eine Spende.

Klein zu den Figuren ist die Wunderwaffe. Wo könnte das Single Karo As sitzen? Wahrscheinlicher bei Nord, bei dem wir schon ein 5er Treff vermuten. Deshalb spielen wir erst durch Nord hindurch. Klein Karo von West und das blanke Karo As fällt uns in den Schoß. Bingo.

- **Mit dem Double As zur vierten 10 im SA nicht ducken. Sofort das As nehmen und die Farbe blockieren.**

	♠ D87 ♥ 10987 ♦ A ♣ KD832	
♠ B432 ♥ ADB ♦ KB32 ♣ A4	N W O S	♠ AK ♥ K32 ♦ D654 ♣ 10765
	♠ 10965 ♥ 654 ♦ 10987 ♣ B9	

19) 4 Coeur von West. Ausspiel: Treff König Level **

West		Ost
♠ 2	W O	♠ ADB10
♥ AKB92		♥ D1083
♦ K32		♦ 654
♣ B432		♣ A5

Verlierer von West: 3 Karo + 3 Treff = 6

Zwei der Treffverlierer könnte man schnappen. Bleiben 4 übrig. In Karo kann der Expaß sitzen. In Pik kann ein Schnitt gelingen. Frage: Wer ist der gefährliche Gegner? Süd, denn nur Süd kann durch unseren Karo König durchspielen. Wenn Nord Karo anfaßt, ist das fein. Kann Süd ans Spiel kommen? Wohl kaum. Nord hat die Treff Dame. Die Oberfarben haben wir fest im Griff. Der Pikschnitt zur Dame ist also sehr riskant, da Süd gefährlich ist. Kann ich in Pik gegen Süd schneiden? Huch, bei ADB soll der König doch vor dem As stehen. Normalerweise schon. Hier machen wir aber eine `**Ruffing-Finesse**`. Bitte keine Übersetzungsversuche. Kutteln zum Frühstück oder eingeschlafene Füße sind mir lieber als `Schnapp-Schnitt`.

Wir nehmen Treff As und spielen Pik As und Pik Dame. Kommt der König, wird geschnappt und sonst Karo abgeworfen. Wenn Nord den König hat, ist wie erklärt ja nichts schlimmes passiert. Dann ziehen wir Trumpf und werfen auf die zwei hohen Pik zwei weitere Karos ab. Einen Treffschnapper machen wir dann auch noch. 3 Piks + 5 Coeurs der Hand + 1 Treffschnapper + Treff As macht 10 solide Stiche.

	♠ 543 ♥ 765 ♦ A87 ♣ KD109	
♠ 2 ♥ AKB92 ♦ K32 ♣ B432	N W O S	♠ ADB10 ♥ D1083 ♦ 654 ♣ A5
	♠ K9876 ♥ 4 ♦ DB109 ♣ 876	

20) 6 Coeur - Ausspiel: Coeur-Bube. Wir müssen dreimal Trumpf ziehen. Nord hat ein Single. Auf Karo As und König bedient Nord nur einmal. Noch ein Single. Wie kann man gegen diese schreckliche Verteilung gewinnen? Level ***

W		O
♠ AK2		♠ D103
♥ AKD986	W O	♥ 732
♦ AK32		♦ B754
♣ --		♣ KD2

`The most unusaul finesse in history` (???)

Diese Hand ist aus Goren`s Bridge Complete (schönes Buch)

Es bleiben zwei Verlierer in Karo. Aber wir haben noch eine Chance. Nord hat 11 Karten in Pik und Treff. Falls er den Pik Buben und das Treff As hat, gewinnen wir die Hand. Pik As abziehen und ein kleines Pik spielen. Legt Nord klein schneiden wir mit der 10. Das klappt. Jetzt folgt der Treff König und wir entfernen den blockierenden Pik König. Nord gewinnt mit Treff As und hat nur schwarze Karten übrig. Er muß den toten Tisch beleben und wir haben die zwei Abwürfe auf Treff Dame und Pik Dame.

	♠ B9876 ♥ B ♦ 6 ♣ A109876	
♠ AK2 ♥ AKD986 ♦ AK32 ♣ --	N W O S	♠ D103 ♥ 732 ♦ B754 ♣ KD2
	♠ 54 ♥ 1054 ♦ D1098 ♣ B543	

Korrekte Behandlung von Farbkombinationen

Quelle: The Official Encyclopedia of Bridge

Korrekte Farbbehandlung ist eine sehr komplexe Materie. Diese Zusammenfassung ist nicht als Lernstoff gedacht. Sie sollten dieses Kapitel wie eine Bibliothek nutzen - immer wieder nachschlagen. Bridge kann man nie lernen, man kann nur versuchen, das Spiel besser zu verstehen.
Ich halte sehr wenig von pauschalen Bridgetips. Mir persönlich gefällt nur ein Tip wirklich gut. Es handelt sich dabei um eine sehr wichtige Spieltechnik:

klein zu den Figuren

Grundsätzlich wird in allen Kombinationen folgendes angenommen:

- Wir haben ausreichend Übergänge zu beiden Seiten
- Wir haben keine Zusatzinformationen aus der Reizung
- Wir kennen die gegnerischen Längen in der Farbe nicht

Wie finden Sie Ihre Kombination?
Sie müssen nur wissen, welche Figuren in der gesuchten Kombination fehlen.

Die Gegner besitzen den Buben

Tisch	Hand	Wieviel Stiche?	Erfolg in Prozent

AKD10 x 4 50 %

klein zur 10. Der Schnitt ist mit so wenig Karten wahrscheinlicher als das Fallen des Buben unter AKD.

AKD109 x 5 36 %

Topfiguren abziehen. Der sofortige Schnitt zur 10 ist nur etwas schlechter.

AK9xx D10 5 54 %

Topfiguren abziehen, zuerst die Dame.

AKxxx D10 5 42 %

klein zur 10.

AKD10 xxx 4 61 %

As und König abziehen; falls beide Gegner bedienen, die Dame spielen. Der Schnitt in der dritten Runde ist 2 % schlechter.

AKD9 xxx 4 48 %

As und König abziehen; falls oben Bube oder 10 fällt, schneidet man zur 9. Der Schnitt ist dann 6 % besser.

AK9x D8xx 4 79 %

As abziehen; Falls Bube oder 10 oben fällt, spielt man klein zur Dame, falls unten etwas fällt den König.

Die Gegner besitzen die Dame

a) mit bis zu 7 gemeinsamen Karten

AKB9 xx 3 76 %

klein zur 9; falls man an die 10 verliert, folgt der Schnitt zum Buben.

AK98 Bx 3 76 %

Den Buben vorlegen. Falls er gedeckt wird oder an die Dame verliert, folgt der Schnitt zur 9.

ABxx K9 3 68 %

klein zur 9.

AKB987 x 5 71 %

klein zum Buben.

AKB109 xx 5 43 %

klein zum Buben. Nicht *sicherheitshalber* erst das As abziehen. Dxxx im Schnitt ist viel häufiger als Single Dame hinter dem As.

Tisch	Hand	Wieviel Stiche?	Erfolg in Prozent
AKB10	**xxx**	**4**	**51 %**

Nur bei ausreichend Übergängen erst das As abziehen. Auf jeden Fall immer den Schnitt zum Buben spielen.

AKBx	**xxx**	**3** (Sicherheitsspiel)	**77 %**

As, König abziehen, dann den Expaß zum Buben.

AK10x	**Bxx**	**4**	**28 %**

As abziehen. Dann klein zur 10. Nicht den Buben vorlegen. Falls unten die Double Dame steht, verschenkt der Bube einen Stich.

AKxx	**B109**	**4**	**50 %**

Buben laufenlassen.

b) mit 8 gemeinsamen Karten

ABxxx	**K9x**	**5**	**34 %**

König abziehen und dann klein zum Buben.

A9xxx	**KBx**	**5**	**37 %**

klein zum Buben. Nicht erst das As abziehen, weil man gegen die Single Dame oben sonst nur 4 Stiche macht.

A1098x	**KBx**	**5**	**53 %**

König abziehen und dann den Buben laufenlassen.

Wenn man nach beiden Seiten schneiden kann, spielt man immer zur längeren Seite. Dieser Schnitt ist mehrmals möglich.

A108x	**KB9x**	**4**	**53 %**

Den Buben vorlegen und mit dem As übernehmen. Dann läßt man die 10 laufen. Manchmal deckt der Gegner mit Dx oder Dxx!

AK9x	**Bxxx**	**4**	**30 %**
		3 (Sicherheitsspiel)	**100 %**

Für 4: As und König abziehen.

Für 3: As abziehen und dann klein zur 9.

ABxx	**K9xx**	**4**	**37 %**

klein zum Buben. Diesmal ist das wegen der Single Dame unten gut.

c) ab 9 gemeinsamen Karten

AKB10xx	**xxx**	**6**	**58 %**

As und König abziehen. Das ist aber nur 2% besser als der Schnitt in der zweiten Runde. **Nine never?!**

AK9xxx	**Bxxx**	**6**	**78 %**

Bube vorlegen und übernehmen. Manchmal deckt Süd mit D10x.

Die Gegner besitzen den König

Tisch	Hand	Wieviel Stiche?	Erfolg in Prozent

a) mit bis zu 7 gemeinsamen Karten

ADB9 x 3 52 %

klein zur 9.

ADB98 x 4 41 %

klein zur 9 oder klein zur Dame. Der Schnitt zur 9 ist nur 0,36% besser.

AD98 Bx 3 76 %

Den Buben vorlegen. Falls gedeckt wird oder man an den König verliert, schneidet man zur 9. Falls der Bube hält, spielt man zur Dame.

AD9x Bx 3 56 %

klein zum Buben. Es folgt immer der Schnitt zur 9.

ABxx D9 3 50 %

klein zur 9.

AD9 Bxx 3 24 %

Den Buben vorlegen. Falls gedeckt wird, folgt klein zur 9.

ADB987 x 5 62 %

klein zur Dame.

ADB98 xx 4 71 %

klein zur Dame; verliert der Schnitt, zieht man As und Bube ab.

AD98x Bx 4 70 %

Den Buben vorlegen; wenn er verliert, wird A,D abgezogen; wenn gedeckt wird, zur 9 schneiden; wenn er hält, zur Dame schneiden.

DB9xx Ax 4 59 %

Erst das As und dann klein zur Dame.

DBxxx A9 4 50 %

klein zur 9.

AD10x Bxx 4 27 %

klein zur 10 und dann klein zur Dame. Nicht den Buben verschwenden.

klein zu den Figuren bei ausreichend Übergängen.

AD98 Bxx 4 25 %

Den Buben vorlegen; wenn gedeckt wird, zur 9 schneiden; wenn er verliert, A,D abziehen; wenn er hält, zur 9 schneiden.
(Mit Kxx würde Süd decken)

Tisch	Hand	Wieviel Stiche?	Erfolg in Prozent

A9xx DBx 3 83 %

klein zur Dame; wenn sie hält, klein zum Buben. Wenn sie verliert, zieht man Bube und As ab.

DB9x Axx 3 78 %

Das As abziehen und zweimal zu Dame/Bube spielen.

DBxx Axx 3 69 %

Das As abziehen und zweimal zu Dame/Bube spielen.

b) mit 8 gemeinsamen Karten

AD10x Bxxx 4 37 %

klein zur 10. Den Buben vorlegen ist fatal, wenn Süd den Single König hat.

AD98 Bxxx 4 27 %

Den Buben vorlegen, falls gedeckt wird oder der Bube hält, folgt der Schnitt zur 9.

AD9x Bxxx 3 90 %

klein zur Dame, wenn sie hält, folgt klein zur 9.

A98x DBxx 3 97 %

Die Dame vorlegen, falls gedeckt wird, läßt man die 9 laufen; wenn sie hält, legt man den Buben vor; wenn man an den König verliert, folgt das As.

DBxx A9xx 4 14 %

Die Dame vorlegen, egal was passiert, als nächstes wird der Bube gespielt.

ADxxxx Bx 5 73 %

Das As abziehen. Man hat bei einer 3-2 Verteilung und dem Single König Erfolg.

DB9xxx Ax 6 10 %

Die Dame vorlegen, falls gedeckt wird, klein zur 9.

5 (Sicherheitsspiel) 79 %

As und dann klein zur Dame.

AD976 B8x 5 25 %

Den Buben vorlegen, falls gedeckt wird, klein zur 9.

A9xxx DBx 5 14 %

Die Dame vorlegen, falls sie hält, folgt der Bube.

4 (Sicherheitsspiel) 93 %

klein zur Dame. Wenn sie hält, wieder klein zum Buben.

Tisch	Hand	Wieviel Stiche?	Erfolg in Prozent

c) ab 9 gemeinsamen Karten

AD97x B8xx 5 33 %

klein zur Dame. Der Single König bei Süd ist wahrscheinlicher als K10xx.

AD9xx Bxxxx 5 50 %

Den Buben laufenlassen. Klein zur Dame ist wegen K10x bei Süd falsch.

Mit 10 gemeinsamen Karten schneidet man auf den König

Dxxxxx AB10xx 6 52 %

Die Dame vorlegen und mit dem As übernehmen.

Mit 11 gemeinsamen Karten ist das As schlagen besser (52 % gegen 48 %)

Die Gegner besitzen Dame und Bube

a) mit bis zu 7 gemeinsamen Karten

AK109 xx 3 76 %

klein zur 9, wenn sie verliert, folgt klein zur 10.

AK109x xx 4 66 %

klein zur 9 und dann klein zur 10.

AK109 xxx 3 78 %

klein zur 9, wenn sie verliert, das As abziehen und dann klein zur 10.

A10xxx K9 4 61 %

klein zur 9.

b) mit 8 gemeinsamen Karten

AK109 xxxx 4 24 %

klein zur 9. Dame/Bube blank beim Gegner hat ca. 7%

A10xx K9xx 3 94 %

klein zur 10 und dann das As. Oder klein zur 9 und dann den König.

AK109xx xx 5 (Sicherheitsspiel) 88 %

As abziehen. Fällt oben eine Figur, folgt der König; ansonsten klein zur 9.

Auf Dauer am besten: klein zur 9 und dann As und König abziehen.

A10xxxx K9 5 82 %

klein zur 9.

c) mit 9 gemeinsamen Karten

AK109x xxxx 5 46 %

Das As abziehen; fällt oben eine Figur, schneidet man zur 10.

Restricted Choice!

Die Gegner besitzen das As

KDB9 x 3 50 %

klein zur 9.

KDB9 xx 3 55 %

klein zum König und dann klein zur 9.

Kxxx DB9 3 63 %

klein zur Dame und dann klein zum Buben.

KDB9xx x 5 52 %

klein zum König und dann die Dame.

KDxxx B9 4 42 %

klein zur 9. Das ist 5% besser, als auf eine 3-3 Verteilung zu hoffen.

KD8xx B9 4 54 %

klein zum Buben und dann die Dame. Die 8 macht den Unterschied.

KD8xx Bxxx 4 95 %

klein zum Buben. So kann man Süd A109x herausschneiden.

Die Gegner besitzen König und Bube

a) mit bis zu 7 gemeinsamen Karten

AD10 xxx 3 24 %

klein zur 10; falls nötig, folgt klein zur Dame.

AD9 xxx 2 63 %

klein zur 9; falls nötig, folgt klein zur Dame.

A10x Dxx 2 74 %

klein zur Dame; falls sie verliert, folgt klein zur 10.

Dxx A10 2 52 %

klein zur 10.

Tisch	Hand	Wieviel Stiche?	Erfolg in Prozent
ADx	**xxx**	**2**	**50 %**

klein von ADx wegspielen! Geben wir doch Nord die Chance, mit dem König im Trüben zu fischen.

A109	**Dxx**	**2**	**76 %**

klein zur 10; falls nötig folgt klein zur 9.

AD1098	**x**	**4**	**23 %**

klein zur 10; dann As und Dame spielen.

AD109xx	**x**	**5**	**40 %**

klein zur Dame.

AD98	**xxx**	**3**	**50 %**

klein zur 8; wenn sie verliert, folgt klein zur 9.
Wenn man an Bube/10 verloren hat, schlägt man das As.

ADxx	**xxx**	**3**	**18 %**
ADxx	**xxx**	**2**	**77 %**

Für 3: klein zur Dame. Wir brauchen den Schnitt und einen 3-3 Stand.
Für 2: klein vom Tisch, dann folgt das As und der Expaß zur Dame.

A1098	**Dxx**	**3**	**76 %**

Die Dame vorlegen; es folgt immer der Schnitt zur 10.

A10xx	**Dxx**	**3**	**28 %**
		2	**77 %**

Für 3: klein zur Dame, wenn sie verliert, folgt klein zur 10.
Für 2: Das As abziehen und dann klein zur Dame.
Auf Dauer ist die Spielweise für 2 Stiche am besten.

Dxxx	**A10x**	**3**	**26 %**

klein zur Dame; wenn sie verliert folgt klein zur 10.
Steigt Süd sofort mit dem König ein, folgt das As.

10987	**ADx**	**4**	**9 %**

Die 10 laufenlassen.

109xx	**ADx**	**3**	**47 %**

klein zur Dame, wenn sie verliert, die 10 laufenlassen.

b) mit 8 gemeinsamen Karten

AD109xxx	**x**	**6**	**56 %**

klein zur Dame. Richtig wegen des Single Buben oben.

AD109xx	**xx**	**5**	**71 %**

klein zur 9 und dann klein zur 10.

ADxxxx	**10x**	**4**	**93 %**

klein zur 10 und dann klein zur Dame.

Tisch	Hand	Wieviel Stiche?	Erfolg in Prozent
Dxxxxx	**A10**	**5**	**47 %**
klein zur 10.			
D9xxxx	**A10**	**5**	**59 %**
Das As abziehen und dann richtig raten!			
AD109x	**xxx**	**4**	**76 %**
klein zur 10 und dann klein zur 9.			
AD9xx	**xxx**	**4**	**50 %**
klein zur 9 und dann klein zur Dame.			
ADxxx	**xxx**	**4**	**34 %**
Das As abziehen und dann klein zur Dame.			
A10xxx	**Dxx**	**4**	**50 %**
Das As abziehen und dann klein zur Dame. Oder klein zur Dame und klein zur 10.			
A10xxx	**D9x**	**4**	**62 %**
klein zur 9; falls man an den Buben verliert, legt man dann die Dame vor. Wenn oben mit Kx der König kommt hat man sogar 72 %.			
AD109	**xxxx**	**3**	**76 %**
klein zur 9 und klein zur 10.			
A1098	**Dxxx**	**3**	**78 %**
klein zur 10; falls man an den Buben verliert, folgt klein zur 9.			
AD9x	**xxxx**	**3**	**52 %**
klein zur 9 und dann klein zur Dame.			
ADxx	**10xxx**	**3**	**50 %**
klein zu A,D spielen, erscheint unten nicht der Bube, dann nimmt man das As und spielt dann klein zur Dame.			
Axxx	**D10xx**	**3**	**64 %**
Das As abziehen und dann klein zur 10.			
c) ab 9 gemeinsamen Karten			
A109xxxx	**Dx**	**6**	**72 %**
Die Dame vorlegen; falls sie verliert, schlägt man das As.			
D109xxxx	**Ax**	**6**	**78 %**
Das As abziehen und dann zur Dame spielen.			
AD10xx	**xxxx**	**5**	**39 %**
klein zur Dame.			
AD109xx	**xxxxx**	**6**	**52 %**
klein zum As. Das ist etwas besser als der Schnitt.			

Die Gegner besitzen das As und den Buben

Tisch	Hand	Wieviel Stiche?	Erfolg in Prozent
a) mit bis zu 7 gemeinsamen Karten			
K10x	**Dx**	**2**	**50 %**
klein zur Dame und dann klein zur 10.			
Dxx	**K10**	**2**	**50 %**
klein zur 10.			
KD109	**xx**	**3**	**50 %**
klein zur 10.			
KD98	**xx**	**2**	**79 %**
klein zur 8 und klein 9.			
KDxx	**10x**	**2**	**56 %**
klein zur 10; falls man an den Buben verliert, folgt klein zur Dame, wenn diese hält, duckt man die dritte Runde.			
KD10	**xxx**	**2**	**55 %**
klein zum König; wenn er verliert, folgt klein zur 10; wenn er hält, folgt klein zum Tisch und bitte richtig raten. Gegen Gegenspieler die das As nicht ducken, haben wir 76 %.			

Die Gegner besitzen das As und den Buben

KD109x	**xx**	**4**	**42 %**
klein zur 10.			
KDxxx	**10x**	**4**	**18 %**
klein zur Dame und dann zum König.			
KD98	**xxx**	**2**	**89 %**
klein zur 9; falls man an Bube/10 verliert, folgt klein zum König; verliert der auch, schneidet man dann zur 8.			
Kxxx	D109	3	**50 %**
klein zur 10. Den 4. oder 5. Buben kann ich nur oben rausschneiden.			
b) mit 8 gemeinsamen Karten			
KD10xxxx	**x**	**6**	**34 %**
klein zur 10.		**5**	**85 %**
KD10xx	**xxx**	**4**	**55 %**
klein zum König und dann klein zur 10.			

Tisch	Hand	Wieviel Stiche?	Erfolg in Prozent
K9xxx	**D10x**	**4**	**46 %**

klein zur Dame und dann klein zur 9.

Kxxxx **D109** **4** **48 %**

klein zur 10. Den 4. Buben kann man nur Nord herausschneiden.

KD10x **xxxx** **3** **57 %**

klein zum König und dann klein zur 10.

Wenn Nord nie ducken würde, folgt klein zur Dame, wenn der König hält.

Kxxx **Dxxx** **3** **14 %**

klein zu einer Topfigur, falls diese hält, folgt klein aus beiden Händen. Die andere Figur in der zweiten Runde einzusetzen, wäre ein 0%-Spielzug.

c) mit 9 gemeinsamen Karten

K9xxx **Dxxx** **4** **53 %**

klein zur Dame, falls oben Bube/10 fällt, schneidet man zur 9. **Restricted Choice.**

K9xxx **D10xx** **4** **59 %**

klein zu einer Topfigur und dann die andere Figur abziehen.

Die Gegner besitzen König und Dame

a) mit bis zu 7 gemeinsamen Karten

AB10 xxx 2 **76 %**

klein zur 10 und dann klein zum Buben.

AB9 **xxx** **2** **38 %**

klein zur 9; verliert man an eine Topfigur, folgt der Schnitt zum Buben. Splittet Süd mit KDx und spielt auch keine Falsecard von K10x, D10x steigen die Chancen auf 50%.

AB8 **10xx** **2** **39 %**

die 10 vorlegen; verliert man an eine Topfigur, folgt klein zum Buben. Deckt Süd, spielen wir klein zur 8.

B10xxxx **A** **4** **65 %**

Das As abziehen und dann klein von B-10 wegspielen. Bei 3-3 ist es egal und gegen eine Double Figur ist der Bube tödlich.

A987 **Bxx** **2** **89 %**

Den Buben vorlegen; falls er verliert, folgt klein zur 8, verliert diese auch, dann macht man auch noch den dritten Schnitt zur 9.

Tisch	Hand	Wieviel Stiche?	Erfolg in Prozent

b) mit 8 gemeinsamen Karten

A98xxx Bx 5 7 %

klein zum Buben; gewinnt Nord mit einer Figur, läßt man den Buben laufen; fällt bei Nord die 10, schlägt man das As. Autsch, das tut weh. Für 5 Stiche muß oben K10 oder D10 stehen.

AB87x 10xx 4 42 %

Die 10 vorlegen; falls gedeckt wird, folgt klein zur 8;
falls nicht, folgt klein zum Buben.

A987x Bxx 4 16 %

Die 9 laufenlassen; verliert man unten an K/D, legt man den Buben vor. Erscheint von Nord eine Figur auf die 9, spielt man wieder den Buben vor.

Diese merkwürdige Schnittposition nennt sich **Intra-Finesse**.

Wenn man nur 3 Stiche braucht, spielt man zweimal zum Buben.

ABxx 10xxx 3 37 %

klein zum Buben.

AB9x xxxx 3 35 %

klein zur 9 und dann klein zum Buben.

AB10x xxxx 3 65 %

Doppelimpaß zu Bube/10.

AB109 xxxx 3 76 %

Doppelimpaß zu Bube/10.

c) mit 9 gemeinsamen Karten

AB10xxx xxx 5 76 %

Doppelimpaß zu Bube/10.

Achtung: Falls man wegen den Übergängen nur einmal schneiden kann,
spielt man sofort das As.

ABxxxx 10xx 5 66 %

klein zum Buben **oder** erst das As abziehen. Beides ist gleich gut.

d) mit 10 gemeinsamen Karten

AB10xxx xxxx 5 89 %

klein zum Buben, falls man sich gegen KDx unten schützen will.

Die Gegner besitzen das As und die Dame

Tisch	Hand	Wieviel Stiche?	Erfolg in Prozent

a) mit bis zu 7 gemeinsamen Karten

KB98 **xxx** **2** **76 %**

klein zur 8 und dann klein zur 9.

K98 **Bxx** **1** **80 %**

klein zur 8; verliert man an die 10, muß man in der zweiten Runde richtig raten.

K108x **Bxx** **3** **20 %**

klein zur 8 und dann klein zur 10.

K987 **Bxx** **2** **76 %**

Den Buben laufenlassen und dann klein zur 9.

Kxxx **B9x** **1** **98 %**

klein zur 9 und dann klein zum Buben, falls nötig auch noch klein zum König. Das geht nur gegen D10 blank bei Süd schief.

b) mit 8 gemeinsamen Karten

K108xx **Bxx** **4** **25 %**

Buben vorlegen. Wenn gedeckt wird, klein zur 8.

Für 3 Stiche spielt man klein zur 10. **90 %**

K98xx **Bxx** **3 (Sicherheitsspiel)** **84 %**

klein zur 8; verliert man an die 10, folgt klein zur 9; kommt unten sofort das As, spielt man klein zum Buben.

Kxxxx **B10x** **3** **85 %**

zweimal klein zu Bube/10.

KB98 **xxx** **3** **27 %**

klein zur 8 und dann klein zur 9.

Kxxx **B108x** **3** **14 %**

Den Buben vorlegen; kommt unten oder oben das As, folgt die 10; wird mit der Dame gedeckt, muß man raten, ob man klein zur 8 oder klein zur 10 spielt.

Kxxx **B10xx** **2** **87 %**

klein zum König und dann klein zum Buben. Wenn eher oben eine Kürze ist, startet man mit klein zum Buben.

Tisch	Hand	Wieviel Stiche?	Erfolg in Prozent

c) mit 9 gemeinsamen Karten

KB9xx **xxxx** **4** **33 %**

klein zum Buben.

K98xx **Bxxx** **4** **27 %**

klein zum König.

Kxxxx **B1098** **4** **50 %**

Den Buben laufenlassen.

Kxxxx **B10xx** **4** **33 %**

klein zum König.

d) mit 10 gemeinsamem Karten

KB10xxx **xxxx** **5** **63 %**

klein zum Buben.

Die Gegner besitzen König-Dame-Bube

a) mit bis zu 7 gemeinsamen Karten

A1098 **xx** **2** **77 %**

zweimal klein zu 10/9.

A1098xx **x** **4** **65 %**

klein zur 10.

A1098 **xxx** **2** **89 %**

dreifacher Schnitt zu 10-9-8.

A10xx **9xx** **2** **51 %**

klein zur 9; verliert man an Süd, folgt klein zur 10; kommt oben eine Figur, spielt man wieder klein zur 9, kommt oben dann wieder eine Figur, schneidet man zur 10, ansonsten schlägt man das As.

b) mit 8 gemeinsamen Karten

Mit allen A10..Kombinationen spielt man erst zur 10.

A87xx **10xx** **3** **71 %**

Die 10 laufenlassen. Man nimmt noch die Single 9 oben mit.

Die Gegner besitzen das As und den König

Tisch	Hand	Wieviel Stiche?	Erfolg in Prozent

a) mit bis zu 7 gemeinsamen Karten

DB9 xxx 1 — 79 %

klein zur Dame und dann klein zum Buben.

DB98 xx 2 — 51 %

klein zur 9.

Dxxx **B9** 1 — 56 %

klein zur 9; gewinnt die 10, folgt zweimal klein von der Dame. Steht bei Nord wahrscheinlich die Kürze, ist es besser klein zum Buben zu spielen und dann zweimal zu ducken.

D9x **Bxx** 1 — 64 %

klein zum Buben und dann klein zur 9.

Dxx **Bxx** 1 — 49 %

klein zu einer Figur und dann klein zur anderen Figur.

DB9xx xx 3 — 38 %

zweimal zu Dame/Bube spielen.

DB98 xxx 2 — 63 %

klein zur Dame und dann klein zur"9.

Dxxx **Bxx** 1 — 87 %

klein in Richtung Bube und ducken; dann zum Buben und zur Dame. Das geht nur schief wenn unten Ax oder Kx steht.

b) mit 8 gemeinsamen Karten

DB98x xxx 3 — 75 %

klein zur Dame und dann klein zur 9.

Dxxxx **B9x** 3 — 48 %

klein zur Dame und dann klein zur 9.

Dxxx **Bxxx** 2 — 37 %

klein zu einer Figur und dann die zweite Runde ducken.

Die Gegner besitzen As-Dame-Bube

Tisch	Hand	Wieviel Stiche?	Erfolg in Prozent

a) mit bis zu 7 gemeinsamen Karten

K10x xx 1 63 %

klein zur 10 und dann klein zum König.

K109 xxx 1 79 %

zweimal klein zu Bube/10.

K987 xxx 1 95 %

dreimal zu 7-8-9 spielen.

b) mit 8 gemeinsamen Karten

K109xx xxx 3 75 %

zweimal klein zu 10/9.

K1098 xxxx 2 83 %

zweimal klein zu 10/9.

Kxxx xxxx 2 34 %

Die erste Runde ducken und dann klein zum König.

c) mit 9 gemeinsamen Karten

Immer klein zum König. Zu 80% haben wir mehr als einen Verlierer.

Die Gegner besitzen As-König-Bube

D10x xxx 1 38 %

klein zur 10 und dann klein zur Dame.

D109 xxx 1 51 %

zweimal klein zu 10/9.

D987 xxx 1 85 %

zweimal klein zu 9/8.

Dxxx 109x 1 97 %

zweimal klein zu 10/9.

D10xxx xxx 3 33 %

klein zur 10 und dann klein zur Dame.

D109xx xxxx 3 70 %

klein zur 10 und dann klein zur 9.

Die Gegner besitzen As-König-Dame

Tisch	Hand	Wieviel Stiche?	Erfolg in Prozent
B108x	**xxx**	**1**	**73 %**

klein zur 10 und dann klein zur 8.

B10xx	**xxx**	**1**	**68 %**

klein zum Buben und dann klein zur 10.

Bxxx	**10xx**	**1**	**69 %**

klein zur 10, die nächste Runde ducken und dann klein zum Buben.

Bxxxx	**10xx**	**2**	**88 %**

klein zur 10 und dann klein zum Buben.

Mathematische Wahrscheinlichkeiten

Die Top 10 der Blattverteilung

4-4-3-2	21,5 %
5-3-3-2	15,5 %
5-4-3-1	13 %
5-4-2-2	10,6 %
4-3-3-3	10,5 %
6-3-2-2	5,6 %
6-4-2-1	4,7 %
6-3-3-1	3,4 %
5-5-2-1	3,2 %
4-4-4-1	3,0 %

Restverteilung

11	1-1	52 %
	2-0	48 %
10	2-1	78 %
	3-0	22 %
9	3-1	50 %
	2-2	41 %
	4-0	9 %
8	3-2	68 %
	4-1	28 %
	5-0	4 %
7	4-2	48 %
	3-3	36 %
	5-1	15 %
	6-0	1 %
6	4-3	62 %
	5-2	31 %
	6-1	7 %

Printed by Amazon Italia Logistica S.r.l.
Torrazza Piemonte (TO), Italy

26396526R00082

Weit weg von Macht und ihrer Lasterhaftigkeit
In der Tiefe deines Herzens und deiner Seele
Sei niemand anderes
Als nur du selbst.
Paracelsus

Die französische Originalausgabe erschien 2003 unter dem Titel
»La Vengeance d'Isabeau (Le Bal des Louves 2)«
bei XO Éditions, Paris.

Umwelthinweis:
Alle bedruckten Materialien dieses Taschenbuches
sind chlorfrei und umweltschonend.

1. Auflage
Taschenbuchausgabe Juni 2006 bei Blanvalet,
einem Unternehmen der Verlagsgruppe
Random House GmbH, München.

Umschlaggestaltung: Design Team München
Umschlagcollage: Corbis (Mauro Magliani/Archivo Iconografico)
ES · Herstellung: Heidrun Nawrot
Satz: Buch-Werkstatt GmbH, Bad Aibling
Druck und Einband: GGP Media GmbH, Pößneck
Printed in Germany
ISBN-10: 3-442-36038-2
ISBN-13: 978-3-442-36038-3

www.blanvalet-verlag.de

Mireille Calmel

Die Rache der Wölfin

Roman

Aus dem Französischen von
Julika Betz und Susanne van Volxem

blanvalet

MIREILLE CALMEL

Die Rache der Wölfin

SIMONA PIACENTI

Parente del male

Questo libro è stato realizzato con StreetLib Write
http://write.streetlib.com

PREFAZIONE

di Stefano Epifani

Sono tanti i motivi per i quali si scrive un libro.

Sono infinite le ragioni per le quali si decide di mettere mano alla penna. Ci sono libri che nascono da anni di studi, libri che raccontano una storia, libri che espongono teorie. Ogni libro nei suoi motivi, nei suoi perché, nelle sue ragioni, è una storia nella storia. Ha una storia nella storia.

E ogni libro – che sia un saggio o un romanzo, che sia un racconto o un'autobiografia – nel raccontare la sua storia racconta sempre anche la storia di chi l'ha scritto.

È, questo, uno dei principi di base della letteratura, che vede appunto nella personificazione (1)uno dei due elementi fondanti di ogni opera.

Ma se la personificazione riguarda prevalente-

mente l'autore (o quello che il lettore interpreta come un portato esperienziale dell'autore), l'altro elemento riguarda il lettore: il coinvolgimento. Quel coinvolgimento per il quale chi legge entra letteralmente nell'universo dell'autore (2), accede alla storia, varca il mondo da lui costruito o vissuto, ne accetta le regole, le emozioni, le speranze e le paure. Ogni opera letteraria fa suoi questi principi, facendo leva di volta in volta sull'uno e sull'altro con differente enfasi.

Ci sono poi libri come questo, Parente del Male.

Libri nei quali – più che in altri – la personificazione ed il coinvolgimento si intrecciano ed intersecano in maniera inestricabile, così che il coinvolgimento nasca proprio da quel processo di personificazione per il quale, malgrado quella narrata sia la storia di qualcun altro, vera o immaginifica che sia, finisce per essere la storia di ognuno di noi.
Libri nei quali dopo poche pagine l'identificarsi con il protagonista è imprescindibile. Ciò avviene, certo, quando i libri sono scritti bene. Ma non basta.

Perché per produrre un così forte livello di coinvolgimento è necessario non solo accettare le regole fornite dall'autore nella descrizione del mondo nel quale ci chiede di entrare, che sia il suo o un mondo immaginario. È necessario entrarvi più che come semplici spettatori, ma come protagonisti. E questo, con Parente del male, succede con una forza ed una intensità disorientanti.

Succede perché siamo tutti parenti del male, in fondo.

In ogni casa, in ogni famiglia, quando prima quando dopo, il male entra come quel parente che non vorremmo mai dover vedere e scombina le nostre vite, ci toglie la pace, ci mette e rimette in discussione, ci costringe a fare i conti con energie che non pensavamo nemmeno di avere, o – al contrario – ci fa capire che le nostre energie non sono infinite.

Talvolta è una guerra lampo, talvolta è guerra fredda, talvolta è guerriglia.

In ogni caso è un combattimento che non riguarda mai solo chi si ammala, perché la malattia è davvero democratica e trasversale: in famiglia colpisce tutti. Anche se lo fa con tutti in modo diverso.

Colpisce il malato, ovviamente, ma colpisce con diversa forza, seppur con eguale violenza, tutti quelli che lo circondano e lo amano.

Negoziare la propria parte ed il proprio ruolo in questa partita è il risultato di un gioco a tre: c'è chi sta male, c'è la malattia e ci siamo noi. Ed ognuno di noi reagisce in modo diverso a questo triangolo che mai nessuno vorrebbe considerare. Il terzo maledetto incomodo ridefinisce e riformula il senso profondo del rapporto con chi amiamo, in maniera sempre imprevedibile. Persone forti si scoprono deboli, persone deboli si scoprono forti, tutti – comunque – si scoprono tendenzialmente un po' diversi rispetto a come pensavano di essere. Ed anche questa scoperta, talvolta, rappresenta un trauma nel trauma.

C'è la malattia, con la sua implacabile ineluttabilità. C'è chi se la ritrova addosso, come un vestito che non si voleva indossare, che copre e deforma agli occhi propri ed a quelli del mondo. C'è chi sta vicino al malato, e lo cerca per come lo conosceva prima. Senza poterlo trovare, non solo perché il vestito lo cambia, ma perché lo si cerca guardandolo con lenti deformanti. Insomma: la malattia

non riguarda solo la salute, ma investe le relazioni. Ridefinendole, deformandole, amplificandole talvolta e talaltra anestetizzandole. Ma sempre mutandole.

E poi, nel rapporto tra chi sta male e chi gli sta vicino, c'è il resto del mondo. Quel resto del mondo rispetto al quale Simona dichiara in apertura di avere la sensazione di essere diventata trasparente: una vera e propria pellicola che avvolge Pino per cercare di difenderlo da ciò da cui lo può difendere, ossia l'esterno. Ben sapendo che per quanto possa essere forte e determinata nella sua difesa, il vero nemico che sta cercando di combattere non è al di fuori della pellicola, ma dentro Pino, e dentro quel cellophane umano nel quale lei si sente trasformata.

Ed ecco che la battaglia si combatte su più fronti. È la battaglia contro la malattia. La battaglia contro gli estranei. La battaglia contro chi non capisce. Persino la battaglia per proteggersi dall'affetto dagli amici veri e dai familiari, che ci piacerebbe ci comprendessero ma dai quali è quasi impossibile esser capiti.

Ed è quindi anche e soprattutto battaglia verso sé stessi. Per l'incapacità di saper gestire ciò che non si può esser preparati a gestire. Per la sensazione di non esser mai abbastanza forti. Per l'impressione di esser diventati trasparenti agli occhi degli altri ed agli occhi dell'altro.
La battaglia contro questo parente indesiderato ed indesiderabile è una battaglia che riguarda tutti noi. E questa è la forza del libro di Simona.

Parente del Male è la sua storia. Ma è anche la storia di ognuno di noi nel momento in cui si è scontrato con la malattia di una persona vicina.

Parente del Male è una storia vera, che poco o nulla lascia al romanzo e che, per chi la conosce, rappresenta un ingresso a gamba tesa nelle emozioni di una persona che, raschiati gli strati di ottimismo ed esuberanza usati per cavalcare il mondo e per difendersi dalle sue insidie, raramente quelle emozioni le lascia trasparire davvero.

È un giro di giostra – anzi, un giro di GRA (3) – che dura un anno. Un anno nel quale Simona ha aperto le porte dell'automobile che prende quando vuole sfogarsi, in solitudine, guidando e gridando intorno al grande raccordo anulare. E nell'a-

prire le porte della sua automobile ci fa entrare nelle sue speranze, nelle sue paure, nel suo modo di vivere i problemi. Nel suo terrore. Nella sua forza. Persino nella sua ironia, arma che usa come scudo contro il mondo, ma prima di tutto contro sé stessa e contro la percezione della sua imperdonabile incapacità di essere onnipotente. Cosa della quale non si capacita mai abbastanza.

E così, nell'abitacolo della sua ibrida, diventiamo con Simona tutti parte di un percorso introspettivo che vede nel libro prima uno sfogo del tutto privato, poi un manuale di istruzioni per la lettura di sé che nasce dalla volontà di essere compresa da un amico, e quindi un percorso collettivo che abbraccia tutti noi perché rappresenta tutti noi.

Questo è ciò che Parente del Male può essere per ciascuno di noi. Per me, oltre a tutto ciò, è la storia della battaglia di due dei miei amici più cari contro un male insidioso. È la confidenza preziosa di un'amica che vuole esser compresa in uno dei momenti più difficili dalla sua vita. È il segnale di chi – anche nel momento di crisi più nera – ha la forza, l'altruismo e la capacità di lanciare un'anco-

ra ai suoi amici più cari e dire “anche nella tempesta che mi sta sconvolgendo io ci sono, sono sempre io, e io sono così”. Se questo libro è stato anche il modo per non perdere sé stessi in un momento in cui tutto sembrava potesse essere perduto, ci insegna – tra le altre cose – che per non perdere sé stessi uno degli strumenti più preziosi è la capacità di raccontarsi, prima di tutto a sé stessi, e quindi agli amici.

(Stefano Epifani è docente di Internet Studies in Sapienza, Università di Roma. Advisor internazionale sui temi della sostenibilità digitale. Fondatore e Presidente del Digital Transformation Institute)

[1] Mario Barenghi, “A cosa serve la letteratura?”, ZoppioZero, 2017

[2] Henry Jewnkins, “Cultura Convergente”, Apogeo, 2007

[3] Il Grande Raccordo Anulare, anello stradale che circonda la Capitale

Pino si è ammalato, io sono diventata trasparente.
Sono diventata la pellicola che lo protegge

Ma io sono una ottimista di natura, e mi sono misurata con tutto il circo che si è creato cercando sempre il banchetto che vendeva pane e salame!

PREMESSA

Quando ho un problema serio, io giro in macchina sul mitico GRA (sì lo so, genero traffico... ma me ne fotto) e canto, canto con una voce inaccettabile (perché sono stonatissima) e mi appoggio a quelle canzoni che sembrano essere scritte per dare voce a me.

La colonna sonora di quest' anno, è di Ligabue.

Ora onestamente, vi piaccia o non vi piaccia Ligabue, come sopra, me ne fotto, perché questa è la mia storia.

HO ANCORA LA FORZA (LIGABUE)

Ho ancora la forza
che serve a camminare
picchiare ancora contro e non lasciarmi stare
ho ancora quella forza che ti serve quando dici si comincia
Ho ancora la forza di guardarmi attorno
mischiando le parole con due o tre vizi al giorno
di farmi trovar lì da chi mi vuole sempre nella mia camicia
Abito sempre qui da me
fra chi c'è sempre stato;
e chi non sai se c'è
al mondo sono andato dal mondo son tornato sempre vivo
Ho ancora la forza
di starvi a raccontare le storie che ho già visto

e quelle da vedere e tutti quegli sbagli
che per un motivo o l'altro so rifare
Ho ancora la forza
di chiedere anche scusa e fare la partita
giocando fuori casa
e dirvi che comunque la mia parte ve la voglio garantire
Ho ancora la forza
e guarda che ne serve
per rendere leggero il peso dei ricordi
e far la conta degli amici andati
e dire ci vediam più tardi, più tardi
Abito sempre qui da me
Fra chi c'è sempre stato e chi non sai se c'è
col mondo sono andato
col mondo son tornato sempre vivo
sempre vivo

È accaduto all'improvviso.

O forse i segnali c'erano tutti, ma quei segnali, noi, non li volevamo vedere.

Una risonanza magnetica fatta con un contrasto speciale, e il risultato tra le mani, che a vederlo sembrava un albero di Natale illuminato in antici-

po, pieno di lucine – lucine su sfondo grigio – tante lucine; ed una mano tesa, che usciva da un camice bianco, dal quale spuntava anche una faccia che non ricordo, con un sorriso tirato a dire: non vi preoccupate.

E dietro a quel "*non vi preoccupat* e" c'erano occhi che dicevano al mio stomaco: *preoccupati, preoccupati tanto, preoccupati ora, con urgenza.*

Ecco in quel momento sono diventata la parente del male.

Un male chiamato tumore.

Questo è il mio diario: perché la malattia colpisce – investendolo - il malato, ma allo stesso modo prende a ceffoni tutti quelli che lo circondano; diventando il parente scomodo che ti si piazza in casa. Con superbia. Diciamolo: uno stronzo.

Prima reazione

Usciamo con la risonanza che scotta nella busta fatta-apposta. Ci si tiene per mano, tutti e due sappiamo che si è aperta un po' di più la porta che la morte ha in serbo per noi.

Spiego: nella mia testa la morte è sempre stata

un evento possibile, non sono mai riuscita a non vederla, e me la sono sempre immaginata dietro una porta, che apre uno spiraglio, con aria che ti risucchia.

Oggi il risucchio lo sento bello intenso.

Allora gli stringo forte la mano a mio marito, *per non farlo volare via* .

La risonanza viene buttata sul sedile di dietro. Già la schifiamo.

Proviamo a rileggere il foglietto che ci sta dentro. Non ci capiamo nulla. Ma niente niente.

Abbiamo solo capito che la parte pericolosa comincia sempre con "si osserva una *anomala* ... (far seguire parole a caso)"

E la parola *anomala* nel nostro foglietto ha *troppe* ricorrenze.

" Anomala" entra d'ufficio nella lista delle parole che odio, guadagnando in una manciata di secondi, l'onorevole secondo posto, in una lista che ho costruito negli ultimi 20 anni.

Un vero record. Mai una parola mi è andata sulle balle così velocemente.

In macchina ci lasciamo la mano (anche per evitare di aiutare quella tipa dietro la porta) e comincia-

mo a dire delle ovvietà.
Vedrai che, stai tranquillo che, passiamo anche per un banale e populista “la scienza ha fatto passi da gigante”.

Poi il silenzio.

E mentre guido, ci mettiamo a piangere. Tutti e due.

Prima

Tutti gli accertamenti li ha fatti da solo, è mio marito, è un uomo grande e forte e non tollera la commiserazione. Anche io sono così, detesto essere accompagnata da qualunque dottore, perché non sopporto quegli occhi che ti guardano cercando una risposta.

Per cui lui chiede di andare da solo, e ci va.

“ La risposta te la do io, quando la conosco. Vai a lavorare, lasciami andare”.

Gli accertamenti sono centinaia, uno strano dolore che non si capisce, ed esperti che si passano la palla con sapienza, cercando la fine del labirinto. Noi nel frattempo, a casa, spuntiamo la lista delle possibilità di googliana ricerca, che abbiamo mes-

so in fila; prima quelle facili: allergia (no); intolleranza (no) intossicazione (no).

L'allergologo alza palla per l'immunologo: lupus (no) malattie con il nome complicatissimo (no).

L'immunologo intravede un'ombra e, con uno scatto felino, alza la palla ricevuta a favore dell'ematologo.

L'ematologo palleggia (leucemia – no – malattie con il nome ancora più complicatissimo – no) e poi ci chiama e schiaccia.

Forte a Terra

Lo fa con il sorriso e gli occhi buoni di chi, quelle cose, le racconta tutti i giorni e non può fare altro che essere sincero: linfoma mantellare.

La mattina. La mia prima volta.

Ora, ho voglia di scrivere di quella mattina. Io e Pino andiamo insieme. Siamo stati convocati.

È chiaro – soprattutto dalla concitazione delle ultime analisi e prelievi – che qualcosa non quadra.

È la mia prima volta ad ematologia dell'Umberto Primo di Roma.

Ci vado in taxi, perché ho accompagnato i ragaz-

zi a scuola e non voglio fare tardi e lì non c'è parcheggio.
Pino è andato la mattina presto, come sempre nelle ultime settimane di caccia al tesoro.

Dovevano fare un altro prelievo del sangue.

Io arrivo con il mio sorriso più bello alle 9,30. Lui è già un veterano dell'ambulatorio; nelle ultime 3 settimane è stato li spessissimo, mi prende per mano e mi guida.

Entriamo in una stanza piccola con una cinquantina di posti a sedere tutti occupati, dobbiamo superare persone appollaiate in attesa sulle scale e una variegata umanità in piedi.

In un angolo c'è una specie di desk con due signore (volontarie poi scopro) che dirigono la fila e regalano sorrisi, rassicurazioni ed informazioni come farebbero dei nonni con i nipoti.

Con calma, occhi limpidi e voce ferma.

Sembra di essere in una sala di aspetto di un aeroporto: persone di tutti colori ed età, turbanti (a nascondere assenze); sorrisi di solidarietà (a riempire vuoti emotivi) e "paccate" di documenti in mano.

Tanta carta che ti viene da pensare alle povere

foreste che – loro malgrado – si sono trasformate in portatrici di brutte notizie.

Un brusio pacato.

Io – la nuova – la più irrequieta.

Alla fine, mi appoggio al muro e mi concedo di guardarmi intorno, distolgo gli occhi da Pino. Fino a quel momento non ero riuscita a farlo.

Ed ecco che la scena si illumina, i dottori girano, danno abbracci, chiamano per nome, scatta qualche sorriso.

Chiedono pazienza.

Pazienza ai pazienti.

Mi fa sorridere.

Nessuno si lamenta: il contrasto è evidente anche ad una idiota come me.

Un posto angusto e inadeguato, che dovrebbe scatenare rabbia e ispirare frasi di circostanza contro questo, quello, il destino, la sanità, lo stato o invocare un qualche dio e tutti i santi noti.

Ma qui non è così.

Qui la pazienza la insegnano quei passi decisi dei medici, che visitano in studi grandi come ascensori, che – è evidente – non fanno del loro meglio, fanno piccoli milioni di miracoli.

E allora i pazienti sono pazienti.

La loro pazienza è il regalo che fanno a quegli uomini e donne con il camice . Poco importa che siano volontari, medici, assistenti o professori.

Qui si respira impegno.

Forte e chiaro.

E allora divento paziente anche io.

Senza turbante e senza male.

Ma intravedo il parente scomodo che ha accompagnato molti. E lo schifo e lo odio.

Gli accompagnatori sono quelli seduti in pizzo sulla sedia con cartelle di documenti in mano. Condividono il posto con lo stronzo di tumore, per cui non si possono sedere comodi.

I malati sono quelli seduti bene, quelli sorridenti.

Sorridono.

Scherzano tra loro; orecchio confidenze su dove comprare i turbanti o le parrucche ad un prezzo onesto.

Loro sorridono, ci rassicurano. A noi.

Silenzio, parla il giudice

Seduti, davanti a lui. Ci hanno chiamato.

Il nostro dottore si chiama Luigi, è alto e magro e dietro quella micro-scrivania fa tenerezza. È circondato da un caos di documenti, che per lui hanno chiaramente un senso, dato la velocità con cui trova quello che serve.

Mentre con la testa ci dice di entrare, firma 2 ricette, risponde a un paio di telefonate di pazienti e compila una cartella – il tutto in una manciata di secondi.

Poi ci guarda e si dedica a noi.

No, rettifico, ci guarda, ci vede, ci riconosce e si dedica completamente a noi.

Nessuna fretta (malgrado la folla), nessun tono di voce strano (malgrado il brusio), nessun tentennamento (malgrado la situazione).

Eccolo lì il nome del parente: linfoma mantellare.

Ci guarda e *mi* chiede: ha domande?

Io devo avere fatto una faccia ben precisa che riconosce, oppure mi legge nel pensiero.

Io non ho domande, io cerco solo risposte.

Se non proprio risposte, rassicurazioni.

Se non proprio rassicurazioni... qualche bugia buona?

Non so cosa sia un linfoma, figuriamoci uno con il mantello!

Allora comincia a spiegarmi, come farebbe con un bambino.

Perché in quel momento io lo sono, tutti i miei neuroni si sono rannicchiati da una parte del cervello, e non si toccano, non devono toccarsi perché io non devo pensare.

Non devo pensare la parola "tumore-ugualemorte". Tutto insieme.

Mentre parla, perdo i primi 30/40 secondi, lui mi guarda, e poi ci guarda, e poi mi rassicura, e poi ci rassicura; senza mai perdere il contatto visivo.

Torno in me.

Forse ho fatto anche qualche domanda intelligente, perché poi mi trovo gli appunti sul cellulare. Mi rimane impressa l'ultima frase: oggi pomeriggio una trasfusione e mercoledì la prima che-

mioterapia.

Esco, mano nella mano con mio marito, sorrido io sorride lui.

Entrambi ci stiamo prendendo per il culo.

Lui deve rimanere lì per un'altra visita.

Io chiamo il taxi, e piango tutto il tragitto. Senza remore, ritegno, nulla. Devo piangere la disperazione. La devo piangere tutta.

Sabato

Dobbiamo informare la famiglia, i figli prima di tutto. Poi genitori, poi fratelli e sorelle. Un circo di persone che ci ama e che noi amiamo .

Ma sono nervosa.

Per la prima notte il mio nuovo parente scomodo è entrato ufficialmente a far parte della famiglia. Ha dormito nel lettone, in mezzo a noi.

E mi ha preso a calci nella notte, calci che mi svegliano, perché ho bisogno di guardare e sentire che Pino ci sia, che respiri, che dorma.

Rivivo la stessa sensazione di inadeguatezza e terrore che ho provato le prime notti che è nata

mia figlia.

La sentirò se ha bisogno? Respira ancora?

E sono passata dal dormo-come-un-sasso-e-non-mi-svegliano-manco-le-cannonate a mi sveglio di soprassalto perché c'è-troppo-silenzio-da-oltre-10-secondi-è-successo-qualcosa!

La vita di Pino si è improvvisamente trasformata e, con la sua, la mia.

Improvvisamente ti accorgi che devi essere più forte.

Che non puoi piangere, che non ti puoi stancare, che devi sorridere ed essere comprensiva e inclusiva. Che devi accettare che il parente sia lì.

Perché lo puoi combattere solo con il tempo e le cure.

Se urli e ti disperi non andrà via prima.

Se urli e ti disperi, lui prenderà forza.

Pensieri

Pensieri enormi mi girano per la testa. Tutti insieme. E mi sembrano tutti troppo grandi.

Perché la verità è io non ho mai messo in conto una cosa così.

E allora penso che se fosse successo a me sarebbe stato meglio. Perché io avrei saputo come combattere.

E non perché Pino non lo sappia, ma sarei stata più brava, perché sono più brava a soffrire di lui, ma soprattutto perché sono pessima a veder soffrire lui.

Noi siamo sempre stati simbiotici; da quando ci siamo conosciuti viviamo insieme e lavoriamo insieme. Insomma, alziamo lo sguardo e l'altro è sempre li. Ci tendiamo la mano e ci riconosciamo, anche al buio.

E qui, ora, è buio pesto e la mano ce la stringiamo forte, ma abbiamo paura lo stesso.

Poi, nel buio, arrivano tutti i pensieri del male, quelli che levano il fiato, quelli che cambiano il futuro che ti eri immaginato, e la vera forza sta nel rimandarli al mittente.

Ma una micro-particella del mio corpo li conserva.

E di notte li vomita con prepotenza.

Parenti

È arrivato il momento del racconto, fatto senza lacrime e pieno di ottimismo. Raccontiamo cosa succede, cosa succederà non lo sappiamo, lo inventiamo.

Disegniamo e raccontiamo percorsi lineari, come se tutto fosse facile.

Un piccolo incidente di percorso.

Smantello ci guarda mentre parliamo, e un po' se la ride.

Altro che piccolo incidente, lui sta lì, bello grande, in poltrona, con l'aria di chi sta pensando "ridi, ridi... vediamo chi ride per ultimo".

Ai nostri figli passiamo una versione edulcorata di quello che pensiamo, e mentre parliamo a tavola, io vedo chiaramente l'ombra del parente seduta con noi, senza volto, nera, con la testa alta.

Occupa un posto che non è suo.

Le sedie in cucina sono colorate e ce ne sono solo 4, sono le nostre: non c'è posto per te.

I figli forse capiscono o forse non vogliono capire, il sorriso forse li rassicura. In fondo noi siamo lì per guidarli, e crescerli, e nel loro schema mentale l'assenza non è contemplata.

I genitori capiscono , e i loro occhi ci fanno ancora più male, perché sono gli occhi di chi vorrebbe dare la vita per te, e invece, in questo momento è impotente. E soffre per te e per quello che non può fare: questo è il dolore nella sua limpidezza.

Sorelle e cognati capiscono sin troppo bene e si dispongono a cerchio . Creano quella barriera di protezione che si chiama quotidianità. E li vedi che affilano i coltelli e le unghie, per combattere al tuo fianco.

Smantello

Ho deciso che questo parente stronzo lo chiamerò ufficialmente "Smantello", devo poter imprecare verso un nome, devo poter concentrare la rabbia verso un obiettivo.

Reazioni

Amici, voci che corrono, sms e WhatsApp di supporto.

È partita la banda.

Il mio telefono si illumina di continuo. Il mio, perché Pino non va disturbato, almeno credo che pensino questo. Io rispondo a tutti, con mille grazie per le offerte di supporto, ma – onestamente – non so cosa chiedere.

La presenza assidua di tutti a tratti mi rincuora, a tratti mi sfianca.

Mi sembra di dover avvertire tutti per ogni minimo cambiamento... ed io non ho tempo per farlo.

Potrei fare un gruppo di WhatsApp: "smantello news" ma non sono certa che appezzerebbero l'ironia.

Non lo so... ora ci ragiono.

Pino

Smantello si è seduto accanto a lui, Pino lo sa.

Questo bastardo, come un vampiro, gli succhia le forze.

Questo uomo grande, alto e forte, sta perdendo peso.

Perdere peso non è solo perdere ciccia e massa, è perdere spazio nella propria vita.

Pino combatte sempre. Ora lo fa a suon di collane di pasticche, punture e normalità. La sua giornata è scandita da cose che prima non faceva: le pasticche ad orario, prendere la pressione, prendere del tempo per richiamare le forze, concentrarsi per vedere ciò che è bene.

Smantello ha cambiato la prospettiva delle cose: ora ogni piccola cosa che non va, non sappiamo se sia un sintomo buono o cattivo. Questo parente ci ha tolto la capacità di essere leggeri.

Pino perde peso e acquista pesantezza.

COSA VUOI CHE SIA
(LIGABUE)

Gli occhi fanno quel che possono
niente meno e niente più
tutto quello che non vedono
È perché non vuoi vederlo tu
Cosa vuoi che sia
Passa tutto quanto
solo un po' di tempo e ci riderai su
Cosa vuoi che sia
Ci sei solo dentro
pagati il tuo conto e pensaci tu
È la vita in cui abiti niente meno e niente più
sembra un posto in cui si scivola
ma queste cose le sai meglio tu
Cosa vuoi che sia
Passa tutto quanto solo un po' di tempo e ci ride-
rai su

Cosa vuoi che sia
Ci sei solo dentro pagati il tuo conto e pensaci tu
Chi ama meno è meno fragile tutti dicono così
ma gli occhi fanno quel che devono
solo tu puoi non accorgerti
E il mondo che ti dice "tu pensa alla salute"
e c'è chi pensa a quello a cui non pensi tu (...)
E il mondo che ti dice "tu pensa alla salute"
E il mondo che ti dice "tu pensa alla salute"

Mercoledì

Prima chemioterapia.

Va da solo, tanto nessuno di noi potrà stargli accanto, la sala delle chemio è riservata solo ai pazienti. Ci vorranno circa otto ore. Otto ore a me sembrano un'eternità.

La mattina esce con il mio abbraccio e con la sensazione comune che ora cominciamo a fare sul serio. Ora, oggi, tutto quel parlare è diventato reale.

La guerra comincia.

Mercoledì sera

Prima chemio andata, tra messaggini e un po' di

ansia, questo primo passo lo abbiamo fatto.

Pino ha reagito benissimo.

Niente vomito, niente di niente.

O forse Pino mi dice che ha reagito benissimo. Magari si è vomitato l'anima insieme a mille imprechi. Ma non me lo dirà mai.

Smantello è li, chissà come avrà preso questo primo attacco.

Intermezzo conoscenti

I conoscenti in questo momento si dividono in alcune precise categorie di pensiero

" *È tutta questione di atteggiamento* ":

e che atteggiamento dovremmo avere? Arrabbiato? Fiducioso? Noi ci guardiamo negli occhi e ogni tanto si piazza in mezzo smantello.... E gli atteggiamenti ce li abbiamo tutti. Tutti insieme. Siamo arrabbiati, fiduciosi, attoniti, disperati, speranzosi... siamo tutto, tutto insieme. Basterà questo atteggiamento?

" *Non ti preoccupare, se ti serve qualcosa chiama* ":

La realtà è che non ti ho mai chiamato prima per condividere un bel momento... ed ora onestamente, mi sentirei una merda a chiamarti. E diciamoci la verità, noi l'uno per l'altra non ci siamo mai stati.

" *mi dispiace*" :
eccoli i conoscenti onesti, quelli che non si propongono né ti propongono. Eravamo conoscenti, siamo conoscenti, ci dispiacciamo cinque minuti perché conosciamo il dolore. Ma poi la nostra vita prende subito le distanze

" *Ho saputo di Pino, è vero?*"
No figurati. Noi produciamo notizia a caso e le diffondiamo per vedere cosa succede
" *oh... lo sai che per te ci sono sempre*"
Scusa, chi saresti tu?

Dopo chemio

Abbiamo un nuovo calendario in famiglia, ora il tempo lo gestiscono le visite, le analisi, le medicine, i riposi e gli imprechi.

Smantello la sta facendo un po' troppo da pa-

drone, e ogni tanto si danno segni di nervosismo.

Il mio ruolo?

Io faccio fatica a fare quella brava e sempre disponibile, ho necessariamente ri-pianificato la mia routine. Lo faccio, con amore, anzi con tutto l'amore del mondo, ma dire che mi va bene è una falsità.

La sensazione è sempre la stessa, quella di quando ho partorito i miei figli: si, un amore immenso, ma costellato di mille rinunce: gli amici, il tempo, i weekend rubati al mondo, il sonno, gli orari...

Ecco un po' si torna indietro, perché da quando Smantello vive con noi, io dormo con un orecchio "appizzato", lavoro con il cellulare davanti agli occhi, rinuncio al mio tempo per non lasciare spazio alla solitudine di chi devo sostenere.

Ci si mette da parte, si fa tutto da soli, per non appesantire, per non pesare.

Lui continua a perdere peso e io acquisto consistenza.

Faccio le cose che prima faceva mio marito, e le faccio con il sorriso della persona a cui non pesa

nulla.

Il sorriso. Non fa forza o la coscienza. Il sorriso.

Sorrido tanto in questo periodo.

Sorrido a mio marito quando mi guarda, ai dottori quando mi spiegano, ai miei figli e a tutti i miei parenti.

Sorrido agli amici che mi chiedono, le mie emoticon su WhatsApp sono tutte faccine che ridono, in ufficio sorrido a tutti.

Sono b-r-a-v-i-s-s-i-m-a a sorridere.

Ma non mi dovete abbracciare.

Un abbraccio che dura più di qualche secondo, mi guarisce dalla paresi del sorriso e mi fa cadere in ginocchio, con una gran voglia di piangere.

Allora sono diventata campionessa mondiale di slalom sulle piste degli abbracci, li schivo con tutte le possibili scuse, dal raffreddore alla congiuntivite a un messaggio sul cellulare... nulla, le ho usate tutte.

Mi voglio fare una maglietta con su scritto #NonAbbracciatemi Pericolo Cascata

L'amico di Smantello

Questo stronzo di Smantello ha pure degli amici... Siamo andati a fare le analisi del dopo chemio, e Pino mi ha chiesto di accompagnarlo, si sente senza fiato.

Senza fiato. Ha fatto qualche gradino e l'aria non bastava.

Andiamo nel solito posto, a fare le solite file, aspettando il solito tempo. Ci chiamano a mezzogiorno e l'oncologa di turno ha in mano le nostre analisi.

" Ottimo" dice, "le analisi vanno benissimo" – capisco che ci sta dicendo che Pino ha il "physique du rôle" e a questo parente stronzo, con la prima chemio abbiamo messo in chiaro chi siamo.

Ma Pino ha l'occhietto mesto, e dice che però lui ha il fiato corto- non lo dice in effetti, lo sussurra.

La dottoressa misura l'ossigenazione del sangue e la pressione, ambedue ottime.

Pino si guarda intorno, forse pensa che quella mancanza d'aria viene dalla gabbia stretta in cui

sta in questo periodo... e che il fiato che manca, venga dalla paura.

Allora si alza per andare.

Ma qui la dottoressa lo guarda dritto negli occhi, si leva quell'aria comprensiva che ha assunto per dinamiche quotidiane, fissa il suo verde nel marrone delle pupille di mio marito e dice: "Ma lei, come respira... obiettivamente: come si sente di respirare?" E Lui (occhi bassi da scolaretto) "insomma... direi male" e lei: "e allora lei non va via da qui, finché non abbiamo capito cosa le sta succedendo".

Un po' mi si stringe il cuore.

Perché capisco che questi dottori lottano ferocemente come noi. Tutti e 3 lottiamo – in modi diversi e con armi diverse – contro lo stesso nemico.

E lottano con noi, al nostro fianco. Schierati.

Ma loro - i dottori – devono essere ancora più bravi di noi.

Noi vediamo, loro devono intravedere.

Intravedere tra le mille pieghe delle risposte e saper discernere tra emozioni e sintomi, paure e dolori, insomma cercare di capire la differenza tra

"il percepito" e "il vero"

Perché il percepito va tranquillizzato e capito

Il vero va curato. Subito.

Passiamo un po' di tempo in giro per altre analisi, eco, occultazioni, ed ecco qua, scopriamo che Smantello ha capito che qui il gioco si fa duro... e ha chiamato l'amico Versamento Pleurico.

Mi sa che gli abbiamo messo paura a Smantello, ma la carogna ci ha preso di sorpresa.

Dobbiamo stare più in guardia. Non si combatte solo faccia a faccia... dobbiamo stare attenti anche a tiri mancini.

Ci hai fregato una volta. Carogna.

L'amico di Smantello, lo portiamo in ospedale

Ricovero immediato, in pronto soccorso, perché in reparto non c'è posto. Il pronto soccorso di ematologia è un altro posto strano. Così a prima vista ti sembra molto tranquillo, nessuno che strilli, piccole stanze che ospitano le brevi degenze e un corridoio con barelle che vanno e vengono di persone che – essenzialmente a prima vista – fanno solo flebo di liquido trasparente... quasi inno-

cuo a vederlo.

E' un posto silenzioso perché non c'è il male che strilla, quello delle fratture, del sangue o delle ossa visibili, degli incidenti, dei tagli e dei traumi.

Ma se guardi bene, qui, negli occhi della gente, c'è un buio a tratti disperato, a tratti rassegnato e – per i primi arrivi – essenzialmente stupito.

Un buio che divora.

Ma c'è anche profondo rispetto, mille aghi e mille flebo e mille grazie a chi ti guarda, ti sorride e ti stringe la mano.

E la memoria corre a tutti gli appelli di emergenza sangue che ho letto/visto negli anni. Ecco anche dove va tutto quel sangue. A tutti quelli che si sono portati a casa un amico di Smantello e che hanno bisogno di sangue buono per combatterlo.

A volte non si vedono le cose, fino a quando non ci sbatti la faccia forte. Ma forte!

Pino ha la sua stanzetta, ma sembra che per lui anche li manchi l'aria, è senza fiato, quindi si sta con l'ossigeno e la flebo sempre attaccati.

Ricominciano le analisi. *Sangue che esce, antibiotico che entra* . Tutto scandito dalle scarpe di gomma

e dai sorrisi degli infermieri e dei dottori. C'è un silenzio, silenzioso.

Passano i giorni, e Smantello e il suo amico sono li, seduti sul suo petto. Così me li figuro mentre lo vado a trovare; scendete un po', fatelo respirare.

Per favore.

Io sorrido molto, porto cose avanti e indietro da casa, tutto quello che penso che possa fare piacere.

Però più che altro sorrido.

L'organizzazione

"Organizzazione" è diventato il mio mantra- nella giornata ci devi fare entrare tutto: porta i figli a scuola – lavoro- ospedale – spesa – butta la spazzatura- cambia la lampadina – compra le medicine – porta le medicine – ah! Serve un pigiama – mamma... posso andare alla festa del mio amico? – hai studiato? – mamma ti ripeto storia – che c'è per cena?– manca il latte – passa da tua suocera – vai da tua mamma e tuo papà – simona serve questo documento urgente per domani in ufficio – l'amica che chiama e vuole sapere – il vicino di casa che ti ferma – cambiare i pneumatici alla

macchina – la serratura del cancello di casa non funziona più- manca il detersivo per i piatti – ti ho portato una crostata – ti ho portato dei biscotti – porca paletta faccio tardi per l'entrata in ospedale del pomeriggio - hanno chiamato da scuola, Diego non sta bene – c'è la tavola rotonda in ufficio – il nuovo AD fa le riunioni alle 7,30 di mattina – cognata, puoi portare i figli a scuola? – mamma che ci hai lasciato per pranzo? – accidenti il pranzo! Dai fatevi un panino – mamma posso venire a dormire con te?

AAAAAAAAAAAAAAAHHHHHHHHHHHHH HHHHHHHHHHHHHHHHHHHHHHHHHH-HHHHH

1 a zero per noi

L'amico di smantello lo abbiamo preso a calci. Dopo 10 gg di ospedale e l'aspirazione di circa 3 litri di liquido dai polmoni, si è arreso.

Più che arreso, lo abbiamo risucchiato.

Il giorno che Pino ha fatto la seconda aspirazione, ha cambiato viso.

Ha ricominciato a respirare a pieni polmoni. Deve essere stato faticosissimo cercare ossigeno ad

ogni respiro. Io che mi innervosisco quando ho il raffreddore, non riesco a capacitarmi come abbia fatto.

È stato bravissimo.

Seconda chemio

Le analisi vanno bene e, così, ricovero per la seconda chemio.

Ce lo avevano già detto: una chemio in day hospital, una chemio ricoverato.

Le pari sono le più forti.

E ieri pomeriggio sono andata a trovare Pino che era entrato in ospedale.

Ora siamo ricoverati in reparto, e Pino condivide la stanza con un uomo sorridente che sta combattendo una leucemia fulminante.

Dico "siamo" perché questa guerra si fa in due.

E allora "stiamo": meglio – a casa – in forma

E "siamo": sereni- arrabbiati – preoccupati.

Smantello ti porta via l'IO.

Lui arriva, si siede, e si diventa per forza NOI.

A prescindere dall'amore, dal ruolo, dai sacramenti.

Lui si ammala, smantello si appiccica forte al suo destino. Ti incolla. Il suo percorso è il tuo.

Non ti piace? E-chissene-frega

Quello che succede a chi accudiamo, succede a noi.

E se non c'è l'amore, c'è solo da fare.

E se c'è l'amore, c'è da fare, da soffrire e da pensare.

Carnevale?

In stanza si entra mascherati da dottore: camici di carta, guanti in lattice, mascherina e soprascarpe.

Non ci si può sedere sul letto, non si dovrebbe baciare o toccare senza guanti, nulla.

Siamo in quattro: io; Pino, il signore sorridente e la moglie. Io e la moglie bardate come due deficienti, che tentiamo di mantenere un contegno.

Io ho pure il camice di carta al contrario... ci metterò un paio di volte per capire il verso giusto con cui indossarlo.

Onestamente con la cuffietta verde (io e la signora) siamo due cessi.

Loro sorridono e ci guardano con tenerezza.

Tenerezza? Mah!

Le difese immunitarie sono basse, quindi la mascherata serve a evitare che possiamo trasmettere qualche germe che portiamo da fuori.

Il signore con la leucemia ha già fatto la chemio e intravedo quello che succederà: colorito giallognolo, flebo, cena tipo primo svezzamento di un bambino: minestrina e omogeneizzati.

Pino ogni tanto guarda il vassoio del vicino e decide che il suo farro-platessa lessa- verdura lessa è una gran fortuna. Non fa nessun commento, mangia tutto, fino alla fine.

Nuovo karma: cogli l'attimo.

Gli amici

In questi momenti fai anche una bella selezione. O meglio, gli amici si auto-selezionano.

Ci sono quelli che i primi giorni ti hanno massacrato di messaggi e telefonate, poi si sono annoiati, e non ci sono più.

Ci sono quelli che ti conoscono e non ti chiedono: fanno le cose. Le più piccole, ma le fanno. Quella presenza che senti dietro le tue spalle, con la certezza che potresti girarti, allungare la mano e sapere che li toccherai.

E poi *ci sono quelli che* ti aspettavi, e invece non ci sono.

Selezione naturale, la chiamerei.

Gli amici, quelli speciali

In questo universo vorticoso, impari a riconoscere qualcuno di speciale.

Si confermano alcune sensazioni, quelle che non ho mai sperimentato, perché – lo devo ammettere – fino ad oggi sono sempre stata molto fortunata.

I problemi incrociati sino ad oggi, non sono mai state montagne. A volte colline, mai insormontabili.

E quelle poche montagne che ho incontrato, alcune le ho scalate sola, altre mi hanno permesso di cambiare strada, altre le ho scalate mano per mano con Pino.

Insomma, una vita bella, a volte faticosa, incasinata, ma bella.

Ai piedi di *questa* montagna mi sono sentita, all'inizio, sola.

Mi sono detta: la devo scalare per forza; in realtà *la voglio scalare con forza* .

Ma non sono sola. Mi porto sulle spalle un sacco di dolore, il mio e quello di Pino, e ancora il peso delle lacrime, speranze, paure.

Un peso pesante.

Che atterra e tira di continuo verso il basso.

Ed eccoli gli amici.

Quelli che mi conoscono stanno nascosti dietro i cespugli, perché lo sanno che faccio fatica a farmi aiutare.

Quando inciampo, mi guardo intorno, e vedo qualcuno di loro passeggiare come se fosse li per caso.

E per caso, quasi con indifferenza, non mi chiede se ho bisogno di aiuto.

Mi dà aiuto.

Devo mille grazie a quelle persone: l'amica di sempre, l'amico di una vita, il mio professore pre-

ferito, la coppia che sa esattamente quello che vivi perché ci sono passati, la sorella minore acquisita...

Questi giganti, perché è questo quello che sono per me, si sono fatti piccoli piccoli, per non farsi vedere, cosicché non potevo dirgli “stai tranquillo, tutto a posto, non mi serve nulla”.

Se non li avessi in mezzo ai piedi quei gigantignomi, starei con il culo per terra. Prima o poi glielo dirò.

I figli. Parte uno

I ragazzi stanno vivendo questa cosa in modo strano. Chiedono poco, ma cercano di colmare il vuoto con le parole.

La sera, a cena, è tutto un racconto.

Ogni tanto cerco di sondare il terreno, per capire se mi sfugge qualcosa. Perché questo periodo è in corsa, e magari mi perdo i segnali di aiuto.

Faccio fatica a sapere come mi devo comportare: leggerezza? Mi devo far vedere preoccupata?

Quanto onesta devo essere?

Questa mattina Diego in macchina mi ha detto che ieri ha pianto, con la prof di matematica. Gli

ho chiesto cosa fosse successo: mi ha detto “dopo l’interrogazione mi sono sentito stanco e allora ho detto alla prof di papà, e lei mi ha rassicurato”.

Giorgia mi ha confidato che ne ha parlato con i suoi amici stretti, e l’hanno rassicurata.

Rassicurazione. Ci vuole una rete di rassicurazioni.

Allo specchio

Ho scoperto che guardarmi allo specchio in questo periodo non mi piace. Ho una faccia stanca e tirata. A volte mi guardo bene perché non mi riconosco e non mi sembro io.

Poi però ho scoperto che quando mi specchio negli occhi di mio marito sono serena.

L'ospedale

La chemio dura 3 giorni.

A Pino hanno impiantato un tubicino dentro il braccio, che arriva fino a metà del petto, e che serve ad avere sempre a disposizione un passaggio per la chemio.

Lo terrà per tutti i 6 mesi.

Ancora tutto sotto controllo.

Lui sta abbastanza bene, e passa le giornate cercando di far passare le giornate.

Io, fuori, passo le giornate cercando di farci entrare tutto.

Ieri parlavo con la moglie del vicino di letto di Pino: eravamo fuori dalla stanza dei mariti, mentre ci vestivamo per la visita. Lei era lì con gli occhi che le si gonfiavano di lacrime. Io che cercavo di consolarla.

Io che pensavo: beata lei che è in pensione ed ha il figlio già grande e che questo momento riesce a viverlo più (logisticamente) in modo facile; e mentre pensavo questo, lei mi dice: beata te che hai i figli a casa e le giornate piene, il dolore si sente di meno.

E allora riflettevo su quanto soggettive siano le emozioni, su quanto, questo dolore, ci porta a pensare a tutti la stessa cosa: perché lui? Perché noi?

E non c'è un facilitatore per nessuno.

Tutti siamo stati travolti da uno tsunami di caos e dolore.

E tutti lo viviamo pensando che il nostro sia il peggiore di tutti.

Io un piccolo aiuto lo vorrei: vorrei essere un po' più leggera.

Ma la cosa che vorrei di più è saper piangere.

Mi sono resa conto che *non so piangere tra le braccia di nessun* o. Piango in macchina, da sola, girando sul raccordo anulare. Piango nei parcheggi fuori dal supermercato. Le lacrime mi salgono agli occhi all'improvviso quando sono sola. Forti e liquide.

L'abbraccio di cui ho bisogno è solo il mio. Davanti agli altri sono sempre sorridente.

Però, mi piacerebbe farmi consolare, confortare.

Ma forse non sono pronta.

Smantello Tace

Seconda chemio finita. Ora siamo in attesa. Lui in ospedale attende che si manifesti qualche complicazione, io in giro, attendo che non si manifesti nulla.

Questa attesa ferma fa un po' paura.

Nel senso che sei lì fuori dalla porta, con lo

smantello dal di là che combatte contro la chemio.

Sei fuori dalla porta della tua malattia.

In sala d'attesa.

Come sta andando?

E lì seduti su dure sedie di legni, la mente vaga, un brufolo... la porta per la mega infezione; un taglietto fatto con la carta? anticamera dei germi; un po' di fastidio allo stomaco? La chemio attacca!

Questo stronzo di smantello ci ha tolto la leggerezza.

Io sto attentissima a non prendermi nulla, non potrei frequentare l'ospedale.

Lavo tutto a 1500 gradi prima di riportarglielo... io che ho sempre fatto le lavatrici pieni di colori, sono diventata la regina del dividi-disinfetta e lava.

Ma quanti germi ci sono??? Ma tutti qui devono stare?

I figli. Parte due

Non che non ne voglia parlare, perché immagino che in altre famiglie funzioni in maniera diversa. Ma qui, da noi, con Smantello, i figli si stanno

comportando da veri fighi!

Diego, il nostro piccolo gigante, 13 anni incastrati in un corpo che cresce a vista d'occhio, che lo fa alto, imponente, impacciato e tenerissimo, tutto allo stesso momento.

Lui ha deciso che la sua valvola di sfogo è fuori da questa casa. Ha scelto la famosa insegnante di matematica. E lei – donna meravigliosa – lo ha accolto, e lo sostiene nel confronto che lui chiede. Poi è controllato a vista dalla professoressa di musica, altra meraviglia – che da lontano si accerta che non inciampi. Fuori da scuola praticamente non ne parla. Qualche sera mi chiede, sussurrando, come sta davvero papà. E quelle sere gli racconto come sta andando.

Giorgia è una 15enne patentata, con tutto quello che i 15enni devono avere. Risate, pianti incontrollati, gioie immense, dolori lancinanti, mamma ti voglio bene, anzi ti odio, ma sei la migliore del mondo, ma solo tu sei così cattiva, e voglio uscire, vieni a prendermi all'una, no vabbè a mezzanotte, mamma sono le dieci, mi sono stancata, vieni a prendermi, vado al centro commerciale, eppoi a

studiare a casa di Martina/Flavia/Giulia... io: Mah!

E via andare. Una altalena

E in questa altalena ha fatto pochissime e precisissime domande. E poi controlla, lo fa come se fosse uno sbaglio, prende in mano i risultati delle analisi, guarda le scatole delle medicine, scruta il padre con attenzione.

E se qualcosa non torna fa una sola domanda: come sta "oggi" papà?

Due Fighi.

Due grandi Fighi.

Mi documento

Oggi ho deciso che dovevo capirci qualcosa di più sulla chemio. Ho fatto un po' di ricerche on line, cercando un sito che mi aiutasse a capire di cosa parliamo.

Copio e incollo quello che ho trovato sul sito dell'AIRC:

" La chemioterapia consiste nella somministrazione di una o più sostanze capaci di uccidere le

cellule tumorali durante il loro processo di replicazione. L'associazione di sostanze diverse consente di aggredire le cellule tumorali colpendo contemporaneamente diversi meccanismi essenziali per la loro replicazione. Si ostacola così la loro capacità di evolvere verso forme resistenti alle cure. (...) Per le diverse malattie esistono quindi diversi schemi di chemioterapia chiamati con acronimi formati dalle iniziali dei medicinali utilizzati (...) . Esistono quasi un centinaio di sostanze che possono essere variamente combinate per combattere meglio le diverse forme di tumore, e nuove molecole sono continuamente scoperte, sintetizzate o estratte e messe a punto nei laboratori di tutto il mondo.

Per ogni tumore e per ogni malato, sulla base dei dati raccolti in decenni di ricerche, i medici scelgono lo schema più adatto per ottenere il miglior risultato possibile con il minor carico di effetti collaterali. A questo stesso scopo la chemioterapia viene spesso somministrata in cicli e non in maniera continua. Non tutte le cellule infatti sono contemporaneamente in fase di replicazione. Anche in un tumore a rapida crescita ve ne sono sempre alcune "a riposo" o, come si dice, "in fase quiescente". Queste cellule sfuggono all'azione dei farmaci che

hanno la caratteristica di uccidere le cellule mentre si dividono. Per questo la ripetizione del trattamento in cicli successivi elimina le cellule tumorali via via che entrano nella fase di replicazione."

Cioè, in pratica, la chemio funziona e va ripetuta come per il trattamento per i pidocchi!

2 a 1, ma per noi

Il fisico di Pino ha deciso di combattere. Doveva stare in ospedale circa 3 settimane dopo la chemio – in attesa che le sue difese immunitarie si rialzassero, e invece dopo 10 giorni è – anche lui incredulo – a casa.

Smantello, Paura eh???

Quello che non si dice

Ora io vorrei fare un appello a tutti i conoscenti che incontro e che sanno di Pino.

Allora: quando mi incontrate, e mi abbracciate e tentate di consolarmi vorrei che evitaste di dire cose: lo so quello che stai passando... il mese/settimana/l'anno scorso è morto un mio amico/paren-

te/conoscente di tumore.

Allora!!!!!!! Ma come vi viene in mente?????? Bella consolazione di merda!

Per pietà, se è venuto a mancare qualcuno (cosa di cui davvero mi dispiace, e lo ammetto, sono assolutamente empatica sul tema in questo momento) non me lo dite.

Silenzio. Silenzio assoluto.

Assonanze e Dissonanze fisiche

Pino sta cominciando a perdere i capelli per la chemio, pure io (sarà lo stress?).

Pino sta dimagrendo per le cure, io ingrasso per compensare (saranno le noccioline che divoro?)

Pino è spesso stanco, io sprizzo energia per due.

Pino è in modalità "risparmio energetico". Io modalità ON/OFF: ovvero o sono assolutamente iperattiva o sono in stato catatonico.

Lui è nervoso, e cerca di controllarsi, io pure, e sorrido come se la paresi facciale fosse l'unica opportunità.

Essere Malato di tumore è un lavoro

Mai mi sarei immaginata la lista di impegni irrevocabili che ha una persona che si ammala. Nella mia testa, una persona malata va protetta.

Quando mi ammalavo da piccola, stavo sotto le coperte, con un tè caldo in mano e mamma e papà intorno a me.

Qui la routine è per super allenati.

Visite almeno 2 volte a settimana: si entra la mattina alle 7, ci si mette in fila con il numeretto, si fa la fila per il pagamento (sei esente e non paghi, ma devi comunque fare la fila alla cassa che ti scambia un foglietto con un altro) e con quello vai a fare la fila per i prelievi.

Fatto il prelievo, aspetti.

Aspetti.

Aspetti.

Si fanno le 11.00

I risultati delle analisi sono arrivati ai dottori.

Ora si fa la fila per essere visitati, aspetti.

Aspetti

Aspetti
Fai la visita. Con gratitudine.

Si sono fatte le 12,30. Si torna a casa, stanchi.
Stanchi di quella stanchezza di chi ha guardato la spada di Damocle, che ha sopra la testa, per tutta la mattina.

E l'oncologo che legge le analisi ti sta solo dicendo se quel filo - che la tiene lontana dalla tua testa - si sta assottigliando o rinforzando.

Loro (i dottori) le chiamano piastrine, globuli.... Ma noi lo sappiamo che sono piccoli fili che rafforzano (se crescono) o indeboliscono (se decrescono) la trama del filo che sostiene la spada.

Tutti vicino? Anche no.

La chemio abbassa le difese immunitarie, sei debole.
E il tuo corpo usa tutte le energie per tentare di reagire.
Non ci si può ammalare di altro.

E allora lontano tutti quelli che tossiscono/starnutiscono/hanno gli occhi lucidi/non si sentono bene/covano qualcosa...

Insomma, tutti hanno un po' paura di starti vicino, per paura di attaccarti qualche strana cosa... e tutti stanno lontano... e tu stai un po' solo.

Pino va in giro con la mascherina. Una tenerezza cosmica quando incontra qualcuno e dice "non sono infetto, non posso attaccare nulla. La mascherina serve a me perché non mi posso prendere niente".

Si scusa.

Si scusa della mascherina azzurra, si scusa per il disagio, si scusa per la mancanza di rispetto.

Un uomo che di fronte al male non cede, chiede scusa.

Giorni in mezzo

I gironi tra una chemio e l'altra sono i giorni in mezzo.

Giorni in cui un po' si aspetta, un po' si cerca di vivere senza passato né futuro.

Io me li vivo come i giorni bianchi.

Ho recentemente appiccicato colori e nomi a tutto. Allora la mia vita è attualmente divisa in:
Giorni bianchi : quelli neutri, dell'attesa
Giorni neri: quelli in cui ho paura
Giorni rossi : i giorni della lotta

E poi ci sono i *giorni colorati fluorescenti* , quelli che, per caso, ti cadono addosso, quando ti dimentichi tutto, e vivi e basta.

Questi sono giorni bianchi. Un po' si cerca di essere semplicemente tranquilli. Ma facciamo finta, lo sappiamo che sono giorni di mezzo.

IL GIORNO DI DOLORE CHE UNO HA (LIGABUE)

Quanto tutte le parole sai che non ti servon più
quando sudi il tuo coraggio per non startene laggiù
quando tiri in mezzo Dio
o il destino o chissà che
che nessuno te lo spiega perché sia successo a te
Quando tira un po' di vento
che ci si rialza un po'
e la vita è un po' più forte
del tuo dirle "Grazie, no"
Quando sembra tutto fermo, la tua ruota girerà.
Sopra il giorno di dolore che uno ha.
Quando indietro non si torna
quando l'hai capito che
che la vita non è giusta
come la vorresti te

quando farsi una ragione
vorrà dire vivere
te l'han detto tutti quanti che per loro è facile
quando batte un po' di sole
dove ci contavi un po'
e la vita è un po' più forte
del tuo dirle "Ancora no"
quando la ferita brucia
la tua pelle si farà
Sopra il giorno di dolore che uno ha.
Quando il cuore senza un pezzo
il suo ritmo prenderà
quando l'aria che fa il giro
i tuoi polmoni becchera
quando questa merda intorno
sempre merda resterà
riconoscerai l'odore perché questa è la realtà
quando la tua sveglia suona e tu ti chiederai che
or'è
che la vita è sempre forte molto più che facile
quando sposti appena il piede lì il tuo tempo cre-
scerà
Sopra il giorno di dolore che uno ha.

Le feste comandate

La seduta di chemio non è capitata in mezzo alle feste. Fortunatamente Natale e Capodanno a casa.

Manco fosse un militare che dobbiamo essere contenti per la doppia festività casalinga.

Fortunatamente la famiglia fa la brava famiglia e le feste volano serene.

Mangiamo, ridiamo, scartiamo i regali. Ogni tanto mi abbracciano un po' più forte.

E non so mai se è un "ci sono" o un "mi dispiace". O tutti e due insieme.

Mi imbarazzano sempre questi momenti. Non so mai come reagire. Non so se devo farmi vedere forte, oppure debole, oppure sminuire, oppure sfogarmi.

Perché sono solo alcuni secondi di occhi.

Allora sorrido.

Il senso delle cose

Questa lunga e costante attesa cambia la prospettiva a parecchie cose. Anzi, non la prospettiva, ma

il peso e la consistenza.

Si guardano con sospetto e velato terrore, cose a cui prima non davamo nessun peso : un maglione troppo leggero in una giornata troppo fredda, un termosifone troppo caldo che leva ossigeno, un cane troppo vicino che è sporco di terra...

Noi che siamo sempre stati un po' superficiali, ci obblighiamo alla massima attenzione, ma nulla, non ci viene naturale.

E il cappello a -2? Scordato.

E la sciarpa con il vento? Mai posseduta una sciarpa.

E il pigiama per la notte? Anche no.

Qui stiamo aprendo una trattativa con in germi. Noi cerchiamo di non parlarne troppo, loro si devono tenere alla larga (almeno speriamo).

La misura del nostro quotidiano è cambiata, e così quella delle persone che ci amano.

Siamo passati da "come stanno i ragazzi (i figli)? "a "come sta Pino? Digli di coprirsi che fa freddo! Ha mangiato? Fagli una cosa calda!"

Insomma, una nuova infanzia per mio marito.

Nuove chemio

Devo dire che le cose procedono bene.

Pino è un vero toro, e reagisce con forza e determinazione a tutte le cose che gli stanno capitando. Sta combattendo la sua partita, e lo fa con l'eleganza che ha sempre contraddistinto il suo stare al mondo.

Fa le file, è gentile con il personale dell'ospedale, non si arrabbia ed è docile nel seguire le cure.

C'è stato un micro-momento in cui avevamo anche pensato di capirci qualcosa di più. Di fare delle ricerche, sulle medicine, sugli effetti collaterali, sui tassi di sopravvivenza...magari su internet... ma poi ci siamo resi conto che non abbiamo le basi per costruire le altezze... e allora ci siamo affidati al sesto senso e al cuore.

E ci siamo messi a disposizione di quei signori con il camice bianco che ci hanno preso per mano e ci stanno portando in giro in un labirinto che per noi è buio, ma che loro conoscono.

Usciremo. Ne sono certa.

L'ospedale

Il reparto di ematologia fa parecchia tristezza: *la tristezza portata da un presente sospeso.*

Ogni stanza un paziente, una storia, un dolore diverso. In quei corridoi veleggiano gli infermieri, anche loro con le loro storie.

Ematologia è un reparto triste e strano.

Non ci sono le urla degli altri reparti, quelli dove la sofferenza viene vocalizzata.

Non c'è il via vai dei parenti: qui ne entra al massimo uno per malato.

Non c'è trascuratezza: per quanto il palazzo sia fatiscente, c'è una pulizia maniacale.

Qui, c'è silenzio.

I malati sono silenziosi. Sono tutti attaccati alla flebo e combattono o si arrendono in silenzio.

Voci basse, sussurrate.

Sembra che ci sia la nebbia.

Ematologia è il reparto del male invisibile, invisibile perché fa buio intorno a chi sta male.

Mi chiedo sempre come facciano a vivere tutti i

giorni qui quelli che ci lavorano... in questa nebbia. Forse i primi tempi avranno pianto per ogni perdita e festeggiato per ogni guarigione. Ma alla fine devono – per forza – aver creato una corazza.

Ci sono troppe emozioni qui dentro. Sottaciute, taciute, a volte urlate (dai familiari fuori dalle stanze dei ricoverati) nel pianto.

E quando sono qui dentro i pazienti smettono di essere pazienti.

Nel dolore della propria storia spesso si incattiviscono. Diventano arroganti e presuntuosi, e i loro familiari ancora di più.

Immagino sia nella natura delle cose.

Perché quando stai male, o qualcuno che ami disperatamente sta male, pretendi che quel dolore e quella attenzione spasmodica sia condivisa pienamente.

Ma non può essere così. Non per loro.

Anzi, non deve essere così. Non per loro.

Loro che hanno il compito di stare un passo indietro, a volte anche impietosi. Perché quella chemio, quell'analisi, quella terapia, va fatta. Anche se il paziente si sente male.

Non possono essere diversi, devono seguire un protocollo.

Devono e ce lo devono. Sono la polizia che ci protegge.

Però poi (viva i romanacci!) ci sono quelli (spesso i portantini) con la battuta in punta di lingua, che ti portano il vassoio del mangiare e non ce la fanno a non fare una battuta. Sui capelli persi (mi sembri Kojak va per la maggiore) sul pigiama improbabile, su una partita della Roma o della Lazio.

Ecco. *I portantini sorridenti e caciaroni: patrimonio dell'umanità.*

L'atrio. La terra di mezzo

Appena fuori il reparto c'è un piccolo atrio dove abbiamo a disposizione tutto il materialc per mascherarci da dottori noi familiari: copri scarpe, mascherina, guanti e la famosa - quanto improbabile - vestaglia verde fatta di carta, che mettiamo sopra i vestiti per evitare la contaminazione.

Lavandino per lavare le mani con disinfettante (prima di vestirsi, signora..., cioè signora... prima di

toccare che le cose che poi indosserà in corsia; no signora, non il cibo non è ammesso; si signora, lo immagino che sia sano perché lo ha fatto lei; ma vede i germi.... Signora abbia pietà di me...)

Quell'atrio è un mondo a sé.
Tipo terra di mezzo.

Si entra in primavera

Quando arrivi nell'atrio è primavera un po' per tutti i parenti.

Se li fuori che ti spogli delle giacche che porti nel mondo e che ti vesti da dottore e intanto sorridi, e chiacchieri con qualcuno (sì perché arriviamo tutti alla stessa ora, e ci accalchiamo per entrare... manco finissero i posti!)

Dicevo, sorridi e ti informi.
Come va?
Mah, mi pare un po' meglio
Bene, forza, non dobbiamo mollare
Certo che no, forza anche a lei
E via incontro ai parenti.

Si esce in inverno.

In quell'atrio, quando esci c'è la calca (si, perché usciamo tutti alla stessa ora... usiamo tutti, tutti i minuti).

C'è chi non riesce a trattenere una lacrima, chi chiama subito al telefono un parente per aggiornalo, chi si siede sconsolato sulle scale, perché non ce la fa a metabolizzare quello che sta succedendo.

In quell'atrio ho abbracciato sconosciute, regalato fazzoletti, ricevuto pacche sulla spalla.

Tutti immaginiamo il dolore dall'altro, e in quella consapevolezza cerchiamo di dare conforto o di essere confortati.

I parenti di quelli che stanno meglio o quasi-bene li riconosci subito.

Sono quelli che non si fermano, praticamente passano nell'atrio di corsa – a occhi bassi.

Un po' per non essere inghiottiti una volta ancora da quell'angoscia, un po' (secondo me) perché in mezzo a quel dolore, uno a provare anche solo un pizzico di gioia si sente in colpa.

Programmi?

Ecco un tema che non riusciamo ad affrontare. La programmazione.

Come tutti, tutti gli anni, si comincia a fantasticare su quello che potremmo- non potremmo fare.

Normalmente lo si fa (in un primo momento) come se si fosse una famiglia ricca.

Vorrei andare in Giappone, dico io.

E mia figlia: bello, mi piacerebbe... anche in Australia sarebbe bello.

Oppure in giro per la Spagna... insomma, si immagina di potersi regalare 15 giorni solo per noi.

Lo si fa senza tenere conto dei costi (che poi ci riporteranno con i piedi per terra) ma in fondo è un modo di viaggiare anche quello.

Quest'anno tutto tace.

Religioso silenzio.

Silenzi e sorrisi

Qui è tutto un'alternanza di silenzi e sorriso, silenzi prima e durante, sorrisi per ogni dopo.

Il dopo è un dopo frequente: dopo le analisi, dopo la chemio, dopo una visita... Insomma, tanti dopo – tenuti sotto controllo da WhatsApp, con dei timidi "come va?" "come procede?" "news?" e alla risposta tutto bene, dai con le emoticon di cuori, dita incrociate, saluti e baci...

Se guardo la nostra chat non è mai stata così piena di cuori...

L'amore è una gran cosa

Siamo comunque fortunati, perché un percorso di malattia, se non ci sia ama profondamente, è devastante.

Il ruolo dell'adulto che sta bene, è sfiancante.

Un attacco continuo di paura, ansia, voglia di scappare, stanchezza profonda.

Tutto non trasferibile. A nessuno.

Tutto dentro di te. Da Nascondere.

REGALAMI IL TUO SOGNO (LIGABUE)

Se ti vuoi
fidare davvero di me
Fallo fino in fondo
Oh, fino in fondo
Fatti più vicina
Regalami il tuo sogno
Regalami il tuo sogno
te lo custodirò
te lo conserverò
finché ne avrai bisogno
Regalami il tuo sogno
Guardami negli occhi
deciderai poi
se aver paura
Regalami il tuo sogno
Regalami il tuo sogno

te lo custodirò
te lo conserverò
finché ne avrai bisogno.

Tutto confuso. Nebbia.

Non ero preparata (ma chi lo è?) l'ho già detto?
Un tumore non lo metti in conto.
È una cosa che leggi, ti raccontano, a volte ti sfiora, ma fino a quando non ti entra in casa non ti rendi conto e non sai farci i conti.
Da noi è arrivato smantello.
E lì è un percorso di autoapprendimento velocissimo.
Senza insegnante, senza sostegno, senza regole.

Passi da "voglio sapere tutto" a "non voglio sapere nulla" circa 30 volte al giorno, tutti i giorni.

Leggi storie, di chi ce l'ha fatta e di chi no e ti si fa il cuore piccolo per tutto quello che vedi, leggi, e senti.
Diventi improvvisamente empatico con il tutto il mondo del dolore, ma con un solo scopo.
Uscirne il più in fretta possibile.
Smantello, poi, con tutti i suoi amici ci ha anche

insegnato che la premiata ditta Tumori&Co ha una solida esperienza nello spargimento di terrore.

La Paura del Buio

La paura è una cosa seria.

E la paura ha mille sfumature: passa dal disagio al terrore.

Tutti abbiamo paura di qualcosa.

Io per esempio non sono a mio agio nel buio. Cioè, non sono a mio agio in posti che non conosco dove non vedo cosa mi circonda.

Quando Tumori&Co ci ha selezionato come potenziali clienti, ci ha mandato il suo fidato Smantello, che sta usando la leva del buio per depistarci.

Buio : il male non si vede

*Bui*o : le cure non si vedono

Buio : il percorso da fare è necessariamente a vista

Buio : noi – da soli- brancoliamo. Non Bastiamo.

Buio : sul futuro

Buio : nessuna previsione

Insomma, Buio.

Ed io che accendo la luce per fare qualunque cosa, in questa situazione non sto bene.

Il secondo rovescio della medaglia

Io non sono brava a soffrire, in realtà sono pessima. L'ho già detto. Me lo dico sempre.

Non voglio soffrire e per non farlo, occupo il mio tempo all'inverosimile.

Faccio duemila cose tutte insieme, che improvvisamente diventano tutte importanti e urgenti. In mezzo ci sono anche quelle "da fare", ma stanno lì nel mezzo.

Perché - per me, per non pensare – diventa da fare tutto.

Occupo ogni singolo momento, per arrivare alla sera sfiancata.

Non lo faccio consapevolmente. Lo faccio e basta.

Io so riposarmi e rilassarmi quando sto bene.

La settimana scorsa ho parlato con uno psicologo che incontro per altri motivi; da quando ha sa-

puto questa cosa (che in realtà avevo taciuto) ha pensato di provare a parlare a me e con me.

Mi fa parlare, io in realtà non ne ho tanta voglia. Provo a sorridere, ma lui non si scompone.

Biascico qualcosa e non so se ne legge davvero il significato, o se, nel corso del tempo , si è fatto una chiara idea di me.

Fatto sta che dice che devo imparare a soffrire, che mi devo fermare e che devo capire e ascoltare la mia sofferenza .

Me lo ha detto così. Semplicemente.

Lo so che ha ragione. Mi è chiaro appena lo verbalizza.

Io prometto che ci penserò.

In macchina ho provato a spegnere la musica e ad ascoltarmi.

Ho provato a lasciarmi andare, come se fossi liquido senza contenitore.

Ho provato a stare li. Ad esserci in quel dolore. A scendere in questionabile,

Nulla, mi viene male. Parecchio male.

E non mi piace

Mi svuota

Per cui, musica a palla, giro del raccordo e di corsa a fare delle cose.

Io non sono brava a soffrire, sono pessima.

CIO' CHE RIMANE DI NOI – (LIGABUE)

Cosa c'è
e cosa no
che ci portiamo via
chissà se ciò che senti
lo sentirai per sempre
cosa va
e cosa no
in questa fantasia
e come non è andata
e cosa non è stato
È un Natale molto duro
sembra vuoto dentro
su ogni tuo regalo
non c'è scritto niente
quando sai com'è l'abisso
non sei più lo stesso

ti tieni un po' più stretto
a chi ti tiene stretto
  Però alla fine di questo dolore
sarà fin troppo alla luce del sole
ciò che rimane di noi
cosa rimane di noi
però alla fine di questo dolore
dovremo sempre comunque contare
su ciò che rimane di noi
cosa rimane di noi
  Cosa c'è
e cosa no
che ci fa compagnia
e si è piazzato dentro
e non l'abbiamo scelto
cosa va
e cosa no
in questa lotteria
a volte paghi molto
rispetto alle tue colpe
  È un Natale molto duro
a luci quasi spente
su ogni mio regalo
non c'è scritto niente
quando sai com'è l'abisso

non sei più lo stesso
sai solo andare avanti
per come sei adesso
(...)
È un Natale molto duro
quando non lo senti
e sulle luminarie
non c'è scritto niente
dopo il giro nell'abisso
Non sei più lo stesso
puoi solo andare avanti
con tutto quanto addosso
(..)

Percorso chemio

La chemio sta andando sempre bene. Molto meglio di come pensavamo. Davvero molto meglio.

Lo diciamo piano piano in ospedale, perché c'è gente che sta messa davvero male; lo diciamo a voce alta fuori perché vogliamo portare il sole.

Pino fa di tutto per nascondere tutto.

Ha trovato i suoi rituali: la mattina esce presto e va a fare le analisi; mentre aspetta i risultati, si è

scelto un gran bel bar dove fare colazione, e via con i selfie e le foto di quello che mangia. E a me questo gesto di immensa dolcezza e riguardo nei miei confronti, mi strappa ogni mattina un bel sorriso.

Lui mi manda un messaggio con la foto della colazione ed io ci leggo: ci sono, sono qua, sto bene amore mio, non ti preoccupare.

Ed io tiro un piccolo sospiro di sollievo, tutte le mattine.

Ultima chemio

Ci siamo, siamo all'ultima chemio programmata.

L'aspettiamo da 6 mesi.

C'è urgenza nell'aria.

Urgenza di tirare una linea, una somma.

Urgenza di sentirsi dire: va bene, ce l'abbiamo fatta.

Eh, sì, perché non è che Pino ce la può fare da solo. Se - anzi quando - tutto andrà bene, ce l'avremo fatta tutti insieme: famiglia, dottori, amici. Tutti insieme.

Perché tutti ci abbiamo messo un abbraccio, una conoscenza, un momento di conforto, una risata, una stretta di mano... tutti.

Non so Pino cosa penserà un domani di questa storia: io ho imparato anche tanto.

Ecco cosa:

Mi fido e mi affido

Ho imparato che non è vero che "uno vale uno" (anche se già lo sapevo). Ho imparato che il nostro istinto primordiale, quello che senti in fondo allo stomaco, fa la differenza quando hai davanti il tuo dottore. Ho imparato la differenza tra avere fiducia ed affidarsi, quando quei medici sanno prenderti per mano e condurti in una strada che a te sembra totalmente al buio. Quei dottori hanno fatto la vera differenza in questo percorso. E forse, sì, noi siamo stati fortunati, ma io dietro quegli occhi ho visto davvero tanto, ed ho sempre pensato che non sia solo questione di professionalità (e li ce n'è tanta) ma di mille piccole cose che quel dottore può fare per il suo paziente. Ecco, questa è la profonda differenza: nella storia di Pino i dottori hanno lottato con lui e per lui. E questo per noi è stato

essenziale.

A casa l'oncologo lo chiamiamo per nome, Luigi, come se fosse un amico di vecchia data. Hai chiamato Luigi? Come sta? È passato in ospedale? Ah, stava in ferie, e come sono andate? E poi Luigi mi ha detto, mi ha chiesto, mi ha suggerito di... Ed eccolo lì Luigi, alto, magro, occhi vispi e multitasking; lui ha la nostra torcia in mano, e noi mettiamo i piedi nelle sue orme, come ci ha detto di fare.

Grazie Luigi. Grazie di cuore, perché tu che sei giovane e forte, stai guidando la mia famiglia.

E io nemmeno ti conoscevo, e tu lo fai e ce lo fai sentire, come un progetto naturale.

Lo sappiamo che non tutto dipende da te, ne siamo assolutamente consapevoli.

Ma guida tu, che sei bravo a guidare.

<u>*Ho imparato che la rete di affetti è essenziale*</u>

Si, sono pessima a chiedere aiuto. L'ho detto mille volte. Ma sapere che li, a pochi passi, c'è sempre stato qualcuno pronto a raccogliermi, non lo ammetterò mai, ma è stata, e lo sarà sempre, la

mia salvezza.

Ho imparato che il dolore della malattia non ha scale

Tutti quelli che ho incontrato, con cui ho parlato e che ho incrociato in questo periodo che avevano un "dolore", tutti, indistintamente, me compresa, lo avevano al primo posto nella scala della sofferenza. Ho imparato che il dolore non si può pesare, non va tanto al chilo, non è che il mio è più pesante del tuo. Il dolore è semplicemente immenso in tutte le teste e i cuori che lo vivono. E questo va rispettato

Il dolore divide non cementa

Non è vero che il dolore cementa i rapporti. Forse nei primi tempi. Forse è quel senso di inadeguatezza di chi sta bene, e si sente in colpa, a farlo.

In percorsi lunghi, laddove non c'è un amore puro, il dolore divide.

Perché chi lo porta sulle spalle, per quanto sia forte, ad un certo punto si sente in credito con la vita, con il malato o con la malattia. E chi si sente in credito, ad un certo punto comincia a pretendere.

Senza amore puro, questo non si può capire né sopportare.

Dritti verso l'obiettivo

L'obiettivo di questo percorso è uno solo: sopravvivere

Non stare bene, essere in forma, restare vivi.

Si naviga a vista

Forse lo avevo già scritto: Qui si naviga a vista.

Meglio: noi navighiamo a vista.

Di certo il percorso i nostri dottori-angeli-custodi lo conoscono bene: ma di certo sanno anche che è come un diagramma di flusso. Ogni volta si fa qualcosa si cade dentro una scelta: come è andata? E in funzione della risposta si accede ad un altro percorso.

Noi questo diagramma non lo vediamo, perché la verità è che non conosciamo le uscite.

Conosciamo solo le nostre risposte. Tutti continuano a dirci che non c'è possibilità di confronto. Che ogni percorso è diverso, che ogni malattia è diversa, che ogni risposta alle cure è diversa.

Per questo non è possibile confrontarci tra noi.

Né tra malati, ne tra parenti, né tra smantelli, fratelli o cugini

Ed il viaggio, la navigazione, non te la possono raccontare, perché è determinata da tutte quelle risposte che si conoscono solo durante il cammino.

Non so se questa cosa mi rassicura, mi ha rassicurato, o mi preoccupa o mi ha preoccupato.

A proposito di navigare a vista

Sesta chemio fatta. Arriva la Pasqua, e arriva la sorpresa.

Non siamo arrivati. Quello che vedevamo non era il traguardo, era un punto di sosta.

Non c'era scritto arrivo. C'era scritto riposati.

Riposati per cosa?

La salita da lontano

Veloce consulto con l'oncologo: va bene. Va talmente bene che possiamo fare le staminali.

Le staminali?

Intravedo una salita ripidissima.

La Salita

È arrivato il giorno.

In sintesi, si farà una cosa molto specifica, o meglio, ora qui scrivo quello che ho capito io che farà...

Insomma, il dottore ha parlato ed io in parte ho ascoltato e capito, in parte ho ascoltato e fatto cenno di si con la testa, ma non avevo capito un cacchio, in parte non ho proprio ascoltato.

Non è che sono totalmente scema... ma ho intravisto, nei discorsi dei dottori che abbiamo intorno, una specie di algoritmo di comunicazione comune:

Prima parte del discorso :

Buone notizie o notizie ottimistiche – questo pezzo del discorso è corredato da ampi gesti di accoglienza, sorrisi, testa alta e spalle rilassate.

Questa parte la capisco bene, anzi sto proprio attenta: voglio affogare nelle buone notizie e nei pensieri ottimistici.

Parte centrale del discorso

Notizie “tecniche” - qui il dottore fa il dottore, a volte dimenticandosi che davanti ha un paziente che non sa nemmeno cosa sono e dove stanno i linfonodi. Ma tant'è ... non è che quando devi spiegare una cosa tecnica puoi sempre parafrasarla.

Questa parte la capisco così e così: nel senso che quello che capisco lo ripeto parafrasandolo in un modo molto basico, e quasi sempre ho come risposta due occhietti dietro gli (eventuali) occhiali che mi guardano un po’ con pietà e un po’ con simpatia... e mi dicono “certo semplificandolo al massimo potremmo – forse- anche metterla così”. Per la parte che non capisco proprio cerco di appuntare qualche termine nella mente per poi andarlo a cercare su Internet.

Ma succede sempre che poi io e Pino (e Smantello) ci guardiamo e ci diciamo “com'è che aveva detto? Una cosa tipo Spe????” insomma sforzo inutile.

Le parole che troviamo non c’entrano nulla con quella detta dal dottore.... Una volta me ne sono appuntata una pensando di aver capito... era Codroipo.

Ma sono andata a vedere... ed è un comune di Friuli-Venezia Giulia.

Fine della storia.

Ultima parte del discorso

Brutte notizie/effetti collaterali/ cose che potrebbero succedere e non si sa se succederanno finché non faremo quella cosa che dobbiamo fare.

Qui orecchie, cervello e attenzione svengono tutte e tre contemporaneamente. Insomma, faccio come quei bambini che chiudono gli occhi, si tappano le orecchie e urlano BLA BLA BLABLABLA!

Per fortuna quel briciolo di dignità che è dietro i miei 50 anni di vita, mi fa mantenere un aspetto compito, quasi statuario, annuisco anche ogni tanto.

Qui il dottore non sorride più, non riesce, anzi cerca di rimarcare le parole, le stesse, con profondità, per essere certo che tu abbia capito. *Capire è importante, ti aiuta ad affrontare le cose.*

Lui non lo sa che dietro i miei occhi fissi sul nulla c'è una bambina idiota che sta urlando BLA BLA BLABLABLA!

Ecco, *coscientemente questa parte del discorso non la voglio ascoltare*. Altrimenti farò come i primi tempi, quando Pino faceva un colpo di tosse, e io già cercavo le chiavi della macchina per essere pronta a portarlo al pronto soccorso.

Io alla fine, sempre, chiedo solo una cosa: "Dottore: mi dica chiaramente quando mi devo preoccupare"

Perché se lui mi dice quando ha la febbre sopra i 38,5 ... io con 38,4 sto tranquilla

Sono fatta così.

Insomma, questo sproloqui per dire che ora ci tocca il discorso

Il discorso

Prima parte del discorso:

La scienza ha fatto moltissimo in questi anni, progressi, ricerche e questa cura sperimentale, ci fanno assolutamente bene sperare. E poi lei, caro il mio Pino, lei ha reagito benissimo, è forte, in gamba ... e giù con le statistiche positive che a me fanno tanto bene.

Parte centrale del discorso

Ora si ricovera, starà in ospedale per almeno 30 giorni e noi faremo un ciclo di chemio molto pesante per azzerare tutte le possibili cellule tumorali, e il reimpianto delle staminali, per permettere al fisico di rigenerarsi.

Le staminali nella mia conoscenza, si potevano estrarre solo dal cordone ombelicale di un neonato, ma ora, surprise-surpise, si possono anche prendere dal sangue del paziente, cioè, si leva il sangue al paziente, credo lo mettano in una cosa che sarà tipo l'estrattore che ho in cucina, ma del sangue, et voilà!

Le cellule staminali sono pronte per essere congelate.

No dico... ho imparato anche cosa sono le staminali (ovviamente sempre la versione per bambini), sono quelle cellule che non si sono ancora "specializzate", cioè non si sono ancora differenziate in una specifica e definitiva funzione. Questa caratteristica le rende estremamente preziose, perché sono potenzialmente in grado di "riparare" organi e tessuti danneggiati".

In pratica, con la chemio ammazzeranno tutte le cellule cattive, ma anche quelle buone, perché la cura non è capace di distinguerle, e questa battaglia non fa prigionieri.

Sterminato (si spera) l'esercito di Smantello e sotterrato sotto il cemento (vorrei farlo io stessa), rimetteranno sul campo le nuove cellule che, dopo aver capito dove sono, si metteranno a lavorare per ricostruire.

Mi pare un bel progetto. Cioè per quello che ho capito.

Ecco qui una cosa la devo confessare... ogni volta che i dottori mi parlano di cellule, linfonodi, sangue... nella mia mente si materializzano i cartoni animati dell' *"Il Corpo Umano"*...

Si, non riesco a non vedere la lotta tra quella specie di fagioli con le gambe (i buoni) – che sono protetti dai poliziotti che sono anche loro fagioli, ma con la tuta bianca e sono capitanati da buonissimo e saggissimo fagiolo canuto e barbuto.

I cattivi nel "il corpo umano" sono brutti e arci-

gni, e pure un po' cretini. Ma normalmente sono in tantissimi, si muovono velocissimi e si riproducono, gemmano e spuntano fuori ad un ritmo da cardiopalma.

Ma ecco che arriva il fagiolo canuto che indica la strada dal suo centro di controllo, e si comincia la lotta.

Che non fa mai presagire il dolore di chi viene soppresso, anzi gli "invasori" o scompaiono o vengono mangiati... ma sempre senza crudeltà.

Però pazienza (la nostra) saggezza (quella dei dottori) e cure (fagioli che vanno ad aiutare altri fagioli) vincono sempre.

Bello no?

Ma nella vita reale a smantello, per favore, lo posso fucilare io e far morire con un po' di soffe-renza? Solo un po'....

Ultima parte del discorso

una sola parola : stiamo a vedere che succede

sono terrorizzata!

Ci siamo

Andiamo in ospedale molto serenamente, le chemio Pino le ha sempre sopportate bene, per cui, ne siamo certi, anche questa volta sarà così.

Tre, due, uno ... si parte.

Giorno uno : analisi di controllo pomeriggio chemio

Giorno due : chemio

Giorno tre : chemio

Giorno quattro : chemio

Giorno cinque : chemio

Che si traducono in:

Giorno uno : analisi di controllo e chemio- amore tranquilla sto benissimo

Giorno due : chemio - amore tranquilla sto benissimo

Giorno tre : chemio - amore tranquilla sto benissimo, ma porta la macchinetta che mi cadono i capelli e tagliamo tutto

Giorno quattro : chemio - amore tranquilla sto bene- ma prendimi la coperta che ho freddo

Giorno cinque : chemio - amore tranquilla sto benino, ma no, oggi non mangio, non ho fame

Giorno se i: amore ....

Cinque giorni di chemio sono infiniti. E da fuori, vista da qui, questa cosa non occupa il tempo, lo dilata.

Il tumore è una cosa strana , quando smantello ha preso la residenza da Pino, la cosa più difficile era capire dove stava; non riuscivamo a capire cosa combattere, perché lui, lo stronzo, è diffuso e con lui anche i dolori.

La chemio è uguale : vista da fuori è una innocua sacca di medicinale che passa endovena. Non fa male durante la trasfusione, magari nausea, vomito, ma non dolore. Ma al passaggio distrugge tutto, nel male e nel bene. La chemio si diffonde e come Attila, lascia il vuoto dietro di sé.

E ci butta pure il sale.

Pino è annientato

Non riesco a trovare un'altra parola.

Non sta male (è sedato con la morfina), o meglio, non sta male quando è sedato.

Io faccio davvero fatica a stare.

Non a stare serena, proprio “stare”.

Stare lì, voler andare via e sapere che come si varcherà quella porta... non vedere l’ora di tornare in ospedale per controllare, stare con i ragazzi e voler stare da un'altra parte, che ti si vede chiaro in faccia che le cose girano male.

Faccio fatica a stare.

Occhio non vede cuore non duole, diciamolo, è una grande cazzata.

Direi cosmica.

La chemio gli ha fatto perdere rapidamente peso, capelli, energia. Tutto troppo rapidamente, a me sembra tutto troppo.

Lo trovo spesso che sonnecchia, con le coperte fino sotto al mento, si vede solo il viso, scavatissi-

mo, con la pelle di un colore assurdo che varia tra il giallo e il giallo/verde. In entrambe le sfumature, parecchio inquietante.

Gli infermieri sono abbastanza tranquilli, mal di stomaco, mucosite e perdita di peso, vanno tutti nel pacchetto regalo insieme alla chemio.

Altra novità per noi, la mucosite non sapevamo che esistesse, carogna pure questa, secondo me amica d'infanzia di Smantello, perché ce la mette tutta pure lei.

In pratica è una infiammazione della bocca e della faringe che porta dolore forte, tantissime afte e impossibilità deglutire senza sentire dolore.

Per il momento ce la facciamo andare bene, è ora di fare la trasfusione di staminali.

Tocca a noi.

Arrivano i nostri!

La musica

La musica per me è una grande consolatrice.

Io ascolto un po' di tutto, non sono una buona critica, e la mia playlist sembra fatta da un bipolare sotto droghe: praticamente c'è di tutto... cioè se

escludiamo Cristina d'Avena, il resto è ampiamente rappresentato.

La sento mentre cucino, mentre guido, quando lavoro e ho bisogno di concentrarmi.

In questo periodo la musica ricalca i miei pensieri. Alcune strofe le sento scritte per me. E in quelle canzoni, che urlo, cerco il lieto fine per farlo mio. Ho scelto Ligabue, oppure le sue canzoni hanno scelto me.

Non importa.

... " che la vita è sempre forte molto più che facile".

Quindi un piccolo grazie va anche a questo effettivamente uomo a me sconosciuto, di cui però mi sono molto amiche le sue parole.

QUANDO CANTERAI LA TUA CANZONE (LIGABUE)

Son stati giorni che han lasciato il segno
e stare al mondo è già di più un impegno
e adesso giri con in tasca un pugno
nell'altra tasca il tuo rimario
L'impatto con il mondo è sempre forte
per chi vorrebbe solo farne parte
e avere almeno due o tre cose certe
e avere un dio che si diverte
Ma scegli tu fra botte e rime
e scegli tu fra inizio e fine
e scegli tu
ma scegli tu per primo
E quando canterai la tua canzone
la canterai con tutto il tuo volume
lasciando qualcun altro a commentare
che tu devi andare.

Son stati giorni di tempesta e vento

ed era pronto solo chi era pronto
ma adesso sai a cosa vai incontro
chi non è morto è già più forte.
L'impatto con il mondo è sempre duro
per chi lo vede come un posto scuro
vorrei poterti essere utile davvero
poterti dire che sei al sicuro.
Ma scegli tu fra botte e rime
e scegli tu fra inizio e fine
e scegli tu
ma scegli tu per primo
E quando canterai la tua canzone
e te ne fregherai di quanto piove
la urlerai in faccia a chi non vuole
e non sa sentire
E quando canterai la tua canzone
la rabbia l'innocenza e l'illusione
ti toccherà cantare l'emozione
che non sa nessuno
E quando canterai la tua canzone
da quel momento in poi non puoi tornare
da quel momento in poi dovrai andare

con le tue parole
e quando canterai la tua canzone
la canterai con tutto il tuo volume
che sia per tre minuti o per la vita
avrà su il tuo nome.

Guerra in corso

Mentre immagino che la guerra dentro Pino stia divampando feroce, proprio mentre c'è necessità di indicazioni, rifornimenti, e incoraggiamento... il capitano, il mio capitano, sembra cedere.

Smantello mena forte

La prima cosa che succede è che Pino perde l'appetito. Già successo durante la chemio, ma ha sempre mangiato con forza di volontà più che fame.

Qui la cosa è diversa, l'attacco di Smantello è stato ben studiato e questa volta avanza veloce con le sue truppe.

Ci ha colto alle spalle e ci ha messo con il culo per terra

Tutti e due.

Lui per il dolore, a me per la paura.

I fronti della battaglia sono sicuramente nel sangue, ma Smantello ha deciso di indebolirci attaccando le periferie che abbiamo lasciato scoperte.

La mucosite peggiora, Pino fa fatica anche ad aprire e chiudere la bocca, ogni cosa che passa di lì viene rifiutata dal dolore o dalla nausea.

Per cui smette semplicemente di mangiare , la parte liquida arriva endovena, la parte "solida" arriva via vassoio del pranzo... e come arriva se ne riparte.

Pino non ne vuole sentire nemmeno l'odore.

Sta lì, fermo. Chiama gli infermieri per l'antidolorifico e poi sta li. Fermo.

Essere malato

In pratica, per la prima volta, non solo è malato, ma ne assume tutte le caratteristiche fisiche e mentali.

Forse questo, anzi questo, anzi sicuramente questo è il momento più duro.

Quando sono piena di un sentimento troppo forte, amore, odio, rabbia, tristezza... insomma quando la mia bilancia interna perde il suo equili-

brio, io ho per me una sola cura.

Me stessa

Si, sono io quella fissa a 70 km/h sul GRA. Ora lo sai. A quella velocità ci siamo io, e il famigerato anziano con il cappello.

Si, sono io, quella che ti ha fatto prendere un infarto quando mi sono avvicinata, perché i decibel della mia radio e delle mie urla hanno spostato la tua vettura.

Si, sono io, quella che sembra uscita da un incontro di pugilato, occhi neri di mascara colato, righe bianche delle lacrime sul fondotinta... Insomma, c'è chi in macchina si trucca: io mi strucco!

E si, sono sempre io, quella che guardi con aria triste, perché hai capito che sta piangendo.

Ma sei sul GRA anche tu....

E non si parcheggia, non ci abbraccia sul GRA, per questo è il mio posto.

La lotta contro Pino

La realtà è che, fuori, io sono un caterpillar. Quando c'è da lottare per qualcosa in cui credo, io non mollo.

La verità è che pensavo di dover lottare con la malattia, i dottori, magari le persone che non capivano; ma non con Pino. Non con lui.

Pino ha tirato il freno a mano.

E non capisco se ha bisogno di riposo, o ha parcheggiato.

No Pino. Qui non si parcheggia.

Sembra che questa danza ora la guidi smantello.

E no caro il mio marito.

Ora non si molla

È concesso scivolare, anche stare con il culo a terra a riposarsi un po'... guarda.... Ti concedo di scavare una buchetta, per avere la soddisfazione di dire: vedi che si può cadere ancora più in basso?

Stai lì.

Io devo beccare un medico perché – nella parte finale del discorso, - deve aver detto qualcosa di importante, mentre il mio io imbecille faceva BLA BLA BLABLABLA!

Gli infermieri – parte due

L'ho già detto che sono patrimonio dell'umani-

tà? Che io non farei quel lavoro nemmeno per lo stipendio di Totti?

Che ogni volta che entrano in una stanza tutti gli vomitiamo addosso paure e ansie e loro stanno lì, e ti spiegano e se possono ti fanno anche un sorriso?

Ora non voglio proteggere la categoria per forza, cioè non è che se sei infermiere, insieme al diploma ti hanno dato il biglietto per il paradiso, e tu percorrerai la strada della santità.

Se uno è una carogna, lo è con o senza divisa.

Quello che voglio dire io è che – non ho capito perché – ci sono delle categorie di lavoratori di cui sottovalutiamo spaventosamente il lavoro...

Torno agli infermieri, perché in questo periodo li ho un po' osservati, e ne ho visti davvero tanti, e li ho visti con malati che non stavano affatto bene e con parenti preoccupati, stanchi, afflitti.

E noi parenti, dovremmo solo ringraziare.

Deve essere una fatica sovrumana il solo fatto di uscire dall'ospedale a fine turno e scaricare (dove? Come?) tutto quel dolore per non portarlo a casa.

Perché questi una casa, una vita, ce l'hanno.

Ma durante il loro lavoro respirano dolore e ansie, sempre.

È vero, ogni lavoro si sceglie, e più o meno lo fai con la consapevolezza di chi ha deciso di percorrere "quella" strada, ma la verità è che – fino a quando non entri in quel mondo – puoi immaginare il carico, la manualità, quello che ti sarà richiesto, gli orari... ma le tue emozioni no.

Puoi allenarti per saper fare il lavoro, ma non esiste allenamento per come ti sentirai in quel lavoro.

Questa l'ho sentita da qualche parte, non ricordo dove... ma è perfetta!

Il medico di turno

Riesco a parlare con la dottoressa di turno. Sta facendo il giro delle visite, ma forse capisce che ho davvero bisogno di lei. Mi dice di aspettare. Aspetto.

Sono la paziente moglie di un paziente.

Si siede di fronte a me nella stanza della caposala. Siamo sedute su due sedie, una difronte all'altra, senza barriere in mezzo.

Devo avere l'aria stanca, preoccupata. Mi mette una mano su un ginocchio. E aspetta.

Il patto

Mi ripeto che sono una tosta. Me lo ripeto nella testa come un mantra.

Ma in quel momento mi scendono le lacrime.

Senza singhiozzi, senza rumore.

Lacrimoni che scavano.

Forse sono troppo piena di lacrime.

E tutto di un fiato faccio l'unica domanda che mi frulla per la testa da 3 giorni, da quando Pino, il mio Pino, sta lì, fermo, sotto le coperte, con quel colore orrendo in faccia, con le guance senza spessore che vengono aspirate ad ogni respiro.

Si lui, senza capelli, occhi socchiusi, che quando si alza per andare in bagno, fa fatica a stare in piedi e le sue gambe hanno lo spessore della carta velina.

Lui che ha la biancheria intima che ha sempre indossato che sembra di un altro, e gli sta enorme, e cala e pende da tutte le parti.

Lui che non mangia, non beve, non sta vivendo.

Lui che (forse) lotta, ma io non riesco a vederlo.

La domanda esce così, tutta insieme, tutta attaccata: miomaritostamorendo?

E non le tolgo gli occhi di dosso, la guardo fissa.

Lei non abbassa lo sguardo, prende un respiro e mi dice: la verità?

Io non dico nulla, faccio solo sì con la testa.

Il retrocranio mi informa che le lacrime stanno ancora uscendo. Chissà come sembro da fuori.

Lei prende fiato e dice: *le analisi stanno migliorando, il suo corpo sta rispondendo bene alla terapia*

E il mio retrocranio registra il primo pezzo (ma questa è la "prima parte del discorso").

Le staminali stanno facendo il loro dovere (parte centrale).

Ma (eccola la parte finale) comincia con il ma, suona una sirena di allarme nel mio sistema nervoso, la cretina che è in me vorrebbe cominciare a non ascoltare a fare BLABLABLABLABLA!

Ma questa volta ascolto.

Suo marito si sta lasciando andare, se non reagisce ora, rischiamo seriamente. Non è una questione fisica, se non riprende le forze, se non mangia, se non si muove, la cura che stiamo facendo non avrà l'effetto che cerchiamo. Certo, potremmo alimentarlo con l'alimentazione artificiale, ma in quel caso dovrebbe stare qui circa altri quindici giorni. Ma se sta così, non è un bene. Deve farlo reagire. Adesso.

Farlo reagire – adesso.
Registrato.
Roger.
Vado ed eseguo.

Modalità caterpillar: ON

Rientro in stanza, Pino non si accorge nemmeno che ho pianto. Lui che di me sa tutto e vede tutto (a volte anche prima di me).

Arriva la cena. Lui dice ancora no. Richiude gli occhi e dice Sono Stanco.

Io gli dico mangia, lui dice no.
Innervosito.

Mi fa male la bocca (farfuglia perché è pieno di afte) e io dico: pazienza. Mangia lo stesso. Domani ti porto a casa, ho parlato con la dottoressa, dice che puoi uscire.

Dice no. Non voglio uscire, e non voglio mangiare

Mi fa schifo mangiare.

Fermo immagine – il mio cervello parla tra sé e sé. Neuroni che si parlano e si rispondono

Come non vuoi uscire ? Che vuol dire non vuoi uscire? Come si può non voler uscire dall'ospedale?

Ti senti protetto, qui. Al sicuro, qui.

Perché sai che a casa c'è una vita che gira forte, e forse non hai le forze.

Le devi trovare le forze. Per te e per noi.

Non torneranno da sole. Le devi trovare tu, richiamarle dall'angoletto in cui si sono nascoste.

Questa cosa la puoi fare solo tu.

Devi caricarti sulle spalle un bel macigno (il dolore, la mucosi, la stanchezza, la tristezza...) e decidere di andarle a cercare. E nessuno può aiutarti.

Io posso solo mazzafiondarti fuori da qui e metterti sulla strada. Ma tu devi fare il resto.

E io sarò impietosa.

Sarò il cattivo che ti punta la spada dietro la schiena per farti camminare.

No, questa volta non ti puoi fermare. Non ti puoi mettere a sedere.

Quello che mi esce dalla bocca è un piccolo compromesso: ok, domani stai ancora qui, dopodomani usciamo.

Non mi ricordo con che voce l'ho detto. Né che faccia abbia fatto Pino. Mi ricordo il suo vicino di letto che mi ha guardato come una nonna guarda una mamma quando mette in punizione il figlio.

Cioè con quella faccia tipo: magari-potevi-andarci-un-pò-più-piano-povero-cucciolotto-della-nonna-vieni-qui-che-quando-va-via-mamma-nonna-ti- consola.

Io me ne fotto.

Del vicino, delle afte, della paura, del tuo volerti sentire al sicuro.

Io ti riporto a casa a respirare la tua di vita.

Ritorno a casa

Eccoci, come promesso.

Senza il tuo pieno consenso sei a casa.

Sei stanco, mettiti sul divano.

No, non sul letto, è un mese che stai a letto, stai un po' seduto. Tra un po' arrivano i ragazzi dalla scuola.

Arriva Diego per primo: apre la porta e grida Pipppooooo (perché lui lo chiama così) gli va incontro, si ferma lo guarda, e la seconda cosa che dice è "ammazza come sei brutto".

Pino sorride.

Arriva Giorgia da scuola, lo guarda, mi guarda, lo abbraccia forte. E dice solo "bentornato Papà, mi sei mancato"

Pino sorride.

I due primi veri sorrisi da settimane. Ben tornato a casa, amore mio.

Il risveglio del guerriero

La vita gli gira intorno troppo forte per ignorarla: i nostri figli, i parenti stretti, gli amici strettissimi, quelli occasionali, quelli di sempre, il lavoro.... Tutto gira, e piano piano, come una folata di vento, lo fa alzare e rimette in circolo anche lui.

Ogni tanto fa finta di niente, ma quel venticello che lo rinfresca, si vede lontano un miglio che gli fa bene.

La beffa della micosi

La micosi migliora, anzi, passa, ma ha uno strascico interessante: Pino non sente più i sapori.

Dicono che passerà, lo sappiamo.

Ma mi fa un sacco ridere il fatto che lui comunque voglia mangiare le cose che gli piacciono di più.

E ogni boccone tende l'orecchio delle papille gustative... e poi fa la faccia di chi sta mangiando cartone.

Ecco, mi potrei prendere questa cosa pure io, che quest'anno ho messo su qualche chilo (!) di

protezione dal mondo.

Ma potevo essere come quelle che i problemi o i pensieri la fanno dimagrire?

A me si apre il buco nello stomaco che i buchi neri che studiano gli astrofisici al confronto sono dei principianti.

Da Wikipedia :

“ In astrofisica un buco nero è un corpo celeste con un campo gravitazionale così intenso da non lasciare sfuggire né la materia, né la radiazione elettromagnetica, ovvero una regione dello spaziotempo avente una curvatura sufficientemente grande, relativisticamente parlando, che nulla al suo interno può uscire all'esterno, nemmeno la luce.”

Da Simona

“ Il mio stomaco, detto anche buco nero, è un corpo molliccio con un campo gravitazionale così intenso da non lasciare sfuggire nessun oggetto commestibile; ovvero una regione della zona pancia, culo e fianchi avente una curvatura, realmente ed obbiettivamente osservando , che dal suo interno fa uscire all'esterno grasso e cellulite e - al suo

passaggio- offusca la luce.”

Per favore potete aggiungere questa cosa su Wikipedia? Almeno i ragazzi la copieranno nelle ricerche e diventerò utile.

I giorni in mezzo

Pino si è ripreso, io mi sono rasserenata.

Comincio a percepire la stanchezza

Sono i giorni bianchi questi. Quelli in cui mollo un po’ la presa.

La stanchezza

La stanchezza sta li. La sento sobbollire in un posto che non sapevo di avere: dietro le sopracciglia.

La mia stanchezza la sento li, è come un macigno che – spero solo idealmente – passa in linea retta appena sopra i miei occhi. E spinge vero il basso.

Non è che mi si chiudono gli occhi, in realtà mi pesa un pezzo di testa. Ma pesante pesante!

Non c’è antidolorifico che tenga, né caffè che aiuti, e le droghe sono illegali.

Insomma, me lo tengo.

Di settimana in settimana

Silenzio. Sta andando tutto bene.

Le analisi migliorano, Pino sorride, i ragazzi sono più sereni, siamo tornati alla vita di PRIMA.

Silenzio. Non sappiamo ancora se Smantello è vinto o dorme.

Nel dubbio. Silenzio.

La vita di prima

Ho detto una scemenza.

Ho detto, scritto e pensato "siamo tornati alla vita di prima", ma non è vero.

Non si torna alla vita di prima.

Quando si scende così in basso da affondare nelle proprie paure, non si riaffiora uguali. Si torna cambiati.

Questo è un viaggio che ti prende a ceffoni e ti obbliga a pensare a quello a cui non vuoi pensare.

Io, la mia famiglia, l'ho sempre percepita "immortale".

Noi ci saremmo sempre stati, avremmo visto

crescere figli e nipoti, avremmo comprato quella casetta in riva al lago dove trasferirci in vecchiaia.

Forse, con l'avanzamento dell'età, le prospettive cambiano, e ci si sente più vicini all'idea di lasciare, ma adesso no.

"Nel mezzo del cammin di nostra vita" si fanno mille progetti, mille e più mille, e sono progetti belli e sensati, perché non si ha la splendida arroganza dei diciottenni, ma la solida consapevolezza della nostra età.

Sappiamo chi siamo, e incredibilmente, sappiamo quello che ci fa stare bene, e su quello costruiamo la nostra idea di vecchiaia.

Ed ora questa cosa, faccio fatica a farla, mi sento come se camminassi sul ghiaccio.

Nessuna nuova, buone nuove

Questo me lo posso tatuare in fronte.

UN ALTRA REALTÀ (LIGABUE)

Non ho dormito
ma ho visto l'alba
e dentro l'alba
ho visto te
stavi dormendo
come se il mondo
stesse tranquillo
così com'è
ci sarà
ci sarà quello che ci sarà
si vedrà
si vedrà certo che si vedrà
dici che parte
sempre da dentro
ogni momento
di felicità
(...)

non ho dormito
ma ho visto l'alba
ecco che spunta
un'altra realtà

La vita Facile

Un occhio al lato incredibilmente positivo di questa storia (e di tutte queste storie, immagino) è che si rimettono in fila le cose.

Ora, non vorrei dire una banalissima banalità, *ma io, a morire, non ci ho mai pensato.*

Non ho mai pensato di finire sotto una macchina, o di ammalarmi seriamente, o, ancora, di essere tagliata fuori dalla mia vita da un evento.

Io mi sentivo tipo Elastigirl (più grassa) della famiglia degli "Incredibili".

Mio marito alto, forte e con un po' di pancia è Mr. Incredible; la figlia deliziosamente rompiballe grazie alla deriva degli ormoni, ma forte e protettiva è assolutamente Violetta; ed infine, mio figlio, che sembra passare li per caso, ma che alla fine da un contributo essenziale al tutte le situazioni è proprio Flash Par.

Ecco, io mi sentivo così. Mi mancava solo la tutina aderente (e meno male perché sarei sembrata un arrosto da mettere al forno), E invece oggi mi guardo in questa vita reale.

E io sono fragile, e siamo fragili tutti.

E, alla fine, non è un male.

È un gran bene.

Un gran bene prospettico.

Ci facciamo andare bene le cose, perché abbiamo capito che le cose vanno da sole. E quando rotolano, non sei il supereroe che arriva e le riporta al loro posto, con un sorriso-a-50-denti-bianchissimi-e-senza-una-goccia-di- sudore; ma piuttosto siamo i contadini che arano la loro terra, e quando la grandinata gli distrugge il raccolto, prima piangono, ma poi si tirano su le maniche e si rimettono a lavorare.

Perché quella è la loro terra.

E non sarà bellissima, non sarà magnificamente esposta, non produrrà uvaggio pregiato.

Ma è la loro... e quando rinasce il grano, quel colore oro sconfinato, sa levare il fiato.

Sono una brutta persona?

Rileggendo queste righe, ho pensato che forse dovessi scrivere più di Smantello. Ma poi ho pensato che il racconto fosse il mio, e quindi parla di me.

Smantello si scrivesse il suo! Brutta carogna.

Fine

Errata corrige

Non si può mettere la parola fine

La fine non c'è. La fine di questa malattia non esiste.

Ora è chiaro che si vince una battaglia. Una battaglia importante, una delle più importanti.

Ma non si vince la guerra.

Chiudete i confini, sorvegliate le porte, non dormite, datevi il cambio.

Non possiamo mettere la parola fine.

IL MEGLIO DEVE ANCORA VENIRE (LIGABUE)

Ti vengo a prendere perché non ho scelta
perché so vivere una sera per volta
io ti vengo a prendere perché dove andiamo
non importa
Ti voglio credere per come cammini
per le promesse che comunque mantieni io
ti voglio credere per quello che chiedi
e che non chiedi
È una città piuttosto dura
dipende quanto puoi pagare
e tu che sai quali porte aprire
sembri sapere come va a finire
sei qui per dire
che il meglio deve ancora venire
il meglio deve ancora venire
Ti voglio credere perché tu ci credi

perché sei dolce tanto quanto sei dura
io ti voglio credere perché sei sicura di qualcosa
Ti vengo a prendere e mi aspetto di tutto
e non deve essere per forza perfetto
io ti vengo a prendere perché ciò che è fatto adesso è fatto
E la città ci fa passare
ha altri problemi a cui pensare
e tu che sai bene dove andare
devi sapere come va a finire
sei qui per dire
mi devi dire
che il meglio deve ancora venire
il meglio deve ancora venire
(...)
C'è qualcosa fra te e la vita
che non ho ancora conosciuto
mentre ridi così facilmente
c'è qualcosa fra te e la vita
chissà quanto vi conoscete
mentre ridi mentre ridi
E la città risplende ancora
anche con poche luci fuori
e tu che non cambi direzione
sai di sicuro come va a finire

sei qui per dire
mi devi dire
il meglio deve ancora venire.

Extra

Per ora abbiamo vinto noi, ci siamo fatti male, lividi e botte, ma abbiamo vinto noi.

E ora, vita,

Solo vita.

Pino

Grazie Momi (Simona),

Per leggere un libro impiego settimane, a volte mesi, questo l'ho letto in una notte, volevo assolutamente sapere come andava a finire.

Preciso che io sono l'attore non protagonista di questo libro, sono Pino e se sono qui a scrivere queste poche righe, significa che il finale è bello !

Quando stai male, ma male veramente, è come se tutto intorno a te si assopisse, vorresti stare il più possibile da solo, ma in particolare non vorresti che i tuoi cari soffrissero, cambiassero i loro ritmi, insomma vorresti essere trasparente e che per la tua famiglia tu sia in una trasferta lavorativa.

In particolare, vorresti che non ti fosse chiesto: "come stai?", "e come sto ? sto da schifo non si vede ?"

Comunque, Momi dice che mi comporto in modo simile anche quando ho una semplice influenza.

Poi leggendo questo libro e magari, anche quando non te l'aspetti, in macchina nel traffico, la tua Famiglia ti racconta di come ha vissuto anche lei soffrendo, a modo suo, la tua malattia.

E si, quando una persona cara sta male, stanno male anche i suoi cari, ma tu che pensi di essere l'attore principale non te ne accorgi, proprio perché ognuno di loro cerca di incoraggiarti e non ti fa vedere la preoccupazione e il dolore che sta soffrendo insieme a te.

Sapere che tua moglie e i tuoi figli hanno pianto per te ti far stare di nuovo male, perché non te ne sei accorto, sei stato concentrato sulla tua "guarigione".

Si ho scritto "guarigione", perché credo sia importante per chi sta male pensare in modo positivo e avere fiducia nei medici che ti stanno curando.

Quando ho scoperto la malattia sono crollato, ti crolla il mondo addosso, pensi ai tuoi sogni che non realizzerai, pensi ai problemi aperti che lascerai se non ce la farai e in particolare pensi a come andrà avanti tua moglie e ai figli ancora da far cre-

scere.

Io ho sempre detto però che sono un uomo fortunato e me l'ha confermato il primo dottore che ha analizzato la mia PET/TAC, sorridendo: "ah bene, bene, non si preoccupi in sei mesi lei sarà guarito, arrivederci". E quel sorriso, poco opportuno quando tu sei lì e aspetti il tuo verdetto, quasi come fossi davanti al padre eterno, alla fine ti fa sembrare tutto facile.

E tutto facile avevo creduto che fosse.

Ma in realtà è stata durissima, ma di questo vi ha dato pieno resoconto Momi.

Di questa avventura dimentico giorno per giorno i particolari e in qualche momento mi sembra che sia stato solo un brutto sogno, ma alcune cose te le ricordi, i compagni di stanza con storie e vite incredibili, che esperienza condividere la sofferenza e incoraggiarsi l'un l'altro come se ti conoscessi da sempre , gli infermieri sempre pronti e pazienti, come faranno? I dottori.

I dottori preparati e umani. Permettetemi un elogio alle persone della nostra sanità pubblica, non alle strutture. Fatemi dire che la sanità rispec-

chia il nostro paese: persone straordinarie poggiate su un'infrastruttura che traballa, piena di sprechi e inefficienze.

Ma i dottori sono bravi, e non finirò mai di ringraziarli.

Sono fortunato, l'ho premesso, ho avuto una vita straordinaria e spero di poterla continuare ad avere bella e semplice, sono stato male e sono guarito, ma in particolare sono fortunato perché ho avuto l'occasione di incontrare mia moglie, una donna straordinaria.

Pino

RINGRAZIAMENTI

Pare che i ringraziamenti siano d'obbligo...

Le persone da citare , sfumate nel mio diario, sono molte. Un corale grazie.
Alcuni hanno fatto la differenza, per ragioni e motivi differenti.
Eccoli qui

Ringraziamenti lato A
Grazie a Pino. Per aver lottato come un leone.
Grazie a Luigi che per me è il front-man di tutto l'ospedale, nessuno di questi sorrisi che girano oggi in casa mia, sarebbero stati possibili senza di voi.

Grazie alla mia famiglia, tutta. In maniera incondizionata, grazie. Per esserci stati, da vicino, da lontano , di sguincio, con paura, con coerenza e

soprattutto con amore.

Eccola la mia famiglia: Giorgia-Diego-Alfredo-Francesca-Sabina-Fabio-Sofia-Flavia-Oneglia-Gianna-Giuliano-Letizia-Manuela-Giancarlo-Sole

Ringraziamenti lato B

Primo tra tutti il mio amico Stefano (Epifani) che oltre ad aver scritto la prefazione, è il mio amico specchio. Quello in cui mi confronto. È stato il primo ad aver letto questo diario, e se oggi è qui, insomma... è grazie anche lui.

In ordine assolutamente casuale i miei amici del cuore (grazie per avermi controllato!) :

Tiziana (detta mosca – sei sempre lì, ci sei sempre stata, ci sarai sempre)

Fabio (il tuo "io ci sono" è una coperta calda)

Marco (mio fratello, il mio porto sicuro- nonché aiuto giardiniere in questa occasione)

Manuela (detta Manuchau – Tu che fai un casino tale che riesci a farmi sorridere pure nella devastazione) e Ale una scoperta di cuore meravigliosa.

Daniela che forse nemmeno si è accorta di quanto importante sia stata per me

Michela e Giulio (che viaggiano a coppia nella mia

testa e nella loro vita) Imprescindibili come un faro in un mare in tempesta.
Lalla, che davvero non avevi capito quanto ti ho sentita vicina?
Paola e Zoe, per dire che la lontananza , non conta nulla se ti vuoi del bene vero. E da queste parti ne circola parecchio

I miei colleghi dell'ufficio, ma alcuni in particolare: quelli con cui prendo il caffè, che hanno fatto le cose per me quando non arrivavo, quelli a cui non ho chiesto ma ci sono stati. E lo so che non posso dirlo... ma davvero voi siete amici miei (Gianfranco, grazie per la copertina!)

I nostri amici caciaroni, che - fortunati noi- si sono fatti intorno a Pino, che non lo voleva, ma che gli hanno fatto un bene immenso

Il gruppo degli Zingari - Giuliana&Mauro - Antonella - Antonella&Alfredo - Federica&Raoul - Mara&Gino - Betta&Fabio - Giovanna&Francesco - Flaminia&Fabrizio - Antonio&Daniela- il gruppo Pasteur - gli amici della Mensa – i CISVINI

Una menzione speciale per Federica e Sabrina per essere state l'ombra di Diego (e un po' anche la mia) e per Martina e Giulia le amiche-iche che sono state li, piantate, per Giorgia.

Ringraziamenti lato C

Un grazie di cuore a chi se ne è fottuto. E lo dico con un duplice valore:

Valore positivo: grazie a chi non è mai stato "amico" nostro e che si è limitato ai convenevoli. Ho detestato l'interesse finto e forzato.

Valore positivo 2: grazie a chi non c'è stato quando, invece, mi sarei aspettata di vederlo li. Una bella lezione di vita nella vita che mi ha permesso di fare un po' di sana pulizia

Ringraziamenti lato D

Grazie a tutti quelli che non ho nominato... ma che fanno parte delle nostre vite o che ci hanno inciampato o che sono passati.

Ultimo ma non ultimo, un mio speciale ringraziamento alla musica di Ligabue, che è stata di immenso conforto per me.

Prolog

Vollore, den 16. Mai 1521.

Wahrlich ein seltsamer Tag, in diesem so strahlenden und tönenden Frühling, der die Knospen sprießen lässt. Selten noch erschien mir der Himmel über diesen Ländereien so klar und wolkenlos, selten lockten so intensive Düfte meine Nase.

Ich gehe fort. Mag sein, dass es dieser Umstand ist, der meine Sinne schärft. Doch das glaube ich nicht. Dieser Tag ist wie Balsam auf sechs Jahre meines Lebens. Wie eine Seerose auf stetig fauliger und stinkender werdendem Wasser.

François de Chazeron hat mich verjagt. Ich glaube, insgeheim habe ich diesen Moment schon immer herbeigesehnt. Um diesem Leidensweg voller erstickter Illusionen endlich ein Ende zu setzen, den Schmerz um die verlorenen Kinder zu vergessen und dem Fluch, der diese Gemäuer umgibt, zu entkommen. Für immer.

Seltsam, wie die Erinnerungen wieder wach werden. Er hat mir erlaubt, Antoinette-Marie mit mir zu nehmen. Ich hätte sie ihm niemals überlassen, unter welchen Umständen auch immer. Das Kind ist ihm gleichgültig. Des Öfteren habe ich mich gefragt, ob er es nicht sogar hasst. Sie ist die einzige Überlebende von dreien, die das Licht der Welt erblickten. Zwei weitere wurden nach ihr gezeugt, ohne Liebe, in einem bestialischen Moment der Fortpflanzung. Beide starben sie bereits kurz nach ihrer Geburt. Ich glaube nicht länger an den Zufall. Dieses Land soll ganz einfach keinen Erben erhalten – aus einem Grund, der mir weiterhin im Dunkeln bleibt.

Gewiss wird mein Gemahl erneut heiraten. Ich weiß nicht, ob er schon ein bestimmtes Edelfräulein im Auge hat, aber ich bin überzeugt davon, dass sein Traum unerfüllt bleiben wird. Sie wird ihm ebenso wenig wie ich einen Sohn schenken. Das Schicksal dieses Landstriches ist bereits durch den Willen Gottes, oder jenen des Teufels, unwiderruflich besiegelt. Und so wird es geschehen. Ohne dass ein Sinn erkennbar wäre. Ich zumindest habe es aufgegeben, ihn zu suchen. Es gibt so viele Dinge, die Chazeron zu sühnen hätte. So viele Abscheulichkeiten, die er gegenüber seinen Bauern begangen hat, gegenüber seinem Gefolge, gegenüber mir. Nichts bleibt auf immer ungestraft.

Mir bleibt Antoinette-Marie. Meine Tochter. Mein Fleisch und Blut. So winzig, so schwächlich war sie bei ihrer Geburt. So zart, dass ihr Kopf kaum größer als meine Faust war. So schwach, dass ich erst im September, mit dem Ende der Renovierungsarbeiten, nach Vollore zurückkehren konnte, als sie bereits zwei Monate alt war. Eine Zeit voller Furcht. François hatte sich geweigert, sie taufen zu lassen, bevor nicht alles für die geladenen Gäste bereit wäre. Und wirklich wurde es ein schönes Fest. So schön, wie allein unsere Hochzeit gewesen war. Spielmänner waren herbeigekommen, Seiltänzer mit ihren dressierten Affen und Bären, die sich auf ihren Hintertatzen aufrichteten und hinter ihren Maulkörben brummten.

Es entzieht sich meiner Kenntnis, woher mein Gemahl das ganze Geld nahm, um seinen Gästen eine solche Pracht zuteil werden zu lassen. Das ganze Schloss war geschmückt und festlich beleuchtet. Chazeron hatte Seiden- und Brokatstoffe herbeischaffen lassen und die Dienerschaft völlig neu eingekleidet. Meine Fragen stießen bei ihm auf taube Ohren. Die Wahrheit war, dass er sich erhofft hatte, den König auf seinem Schloss empfangen zu können. Aber dem König von Frankreich sind seine kleinen Vasallen gleichgültig, selbst wenn sie durch Heirat mit den Bourbonen verwandt sind. Er kam nicht. Sobald die Festlichkeiten beendet waren, brach

Chazeron ein weiteres Mal in einen seiner Wutanfälle aus. Auch wenn er seiner Tochter an jenem Tag ein Medaillon mit ihren eingravierten Initialen schenkte, so hatte er doch mit all diesem Prunk nicht sie, sondern allein sein Ansehen im Sinn gehabt. Natürlich würde man im ganzen Umkreis noch lange von ihm reden, aber der König hatte seine Einladung ausgeschlagen. Er würde zum Gespött vieler Leute werden. Jene, die von dieser Schmach nichts wussten, würden zumindest das herrliche Fest eines reichen Lehnsherrn in Erinnerung behalten.

Nachdem sich die letzten Gäste verabschiedet hatten, riss er die Stoffe herunter, zündete sie an und hätte fast das ganze Schloss in Schutt und Asche gelegt. Wäre Huc nicht dazwischengetreten, hätte er sicherlich auch Frau und Kind kurz und klein geschlagen. Danach hatte er sich, wie jedes Mal, tagelang in seinem Turm eingeschlossen. Eigenartiger Mann.

Als er wieder auftauchte, ließ er uns mitteilen, dass, solange er lebe, niemand mehr auch nur den Fuß auf Montguerlhe setzen werde. Er ließ eine Garnison von zwölf Mann zurück, zusammen mit einer Kammerzofe, einer Wäscherin und einer Köchin, die sich um ihre Aufwartung kümmerten. Huc wurde gebeten, sie in seiner Funktion als Profos zu begleiten, und seine Gemahlin trat hier in meine Dienste. Ich weiß nicht, warum er sie trennen wollte. Das Gegenteil wäre mir angebrachter erschienen. Ich glaube, er versuchte Huc damit zu bestrafen, dass er ihn in seiner Wut zurückgehalten hatte. Aber ich wäre undankbar, würde ich mich beklagen, denn für Antoinette-Marie war diese Entscheidung nur zu ihrem Besten.

Mir fehlte es im Wochenbett so sehr an Kraft, dass Albérie sich mehr um Antoinette-Marie kümmerte als ich selber. Sie wickelte sie, wusch sie und wiegte sie in den Schlaf. Ich konnte ihr nicht mehr geben als meine Brust und Muttermilch.

Sie war eine seltsame Frau. Ich habe sie niemals gemocht

und doch hat uns diese unerwartete Bindung einander näher gebracht. Sie war oft traurig, aber wenn sie sich mit dem Kind beschäftigte, hellte sich ihr Gesicht auf. Ich erinnerte mich an Hucs Worte: »Sie kann keine Kinder bekommen.« Ihre Mutterrolle war ihr von außen zugewiesen worden. Ich hätte sie ihr gerne wieder weggenommen, so wie sie, letztendlich, durch ihre Liebe und ihre Funktion als Gemahlin, mir Hucs Verlangen gestohlen hatte. Aber mir scheint, dass ich ihr das Leben Antoinette-Maries verdanke. Wir sind Vertraute geworden. So weit man mit einer so distanzierten, kalten und merkwürdigen Person, wie Albérie es ist, überhaupt vertraut werden kann. Sie richtete ständig ihre stählernen Augen auf mich, die immer mehr zu beinhalten schienen als ein Blick; sie leuchteten auf, wenn Antoinette-Marie ihre Hand ergriff. Auf Albérie machte sie ihre ersten Schritte zu, ihr reichte sie den ersten ausgefallenen Zahn. Ich hätte darüber Eifersucht verspüren können, aber es wollte mir nicht gelingen. Meine nachfolgenden Schwangerschaften haben mir meine Kräfte geraubt und der Verlust meiner Kinder hat mich verdrossen gemacht. Albérie ist in ihren Gemütszuständen nie schwankend. Ich weiß, dass sie Antoinette-Marie niemals Leid noch das geringste Übel zufügen würde.

Seit drei Jahren lebt Huc, nachdem er seine Strafe abgesessen hatte, nun wieder auf Vollore. Mehrere Male war mein Gemahl fort. Huc zeigte sich bei diesen Gelegenheiten immer herzlich. Der Großteil der Garnison war, gemeinsam mit ihm, auf Vollore in einem Turm untergebracht, den François hatte errichten lassen. Er nahm zwar noch immer seine Funktion als Profos ein, hatte sie jedoch eigentlich bereits verloren. Ich weiß nicht, was diese Veränderung in ihm ausgelöst hatte. Er hatte, kurz nach der Geburt von Antoinette-Marie, zu trinken begonnen, so dass er fast tagelang am Stück betrunken war. Alle Männer trinken. Bei ihm schien es, als versuche er durch den Rausch zu vergessen.

Durch Antoinette-Marie habe ich meinen Liebhaber verloren. Aber beide übertrugen sie ihren enttäuschten Kinderwunsch auf sie.

Mein Gemahl vergaß seine Tochter. Verließ meine Bettstatt nach dem Tod seines zuletzt geborenen Sohnes, heute vor achtzehn Monaten.

Vor drei Tagen ist er abgereist. Nach Paris. Bei seiner Rückkehr, so teilte er mir unmissverständlich mit, wünsche er hier nichts mehr von meiner Gefolgschaft, meinen Sachen und Antoinette-Marie zu sehen. Für immer.

Wie leicht fällt mir der Abschied aus seinem Leben. Gerne würde ich Albérie mit mir nehmen, aber das ist nicht möglich. François hat es ihr verwehrt, Vollore zu verlassen. »Sie ist ein Pfand!«, hat er geknurrt. Was immer das bedeuten mag. Vielleicht bedient er sich ihrer, um auf Huc Druck auszuüben? Auf jeden Fall war ihr der Schrecken bei der Ankündigung meiner Abreise ins Gesicht geschrieben. Sie bat mich um Erlaubnis, die Nachricht Antoinette-Marie selbst überbringen zu dürfen. Zur nämlichen Stunde müssen sich beide voneinander verabschieden.

Antoinette-Marie ist fünf Jahre alt. Es ist für sie an der Zeit, andere Menschen kennenzulernen, vom wahren Glück zu kosten. Im Schoße meiner Familie wird sie schnell neue Vertraute finden. Von jener, die sie zärtlich *nounou* nennt, wird ihr in einigen Monaten nichts weiter als eine Erinnerung zurückbleiben. Ihr, ebenso wie mir.

Wahrlich ein seltsamer Tag. Ich fühle mich frei. Frei, das zu leben, was es zu unterdrücken galt. Frei, zu lachen oder zu weinen. Frei, erneut zu leben. Ich werde weitere Kinder haben, von einem anderen Mann. Ich werde glücklich sein. So ist der Lauf der Dinge. Zum Teufel mit François de Chazeron!«

Es klopfte an die Tür und Antoinette schloss ihr Tagebuch, das von Sonnenlicht, welches durch das Fenster auf ihren Sekretär fiel, überflutet war.

»Tretet ein«, gebot sie mit fröhlicher Stimme.

Denn tatsächlich war es schon lange her, dass sie eine solche Freude verspürt hatte. Blanche, ihre neue Kammerzofe, erschien mit geröteten Augen in der Tür. Sie zitterte und knetete ein Taschentuch in ihrer Hand.

»Nicht doch!«, hob Antoinette an, als sie ihren Zustand erfasst hatte. »Du darfst es dir nicht so zu Herzen nehmen. Sicherlich, ich gehe fort, aber du bleibst in meinen Diensten und kannst, das versichere ich dir, deine Familie oft besuchen gehen!«

»Ich weiß, Madame. Ich weiß.«

Das junge Mädchen schien sichtlich betreten.

»Das ist nicht der Grund meines Kummers. Oh, nein!«

»Was denn?«

Antoinette trat auf sie zu und wischte ihr mütterlich eine Träne fort, die über ihre Wange rollte.

»Es ist wegen Antoinette-Marie, Madame.«

»Wie, Antoinette-Marie?«

»Sie ist verschwunden, Madame.«

Für den Bruchteil einer Sekunde hielt Antoinette in ihrer Geste inne, dann brach sie in schallendes Gelächter aus.

»Sie macht sich einen Spaß mit euch, wie immer. Obendrein liebt sie diesen Ort und kennt hier Tausende von Verstecken. Deswegen brauchst du nicht zu weinen. Albérie soll ihr die Leviten lesen, dann wird sie schon gleich aus ihrem Versteck hervorkommen, wie es sich gehört.«

»Daran haben wir bereits gedacht, Madame, und daher rührt auch mein ganzer Kummer. Madame Albérie ist ebenfalls verschwunden, ebenso wie Antoinette-Maries Lieblingsspielsachen und der kleine Koffer, in dem sich ihre Wäsche zum Wechseln für die Reise befand.«

Antoinette schluckte schwer. Ihre Hand fühlte sich plötzlich eiskalt an. Das junge Mädchen hatte das alles, ohne ein einziges Mal Luft zu holen, hervorgepresst, als könne sie diese Nachricht nicht länger zurückhalten. Antoinette wich nach hinten und musste sich an einer Kommode festhalten, auf der verschiedene Weidenkörbe mit Bürsten und Cremes standen.

»Das macht keinen Sinn. Keinen Sinn«, wiederholte sie. »Hat man sie das Schloss verlassen sehen?«

»Nein, Madame Antoinette. Ich habe die Türmer befragt, wie Ihr Euch denken werdet.«

»In diesem Fall handelt es sich gewiss um einen schlechten Scherz. Antoinette-Marie, diese kleine Gaunerin, hasst Reisen. Sie macht sich einen Spaß daraus, mich in Angst und Schrecken zu versetzen, das ist alles, und wird ihre Amme überredet haben, bei ihrem Spiel mitzuspielen. Findet sie! Ich werde sie beide bestrafen.«

»Ihr werdet Euch denken, Madame Antoinette, dass wir bereits gesucht haben.«

»Sucht weiter und weiter! Es gibt tausend Schlupfwinkel, tausend Verstecke! Die gesamte Garnison soll sich auf die Suche nach ihnen machen. Ich will zur sechsten Stunde Vollore verlassen.«

»Sehr wohl, Madame.«

»Man möge ebenfalls vier Wachen in den Wald schicken. Die Wölfe haben sich nahe an das Schloss herangewagt. Ich kann des Nachts öfters ihr Heulen durch das Fenster vernehmen.«

»Sehr wohl, Madame.«

»Wo steckt unser Profos?«

Eine betretene Stille trat ein.

»Sag mir nicht, dass er ebenfalls verschwunden ist!«, wütete Antoinette aufgebracht.

»Oh nein, er nicht!«, antwortete Blanche. »Dazu wäre er gar nicht imstande!«

»Was soll das heißen?«

»Dass er betrunken ist, Madame Antoinette, und unter dem Wappen im Gemeinschaftssaal schnarcht.«

Antoinette spürte, wie sie eine Welle von Wut übermannte.

»Man nüchtere ihn mit einem Zuber kalten Wassers aus! Ich möchte ihn auf der Stelle vor mir sehen! Und hör auf mit der Heulerei, du machst mich am Ende noch ganz rasend. Das alles ist nur ein Spiel, ein Spiel, hörst du?«

»Ja, Madame Antoinette.«

Und Blanche eilte schniefend davon, um das gesamte Hausgesinde in Bewegung zu setzen. Antoinette zitterte. Sie redete mit lauter Stimme auf sich selbst ein, um sich davon zu überzeugen: »Ein Spiel, nichts als ein Spiel …« Albérie würde niemals ihren Gemahl verlassen. Niemals. Niemals.

Als Huc jedoch nach langen Minuten erschien, als sie vernahm, wie das gesamte Haus in Aufruhr war und eine Hand voll bewaffneter Wachen in Richtung des an den Park angrenzenden Waldes eilte, begann diese Gewissheit einem bohrenden Zweifel Platz zu machen. Mit seinem unrasierten Gesicht, seinem noch vom Alkohol getrübten Blick, den zerzausten Haaren und der zerfurchten Miene gab der Profos wahrlich ein klägliches Bild ab und sein Atem, der nach Wein roch, verlieh dieser traurigen Erscheinung auch nicht gerade eine angenehme Note.

»Ihr habt nach mir verlangt«, brummte er.

Sie hatte ihn geliebt, wie niemanden zuvor. In diesem Moment jedoch empfand sie nichts als Abscheu für ihn.

»Albérie und Antoinette-Marie sind verschwunden«, stieß sie hervor.

Huc war auf der Stelle nüchtern.

»Verschwunden?«, wiederholte er zögernd.

»In der Tat! Und wärt Ihr weniger mit Eurer Sauferei beschäftigt gewesen, hättet Ihr an der Suche teilgenommen, wie es Eurer Funktion entspricht.«

»Verzeiht«, stammelte Huc.

Wie kraftlos er sich plötzlich fühlte.

»Ich habe Euch als einen ehrbaren Mann kennen gelernt, Messire, nun steht Ihr mit aufgedunsenem Gesicht und betrunken vor mir. Welche Bettstatt einer Geliebten könnt Ihr so noch ehren? Was ist mit Euch geschehen, mein bester Huc, dass Ihr Euch so zu Grunde richtet?«

Einen Moment lang verspürte sie Mitleid mit ihm. Doch dann besann sie sich. Sie wollte die offensichtlichen Tatsachen nicht akzeptieren.

»Glaubt Ihr, Albérie wäre zu einer Entführung fähig?«

Huc schüttelte den Kopf.

Wie lange schon war er kein Gemahl mehr? Wie viele Jahrhunderte war es her, dass er versagt hatte? Sie waren glücklich gewesen. Vor langer, langer Zeit. Dann war Loraline gestorben, Marie geboren. Ein weiteres Mal hatte er sich selbst beschuldigt, von allem nichts gewusst, nichts getan zu haben. Die Geschichte hatte sich wiederholt. Er hatte seine Gemahlin beschützen wollen. Er hatte sich an das kleine Wesen geklammert, wie sie, bis zu dem Tag, an dem er an ihrem zarten Nacken das Wolfsmal entdeckt hatte, als sie gefallen war und er ihr aufhalf. Damals war sie gerade drei Jahre alt gewesen. Es war zu der Zeit gewesen, als Chazeron ihn an die Seite seiner Männer, zurück auf das Schloss, gerufen hatte. Er hätte Albérie lieben sollen, von der er zwei Winter lang getrennt gewesen war, in denen er allein bei dem Gedanken, Chazeron könne sich in einer Laune an ihr vergreifen, erschauerte. Er hatte während seiner Abwesenheit getrunken, um zu vergessen, dass er nicht bei ihr war, dass er nicht zur rechten Zeit eingreifen konnte, dass er nutzlos geworden war. Auch wenn sie sich noch immer in jeder Vollmondnacht in Albéries ehemaliger Kammer auf Montguerlhe trafen, war Albérie seiner doch überdrüssig geworden. Und er wiederum war ihre Lügen leid. Sie hatten sich wegen Marie gestritten, wegen des Wolfsmals. »An dem Tag, an dem du die Wahrheit aufdeckst, töte ich dich, Huc!«, hatte Albérie versichert. Der Wein machte ihn jedoch nicht gesprächig. Zudem liebte er Albérie trotz allem viel zu sehr. Aber diese Wahrheit zerstörte ihn letztendlich, denn sie bedeutete, dass Albérie ihn nicht mehr liebte, ihre Liebe nicht mehr ausreichte, um ihn zu belügen, um ihm die Illusion zu lassen, er könne sie und sich selber beschützen. Mit jedem weiteren Tag war er tiefer gesunken. Die Gegend war ruhig. Die nachbarschaftlichen Beziehungen zwischen den einzelnen Lehnsherren waren höflich und freundschaftlich. Nur dann und wann galt es, einige

Strauchdiebe unschädlich zu machen, die darauf erpicht waren, Reisende und Pilger auszurauben. Bereits seit langem hatte ihn Chazerons Gardeleutnant in seiner Funktion abgelöst. Von einem Profos blieb ihm nicht mehr als der Titel. Von einem Gemahl nicht mehr als die Bezeichnung. Von einem Beschützer nichts. Abgesehen vielleicht von einer letzten Lüge.

»Niemals würde Albérie Antoinette-Marie etwas zu Leide tun.«

Antoinette fühlte sich beruhigt.

»Das denke ich auch. Ihr habt von Zeit zu Zeit meine Tochter draußen begleitet, Huc. Ich glaube, sie wehrt sich dagegen, den Ort ihrer Kindheit, ihre Freundin Margot, die Tochter der Wäscherin, und ihre Amme zu verlassen. Ich befürchte, Antoinette-Marie könnte sich alleine in den Wald aufgemacht haben und Albérie ihr gefolgt sein, um sie zu suchen.«

»Das ist gut möglich«, stimmte er ihr zu.

Er log.

»Findet sie. Gestern war Vollmond. Die Wölfe streunen nah bei den Ansiedlungen herum. Ich fürchte um meine Tochter. Und auch wenn Ihr Euch dem Alkohol verschrieben habt, Huc, dann seid Ihr doch noch immer die einzige Person im Schloss, der ich vertraue.«

Er verbeugte sich vor ihr und wollte schon gehen, als Antoinette ihn zurückhielt.

»Natürlich geht es mich nichts an, Huc, aber ich gehe fort, um nie wieder an diesen Ort zurückzukehren. Daher würde ich gerne die Gründe erfahren, die ausschlaggebend dafür waren, dass Ihr Euch so verlieren konntet, kurz nachdem Ihr mich zurückgestoßen habt. Versuchtet Ihr, mich zu vergessen?«

Wie gerne hätte er sich gewünscht, dass dies der wahre Grund war! Er drehte sich zu ihr um und deutete ein müdes Lächeln an.

»Mich und nur mich allein habe ich versucht, zu vergessen, Antoinette. Werft Euch nichts vor. Seid lieber glücklich. Ihr verdient es.«

»Bringt mir Antoinette-Marie zurück.«

»Ich verspreche es.«

Ein weiteres Mal log er. Er versprach sich vielmehr zu suchen. Er wollte Albérie Lebewohl sagen. Sie sollte wissen, dass er ihr Gemahl blieb, bis der Tod sie scheiden würde.

Er ließ das emsige Treiben im Schloss, die Schreie und Rufe aus Park und Unterholz hinter sich und drang allein auf seinem Pferd in den Wald vor, stets darauf bedacht, dass man ihn sehen konnte, wie er nach dem Kind suchte. Dann, als die Stimmen verhallten, bog er vom Weg ab und schlug einen Pfad ein, der ihn in Richtung Berge führte. Er war bereits seit geraumer Zeit in Vergessenheit geraten und nun von Brombeergestrüpp überwuchert.

Er musste lange nach dem Zugang zur Höhle suchen, den Äste und Efeu verdeckt hatten, doch schließlich gelang es ihm, den Eingang frei zu räumen.

Sicheren Schrittes trat er in die Dunkelheit. Schon einmal war er hierher zurückgekehrt, nach der Auseinandersetzung mit Albérie vor zwei Jahren, um nach den Trümmern seiner Feigheit zu suchen, um sich in seinem Gram und Zynismus selbst wehzutun. Noch immer hielten sich hier Wölfe auf, ihr Geruch war deutlich wahrnehmbar. Doch heute kam er nicht mit der Absicht zu kämpfen. Sollte ihn einer von den Wölfen angreifen, würde er es wehrlos geschehen lassen. Und wäre schließlich erlöst.

Er fragte sich, woher diese Gewissheit kam, dass sie sich hier versteckten. Vielleicht, weil an diesem Ort alles begonnen hatte? Schon bald hörte er Stimmen, die seine Vermutung bestätigten. Im flackernden Licht einer Laterne tastete er sich voran und stand plötzlich vor ihnen. Sie saßen in der Mitte des unterirdischen Saales und spielten das Knöchelspiel. Zwei Wölfe kauerten an ihrer Seite.

Eine graue Wölfin hob ihre Schnauze und zog ihre Lefzen nach oben, woraufhin sie ihre Köpfe zu ihm wandten.

»Onkel Huc!«, rief das Kind, während es aufsprang und auf ihn zulief.

»Guten Tag, Prinzessin!«

Er nahm sie in seine Arme und schwang sie, wie er es immer tat, durch die Luft, während sie in glucksendes Lachen ausbrach. Das Tier hörte auf zu knurren, verfolgte jedoch mit seinen Augen jede einzelne Geste des Profos. Nun erhob sich Albérie und ging auf ihren Gemahl zu, nachdem er Marie, die das Spiel wiederholen wollte, auf den Boden abgesetzt hatte.

»Genug, kleines Fräulein, sonst dreht sich noch Euer Magen.«

»Noch einmal, noch einmal, noch einmal«, beharrte sie und zupfte ihn an seinen Beinen.

»Ein Mal noch, ein einziges Mal, und dann ist Schluss. Ich habe mit Eurer Amme zu sprechen.«

Noch einmal schwang er sie durch die Luft und trug sie dann auf seinen Schultern zu ihrem Spielzeug, das sie achtlos liegen gelassen hatte. Ohne Furcht setzte er sie unweit der Wölfe zu Boden, den Blick fest auf die Augen der Wölfin gerichtet.

Marie schickte sich sofort an, mit ihr zu spielen, wie sie es mit einem ihrer Hunde getan hätte, und Huc schloss daraus, dass diese beiden bereits seit langer Zeit Kameraden waren. Als sich die Wölfin, gereizt durch das lautstarke Lachen des Kindes, auf den Rücken rollte und dabei eine seltsame Halskette an ihrer Brust zum Vorschein kam, wurde er für einen kurzen Moment lang stutzig: Er erkannte eine goldene Kette, an der ein Anhänger in Form eines Kreuzes hing.

Er wollte schon seine Hand danach ausstrecken, um die feine Handarbeit genauer zu begutachten, als die Stimme Albéries seine Aufmerksamkeit auf sie lenkte.

»Was wirst du tun, Huc?«

Er bemerkte den Koffer, der nur einige Schritte von ihm entfernt stand.

»Was könnte ich schon tun, Albérie?«

Er wandte sich entschlossen zu ihr und lächelte.

»Mich daran hindern, mit ihr zu fliehen. Sie nach Vollore zurückbringen. Es zumindest versuchen.«

»Warum? Es genügt, sie zu sehen, um zu verstehen, wohin sie gehört. Früher oder später wird François de Chazeron etwas ahnen. Und selbst wenn er nie etwas davon erfahren würde, so könnte Antoinette ihr doch nie dein Wissen, deine Stärke mitgeben. Ich habe mich oft gefragt, ob sie wohl wie du oder wie Isabeau sein wird. Niemand anders als du könnte sie besser darauf vorbereiten, ihrem Schicksal entgegenzutreten. Ich bin nur gekommen, um dir Lebewohl zu sagen. Ich glaube verstanden zu haben, dass du für mich keinen Platz an deiner Seite eingeplant hast.«

»Chazeron würde nur noch mehr nach mir suchen, wenn wir zusammen fliehen würden. Und dann ist da auch noch Antoinette. Sie wird dich brauchen.«

»Ich dachte, du würdest sie hassen!«, merkte Huc an.

»Für lange Zeit war das auch so. Die Liebe zu Marie hat uns einander näher gebracht.«

»Durch deine Liebe zu Marie haben wir einander verloren«, bemerkte er.

»Ich gebe dir deine Freiheit zurück, Huc«, entgegnete sie, doch das Herz war ihr schwer bei diesen Worten.

»Die Erinnerungen machen mich noch viel mehr zu einem Leibeigenen.«

»Lässt du uns gehen, stellst du deine Größe unter Beweis. Es muss etwas Neues beginnen. Ich habe dir niemals etwas vorgeworfen. Halte du es ebenso.«

Als er antworten wollte, bemerkte er zwei Schatten, die sich ihnen vorsichtig näherten. Trotz seines Alters und des Alkohols war Huc bei weitem noch kein gebrochener Mann. Die graue Wölfin fletschte ihre Zähne und sprang mit einem Satz auf. Ihr Begleiter folgte ihrem Beispiel. Huc schob Albérie mit einer Handbewegung auf die Seite, zog sein Rapier mit der anderen Hand blank und rief in die Dunkelheit.

»Stehen bleiben!«

Die beiden Schatten kamen aus ihren Verstecken hervor und traten in das gleißende Licht der Fackeln. Frédéric de Montjoie und Étienne de Fouquet. Chazerons Gardeleutnant und dessen rechte Hand. Genau jene beiden, die ihr Schweigen gegen Titel und Funktion eingetauscht hatten. Genau jene beiden, die Loraline gefangen genommen und eingesperrt hatten. Sie hatten ihre Degen aus der Scheide gezogen. Mit einem Satz waren die beiden Wölfe an Hucs Seite, während Albérie Marie packte und außer Reichweite der Schwerthiebe brachte.

»Trunkenbold und Verräter«, schleuderte Frédéric de Montjoie Huc entgegen.

»Ihr seid mir gefolgt, nehme ich an«, knurrte Huc, wütend auf sich selbst.

»Ich habe noch nie dem Wort eines Säufers Glauben geschenkt.«

»Schickt Euch Madame Antoinette?«

»Nein. Vielmehr der Schwur, den wir unserem Herrn abgeleistet haben, Euch zu überwachen, Euch und Eure Possenreißerin von Gemahlin. Ihr rätselhaftes Verschwinden hat in uns die Erinnerung an die unterirdischen Gänge wachgerufen. Unser Lehnsherr hat vor fünf Jahren alle Zugänge, die er finden konnte, verriegeln lassen. Ich war mir jedoch sicher, dass es noch weitere geben würde. Aber das, was ich soeben gehört habe … Donnerwetter, das liegt außerhalb seiner Vorstellungskraft und ich bin überzeugt davon, dass sich Chazeron das Kind der Hexe einiges kosten lassen wird.«

»Nur über meine Leiche!«

»Reine Formsache.«

Und er ließ auf Worte Taten folgen, indem er seine Degenspitze auf ihn richtete. Huc lachte wild auf und wehrte den Schlag mit seiner ganzen Kraft ab. Die Gelegenheit schien ihm zu verlockend, sich für seine verlorenen Jahre zu rächen.

Während sich die beiden Tiere mit ihren Reißzähnen

über die Waden der Wachen hermachten, ungeachtet der Hiebe der Klingen, denen sie mit geschickten Sätzen auswichen, wehrte sich Huc unermüdlich mit seinem Degen, zwei gegen einen.

»Auf den anderen!«, schrie er, überzeugt davon, dass ihn die Wölfin mit dem Halsband verstehen würde.

Sofort nahmen die zwei Tiere gleichzeitig Schwung, sprangen auf Étienne de Fouquet und drückten ihn zu Boden. Dem armen Kerl fiel der Degen aus der Hand. Vergebens versuchte er, sein Gesicht zu schützen, sich mit Fausthieben zu verteidigen. Während Huc seinen Kameraden zum anderen Ende der Höhle drängte, wurde sein Körper von den beiden Wölfen in Stücke gerissen. Er schrie und wand sich, soweit ihm das überhaupt möglich war, kroch bis zu seinem Rapier, um sich noch ein letztes Mal gegen die Zähne der Angreifer zu wehren, die sich in seinen Schulterblättern und seinem Nacken festbissen. Es gelang ihm, sein Schwert mit seinen blutüberströmten Fingern zu fassen, bevor sie ihn zertrampelten und sein Gesicht und seine Augen zerkratzten. Seine bewaffnete Hand ruderte in der Luft hin und her, schaffte es zwar, ein für ihn nun unsichtbar gewordenes Ziel zu packen, aber nicht, die Tiere endgültig abzuschütteln. Er kämpfte, so lange er konnte, dann gab er sich geschlagen.

Als die Wölfe sahen, dass er ihnen nicht mehr gefährlich werden konnte, kamen sie Huc zu Hilfe, der durch die jugendliche Kraft Frédéric de Montjoies in Bedrängnis geraten war. Ein Hieb hatte ihm die Schulter aufgerissen, ein anderer den Oberschenkel, aber er kämpfte besessener als jemals zuvor, im Namen einer verlorenen Ehre.

Die Energie der tobenden Bestien spornte ihn zusätzlich an. Als Montjoie schließlich zu Boden sank, nachdem er, von Cythar, dem kräftigeren der beiden Wölfe, abgelenkt, den tödlichen Stoß von Huc nicht mehr hatte abwehren können, überließ dieser den Tieren mit unverhohlenem Vergnügen den Körper seines Widersachers. Durch diese zwei Verbrecher hatte er soeben seine Schuld gesühnt.

Trotz des schneidenden Schmerzes, der seine, von den Degenhieben des Leutnants in Mitleidenschaft gezogenen Gliedmaßen durchzog, schleppte er sich hinkend zu Albérie. Seine Gemahlin hatte das verängstigte Kind gegen ihren Rock gepresst, um ihm den Anblick der Szene zu ersparen. Albérie war fahl. Aus ihrem Blick, den sie Huc zuwarf, konnte er lesen, dass sie um ihn gebangt hatte.

Er beschwichtigte sie mit einem Lächeln, während er mit seiner rechten Hand die Wunde an seiner Schulter zusammenpresste, um den Blutstrom zu stoppen.

»Es ist alles in Ordnung«, versicherte er. »Das kann man flicken.«

In diesem Moment ertönte ein Geheul, bei dem sich Marie abrupt von Albérie losriss.

»Ma!«, schrie das kleine Mädchen.

Die Wölfin hatte sich, auf ihren Hintertatzen aufrecht sitzend, vor dem von Krämpfen geschüttelten Körper Cythars aufgebaut. Albérie konnte das Kind nicht länger zurückhalten. Sie glitt aus ihrer Umklammerung und eilte auf die beiden zu. Albérie und Huc folgten ihr. Marie hatte, ohne zu überlegen, den schönen Kopf der Wölfin mit ihren kleinen Armen umschlungen und tröstete sie, ungeachtet ihrer eigenen Tränen:

»Weine nicht, Ma, weine nicht. Er wird wieder gesund werden. Du wirst sehen, er wird gesund.«

Huc beugte sich über Cythar. Die Klinge hatte seine Eingeweide verletzt. Er fragte sich, wie er trotz einer solchen Verwundung unbeirrt weiterhin hatte kämpfen können. Cythar war erst zusammengebrochen, als die Angreifer besiegt gewesen waren.

Albérie strich mit zitternder Hand über den von Blut, Speichel und Staub befleckten Schnitt, während Cythars Atem immer langsamer wurde und seine Augen einen glasigen Schimmer annahmen. Niemand von ihnen wusste etwas zu sagen. Nur Ma schrie ihre Trauer aus sich hinaus.

Erst als der letzte Lebenshauch durch die Nasenlöcher ihres alten Freundes entwichen war, löste Ma sich behutsam aus der Umarmung des kleinen Mädchens und beugte sich über Cythar. Sie fuhr mit ihrer rauen Zunge über seine Augenlider, um sie zu schließen. Dann entfernte sie sich. Und Marie trabte ihr sofort hinterher.

»Warte, Ma! Warte auf mich.«

Die Wölfin blieb stehen und gemeinsam setzten sie ihren Weg fort, die kleine Hand Maries ruhte auf ihrem Rücken.

»Geht nicht zu weit fort!«, riet ihnen Albérie und das Echo ihrer Stimme hallte von den zerklüfteten Wänden wider.

Dann ging sie um die sterbliche Hülle Cythars herum auf Huc zu und schmiegte ihre Stirn an die Brust ihres Gemahls.

»Ich überlasse dir die Leichen. Es tut mir Leid. Ich hätte dir so gerne ein anderes Leben ermöglicht, Huc.«

»Es ist das Leben, das ich gewählt habe«, entgegnete er. »Du hast dir nichts vorzuwerfen. Der Tod dieser Männer und dieses Wolfes, ebenso wie meine Wunden, geben mir, Gott sei es gedankt, die Möglichkeit, von euch jegliche Gefahr abzuwenden. Achte auf Marie. Achte auf dich. Wohin werdet ihr gehen?«, fragte er noch.

»Nach Paris. Ich habe dort Verwandte, die uns aufnehmen werden.«

»Hast du genug Geld? Ich könnte dir von meinem Lohn einen monatlichen Betrag schicken. Du wirst es brauchen.«

»Nein, Huc. Eines Tages würde Chazeron davon erfahren. Er darf nichts ahnen, nicht bis zu Marie vordringen. Bei deiner Rückkehr wird er dich ausfragen. Ich fürchte um dein Leben, da du nun in meine Flucht verwickelt bist.«

»Ich aber fürchte ihn nicht mehr, Albérie. Wenn ich dich in Sicherheit weiß, dann werde auch ich es sein. Sei vorsichtig«, flüsterte er, indem er ihr über den Nacken streichelte. »Vor allem in den Vollmondnächten.«

»Sie können mich nicht mehr schrecken. Aber du wirst mir fehlen«, gestand Albérie und sog den Geruch von Blut ein, der jenen von säuerlichem Wein auf seiner Haut überdeckte; in diesem Moment jedoch empfand sie keine Abscheu mehr.

»Dann werde ich warten. Ich werde darauf warten, dass du zu mir zurückkehrst«, wagte er zu gestehen, das Herz angefüllt von Hoffnung.

»Verzichte nicht auf das Glück einer wirklichen Gemahlin, Huc.«

»Mit dem Alter erlischt das Feuer. Es gibt nur dich allein. Ich werde nicht das lösen, was Gott und mein Blut zusammengefügt haben«, entgegnete er mit einer Inbrunst, die er bereits erstickt geglaubt hatte.

Albérie sah mit zärtlichem Blick zu ihm auf. Ihre Lippen vereinten sich lange in einem innigen Kuss. Dann schob Huc sie von sich.

»Geht nun. Doch zuvor zieht euch beide um. Diese blutverschmierten Kleider dienen mir als Beweis. Die Wölfin soll sie in Stücke reißen.«

Albérie nickte. Mit gepresster Stimme fügte er hinzu:

»Lebe wohl, meine Gemahlin.«

»Lebe wohl, mein Gemahl.«

Sie machte sich von ihm los, um ihre Tränen vor ihm zu verbergen. Sie hatte niemals aufgehört und sie würde auch niemals aufhören, ihn zu lieben. Aber ihr blieb keine andere Wahl. Hatte sie überhaupt jemals eine Wahl gehabt? …

Einige Minuten später stiegen sie, angeführt von der grauen Wölfin, in den langen Schacht, der sie nach Saint-Jehan-du-Passet bringen würde. Maries Händchen umfasste mit entschlossenem Griff Albéries Hand, die von ihrem Samtumhang verdeckt war. Dann waren sie aus seinem Blickfeld verschwunden.

1

Der Laden war großräumig und hell und erstreckte sich nun über drei Gebäude, die man dazugekauft und durch weite Öffnungen miteinander verbunden hatte. Im Erdgeschoss führte die einzige Treppe – die anderen hatte man entfernt, um mehr Raum zu schaffen – zur Anprobe und der Schneiderwerkstätte.

Isabeau stand auf der Rue de la Lingerie und betrachtete mit Wohlgefallen ihr Reich. Zwei junge Burschen standen hoch oben auf einer Leiter und befestigten das neue Schild, auf dem in hübsch verzierten Lettern »Königsgarn. Isabelle de Saint-Chamond, königliche Gewandschneiderin« zu lesen stand.

Madame Rudégonde war vor zwölf Tagen an Syphilis, die ein ruchloser Liebhaber aus Spanien eingeschleppt hatte, dahingeschieden. Sie hatte Isabeau, die schon vor langer Zeit ihre Geschäftspartnerin geworden war, testamentarisch ihren Laden hinterlassen. Zusammen hatten sie über viele Jahre hinweg die Gewandschneiderei geführt, glückliche und tragische Momente erlebt und sich dabei auf ihre gegenseitige Freundschaft gestützt, um jene Macht zu erreichen, aus der sie beide ihren Lebensinhalt schöpften. Isabeau verdrängte ihren Kummer über den Tod Rudégondes und setzte ihr ein ehrenhaftes Denkmal, indem sie sich dem letzten Willen der Verstorbenen würdig zeigte: »Niemals aufgeben, Demut zeigen oder betteln, den König für sich gewinnen und seine Nachkommen auf die eigene Seite ziehen. Nur das nehmen, was einem zusteht, dafür jedoch kämpfen, damit dies von Tag zu Tag mehr ist.«

Isabeau war an diesem 2. März 1531 von leichtem Gemüt. Morgen würde Eleonore, die Schwester Karls V., die der König in zweiter Ehe am 7. Juli 1530 in Mont-de-Marsan geheiratet hatte, in Saint-Denis gekrönt werden. Und sie, Isabeau, war es gewesen, die für mehr als die Hälfte des zu diesem Ereignis anwesenden Hofstaates die Unterkleider genäht hatte, ebenso wie die Aussteuer des königlichen Brautpaares.

Isabeau dirigierte noch einen Moment lang die Arbeit der beiden jungen Burschen. Als sie endlich befand, das Schild hinge gerade, sei sicher genug an den Haken befestigt und mache wahrlich etwas her, entlohnte sie die beiden für ihre Arbeit. Morgen würde sie Paris erobern, das stand fest!

Sie betrachtete das geschäftige Treiben ihrer Gehilfinnen im Inneren des Ladens, vergewisserte sich, dass sie in ihrer Arbeit gut vorankamen, begrüßte mit freundlichen Worten einige Kunden und Kundinnen, antwortete bekümmert auf die Beileidsbezeugungen einiger, die sie auch bei der Beerdigung Rudégondes gesehen zu haben meinte, und ließ dann vernehmen, dass sie auf keinen Fall gestört werden wolle.

Sie trat in den Hinterhof, in dem die Baumwollgewebe ausgelegt waren, durchquerte einen Garten, in dem erste Osterglocken den Boden bedeckten, umgeben von frühzeitigem Flieder, der zu Büschen zusammengestutzt war. Von ihrem ausströmenden Duft betört, schlenderte sie die gepflasterte Allee entlang, bevor sie schließlich ihr Wohnhaus durch den Hintereingang betrat. Die Vorderfront zeigte zur Rue de la Bonneterie, die parallel zum Laden verlief. Der Garten, der zu beiden Gebäuden gehörte, war zur Rechten von der Lagerhalle für Stoffe, zur Linken vom Getreidelager eingesäumt.

Sie schob die Tür auf und gleich darauf tauchte sie in fröhliches Getöse von Lachen, Schimpfen und Rumpeln ein. Isabeau trat neugierig in den weiten, gewölbten Saal, in dem drei Personen hintereinander herjagten. Sie hatten sich zusätzlich mit kleinen Kissen ausgestattet, die durch die Luft flogen, wobei sie wie durch ein Wunder den Nippes aussparten, der hier und dort auf Konsolen und Regalen aufgereiht stand.

»Was ist denn hier für ein Durcheinander!«, schrie sie, um sich verständlich zu machen, während sie eines der Luftgeschosse im Flug auffing.

»Ach, Ihr seid es, Tante!«, rief ein Mädchen von fünfzehn Jahren, bevor sie von einem Knaben mit wild zerzaustem Schopf auf dem Perserteppich in die Mangel genommen wurde.

»Hab ich dich endlich. Jetzt du, Mutter!«

Bertille kam herbeigeeilt, und während der Junge die Hände seiner Gefangenen auf ihrem Rücken fest umklammerte und dabei rittlings auf ihrem zappelnden Hintern saß, begann sie das Mädchen unter den Achseln zu kitzeln und dabei vor sich hin zu schimpfen.

»Ich werde dir schon helfen, mich so aus meinem Schlaf zu wecken!«

»Helft mir, Tante! Helft mir!«, flehte das Mädchen und prustete vor Lachen.

Isabeau blieb nichts anderes übrig, als ihrerseits in Lachen auszubrechen. Sie ging auf die drei zu, fuhr mit ihren Armen unter jene der Zwergin und hob sie an, so dass sie über dem Boden schwebte.

»Ich protestiere!«, tobte Bertille, während Isabeau sie auf dem Boden absetzte.

»Wirklich, Bertille, solche Spiele sind nichts mehr für dein Alter. Auf, du Schlingel, lass sie los. Sie hat ihren Teil abbekommen, denke ich.«

Er gehorchte, jedoch nicht ohne zuvor selbst seine Spielgefährtin mit einigem zusätzlichen Gepiekse in die Seiten geneckt zu haben. Marie drehte sich herum und setzte sich auf den Teppich. Sie rieb sich ihre Handgelenke. Vom vielen Lachen glänzten Tränen in ihren grauen Augen.

»Verdammt, du bist schwerer als ein Stein. Das wirst du mir büßen, Constant!«

»Na, na, na! Ihr seid mir zwei saubere Früchtchen, sucht nur Streit um das Vergnügen eines Schabernacks willen. Wäre auch nur eine der Vasen zerbrochen, hätte ich euch die Augen ausgekratzt!«

»Oh, verzeiht, meine Tante, aber er hat damit angefangen.«

»Von wegen. Du bist ganz schön frech!«, erzürnte sich Constant, indem er seine Hände in die Hüften stemmte.

Einen Augenblick lang maßen sie sich mit ihren Blicken, dann brachen sie gleichzeitig in Lachen aus.

»Wie zwei Verbündete!«, dachte Isabeau bei sich und drehte sich zu Bertille, die mit dem Alter noch stämmiger geworden war:

»Könntest du mich über die ganze Geschichte aufklären?«

»Also die Wahrheit ist, dass sie über ihrer Arbeit eingeschlafen ist«, entfuhr es Marie. »Und zwar so«, fügte sie hinzu, indem sie ein stotterndes Schnarchen nachahmte.

Bertille errötete bis über beide Ohren.

»Willst du wohl …«

»Noch immer so kitzelig?!«, amüsierte sich Isabeau und bohrte einen Finger unter die Schulterblätter der Zwergin, die einen Satz auf die Seite machte.

»Nicht auch noch du, Isabelle! Ich bin übel gelaunt, wenn man mich abrupt aus dem Schlaf aufschreckt. Diese Göre hätte mich fast umgebracht. Constant, der gerade in der Latrine verschwunden war, hat mich schreien gehört und kam so hastig herbeigeeilt, dass ihm nicht mal mehr Zeit blieb, seine Beinkleider zuzuknöpfen. Er blieb mit seinen Füßen im Saum hängen und fiel lang gestreckt zu Boden.«

Marie prustete in Erinnerung an diese Vorstellung. Constant warf ihr einen bösen Blick zu.

»Als sie mich so daliegen sah, kam sie zu mir gerannt, zog mein Hemd hoch und, ob Ihr es glaubt oder nicht, meine Patentante, versohlte mir meinen Hintern, bevor sie sich eiligst davonmachte.«

»Das glaube ich ohne weiteres. Aber wirklich, Marie, verhält sich so ein junges Mädchen?«

Marie zuckte verschmitzt mit den Achseln:

»Sein überraschter Gesichtsausdruck war diese Dreistigkeit wert, meine Tante! Er war knallrot wie, wie, wie … wie sein Hinterteil eben«, erwiderte sie heiter.

»Donnerwetter, Donnerwetter«, knurrte Constant, wobei er sich ereiferte. »Ich werde deinen schon auch noch weich klopfen, wart's nur ab!«

Marie verschanzte sich hinter Isabeau.

»Beschützt mich, meine Tante. Man trachtet nach meiner Tugend …«

»Hast du dich etwa um meine gekümmert?«, wütete Constant und versuchte, sie hinter dem Rücken Isabeaus hervorzujagen, ohne es jedoch dabei am nötigen Respekt gegenüber seiner Patentante fehlen zu lassen.

»Es langt nun, ihr beiden. Tragt eure Querelen woanders aus. Ich habe zu tun und benötige dazu Ruhe. Wo ist deine Mutter, Marie?«

Marie zuckte mit den Achseln, wobei sie sich noch immer dicht in der Nähe von Isabeau aufhielt.

»Ich weiß es nicht, meine Tante. Ich glaube, sie hatte etwas mit Abt Boussart zu erledigen.«

»Genug, Constant!«, tadelte Isabeau neckend, als dieser eine Hand ausstreckte, um die freche Göre zu erhaschen, die sich weiterhin Isabeaus wie eines Schutzschildes bediente. »Und du, Marie, komm erst nach zwei Uhr wieder. Ich erwarte wichtigen Besuch und könnte – bei allen Heiligen – einen solchen Radau beim Abwickeln meiner wichtigsten Geschäfte nicht ertragen. Triffst du unterwegs deine Mutter, bitte sie, mich so bald als möglich aufzusuchen. Also, raus mit euch Schlingeln!«

Marie rannte sofort leichten Fußes davon und war eine Sekunde später bereits entwischt.

»Warte auf mich!«, wütete Constant und folgte ihr so schnell er konnte.

Kurz darauf hörte man die Tür, die auf die Rue de la Bonneterie führte, mit einem Glockengeläut ins Schloss fallen und Stille senkte sich über das Zimmer. Bertille stöhnte:

»Diese zwei tun nichts anderes, als sich ständig neuen Unsinn auszudenken. Dabei sind sie doch keine Kinder mehr.«

Isabeau wurde sanft gestimmt:

»Lassen wir ihnen noch ein wenig diese Sorglosigkeit. Und dann vermählen wir sie meinetwegen miteinander.«

Bertille riss ihre Augen weit auf.

»Sie vermählen? Das meinst du nicht wirklich, Isabelle ...«

»Und warum nicht?«

»Du bist nun eine angesehene Dame und Constant hat Marie weder Titel noch Vermögen zu bieten.«

»Marie ist am *Cour des Miracles* aufgewachsen, Bertille, und wir beide wissen zu gut, dass ich, abgesehen von meinem Laden, weder Titel noch Vermögen besitze. Ich bin weder von edler Geburt, noch habe ich einen berühmten Erzeuger, als dass ich lächerliche Anforderungen stellen könnte. Marie ist meine Nichte und die Tochter eines Profos. Das ist allemal ausreichend für den Sohn eines Königs.«

»Dem König der Bettler«, ließ Bertille nicht locker.

»Na und, bist du auf ihn etwa nicht stolz, Bertille? Er ist nicht weniger wert als alle anderen und er ist mein Patensohn. Wenn die zwei sich mögen, vermählen wir die beiden. Und kein Schatten wird ihr Glück verdunkeln, wenn sie dies, zur passenden Zeit, als ebenso natürliche Sache auffassen wie wir.«

Bertille strahlte nun über das ganze Gesicht. Im Grunde hatte sie von einer solchen Verbindung seit langem schon geträumt. Isabeau beugte sich zu ihr hinab und küsste die schmale Stirn, auf der die kleine Perle einer Haube tanzte, die einen ergrauten Dutt zusammenhielt.

»Und nun halte Ausschau nach meinem Besuch und sorge dafür, dass wir ungestört sind.«

Bertille nickte zustimmend. Isabeau entledigte sich ihrer samtenen Kappe und erklomm die Stufen, die zu ihrem Arbeitszimmer führten, indem sie ihren mit goldenen Blättern bestickten Rock raffte. Von dem breiten Fenster aus, welches das geräumige Zimmer mit Tageslicht durchflutete, konnte sie, nicht ohne einigen Stolz, gegenüber im Laden das Treiben der Gehilfinnen bewundern. Trotz der Vorhänge aus Etamin, die ihre Umrisse verschwimmen ließen, konnte sie doch alle auseinander halten und sie an ihren Handgriffen, die sie ihnen mit Liebe und Geduld beigebracht hatte, erkennen. Es waren derzeit nicht weniger als zwanzig, die unter der Verantwortung der drei Schneiderinnen standen, die sie zusammen mit Rudégonde in Paris empfangen hatten: Ameline, Blanche und Françoise. Zusammen mit Lilvia, der Zigeunerin, und Bertille waren diese drei ihre einzigen Freundinnen. Treu und zuverlässig. Alle kannten sie inzwischen ihre wahre Geschichte. Keine, dessen war sie sich sicher, würde sie jemals verraten. In diese unverbrüchliche Freundschaft hatte sie ihr ganzes Vertrauen gelegt. Und war an ihr gewachsen.

Ameline, Blanche und Françoise nahmen nach Rudégondes Tod weiterhin ihren Platz im Laden ein. Deren Testament legte fest, dass Isabeau die drei an den Einnahmen zu beteiligen hatte. Sie selbst hatte daran schon seit längerem gedacht, auch wenn sie sich, durch ihre Vergütung, bereits bestens versorgen konnten. Sie hatte entschieden, ihnen die Neuigkeit nach der Krönungsfeier der Königin mitzuteilen. So würden sie an ihrem Sieg teilhaben und den von Rudégonde eingeschlagenen Weg weiterführen.

Isabeau ließ sich in einen kunstvoll gearbeiteten Sessel fallen, nachdem sie sorgsam die Vorhänge des Fensters zugezogen hatte. Ihr gegenüber, auf der Ummantelung des Kamins, thronte das Porträt ihres verstorbenen Geliebten, Jacques de Chabannes, Lehnsherr von La Palice. Er war bei Pavia am 24. Februar 1525 gefallen, so wie viele andere auch. Sie war zum zweiten Mal, nach acht Jahren des Glücks, allein zurückgeblieben. In der gleichen Intensität, mit der sie ihn geliebt hatte, hatte sie auch um ihn geweint. Lange Zeit.

In ihrem Kopf überstürzten sich die Bilder. Vielleicht war der Tod Rudégondes dafür ausschlaggebend. Es war bereits so lange her, dass sie das letzte Mal wirklich geweint hatte. Sie stützte ihren schweren Kopf gegen die Lehne des Sessels.

Alles war so schnell gegangen. Im Geiste sah sie sich wieder, wie sie zum zweiten Mal aus der Auvergne geflohen war, fort vom unwiderruflichen Tod Loralines und – ein weiteres Mal – fort von François de Chazeron. Bei ihrer Rückkehr hatte sie Rudégonde ihre ganze Geschichte anvertraut, als ertrage sie durch die schmerzliche Tatsache, dass sie ihre Tochter verloren hatte, nun endgültig ihre Vergangenheit nicht länger. Ihre Tochter. Jahrelang hatte sie sich zu überzeugen versucht, dass sie Loraline hasste, um sich damit besser an Chazeron rächen zu können. Sie hatte auf Rache gesonnen, gegen ihr Herz und gegen ihre innere Stimme. Aber das Gesetz des Blutes hatte sie auf heimtückische Weise eingeholt.

Ihr neues Glück hatte ihren Hass gemildert, hatte aufgedeckt, was sie in ihrem Inneren verschwieg: dass sie als Mutter versagt hatte. Sie war wegen Loraline nach Thiers zurückgekehrt. Aber es war zu spät gewesen, ihr zu gestehen, wie sehr sie sie liebte. Sie um Verzeihung zu bitten.

Auch Jacques de Chabannes war, im Gefolge des Königs, nach Paris zurückgekehrt. Er hatte sich ihre Geschichte angehört und seine Wut war an seinem schönen Gesicht abzulesen gewesen. Sie hatte ihren Bericht mit den einfachen Worten geschlossen:

»Ich trachte nicht länger nach Vergeltung, Messire, sondern will nichts weiter als ein neues Leben beginnen und vergessen. Das Leid, das begangen wurde, hinter mir lassen. Die Rache hat mich an meinem eigenen Fleisch und Blut schuldig werden lassen. Wenn Ihr mich dafür nicht verachtet und mich noch immer als Eure ergebene Geliebte begehrt, dann schwöre ich Euch ewige Treue.«

»Ich werde diesen François de Chazeron mit meinen eigenen Händen umbringen«, hatte Jacques getobt und die Hand an seinen Degen gelegt.

»Nein. Er soll zum Teufel gehen! Gott wird ihn richten. Ich werde es nicht zulassen, dass sich Euer Blut mit dem seinigen vermischt.«

»Dann hoffe ich, dass er niemals meinen oder Euren Weg kreuzen wird, Isabelle.«

Sie hatten sich voller Inbrunst umarmt und er hatte sie bei Hofe eingeführt. Dort hatte er sie dem König vorgestellt. Franz I., entzückt von ihr, hatte ihnen beiden nicht nur seinen Segen gegeben, sondern auch seinen Schutz, sollte eines Tages den treuesten seiner Untertanen das Unglück heimsuchen. Isabeau war also offiziell zur Maitresse vom Lehnsherr La Palice geworden. Und er widmete ihr mehr Zeit als seiner legitimen Gemahlin, die er aus Gründen der Vernunft geheiratet hatte.

Bis zum Jahre 1521 regierte im Hause Isabeaus das unbeschwerte, einfache Glück, bis am 16. Juni ein kleines fünfjähriges Mädchen in Begleitung einer grauen Wölfin und ihrer Schwester Albérie den Laden betrat, von der sie seit damals keinerlei Neuigkeiten mehr erhalten hatte.

Sie wirkten verzagt und Rudégonde empfing sie offenen Herzens, auch wenn Ma ihr große Furcht einflößte. Isabeau hatte sie zu sich nach Hause geführt, reichlich erstaunt über dieses kleine Grüppchen. Sie hatte sich Albéries Geschichte angehört, ohne einmal mit der Wimper zu zucken: Sie hatte mit Huc zusammen eine gemeinsame Tochter, die kleine Marie, der sie die Sprache der Wölfe gelehrt hatte, denn, so wie alle ihrer Herkunft, würde auch sie das Mal tragen. Das Kind war gleichzeitig mit Ma geboren, deren Vater Cythar sei. Sie wären unzertrennlich. Ihre Freundschaft hätte jedoch eines Tages die Aufmerksamkeit François de Chazerons erregt und sie wären geflohen, damit sich die Geschichte nicht noch einmal wiederholte.

Isabeau hatte sie in die Arme geschlossen und zärtlich gedrückt. Jacques war damals nicht zugegen gewesen. Sie hatte ihnen eine Unterkunft gestellt. Der Blick von Ma hatte sie jedoch in ein solches Unbehagen versetzt, dass sie schließlich Albérie darum gebeten hatte, sich von ihr zu trennen.

»Wir können sie nicht behalten, hier mitten in Paris. Sie verschreckt die Leute. Sie werden sich noch beim Profos beschweren und dann wird sie vielleicht getötet. Ihr Leben ist im Wald. So traurig es ist, aber sie gehört nicht in ein respektables Haus. Jacques würde mir darin zustimmen.«

Das Tier hatte begonnen zu knurren und Marie hatte instinktiv ihre kleinen Arme um sie geschlungen. Isabeau hatte sich vor sie hingekniet:

»Ich will dich nur beschützen, Ma. Ich weiß nicht, warum du mich hasst, aber ich könnte es nicht ertragen, wenn dir etwas zustoßen würde. Ich weiß, dass du mich verstehst. Du bist die Einzige, die mich mit Cythar, dem Kamerad meiner Tochter, verbindet, und daher auch die Einzige, die mir Loraline wieder näher bringt. Du hast sie nicht gekannt, aber ich bin es ihr schuldig, ihre Vergangenheit zu bewahren, um ihrer Erinnerung und ihrer wie meiner Vergebung willen. Und du bist Teil dieser Vergangenheit.«

Die Augen der Wölfin waren sanfter geworden. Sie hatte mit ihrer rauen Zunge über die beringte Hand geschleckt und Albérie spürte, wie sich ihr Herz zusammenzog. Einen Moment lang dachte sie daran, ihrer Schwester die Wahrheit zu erzählen. Aber sie hatte geschwiegen. Es war nun nichts mehr daran zu ändern.

Schließlich hatte Bertille eingegriffen.

»Am *Cour des Miracles* wird sich niemand an Ma oder ihren Begleiterinnen stoßen.«

Isabeau hatte über den Vorschlag nachgedacht und schließlich waren Albérie, Marie und Ma in eine Wohnung in der Rue Vieille-du-Temple eingezogen. Croquemitaine hatte sie ihr wegen des unterirdischen Zugangs empfohlen, der den Rittern früher ermöglicht hatte, die Stadt zu verlassen und geheime Treffen abzuhalten.

Marie wuchs mit Constant zusammen auf, für den Bertille und Lilvia gemeinsam die Mutterrolle übernommen hatten, und Isabeau wachte darüber, dass sie beide den gleichen Unterricht erhielten, der ihnen von einem teuer bezahlten Privatlehrer erteilt wurde. Rudégonde stellte Albérie im Laden an und Jacques de Chabannes drückte Isabeau gegenüber seine Anerkennung aus, wie gut sie das mit ihrer Familie geregelt hatte. Aber das Glück war nur von kurzer Dauer.

Denn tatsächlich war König Franz nur von einer einzigen Idee besessen: das Herzogtum Mailand zurückzuerobern, das er in seinen fortwährenden Feldzügen gegen Karl V., Kaiser des Heiligen Reiches und König von Spanien sowie Alliierter Heinrichs VIII. von England, verloren hatte. 1523 war erneut Krieg ausgebrochen. Englische, spanische und deutsche Soldaten fielen über die französischen Provinzen her. Unter dem Befehl des Herzogs von Norfolk marschierten die Engländer zu Anfang des Winters auf Paris zu. Terror regierte die Stadt. Und die eisige Kälte tat das ihrige. Ernten, Weinstöcke und Obstbäume fielen ihr zum Opfer und der Handel brach zusammen. Diebstahl und Gewalt vervielfachten sich in der ganzen Region um Paris; Aufwiegler verwüsteten Häuser, aßen die mageren Vorräte auf, vergewaltigten, mordeten. Rasend und zügellos. Croquemitaine denunzierte einen von ihnen, den man König Guillot nannte und der versucht hatte, bei den Bettlern Zuflucht zu finden. Er wurde festgenommen, geköpft und gevierteilt. Seine Überreste wurden anschließend an den Toren von Paris aufgehängt, um ein Exempel zu statuieren. So kam zu der klirrenden Kälte auch noch der bestialische Gestank der Leichenteile hinzu. Des weiteren hatte der König innerhalb der Stadt das Tragen von Stöcken, das Würfel-, Karten- und Kegelspiel verboten sowie alle anderen Vergnügungen, die Streitereien oder Schlägereien verursachen könnten. So herrschte nicht nur die Angst, sondern auch noch die Langeweile.

Rudégonde und Isabeau öffneten den Notleidenden, ihrem Ansehen zum Trotz, bereitwillig ihre Tür und teilten ihr mageres Essen mit den Armen des *Cour des Miracles*. Diese Aufgabe brachte die beiden Frauen einander näher. Beide begannen sie, die noch verbleibenden Tage bis zur Belagerung von Paris zu zählen. Die Menschen lagen auf der Lauer, Kreuzungen wurden durch Ketten abgeriegelt. Einige Bürger errichteten Festungsmauern und hoben Schützengräben aus, während andere aus der Stadt aufs Land flohen.

La Palice bestand darauf, Isabeau solle zu ihm nach Lyon kommen, aber sie lehnte es ab. Es stand für sie außer Frage, bei ihrer Familie und ihren Bettlern zu bleiben, um die sich sonst niemand kümmern würde. Und dann, völlig unerwartet, überlegte es sich der Herzog von Norfolk anders und kehrte um. Eine Epidemie hatte seine Armee heimgesucht, die zudem bereits durch die Kälte eine große Anzahl Soldaten eingebüßt hatte. Paris war gerettet, und auch wenn Narben in der Seele zurückblieben, so nahm doch das Leben langsam wieder seinen normalen Lauf.

Am darauf folgenden 4. März kehrte Jacques de Chabannes im Gefolge seines Königs nach Paris zurück, der sich ebenso wie er verdrossen über das Schicksal der französischen Armee zeigte. Die Truppen hatten während der Belagerung Mailands zunehmend an Kraft verloren. Doch der König wollte trotz der verheerenden Folgen der Pest nicht aufgeben. Je mehr Zeit verstrich, desto tiefer sank die Stimmung der Soldaten.

Zu dieser misslichen Lage gesellte sich ein weiterer Unruheherd aus Deutschland: Sympathisanten der Ideen eines gewissen Luther, die sich gegen eine lasterhafte, von Gewinnsucht und Luxus besudelte katholische Kirche richteten. Abt Boussart unterstützte diese neue Lehre und konnte für sie unter den Angehörigen des niederen Adels, aber auch der Bourgeoisie sowie Notabeln und Kaufleute zahlreiche Anhänger gewinnen. Das Volk war den erdrückenden Steuern und der Diebereien überdrüssig. An jeder Straßenecke begehrte es auf, plünderte Marktstände, um seinen Hunger zu stillen. Die Menschen hatten es satt, jenen Prälaten zuzuhören, die ihnen ihre Wurstfinger entgegenstreckten, an denen glitzernde Ringe aus Gold oder Edelsteinen prangten.

In Lyon wurde der König von der Nachricht des Todes seiner Gemahlin, Königin Claude, eingeholt. Von seinen Sorgen geleitet gebot er, sie in der Kapelle seines Schlosses zu Blois aufzubahren, damit ihr Leben einer Heiligen zum Gebet dargeboten werde und somit Frankreich die ersehnte Rettung brachte. Denn der Verräter Karl von Bourbon, Graf der Auvergne und von Forez, derselbe, der ihm so treu gedient hatte, war zu seinem Feind Karl V. übergelaufen und hatte diesem den Weg frei gemacht. Das Glück wollte es, dass die feindlichen Truppen, die durch die Pest an Männern verloren hatten, tatsächlich ihren Rückzug antraten. Franz' Hochmut wurde dadurch gestärkt. Für ihn war der Krieg gewonnen und seine Feinde bezwungen. Nichts würde ihn hinfort mehr daran hindern, Mailand einzunehmen und es für immer zu behalten.

Den Rat von La Palice befolgend, der die Müdigkeit seiner Truppen spürte, ließ er, seiner Sache bereits sicher, am 28. Oktober 1524 das Lager vor Pavia aufschlagen.

Mitte November erhielt Isabeau einen Brief ihres Geliebten, der ihre Besorgnis etwas milderte:

Ich und meine Männer haben am Ufer eines Baches, der uns zum Waschen unseres Geschirrs und unserer Körper dient, Quartier bezogen. Die Gegend ist schön und fruchtbar, und wenn ich sie so betrachte, verstehe ich, warum das Herz meines Königs daran hängt, selbst wenn die Kälte uns zu schaffen macht und der Geruch von Schießpulver die Luft verpestet. Nebel und Regen wechseln sich ab, aber wir sind guten Mutes. Trotz der Gerüchte, die unter der Bevölkerung von Pavia kursieren, wissen wir doch mit Sicherheit, dass die gegnerischen Soldaten dort bereits so tief gesunken sind, ihre Pferde zu essen. Denkt an mich, meine Liebste, so sehr, wie ich an Euch denke.

Dann einen zweiten:

3. Februar 1525. Meine Liebste.
König Franz ist diese Tage voller Widerwillen. Meinen Warnungen gegenüber bleiben seine Ohren taub. Dieser infame Bourbon ist mit 30 000 Mann, nach der Anzahl ihrer Zelte zu schätzen, herangerückt. Von Belagerern sind wir zu Belagerten geworden. Ich denke, es wäre angebracht, sich in Richtung Mailand zurückzuziehen, wo sich noch immer eine unserer Garnisonen aufhält. So könnten wir gestärkter in den Kampf zurückkehren. Ich fürchte, mein Liebling, dass die Kälte noch beißender wird, aber, bei Gott, ich bin Soldat und würde daher aus Liebe zu meinem König sterben. *Euer treuer Geliebter*

Die Schlacht tobte über die blutbefleckten Ländereien. La Palice kämpfte wie der Teufel, geschwächt durch die Last seiner Rüstung. Als er schließlich aufgeben und sich selbst ausliefern wollte, raffte ihn eine spanische Kugel, die aus nächster Nähe abgefeuert wurde, dahin. Einige Minuten später war der König, all seiner Getreuen entledigt, umzingelt.

Franz I. wurde gefangen genommen und Frankreich versank in Kummer. Isabeaus Herz trug ein weiteres Mal Trauer, so wie die Herzen zahlreicher Witwen. Der Laden selbst, der erneut geöffnet worden war, schien einem Friedhof zu gleichen, so viele Ellen an schwarzen Stickereien und Spitzen wurden täglich von den Ballen abgerollt. Paris schloss die meisten seiner Tore und man untersagte den Kindern, auf der Straße zu singen.

Um sich gegen den Feind zu stellen, übernahm Louise von Savoyen, die Mutter des Königs, die Führung eines geschlagenen und durch die Aussicht auf eine Invasion verängstigten Frankreich.

Die nicht enden wollenden Verhandlungen um die Freilassung des Königs begannen. Und dauerten über Monate. Franz I. wand sich in seinem Kerker hin und her. Er wurde krank und verlangte seine Schwester zu sich ans Krankenlager, ebenso wie Karl V., der sich weigerte, ihn zu sehen und sich durch sein Schicksal besänftigen zu lassen. Marguerite d'Angoulême suchte Isabeau auf, die sie während der glücklichen Tage am Hofe Frankreichs ins Herz geschlossen hatte, als La Palice sie an seinem Arm eingeführt hatte. Sie waren Freundinnen geworden und Marguerite überbrachte ihr häufig Nachrichten über den König. Isabeau gab ihr eine Phiole mit Gift, die sie aus Montguerlhe mitgebracht hatte.

»Setzt es gegen den Kaiser ein, wenn er sich weiterhin gegen die Freilassung des Königs wehrt«, legte sie ihr nahe.

Aber Marguerite d'Angoulême kam mit der Nachricht zurück, der Kaiser habe sein Wort gegeben, Franz freizulassen, wenn er seine Leiden überleben würde. Franz I. gesundete und der Kaiser vergaß sein Versprechen. Isabeau und ganz Frankreich wurden von Zorn gepackt.

Franz' Antwort auf das Wort eines Schwindlers war Betrug. Am 17. März 1526 erkaufte er sich seine Freiheit durch einen Vertrag. Um sich abzusichern, forderte Karl V., der König solle gegen seine zwei Söhne, den zehnjährigen Thronfolger Franz und seinen Bruder Heinrich, eingetauscht werden. Franz willigte unter Zwang ein, um sein Königreich zu retten. Er trennte sich schweren Herzens von seinen Söhnen, kehrte nach Frankreich zurück und strich seinen Namen aus diesem erzwungenen Vertrag. Er bot dem Kaiser nichts weiter als die Vermählung mit seiner Schwester Eleonore an und ein hohes Lösegeld für seine Kinder.

Es dauerte jedoch noch weitere drei Jahre, bis der König und der Kaiser sich einig wurden. Im Jahre 1530 schließlich konnten die Kinder des Königs nach Frankreich zurückkehren und Eleonore, Witwe des Königs von Portugal, heiratete Franz I.

Über die Jahre hinweg war Isabeau die Unterstützung und die Zuneigung des Königs sowie seiner Schwester zuteil geworden. Der Laden von Rudégonde florierte. Franz hielt überall in seinem Königreich Hof, suchte Zerstreuung bei Festen, bei der Jagd und bei all den Dingen, auf die er während seiner Gefangenschaft hatte verzichten müssen. Dabei zeigte er sich jedes Mal mit seiner neuen Geliebten, Anne de Pisseleu, für die Rudégonde die Unterkleider schneiderte. In der Tat hatten Rudégonde und Isabeau einen entscheidenden Beitrag zum Lösegeld der königlichen Kinder beigesteuert und Franz I. brachte jener, die sein verstorbener Freund so sehr geliebt hatte, große Anerkennung und Wertschätzung entgegen. Er bot ihr an, am Hofe zu leben, aber Isabeau lehnte das Angebot ab. Sie hatte sich ihren Platz durch Arbeit erworben und war sich dessen bewusst, dass sie dank ihrer Kunst weit mehr Macht besaß als diese frivolen Damen bei Hofe, die sich in ihren teuren Kleidern zeigten. Im Laden lösten sich die Zungen, die Gerüchte des Hofes kamen und gingen und ihre Verschwiegenheit garantierte ihr im Verborgenen weit mehr Freundschaften.

Es klopfte an der Tür. Isabeau wischte ihre Erinnerungen mit einer müden Handbewegung fort. Derzeit herrschte Frieden in Frankreich und morgen würde in Verbindung mit ihren Arbeiten, die sie für die königliche Vermählung hergestellt hatte, überall ihr Name erklingen. Dieser Name, den das Schicksal ihr gegeben hatte.

Auf die Einladung ihrer Herrin ließ Bertille eine vermummte Gestalt eintreten. Erst als sich die Türe hinter dem Besucher geschlossen hatte, entledigte sich dieser seines Umhangs.

»Grausame Isabelle«, entfuhr es ihm anstatt einer Begrüßung. »Ihr verdammt mich zur Anonymität, wo doch ganz Frankreich meinen Namen kennt und respektiert.«

»Clément Marot, Ihr seid unbelehrbar«, amüsierte sich Isabeau und reichte ihm ihre Hand zum Kuss.

»Und Ihr so kalt, wo doch mein Herz vor Liebe zu Euch brennt, zu Euch, die mich, ja sogar meine Verse, zurückweist.«

»Es gibt weit mehr Herzen, die Ihr brechen könntet, mein werter Freund, von hübschen und jungen Gräfinnen, die Euch zu Füßen liegen.«

»Empfändet Ihr gar Eifersucht? Oh, wie glücklich würdet Ihr mich machen …«

»Keineswegs. Mein Alter, das weiß ich zu gut, Messire, schützt mich vor einer wahren Begierde. Lasst mich von Eurer Freundschaft kosten. Sie ist mir ebenso wertvoll, wie sie es meinem viel zu früh verstorbenen Geliebten war.«

»Friede seiner Seele.«

»Friede der meinen, Messire, die Eure unbegründete Zudringlichkeit zugleich erheitert und verärgert.«

Er kniete in einer anmutigen Verbeugung vor ihr nieder, wobei er ein schelmisches Lächeln aufsetzte. Der Dichter, dessen Verse den Hof Frankreichs in Verzückung versetzten, verstand es auch zu schweigen.

»Ihr wünschtet mich zu sprechen. Hier bin ich.«

»Ich benötige eine Information, die nur Ihr habt und von der die anderen nichts wissen.«

»Es wird in acht Tagen geschehen. König Franz höchstpersönlich wird darüber wachen, dass die Statue der Jungfrau genau an der gleichen Stelle errichtet wird wie die vorhergehende, also an der Ecke der Rue des Deux-Siciles. Es wäre gut, wenn sich die Kinder diesem Ort nicht nähern würden, Isabelle.«

Sie nickte zustimmend. Vor zwei Jahren war die dort aufgestellte Statue geschändet und zerstört worden. Paris war darüber entsetzt gewesen und man hatte die »verfluchten Hunde Gottes«, diese Lutheraner, diese Ketzer beschuldigt, die das ganze Land infizierten. Franz I. hatte sogar demjenigen tausend Goldécus versprochen, der ihm die Schuldigen ausfindig machen würde. Aber niemand hatte sie überführt. Auch nicht die wenigen Bettler, die der Denkmalschändung beigewohnt hatten.

Sich auf die Lehre Luthers stützend, in deren Geiste sie von klein auf großgezogen worden waren, hatten Constant und Marie dieses Verbrechen begangen. Und sie beide waren am *Cour des Miracles* heilig. Clément Marot wusste das. Er gehörte zu ihnen. Heimlich, denn in den Tagen nach dem Verbrechen hatten Herolde verkündet, man würde all jene bestrafen, die Gott abtrünnig würden oder seinen Namen beschimpften. Je nach Grad und Wiederholung des Vergehens schwankten die Strafen von sechzig Sol Geldbuße bis zum Durchbohren der Zunge. Im darauf folgenden Jahr war das Gesetz noch weiter verschärft worden. Man tolerierte nun keinerlei Vergehen mehr. Beim zweiten Verstoß wurde bereits die Todesstrafe verhängt. Isabeau schluckte schwer. Sie wagte nicht sich vorzustellen, wie ihre Kinder durch die Hand des Henkers erdrosselt werden würden.

»Der Profos ist vor einigen Tagen ungeschickt vom Pferd gefallen, Isabeau. Der König hat einen Stellvertreter ernannt, der ihn für die Zeit seiner Genesung ersetzen und solange seine Funktionen übernehmen wird.«

»Ich habe gehört, dass dieser Unfall in Wahrheit gar keiner war?«, fragte sie, obgleich sie die Antwort bereits wusste.

»Ich nehme an, dass man von seinen Verbindungen zu den Lutheranern Kenntnis bekommen hat, da er zahlreiche Verbrechen deckte. Aber es gibt keine Beweise für diese Sanktion.«

»Gewiss. Weiß man bereits, wer unser neuer Peiniger sein wird? Wird es einfach werden, ihn für unsere Sache zu gewinnen?«, entgegnete Isabeau, die nicht daran zweifelte, das Schweigen dieses Mannes, ebenso wie bereits das seiner Vorgänger, erkaufen zu können.

Clément Marot setzte eine betrübte Miene auf.

»Ich befürchte, dass seine Anwesenheit Euch, im Gegenteil, Unannehmlichkeiten bereiten wird. Es scheint, dass er bereits seit 1527 und seit dem Vorfall, der sich nach dem Tod von Baron von Semblançay zugetragen hat, stark darauf drängt, dieses Amt zu erhalten.«

»Semblançay? Der Verwalter des Königreichs? Er wurde wegen Dieberei, Unaufrichtigkeit, Amtsmissbrauch und Unterschlagung aufgehängt! Welchen Zusammenhang gibt es da mit dem neuen Stellvertreter?«

»Die Wölfe, Isabelle!«

Sie hob den Kopf und ihr Blick traf jenen ihres Freundes.

»Den Tod dieses Mannes behielt Paris zunächst nur durch meine Verse in Erinnerung, bis seine Leiche vom Galgen abgehängt und, von Reißzähnen zerfleischt, auf einer Wiese bei Pantin wieder aufgefunden wurde. Ebenso wie die Leiche jenes Mannes, einige Monate zuvor, der den König beleidigt hatte. Und das mitten in Paris. Erinnert Ihr Euch an das Gerücht von einer grauen Wölfin, die sich, in genau dieser besagten Nacht, zu Vollmond auf einem Felsen in eine Frau verwandelt haben soll?«

»Albernes Geschwätz! Kein vernünftiger Geist hat etwas darauf gegeben und der König selbst hat sich darüber lustig gemacht, indem er versicherte, dass es in der Gegend um Paris weit weniger Wölfe gebe, als der königliche Hof in seinen Gefängnissen zähle. Auf was wollt Ihr hinaus, mein Freund?«

»Dieser Stellvertreter ist ein kleiner Lehnsherr aus der Auvergne, Madame, der sich nach dem Tode Karls von Bourbon das Wohlwollen des Königs erkaufte, indem er mehr zum königlichen Lösegeld beisteuerte als alle anderen seines Ranges. Man erzählt sich, dass seine Tochter, zusammen mit ihrer Gouvernante, von Wölfen zerfleischt wurde und dass er seitdem einem bestimmten hinterherjagt: einem Werwolf mit einem Frauengesicht.«

Isabeau spürte, wie das Blut in ihren Schläfen zu pochen begann. Clément Marot trat zu ihr, als er sie erbleichen sah, und nahm zärtlich ihre Hand in die seine.

»Ich bin Euch ergeben, Isabelle, so wie es der Wunsch Eures Geliebten war, dessen Freundschaft mir zuteil wurde, denn er rettete mir einst mein Leben. Eure Geheimnisse gehören Euch und ich werde es nicht zulassen, dass der Name, den Ihr tragt, durch den Schmutz gezogen wird. Und doch weiß ich, aus dem Munde selbst von Jacques de Chabannes, wie sehr ihm an den Machenschaften dieses Mannes lag. Zu seinen Lebzeiten bat er mich darum, mich umzuhören und ihn über sein Handeln auf dem Laufenden zu halten. François de Chazeron ist Staatsbeamter in Paris, Madame. Es entzieht sich meiner Kenntnis, was Euch mit diesem Mann verbindet, aber ich glaubte, gut daran zu tun, Euch von seinen Plänen zu unterrichten.«

Instinktiv führte Isabeau ihre Hand an ihre Brust. Glücklicherweise waren inzwischen geschlossene Ausschnitte in Mode und das Brandmal war so nicht einmal zu erahnen. Aber in diesem Augenblick begann es zu schmerzen, als stamme es von gestern. Isabeau setzte sich erschöpft nieder.

»Nehmt Euch zu trinken, mein Freund«, bot sie ihm an, indem sie auf eine Anrichte wies, wo auf einem Silbertablett eine fein ziselierte Glaskaraffe zusammen mit zwei passenden Kelchen bereitstanden.

Wie hatte sie jemals daran glauben können, dass die Vergangenheit sie nicht einholen würde? Wie töricht kam sie sich selber vor. Umso mehr, als die Worte Cléments in ihr einen Zweifel wachgerufen hatten. Einen gefährlichen Zweifel. Wer war Marie wirklich? Sie trug das Wolfsmal, und doch …

Isabeau ergriff das Glas, das der Dichter ihr reichte, und trank einen Schluck des Heidelbeerlikörs.

Clément ließ sich ebenfalls auf einen Stuhl nieder und betrachtete sie eindringlich. Trotz Spuren des Alters war sie noch immer schön. Er fragte sich, wie alt sie wohl sein mochte. Fünfundvierzig, fünfzig? Ihr ovales Gesicht war gezeichnet, ein wenig erschlafft, eingerahmt von grau meliertem Haar, das unter ihrer Haube hervortrat. Trotz ihrer Schminke konnte man Falten auf Stirn und um Mundwinkel und Augen herum erahnen. Der Blick ihrer Augen jedoch war noch immer ungebrochen, wach und lebendig und von einem unglaublich tiefen Grün, wie bemooste Erde.

Sie schaute ihn an und lächelte. Viele Dinge verbanden sie inzwischen miteinander, abgesehen von ihrer Zugehörigkeit zur Bewegung der Lutheraner. Dass ihr Geliebter, als er noch lebte, ohne ihr Wissen mit Hilfe von Clément Marot ein Auge auf François de Chazeron geworfen hatte, verbot ihr jegliche Lüge. Jacques de Chabannes schenkte nicht jedem

Beliebigen sein Vertrauen. Und er war in seiner Wahl niemals enttäuscht worden.

»Das ist eine lange Geschichte«, begann sie.

»Ich habe alle Zeit der Welt«, versicherte er, indem er sich in seinem Sessel zurücklehnte.

Als sie sich verabschiedeten, war Clément Marot äußerst zufrieden und geehrt, durch das, was er erfahren hatte. Er lief durch die Straßen von Paris und dachte, mehr als jemals zuvor, dass Isabelle de Saint-Chamond wahrlich seinen Respekt verdient hatte.

2

Als Philippus seinen Esel vor der Festung von Montguerlhe zum Stehen brachte, überkam ihn ein unbeschreibliches Gefühl von Schwermut. Nicht auf Grund dessen, was ihn in diesem März des Jahres 1531 hierher führte, sondern vielmehr, weil ihn dieser Ort an sich traurig stimmte.

Von der dritten Umfriedungsmauer, welche die Festung vor Blicken schützte, war nicht viel mehr übrig als einige Mauerteile und jenes verschlossene Tor, das die Wanderer herausfordernd einzuladen schien, sich weiter voran zu wagen. Er dachte bei sich, dass der Bruchstein der Bauwerke, die er unterwegs passiert hatte, wahrscheinlich von diesen geplünderten Mauern stammten. Er hätte mit Leichtigkeit über das, was von ihnen übrig geblieben war, hinüberklettern können, denn an einigen Stellen waren sie kaum höher als einige Ellen; dennoch betätigte er den Zug, der eine schwere Glocke, am Ende der Öffnung, zum Tönen brachte. Dann wartete er.

Nach langen Minuten öffnete ein Unteroffizier – das war er zumindest seiner Uniform nach – mit wenig einladender Miene die wurmstichige, massive Tür einen Spaltbreit. Er betrachtete Philippus schweigend von Kopf bis Fuß und knurrte schließlich:

»Die Zahlstelle ist weiter unten!«

»Ich suche jemanden, der hier wohnt«, beeilte sich Philippus mit seinem deutschen Akzent zu antworten, bevor der Mann die Türe wieder schließen würde.

Dieser zögerte einen Moment lang, erstaunt über die ungewöhnliche Anfrage, spuckte vor seine Füße ins Gras und fragte nach, wen genau man zu sehen wünsche.

»Eure Wirtschafterin, Albérie de la Faye.«

Die Augen des Unteroffiziers vergrößerten sich noch ein Stück. Er wühlte in seinem Gedächtnis, das von der Intelligenz nicht einmal gestreift worden zu sein schien, und kratzte sich schließlich an seinen Bartstoppeln.

»Kenn ich nicht!«

Philippus spürte, wie ihm ein Schwall von Angst die Kehle zuschnürte. Der Mann war jung. Sechzehn, siebzehn Jahre, höchstens. Er insistierte:

»Wo ist Euer Profos, Huc de la Faye?«

»Messire Huc? Ihn also sucht Ihr?«

Philippus war erleichtert. Er bejahte mit einem Kopfnicken.

»Er ist auf Vollore, oder auf dem Weg dorthin.«

Philippus begriff, dass er mit diesem Tölpel nicht weiterkommen würde, dankte ihm, bestieg erneut seinen Esel und trieb sein Reittier mit einem Fersenhieb an, nachdem er sich die Richtung nach Vollore hatte zeigen lassen. Sein Kopf schwirrte von unbeantworteten Fragen.

Im Laufe der vergangenen fünfzehn Jahre hatte er auf Schlachtfeldern versucht zu vergessen. Er war Regimentsarzt geworden, hatte zunächst für die niederländische Armee gearbeitet, dann für die dänische, immer in der Hoffnung, eine verirrte Kugel würde ihn von seinem Lebensüberdruss befreien. Er hatte sich im Bier der Tavernen fast ertränkt, in den Unterröcken von Dirnen verloren und damit seinen Sold, der zu mager war, als dass er für andere Träume ausgereicht hätte, verprasst, auf der verzweifelten Flucht vor jedem einzelnen Tag. 1524 war er nach Salzburg zurückgekehrt, hatte sich für neue Ideen begeistert, an Arbeiteraufständen teilgenommen und sich an theologischen Schriften versucht. Nach einem Jahr war er in aller Hast wieder fortgegangen.

Der Zufall wollte es, dass er auf seinem Weg Philipp I.

von Baden begegnete, den er auf wunderliche Weise heilte. Anschließend ging er nach Straßburg, wo er sich um den Sekretär des Straßburger Münsters kümmerte und zwei Bücher über Chirurgie schrieb, damit das Wissen, das Loraline ihm weitergegeben hatte, die Zeit überdauern würde, denn sein von einem ausschweifenden Leben stark in Mitleidenschaft gezogenes Gedächtnis begann bereits zu verblassen.

1527 ließ er sich, dank des Zutuns zahlreicher Persönlichkeiten, in Basel als Arzt nieder und begann seine Theorien umzusetzen, dieses Wissen, das ihn Wunderheiler, Zauberer und Hexen gelehrt hatten. Er begann auf Lateinisch und Deutsch zu lehren, was ihm den Groll und den Zorn der Fakultät, seiner Berufsgenossen und der Apotheker einbrachte. Als Philippus sich sternhagelblau öffentlich über einen Patienten lustig machte, mit dem er in Streit geraten war, zwang ihn die Androhung eines Gerichtsprozesses durch den Stadtrat ein weiteres Mal zur Flucht. Er ließ sich in Colmar nieder und eröffnete dort eine Praxis. Aber auch dort wollte es ihm nicht gelingen, sich an den Alltag zu gewöhnen, der ihn zerfraß. Er brach nach Nürnberg auf und lebte dort in einem Haus, in dem ihn zahlreiche Metzen über ihre Leiden aufklärten. Beim Mob des Volkes fühlte er sich am ehesten aufgehoben. Er schrieb zwei Bücher über Syphilis, um sich das Gefühl zu geben, dass er noch existierte.

Und ein weiteres Mal rief ihn die Straße: Beratghausen, Ratisbonne, Amberg, Zimmen, Zingall, bis zum August 1530. Und dann holte ihn das Schicksal ein. Wie so oft, bei einer zufälligen Begegnung in einer Taverne. Er war nach zahlreichen Humpen unter den Tisch gekippt und erwachte irgendwann auf offener Straße, an eine Mauer gelehnt. Neben ihm ein anderer Körper, der ebenso betrunken war wie er selber. Vor seinen trüben Augen durchschnitt eine Myriade von Sternschnuppen eine wolkenlose Nacht.

Er hatte sie betrachtet. Lange Zeit. Dann hatte sich die Stimme an seiner Seite mit einem schwerfälligen Lallen bemerkbar gemacht, während vor ihnen das schmuddelige Völkchen der schmierigen Gassen vorbeizog, einer nächtlichen, verwegenen Gier hinterherjagend.

»Jede Sternschnuppe ist eine wandernde Seele.«

Ein schönes Bild. Philippus kannte es.

»Ein kleiner Junge hat mir vor langer Zeit unter dem Himmel Frankreichs das Gleiche gesagt«, bemerkte er und erinnerte sich dabei an das Gesicht von Michel de Nostre-Dame.

»Ich kenne es von einem Mann, den ich vor einigen Monaten in Montpellier kennen gelernt habe.«

Philippus wandte den Kopf seinem Trinkkumpan zu. Der gleiche Name kam ihnen über die Lippen und sie brachen in Gelächter aus. Und so verbrachten sie gemeinsam die restliche Nacht. Philippus erfuhr aus dem Munde des jungen Arztes an seiner Seite, der seine Promotion feierte, wie er Michel getroffen hatte, der ebenfalls Arzt und Astrologe geworden war und von dessen Prophezeiungen die ganze Provence sprach. Schließlich fragte ihn der Mann, ein gewisser Seulbach:

»Übrigens, seid Ihr vielleicht Paracelsus?«

Philippus nickte.

»Dann habe ich einen Brief für Euch. Denn diese eigenartige Person hat unsere Begegnung vorhergesehen. ›In einer schönen Augustnacht, bei vernebeltem Geist‹, hat er mir gesagt. ›Ihr werdet ihn erkennen und ihm dies hier geben.‹«

Bewegt hatte Philippus den zerknitterten Umschlag betrachtet, auf dem ein Siegel mit dem Wappen von Nostradamus prangte. Er hatte ihn, mit Tränen in den Augen, in seinen Ärmel gestopft. Tränen der Erinnerung an gute und schlechte Erlebnisse. Tränen des Bedauerns. Seit seiner Abreise von Thiers hatte er weder die Zeit noch den Mut gefunden, Michel zu schreiben, wie er es ihm eigentlich versprochen hatte. Der Glaube an das Schicksal, das sie beide miteinander verband, hatte Michel jedoch gestärkt, ihn nicht zu vergessen.

Als die Morgendämmerung das geschäftige Leben in die Gassen zurückholte, hatten sie sich voneinander verabschiedet. Gerade noch rechtzeitig, um zu umgehen, dass man ihnen den warmen Urin aus den Nachttöpfen, die man in dieser Gegend noch aus den Fenstern in den Rinnstein leerte, auf die Köpfe schüttete.

In seiner Kammer hatte Philippus das Schreiben geöffnet. Es war kurz:

Ich erwarte Euch, mein Freund. Mich quälen im Traum Bilder, die Euch gelten, und die Last eines Geheimnisses, das ich mit Euch teile, ohne dass ich Euch davon erlösen könnte. Dennoch wird das alles, das weiß ich, Eure Trauer mildern, denn es missfällt mir, Euch so niedergeschlagen zu wissen, wo Ihr doch eine große Mission für jene, die Ihr liebt, zu erfüllen habt.

Euer Untergebener

Philippus hatte zu weinen begonnen. Mehr als einmal hatte es ihn dazu gedrängt, seine Tochter wiederzusehen. Doch dann hatte er diesen Entschluss immer wieder fallen lassen. Was konnte er ihr schon bieten? Er verachtete sich für die Art von Leben, die er sich hartnäckig auferlegte. Der Alkohol hatte ihn fett gemacht, seine Haare waren ergraut und seine Zähne vergilbt. Er kämpfte gegen alle, predigte und praktizierte Methoden, von denen er wusste, dass sie heilsam waren, dass sie gute Ergebnisse erzielen würden, die ihm jedoch kaum sein täglich Brot einbrachten, so sehr war er überall verschrien. Er war ein Geächteter.

Eine traurige Erkenntnis für einen Vater, wenn er sich dagegen Marie, seine Tochter, vorstellte, wie sie ohne Nöte in einem Schloss, einem lieblichen Schmuckkästchen, lebte, das Antoinette de Chazeron gewiss mit Liebe auszustaffieren verstand. Eines Tages vielleicht, wiederholte er sich, wenn der Kummer ihn übermannte.

Dieser Brief jedoch hatte ihn tief berührt. Was für eine Mission könnte das wohl sein? Seine Tochter wusste von ihm nichts. Wie konnte sie ihn dann lieben? Es sei denn, Albérie hatte dem kleinen Mädchen die Wahrheit über ihre Geburt erzählt. All diese Fragen raubten ihm den Schlaf.

Anfang September 1530 hatte er eine Entscheidung gefällt. Er hatte sich auf seinen Esel geschwungen, entschlossen, sich in die Provence aufzumachen und unterwegs dort Halt zu machen, wo das Schicksal sein Leben zerstört hatte.

Kaum war ihm der Weg zum Schloss von Vollore geöffnet worden, hatte schon ein Stallknecht seinen Esel an den Zügeln gepackt und führte ihn im Schritt vor die Stufen des beeindruckenden Gebäudes, das er noch nie zuvor betreten hatte.

Bénédicte kam ihm entgegen und ließ ihn, nachdem er seinen Wunsch geäußert hatte, Huc de la Faye zu sehen, durch die Wirtschaftsräume eintreten.

Philippus nahm daran keinen Anstoß. Seine äußerliche Erscheinung verbot ihm häufig das Eintreten durch das Vestibül, das nur hohen Gästen vorbehalten war, die in Kutschen kamen und mit Schmuck und Seidenstoffen herausgeputzt waren. Sein Reiseumhang war an zahlreichen Stellen geflickt und seine von den Launen des Wetters ausgebleichte Kleidung – das Geschenk eines seiner berühmten Patienten – ließ vage irgendeinen teuren Stoff erahnen.

»Ihr wünschtet mich zu sprechen, Messire.«

Philippus drehte sich um und er erblickte Hucs Gesicht, so wie er es in Erinnerung behalten hatte. Seine weißen Haare und seine tiefen Falten zeugten davon, dass der Profos gealtert war, aber seine Augen wirkten voller Leben, gleichwohl sein Auftreten. Philippus las in seinem Blick, dass er ihn nicht wiedererkannte.

»Ja, in der Tat, ich habe Euch gesucht.«

Huc riss die Augen auf und wich einen Schritt zurück. Philippus kam nicht einmal mehr dazu, seine Erklärung, die er sich auf dem Weg von Montguerlhe nach Vollore ausgedacht hatte, zu formulieren.

»Diese Stimme, dieser Akzent! Bei Gott, Messire, seid Ihr wirklich jener, den ich zu erkennen meine?«

»Wen meint Ihr zu erkennen?«

»Einen Arzt, der sich einst im Schneesturm in diese Gegend verirrte und heute wieder vor mir steht, wenn auch reichlich in seiner Erscheinung verändert.«

»Dann habt Ihr Euch nicht geirrt«, bestätigte Philippus.

Huc reichte ihm seine Hand.

»Seid willkommen auf Vollore ... Philippus von Hohenheim, wenn ich mich recht erinnere?«

»Richtig. Man nennt mich nun Paracelsus«, antwortete Philippus und ergriff die freundschaftlich entgegengestreckte Hand.

Getrieben vom spontanen Gefühl eines gemeinsamen erdrückenden Geheimnisses, umfingen sich die beiden einige Sekunden später in einer brüderlichen Umarmung. Schließlich machte sich Huc los und rief:

»Clothilde, geschwind! Wir haben einen Gast. Bereite in der Küche etwas zu essen vor und richte eine Kammer!«

»Ich muss zuallererst die Dame des Hauses begrüßen«, beeilte sich Philippus zu erklären.

Huc betrachtete ihn neugierig.

»Was wisst Ihr derzeit über François de Chazeron, mein Freund?«

»Leider nichts weiter als das, was ich aus früherer Zeit behalten habe! Ich würde gern Eure Gemahlin sehen und kurz auch Marie de Chazeron«, fügte Philippus hinzu, der nicht genau wusste, was Albérie ihrem Gemahl anvertraut hatte.

Huc führte einen Finger an seine Lippen, um ihn aufzufordern, zu schweigen. Eine Tür des Zimmers hatte sich geöffnet und ein junges Mädchen trug einen Laib Brot und eine Kaninchenpastete herein. Ein zweites Mädchen folgte ihr, mit Schinken und Wein beladen, und schließlich ein drittes, das auf ihren Armen das Gedeck sowie ein Tablett trug, auf dem es nach Ziegenkäse und Obst roch.

Schweigend deckten sie den Tisch, gewiss überrascht, dass man ihnen stumm dabei zusah. Dann gebot ihnen Huc, als sie das Zimmer verließen:

»Wir wollen nicht gestört werden, bis ich andere Anweisungen gebe. Unter keinen Umständen!«

Die jungen Mädchen nickten, wobei sie ein wenig errröteten. Dann wurden die Männer durch die geschlossene Tür vom Rest des Schlosses abgeschnitten.

»Setz dich, mein Freund, und lass es dir schmecken. Dein Äußeres verrät mir, dass das Schicksal es mit dir nicht gut gemeint hat, und das, was ich dir zu berichten habe, lässt sich auch während des Essens erzählen.«

Philippus war beglückt. Ohne viel Aufhebens schnitt er das Brot an und spickte das Messer in die Pastete.

»Albérie gilt, ebenso wie das Kind, als tot«, schloss Huc, nachdem er seinen Bericht beendet hatte.

Philippus fragte sich, ob er sich darüber freuen oder klagen sollte. Er war gekommen, um seine Tochter wiederzusehen, und stattdessen hatte er entdeckt, dass die Situation, in der er seine Tochter wähnte, gar nicht existierte und es an ihm lag, seinen Träumen einen Sinn zu geben.

»Wisst Ihr, wo sie sich aufhalten?«

»Was gäbe ich darum. Paris ist groß. So viele Jahre sind seither vergangen. Nicht ein einziges Mal habe ich etwas von ihnen gehört. Sind sie dort wohl jemals angekommen? Die Straßen wimmeln vor Strauchdieben, selbst wenn sie vor der Wölfin Reißaus genommen hätten.«

»Ich finde es eigenartig, dass das Tier ihnen gefolgt ist. Für gewöhnlich verhalten sich Wölfe nicht so. Sie gehören zu einem Rudel und sind diesem eng verbunden.«

Huc nickte.

»Ich weiß nicht, welchen Platz sie nun an ihrer Seite einnimmt, aber Marie schien an ihr sehr zu hängen. Sie machten den Eindruck, als wären sie heimliche Verbündete. Und in der Tat beruhigte es mich, sie bei ihnen zu wissen. Sie hatte einen sonderbaren Blick, ja wirklich einen sonderbaren Blick.«

Philippus nahm einen kräftigen Schluck Wein. Was ihn betraf, so war er durchaus nicht erstaunt darüber, dass Marie sich zu Wölfen hingezogen fühlte. Sie war eingehüllt gewesen in ihren Geruch, ihr Heulen, ihr Brüllen durch die Gefühle und die Umgebung ihrer Mutter während der Schwangerschaft.

Auch das war eine seiner Theorien. Er war davon überzeugt, dass das Umfeld einer Frau während dieser Zeit ausschlaggebend war für die Gefühle, die Abneigungen und die Affinitäten des Kindes nach der Geburt.

»Was ist aus Antoinette de Chazeron geworden?«, fragte er schließlich und schob seine Gedanken beiseite.

»Sie ist nach der Beerdigung von Marie in ein Kloster gegangen. Und dort ist sie noch immer. Ich bedaure, was mit ihr geschehen ist. Sie war eine edle Frau. Sie hätte es verdient gehabt, glücklich zu sein. Aber die Wahrheit hätte sie nur noch mehr zerstört. Ich habe ihr erzählt, dass Marie von den Wölfen angegriffen wurde, dass Albérie sich mutig geschlagen hatte, um sie beide zu verteidigen, und dass ich mit zwei meiner Männer dazukam, als sie den Wölfen gerade erlag. Das zahlreiche Rudel hätte uns eingekreist und die Wachen wären dabei umgekommen. Ich hatte die Fackel getragen und hätte daher als Einziger, verletzt, entkommen können. Sie verfiel einem schrecklichen und trübsinnigen Wahn, weigerte sich sogar, die Särge zu sehen, die ich ihr herbeitrug, mit der Unterstützung von Bertrandeau, meinem alten Freund, den ich zum heimlichen Mitwisser gemacht hatte. Chazeron kam erst zwei Monate später zurück. Die Gräber waren zugeschüttet und er begnügte sich damit, Antoinette ins Kloster gehen zu lassen, damit sie dort ihre Kräfte wiederfinden und beten konnte. Er stellte mir nach meinem Bericht keine einzige Frage. Ich weiß nicht, ob er mir meine Geschichte abgenommen hat. Marie war für François de Chazeron nie von Interesse gewesen. Er hatte nicht aufgehört, von einem Sohn zu träumen. Eine treue Dienerin gebar ihm schließlich, wenige Zeit nach dem tragischen Ereignis, einen Jungen. Er weigerte sich jedoch, die Mutter zu heiraten. Sie war seinem Rang nicht würdig. Guillaumet wurde sieben Jahre alt. Er folgte den Soldaten überall hin, war lebendig und fröhlich und setzte alles daran, seinem Vater zu gleichen, der nun für den König kämpfte. Die Garnison auf Montguerlhe wurde regelmäßig abgezogen und der Junge hatte seinen Spaß an den Bewegungen der bewaffneten Männer. Wie sie hatte auch Guillaumet den Befehl erhalten, das Wasser aus dem Brunnen dort nicht zu trinken. Dennoch war er eines Tages heimlich entwischt und hatte, von Durst getrieben, davon gekostet. Mehrere Tage lang krümmte er sich vor Schmerzen und starb schließlich. François hatte damals entschieden, dass Montguerlhe endgültig vergessen, von der Landkarte gestrichen werden sollte. Er gab die Festung zur Plünderung frei und sandte nur drei Mann auf den Wachturm.«

»Früher war das Wasser ungefährlich. Was ist passiert?«, fragte Philippus argwöhnisch.

»Nach dem Tode Loralines im Jahr 1516 hatte Albérie die Kadaver der Wölfe in die Quelle geworfen. Einen Monat später erkrankten die Schafe und ein Großteil des Geflügels starb. Auch Menschen fanden den Tod. Ein Verbot wurde verhängt, das den Leuten untersagte, die Gegend zu betreten. Alles wurde mit Kalk desinfiziert, in dem Glauben, es handele sich um eine Epidemie, die von den Kühen übertragen worden sei. Aber alles ging von vorne los und der Kräutermeister von Moutier, mein eigener Bruder, schloss daraus, dass es am Wasser liegen müsse. Er untersagte seinen Genuss und man brachte jenen, die Wache hielten, jeden Monat bei der Ablösung Getränke und Nahrungsmittel. Ich selbst bin, dank des Rates von Albérie, dem Tod entkommen. Das alles machte Chazeron verrückt, denn er spürte durchaus, dass diese ganze Sache ein Racheakt war. Er trennte uns voneinander, verbannte mich nach Montguerlhe, ließ mir Wein da, um dem Mangel an Wasser abzuhelfen, und wies meine Gemahlin den Diensten seiner Frau zu.«

»Ich verstehe.«

»Es verbreitete sich das Gerücht, der Ort sei verhext, was jedoch die Plünderungen der dritten Umfriedungsmauer nicht verhinderte. Der Winter des Jahres 1523 war in der Tat streng, hier noch mehr als andernorts, und die armen Menschen dachten, der Stein schütze sie besser vor den Schneestürmen als die zugigen hölzernen Rundstämme. Ich redete François zu, sie gewähren zu lassen. Es war an der Zeit, dass sich ihre Situation verbesserte. Im Grunde war es ihm einerlei. Er hatte andere Sorgen. Durch seine Heirat mit Antoinette gehörte er weiterhin zur Familie der Bourbonen. So fiel der Treubruch dieses Mannes nun auch auf ihn zurück. Und so entschied François de Chazeron, nach außen hin ehrbar zu werden, damit seine verwandtschaftlichen Beziehungen in Vergessenheit geraten würden. Er meldete sich für das königliche Regiment, bot an, das ganze Gold, das er Loraline gestohlen hatte, für das Lösegeld der beiden Kinder beizusteuern, und erkaufte sich durch diese verzweifelte Geste die Sympathie des Königs. Für die Dauer seiner Abwesenheit sollte ich die Bewirtschaftung seiner Ländereien zusätzlich zu meiner Funktion des Profos übernehmen. Mehr als einmal betete ich darum, dass ihn der Tod auf einem der Schlachtfelder ereilen möge, aber es scheint so, als beschütze der Teufel diesen Schurken, denn er überstand alles ohne den geringsten Kratzer. Chazeron hat tausend Gesichter, ich vermute, dass er mehr als einmal sein Leben gegen irgendeinen Verrat eingetauscht hat.«

»Ist er noch immer so besessen darauf, den Stein der Weisen zu finden?«

»Und ob, Paracelsus. Aber er ist dem Geheimnis noch keinen Millimeter näher gekommen. Er trägt den Schlüssel seines Turmes um seinen Hals und trennt sich niemals von ihm. Er empfing damals die namhaftesten Alchimisten, in der Absicht, einer von ihnen zu werden, aber sie konnten über seine Theorie von der Verwandlung der Körper nur lachen. Kein vernünftiger Geist glaubte tatsächlich daran, dass ein Wolf menschliche Gestalt annehmen konnte. Und viel weniger noch, dass aus ihrer Vereinigung das Alkahest entspringen könnte. Die Lutheraner, in denen Chazeron sich wiederzuerkennen geglaubt hatte, machten sich am meisten darüber lustig. Seither schwört er ihnen unerbittliche Feindschaft. Dieser Mann liebt nur sich selbst. Und den Teufel.«

»Wo hält er sich derzeit auf?«

»Er erhoffte sich eine Stellung am Hofe. Dazu scharrte er den ganzen Schmuck seiner Familie zusammen und ließ vom besten Goldschmied ein prachtvolles Geschmeide anfertigen, das er der neuen Königin von Frankreich als Zeichen seiner Huldigung zu überreichen gedachte. Ich habe seit seiner Abreise keine Nachricht von ihm erhalten, aber an diese Art von Verhalten bin ich bei ihm gewöhnt. Er hat es sogar schon einmal fertig gebracht, sich zwei Jahre lang nicht blicken zu lassen oder ein Lebenszeichen von sich zu geben. Die Geldnot, die Entdeckung einer neuen Abhandlung oder eines neuen Elements, das für seine Forschung von Nutzen sein könnte, führen ihn immer wieder hierher zurück. Ich will mich darüber nicht beklagen. Ohne ihn ist die Gegend friedlich, die kleinen Leute sind glücklich und die Geschäfte der Bürger florieren. Ich habe in seinem Namen einige Steuern erhöht, andere gesenkt, habe die Bauern von manchen Zahlungen befreit und in seine Außenstände Ordnung gebracht. Sein Land ist durch das, was es selbst produziert, reich geworden, durch das Wissen der Klingenschmiede, aber ich achte sorgsam darauf, dass die Kassen gefüllt bleiben, wogegen er doch nichts weiter im Sinn hätte, als sein Vermögen für den schönen Schein zu verprassen. Er ist zu oft abwesend, um sich über die ganze Situation ein Bild machen zu können. Er kommt aus persönlichen Interessen immer wieder zurück und der Rest ist ihm einerlei.«

»Warum tut Ihr Euch das alles an, Huc? Er verdient es wahrlich nicht«, bemerkte Philippus.

»Die Gerechtigkeit hält mich zurück, treibt mich an. François hat keinen Erben, Philippus. Wenn er nicht mehr ist, werden diese Ländereien in den Besitz Eurer Tochter übergehen. Wenn Gott es so will. Dann hätte ich durch meine Loyalität Abbitte geleistet für die erbärmliche Existenz, die ich mir durch meine Feigheit aufgeladen habe.«

»Ihr seid ein ehrenwerter Mann, Huc, und niemand käme auf die Idee, Euch irgendetwas vorzuwerfen. Wir kennen uns kaum, aber Loraline hat niemals schlecht von Euch gesprochen. Ihre Bemerkungen, die nichts anderes als die Gefühle ihrer Mutter widerspiegelten, ließen sogar von Zeit zu Zeit eine gewisse Zärtlichkeit durchscheinen. Ihr macht das, was Ihr müsst, ohne Hass und Eigennutz. Durch die Liebe, die Ihr Eurer Gemahlin zu schenken wusstet, habt Ihr, wie mir scheint, bereits Euren Teil der Buße abgeleistet. Denn wenige, ja niemand sonst hätte eine solch seltsame Person, wie Albérie es ist, akzeptiert, ertragen und verehrt. Glaubt mir. Ich habe zahlreiche Länder bereist, habe allerlei Merkwürdigkeiten zu Gesicht bekommen, aber nirgends habe ich jemanden erlebt, der sich seiner Berufung derart hingibt. Denn in meinen Augen ist Eure Treue nichts anderes als eine Berufung. Ich habe wenige Freunde auf der Welt, aber das Geheimnis, das uns vereint und auf unseren Leben lastet, ist wertvoller als das Band zwischen Waffenbrüdern. Wenn meine Umarmung Euch ein Gunstbeweis ist, so wisst, dass ich mich stolz schätzen würde, die Eure als Bruder zu empfangen.«

»Dann macht Euch auf den Weg, mein Bruder, und findet dieses Kind, das uns so sehr am Herzen liegt. Denn wir beide, Ihr durch Euer Blut und ich durch meine Gefühle, haben es für immer zu dem unsrigen gemacht.«

»Ich schwöre es bei Gott, Huc. Wenn sie noch lebt, werde ich sie finden.«

Huc erhob sein Glas. Ihre glühenden Blicke trafen sich in einem gegenseitigen Gefühl der brüderlichen Verbundenheit, während sie sich zuprosteten und diesen Wein des ewigen Bundes in einem Zug hinuntergossen.

Am Nachmittag des darauf folgenden Tages verabschiedeten sie sich. Philippus trug in seinem Quersack getrocknetes

Fleisch und etwas Obst bei sich, ebenso wie einen vom Profos gefüllten Geldbeutel, um sich in Paris neue Kleidung und Informationen kaufen zu können.

Philippus wusste ohne zu zögern, welchen Weg er einzuschlagen hatte. Wenn irgendjemand ihn zu Marie führen konnte, dann Michel de Nostre-Dame. Als er seinen Esel antrieb, fühlte er sich wie neu geboren. Und im Unterschied zum letzten Mal, als er die Auvergne verlassen hatte, begann er zu pfeifen, während er sich unter die Kaufleute mischte, die in Richtung Le Puy zogen.

3

In diesem März des Jahres 1531 herrschte in ganz Paris Feststimmung. Isabeau ließ ihren Blick über die Rue Saint-Antoine schweifen, deren Pflaster man für das Turnier aufgerissen hatte. Der König hatte auf der Tribüne, die man entlang der Häuser errichtet hatte, einen erlesenen Platz für sie bereitgehalten und sie musste sich eingestehen, dass sie durchaus stolz darauf war, dass man sie wie eine edle Dame grüßte. Anne de Pisseleu, der Maitresse des Königs, wurde von allen am meisten gehuldigt. Isabeaus Interesse galt jedoch vielmehr Diane de Poitiers, die der kleine Herzog von Orléans und jüngste Sohn von Franz I. zu seiner Begleiterin erwählt hatte. Er verschlang sie förmlich mit seinen Blicken. Mit einer sinnlichen Bewegung ihres Armgelenkes warf sie ihm einen Kuss zu, den sie so behutsam auf ihre Hand abgesetzt hatte wie einen Schmetterling auf eine Rose. Isabeau schwor sich, die Schöne zu ihrer Kundin zu machen. Sie würde mit ihrer Freundin Marguerite d'Angoulême, der Schwester des Königs, darüber sprechen.

Paris versank im Überfluss. Noch nie hatte Isabeau eine solche Fülle an Spießdrehern, Metzgermeistern, Rotisseuren, Konditoren und Schankwirten gesehen. Sie waren so zahlreich, dass sie für nur einen Teston pro Person eine ganze Mahlzeit anboten. Selbst die Ärmsten der Armen waren wohlgenährt und rotwangig. Man verschleuderte alles in solchen Unmengen, dass sie sich die Reste gemeinsam mit den herumstreunenden Hunden, Katzen und Ratten teilen konnten, die so fett wie der Unterarm einer Kokotte waren.

Isabeau suchte mit ihrem Blick nach ihrer Nichte, fand sie

jedoch nicht. Marie hatte versprochen, sich gemeinsam mit Constant im Hintergrund zu halten. Das junge Mädchen hatte die ärgerliche Angewohnheit, zu vergessen, dass sie kein Kind mehr war, und machte weiterhin ihre Possen, als befürchtete sie, ihre Zeit reiche nicht aus, um sie alle in die Tat umzusetzen. Isabeau wusste, dass es für sie und ihren treuen Komplizen eine Leichtigkeit wäre, sich unter die Tribüne zu schmuggeln, um die Pferde zu ärgern, indem sie mit einem Blasrohr Hagebutten auf ihre Beine schossen. Sie wollte nicht riskieren, dass sie erwischt wurden und die Schande auf sie zurückfiel. Würde jemand bei einer solchen Gelegenheit verletzt werden, würde sie vor Scham in den Boden versinken. Ganz abgesehen von den unerfreulichen Konsequenzen, die sich daraus ergeben würden, wo sich doch François de Chazeron in Paris aufhielt.

Sie hatte ihn gesehen, wie er den König gegrüßt und sich vor der Königin fast bis zum Boden verneigt hatte. Sie musste ein Gefühl von Übelkeit unterdrücken, hatte jedoch so umgeben von der Menge Haltung bewahrt. Sie hatte sich verändert, jeder kannte sie und sie stand unter dem Schutz des Königs. Sie musste sich wegen ihm keine Sorgen machen, egal was aus ihm geworden war. Zudem hielt er sie für tot. Sie hatte nichts zu befürchten. Es sei denn, er würde sich an Marie vergreifen, bis zu ihrer Mutter vordringen und die Wahrheit entdecken. Sie schob diesen Gedanken jedoch beiseite. Sie war eine respektable Person. Er konnte ihr nichts anhaben. Nichts.

Aber Hass und Angst lassen sich nicht einfach auslöschen. Trotz ihrer Willensstärke, trotz ihres Verstandes und obgleich sie sich nach außen hin lächelnd und liebenswürdig gab, schien es doch, als könne sie die Ausdünstungen seiner Niedertracht förmlich einatmen und spürte den stechenden Schmerz des Brandmals auf ihrer Brust. Der Tag neigte sich dennoch ohne böse Überraschungen dem Ende zu und Isabeau kehrte erleichtert nach Hause zurück.

Die Festwoche war für sie durchaus vergnüglich gewesen

und sie hatte das Gefühl, dass auch ihre Geschäfte davon profitieren würden.

Albérie erwartete sie in ihrer Wohnung. Seit dem Besuch von Clément Marot vor einigen Tagen hatte sie keine Gelegenheit gefunden, sich mit ihrer Schwester auszutauschen. Isabeau hatte sie nur über Chazerons Ankunft in Kenntnis gesetzt, ohne näher auf Einzelheiten einzugehen. Albérie setzte sich sehr für die Lutheraner ein und ihr Haus in der Rue Vieille-du-Temple diente als Versammlungsort. Derzeit hielten sie jedoch ihre Treffen im Verborgenen ab, um sich keinerlei Feindseligkeiten auszusetzen. Der König schützte sie zwar weiterhin, aber nur unter der Bedingung, dass sie ihn nicht in die Lage brachten, einen Streit oder eine bewaffnete Auseinandersetzung schlichten zu müssen. Er blieb der neuen Doktrin treu, verurteilte jedoch jegliche Gewalttätigkeit. Albérie verband inzwischen eine tiefe Zuneigung mit Pater Boussart, der schon seit geraumer Zeit den Sittenverfall der Kirchenväter ebenso wie die unmäßigen Privilegien der Gottesmänner oder den Ablasshandel anprangerte.

Albérie hatte Marie in diesem geistigen Umfeld großgezogen: einerseits im Glauben an die Lehre einer Kirche, die sich an den Geboten Jesus Christus' orientierte, andererseits mit den Idealen der Bettler des *Cour des Miracles*, im Kreise derer Marie eine Familie gefunden hatte. Eine seltsame Mischung, die aus ihr das vollkommenste, undisziplinierteste und lebhafteste aller Mädchen gemacht hatte.

»Wir haben heute Abend vereinbart«, verkündete Albérie, als Isabeau ihre Kappe ablegte.

»Gut. Werden alle anwesend sein?«

»Ich denke ja, abgesehen von Baron d'Étampes, der vom Pferd gestürzt ist. Aber für mich macht es keinen Sinn, die Dinge so zu überstürzen, Isabeau.«

»Weil du bestimmte Dinge noch nicht weißt. Lass uns in mein Arbeitszimmer gehen. Ich möchte nicht, dass Marie uns überrascht.«

Albérie nickte zustimmend und folgte ihrer Schwester die Stufen hinauf. Als die Türe sich hinter ihnen geschlossen hatte, betrachtete Isabeau wohlwollend das Bild, das ihr der mit einem Silberrahmen eingefasste Spiegel entgegenwarf. Wie hatten sie beide sich doch verändert. Wie weit weg war Fermouly und die Höhle von Montguerlhe.

»Wer hätte damals, als ich das Rudel der Wölfe verlassen habe, jemals gedacht, dass mir eines Tages am königlichen Hofe so viel Respekt entgegengebracht werden würde wie keiner anderen Frau? Obwohl ich keinen wirklichen Adelstitel besitze. All das verdanke ich Rudégonde, dem Abt, Bertille und diesem hartnäckigen Willen, zu überleben und nicht aufzugeben. Auch du hast dich verändert. Durch Marie. Du bist in deiner Mutterrolle aufgeblüht, dienst einer gerechten Sache und lehnst dich ebenso wie ich gegen das auf, was das Schicksal für uns vorgesehen hat. Unser Vorteil liegt in unserer Andersartigkeit. Aber die Vergangenheit lässt sich nicht auslöschen. Meine Rache blieb ohne Erfolg. Ich dachte, ich hätte sie in mir besiegt. Aber ich habe mich getäuscht, Albérie. Der Anblick dieses Mannes allein genügt, aber den Geruch des Bösen, das in ihm ist, nur aus der Entfernung einzuatmen, hat sie gegen meinen Willen in mir neu geweckt. Ich werde mich ihm nicht in den Weg stellen, dieses Risiko gehe ich nicht ein, aber wenn er kommt, und er wird kommen, dessen bin ich mir sicher, dann will ich bereit sein.«

»Was verschweigst du mir?«

»Dich frage ich das, meine Schwester.«

»Ich verstehe dich nicht.«

Isabeau stieß verärgert einen Seufzer aus. Sie hatte diese Antwort erwartet. Und doch hatte sie beschlossen, die Wahrheit herauszufinden.

»Clément Marot hat mir die Gründe genannt, warum François de Chazeron so sehr darauf drängte, an diesen Ort zu kommen. La Palice hatte ihn über diesen Mann unterrichtet mit der Bitte, ein Auge auf ihn zu werfen – was er, zwischen zwei Aufenthalten im Gefängnis, auch tat. Er erzählte mir eine eigenartige Geschichte: Chazerons kleine Tochter sei, zusammen mit ihrer Gouvernante, von Wölfen zerfleischt worden, und zwar kurz bevor du selbst nach Paris kamst.«

Albérie ließ sich auf einen Stuhl sinken. Sie hatte immer gespürt, dass sie eines Tages der Wahrheit entgegentreten müsse. Aber ebenso wie damals fand sie auch jetzt nicht die passenden Worte. Es war nicht im eigentlichen Sinn die Lüge, die auf ihr lastete, sondern vielmehr das Wissen um den Kummer, den sie auslösen würde, wenn sie die Wahrheit erzählte.

»Marie trägt das Wolfsmal«, antwortete sie nur, als ob diese Tatsache allein schon ausreichen würde, das Unbegreifliche zusammenzufassen.

»Ist sie Chazerons Tochter, Albérie?«

»Ja. Und nein.«

Isabeau ballte ihre Hände zu Fäusten. Eine Ahnung begann sie zu beschleichen, aber es wollte ihr nicht gelingen, sie zu fassen. Sie zwang sich zur Ruhe. Albérie schien verstört zu sein. Isabeau kniete sich vor sie nieder und ergriff ihre Hände. Sie waren eiskalt.

»Die gleiche Bedrohung von einst schwebt über uns, Albérie«, bemerkte sie sanft, »aber dieses Mal können wir gegen sie ankämpfen. Wir haben bessere Waffen als François de Chazeron, wir sind stärker, wir streiten vereint für die gleiche Sache, mehr als jemals zuvor. Ich muss wissen, gegen was ich kämpfe. François ist gekommen, um eine Wolfsfrau zu jagen und mit einem Schlag auch gleichzeitig die Ketzer auszulöschen. Ich glaube, dass er gekommen ist, um Marie zu suchen, und ich will wissen, warum.«

Albérie hob den Kopf. Ihr stählerner Blick wirkte nun entschlossen.

Als sie ihren Bericht beendet hatte, erhob sie sich schweigend und verließ wie ein Schatten das Zimmer. Sie hatte die ganze Wahrheit aufgedeckt: Loralines Schwangerschaft, Philippus, den Tausch der Säuglinge, jenen Pakt, und sie hatte von Ma erzählt. Ma, die seit fünfzehn Jahren Loraline verbarg. Albérie wollte an der Seite Isabeaus bleiben, aber ihre Schwester hatte sie mit einem Wink fortgejagt. Sie wusste, dass dieser Groll nur vorübergehend sein würde, Isabeau würde die Wahrheit verdauen, die ihre einstige Trauer mildern würde. Sie brauchte einfach nur Zeit. Nichts würde sich ändern. Alles würde sich ändern.

Hinter der Tür, vor dem Porträt ihres verstorbenen Geliebten, weinte Isabelle de Saint-Chamond.

Die Versammlung verlief unruhig, doch Isabeau blieb dessen ungeachtet weiterhin Herrin der Lage und schlichtete das aufgeregte Durcheinander, das ihrer Erklärung gefolgt war. Am Kopfende des Tisches thronend, ergriff sie noch einmal das Wort. Um sie herum, auf Bänken aufgereiht, zwangen sich etwa fünfzig Gesinnungsgenossen, vorwiegend Männer, Adlige, Ärzte und Kaufleute, die alle für ein und dieselbe Sache kämpften, zur Ruhe. Isabeau flößte ihnen, ohne dass irgendjemand zu sagen gewusst hätte warum, eine ungeheure Achtung ein. Vielleicht wegen der grauen Wölfin, die an ihrer Seite, zwischen Albérie und Marie, saß und sie nicht aus den Augen ließ.

»Glaubt mir, wenn dieser Mann das Gold liebt, dann wird er auch vor einem beispiellosen Verrat nicht zurückschrecken. Er wird eure Angebote akzeptieren, um sich an ihnen schamlos zu bereichern. Doch werdet ihr dadurch nur eure Identität preisgeben und somit angreifbar. Beim geringsten Verstoß wird er euer Hab und Gut in Beschlag nehmen und euch ins Gefängnis werfen. Unser Freund Clément Marot weiß davon zu berichten und würde ohne das Zutun des Königs noch immer elendiglich dort schmachten! Auch wenn es uns bisher gelungen ist, seine Vorgänger mild zu stimmen und sie mit Hilfe von Vergünstigungen zu überzeugen, Gnade walten zu lassen, so wird uns dies bei François de Chazeron nicht gelingen. Bei ihm müssen wir eine größere List anwenden und, davon gehe ich aus, auch kämpfen.«

»Ich würde ihn vielmehr versuchen zu bekehren, Madame Isabelle. Das ist doch auch schließlich der wichtigste Inhalt unserer Mission, oder nicht?«

»Sicher, aber Ihr kennt diesen Lehnsherrn nicht, Messire Calvin, und wenn ich seine schändliche Sittenlosigkeit verschweigen will, so ist sie nichtsdestoweniger bekannt. Meine Familie stammt aus der Auvergne und man weiß dort von ihm ungeheuerliche Schandtaten zu berichten, ja man vermutet sogar, er paktiere mit dem Teufel. Ich habe euch herbestellt, um euch allen zu raten, vorsichtig zu sein. Zusammen bilden wir eine Macht, die sich legitimen Ideen verschrieben hat. Gegen ihn müssen wir gemeinsam vorgehen. Lasst euch auf keine eigenmächtigen Unternehmungen ein. Das gilt vor allem für euch zwei.«

Isabeau wies strengen und tadelnden Blickes mit dem Finger auf Marie und Constant.

»Warum eliminieren wir ihn nicht einfach?«, ertönte eine scharfe Stimme aus einer Ecke des Zimmers.

Alle Blicke richteten sich auf die schwarz gekleidete männliche Gestalt, die sich an einen Steinpfeiler lehnte. In der einen Hand hielt er den Eisengriff eines Messers, in der anderen ein kleines Stück Holz, das er mit regelmäßigen Hieben spaltete, um die Schärfe der Klinge zu prüfen.

Isabeau machte sich über die schweigende Stille der Bürger lustig, die sich von diesem bartlosen Gesicht, das so spitz wie sein Messer schien, und dieser schwarzen Haarmähne, die mit einem Band im Nacken zu einem Zopf zusammengehalten wurde, einschüchtern ließen. Seine tiefschwarzen Augen, in denen Isabeau eine gewisse Belustigung zu erkennen schien, blieben an ihrem Blick haften.

»Ich kenne Euch nicht, Messire, aber wenn Ihr hier seid, dann offensichtlich, weil Ihr eingeladen wurdet«, bemerkte sie leutselig. »In diesem Fall müsstet Ihr wissen, dass es nicht zu unseren Gewohnheiten zählt, Morde zu begehen. Wir folgen darin der Heiligen Schrift, in der geschrieben steht: Du sollst nicht töten. Wir verteidigen uns, wenn unser Leben in Gefahr ist. Ich denke jedoch nicht, dass dies derzeit der Fall ist.«

»Glaubt Ihr, dass es die Aufgabe und der Platz einer Frau ist, eine solche Versammlung zu führen?«, fragte er höhnisch.

Isabeau gab unbeeindruckt zurück:

»Jeder kann den Vorsitz übernehmen, wenn er etwas zu unserer Mission beizutragen hat. Wir entscheiden gemeinsam und stimmen über jede Aktion per Handzeichen ab. Nur so können wir erfolgreich sein. Und was den Platz betrifft, den ich heute einnehme, Messire, dessen Namen wir nicht kennen, so lasst Euch gesagt sein, dass ich ihn mir geschaffen habe durch die Verantwortung, die ich in dieser Stadt trage, und ich fordere jeden hier oder andernorts heraus, daran Anstoß zu nehmen.«

Der Mann trat nach vorne und blickte mit einem breiten Lächeln in die Runde. Er verneigte sich vor Isabeau mit einem tiefen Diener.

»Man nennt mich Jean Latour, Madame Isabelle, und es wäre mir eine übergroße Freude, ab heute zu Euch zu gehören.«

»Jean Latour? Ich habe in der Tat bereits von Euch gehört. Darf man wissen, auf wessen Zuspruch Ihr zu uns gestoßen seid?«

»Auf meinen, Tante.«

Isabeau wandte sich erstaunt zu Marie, die sich, errötend, zu Wort gemeldet hatte. Sie fügte keinerlei Kommentar hinzu.

»In diesem Fall, Messire, und wenn die Versammlung es bestätigt, sehe ich keinerlei Grund, Eure Anwesenheit abzulehnen. Wir werden nun, wie üblich, zur Abstimmung übergehen. Wer ist dafür, dass dieser Mann einer von uns wird?«

Von einigen abgesehen, unter denen sich auch Johannes Calvin befand, dessen Selbstgefälligkeit Isabeau oft verärgerte, hoben die meisten die Hände. Isabeau fuhr fort:

»Wer ist für den Tod von François de Chazeron, wie Jean Latour es vorschlägt?«

Nur zwei Hände erhoben sich. Isabeau war darüber nicht erstaunt. Es handelte sich um die beiden Schankwirte, die mit dem vorherigen Profos schon oft zu schaffen gehabt hatten.

»Wer ist dafür, dass wir François de Chazeron unter Beobachtung halten und jegliche Aktion behindern, die unser Tun in Gefahr brächte?«

Alle Hände erhoben sich. Isabeau beglückwünschte sich. Es war ihr gelungen, überzeugend zu sein.

»Damit erkläre die Versammlung nach den üblichen Gepflogenheiten für geschlossen. Messire Latour, geht bitte noch nicht. Ich möchte mich gerne mit Euch unterhalten. Und mit dir auch, Marie!«

Isabeau verabschiedete sich von zahlreichen Personen. Dann zerstreute sich die Menge auf der Treppe, die zum Vestibül von Albéries Wohnung führte.

In dem weitläufigen Saal, dessen zugezogene Vorhänge eine intime Atmosphäre schafften, verstärkt durch das einzige Licht flackernder Kerzen, wartete Isabeau, bis wieder Stille eingekehrt war. Dann erst ging sie auf den Neuankömmling zu. Er hatte sein Messer weggesteckt und eine Hand fest auf Constants Schulter gelegt. Die beiden flüsterten miteinander. Isabeau trat zwischen sie:

»Euer Ruf, Messire, ist äußerst anrüchig, selbst am *Cour des Miracles*. Man sagt Euch nach, Ihr seid ein Schürzenjäger, betätigt Euch bei Gelegenheit als Bandit, seid ein Spieler und Ungläubiger. Das ist meiner Meinung nach etwas zu viel für einen einzigen Mann, es sei denn, dies ist nur das farblose Spiegelbild der Realität. Man erzählt sich ebenfalls, dass Ihr bereits mehrere Male wegen Lappalien im Gefängnis wart, befreit wurdet, ja sogar getürmt seid. Könntet Ihr mir unter diesen Umständen erklären, woher Ihr meine Nichte kennt?«

Auf Jeans Mund zeichnete sich ein aufrichtiges Lächeln ab.

»Durch dieses Tier dort.«

Er zeigte auf Ma, die auf ihn zugegangen war. Isabeaus Herz zog sich zusammen; doch sie schob das Gefühl der

Zärtlichkeit, das sie überkam, rasch beiseite. Die Enthüllungen des späten Nachmittags lagen ihr noch zu schwer auf der Seele, als dass sie bereits Distanz dazu bewahren konnte. Sie stammelte:

»Erzählt.«

Mit einem Wink bedeutete sie ihnen, sich zu setzen. Sie hatte jetzt wahrlich einen Sessel nötig, so erschöpft fühlte sie sich auf einmal. Marie und Constant fassten sich an den Händen und machten es sich am Boden, auf dem dicken Teppich, bequem. Und Ma natürlich an ihrer Seite. Jean Latour nahm auf einer der Bänke Platz und schlug seine langen Beine übereinander. Mit der gleichen Ungezwungenheit wie die beiden Kinder faltete er seine Hände, die auf seinen Knien ruhten, und beäugte Isabeau ohne Scheu.

»Wie alt mag er wohl sein?«, fragte sie sich. Zwanzig? Dreißig? Sie hätte es nicht zu sagen gewusst. Sie fühlte sich unbeholfen und lächerlich in ihrem Sessel, wie sie so über dieser kleinen Welt thronte, die sie zutiefst rührte.

»Vor drei Tagen hat dieser Chazeron, dessen Schelmenstücke Ihr so hübsch angedeutet habt, seine Männer und Hunde auf mich gehetzt, aufgrund der Klage eines Eifersüchtigen, der sich nicht mit der Bloßstellung als Gehörnter begnügen wollte und mich beschuldigte, ihn um eine stattliche Summe erleichtert zu haben. Was nicht stimmte, wie ich bedaure, denn es gibt nichts Unangenehmeres, als die Übeltaten, derer man beschuldigt wird, nicht ausgekostet zu haben. Darin werdet Ihr mir zustimmen!«

»Ich bin mit Euch einer Meinung«, antwortete Isabeau belustigt, die durch diesen lockeren Ton wieder etwas Farbe im Gesicht annahm.

»Der Schurke ist mir also auf den Fersen. Ich haue gerade durch die Rue de la Farinerie ab, als ich mich vor dem Eingang zum Friedhof umzingelt wiederfinde. Ohne große Hoffnung renne ich hinein. Da wartet auf der Treppe zur Kirche diese Wölfin auf mich. Ich bin kein Feigling und beschließe also gerade, meine Haut teuer zu verkaufen, als Marie hinter Ma erscheint und mich auffordert, ihr zu folgen. Die Tür der Kirche fiel den Soldaten, die die Arkaden belagert hatten, genau vor der Nase ins Schloss. Den Rest der Geschichte kennt Ihr: den unter dem Altar versteckten Geheimgang, den unterirdischen Saal und die wutentbrannten Schreie meiner Verfolger, die alles auf den Kopf stellten, ohne dass es ihnen gelang, das Versteck des Königs der Narren ausfindig zu machen. Mit Euren Kindern habe ich Freundschaft geschlossen und sie haben mich zu dieser Versammlung eingeladen. Denn, ich gebe es zu, verehrte Dame, dieser Chazeron macht mich rasend und vergällt mir mein Leben. Ich würde ihm zu gerne in den Hintern treten. Wie auch immer – ich bin den Eurigen zu Dank verpflichtet. Ihr habt guten Grund, stolz auf ihre Kühnheit zu sein.«

Isabeau spürte, wie ihr eine eiserne Hand das Herz umklammerte. Sie blickte hinab zu Ma. Ein Gefühl, das sie nur schwer beherrschen konnte, hatte ihre Stimme verändert, als sie murmelte:

»Ich bin es, Messire. Ich bin es.«

Dann zwang sie sich, die Kontrolle über ihre Gefühle wiederzuerlangen, und erhob sich:

»Es ist reichlich spät. Der Tag wird schon bald anbrechen. Ich muss mich ausruhen. Dieses Haus ist das Eure, bleibt, aber tut mir dafür einen Gefallen.«

Jean Latour nickte einwilligend. Er hatte sich ebenfalls erhoben und ergriff die Hand, die Isabeau ihm reichte.

»Auch wenn sie kühn sind, so sind sie doch in erster Linie jung und ungestüm. Sie wissen nichts von der wahren Gefahr, die sie eingehen, wenn sie das Gesetz brechen. Ich möchte aus persönlichen Gründen, dass sie sich von François de Chazeron fern halten. Versucht, sie davon zu überzeugen.«

Jean Latour verbeugte sich und küsste die beringte Hand Isabeaus, auf der einige braune Flecken das Alter erahnen ließen.

»Ich werde über sie wachen wie über mich selbst, Madame Isabelle. Möge sie ein süßer Schlaf umfangen.«

Unfähig, noch mehr Gefühle zu ertragen, zog sich Isabeau ohne ein weiteres Wort zurück.

Als sie sich gerade fertig machte, um zu ihrer Kutsche zu gehen, die auf sie wartete, trat Ma, die ihr gefolgt war, dicht an sie heran und leckte mit einer rauen Zunge über ihre herabhängende Hand. In der Kälte der Morgendämmerung konnte man Isabeaus tonlose Stimme vernehmen, die von Schluchzern unterbrochen wurde:

»Verzeih, meine Tochter.«

Dann fiel die Tür ins Schloss und die Straße riss ihr Geheimnis mit sich fort.

4

Philippus wollte soeben den bronzenen Ring gegen die Holztür fallen lassen, als diese stürmisch aufgerissen wurde. Ein Mann von kräftiger Statur streckte ihm seine Arme entgegen und packte ihn in einem Ansturm impulsiven Überschwangs.

»Pünktlich auf die Minute!«, rief die Stimme aus, die er nicht erkannte, und von der er dennoch genau wusste, wem sie gehörte.

Er umarmte diese menschliche Masse, in der er seinen alten Freund wiedererkannte, während Michel de Nostre-Dame, heiter und entzückt über sein Erstaunen, mit unverhohlener Zufriedenheit fortfuhr:

»Bei Gott, wie ich doch diese Wissenschaft liebe, mein Freund! Und welch Vergnügen bereitete mir doch die vergangene Zeit, in der ich auf Euch gewartet habe, da ich ja wusste, Ihr würdet kommen!«

»Ist das der Grund, warum Ihr mich alten Mann erdrückt?«, antwortete Philippus belustigt und ebenso erfreut über diesen den Provencalen so typischen Gefühlsausbruch.

Michel lockerte seine Umarmung mit einem kräftigen Lachen und erwiderte mit Bassstimme:

»Bei Gott nein, Eure Stunde ist noch lange nicht gekommen! Habt Ihr eine gute Reise gehabt?«

»Wisst Ihr das nicht?«, neckte ihn Philippus erneut, wobei er den stattlichen Mann, der vor ihm stand, begutachtete. An das Kind, das er damals zurückgelassen hatte, erinnerte noch der durchdringende, schlaue und scharfsinnige

Blick – und die beiden Grübchen. Es war, als hätten sie sich niemals verlassen.

»Doch, gewiss, und ich bedauere es, nicht so geistesgegenwärtig gewesen zu sein, Euch meine neue Adresse anzugeben. So wart Ihr gezwungen umherzuirren, was Eure Ankunft nur verzögert hat. Aber was wollt Ihr, ich kann noch schlecht mit diesen Visionen umgehen und die Ungeduld siegt oft über den menschlichen Verstand, was eine zweitrangige Sache ist, wenn man sich an der versteckten Bedeutung von Träumen die Zähne ausbeißt und, ich gebe es zu, ihr Sklave ist, ob sie nun gut oder schlecht sind.«

Ein erneutes Lachen folgte dieser beißenden Kritik. Philippus betrachtete ihn, wie er sich über sich selbst lustig machte, und sein virtuoser, sprudelnder und humorvoller Geist machte in ihm das ganze Glück ihrer ersten Begegnung wieder lebendig. Eine ausgelassene Freude nahm von ihm Besitz, die mit einem Schlag die Traurigkeit der vergangenen, ziellosen langen Jahre wegfegte.

»Ich bin glücklich über unser Wiedersehen, Michel. Wirklich glücklich.«

»Bei Gott, ich bin es ebenso, Paracelsus!«, bekräftigte er. »Also, kommt, lasst uns hineingehen. Der Tisch ist gedeckt und das Bett angewärmt. Dieses Jahr sind die Septembernächte bereits frisch. Das Wetter ist wahrlich ein Rätsel. Erst vergeht man fast vor Hitze, dann, ohne Vorankündigung, bemerkt man, dass man friert. Wisst Ihr, dass zahlreiche meiner Patienten, verängstigt von diesen Symptomen, zu mir eilen, so bedrohlich schwebt der Schatten der Pest über dieser Region? Ich arbeite bereits an einem Heilmittel, aber ich werde noch Jahre benötigen, bevor es ausgereift sein wird. Es ist dennoch beruhigend zu wissen, dass die Beharrlichkeit von Erfolg gekrönt sein wird. Das ist allerdings nicht der Grund, der Euch zu mir führt, doch würde ich gerne noch nicht in dieser Nacht darüber sprechen. Ich muss Euch zunächst etwas zeigen. So werdet Ihr genauso wie ich begreifen, dass, egal was wir tun, mein Freund, der Zufall nicht existiert. Folgt mir!«

Philippus ließ sich durch eine Tür in ein viereckiges Zimmer führen, in dem ein Kaminfeuer brannte. Ein Tisch, angefüllt mit Speisen, stand im Schein der Laternen bereit, an dem er seinen Hunger stillen konnte.

Die Behausung war eng und kärglich möbliert, aber ebenso gemütlich wie jene in Saint-Rémy-de-Provence, an die sich Philippus noch immer gut erinnerte. Er fühlte sich zu Hause, als wäre er die ganze Zeit über nur auf der Suche nach diesem sicheren, lebenslustigen Heim gewesen, diesem Schneckenhaus, in dem sein ganzer Kummer an Bedeutung verlor.

Sie saßen sich gegenüber und aßen gemeinsam. Michel erzählte ihm, wie seine vergangenen Jahre verlaufen waren, und allein durch das Zuhören spürte Philippus, wie sich seine innere Leere zu füllen begann.

Bis zum Jahre 1520 hatte Michel in Avignon Medizin studiert. Doch die Pest zwang ihn, seine Studien zu unterbrechen, woraufhin er sich dem Studium der Heilkräuter und der Arzneimittel widmete. Schritt für Schritt verfolgte er die einzelnen Stufen der Ansteckung, um daraus zu lernen, wie die Pest zu bekämpfen sein könnte. Erst im Oktober 1529 hatte er sich in Montpellier erneut für sein Studium eingeschrieben. Von dieser Epidemie, welche die ganze Region Languedoc heimsuchte, hatte er einige Jahre zuvor bereits geträumt. In diesen Visionen hatte er sich selbst gesehen – obwohl er nur selten die Macht hatte, etwas über sich zu träumen –, wie er, über Massengräber gebeugt, Blut und Hautproben entnahm, um sie zu analysieren. Erst dadurch hatte er den Mut gefasst, seine Forschungen anzugehen, gewiss, dass er an dieser Krankheit nicht sterben würde, selbst wenn er in engem Kontakt zu den Kranken stehen würde.

Über seine Gefühle erfuhr Philippus jedoch nichts. Er hatte zu sehr an dem gelitten, was er in einer Vision gesehen hatte, noch bevor Philippus ihn verlassen hatte, um in die Auvergne aufzubrechen. Und doch hatte er nicht nach ihm gesucht. Er konnte, wollte den Lauf des Schicksals nicht verändern. Er wusste, dass er nicht das Recht dazu hatte, es war, als habe ihn die himmlische Hand gegen seinen Willen mundtot gemacht, als habe sie ihm das Wissen auferlegt, um sich auf die kommenden Ereignisse vorzubereiten, und nicht, um sie zu verändern. Niemand hatte dazu die Macht. Lange Zeit hatte er sich für dieses Leben, das er durch sein Schweigen zerstört hatte, verantwortlich gefühlt. So dass er, ohne es zu wollen, eine Art Barriere in seinem Inneren errichtet hatte, die verhinderte, Visionen über sich selbst zu sehen und so sein eigenes Leben zu beeinflussen. Er wollte weder vorher leiden, bevor die Dinge eintraten, noch sich die Freude vorwegnehmen. Außer die auf Philippus. Er hatte gewusst, dass nun der Augenblick gekommen war.

Mit einer Handbewegung verscheuchte Michel seine Erinnerungen. In den Augen seines Kameraden konnte er die Ungeduld erkennen.

»Morgen, mein Freund. Glaubt nicht, dass ich mir mit diesem Aufschub eine Wichtigkeit geben will, die ich nicht habe. Es geht vielmehr um besondere Umstände: Morgen wird die Konstellation der Planeten bestimmte Erkenntnisse begünstigen, denn es werden mir weitere offenbart werden, welche die noch offenen Fragen beseitigen können. Ich bin mir sicher. Die Dinge zu überstürzen, würde vielleicht eine Veränderung Eures Schicksals bedeuten, und, wie ich Euch bereits gesagt habe, der Allmächtige hat mir diese besondere Gabe nur unter einer bestimmten Bedingung verliehen. Es ist meine Pflicht als Christ, mich dem zu fügen. Handelte ich gegen meinen Glauben, würde ich meine Seele verlieren.«

»Ich werde warten«, versicherte Philippus.

»In diesem Falle kommt mit, damit ich Euch das außergewöhnliche Bild zeige, das Euer Geburtshoroskop darstellt.«

Ebenso fasziniert von dem Mann wie einst von dem jungen Knaben, stieg Philippus hinter Michel die hölzernen Stufen hinauf, die in den ersten Stock des kleinen Hauses führten. Eine einzige Kammer öffnete sich vor ihnen, von der gleichen Größe wie das Zimmer, in dem sie gegessen hatten. Ein schmaler Gang führte zur Latrine, die aus der Außenfassade, oberhalb der Straße, in Form eines Vorsprungs heraustrat. Diese architektonische Besonderheit war ihm bereits überall in den Gassen der Stadt aufgefallen. Durch ein einfaches Loch im Fußboden konnte man den Rinnstein sehen, der offen entlang der Häuser verlief. Es war also nicht erstaunlich, dass sich die Pest in diesen Regionen Frankreichs ausbreitete. Um der Epidemie entgegenzutreten, so Michels Überzeugung, müssten die Städte mit einem Kanalisationssystem ausgestattet werden.

Michel hatte versucht, die Bewohner der Gasse, in der er wohnte, zu überzeugen, seinem Beispiel zu folgen und in einen Kübel Wasser eine Hand voll Kalk zu geben, das anschließend in den Graben geschüttet wurde, um die Ausscheidungen wegzuspülen und die Keime abzutöten. Aber viele von ihnen nahmen ihn nicht ernst. Der Regen reinigte das Pflaster, indem es alles zum Platz spülte, wo die Rinnsale von Kot zusammenliefen. Ein Schacht leitete sie anschließend in die Erde ab. Das genügte doch!

Hygiene interessierte das Volk und die Bourgeoisie nur wenig. Und überhaupt, bekam man vom Waschen nicht Migräne oder Ruhr? In einigen Regionen Frankreichs gab es zahlreiche solcher überkommener Vorstellungen. Seit dem Hundertjährigen Krieg hatte man den gesunden Menschenverstand verdrängt und die Medizin musste gegen rückschrittliche Ideen ankämpfen, die Epidemien entsprechenden Nährboden schufen.

Lange Zeit tauschten sie über dieses Thema ihre Meinungen aus und Philippus war glücklich zu bemerken, dass sein Freund ihm in vielfacher Hinsicht ähnelte. Auch er würde gewiss auf den Widerstand zahlreicher seiner Berufsgenossen stoßen und er schlug ihm vor, es ihm gleichzutun und seine Theorien durch einen Aufenthalt in Ägypten zu untermauern, wo er selbst viele Antworten gefunden und manche Geheimnisse entdeckt hatte. Michel versprach, dies zu tun, sobald er die Möglichkeit dazu hätte.

»Für den Moment, betrachten wir doch einmal dies hier!«

Über seinen Arbeitstisch gebeugt, breitete er vor Philippus eine Karte aus, die den ganzen Platz einnahm und auf der ein Gewirr an unzähligen Sternzeichen, Zahlen, Kreisen und Punkten zu erkennen war. Da Philippus Astrologie studiert hatte, wurde sein Interesse schon beim ersten Blick auf die Karte geweckt.

»Seht, Philippus, wie ungewöhnlich Euer Horoskop ist«, insistierte Michel, wobei er auf eine Linie deutete, die Punkte und Sternzeichen zum Teil überdeckte. »In der Nacht Eurer Geburt fand eine seltsame Anordnung der Planeten am Himmel statt: Merkur im achten Haus, Venus und Saturn im fünften und zwölften ...«

»Wie um alles in der Welt habt Ihr das zustande gebracht?«, fragte Philippus und riss erstaunt über das eigenartige Bild, das plötzlich zum Vorschein kam, seine Augen weit auf.

»Ich habe nichts weiter gemacht, als ein Horoskop aufgestellt, wie viele andere auch, Paracelsus. Tretet einen Schritt zurück, so könnt Ihr es besser erkennen.«

Philippus gehorchte und Michel schob die Kerzen näher an die vier Ecken heran. So erfasste er das Gesamtbild dieses Gewirrs an Sternen. Vor seinen ungläubigen Augen zeichnete sich deutlich der Kopf eines Wolfes ab, der die Sternzeichen überdeckte, aus denen er sich zusammensetzte.

»Unvorstellbar«, stammelte er.

»Das ist noch nicht das Eigenartigste, mein Freund. Das Sonderbarste ist dies hier!«

Michel ergriff eine Feder und verband einige Punkte miteinander, angefangen von den Ohren des Wolfes bis zum unteren Ende des Blattes. Als sie eine zusammenhängende Linie bildeten, erkannte man eine Kette, die in einem Kreuz mündete.

Philippus beugte sich erneut verdutzt über das Pergament. Er wusste nicht, was dieser Kopf bedeutete, aber er war von ihm ergriffen, denn er sah darin einen Widerschein dessen, was er erlebt hatte und was ihn noch immer nicht in Ruhe ließ.

»Glaubt mir, Philippus, ich habe bereits als Kind angefangen, Geburtshoroskope aufzustellen, und seitdem dutzende jeglicher Art, für die verschiedensten Leute entworfen. Noch nie, hört Ihr, noch nie habe ich etwas so Sonderbares gesehen. Und doch ist das nicht alles. In der kommenden Nacht wird diese Konstellation erneut sichtbar werden. Und genau deswegen glaube ich nicht an den Zufall! Zusammen werden wir den Schleier um dieses Geheimnis lüften, mein Freund. Seit unserer Begegnung habe ich viel Zeit damit verbracht, die Sternbilder zu verstehen und zu deuten. Ich wollte eine Erklärung finden, warum sich unsere Wege gekreuzt haben, was ich daraus lernen, was der Preis und was der Verdienst gewesen sein sollte. Ich musste zahlreiche Forschungen durchführen, um zufällig zu dieser Erkenntnis zu gelangen, denn der Zufall hat mir diese Entdeckung offenbart, als ich vom Tisch zurücktrat, um meine schmerzenden Glieder zu strecken: Euer Schicksal ist mit einem Wolf verbunden.«

»Einige Völker sagen, wir hätten bereits vor unserer Geburt frühere Leben gelebt …«

»Ich habe von diesen Theorien gehört. Die katholische Kirche lehnt sie ab.«

»Und dennoch nehmen auch einige Hexen darauf Bezug. Ich glaube, die Kirche hat Angst. Luther hat in Deutschland die Hypothese der Wiedergeburt in die Welt gesetzt, bei der die Seele des Menschen erhalten bleiben soll. Alle haben gegen ihn aufbegehrt. Er hat diese Vorstellung wieder fallen lassen, da sie dem Konzept von Paradies und Hölle völlig widerspricht. Lässt man jedoch diese Möglichkeit zu, glaubt Ihr dann, meine Seele könnte die eines Wolfes sein? Denn Wölfe besitzen eine Seele, Michel. Das weiß ich, ich habe zusammen mit ihnen gelebt. Ich habe eine Frau kennen gelernt, die sich in Vollmondnächten in eine Wölfin verwandeln konnte. Welch seltsame und fesselnde Fragen!«

»Ich habe keine Antworten darauf, Paracelsus. Dieses Kreuz bedeutet vielleicht den Willen Gottes. Kurze Zeit nach dieser Entdeckung habe ich jenen jungen Arzt kennen gelernt, der gerade seine Promotion beendete. Ich wusste, dass er Euch treffen und zu mir führen würde, damit wir gemeinsam den Schlüssel zu diesem Geheimnis finden können. Wisst Ihr warum? Dieser Mann trug ein Sachet an seinem Gürtel. Ich hatte ihn bereits mehrere Male an der Fakultät gesehen. Eines Tages stieß ich mit ihm zusammen, als ich auf einem feuchten Blatt ausrutschte. Dabei löste sich das Sachet von seiner Halterung am Gürtel und die acht Würfel, die in seinem Inneren eingeschlossen waren, verstreuten sich auf dem Boden der Fakultät. Ich habe mich gebückt, um ihm beim Aufsammeln zu helfen: Sie waren so gefallen, dass sie zusammen den Buchstaben ›P‹ formten.«

»Welch seltsamer Zufall …«

»Eher ein Wink des Schicksals. Der Zufall existiert nicht. Alles ist bereits vorhergesehen.«

»Im Werk Gottes …«

»Daran möchte ich glauben, denn ich bin Christ, aber viele Völker glauben nicht an Gott, wissen nicht einmal etwas von seiner Existenz, und dennoch vermehren sie sich und auch ihre Schicksale sind vorgezeichnet, mein Freund. Die Wahrheit ist zweifelsohne komplexer, aber die Vorstellung ist zumindest beruhigend, Gott halte alles in seinen Händen, und es stehe in seiner Macht, alle Dinge zu erschaffen und auch über deren Ende Bescheid zu wissen. So, und nun müssen wir schlafen gehen. Wir haben uns so vieles zu erzählen, dass der anbrechende Tag schon nicht mehr fern ist. Morgen erzählt Ihr mir Eure ganze Geschichte, anschließend warten wir, bis die Dunkelheit über die Stadt, das Land und die Welt hereinbricht. Und dann werden die Sterne sprechen.«

Sie streckten sich nebeneinander auf dem Bett aus und schlossen die Augen, um in die Tiefen der unbeantworteten Fragen einzutauchen. Im Gegensatz zu Michel wollte es Philippus nicht gelingen einzuschlafen. Er hatte das Gefühl, der Wolf wache vom Tisch aus mit seinen Augen über ihn.

Als er wieder erwachte, war Michel neben ihm verschwunden. Es war bereits helllichter Tag, die Glocken der Kathedrale läuteten zum Gottesdienst und der Geruch von gebratenem Fleisch stieg ihm in die Nase. Er erinnerte sich nicht, eingeschlafen zu sein, hatte sogar noch das Krähen eines Hahnes vernommen, als die beginnende Helligkeit das Zimmer in rosafarbenes Licht tauchte.

Er streckte seine schmerzenden Glieder. Da er oft auf dem nackten Boden schlief, war er kaum an solch weiche Matratzen gewöhnt, die so bequem waren, dass man sich in sie eingesogen, wie zerflossen fühlte. Er wachte dann immer völlig steif auf. Er erhob sich und entleerte seine übervolle Blase, während er sich fragte, ob das Loch, zwei Meter über dem Boden, wohl verhindern würde, dass er mit seinem Urin die Passanten bespritzte. Diese Vorstellung amüsierte ihn so sehr, dass er in lautes Lachen ausbrach.

Trotz der Ungewissheit, die Michel in sein Leben gebracht hatte, war er in ausgelassener Stimmung. Er konnte es nicht erwarten, seine Tochter zu finden; mit Michels Hilfe würde dies eine Leichtigkeit sein. Aus diesem Grund war er gekommen. Er stieg leichten Schrittes die Treppe hinab und traf zu seiner Überraschung eine alte Frau an, die ihm mit einem Teller, auf dem eine Scheibe gebratenen Specks und Eier lagen, entgegenkam.

»Endlich seid Ihr wach, Messire!«, rief sie ihm mit vorwurfsvollem Ton zu. »Was für eine Art aber auch, den Gottesdienst zu versäumen! Gott wird Euch bestrafen.«

Philippus wollte ihr schon gestehen, dass er weit mehr als das auf dem Gewissen hatte, hielt sich dann jedoch zurück und begnügte sich damit, sie von dem Teller zu befreien, den sie offensichtlich zu ihm nach oben hatte bringen wollen.

»Wo befindet sich Michel de Nostre-Dame?«, fragte er sie, nachdem er sich höflich bei ihr bedankt hatte.

»In der Kirche!«, entfuhr es ihr, als sei dies die größte Selbstverständlichkeit.

Dann bekreuzigte sie sich und warf ihm mit dem zeternden Ton einer alten Frömmlerin ins Gesicht:

»Wie es sich gegenüber unserem Allmächtigen, unserem guten Herrn geziemt. Nicht wie so bestimmte …«

»Ich war krank, alte Frau, der Herr wird es mir gewiss verzeihen. Wann kommt Meister Michel wieder?«

»In einer Stunde, dann empfängt er einen Kranken.«

Philippus zuckte zusammen. Michel hatte ihm doch den Tag versprochen. Er trug den Teller in die Küche, wo sie am Vortag zu Abend gegessen hatten, und wollte ihn gerade dort abstellen, als die Magd keifte:

»Es ist bereits sauber gemacht, mein Guter! Ich wäre Euch äußerst verbunden, wenn Ihr ordentlich essen würdet.«

Philippus schnaufte verärgert und nickte.

Er ließ sich auf eine Bank fallen und verschlang das Essen mit dem größten Appetit. Einen Moment später stellte die alte Margot ihm einen Becher hin, der randvoll mit süffigem Wein gefüllt war. Auf ihren trockenen Lippen erschien endlich ein liebevolles Lächeln, als er ihr Komplimente machte. Er wusste, wie er mit ihr umzugehen hatte, um aus ihr einige Vertraulichkeiten hervorzulocken, und als Michel auf der Schwelle erschien, hatte er bereits erfahren, dass sie jeden Tag hierher kam, um sich um den Haushalt und das Essen zu kümmern. Dafür bekam sie einige Sous und kostenlose ärztliche Versorgung für sich und ihre Familie.

Kurze Zeit später vertraute ihm Michel an, dass er sich um eine seiner Nachbarinnen sorge, die hochschwanger war, und bat ihn, sie zu untersuchen und ihm dann seine Einschätzung mitzuteilen.

»Sie ist im achten Monat schwanger und hat oft Blutungen. Sie hat kaum zugenommen, wird aber von Tag zu Tag bleicher. Ich bin beunruhigt und weiß doch nicht, was los ist. Das Kind bewegt sich normal.«

Als die junge Frau, gestützt von ihrer Mutter, kam, war sich Philippus schon nach kurzer Zeit der Diagnose sicher. Ein vorsichtiges Abtasten bestätigte ihm seine Vermutung. Das Kind hatte die Fruchtblase durchstochen und die Flüssigkeit vergiftete sie nun beide. Er wusste, was zu tun war, und hieß sie, sich auf den Küchentisch zu legen. Er verabreichte ihr ein Medikament, das er zusammengestellt hatte, indem er unter anderem schwarzes Bilsenkraut und Hopfen miteinander vermengte. Als sie eingeschlafen war, öffnete er Stück für Stück ihren Bauch. Michel ging ihm dabei nützlich zur Hand. Er war stolz darauf, wie präzise sein Freund arbeitete, ohne auch nur ein einziges Mal seine Vorgehensweise in Frage zu stellen.

Nur einige Stunden später, und das Neugeborene, ein Mädchen, wäre eine Totgeburt gewesen. Philippus wickelte es in ein feuchtes Tuch und vertraute es seiner Großmutter an, während Michel die Blutung ausbrannte, die Infektion reinigte und dann die Unglückliche wieder zusammennähte, die noch immer unter Narkose stand. Noch nie hatte er gesehen, wie auf diese Weise ein Kind geboren wurde.

»Du wirst noch weit andere Sachen in Ägypten lernen, mein Freund«, versicherte ihm Philippus. »Es wäre ratsam, wenn unsere Patientin heute Nacht hier bleiben würde, damit wir ihr Fieber, das sie bestimmt bekommen wird, senken können. Wir brauchen eine Amme, damit das Kind am Leben bleibt. Die Milch kommt nicht, wenn man in die Natur eingreift. Aber es braucht auch den Kontakt der Mutter. Trennt sie nicht voneinander und achtet darauf, dass sie es warm hat.«

Bevor der Tag sich neigte, war ein Strohsack dicht am Kamin bereitgelegt und die beiden, die wie durch ein Wunder überlebt hatten, schliefen friedlich aneinander gekuschelt. Die Alte, die mit Tränen in den Augen den beiden Ärzten hundertmal gedankt hatte, wachte über sie. Michel und Philippus wechselten sich bis zur Morgenstunde ab, um das Fieber einzudämmen. Als es schließlich abrupt sank, wussten sie, dass die Frau außer Gefahr stand. Das kleine Mädchen war zerbrechlich und zart, aber lebendig und Philippus konnte nicht umhin, darin ein neues Zeichen des Schicksals zu sehen. Hatte er seine Tochter nicht zum ersten und letzten Mal auf diese Weise gesehen, als er ihrer Mutter bei der Geburt beistand? Er hatte diesen Moment nie vergessen.

Von der Erinnerung übermannt ging er zu Michel ins Zimmer auf die obere Etage und vertraute sich ihm an. Michel nickte nur als Zeichen der Zustimmung.

Er forderte ihn auf, seine ganze Geschichte zu erzählen, während er mit geschlossenen Augen daliegen würde, um auf die Bilder zu warten, die sie in ihm hervorrufen würde. Philippus endete erst, als er auch die letzten Enthüllungen von Huc de la Faye zusammengefasst hatte. Die Nacht war bereits weit vorangeschritten. Er war erschöpft. Im Schein der schwächer werdenden Kerzen ließ Michel sich, ausgestreckt auf dem Bett, von einer nicht greifbaren Folge von Gefühlen und Farben durchdringen und auflösen. Stimmen mischten sich unter verschwommene Geräusche, unter ein Rauschen. Ein eisiger Wind ließ ihn erzittern, er hatte das Gefühl, bis zur Erschöpfung zu rennen. Dann plötzlich erblickte er sie, auf einem Felsvorsprung, der ein Meer an Leichen überragte: die Wölfin. Die graue Wölfin mit der goldenen Kette. Sie blickte ihn mit ihren smaragdfarbenen Augen an, trat näher, um in seinen eigenen Blick einzudringen, und seine Seele verschmolz mit der ihrigen.

Dann riss Michel die Augen auf und schrie.

5

»Komm schon, Constant, sei nicht feige!«, ereiferte sich Marie.

»Deine Tante hat es verboten, Marie. Wenn sie etwas davon erfährt, wird sie uns bestrafen.«

»Und wer wird ihr davon erzählen, du Dummerchen? Also los! Ohne dich ist es nur halb so lustig, aber ich sage dir gleich, ich gehe auch allein!«

»Oh! Diese Mädchen!«, wütete Constant, wobei er mit seinem Fuß gegen einen Stein trat.

Er stemmte seine Hände in die Hüften und machte ein mürrisches Gesicht. Sicher, er hatte Lust, bei diesem Streich mitzumachen, aber er war sich unsicher. Der Spähtrupp in der Stadt war verstärkt worden und zu dieser Stunde schliefen alle in Paris. Sie beide täten gut daran, dasselbe zu tun!

Marie hüpfte um ihn herum. Trotz der ärmlichen Kleidung, die sie für diese Gelegenheit angezogen hatte, sah sie reizend aus. So würden sie in dieser mondlosen Nacht in den Winkeln der Gassen weniger auffallen. Und wenn sie sich durch ein Missgeschick flach auf den Boden legen mussten, um nicht entdeckt zu werden, würde sie nicht das Risiko eingehen, ihre schöne Kleidung zu beschmutzen oder zu beschädigen.

»Wenn du mich begleitest, gebe ich dir einen Kuss«, flüsterte sie ihm zu und trat so dicht an ihn heran, dass sie ihn leicht berührte.

Constant spürte zu seinem Erstaunen, wie sein Herz schneller zu schlagen begann, und schubste Marie zurück, wobei er ihr entgegenschleuderte:

»Und, was hätte ich davon?«

»Viel, das kannst du mir glauben. Schau einmal, welches Vergnügen mir das bereitet!«

Schnell wie der Blitz war sie bei ihm, drückte einen zarten Kuss auf seine Lippen und entfernte sich wieder einige Schritte, wobei sie ein Kichern unterdrückte. Trotz der Dunkelheit konnte sie seine Scham und Verwirrung erahnen.

»Und?«, fragte sie herausfordernd und verführerisch zugleich.

»Und – nichts«, knurrte Constant, dessen Sinne in Alarmbereitschaft gerieten.

Er konnte nicht leugnen, dass er sich zu Marie hingezogen fühlte. Sie waren gemeinsam aufgewachsen, hatten gemeinsam Streiche ausgeheckt, aber sein Körper verspürte nun das Bedürfnis nach anderen Spielen und auch wenn er sich sicher war, dass sie dieselben Gefühle für ihn empfand, so verärgerte es ihn doch, dass sie ihn damit aufzog.

»Du bist nicht lustig, Constant … Auch egal«, verkündete sie entschlossen.

Sie hob Pferdeäpfel vom Boden auf und näherte sich im Verborgenen der Ecke zur Rue des Deux-Siciles, wo König Franz vor kurzem die Statue der Jungfrau Maria, die sie vor zwei Jahren geschändet hatten, erneut hatte aufstellen lassen.

Marie zielte. Der frische Kot flog durch die Luft und landete als glitschige Masse im Gesicht der Heiligen Mutter Gottes. Sie unterdrückte einen freudigen Schrei und warf einen Blick hinter sich. Aber die Dunkelheit war zu dicht, als dass sie Constant hätte erkennen können. Sie wusste jedoch, dass er nicht lange seine Lust, ihr nachzufolgen, zurückhalten könnte. Sie bückte sich, kratzte am Boden herum, von dem sie wusste, dass er an dieser Stelle mit Kot bedeckt war, und formte ein neues Wurfgeschoss.

Als sie gerade erneut zielen wollte, hielt sie Constants Schrei zurück:

»Die Soldaten, Marie! Die Soldaten!«

Sie erblickte ihre Laternen im selben Moment, in dem die

Soldaten sie entdeckten. Schnell entwischte sie in die entgegengesetzte Richtung, in der Annahme, Constant hätte sich bereits aus dem Staub gemacht. Sie rannte eine Zeit lang, wobei sie ihre Unterröcke so hoch hielt, wie sie konnte. Hinter sich spürte sie bereits, wie die Hunde, die auf sie losgelassen worden waren, immer dichter herankamen. Sie kannte Paris in- und auswendig und wusste daher genau, wohin sie lief. Es war nicht das erste Mal, dass sie gejagt wurde.

Doch dann stolperte sie plötzlich über ein ausgestrecktes Bein, das ihr jemand in den Weg gestellt hatte, und fiel der Länge nach hin. Eine kräftige Hand packte sie und riss sie nach oben, gerade als die Hunde sie erreicht hatten. Sie schlug mit ihrer ganzen Kraft um sich, aber die Faust in ihrem Rücken ließ nicht locker.

»Lasst mich los, sie werden mich noch zerfleischen. Bitte!«

Das Gesicht, das sie nun im Schein der Laterne erblickte, ließ sie sofort ihre Kühnheit bedauern. Die Bestien bellten noch immer, aber fielen sie nicht an. Allein die Anwesenheit ihres Herrn hielt sie davor zurück. Endlich erreichte sie auch der Spähtrupp, völlig außer Atem:

»Das ist unsere Missetäterin. Was für ein Glück, dass Ihr diesen Weg genommen habt.«

»Glück, sagt Ihr?«

Der Ton war eisig, hochmütig und überheblich.

»Würdet Ihr weniger essen, wärt Ihr flinker auf den Beinen!«

Marie musste ein Kichern zurückhalten. Es war nicht der passende Ort zum Lachen, auch wenn sie fand, dass der Mann Recht hatte. Zu ihrem Glück.

»Was hat sie getan?«, fragte er.

»Sie hat die Statue der Jungfrau Maria entweiht, Profos.«

Maries Blut begann zu stocken. Wenn dieser Mann hier der Stellvertreter des Profos war, jener, vor dem sie ihre Tante gewarnt hatte, dann war sie nun in einer üblen Lage. Es sei denn, Constant wäre nicht allzu weit weg und hätte den Einfall gehabt, die Bettler zu benachrichtigen.

»Sieh mal einer an!«

François de Chazeron ließ Marie mit einer weit ausholenden Bewegung los, so dass sie auf brutalste Weise auf ihrem Hintern landete, mitten im stinkenden Dreck. Die Soldaten grölten vor Lachen. Marie wusste nicht genau, ob sie sich ihnen anschließen sollte. Seltsamerweise hatte sie das Gefühl, dass Worte ihre Sache nur verschlimmern würden.

»Was werdet Ihr nun mit ihr machen, Sergeant?«

»Sie ins Gefängnis bringen und ihr die Hände abhacken!«

Marie begann zu zittern. Das war die übliche Strafe für Diebe. Sie beschloss, um Gnade zu flehen. Sie kroch auf allen vieren bis zum Profos, kniete sich vor ihm hin und gab wahrlich ein mitleiderregendes Bild ab, so verdreckt, zerzaust und schwarz im Gesicht, wie sie war. Sie faltete ihre Hände und bettelte:

»Bitte, Messire. Das war ein schlechter Scherz, der mir von bösen Dämonen eingeflüstert wurde. Ich bitte Gott den Allmächtigen dafür um Verzeihung. Ich werde am Tag der Heiligen Genoveva Buße tun und für Euch beten, so viel wie Ihr es wünscht. Aber wie könnte ich das tun, wenn ich die Hände nicht falten kann, um den Herrn zu preisen?«

Das Gelächter der Soldaten wurde noch hämischer und Marie spürte, wie eine rasende Wut in ihren Schläfen pochte. Sie zwang sich jedoch, Reue vorzutäuschen, und zauberte auf ihr Gesicht das engelhafteste Lächeln, das ihr gelingen wollte.

»Du hast ohne Zweifel Recht«, stimmte François de Chazeron ihr zu und bereitete der Heiterkeit seiner Männer mit einem Schlag ein Ende. »Hände sind für Weibsbilder wie dich besonders wichtig. Nehmt sie mit und amüsiert euch mit ihr. Die Kerker sind schon voll genug!«

Die drei Männer ließen ein zustimmendes Gemurmel vernehmen. Marie wagte einen letzten Versuch:

»Erbarmen, Messire. Ich bin noch Jungfrau.«

»Umso besser«, lachte François de Chazeron hämisch.

»Heute Nacht werden wir dich das Nötige lehren und ich schätze sogar, dass du Gefallen daran finden wirst.«

Er überließ es dem Sergeant, Marie die Hände zusammenzubinden, rückte von der Gruppe ab, rief die Hunde herbei und ging, zufrieden über sein Urteil, davon.

Einige Augenblicke später lief Marie, die gefesselten Hände mit einem Seil am Sattelknopf des Sergeants befestigt, stolpernden Schrittes den trabenden Pferden hinterher. Tränen der Wut und der Hilflosigkeit verschleierten ihr den Blick. Es waren nicht so sehr seine Männer, die sie in diesem Augenblick gerne in Stücke gerissen hätte, sondern vielmehr ihn selbst, François de Chazeron, dieses dreckige, selbstzufriedene Schwein.

Sie gingen entlang des Ufers der Seine, als der Sergeant sein Pferd anhielt.

»Anhalten«, rief er.

Marie war erleichtert. Sie war erschöpft von dem erzwungenen, schnellen Laufschritt und dieser unbequemen Haltung. Um sie herum herrschte nichts als Einsamkeit. Nur von der Böschung, etwas weiter unten, konnte man das leise Plätschern des Flusses gegen das bewachsene Ufer vernehmen. Der Sergeant stieg ab und rief seine Männer herbei:

»Der Sattel hat mein Blut in Wallung gebracht! Bis hierher, das reicht. Zudem ist diese Stelle umso günstiger, als ein richtiges Bad dieses launische Ding von ihrem Schmutz befreien wird! Absitzen!«

Ohne weiteres Aufhebens löste er ihr die Fessel und wickelte sie um sein Handgelenk. Mit der anderen Hand zog er sein Rapier und richtete es auf Maries Oberkörper. Mit einem Ruck durchschnitt er die Bänder ihres Mieders.

»Geh rückwärts und wasch dich im Fluss«, befahl er, während er sich daranmachte, die Träger zu durchtrennen, die noch das Bustier festhielten.

Die weiße, wohlgeformte Brust des jungen Mädchens zeichnete sich gegen die Dunkelheit ab. Um den lüsternen

Blicken zu entgehen, gehorchte Marie und ließ sich in das Wasser gleiten. Ihre Waden brannten wie Feuer und, was immer sie auch tun konnte, nichts war besser, als Zeit zu gewinnen. Zahlreiche Bettler streiften tags und nachts an den Böschungen entlang. Im Schutz der Dunkelheit war es einfach, einige wundersame, kostenlose Fänge zu machen. Alle kannten sie. Sie konnte auf ihre Hilfe zählen.

Sie blieb einige Minuten im Wasser, dann wurde sie erneut gepackt. Das Bad im kalten Wasser hatte ihre Lebensgeister geweckt und das Müdigkeitsgefühl in ihren Beinen war verschwunden. Sie war dazu entschlossen, sich zu verteidigen.

Ein harter Schlag stieß sie nach vorne. Sie verlor das Gleichgewicht und sank, rasend vor Wut, auf die Knie, mitten in den Schlamm der Uferböschung. Sie wollte aufstehen, aber der Sergeant ließ ihr keine Gelegenheit dazu. Mit einem Fußtritt traf er sie am Kinn, worauf sie auf die Seite kippte, betäubt von diesem unerwarteten, gewalttätigen Schlag. Der Mann warf sich ungerührt auf sie, angespornt vom höhnischen Gelächter seiner Kameraden.

Marie wand sich unter seinem Gewicht und versuchte, ihn wegzudrücken, als er ihre Brüste ergriff und dabei zischte:

»Halt still, du Hure!«

Aber sie geriet nur in noch größeren Zorn. Als er ihren wild pochenden Hals küsste, krallte sie sich mit beiden Händen an seinen Haaren fest und bohrte ihre Nägel wahllos in ihn hinein, was immer sie gerade erwischte. Der Mann brüllte. Sofort kam ein zweiter ihm zu Hilfe geeilt, packte Maries Handgelenke und zwang sie, loszulassen, indem er ihr die Spitze seiner Klinge an die Gurgel setzte:

»Schluss!«, schrie er. »Oder ich nehme dich aus wie eine Forelle!«

»Dieses kleine Biest hat mir fast mein Ohr abgerissen!«, tobte der Sergeant, der sich aufgerichtet hatte und seine Hand an die Wunde hielt.

Außer sich vor Zorn, schlug er ihr brutal in das Gesicht. Marie zuckte nicht zurück. Die Klinge war zu dicht an ihrem Hals.

»Halt sie fest. Bringen wir's zu Ende! Und dann wirst du sterben«, ergänzte er, dicht an Maries Mund.

Mit Gewalt schob er ihre Beine auseinander. Sein Atem ging keuchend und Blut tropfe in sein Gesicht. Marie biss die Zähne zusammen. Sie hätte im Moment nicht zu sagen gewusst, was genau ihr die Sinne raubte: die Wut, die Furcht oder die Wunden der Nägel, die sich nun in ihre Hüften krallten.

Er hatte keine Zeit mehr, in sie einzudringen. Er fiel wie ein Stein auf sie und Marie traf ein Schwall Blut, der sich aus seinem geöffneten Mund ergoss. Im selben Moment hörte sie einen Schrei, auf den das Geräusch von klatschendem Wasser folgte. Die Hände, die ihre Fäuste umklammert hatten, lockerten sich und Marie hörte den dumpfen Aufschlag eines Körpers, der zusammenbrach.

In unbändiger Siegesfreude schob sie den Körper, der noch immer auf ihr lag, beiseite und ergriff die Hand, die ihr entgegengestreckt wurde. Sie wusste, dass sie einem Freund gehörte. Sie hatte seit einigen Sekunden keine Angst mehr gehabt. Die Nacht hatte ihr einen vertrauten Geruch herbeigetragen. Während sie sich erhob, stieg Ma aus dem Wasser und schüttelte sich kräftig. Zu Maries Überraschung stand ihr jedoch nicht Constant gegenüber, sondern ihr neuer Freund: Jean Latour.

»Keine Wunden?«, fragte er bloß.

»Kann man alles reparieren. Wo ist Constant?«

»Hier!«, kam als Antwort die Stimme des Jungen, der die Klinge seines Messers an seinem Wams abwischte, während er auf sie zutrat. »Wir sollten hier nicht länger herumstehen. Die Wachposten patrouillieren um das Gefängnis herum, und wenn der Mond sichtbar wird, wird man uns entdecken.«

»Ja, lasst uns abhauen!«, stimmte Marie zu und ordnete ihre Röcke.

»Warte!«, hielt Jean sie zurück.

Auf galante Weise streifte er den schwarzen Umhang von seinen Schultern und legte ihn um das junge Mädchen. Marie fühlte, wie sie rot anlief. Sie hatte ihre Nacktheit vergessen. Sie senkte ihren Blick, um nicht in die Augen von Constant und Jean blicken zu müssen, und hielt die Schöße des Umhangs über ihrer Brust zusammen.

»Ma!«, rief sie, aber die Wölfin war bereits an ihrer Seite.

Sie strich zärtlich über ihren schönen Kopf und machte sich eiligen Schrittes auf den Weg. Ihre beiden Freunde folgten ihr.

Als Isabeau die Wohnung ihrer Schwester betrat, war sie außer sich vor Wut. Der Morgen war über den Dächern von Paris angebrochen. Constant war es gewesen, der sie über das Geschehene in Kenntnis gesetzt hatte.

Albérie empfing sie gefasst, Jean Latour an ihrer Seite.

»Wo ist Marie?«, wütete sie los.

»Sie schläft«, beruhigte sie Albérie. »Alles ist gut. Sie sind noch zur rechten Zeit gekommen.«

Aber aus Isabeaus Augen blitzte der Wahnsinn, dieses Flackern, das Albérie bereits viele Male mit Erstaunen bemerkt hatte, in der Zeit, nachdem sich François de Chazeron an ihr vergangen hatte. Diese Frau, die vor ihr stand, war nicht mehr Isabelle de Saint-Chamond, sondern die alte Isabeau aus der Wolfshöhle, mit den eigenen Dämonen der Vergangenheit konfrontiert.

»Beruhige dich«, redete Albérie auf sie ein. »Die Kleine ist unversehrt. Ma hätte nicht zugelassen, dass ihr irgendetwas geschieht. Beruhige dich«, wiederholte sie noch einmal.

Aber Isabeau hatte Mühe, ihre Fassung zurückzuerlangen. Ihre Augen wanderten von der Wölfin zur geschlossenen Tür, hinter der das junge Mädchen schlief. Sie verweilten auf Jean Latour, der sie kaum mit ihrem angstverzerrten Gesicht wiedererkannte, in dem der Schmerz fast greifbar schien. Isabeau packte Albérie fest an den Schultern und rüttelte sie:

»Ich hatte es ihr verboten! Verboten!«

»Ich weiß. Aber nun ist es ja vorbei«, insistierte Albérie beschwichtigend.

»Du verstehst es nicht, Albérie, nichts ist vorbei. Nichts! Ich hasse ihn! Oh, allmächtiger Gott, wie ich ihn hasse!«

Vom Zorn und ihrer Sorge entkräftet, brach sie mit einem Weinkrampf in den Armen ihrer Schwester zusammen. Ihr Schluchzen schnürte ihr die Kehle zu. Sie hatte sich darauf vorbereitet, ihrem Henker entgegenzutreten, aber nicht auf diese Weise. Nicht mit der Vorstellung einer Vergewaltigung. Trotz der vielen Jahre war das, was sie am meisten fürchtete, nicht verschwunden, war noch immer da, hinter einer dunklen Wand versteckt. Sie war nicht geheilt. Sie dachte es nur. Sie hatte sich belogen, um das Leben akzeptieren zu können.

Sie schob Albérie von sich weg und kniete sich vor die Wölfin, die sich ihr winselnd genähert hatte. Albérie wandte sich ab. Es war ihr unangenehm mit anzusehen, wie sie sich vor Jean und Constant eine solche Blöße gab. Und doch fand sie nicht die passenden Worte, um sie zurückzuhalten. Isabeau umschlang den Hals von Ma und vergrub darin ihre Tränen. Die Wölfin drückte ihre Anteilnahme an der Verzweiflung aus, indem sie mit ihrer Zunge über Isabeaus Hals leckte. Mutter und Tochter in einer Umarmung. Jenseits des äußeren Scheins. Jenseits des Verzeihens.

»Ich hätte niemals Montguerlhe verlassen dürfen, ich hätte dich niemals an meiner Stelle handeln lassen dürfen. Niemals«, schluchzte Isabeau, den Blick verloren in ferne Erinnerungen.

Albérie drehte sich zu Jean um.

»Es ist besser, wenn wir uns zurückziehen, mein Freund. Aus Gründen, die ich Euch nicht zu erklären wüsste, fühlt sich meine Schwester für das Geschehene persönlich verantwortlich. Ich bitte Euch, ihre Gemütserregung zu vergessen.«

Sie gab Constant ein Zeichen, ihnen zu folgen. Sie ärgerte sich, in den Augen des Jungen ernsthaften Kummer über das, was er soeben gesehen hatte, zu lesen, und ließ die beiden in ihrer Umarmung, die nur sie allein verstehen konnte, zurück.

Jean Latour sagte kein Wort, verabschiedete sich und verschwand in den Gassen. Er wusste nicht genau, wie er das soeben Erlebte einordnen sollte, aber ein eigenartiges Gefühl beschlich ihn. Und zu seinem großen Erstaunen war dies weder Mitleid noch Scham. Eher das Verlangen, es dieser Wölfin gleichzutun und diese Frau in seinen Armen zu wiegen.

Isabeau blieb mit Ma im Vorzimmer. Sie redete lange Zeit, wagte endlich, jene Worte auszusprechen, die in ihrem Inneren darauf warteten, hinausgeschrien zu werden, seit sie sich über ihre Gefühle als Mutter im Klaren geworden war. Ma leckte ihr das Gesicht und die Hände, blickte sie mit ihren großen, traurigen Augen an, in denen sich eine aufrichtige Zärtlichkeit widerspiegelte. Sie hätte zupacken, sich ihrerseits rächen können, für das, was aus ihr geworden war, aber sie hatte niemals aufgehört, diese Mutter, die sie hintergangen hatte, zu lieben. Als Tier war ihr Gespür überaus stark, auch ihre Intuition. Sie fühlte die Gewissensbisse Isabeaus, ihren Kummer. In ihrem Verhalten, ihren Worten, im Unausgesprochenen. Sie hatte sich selbst durch ihre Augen als Mutter gesehen. Beide lebten nur aus einem Grund: für Marie. Und für sie waren sie bereit, alles zu tun.

Als Albérie sich zu ihnen gesellte, hatte sich Isabeau beruhigt und streichelte die Wölfin. Noch immer waren Spuren der Tränen auf ihren Wangen zu sehen.

»Es ist an der Zeit, der Kleinen die Wahrheit zu sagen«, kündigte sie ihrer Schwester an.

Albérie nickte. Auch sie hatte um ihre Nichte, die sie wie ihre eigene Tochter liebte, gebangt. Als Constant, schweißgebadet, angerannt gekommen war, um ihr zu erklären, dass Marie gefasst worden war, hatte sie geglaubt, sie würde den Boden unter den Füßen verlieren. Jean Latour war bei ihr gewesen. Sie hatte ihn von seiner Aufgabe, Marie zu überwachen, entbunden gehabt, um ihm an der Seite einiger Bürger eine andere Mission anzuvertrauen. Wie sehr hatte sie diese Entscheidung bereut! Ohne zu zögern war er Constant gefolgt, mit dem beruhigenden Wissen, dass Ma sie im richtigen Moment zu ihr führen würde. Bis sie alle vier wieder zusammen aufgetaucht waren, hatte sich Albérie dennoch vor Angst verzehrt und sich geweigert, Isabeau zu benachrichtigen. Sie wollte sich erst ganz sicher sein, wie das Ganze ausgehen würde. Und sie wusste auch, was das heißen könnte.

Gemeinsam warteten sie den Moment ab, bis Marie erwachen würde. Als sie auf der Schwelle ihres Zimmers erschien, das Gesicht von den Schlägen gezeichnet, war sie nicht darüber erstaunt, die beiden anzutreffen. Ihre Sorge galt vielmehr der Abwesenheit Constants.

»Ich habe ihn damit beauftragt, Bertille und die Bettler zu benachrichtigen. Er wird gleich zurück sein. Wir haben etwas zu besprechen, Marie. Die Situation ist ernst und es wird Zeit, dass du die wahren Gründe unserer Ängste erfährst.«

Marie ließ ihren neugierigen Blick von Albérie zu Isabeau schweifen. Dann kauerte sie sich auf den Teppich und schlang ihre Arme um den Hals von Ma, die mit ihrer rauen Zunge über Maries Wange fuhr.

»Ich weiß«, begann sie, »ich hätte das nicht tun dürfen. Aber ich bin schon genug bestraft worden und ich schwöre euch, dass ich so etwas nie wieder tun werde.«

»Es geht nicht darum, Marie«, entgegnete ihrerseits Isabeau, wobei sie sich vor sie hinkniete. »Sondern vielmehr um das Geheimnis deiner Herkunft.«

»Meiner Herkunft?«, wiederholte Marie, indem sie die Augen weit aufriss.

»Erinnerst du dich an die Initialen auf der Rückseite deines Medaillons?«, fragte sie Albérie.

»Ja, nein«, antwortete Marie und zuckte gleichgültig die Achseln. »Ich habe es, seit ich ganz klein bin. Ich habe noch nie ...«

Unwillkürlich hatte sie ihre Hand an den Hals geführt, um das Kettchen aus ihrem Mieder hervorzuholen.

Isabeau und Albérie wechselten einen besorgten Blick.

»Meine Kette … ich habe sie verloren«, stellte Marie fest und betrachtete ihre leeren Hände.

François de Chazeron ließ sein Pferd auf der Stelle tänzeln. Er verspürte keine Lust darauf, seine Stiefel im morastigen Wasser zu beschmutzen, wo man ihn doch im Schloss erwartete.

Das Schauspiel, das sich ihm darbot, verärgerte ihn jedoch. Er erkannte seine tödlich verletzten Männer. Zwei zumindest. Der eine von ihnen war im Rücken getroffen worden, der andere lag mit durchgeschnittener Kehle da. Der dritte war nicht wieder aufgetaucht. Chazeron vermutete, dass er ins Wasser gefallen und vom Strom fortgerissen worden war. Die Patrouille hatte sie am Morgen gefunden, angezogen von den zahlreichen Schaulustigen, die sich um das traurige Bild der Aasgeier geschart hatten.

François hatte sich mit eigenen Augen vom Ort des Geschehens überzeugen wollen. Er raste vor Wut. Er hätte gut daran getan, dieses kleine Biest aus dem Weg zu schaffen, bevor man ihr zu Hilfe eilen konnte. Diese Bettler waren eine abscheuliche Plage. Er versprach sich, damit endlich Schluss zu machen.

Als er gerade die Stelle verlassen wollte, hielt ihn ein Soldat zurück:

»Messire! Seht!«

Er trat näher an den Hals des Paradepferdes, das, ebenso ungeduldig wie sein Herr, mit den Vorderhufen scharrte. Chazeron streckte seine schwarz behandschuhte Rechte nach dem Objekt aus, das man ihm reichte. Er zuckte zusammen:

»Wo habt ihr das gefunden?«

»Sergeant Borsia hatte es in der Hand, Messire. Als hätte er es abgerissen, bevor er starb.«

François de Chazeron ließ das Kettchen und das Medaillon

in seiner Hand hüpfen. Er kannte dieses Schmuckstück. Er forschte in seinem Gedächtnis nach und drehte es herum. Die drei ineinander verschlungenen Buchstaben ›A‹, ›M‹ und ›C‹, neben denen ein ihm bekanntes Datum zu erkennen war, bestätigten ihm, dass er nicht träumte. Ein absurdes Gefühl des Sieges vermischt mit jenem der Wut nahm von ihm Besitz. Er stopfte das von Schlamm verdreckte Schmuckstück in seine Geldbörse und gebot dann:

»Stellt von mir aus ganz Paris auf den Kopf, Hauptmann. Aber ich will, dass Ihr dieses Luder findet. Sie heißt Antoinette-Marie und macht, nach den Anzeichen zu schließen, gemeinsame Sache mit den Bettlern. Setzt eine Belohnung aus, foltert ein paar Notleidende, egal, ich will dieses Mädchen, habt Ihr verstanden?«

»In Ordnung, Messire.«

»Noch eins: Wenn Ihr dem Mädchen auch nur ein Haar krümmt, sie misshandelt oder vergewaltigt, werdet Ihr das gleiche Schicksal erleiden wie Eure toten Kameraden hier. Ich will sie heil, verstanden?«

»Sie wird sich bestimmt auf irgendeine Weise zu wehren wissen, Messire«, versuchte der Soldat, den diese ganzen Maßnahmen beunruhigten, den Profos zu beschwichtigen.

»Besser, als Ihr es Euch vorstellen könnt, Hauptmann, aber Ihr garantiert für ihr Leben und ihre Tugend. Oder dies hier wird Euren Schuldgefühlen mit einem Schlag ein Ende bereiten.«

Er richtete sein Schwert, das er blitzartig aus der Scheide gezogen hatte, auf die Kehle des Vasallen. Der Mann schluckte und nickte mit dem Kopf.

Chazeron grinste zufrieden.

»Ich gebe Euch zwei Tage.«

Er steckte sein Schwert wieder ein, ließ sein Pferd eine Kehrtwendung machen und ritt im Galopp in Richtung Louvre, mitten durch die auseinander stiebende Menschenmenge.

Er war heiterer Stimmung, aber auch verärgert über sich selbst. So hatte sich also das, was er schon immer geahnt hatte, bewahrheitet. Seine Tochter war tatsächlich am Leben! Welch ein Idiot war er doch, dass er sie nicht wiedererkannt hatte! Er hasste die Bettler, musste ihnen dieses eine Mal jedoch einräumen, dass sie nützlich gewesen waren. Ohne ihr Eingreifen wäre dieses Kind, für das er sich eine profitable Heirat erhoffte, entehrt gewesen. Und auch noch auf seinen Befehl hin! Er brach in ein teuflisches Gelächter aus und schleuderte gegen den Wind:

»Auf uns zwei, Albérie de la Faye!«

6

Philippus ärgerte sich, dass er noch ein weiteres Mal Rast einlegen musste. Sein Esel war bereits am Ende seiner Kräfte und weigerte sich, weiterzugehen. Und das, wo er mit jeder Meile, die sie zurücklegten, zusehends ungeduldiger wurde.

Er trieb das Tier mit einem Hieb in die Seite an, aber es zeigte keinerlei Reaktion.

»Du Gauner du, willst du wohl gehen? Die Herberge ist nur zwei Schritte von hier entfernt. Auf!«

Er stemmte sich gegen das Tier. Einige Reisende überholten ihn und riefen ihm spöttelnd zu:

»Die Esel sind ein Abbild ihrer Herren, mein Freund! Die Torheit kommt ihnen zu den Ohren heraus und blockiert sie!«

»Lacht nur, lacht nur«, knurrte Philippus in seinen Bart. Dann wandte er sich an den Esel:

»Hör doch auf, uns lächerlich zu machen, du böses Vieh! Ich verspreche dir, dass hinter der nächsten Kurve leckerer Hafer auf dich wartet!«

Wie durch das Versprechen aufgemuntert, tat das Tier bereitwillig einige Schritte vorwärts, aber wich aus, als Philippus Anstalten machte, auf seinen Rücken zu steigen.

»Diese Biester von Esel«, schimpfte Philippus, entschlossen, sich zu fügen, um den Weg fortzusetzen. Er schlang die Zügel um seine Hand und ging schnellen Schrittes voran.

Der Esel stieß einen begeisterten Schrei aus und folgte seinem knurrenden und innerlich tobenden Herrn bis zur Herberge, wo schon zahlreiche Kaufleute vor ihm angekommen waren.

Bevor er das Tier dem Knecht überließ, der es in den Stall führte, versetzte er ihm einen unversöhnlichen Klaps auf die Kruppe. Der Esel brüllte und schlug ins Leere aus. Philippus zuckte mit den Achseln. Es schien, als mache sich der Esel über ihn lustig.

Kaum hatte Philippus die Herberge betreten, war er schon von lärmendem Treiben umgeben. Er ließ sich an einem Tisch nieder, entschied sich für die gefüllte Pastete, die man ihm empfahl, und bestellte dazu ein Omelett sowie einen Krug Wein. Um ihn herum herrschte ein lautstarkes Durcheinander, aber diese Atmosphäre war ihm vertraut und heimelig. Dies war seit jeher seine Welt gewesen, tagein, tagaus.

Trotz seiner Ungeduld fühlte er sich glücklich. Nachdem Michel de Nostre-Dame ihm eröffnet hatte, was er wusste, hatte Philippus erwogen, noch einmal nach Vollore zurückzukehren, um Huc an der unglaublichen Geschichte teilhaben zu lassen, auf der Michels Offenbarungen basierten. Er hatte dann jedoch darauf verzichtet. Die Zeit drängte zu sehr, dem Ganzen einen Sinn zu geben.

Er aß mit großem Appetit und lehnte sich dann gegen die Wand, die der Holzbank, auf der er sich niedergelassen hatte, als Lehne diente. Hier und da ertönte von Zeit zu Zeit Gelächter, auch Musik wurde gespielt, im Austausch gegen eine warme Mahlzeit. Zwei Männer hatten Würfel gespielt und stritten sich nun, weil der Verlierer sich weigerte, zu zahlen.

Noch wenige Meilen. Die Straßen füllten sich zusehends mit Menschen, an einigen Kreuzungen hatten lautstarke Wortwechsel stattgefunden. Man spürte an der Hektik der Menschen die Nervosität der nahenden Hauptstadt.

Philippus geriet in Vorfreude. Wenn er nur ohne Pausen direkt zu seinem Ziel gelangen, zu ihr rennen könnte.

»Dieses verteufelte Biest«, knurrte er vor sich hin und dachte an seinen Esel.

»Na, so was! Umgarnt man so etwa eine Dame, Rüpel?!«

Philippus hob seine Augen und erblickte eine üppige

Frauengestalt, die sich mit ihrem ausladenden Busen über seinen Tisch beugte. Er lachte:

»Nichts stünde mir ferner als solche Gedanken, mein Fräulein.«

»Wenn das so ist, gibst du mir dann einen aus? Ich bin sehr durstig.«

Philippus musste sich zurückhalten, nicht laut loszulachen. Er verspürte kein Verlangen nach einer Dirne und noch viel weniger auf diese hier, trotz der Schminke und der Spitzen.

»Ich bedaure, meine Börse ist leer und ich wäre auch keine lustige Gesellschaft.«

»Ich verstehe«, schimpfte sie und stopfte mit energischer Geste ihren aufgeplusterten Busen in ihr Mieder zurück, »Messire ist ein Geizhals! Du weißt nicht, was du verpasst!«, schleuderte sie ihm ins Gesicht, bevor sie wie auf Schweinsfüßchen davonwackelte.

Philippus verdrängte ein aufkommendes Gefühl von Ekel, warf einige Münzen in seinen Teller und stand auf. Ihm blieb gerade noch das nötige Geld, um die Übernachtung zu bezahlen. Er verfluchte seine verschwenderische Seele und ging zum Stall, nicht ohne sich jedoch den Luxus gegönnt zu haben, der Wollüstigen, die gerade einen anderen Gast becircte, im Vorübergehen einen Klaps auf den Hintern zu geben.

Sie warf ihm einen wütenden Blick zu, während er heimlich feststellte, dass sich der Hintern seines Esels praller angefühlt hatte als dieser hier.

Auf dem frischen Stroh, allein in einer Ecke, rollte er sich zusammen. Morgen würde er sich nichts mehr zu essen kaufen können, aber das war nicht mehr von Bedeutung. Er erinnerte sich an den drahtigen jungen Mann, der er vor fünfzehn Jahren gewesen war. Jetzt war er von schlechtem Essen und Wein aufgedunsen. War er eigentlich mehr wert als diese armselige Hure, die er zurückgestoßen hatte? Was für ein Vater wäre er diesem Kind? Würde sie sich nicht dafür schämen, was aus ihm geworden war?

Er versuchte einzuschlafen, aber auch dieses Mal wollte es ihm nur schwer gelingen:

»Die Wölfin, die Wölfin«, hatte Michel de Nostre-Dame geschrien, die Augen von einer geheimnisvollen Erkenntnis geweitet, »sie trägt die Kette. Die Kette und das Kreuz. Sie ist die Frau, die Gemahlin, die Mutter, sie ist der Weg zur Vergebung!«

Die Kette und das Kreuz. »Aus ziseliertem Gold«, hatte Michel hervorgehoben. Philippus selbst hatte dieses goldene Kettchen Loraline um den Hals gelegt. In seinen Gedanken vermischten sich die Worte Michels mit jenen Hucs: Marie spielte mit der Wölfin, der Wölfin mit der Goldkette, und Cythar lag an ihrer Seite. Er wusste nicht, durch welche Umstände es zu dieser Verwandlung hatte kommen können, aber eines war ihm klar geworden: Albérie hatte auch ihn belogen. Sie hatte Loraline fortgebracht, fort von ihm, und Marie dorthin geführt, wo sie glaubte, dass er sie nie wieder finden würde.

»Drei Frauen«, hatte Michel vorausgesagt, »zwei Wölfinnen, vereint durch Tod, Blut, Hass und Liebe. Und dennoch ist ihr Gefängnis der Schlüssel. Der Schlüssel des Kreuzes.«

Philippus hatte sorgfältig die geheimnisvollen Worte seines Freundes notiert. Nachdem Michel aus seinem Trancezustand erwacht war, wollte es auch ihm nicht gelingen, den Worten einen passenden Sinn zu geben. Wie gewöhnlich, erinnerte er sich an nichts. Außer an diesen stählernen Blick, der seine Seele durchbohrt hatte, bevor er sich verwandelte. Die Augen hatten ihn voller Inbrunst und Sehnsucht angesehen und, seltsam ineinander verschlungen, hatte er darin das Gesicht einer Frau und jenes von Philippus erahnt.

»Sie sind in Paris«, hatte Michel geschlossen. »Suche den schwarzen Mann und du wirst sie finden. Suche den Turm des Königs.«

Welcher Turm könnte das nur sein? Und welcher schwarze Mann? Michels Weissagungen waren rätselhaft. Und dennoch war gleichzeitig nichts berauschender, als durch sie einen neuen Lebensinhalt zu finden.

Philippus wurde schließlich von einem Strudel aus Gedanken und Gesichtern in den Schlaf hinabgezogen, erschöpft und glücklich zu wissen, dass er noch eine Rolle in Loralines Leben zu spielen hatte.

Sicher jedoch, dass sein eigenes Leben davon abhängen würde.

Vor dem Stadttor Porte Saint-Antoine wartete bereits eine beträchtliche Ansammlung von Menschen und Philippus musste sich, umgeben von einer bunt gemischten, wuseligen und zeternden Menge, lange Zeit gedulden, bis er endlich den Spähtrupp passieren konnte. Als er gerade die Zugbrücke betrat, bemerkte er hinter sich das Klirren von Waffen. Automatisch drehte er sich um und sah, wie zwei Soldaten ein kleines Mädchen gepackt hatten, das an der Seite eines Mannes auf einem mit Fässern beladenen Karren saß. Die süße Kleine schimpfte wild, wehrte sich einige Mal mit heftigen Fußtritten, während ihr Vater brüllte, er käme aus Lyon, wäre ein einfacher Kaufmann und man sei ihm bisher nirgends auf eine solch flegelhafte Weise begegnet. Doch das alles half nichts. Das junge Mädchen wurde nach links zur herrschaftlichen, imposanten Festung gezerrt, während der tobende Vater samt Karren mit beeindruckender Gefolgschaft zu einer Haltestelle eskortiert wurde.

Philippus ging weiter seines Weges. Um ihn herum schnitten die Leute Fratzen, zankten sich oder kommentierten die Beflissenheit der Soldaten. Die meisten schienen übler Laune zu sein:

»So geht das jetzt schon seit drei Tagen! Wenn sie doch endlich diesen Verräter fassen würden! Diese verteufelten Lutheraner verderben den ganzen Handel! Seht, wie überreif mein Obst ist vom langen Warten!«

Das Gezeter zog sich noch die gesamte Rue Saint-Antoine hinunter und verlor sich schließlich im allgemeinen brodelnden Durcheinander der Hauptstadt. Philippus mochte Paris nicht. Ohne einen einzigen Sou in der Tasche, benötigte er doch eine Unterkunft, um seine Suche zu beginnen. Er hatte zum Glück genug Empfehlungen, um irgendwo aufgenommen zu werden. Philippus ging entlang des Friedhofs Saint-Jean, bog in die Rue de l'Hôpital ein und brachte schließlich seinen Esel vor dem Hospiz der Kirche Saint-Gervais zum Stehen.

Einige Zeit später, nachdem er sein Reittier einem Novizen anvertraut hatte, ließ er sich zu Jean Pointet führen, ein Chirurg und Kollege aus Genf, der sich in Paris niedergelassen hatte und dem er, vor seiner Abreise, aus Montpellier einen Brief geschickt hatte.

»Euer Brief hat mich gerade gestern erreicht, mein Freund«, erklärte dieser, nachdem Philippus sich mehr als eine Stunde hatte gedulden müssen. »Verzeiht, dass ich Euch habe warten lassen. Ihr wisst, wie das ist mit den Notfällen. Natürlich unterscheiden sie sich von jenen der Schlachtfelder, die Ihr kennt, aber in Paris geschehen noch immer zu viele Unfälle. Gerade musste ich ein Bein amputieren, das brandig geworden war. Ich versuche, die Leute aufzuklären, aber leider hinterfragen nur wenige den Grad einer Wunde. Bis sie schließlich ins Fieberdelirium fallen und hierher gebracht werden. Der Mann ist jung, er wird sich wieder erholen, aber ein weiteres Mal blieb mir nichts anderes übrig, als die Wunde mit dem Brenneisen zu kauterisieren.«

Philippus pflichtete ihm bei. Sein Freund Erasmus von Rotterdam hatte ihn nicht belogen. Der Mann war wissbegierig, bescheiden und unglaublich geschwätzig.

»Ihr sucht also eine Unterkunft?«

»Stimmt, Messire Jean. Dringende und persönliche Angelegenheiten zwingen mich leider, eine Zeit lang in Paris zu verweilen. Wie Ihr Euch denken könnt, ist meine Börse leer, da ich meine Dienste der Straße anbiete und aufgrund meiner Theorien seitens meiner Kollegen nur auf wenig Zuspruch stoße.«

»Es ist keine Schande, sich seinen Ideen hinzugeben und die Stimme zu erheben. Glaubt mir, ich schätze diese törichten Werte wohlhabender Leute nicht sehr. Es genügt nicht, reich geboren zu sein, um den Kopf hoch zu tragen, sondern es zählen vielmehr Loyalität, Gerechtigkeit und Großzügigkeit. Vermögen ist die Apanage der Duckmäuser. Ihr und ich, wir sind von einem anderen Schlag. Ihr könnt hier bleiben, solange es Euch beliebt.«

Jean lachte ein aufrichtiges Lachen und Philippus dankte ihm, bevor er fortfuhr:

»Erasmus hat mir oft von Euch erzählt, er war beeindruckt von Eurer Neugierde. Wiederholte Male hat er mir zugeredet, mich nicht zu scheuen, Euch einen Besuch abzustatten, wenn mich meine Wege jemals nach Paris führen würden.«

»Er hat gut daran getan. In unseren Briefen haben wir auch viel über Eure Arbeit geredet, glaubt mir. Ihr kennt ihn bereits seit langem, nicht wahr?«

»Seit Februar 1526. Wir haben uns bei einem gemeinsamen Freund kennen gelernt, einem Verleger in Basel: Froben.«

»Ja, ja, in der Tat, ich erinnere mich. Aber Ihr müsst müde und hungrig sein. Ich selbst arbeite bereits seit dem Morgengrauen ohne Unterlass. Ich werde Euch bis zu Eurer Zelle begleiten. Sie ist recht bescheiden, aber mit frischem Stroh ausgelegt. Wie gefällt Euch Paris, mein Lieber? Unser guter König Franz möchte Schluss machen mit diesem Gestank hier. Er vertritt die Meinung, dass das Bauwesen primitiv sei, und will es daher erneuern, vergrößern und verschönern. Seitdem er aus Paris die Hauptstadt Frankreichs gemacht hat, träumt er von jugendlicher Eleganz. Er schwärmt von der Stadt wie von einer neuen Maitresse …«

Jean brach in fröhliches Gelächter aus, stolz über seinen Vergleich. Sein Ungestüm erinnerte an Michel.

»Diese Jugend ist wahrlich fröhlich, tatkräftig und überaus amüsant!«, dachte er bei sich.

Philippus richtete sich mit seinem kleinen Bündel in dem engen Zimmer, das man ihm zugewiesen hatte, behelfsmäßig ein. Anschließend ließ er sich die gefüllten Pasteten ordentlich schmecken, umso mehr, als seine letzte Mahlzeit lange zurücklag.

Auch wenn er es kaum erwarten konnte, sich auf die Suche nach seiner Tochter zu machen, wusste er doch, dass es alles andere als einfach werden würde. Selbst wenn sie nach zehn Jahren noch immer in Paris lebte, wusste er doch nicht, unter welchem Namen sie hier aufgezogen worden war. Michel war zwar in diesem Punkt eindeutig gewesen, aber dennoch blieben eine Unmenge unlösbarer Fragen, die allein schon ein unüberwindbares Hindernis darstellten.

Aber Philippus verlor nicht den Mut. Was ihn betraf, so verfügte er über einige Anhaltspunkte: Albérie war vom Vollmond abhängig, musste aus diesem Grund also nahe einer Waldlichtung leben, oder zumindest einen Gang gefunden haben, mit dessen Hilfe sie kommen und gehen konnte. Es war eher unwahrscheinlich, dass Loraline sich in der Stadt aufhielt. Ein Wolf hätte die Aufmerksamkeit auf sich gezogen und die Bevölkerung in Schrecken versetzt. Sie mussten sich also gezwungenermaßen an einem geheimen Ort aufhalten, wo sie ihre Andersartigkeit ohne Gefahr leben konnten. Philippus nahm sich vor, Jean geschickt über bestimmte Orte auszufragen, die ihn möglicherweise zu seiner Tochter führen konnten, ohne ihm jedoch zu verraten, nach was genau er eigentlich suchte. Dann blieb noch das Rätsel vom Turm des Königs. Welcher Turm mochte das wohl sein? Der Turm Nesle? Was für eine Rolle nahm der König in ihren verworrenen Lebenswegen ein? Würde Philippus überhaupt empfangen werden, wenn er um eine Audienz bat? Und, was würde er dann eigentlich sagen, was fragen, ohne den Namen François de Chazeron zu erwähnen, der, nach Aussage von Huc de la Faye, ein einflussreiches Amt in der Stadt ausübte? Es war eher unwahrscheinlich, dass er ihn wiedererkannte, so sehr hatte sich sein Äußeres und sogar sein Gesicht verändert. Aber würden zu viele Fragen nicht vielleicht die Gefahr in sich bergen, dass ihr Peiniger ihnen auf die Spur käme? Er versprach sich, vorsichtig zu sein.

Als Jean sich zu ihm gesellte, wurde bereits der Zapfenstreich geblasen. Mit schwarz umrandeten Augen und abgespannten Gesichtszügen schien der Chirurg mit einem Schlag gealtert zu sein. Er war entkräftet, nachdem er den ganzen Tag hindurch operiert hatte, und zwang sich doch, seinem Gast gegenüber höflich zu sein, aß mit ihm zu Abend und versprach ihm, ihn an einen wissenden Freund weiterzuvermitteln, einen glühenden Verehrer von Erasmus.

»Johannes Calvin ist ernsthaft und beflissen«, fuhr er fort. »Er war wie Erasmus am Collège Montaigu in Paris und studierte später Rechtswissenschaft in Orléans und Bourges. Derzeit ist er hier am Collège Fortet und ich denke, er wäre überaus beglückt, Euch kennen zu lernen. Er findet sich eher im Humanismus eines Erasmus von Rotterdam wieder als in den Lehren Luthers, selbst wenn er, ebenso wie ich, zu seinen Jüngern zählt. Denn die Lutheraner bilden im ganzen Königreich die einzige Oppositionsbewegung zur katholischen Kirche. Dennoch prangern er und ich die Doktrin der Vorherbestimmung an.«

»Auch mich überzeugt sie nicht, und dennoch bringen mich gegenwärtig unleugbare Tatsachen zu ihr zurück. Ich kann leider nichts vorbringen, womit ich die Theorien Luthers rechtfertigen könnte, und noch weniger etwas, was die Ideen Erasmus' unterstützt. Aber eine Sache ist jedenfalls sicher: Mein Herz schlägt für die Reformation. Schon seit langem.«

»Johannes Calvin wird Euch bei Eurer Suche behilflich sein. Seid jedoch vorsichtig, Paris wimmelt seit einigen Tagen von bewaffneten Soldaten, mit denen nicht zu scherzen ist. Ein Spähtrupp wurde massakriert und viele denken, dass die geheime Vereinigung, die wir bilden, dafür verantwortlich ist. Sie suchen im Speziellen nach einem jungen Mädchen. Ich glaube, die Kleine zu kennen. Sie ist nach ihrer Mutter und ihrer Tante die Engagierteste unter den Lutheranern und lässt keine Gelegenheit aus, die Prälaten zum Narren zu halten; und doch wäre sie nie fähig, solche Morde zu begehen. Die Anhänger aus der Bourgeoisie und ebenso die anderen

Verfechter dieser Lehre sind Feiglinge, aber auf keinen Fall Mörder. Ich glaube vielmehr, dass der Stellvertreter des Profos von Paris dahinter steckt und es als Täuschungsmanöver eingefädelt hat, um den Hass des Volkes auf uns zu lenken, denn er hat bereits bei Amtsantritt verkündet, dass er die Stadt von seinen Bettlern, Dieben und Ketzern säubern will. Nichts einfacher, als einen von uns zum Sündenbock zu machen. Zum Glück weiß er nicht, wer dieses Mädchen ist, und niemand von uns wird sie verraten. Ebenso wenig die Bettler des *Cour des Miracles*. Sie würden eher unter der Folter sterben, als sie zu denunzieren. All das gibt Euch eine Vorstellung von der Stimmung, die in unserer Stadt herrscht, mein Freund. Stellt Eure Fragen nur an Vertrauenspersonen. Johannes Calvin kennt eine Menge Leute. Er wird Euch führen. Was mich betrifft, so nehme ich kaum an den Sitzungen der Lutheraner teil. Wie Ihr wisst, hat die Dunkelheit ihre Tücken und die Müdigkeit lässt nicht lange auf sich warten. Ich werde Euch also verlassen. Schon morgen wird man Euch mit einem Empfehlungsschreiben zu Calvin führen.«

»Ich weiß nicht, wie ich Euch danken soll.«

»Indem Ihr verschwiegen bleibt, mein Freund. Durch Zurückhaltung bewahrt man seine Freiheit, vergesst das nicht. Die Freiheit zu handeln, zu denken und die Ungerechtigkeit zu bekämpfen.«

»Ich werde daran denken. Möge die Nacht Euch Erholung bringen!«

»Und Euch hilfreiche Gedanken.«

Sie trennten sich am Ende des Korridors, begleitet vom gleichmäßigen Gemurmel der Betenden.

Als Philippus am nächsten Morgen erwachte, war Jean Pointet bereits an der Seite seiner Patienten und in die Arbeit versunken.

7

Jean Latour folgte Isabeau in ihr Arbeitszimmer. Bertille hatte sich mit den Bettlern im unterirdischen Saal verkrochen, der die Wohnung Albéries mit *Le Temple,* dem ehemaligen Kloster des Templerordens, verband. Mehrere von ihnen hatten die Repressalien und die unvermittelte Gewalt der Spähtrupps zu spüren bekommen und waren im Gefängnis gelandet. Einer unter ihnen war wieder freigelassen worden, das Gesicht von Brandmalen glühender Kohlen entstellt, um den anderen davon zu berichten, welche Schmerzen sie erleiden würden, wenn sie den Schuldigen nicht auslieferten. Die anderen hatten sich rädern, zerlegen und trepanieren lassen, ohne die geringste Information weiterzugeben. Sie waren würdig gestorben. Der *Cour des Miracles* hatte seinen Ehrenkodex. Eine Ehre, die weit größer war als jene ihrer Henker. Constant war der Sohn ihres Königs und Marie jene, die sie liebten. Sie war eine von ihnen. Für nichts auf der Welt, nicht einmal für ihr eigenes Leben, hätten sie das Mädchen ausgeliefert.

Seitdem versteckten sie sich, in der Hoffnung, Chazerons Wut würde sich wieder legen, und beschützten Marie und Ma in ihren Unterschlüpfen unter dem Friedhof, in der Gewissheit, dass niemand es wagen würde, die Gräber zu schänden.

Isabeau wirkte abgespannt. Von der Schneiderwerkstatt und dem Laden auf der gegenüberliegenden Seite des Gartens hallten Gelächter und Gesang zu ihr herüber, das sich unter das glucksende Lachen der Kundinnen mischte. Das betriebsame Leben nahm hundert Meilen von ihren eigenen Qualen entfernt seinen normalen Lauf. Das beruhigte sie.

Der Hofstaat drängte in ihren Laden, rechtfertigte ihre Stellung, ihre bürgerlichen Rechte, ihren Namen und trotzte den Angriffen. Am Vortag hatte sie sogar Anne de Pisseleu, die Maitresse des Königs, empfangen. Die Auslagen waren hübsch hergerichtet und sie zeigte sich für jedermann sichtbar mit Talent und völlig ungeniert. Und dennoch waren Isabeaus Herz und ihre Seele zerrissen.

Sie bot Jean Latour an, sich zu setzen. Sie waren alleine. Sie wusste, dass Bertille um die ihrigen bangte, und hatte daher nicht gezögert, sie zu ihnen zu schicken. Darüber hinaus benötigte sie etwas Zeit für sich, um zur Ruhe zu kommen, um sich zu überzeugen, zu handeln. Sie zwang sich zu einem Lächeln. Der Mann betrachtete sie mit ungewohnter Zärtlichkeit. Noch bevor sich eine unangenehme Stille zwischen ihnen ausbreiten konnte, erläuterte er ihr in allen Einzelheiten die Beweggründe seines Besuches:

»Ihr habt eine erbärmliche Meinung über meine Person, Madame Isabelle, was durchaus verständlich ist, angesichts meines Rufes hier in Paris, und dennoch liegt mir nichts so sehr am Herzen, wie Euer Vertrauen zu gewinnen. Man führt Razzien durch, foltert, erhängt Menschen, alles, um Marie zu finden. Man setzt sogar eine saftige Belohnung aus. Ihr sollt wissen, dass all dies mich nicht dazu bringen wird, Marie dem Profos auszuliefern. Nichts wird mich dazu bringen. Wenn nicht sie selber. Um die ihrigen zu retten und dem Töten ein Ende zu setzen.«

Isabeau erbleichte und krallte ihre Finger um die Armstützen des Sessels. Jean verscheuchte eine Fliege mit einer nervösen Handbewegung und fuhr fort:

»Seid unbesorgt. Ich habe nichts getan. Aber Marie beharrt seit gestern darauf, dass ich sie heimlich aus dem unterirdischen Saal herausbringen soll, wo Croquemitaine sie nun als Gefangene hält, um ihr diesen Wahnsinn auszutreiben. Sie möchte François de Chazeron gegenübertreten und will obendrein, dass ich die Belohnung einstecke, um die Familien derer, die gefasst wurden, zu entschädigen. Eure Nichte hat eine edle Seele, Madame Isabelle. Edel und großzügig. Aber ich habe sie vor diesen Männern nicht gerettet, um sie auf eine rentablere Weise wieder zu verlieren. Umso mehr, als sie nicht für ihren Tod verantwortlich ist. Ich habe ausgiebig darüber nachgedacht, mich selbst an ihrer Stelle auszuliefern, aber sie hat mich davon überzeugt, dass dies die Dinge, was ihre Person betrifft, in keinster Weise ändern würde. ›Mich, und mich allein will er. Das weiß ich‹, hat sie mir versichert. Mein Gefühl sagt mir, dass sie Recht hat. Ich bin beunruhigt. Ich werde mein Versprechen, sie zu beschützen, nicht brechen, aber ich befürchte, dass es ihr gelingen wird, Constant für ihre Pläne einzusetzen. Sie hat über ihn die Macht der Liebe und ich spüre, dass sie schließlich die passenden Argumente finden wird, seinen Willen zu brechen. Daher wollte ich mit Euch sprechen. Um die Entscheidung, ob zu handeln ist, in Eure Hände zu legen.«

»Ich danke Euch, Jean. Unendlich. Um ehrlich zu sein, hatte ich befürchtet, dass Marie so reagieren würde. Es ist nicht möglich. Sie weiß nicht, zu was diese Person fähig ist. Er ist nicht einmal ein Mensch, er ist der leibhaftige Teufel.«

Jean beugte sich zu ihr und ergriff zärtlich ihre Hände. Sie waren eisig. Für den Bruchteil eines Augenblicks flackerte der Schein des Wahns in ihren mandelfarbenen Augen auf. Aber sie fasste sich schnell wieder und zwang sich erneut zu einem schwachen Lächeln.

»Erzählt mir alles, Isabelle. Macht mich zum Sklaven Eures Vertrauens, um nicht länger allein diesem Unsichtbaren gegenüberzustehen, das an Euch zehrt. Seit ich Euch zum ersten Mal erblickte, fühle ich mich allein zur Würde in Euren Augen hingezogen. Man schimpft mich einen Schürzenjäger. Nehmt die Aufrichtigkeit meiner Gefühle an, als Beweis, dass man mir Unrecht tut.«

»Ich bin zu alt, Messire, um an Eure Liebesgeständnisse zu glauben«, neckte sie ihn traurig.

»Beleidigt mich nicht mit dem Gedanken, eine andere wüsste besser mein Begehren zu stillen. Ich bin ein unvollkommener Mensch und zweifellos voller Ehrgeiz, doch noch nie habe ich gelogen. Lasst mich Euch helfen, Marie zu retten.«

»Einverstanden. Ma hat Euch auserwählt. Sie hätte es nicht getan, wenn ich Euch misstrauen müsste. Ich werde Euch alles erzählen, mein Freund, damit Ihr versteht, warum ich so sehr um meine Familie bange.«

Jean lauschte ihr feierlich, gefesselt von ihrem außergewöhnlichen Bericht und von Wut und Mitgefühl ergriffen. Das Gesicht von Isabeau spiegelte jede ihrer Erinnerungen, jede ihrer Wunden wider. Mehrere Male verspürte er das Verlangen, ihr beizustehen und die Tränen, die ihr ungewollt über die Wangen liefen, fortzuwischen.

Als sie geendet hatte, war sein Herz nur von einem einzigen Gefühl beherrscht: der Rache.

Er stand auf und forderte sie mit einer Handbewegung auf, es ihm gleichzutun. Als er sie in seine Arme nahm, ließ sie sich von ihm trösten, wie einst von La Palice. Mit demselben Gefühl, verloren zu sein und noch einmal von vorne anfangen zu müssen. Er blickte sie voller Leidenschaft an und suchte dann nach ihren Lippen, als ringe er um Luft und benötige ihr Licht zum Atmen.

Isabeau ließ sich fallen, klammerte sich wie eine Schiffbrüchige an diese warmen, gierigen Lippen, die sie ihr Leid vergessen ließen. Wie sehr hatte ihr das gefehlt!

»Liebt mich, Jean«, flüsterte sie und schloss ihre Augen.

»Ich liebe Euch bereits, Madame«, versicherte er, während er sie auf seinen Armen in das Nebenzimmer trug.

Als er ihre schweren Brüste entblößte und das Brandmal entdeckte, das François de Chazeron ihr aufgedrückt hatte, drehte Isabeau den Kopf beiseite. Jean betrachtete es schweigend. Dann, zufrieden über den Gedanken, der ihm gerade gekommen war, zog sich ein breites Lächeln über sein Gesicht.

Bevor er sie mit all seiner Zärtlichkeit und Erfahrung verführte, von der sein Ruf ebenfalls erzählte, flüsterte er:

»Dieses Brandmal wird den Untergang von François de Chazeron besiegeln, Isabelle. Wir werden ihm das geben, was er will, und weit mehr noch. Vertraut mir, Liebste, und ich schwöre es bei Gott dem Allmächtigen, Ihr und Eure Familie werdet endlich gerächt sein.«

Als Philippus gerade sein Frühstück beendet hatte, hörte er das Läuten der Totenglocken. Wie alle Pariser stürzte auch er, ohne zu überlegen, an das Fenster und spitzte die Ohren. Das Gemunkel hatte sich bereits in den Gassen verbreitet, noch bevor der Herold die Neuigkeit ausgerufen hatte. Luise von Savoyen, die Mutter des Königs, war in Saint-Maur-des-Fossés verschieden.

Paris wurde von einer Woge erfasst, die für einen kurzen Moment Hass und Groll vergessen ließ. Mit ihr starb eine große Frau. Ganz Frankreich trauerte.

Philippus schloss das Fensterkreuz. Diese Sache kümmerte ihn an jenem 23. September 1531 nur wenig. Auch wenn er ein natürliches Mitgefühl empfand, war sein erster Gedanke doch vielmehr, dass sich, durch die königliche Beisetzung in Notre-Dame, noch mehr Menschen und Gesindel als gewöhnlich in Paris tummeln würden. Was im Großen und Ganzen nicht unbedingt in seine Pläne passte.

Das Empfehlungsschreiben in der Tasche, gönnte er sich nicht länger die Zeit, untätig herumzusitzen. Er musste sofort handeln und Marie finden.

Johannes Calvin empfing ihn voller Freude. Es erfüllte ihn mit Stolz, einen Freund von Erasmus, den er verehrte, zu Gast zu haben und ihm behilflich sein zu können.

»Ich werde alles tun, was in meiner Macht steht, um Euch hilfreich beiseite zu stehen, wenn Ihr im Gegenzug Erasmus meine Widmung überbringt«, bat er eifrig und reichte Paracelsus den Essay *»De libero arbitrio«*, übersetzt ins Französische und in Ganzleder gebunden.

»Die Ausgabe von 1524?«, staunte Philippus und nahm das Werk vorsichtig in die Hand. »Zum Teufel … von Euch selbst übersetzt und, nach der Herstellungsart zu urteilen, ein

Exemplar, das nicht zum Verkauf steht. Ein Unikat. Mein Kompliment!«

Calvin plusterte sich auf vor Stolz.

»Es war höchste Zeit für eine französische Übersetzung. Frankreich brauchte ein Werk dieses Meisters. Und ich habe mich daran versucht. Ich würde sie ihm gerne schenken als Zeichen meiner Bewunderung.«

Er schlug das Buch auf und zeigte Philippus die glühenden Worte, die seine Feder auf der ersten Seite hingeworfen hatte:

»Auf dass ich Euch eines Tages Anlass dazu gebe, Euch darüber zu freuen, mir Euer Wissen gelehrt zu haben.

Euer untergebener Diener.«

Er hatte grazil und voller Gefühl »J. Calvin« darunter gesetzt. Philippus war gerührt.

»Das ist ein sehr schönes Widmungsexemplar und ich denke, er wird darüber äußerst ergriffen sein. Denn Erasmus ist in erster Linie ein bescheidener Mann, der trotz seines Wissens und seiner fünfundsechzig Jahre noch immer seine ganze Hoffnung in die europäische Jugend setzt, als Überbringer neuer und gerechter Ideen. Ich werde ihm das Buch aushändigen, seid dessen sicher.«

»Ihr würdet mich überglücklich machen. So, und nun erzählt mir alles und lasst nichts aus. Ich werde Euch zu Diensten stehen, als ginge es um mich selbst.«

Und so nahm Philippus seinen ganzen Mut zusammen:

»Wisst Ihr etwas über eine Wolfsfrau?«

François de Chazeron riss das Schreiben auf, das man ihm soeben überreicht hatte. Die Schrift war zierlich, elegant und von natürlicher Grazie. Der Inhalt versetzte ihn in Erstaunen:

Ich weiß, wo sich jene aufhält, nach der Ihr sucht. Ich werde Euch zu ihr führen, wenn Ihr zu mir kommt. Alleine.

Isabelle de Saint-Chamond, königliche Gewandschneiderin

Der Name und der Titel waren ihm ein Begriff. Er hatte ihn bereits am Hofe aus dem einen oder anderen Mund vernommen. Er selbst war bereits einmal versucht gewesen, sich bei der Schneiderin vorzustellen, um sich ein neues Hemd anfertigen zu lassen. Er zweifelte keinen Augenblick daran, dass ein solches Umfeld der ideale Ort für Klatsch war. Er zweifelte ebenfalls keinen Augenblick an seiner Macht und Stärke.

Während er sich zurechtmachte, dachte er bei sich, dass er gut daran getan hatte, seine Männer anzutreiben. Dann sattelte er sein Pferd, um sich, der Einladung der Dame folgend, zu ihr auf den Weg zu machen.

Als Françoise ihr ankündigte, der Stellvertreter des Profos wünsche sie zu sprechen, fühlte Isabeau, wie ihr ganzer Mut sie verließ. Und doch wusste sie, dass Jean Recht hatte. Sie trug Françoise auf, Chazeron unter irgendeinem Vorwand um Geduld zu bitten, und ließ nach Jean schicken, der in ihrer Wohnung, auf der anderen Seite des Gartens, wartete. Er würde nur im absoluten Notfall eingreifen, aber ihn im Nebenzimmer zu wissen, beruhigte sie und würde ihr helfen, ihrem Henker gegenüberzutreten.

Sie schenkte sich ein Glas randvoll mit Heidelbeerlikör ein und zwang sich zur Ruhe. Wie viele Pläne waren fehlgeschlagen. Sie setzte ihr Leben, ihren Ruf aufs Spiel. Und dennoch flüsterte ihr eine winzige Stimme ins Ohr, dass sie nun einflussreich und unverletzbar sei. Das konnte noch so sehr stimmen, aber König Franz war nicht zugegen. La Palice war tot. Blieb noch Jean. Jean, der sie geliebt hatte wie kein anderer Mann je zuvor, nicht einmal Jacques de Chabannes. Jean, der nicht gezögert hatte zu töten, um Maries Ehre zu retten.

Kaum hatte er die Schwelle überschritten, drückte er sie schon an sich:

»Keine Angst. Zeig ihm nicht, dass du dich vor ihm fürchtest. Er wird dich nicht vergewaltigen, selbst wenn ihn die Lust dazu überkommt. Wird es gehen?«

»Ich glaube.«

»Die Würfel sind gefallen. Er muss zahlen. Vergiss das nicht. Was immer er auch sagt oder tut. Du hast die Kraft.«

Sie nickte, ließ ihn die Türe hinter sich schließen und bat dann, den Gast hereinzuführen. Sie setzte sich hinter ihren Schreibtisch, um zu ihm Distanz zu halten, und öffnete dann das mit Spitzen verzierte Halshemd, das ihren Ausschnitt zierte. Umgeben vom blauen Samt ihres Schnürmieders, hob sich das schändliche Brandmal wie eine Verunglimpfung ab. Sie war bereit.

Als sich die Türe öffnete, gab sie sich noch einige Minuten, indem sie vortäuschte, ein Schreiben zu beenden. Sie zwang sich, ihre Feder ohne Zittern zu führen. Ihre geneigte Stirn verdeckte ihre Gesichtszüge. Aus den Augenwinkeln konnte sie an den Bewegungen der Silhouette des Gastes seine Ungeduld ablesen. Sie musste es schaffen, sein gewandtes und sicheres Auftreten, seinen Stolz aus dem Gleichgewicht zu bringen. Überall trat er als Herr auf. Sie musste die Rollen vertauschen. Als sie ihren Kopf hob, war sie ruhig.

»Tretet näher, Messire. Es gab eine Zeit, da wart Ihr viel ungeduldiger mir gegenüber.«

Er ging so weit auf sie zu, bis das Licht Isabeaus würdevolles, fast arrogantes Lächeln sowie ihr herausfordernd nach vorne gestrecktes Dekolletee ganz preisgab.

»Ihr!«

Die Überraschung entfachte in seinen Augen ein grausames und lüsternes Flackern.

»Sterbt Ihr denn eigentlich nie?«, schleuderte er ihr jäh ins Gesicht.

»Es scheint so!«, gab sie zurück. »Ich bin offensichtlich dazu geboren, Euer Leben zu vergiften, so wie Ihr das meine vergiftet habt.«

François de Chazeron brach in Lachen aus und nun war es an ihr, eine gewisse Unsicherheit zu verspüren. Sie ließ sich jedoch nichts anmerken und nutzte den Moment, als er sich in einen Armstuhl fallen ließ, um sich wieder zu fangen. Sie durfte sich nicht von ihren Erinnerungen schwächen lassen. Mit ihren Blicken maßen sie sich gegenseitig. Sie hielt ihm stand. Sie war nicht länger ein Opfer. Sie war die Gewandschneiderin des Königs von Frankreich. François de Chazeron gab sich keiner Täuschung hin. Er bemerkte leutselig:

»Als ich dich kennen lernte, konntest du gerade mal Hühner füttern, und nun, durch ein unglaubliches Wunder, treffe ich dich wieder als jemand, die von den einflussreichsten Köpfen des Königreichs glühend verehrt wird! Beeindruckend, das muss ich zugeben.«

Isabeau gewann neue Kraft:

»Der Hass hat manchmal seine gute Seite, Messire. Ich müsste Euch dankbar sein, denn Ihr wart es, der mich gelehrt hat, Gefallen an der Macht und der Vergeltung zu finden.«

»Schluss mit dem Herumgerede, Hure!«

Er sprang auf, stützte sich mit den Gelenken seiner bleichen Finger auf den Schreibtisch und beugte sich, mit bösartig verzerrtem Gesicht, zu ihr herüber. Isabeau hatte eine solche Reaktion erwartet. Ihr Herz begann schneller zu schlagen, als sie den Hauch von François' Atem auf ihrer Brust spürte. Aber sie zeigte keinerlei Regung und behielt weiterhin ihr Lächeln auf den Lippen.

Er hingegen schien plötzlich außer Fassung zu geraten.

»Ich flöße dir offensichtlich keine Furcht mehr ein!«

Er streckte einen Finger nach ihr aus und strich leicht über die Narbe. Isabeau musste sich zurückhalten, um nicht laut loszuschreien. Seine Berührung brannte ihr wie Feuer auf der Haut und bekräftigte doch gleichzeitig auch ihren Hass. Selbstsicher blickte sie ihm fest in die Augen und hielt ihm entgegen:

»In dreißig Jahren habe ich es gelernt, mich zu verteidigen.«

Er lachte gehässig und machte sich einen Spaß daraus, die Umrisse des Brandmals mit dem Finger nachzufahren:

»Das damals hat mir wirklich gefallen. Eigenartig. Du bist nun eine alte Frau, aber dennoch begehrenswerter als einst. Du bist kaum von den Jahren gezeichnet. Ich wusste immer, dass du den Stein der Weisen gefunden hast. Dieser Laden, dein Ansehen bis hin zu deiner Schönheit, all dies ist der Beweis dafür. Du gehörst mir, Isabeau, dieses Siegel zeigt es. Und wegen ihm ist es gewiss bisher keinem Liebhaber gelungen, dich zu befriedigen!«

Isabeau befreite sich aus der Berührung, indem sie sich nach hinten, an die Lehne ihres Sessels fallen ließ. Sie lachte laut auf.

»Wie eingenommen Ihr doch seid! Selbst die Wölfe waren bessere Liebhaber als Ihr. Ihr löst in mir nichts weiter aus als absolute Gleichgültigkeit, François de Chazeron. Ihr legt ganz Paris in Asche, verzögert durch Eure Kontrollen die Lieferung der Waren und schadet meinen Geschäften. Ich weiß, wo sich die Göre aufhält, die Ihr sucht. Erlöst uns von ihr. Sie macht mit den Lutheranern gemeinsame Sache, ist eine Verräterin, stößt Beschimpfungen aus und blockiert den Handel.«

»Du weißt, was mit Mördern geschieht. Sie wird gehängt und verbrannt, wenn man sie für schuldig befindet.«

»Was kümmert mich das?«, entgegnete ihm Isabeau und setzte eine abschätzige Miene auf. »Ihr habt mich zur Witwe gemacht, indem Ihr meinen Gemahl gehängt und Euch vor seinem Galgen an mir vergriffen habt. Glaubt Ihr wirklich, der Anblick einer Hinrichtung könnte mir noch das Herz brechen?«

Sie prahlte, wusste aber, dass sie ihn überzeugen musste. François musterte sie einen Moment lang und mit Stolz wurde Isabeau seines bewundernden Blickes gewahr. Jean hatte Recht behalten. Sie war weit stärker geworden, als sie selber gedacht hatte. François de Chazeron gegenüberzutreten, reinigte sie bis ins Innere ihrer Seele.

»In Wirklichkeit habe ich dir nicht nur mein Siegel eingebrannt, ich habe dich auch ebenso unmenschlich wie mich selbst gemacht. Gemeinsam können wir große Dinge verwirklichen.«

»Ich habe ohne Euch große Dinge gemacht, Chazeron. Ihr seid mir gegenwärtig von keinerlei Nutzen.«

»Wo ist meine Tochter?«

Isabeau täuschte einen überraschten und betroffenen Gesichtsausdruck vor.

»Eure Tochter?«

»Ja, meine Tochter, Antoinette-Marie de Chazeron. Diese Göre, die du mir für das Schafott verkaufen willst. Der ermordete Sergeant hielt dies in der Hand.«

Er zog aus seinem Ärmel Maries Medaillon hervor und warf es vor sie auf den Schreibtisch. Isabeau ergriff es und hüllte sich zunächst in Schweigen. Sie spürte, wie François von Wut gepackt wurde. Er entschied sich dafür, doppeltes Spiel zu spielen:

»Rache ist wirklich nichts für dich, Isabeau. Ohne dieses Medaillon hätte ich mein eigen Fleisch und Blut aufgehängt und verbrannt und damit gewiss einige deiner alten Wunden gemildert. Was ist übrigens aus deiner Schwester Albérie de la Faye geworden, die ihr feiger Gemahl für tot erklärt hat? Bis zu dem Moment, als mir ein Freund, der in Courtille wohnt, von einer grauen Wölfin erzählte, habe ich mich um sie und dieses Kind nicht im Geringsten geschert. Eine Wölfin, die sich nach Aussage von einigen Verrückten in eine Frau verwandeln konnte. Dies ist der eigentliche Grund, warum ich mich um diesen Posten beworben habe. Lange Zeit habe ich mich gefragt, was sich genau im Verlies von Montguerlhe abgespielt hat, wie dieses Luder entkommen konnte. So unwahrscheinlich es klingen mag, aber irgendwann konnte ich die Augen vor der Realität nicht länger verschließen: Die Verwandlung hatte sich tatsächlich vollzogen. Die Phiole enthielt das Alkahest, nicht wahr?«

Isabeau hob ihren Kopf und verzog ihr sanftes Gesicht zu einer grausamen Maske.

»Ja. Wenn Ihr Eure Gemahlin nicht verjagt hättet, hätte Albérie niemals Antoinette-Marie entführt. Aber sie hatte alles verloren. Sie suchte mich in Paris auf, wo ich mich versteckt hielt, und plante, Lösegeld für die Kleine zu verlangen. Ich habe sie von dieser Idee abgebracht.«

»Wo ist sie?«

»Warum sollte ich sie jetzt ausliefern, wo sie doch nicht gehängt werden würde? Ich müsste sie nur in einer der Vollmondnächte mit mir nehmen.«

Isabeau war selbst über ihre Kühnheit und ihre Brutalität verwundert, die sich nun von der Faszination nährte, die sie aus dem Blick François' herauslesen konnte.

»Es wäre einfach für mich, dich wegen Verrats und gemeinsamer Sache mit den Ketzern einsperren zu lassen.«

»Aufgrund welcher Beweise?«

»Einen falschen Zeugen kann man sich immer erkaufen.«

»Ich verfüge über einflussreichere Kontakte als Ihr, Chazeron.«

»Gewiss, aber bei Vollmond könnte jeder das wahre Gesicht der Hexe erkennen, als die ich dich bezichtigen werde.«

Er brach in Lachen aus und setzte sich lässig auf eine Ecke des Schreibtisches.

»Dieses Wortgefecht führt uns zu nichts«, begann er von neuem. »Wir sind nun von gleichem Schlag. Schließen wir Frieden. Gib meine Tochter heraus und ich vergesse, was ich weiß.«

»Was gewinne ich dadurch?«

»Du verlierst nichts von dem, was du dir erworben hast. Das ist schon eine ganze Menge, oder nicht? Und wer weiß, vielleicht wirst du ja eines Tages dein wahres Schicksal akzeptieren? Zusammen würden wir über eine beispiellose Macht verfügen. Denk darüber nach. Du gehörst mir, Isabeau, und du liebst diese Unterwürfigkeit, ohne die du nicht diese ganzen Jahre damit verbracht hättest, mich zu hassen.«

»Ich werde es mir überlegen, Chazeron, aber Ihr müsst wissen, dass es nicht einfach sein wird, Antoinette-Marie zu überzeugen und von ihren Freunden loszureißen.«

»Führe mich zu ihr. Und sag ihr die Wahrheit.«

»Ihr werdet alleine kommen. Ohne Wachen. Wenn sie Angst hat, wird sie entwischen.«

»Meine Klinge wird deinen Machenschaften ein Ende setzen, in dem Falle, dass dich plötzlich die Lust packen würde.«

»Morgen, bei Einbruch der Dunkelheit. An der *Porte du Temple*. Ich werde Euch erwarten.«

»Einverstanden.«

Er erhob sich, grüßte sie mit einem Augenzwinkern und verließ zufrieden das Zimmer. Erst dann vergrub Isabeau erschöpft ihren Kopf in ihren Händen.

»Du warst perfekt«, beglückwünschte sie Jean, der das Zimmer betreten hatte.

»Und wenn er Marie etwas antut? Wenn er die Wahrheit entdeckt? Das würde ich mir niemals verzeihen.«

»Marie ist raffiniert und schlau. Sie wird sich zu verteidigen wissen und, viel mehr noch, ihn ausnützen. Lass uns also gehen. Wir müssen uns vorbereiten.«

Isabeau nickte. Dieses Mal waren sie zu viert, vereint durch dasselbe Schicksal, dasselbe Wissen, dieselbe Kraft. Ihnen konnte nichts zustoßen.

Sie schlang ihre Arme um Jeans Hals und suchte mit Inbrunst nach seinen Lippen. François de Chazeron hatte Unrecht. Sie würde ihm niemals gehören.

8

Abt Boussart musterte Philippus von Kopf bis Fuß, als wolle er anhand seines Äußeren seine Zuverlässigkeit abschätzen. Er zögerte lange und stieß schließlich einen herzzerreißenden Seufzer aus. Es verlangte ihm einiges ab, dem Arzt jene Information zu geben, wegen der er gekommen war. Er hatte nicht wirklich absolutes Vertrauen in diesen Johannes Calvin, dem Isabeau selbst sogar misstraute. Er machte in der Tat aus seiner Vorliebe für Erasmus keinen Hehl. War dieser Paracelsus nicht vielleicht ebenfalls gekommen, um ihre Versammlungen zu stören? Hatte Calvin nicht vielleicht einen Pakt mit Chazeron geschlossen, um dieses Kind zu finden und Isabeau ins Verderben zu reißen, die zu einflussreich geworden war?

Philippus' Blick blieb aufrichtig, stolz und vertrauensvoll. Er war von einer solch tiefen Hoffnung durchdrungen, dass der Abt schließlich nachgab:

»Also gut! Wenn Euer Verlangen, Marie wiederzusehen, rechtens ist, dann ist es meine Pflicht, Euch dabei zu helfen. Dennoch müsst Ihr wissen, dass man erbarmungslos über Euch richten wird, wenn Ihr unsere Bewegung, auf welche Art auch immer, bekämpft.«

»Ich bin weder ein Verräter noch ein Eidbrüchiger, Abt. Ich suche nur einfach nach einer Spur meiner Tochter.«

»In diesem Fall entscheidet sich heute Abend Euer Schicksal. Wir werden sehen, bei Gott oder beim Teufel, wer Eure Schritte führt. Johannes Calvin wird Euch begleiten.«

Philippus dankte ihm und folgte Calvin hinterher durch die Gassen. Einen Moment lang hatte er das Gefühl, beobachtet zu werden. Er drehte sich um, erblickte jedoch nur die bunte Menschenmenge, die sich auf den Stufen von Notre-Dame drängte, und einen Zwerg, der seine Almosenschale ausstreckte und trällerte:

»Geldstück verlieren, heißt Geldstück verloren. Geldstück verloren, heißt Geldstück verdienen, für den Verlorenen.«

Ein Passant schnitt ihm den Weg, und als er sich erneut umdrehte, war der Mann verschwunden. Philippus gewann neue Kraft. Wenn man ihn verfolgte, dann konnte das nur bedeuten, dass seine Tochter nicht mehr weit war. Calvin hatte ihm nichts weiter sagen wollen, hatte ihn nur zur Kathedrale Notre-Dame gebracht und ihm versichert, dass er allein nicht darüber entscheiden konnte, ob er ihm erzählen durfte, was er wusste. Das alles hatte Philippus nur noch mehr beunruhigt. Jetzt aber fühlte er sich ruhiger. Bald würde es so weit sein. Er hatte aufgehört, Johannes, der sich aus Vorsicht in Schweigen gehüllt hatte, mit Fragen zu bombardieren. Um seinen neuen Freund ein wenig abzulenken und die Zeit zu vertreiben, schlug er fröhlich vor:

»Wir könnten ein wenig über den alten Erasmus sprechen!«

Das Gesicht von Johannes Calvin hellte sich sogleich auf. Und während er Philippus in eine Schenke führte, bestärkte sich dieser selbst in seinem Gefühl, dass ihnen eine schöne Nacht bevorstehen würde.

Das Gewitter stand drohend über Paris. Dann und wann durchzuckten lange Blitze die tintenschwarze Nacht und erhellten die vermummten Gestalten, die sich dicht an den Stützpfeiler des Klosterportals von *Le Temple* drängten.

Um zu verhindern, dass Isabeau in Gefahr geriet, hatte Jean sie begleitet. Das Schwert, unauffällig seitlich an seinen Körper gepresst, noch in der Scheide, aber mit einer Hand fest umschlossen, wartete er furchtlos auf Chazerons Ankunft.

Dieser tauchte auf, als gerade die ersten Tropfen fielen. Es schien ihm niemand zu folgen, zumindest soweit man dies mit den Augen überblicken konnte, aber Isabeau blieb misstrauisch. Sie hatte ihre Augen und ihre Sinne daran gewöhnt, weit über die Dunkelheit hinaus zu sehen und Dinge zu erfassen. François de Chazeron stieg gewandt vom Pferd ab und trat mit verhülltem Gesicht auf sie zu.

Isabeau lächelte nicht, spielte weiterhin die Rolle, die sie sich am Vortag geschaffen hatte. Sie reichte ihm wortlos ein schwarzes Band.

»Was soll ich damit?«, fragte Chazeron ironisch.

»Das ist für mich die Garantie, dass Ihr nicht zurückkehrt, um unser Versteck zu säubern. Wenn Ihr Antoinette-Marie wiedersehen wollt, müsst Ihr diese Bedingung akzeptieren.«

»Einverstanden. Weil du das Risiko und das Spiel so liebst«, spöttelte er in schlüpfrigem Ton. »Ich werde dich bei gegebenem Anlass daran erinnern, das kannst du glauben!«

»Das wird nicht nötig sein, Chazeron, mein Gedächtnis ist sehr gut«, merkte sie an, ohne sich aus der Ruhe bringen zu lassen.

François warf ihr ein breites Grinsen zu und band dann das Stück Stoff um seine Augen.

»Euer Pferd bleibt hier. Wenn Ihr zurückkommt, werdet Ihr es hier vorfinden.«

Jean Latour gab ihm ein kurzes Seil in die rechte Hand.

»Ich werde vor Euch hergehen und das andere Ende halten. Es gibt kein Hindernis auf unserem Weg, nur einige Treppen, über deren Stufen ich Euch führen werde.«

Isabeau gab ihm ebenfalls ein Seil, dieses Mal in seine Linke.

»Ich werde hinter Euch gehen. Solange Ihr diese Seile festhaltet, garantiert Ihr uns, dass Ihr von dem Ort, an den wir Euch führen, nichts erkennen könnt. Lasst Ihr sie los, begebt Ihr Euch in Gefahr.«

»Mehrere Male hätte ich bereits durch deine Hand sterben können, Isabeau, auch dieses Mal wirst du nicht den Mut dazu finden, endlich mit deiner Vergangenheit abzurechnen.«

Anstatt einer Antwort drehte Jean an einem der Steine in der Ummantelung des Pfeilers, der einen Gang freigab.

Sie gingen lange Zeit durch den geheimen Schacht, der *Le Temple* mit mehreren Häusern in der Rue Vieille verband, bis sie schließlich im Keller von Albéries Wohnung anhielten, zu dem ein anderer Mechanismus ihnen den Eingang frei gemacht hatte.

Während Jean den gleichen Weg zurückging, nahm Isabeau das Band von Chazerons Augen. Die Laterne warf tanzende Schatten an die Wände und Chazeron nahm sich Zeit, den Ort genauer zu begutachten, während er sich die Handgelenke rieb.

Sein Blick blieb an Marie haften, die zwischen kleinen Fässern und Regalen stand, welche mit Eingemachtem voll gestopft waren.

»Du hast nichts von ihm zu befürchten, Marie.«

Dann wandte sie sich an François de Chazeron, der sich nicht von der Stelle gerührt hatte:

»Hier ist also Antoinette-Marie. Jene, die Ihr sucht.«

Er ging um die Treppe herum, die zur Küche führte, und näherte sich ihr, ein Hauch von Zärtlichkeit auf seinem Gesicht. Marie wich zurück.

»Bleibt, wo Ihr seid«, zischte Constant.

»Ruhig, mein kleiner Freund«, gab François zurück, »ich möchte nur sichergehen, dass man mich nicht belogen hat.«

Er zog das Medaillon aus seiner Tasche und reichte es dem jungen Mädchen.

»Gehört dir das?«

Marie griff flink danach und beeilte sich, die Kette um ihren Hals zu legen:

»Eure Männer haben sie mir bei der Uferböschung abgerissen«, knurrte sie.

Und François fest in die Augen blickend:

»Ihr müsst damit aufhören, die Bettler zu quälen. Sie haben keine Schuld!«

»Sie wollten dich verteidigen, ja, ich weiß, aber das war

der einzige Weg, dich wiederzufinden. Weißt du, wer dein Vater ist?«

»Ein Ungläubiger, nach Euren Schandtaten zu urteilen!«, warf sie ihm bösartig entgegen und hob herausfordernd ihr Kinn.

François de Chazeron lächelte. Diese Kleine gefiel ihm.

»So haben sie dir also von mir berichtet.«

»Das verpflichtet mich nicht dazu, Euch zu folgen.«

Der Lehnsherr von Vollore seufzte, wobei er sich zu Isabeau umdrehte:

»Gibt es Nachweise ihrer Geburt?«

Albérie reichte ihm die Geburtsurkunde, die sie damals mitgenommen hatte. François rollte sie auseinander und nickte.

»Es wäre ein Leichtes, Eurem Sprössling oder einem anderen Kind das Medaillon um den Hals zu legen, Albérie. Dieses Dokument beweist nichts, außer der Geburt von Antoinette-Marie de Chazeron.«

»Zeig deine Hand, Marie«, gebot ihr Albérie.

Das junge Mädchen zögerte einen Moment, schob dann jedoch die Spitzen ihres Hemdes etwas nach oben. Eine Narbe zog sich über zwei Finger und Chazeron erkannte sie augenblicklich.

»Erinnerst du dich an diesen Unfall?«, fragte er liebevoll.

»Ich erinnere mich, dass ich einem Hund hinterherrannte. Ich spielte, glaube ich. Ich bin über eine Wurzel gestolpert. Ein spitzer Fels ragte aus dem Boden. Tante Albérie hat sich um mich gekümmert. Überall war Blut. Ihr habt mich geschimpft, weil ich weinte.«

»Woher weißt du, dass ich das war?«

»Weil Albérie mir die Anweisung gab, meinem Vater zu gehorchen! Reicht Euch das, Monseigneur?«, spottete sie, zog eine schiefe Grimasse und verbeugte sich dazu tief vor ihm.

»Ich werde dich nach Vollore zurückbringen, damit du dort eine Erziehung erhältst.«

Marie wich noch weiter zurück.

»Niemals!«, warf sie ihm entgegen. »Ich gehöre hierher. Zu den Bettlern und den Lutheranern. Ihr könnt mich nicht zwingen, Euch zu folgen.«

»Die Bewegung der Lutheraner wird schon bald zerschlagen sein. Der König wird nicht mehr lange den Aufruhr, den sie verursacht, billigen. Und was deine Freunde betrifft, die musst du vergessen. Du bist als Antoinette-Marie de Chazeron geboren und es steht in deiner Pflicht, deinen Ländereien Erben zu schenken. Es ist längst an der Zeit, sich um deine Erziehung zu kümmern.«

Constant trat zwischen die beiden, als François de Chazeron Maries Arm zu packen versuchte.

»Fasst sie nicht an!«, zischte er böse, die Hand am Griff seines Dolches.

Aber Chazeron war schneller. Seine kräftige Faust zielte auf sein Kinn und beförderte ihn zu Boden.

»Misch dich nicht ein, Rotzbengel.«

»Ich verbiete es Euch, Constant anzufassen«, tobte Marie und wollte ihrem Freund aufhelfen.

Chazeron hielt sie zurück.

»Das langt jetzt, Närrin! Albérie hat dich von deinem Zuhause entführt und nun bist du nichts weiter als ein Pfand für diese Weibsbilder. Wenn das nicht so wäre, wäre ich heute nicht da.«

»Ich glaube Euch kein Wort! Ihr würdet es niemals zulassen, dass er mich mitnimmt, nicht wahr?«, schluchzte sie, während sie sich zu Albérie und Isabeau umwandte.

Aber diese drehten sich gleichzeitig weg und gingen auf Constant zu, der sich, mit bösem Blick, aufrichtete.

»Das, was dieser Mann sagt, ist wahr, Marie«, versicherte Albérie sanft. »Ich habe dich deiner Familie entrissen, um mich an ihm zu rächen. Du bist in einer adligen Familie geboren. Es ist nun an der Zeit, dass du deinen Platz und deinen Rang einnimmst.«

»Nein!«, schrie Constant, aber Isabeau hielt ihn zurück: »Lass sie gehen, Constant. Glaube mir, es ist besser so.«

»Die Wahrheit ist mir einerlei, ich weigere mich, Euch zu folgen!«, beharrte Marie und versuchte, sich von ihm loszumachen. François de Chazeron geriet in Zorn:

»Sehr gut. Wenn das so ist, dann sollst du wissen, dass ich alle Bettler in Paris töten werde, angefangen bei diesem Croquemitaine, der ihr König ist. Anschließend werde ich jeden einzelnen dieser Verschwörer aufstöbern, bis nur noch Ruinen der Familie übrig sind, als deren Erbin du dich verstehst.«

Marie erbleichte und hielt abrupt inne:

»Das würdet Ihr niemals tun.«

»Und wer würde mich davon abhalten? Ich habe die Macht dazu, das weißt du. Nur du allein kannst die deinigen retten!«

»Ihr habt kein Recht dazu«, wütete sie, den Tränen nahe.

»Oh doch, ich habe das Recht dazu. Ich bin dein Vater, Antoinette-Marie!«

»Nein!«, ertönte eine kräftige Stimme im Rücken von François de Chazeron.

Isabeau stieß einen Schrei der Überraschung aus, woraufhin sich Chazeron umdrehte. Auf dem oberen Treppenabsatz baute sich Philippus, eine Schrotbüchse in der Hand, vor ihm auf.

»Es ist an der Zeit, dass Ihr für Eure Schandtaten bezahlt, Chazeron! Lasst dieses Kind los!«, befahl er.

In diesem Moment tat sich der unterirdische Gang auf und zwei Wachen stürmten herein, die Chazeron zuriefen, auf die Seite zu treten. Philippus hatte keine Zeit, zu begreifen, was passierte. Er wurde, in dem gleichen Moment, in dem sich die Kugel aus dem Gewehr löste, nach vorne gestoßen. Er stürzte die Stufen hinab, fiel auf den gestampften Boden, und ein wimmerndes Etwas landete auf seinem Bauch.

»Ma!«, schrie Marie.

Isabeau und Albérie starrten bestürzt auf die Szenerie, sie schienen wie versteinert durch diesen unerwarteten, gewalttätigen Zwischenfall. Flink entwischte Marie aus der Umklammerung Chazerons und kniete sich vor die zwei miteinander verschlungenen Körper, auf denen sich ein scharlachroter Fleck abzeichnete.

Verdutzt fand Philippus sich plötzlich von bewaffneten Männern umringt, die Wölfin auf seinem Körper. Sie hatte aufgehört zu wimmern und blickte ihn nur noch mit ihren smaragdgrünen Augen voller Zärtlichkeit an.

»Ma …«, murmelte Marie.

Die graue Wölfin leckte mit ihrer Zunge über ihre Hand, um sie zu beruhigen.

»Sie hat Euch gerettet«, sagte sie zu Philippus, ihre Wangen von Tränen benetzt. »Warum? Ma, warum?«

»Ich bin dein Vater, Marie«, presste Philippus mit zugeschnürter Kehle hervor und hielt seinen Atem an, um sich zu vergewissern, dass Mas Herz noch immer kräftig und regelmäßig schlug.

Marie streichelte zärtlich über Mas Hals. Als François seine Männer beiseite schob, um sie zu packen, flüsterte sie, so dass nur Philippus sie hören konnte:

»Dann rettet sie! Rettet meine Mutter …«

Phillipus schlang seine Arme um den Hals des Tieres und blickte François hinterher, der Marie mit sich zerrte, während er schrie:

»Wir sind quitt, Isabeau! Geh mir von nun an aus dem Weg. Oder du wirst wie diese Wölfin sterben.«

Er betrat mit Marie den Schacht, gefolgt von zwei seiner Wachen. Kaum waren sie verschwunden, eilte Isabeau auf die beiden umschlungenen Körper zu. Philippus wagte es nicht, sich zu bewegen. Er hatte seine Nase tief in ihrem Fell vergraben und ihre Tränen vermischten sich in leidenschaftlicher Zärtlichkeit.

»Ist sie …?«, fragte Isabeau, das Herz zerrissen vor Schmerz.

Bevor Philippus noch antworten konnte, hob Ma eine Tatze und legte sie auf Isabeaus Hand, die sie nach ihr ausgestreckt hatte.

»Alles wird gut, ich bin da«, murmelte Isabeau tröstend. »Seid Ihr verletzt?«, wandte sie sich in harscherem Ton an Philippus.

»Nein, nicht so wie es scheinen mag.«

»Dann rührt Euch nicht. Ich muss mich zuerst vergewissern, dass Ma ohne Risiko von der Stelle bewegt werden kann.«

»Nehmt Euch die Zeit, die Ihr braucht.«

Er verstand nichts, er verstand nichts mehr. Er ließ Isabeau die Wunde der Wölfin untersuchen. Von der Stellung aus, in der er sich gerade befand, konnte er nicht sehen, wo genau sie verletzt worden war. Er spürte nur ihre Schmerzen, selbst wenn in ihrem smaragdgrünen Blick ein leidenschaftliches Feuer brannte. Das gleiche Feuer, das früher in den Augen Loralines flackerte. Er spürte durch sein Hemd hindurch, wie das ziselierte Goldkreuz auf seine Brust drückte. Alles war ein einziges Durcheinander. Ein hoffnungsloses Durcheinander.

Er war mit Calvin zusammen zur Wohnung von Albérie gegangen und, wie unter den Lutheranern üblich, ohne eine Antwort abzuwarten eingetreten. Sie waren zunächst in die Küche gegangen, um dann den Stimmen zu folgen, die von der dortigen Kellertreppe heraufhallten. Philippus hatte schon bald die Stimme Chazerons erkannt, die sich von den flehentlichen Bitten Maries abhob.

Er hatte seine Büchse, die er bereits vor langer Zeit auf einem der Schlachtfelder ergattert hatte, um seinen Rückzug damit zu decken, und die er seither immer bei sich trug, unter seinem Umhang hervorgezogen.

Calvin, kühner in Worten denn in Taten, hatte sich im Hintergrund gehalten. Philippus entschied einzugreifen.

Und dann ging in seinem Kopf alles drunter und drüber. Ein einziger Blick hatte genügt und er hatte Loraline und Albérie entdeckt, die Marie gegen ihren Willen diesem Monster auszuliefern bereit waren. Er verstand das alles nicht. Begriff nur undeutlich, dass jene, die er für Loraline gehalten hatte, jemand anderes war und er sich nur durch die verblüffende Ähnlichkeit hatte täuschen lassen. Während jene, die er liebte, gegen seinen Körper gepresst gerade im Sterben lag. Durch den Geruch des Tieres hindurch erkannte er jenen Loralines. Dieser einzigartige Geruch zwischen Frau und Tier, der unzählige Male in der Höhle von Montguerlhe Begehren und Liebe in ihm wachgerufen hatte.

Albérie und Constant näherten sich auf Isabeaus Geheiß hin. Der Junge hatte in ihren Armen Trost gesucht und weinte mit lautstarkem Schluchzen.

»Sie verliert viel Blut, aber keines der lebenswichtigen Organe ist verletzt. Die Kugel muss entfernt werden. Ihr seid Chirurg, glaube ich«, wandte sich Isabeau an Philippus, »Ihr werdet mir assistieren. Auf mein Zeichen«, befahl sie den Umstehenden.

Jean Latour, der wieder erschienen war, schob ebenfalls seine Hände unter die verletzte Flanke.

Isabeau zählte bis drei und alle zusammen hoben sie den Körper an, während Isabeau ein dickes Leinentuch zwischen Philippus und die Wölfin legte.

Mit steifen Gliedern von der Kälte des gestampften Bodens und Mas Gewicht erhob sich Philippus. Das eigenartige Gefolge trug bereits die Bahre davon und stieg vorsichtig damit die Treppen hinauf. Als auch er den Treppenabsatz erreicht hatte, traf ihn der Blick Calvins, der sich nicht von der Stelle gerührt hatte und ihn mit betretener Miene erwartete:

»Mir blieb keine Zeit ...«, begann er.

Aber Philippus unterbrach ihn:

»Das spielt keine Rolle.«

Calvin seufzte betrübt und klopfte dann Philippus freundschaftlich auf den Arm:

»Das Schicksal hat begonnen. Folgen wir ihm, mein Freund.«

Das Herz erfüllt von Kummer, schloss sich Philippus ihm an. Ein weiteres Mal hatte er seine Tochter verloren. Loraline würde er nicht verlieren. Trotz ihrer veränderten Gestalt liebte sie ihn noch immer. Das hatte sie bewiesen, indem sie intuitiv gehandelt hatte. Und so aberwitzig es erscheinen mochte, aber als er ihren Körper an dem seinen gespürt hatte, war ihm bewusst geworden, wie nichtig seine eigene Existenz doch war. Wie sehr er sich, gegen jegliche Vernunft, diesen Moment herbeigesehnt hatte. Wie sehr auch er sie noch liebte.

Einige Schritte und er war an der Seite von Albérie und Constant, die den schönen Kopf der Wölfin stützten.

»Ihr seid ein Dummkopf, Philippus«, warf Albérie ihm über ihre Schulter hinweg zu.

»Ich werde sie retten«, erwiderte er, um sich zu verteidigen.

Verzweifelt richtete er seinen Blick auf die Kette, die bei jedem Schritt auf der blutverschmierten Brust Mas vibrierte, und begann still für sich zu beten, während man sie auf den Küchentisch ablegte.

Die Operation dauerte lange und Philippus assistierte Isabeau so gut es ihm möglich war. Er hatte nicht nachgefragt, als Albérie den Namen aussprach, den er so viele Male aus Loralines Mund vernommen hatte. Die Erklärungen würden später kommen. Es fehlten ihm für das Gesamtbild so viele einzelne Puzzleteile, dass er verrückt geworden wäre, wenn er auf das Gemurmel seiner Seele geachtet hätte. Und so zog er es vor, sich vorläufig hinter Taten zu verstecken.

Isabeau wusste, wo sie ansetzen und was sie tun musste. Er hätte es nicht gekonnt. Natürlich hatte er des Öfteren gesehen, wie Loraline die Wölfe, die verletzt aus den Bergen zurückgekommen waren, behandelt hatte. Er hatte ihr zugehört und die Anatomie der Tiere durch sie kennen gelernt. Aber all das lag so weit zurück. Wie viele Menschen waren auf den Schlachtfeldern unter seiner Hand gestorben, wie viele Splitter hatte er umsonst entfernt? Isabeau gab Anordnungen, er führte sie aus. Es interessierte ihn nur wenig, ob sie begriffen hatte, wer er war, wie sie ihn einschätzte. Schweiß rann ihr von der Stirn. Albérie drückte ein Stück

Stoff, das in Narkotikum getränkt war, auf Mas Schnauze. Er reichte die Instrumente, hielt die Klemmen, achtete darauf, dass Jean die Laterne auf die richtige Stärke hinunterdrehte. Er weidete sich an dem trügerischen Gedanken, nützlich zu sein, um seine Furcht zu verdrängen. Seine panische Angst, aus der Wölfin könne die Frau wieder hervortreten.

»Wenn sie stirbt, wird sie ihre menschliche Gestalt wieder annehmen«, hatte Albérie ihm vertraulich erklärt. »Betet, Philippus, dass Ihr niemals ihr Gesicht wiedersehen müsst.«

Er war entsetzt von dieser Vorstellung. Er hatte das Gesicht, das ihm Chazeron gestohlen hatte, noch vor sich. Auch durch die Gestalt Isabeaus. Trotz ihres Alters, trotz vereinzelter angedeuteter Falten und einer kaum merklichen, intensiveren Nuance ihres Blickes war sie Loralines Spiegelbild. Und für dieses Spiegelbild hätte er das ganze Leid der Welt auf sich genommen, um die eigenen Albträume zu vergessen.

»Bringt es zu Ende, ich bin erschöpft«, gebot ihm Isabeau.

Sie lächelte, und Phillipus fühlte, wie er zu neuem Leben erwachte.

»Näht mit der Richtung, in die das Fell wächst, so wie auf der Kopfhaut eines Menschen. Sonst schmerzt die Narbe«, wies sie ihn noch an, bevor sie ihre feuchte Stirn abwischte.

Philippus nickte. Isabeau hatte verkündet, dass die Kugel die rechte Flanke durchdrungen hatte und an den Rippen, weniger als einen halben Daumen an der Lunge vorbei, abgeprallt war.

Ma hatte Glück gehabt. Er auch. Die Kugel hätte seinen Tod bedeutet.

Er machte sich daran, die Wunde zuzunähen, in die Isabeau einen ordentlichen Schuss Mohnlikör gegossen hatte. Sauberes und reines Blut war daraufhin herausgetreten und hatte die letzten Schmutzreste weggespült.

»Die Wunde wird sich nicht entzünden«, hatte sie erklärt.

Aber das wusste er bereits. Loraline hatte ihm von den Wunderkräften dieser Pflanze erzählt und ihn die verschiedenen Arten sie zu benutzen gelehrt. Hatte er nicht selbst ihre Wirkung schon ausprobiert? Als der Verband angelegt war, nahm Albérie das Stoffknäuel von Mas Schnauze. Dann ließen sie sich alle vier auf eine Holzbank fallen, die an die Wand gelehnt war.

Constant schlief bereits seit geraumer Zeit zusammengerollt im Nebenzimmer. Calvin hatte es für besser erachtet, nach Hause zu gehen, jedoch nicht ohne vorher die Bettler und Lutheraner davon in Kenntnis zu setzen, dass Chazerons Männer in ihren Schlupfwinkel eingedrungen waren und es daher besser sei, bis auf weiteres keine Versammlungen durchzuführen.

Albérie schloss die Augen und lehnte sich gegen die Wand. Sie war zerschlagen. Zerschlagen, aber zufrieden. Ma schlief noch. Ihr Atem ging regelmäßig. Isabeau und Philippus konnten ihren Blick nicht von dem Holztisch abwenden, auf dem das Blut zu gerinnen begann.

»Ihr habt gute Arbeit geleistet, Isabeau«, bemerkte er aufrichtig.

Isabeau drehte ihr Gesicht zu ihm, dessen Augen von Schatten umgeben waren, die an einigen Stellen noch von schwarz-rötlichen Flecken unterstrichen wurden.

»Ihr auch, mein Freund ... Abgesehen von Eurem dummen Auftritt.«

»Ihr wart so nah dran. Ihr hättet Euch rächen können«, antwortete er. »Ich verstehe das nicht. Was wird aus Marie?«

Isabeau lachte laut auf.

»Macht Euch keine Sorgen um sie. Diese Szene, der Ihr beigewohnt habt, war in allen Einzelheiten gestellt. Wir wussten, dass Chazeron seine Männer um den Eingang von *Le Temple* postiert hatte. Den Bettlern entgeht nichts, selbst wenn niemand sie sieht. Der Durchgang lässt sich nur durch einen raffinierten Mechanismus von außen betätigen, den die Soldaten im Dunkeln nicht wiedergefunden hätten. Jean ist zurückgegangen, um ihnen den Durchgang zu öffnen, und hat seinen ganzen Verstand eingesetzt, um sie unbemerkt zu leiten.«

»Warum?«

»Chazeron sollte denken, dass er Marie gegen ihren Willen mitnimmt. Dies war die einzige Garantie dafür, dass er keinen Verdacht schöpfte. Er wird sie nach Vollore bringen.«

»Und anschließend?«

»Anschließend? Anschließend wird er sterben.«

Philippus zog eine skeptische Grimasse. Isabeau legte warmherzig ihre Hand auf seinen Unterarm.

»Auch ich hatte meine Zweifel an dieser kühnen Intrige, aber Marie hat mich überzeugt. Gestern noch habe ich mich gefragt, von wem sie diese Beharrlichkeit, diesen Mut geerbt hat, und habe mir eingeredet, dass vielleicht das Blut François de Chazerons dafür verantwortlich sei. Ich habe mich geirrt. Sie ähnelt ohne Zweifel ihrem Vater. Ich bitte Euch um Verzeihung, Philippus. Ohne meinen Egoismus, meinen Wahnsinn, hättet Ihr dieses Kind gemeinsam mit Loraline aufgezogen und der Lauf der Dinge hätte uns alle glücklich gemacht.«

»Wie habt Ihr erraten, wer ich bin?«

»Wie Ihr war auch Ma auf der Hut. Sie hatte sich ins Halbdunkel zurückgezogen, bereit einzugreifen, sollte Chazeron versuchen, Marie wehzutun. Dann seid Ihr aufgetaucht und sie hat Euch zu Boden gerissen, um Euch zu retten. Ich kannte Euren Namen nicht, aber Albérie hat ihn leise gemurmelt, als sie bestürzt der Szene zusah, und damit mein Gefühl bestätigt. Man opfert sein Leben nicht ohne Grund. Ma ist ein Tier, ihr Überlebensinstinkt ist noch stärker als bei Menschen. Wenn Ihr an der Liebe meiner Tochter zweifelt, dann ist Euch hiermit der Beweis geliefert worden, dass sich allein ihre Gestalt verändert hat.«

»Sie kümmert mich wenig. Ich wurde durch Eure Ähnlichkeit zu ihr getäuscht, ich glaubte, wie bei Albérie, die Verwandlung wirke nur zu bestimmten Zeiten. Ich hätte sie niemals in Gefahr gebracht, wenn ich gewusst hätte …«

»Sie wird leben.«

»Gibt es keine Möglichkeit, ihr das wahre Gesicht zurückzugeben?«

»Glaubt Ihr, ich hätte sonst mein Schicksal akzeptiert?«, entgegnete Albérie sarkastisch.

Philippus drehte den Kopf zu ihr. Sie hielt weiterhin die Augen geschlossen. Den Kopf nach hinten an die Wand gelehnt, schien es, als schliefe sie.

»Warum habt Ihr mich belogen? Ich hätte sie niemals verlassen.«

»Sie wollte Euch nicht dazu verdammen, mit einem Tier in der völligen Isolation leben zu müssen, so wie sie über Jahre hinweg mit Cythar. Ihr gehörtet nicht mehr derselben Welt an. Sie liebte Euch.«

»All das ist Eure Schuld. Hättet Ihr mir zur rechten Zeit erlaubt, sie mitzunehmen …«, beschuldigte er sie gegen seinen Willen.

»Die Sache ist nicht so einfach, Philippus«, warf Isabeau dazwischen. »Glaubt mir. Ich musste erst wieder leben lernen, um zu begreifen, dass ich Loraline liebte, dass ich unrecht getan hatte, sie glauben zu lassen, ich sei tot. Ich wollte ihren Hass anstacheln, Chazeron sollte durch die Hand jener sterben, die seine Grausamkeit selbst hervorgebracht hatte. Dieser Gedanke allein gab mir die Kraft, jeden weiteren Tag zu überleben. Immer wenn ich meine Tochter auf dem Schoß hielt, sah ich in ihr eine schonungslose Waffe, die mich ohne Reue von der Erniedrigung ihres Erzeugers reinwaschen würde. Bis ich von ihr getrennt war, erkannte ich nicht, dass sie nichts weiter als ein Kind war. Mein Kind. Als ich zurückkehrte, mit dem Vorhaben, meine Fehler wieder gutzumachen, war es zu spät. Auch mich belog meine Schwester damals. Ich habe die Wahrheit über Marie, Ma und Euch selbst erst vor kurzem erfahren. Auch ich habe es Albérie im ersten Augenblick übel genommen, mich aus meiner Familie ausgeschlossen zu haben. Heute weiß ich, dass sie Recht hatte. Ich habe die letzten Jahre damit verbracht, wieder zu mir zu finden. Wäre mir das wohl ebenso gelungen, wenn ich täglich Mas Blick hätte ertragen müssen? Hätte ich lachen können, ohne immer daran denken zu müssen, mich für meine Fehler selbst zu bestrafen? Hätte ich es geschafft, mir selbst zu verzeihen, und so den Mut gehabt, Chazeron entgegenzutreten? Ma und ich haben uns, dank meines Unwissens, auf eine andere Art neu entdeckt. Sie konnte meine Irrtümer verstehen. Sie konnte mir verzeihen. Ich habe kein Monster gezeugt, Philippus, ich habe sie in einem Moment der Niedertracht und des Grauens empfangen und dennoch ist ihre Seele von einem großmütgen und wunderbaren Licht erleuchtet. Zweifellos dank der Liebe, die Ihr Loraline geschenkt habt.«

»Wie oft habe ich mich während ihrer Abwesenheit verloren«, gestand er, bewegt von dem Vertrauen, das ihm Isabeau entgegenbrachte.

»Chazeron wird dafür bezahlen, Philippus.«

»Das genügt mir nicht, Madame Isabeau. Gott soll mein Zeuge sein, dass ich all das Wissen nicht umsonst im Laufe der Jahre angesammelt habe. Ich werde, wenn es sein muss, den Rest meines Lebens dieser Aufgabe widmen, aber ich werde ihr die frühere Gestalt wieder zurückgeben. Ich werde Euch Eure Tochter zurückgeben, Isabeau, und ich werde sie zu meiner Gemahlin machen. Das schwöre ich Euch.«

9

Huc de la Faye war erstaunt, als der Kutsche nicht nur sein Lehnsherr, sondern auch Marie entstieg. Ihre Augenlider waren geschwollen und rosafarbene Abdrücke vom Ärmel ihres Halshemdes, auf dem sie eingenickt war, zeichneten ihr Gesicht. Aber dennoch war sie so wunderschön anzusehen wie eine Rosenknospe. Marie warf neugierige Blicke auf das imposante Bauwerk, aber mehr noch auf ihn. Huc begnügte sich mit einer Verbeugung. Er hatte gehofft, Philippus würde Marie als Erster finden; da dies jedoch offensichtlich nicht der Fall gewesen war, würde er nun sterben müssen, da er seinen Herrn verraten hatte. Er hatte sich auf dieses Schicksal vorbereitet, seitdem er das Schreiben von François erhalten hatte. Gestärkt durch diese Gewissheit, blickte er Chazeron, nachdem er sich wieder aufgerichtet hatte, stolzen Blickes fest in die Augen.

»Antoinette-Marie, dies ist mein Profos, Huc de la Faye«, stellte dieser ihn mit finsterer Miene vor.

»Seid Ihr der Gemahl von Tante Albérie?«, fragte Marie sofort und kam lächelnd auf ihn zu.

Huc spürte, wie sich sein Herz zusammenzog, als er den Namen seiner Gemahlin vernahm. Er nickte und fügte mit bewegter Stimme hinzu:

»Willkommen zu Hause, Fräulein Antoinette-Marie.«

»Führe sie zu Bénédicte. Sie soll ihr ein Zimmer geben, ein Bad vorbereiten und ihre Koffer nach oben bringen lassen. Beeile dich. Wir haben etwas miteinander zu besprechen.«

Sein Ton war kalt, schroff. Huc war es einerlei. Seit langem schon kümmerte es ihn nicht mehr, sterben zu müssen.

Seine einzige Sorge war Marie. Elegant bot er ihr seinen Arm und bemerkte:

»Darf ich Euch führen, Fräulein?«

»Donnerwetter, Huc«, entfuhr es Marie lachend, »Ihr seid ein wahrer Kavalier. Was man von gewissen Personen nicht gerade behaupten kann«, fügte sie hinzu, wobei sie François de Chazeron einen abschätzigen Seitenblick zuwarf.

Ohne einen weiteren Kommentar, schaute er ihnen nach, wie sie das Schloss betraten, während er über die Art seiner Rache brütete. Schon bald hätte er dieses kleine Biest mit einer rentablen Partie vermählt. Er brauchte niemanden mehr, der Vollore verwaltete. Es war an der Zeit, Huc de la Faye loszuwerden. Entschlossenen Schrittes folgte er ihnen, um seiner Dienerschaft Befehle zu erteilen.

»Begleitet mich, Huc«, bat Marie, als die Wirtschafterin sie zu einer Steintreppe führen wollte.

»Euer Vater erwartet mich«, wandte er, nicht sehr entschlossen, ein.

»Und wenn, dann soll er warten! Gehen wir!«

Sie reichte ihm aufrichtig ihre Hand und Huc folgte ihr unter dem tadelnden Blick von Bénédicte. Dennoch sagte sie nichts, denn sie schätzte den Profos mehr als ihren Herrn.

»Lasst uns allein, Bénédicte, mein Vater möchte, dass Ihr mir ein Bad bereitet. Und in der Tat habe ich es dringend nötig. Geht!«

»Es ist nur so, Fräulein, dass es sich nicht schickt …«

»Hinaus!«, befahl sie freundlich mit entschlossener Miene. »Ab morgen werde ich Manieren lernen. Für den Moment sind meine Wünsche meine Befehle, Bénédicte.«

»Gut, Fräulein.«

Sie schloss mit zerknirschtem Gesicht die Türe hinter sich. Huc war überrascht von einem solch selbstsicheren Auftreten und solcher Schönheit.

»Mein teurer Huc«, begann sie und fasste seine Hände. »Tante Albérie hat mir aufgetragen, Euch ihre innigste Liebe zu übermitteln. Ich weiß, dass Ihr mir mehr als einmal aufgeholfen habt, wenn ich gefallen bin und mich verletzt hatte, und ich erinnere mich an Euch, obwohl ich nur wenige Gesichter der Vergangenheit in meinem Gedächtnis bewahrt habe.«

»Ich bin überglücklich, Euch wiederzusehen. Weniger jedoch darüber, dass es an seiner Seite ist«, merkte er an. »Ihr seid so schön geworden, Marie. So stark, wie es scheint ...«

»Mehr noch, als Ihr glaubt, Huc. Wir haben nur wenig Zeit und ich kann Euch nichts Genaueres sagen«, flüsterte sie, »habt Vertrauen. Tante Albérie hat mir gesagt, dass Chazeron Euch bestrafen will. Akzeptiert sein Urteil und verlasst Euch auf mich.«

Huc riss seine Augen weit auf, aber Marie legte einen Finger auf seine Lippen und zwinkerte ihm zu. Dann stellte sie sich auf ihre Zehenspitzen und drückte ihm einen zärtlichen Kuss auf seine raue Wange.

»Geht nun. Er wird bereits toben vor Wut.«

Sie ging ihm voraus, öffnete die Tür und jagte ihn mit einer schalkhaften Verneigung hinaus. Verwundert, jedoch voller Vertrauen, stieg Huc die Treppe hinab, um zu François' Arbeitszimmer zu gehen.

Kaum war Marie allein in ihrem Zimmer, eilte sie ans Fenster und überblickte zufrieden den Park, dessen Wiese von goldbraunen Blättern bedeckt war. In der Auvergne stand bereits der Herbst vor der Tür.

»Schon bald wird all das mir gehören, François de Chazeron.«

Sie wirbelte in einem Freudentanz durch das Zimmer und ließ sich schließlich mit ausgebreiteten Armen auf das Himmelbett fallen.

»Der Tanz der Wölfinnen kann beginnen!«

Als Bénédicte sich ankündigte, gefolgt von zwei jungen Mädchen, die den Waschzuber trugen, fand sie Marie lächelnd und mit lebhaft blitzenden Augen vor.

»Du wirst übermorgen bei Sonnenaufgang gehängt«, verkündete François, bevor Huc noch die Türe schließen konnte.

François hatte ihm den Rücken zugewandt. Sein von Wut verzerrtes Gesicht war der Szene zugewandt, die sich hinter dem Fensterkreuz abspielte. Es gab den Blick auf eine eingezäunte Koppel frei, auf der ein Stallbursche soeben ein Streitross dressierte. Der Bursche sparte nicht an Schlägen mit der Gerte, um das Tier dazu zu zwingen, im Kreis zu gehen. Jeder Hieb, der auf die Kruppe des Tieres niedersauste, milderte in François das Verlangen, den Profos bis aufs Blut zu schlagen.

Er drehte sich zu ihm um, behielt jedoch seine Arme auf dem Rücken verschränkt. Seine Hände umfassten eine imaginäre Peitsche. Huc hatte dieses Urteil erwartet. Er widersprach nicht. François lachte gereizt:

»Du warst schon immer feige, Huc de la Faye. Selbst heute. Ich hätte dich schon vor langer Zeit bestrafen sollen. Du glaubtest, deine Geliebte aus meiner Reichweite bringen und dich an mir rächen zu müssen, indem du mein Kind entführtest. Ich habe nie an deine Lüge geglaubt. Nie. Aber im Grunde war es mir einerlei. Deine Tat hat mir meine eigene Gemahlin vom Hals geschafft. Sie ist aus meinem Leben verschwunden, indem sie das Kloster gewählt und mir ihre Güter überlassen hat. Letztendlich hast du mir einen Dienst erwiesen, umso mehr als deine Unterwürfigkeit grenzenlos war, wenn man danach geht, wie trefflich du meine Ländereien verwaltet hast. Oder hast du das etwa für Antoinette-Marie getan? War das Albéries Plan, Huc? Sie wieder auftauchen zu lassen, wenn ich nicht mehr wäre? Sie ist meine einzige legitime Erbin. – Wusstest du, dass Isabeau am Leben ist?«

Hucs bleiches Gesicht zeigte unmissverständlich, dass der Schlag gesessen hatte. Das hatte er nicht gewusst. Dennoch antwortete er nicht. François begann im Zimmer auf und ab zu gehen, so wie Huc es bereits zahlreiche Male an ihm gesehen hatte.

»Nein, natürlich wusstest du das nicht. Ich muss dir leider die Augen öffnen, mein guter Huc: Du wurdest getäuscht, und zwar von jener, die du liebtest und beschützen wolltest. Ich habe mir meine Tochter zurückgeholt, aber Antoinette-Marie wird niemals Vollore erben. Ich habe vier Bastarde, die ich alle als meine Kinder anerkennen werde, sobald dieses kleine Luder verheiratet ist. Die Verbindung, die diese Heirat besiegeln wird, entschädigt mich für die Machenschaften, die Ihr angezettelt habt. Sie ist schön, lebendig. In einigen Monaten werde ich sie dem König vorstellen und ihn bitten, sie in die Dienste der zukünftigen Gemahlin des Herzogs von Orléans, des jungen Heinrich, zu stellen. So wird sie schon bald Freier aus den reichsten Familien anziehen. Aber du wirst das alles nicht mehr miterleben, Huc, ebenso wenig deine Gemahlin und diese unglückselige Isabeau. Du wirst zuerst sterben. Dann werden sie an die Reihe kommen, sobald ich nach Paris zurückgekehrt bin. Ich werde mich persönlich um diese Ketzer kümmern, die sie unterstützen, und um die armseligen Bettler, welche die Straßen von Paris verpesten. Der König wird mir dafür nur noch dankbarer sein. Du hättest besser daran getan, dich mit deiner Rolle als Profos zu begnügen, Huc. Das ganze Lehnsgut ist deiner Komplotte überdrüssig.«

»Über einen einzigen Punkt möchte ich noch Klarheit, bevor ich sterbe. Das ist mein letzter Wille sozusagen«, spöttelte Huc.

»So ist es üblich«, willigte François ein, auch wenn er verärgert über Hucs Hochmut war.

»Guillaume de Montboissier – Friede seiner Seele – war davon überzeugt, dass Ihr die Priester umgebracht habt, die man auf sein Gesuch hin nach Vollore gesandt hatte, um Untersuchungen durchzuführen und Teufelsaustreibungen vorzunehmen. Erinnert Ihr Euch? Das war nur einige Wochen bevor Ihr Isabeau das erste Mal auf Fermouly gesehen und ihr und mein Schicksal in eine andere Richtung gelenkt habt.«

»Dieser Dummkopf von Abt bildete sich ein, er könnte mich dazu bringen, meine Experimente einzustellen. Er war zu mir gekommen, um sich für diese erbärmlichen Bälger einzusetzen, die ich für meine Versuche benutzte. Im Namen der christlichen Nächstenliebe!«

François lachte hämisch. Er schien plötzlich überrascht und belustigt darüber, dass er seinen Erinnerungen, seiner Niedertracht freien Lauf gelassen hatte. Huc schüttelte mit Abscheu den Kopf.

»Dann hatte er also Recht. Ihr habt die Geistlichen und die Kinder auf dem Gewissen.«

»Du vergisst ein paar Jungfern. Ja, mehr als fünfzehn Jahre lang habe ich jungen Mädchen das Herz aus dem Leib gerissen, um sie, während sie noch schlugen, in meine Mixtur zu werfen. Ich habe ihre Gehirne aufgespalten, um die Flüssigkeit daraus zu trinken. Ich habe all diese Versuche unternommen und vieles mehr, um das Alkahest zu finden. Im Dienste einer edlen Sache. Um Blei in Gold zu verwandeln, um ewige Jugend zu erlangen. Ohne Reue. Oft waren sie ihren Familien nur eine Last. Ich nahm immer nur zwei pro Jahr, jeweils zur Sonnenwende, zu Vollmond, wie es in zahlreichen Traktaten beschrieben ist. Eines Nachts hat mich Guillaume de Montboissier beobachtet, wie ich eine von ihnen ins Schloss mitgenommen habe, ohne dass sie jemals wieder aufgetaucht wäre. Er wollte mich unter Druck setzen: Ich sollte ihm Geld für seine Kapelle geben und er würde im Gegenzug dazu die Augen schließen. Eine schöne Moral hat die Kirche, findest du nicht auch? Ich habe ihn ausgelacht. Er hatte keinerlei Beweise. Daraufhin hatte er die Idee, mir diese päpstlichen Legaten auf den Hals zu hetzen, um mich der Hexerei und des Paktierens mit dem Teufel anzuklagen. Ich warf mir einen Wolfspelz über, nachdem ich bereits mehrere Male das Gerücht von einer grauen Wölfin vernommen hatte, die angeblich um die Höfe herumstreunte. Ich habe ihnen die Kehle durchgeschnitten und ihre Körper in Stücke gerissen, um es nach der Tat dieses Tieres aussehen zu lassen. Und dann begegnete ich plötzlich Isabeau. Ich weiß nicht, von wem sie diese Macht geerbt hat. Ihre Vorfahren, vor allem La

Turleteuche, wurden bezichtigt, Hexen zu sein. Und doch hätte sich das niemand vorstellen können. Isabeau, ein Werwolf! Ich habe dem Abt von Moutier die Tierhaare gezeigt, die auf meinem Wams zurückgeblieben waren, nachdem ich sie mit Gewalt genommen hatte. Ich zwang ihn, sie mit jenen zu vergleichen, die man in der Hand des letzten toten Geistlichen gefunden hatte. Ich überzeugte ihn davon, dass diese Frau die Morde begangen hatte, dass allein sie es war, die Kinder und Mönche bei Vollmond getötet hatte, und dass ich keinerlei Skrupel hätte, ihre Familie auf dem Scheiterhaufen verbrennen zu lassen, wenn er mich noch einmal mit seinen Beschuldigungen verunglimpfen würde. Wie du auch, wollte er, glaube ich, diese Albérie beschützen, die du zu deiner Gemahlin gemacht hast. Er schwieg. Ich habe es mir sogar etwas kosten lassen, mich von der Schuld, diese Hexe genötigt zu haben, freizukaufen. Um meine Seele und meinen Körper zu reinigen, im Falle, dass der Teufel während der fleischlichen Vereinigung in mich gefahren wäre. Wie dumm muss man doch sein, um an solche Märchen zu glauben! In Wahrheit waren dem Abt diese Leben gleichgültig, die im Namen der Wissenschaft geopfert wurden. Sein Stolz war befriedigt. Im Giebeldreieck seiner Kapelle ließ er für die Nachwelt seine Initialen einmeißeln. Es kümmerte ihn nur wenig, dass meine Buchstaben mit Blut geschrieben auf der Umfassung des Destillierkolbens zu erkennen waren. Nun ist aber Schluss. Du bist ein guter Mensch, Huc de la Faye, und als solcher feige und ohne Ehrgeiz. Das ist vor allem dein Vergehen. Dafür wirst du gerichtet.«

Gleichmäßigen Schrittes ging er zur Tür und öffnete sie.

»Bringt ihn in den Kerker und schickt nach dem Abt, damit der ihm die Beichte abnehme.«

»Eine letzte Frage: Habt Ihr die Suche nach dem Alkahest aufgegeben, François de Chazeron?«

François' Augen blitzten auf.

»Niemals! Isabeau weiß um das Geheimnis. Der König wird mir ohne weiteres ihre Hand gewähren. Und wie du weißt, gibt es keine Frau, die nicht gesprächig wird, wenn man sie liebenswürdig bittet ...«

Huc ließ sich ohne Widerstand abführen, so wie er es Marie versprochen hatte, aber eine bittere Übelkeit drehte ihm den Magen um. Während das irrsinnige Lachen von François in der feuchten Kälte des Kerkers verhallte, konnte er nicht umhin, ein letztes Wunder zu erhoffen. Es war unvorstellbar, dass Gott noch immer seine Augen vor ihren Leiden verschloss.

»Wenn Ihr meine Familie in Ruhe lasst, gebe ich Euch das Alkahest.«

François hob seinen Kopf vom Arbeitstisch. Marie stand aufrecht und stolz vor ihm. In ihrem Blick funkelte eine gezähmte Wut. Er hatte sie nicht eintreten gehört. In ihrem mandelgrünen Kleid wirkte sie hinreißend, ähnelte kaum noch dem wilden Mädchen, das er in den Straßen von Paris verhaftet hatte. Er betrachtete sie mit Erstaunen und Bewunderung. Sie lächelte ihn an.

»Lasst Huc frei und verschont meine Freunde, mein Vater, denn ich bin Eure Tochter und muss Euch in dieser Weise anreden. Ich kenne das Geheimnis von Tante Isabeau. Vergesst sie, vergesst alle anderen und ich werde mit Euch gemeinsam das Geheimnis teilen. Und weit mehr noch.«

François runzelte die Stirn. Marie konnte sein aufflammendes Interesse am Funkeln seiner Augen erahnen. Sie ging dicht an ihn heran und flüsterte ihm über den Sekretär zu:

»Ich weiß von Euren Plänen. Ich habe Euer Gespräch mit Huc belauscht. Die Bettler haben die Fähigkeit, zu spionieren, ohne dabei gesehen zu werden ... Ich werde Euch gehorchen. In allen Punkten. Ich werde unterwürfig und gefügig sein, wie es sich gehört. Weit mehr, als Euch zu einer nützlichen Verbindung zu verhelfen, werde ich Euch obendrein noch zum Reichtum führen, der unter Euren Füßen ruht und den Isabeau zurücklassen musste, als sie floh.«

François lehnte sich schwer gegen seinen Armsessel. Er

hatte wahrlich sein Gefallen an diesem Kind. Sie war ohne Zweifel aus seinem Holz geschnitzt. Und doch entgegnete er ihr:

»Dieses Vermögen, von dem du sprichst, hat mir dazu gedient, meine Schulden und einige Gefallen zu bezahlen. Es ist nichts mehr davon übrig, Mademoiselle Schlaumeier.«

Marie setzte ein zuckersüßes Lächeln auf. Sie ließ sich anmutig in einen Sessel gleiten, dessen abgenutztes Leder sein Alter verriet, und trommelte vergnügt mit den Fingern auf die Armlehne:

»Mademoiselle Schlaumeier gegen Messire Klugschwätzer! Das wäre ein hübscher Titel für eine Komödie, findet Ihr nicht, mein Vater? Denn Ihr seid offensichtlich weniger gewitzt, als es scheint ... Denkt Ihr, Tante Isabeau ist so dumm? Sie hat Euch einige Krümel überlassen von dem, was sie durch das Alkahest erworben hat. Nur die Krümel. Das weiß ich. Dieses Gold, diese Berge von Gold – ich habe sie gesehen.«

François schluckte schwer. Er war bleich vor Gier und gekränktem Stolz. Marie machte sich über ihn lustig, das konnte er an den Grübchen ihres schelmischen Gesichtes ablesen, und doch sagte sie die Wahrheit. Das spürte er. Das wusste er. Das Alkahest war noch auf Montguerlhe.

»Erzähle«, entfuhr es ihm gierig.

Marie kostete mit schimpflichem Vergnügen ihre Rache aus. Sie jubelte innerlich. Isabeau und Albérie hatten ihn richtig eingeschätzt. Für den Stein der Weisen war er zu allem bereit. Sie begann zu erzählen, wobei sie ihre Pointen bewusst einsetzte:

»Tante Albérie verließ regelmäßig Paris, um, wie sie sagte, ihre Familie in der Auvergne zu besuchen. Wenn sie zurückkam, hatte sie immer zwei Säcke angefüllt mit Gold dabei, mit dem all unsere Angelegenheiten geregelt wurden: ihre eigenen, jene von Isabeau, jene der Bettler in Momenten einer Hungersnot, aber auch jene der Lutheraner durch klug eingesetztes Schweigegeld, nicht zuletzt um Bücher von Luther oder Erasmus drucken zu lassen. Ich kümmerte mich nur wenig um das Ganze. Eines Tages, ich mag vielleicht zehn oder zwölf Jahre alt gewesen sein, ich erinnere mich nicht mehr genau, fragte mich Constant, woher all dieses Vermögen stamme. Ich gab ihm zur Antwort, dass ich das nicht wüsste, aber dass meine Tante sehr reich sei. ›Warum ist sie dann nicht am Hofe des Königs? Dort, wo sich der ganze Adel trifft! Denn nur die Adligen sind reich‹, gab er mir zurück. Dieser Moment war wie eine Art Erleuchtung für mich. Er hatte Recht, irgendetwas stimmte an der Sache nicht. Aus Spaß, aber auch aus Neugierde, machte ich mich zusammen mit Constant und seiner kleinen Schwester Solène daran, sie auszuspionieren. Wie lustig das war! Ich schnappte im Laufe von Gesprächen hier und da einige Informationen auf, deren Inhalt ich nicht wirklich verstand. Letztes Jahr habe ich es dann schließlich gewagt. Ich habe Tante Albérie gefragt, was das Alkahest sei und woher all das Gold stamme. Einige Tage später nahm sie mich mit. Am Ende eines langen Marsches durch einen unterirdischen Gang zeigte sie mir den geheimen Mechanismus, mit dessen Hilfe sich der Zugang zu dem geheimen Saal auftat. Sie breitete ihre Arme aus und verkündete, zufrieden über mein Erstaunen: ›Das ist unsere Schatzkammer. Dank diesem hier!‹. Sie zeigte mir eine Flasche, angefüllt mit einer bernsteinfarbenen Flüssigkeit, und einen dunkel getönten Stein. Sie entkorkte den Flakon, goss einige Tropfen in ihre Hand und schleckte sie auf, wie ein Tier. Minutenlang krümmte sie sich vor Schmerzen, packte schließlich den Stein und berührte damit einen Felsbrocken. Allein der Kontakt zwischen den beiden genügte und der Felsen verwandelte sich in ein Stück Gold. Sie wiederholte dieses Spiel, bis sie zwei Säcke voll Gold umgewandelt hatte. Sobald die Wirkung der Flüssigkeit nachließ, schlossen wir den Gang hinter uns und kehrten zurück. Als ich sie fragte, warum sie nicht einfach das Gold nehme, das sich bereits dort befand, antwortete sie mir, dass die Mixtur eines Tages verbraucht sein würde. Dann wäre dies hier ihr Vorrat, denn sie könnte keine neue Flüssigkeit herstellen, ohne das ungeheure Risiko einzugehen, Aufmerksamkeit zu erregen. So, das ist alles, mein Vater. Zufrieden?«

Der Lehnsherr von Vollore rieb sich nervös seinen Bart. Isabeau hatte ihn also nicht belogen, in dem Gefäß befand sich tatsächlich das Alkahest. Und sie hatten seine Wirkung an ihm ausprobiert, um es zu entwickeln.

»Der Flakon. Was ist aus dem Flakon geworden?«

»Tante Albérie hat ihn in dem unterirdischen Saal an seinen Platz zurückgestellt, neben den Stein. Sie meinte, es wäre besser, das Alkahest auf Montguerlhe zu lassen, aus Furcht, man würde sie unterwegs ausrauben oder jemand in Paris käme hinter das Geheimnis. Das Gold lässt sich ersetzen. Die Flüssigkeit nicht.«

François begann zu zittern. Marie sagte die Wahrheit, darüber bestand kein Zweifel. Er selbst hatte die Mixtur gesehen und seine Wirkung erlebt. Er hakte nach:

»Erinnerst du dich an die genaue Stelle?«

»Ich würde sie von dieser Kirche aus, wo wir die Kutsche stehen ließen, ohne Mühe wiederfinden.«

»Wie heißt diese Kirche?«

»Saint-Jehan-du-Passet.«

François frohlockte. Er hatte das gesamte unterirdische Schachtsystem durchsucht, ohne irgendetwas zu finden, schon gleich gar nicht den Ausgang zur Kapelle. Diesen Weg hatten Isabeau und später Albérie also genommen, um zu fliehen. Nur zweimal in der Woche hielt sich ein Priester in der kleinen Kirche auf. Es war eine Leichtigkeit, an diesem abgelegenen Ort des Nachts ein und aus zu gehen, ohne gesehen zu werden.

»Geschah das alles in einer Vollmondnacht?«

»Nein. Das war einmal so. Tante Albérie hat mir erklärt, die Mischung sei inzwischen stabil geworden. Zehn Jahre habe sie dafür gebraucht. Nun kann sie jeder zu jedem Zeitpunkt ohne Gefahr einnehmen. Einen kräftigen Schluck, will man die Wirkung auf mehrere Tage ausweiten, oder einige

Tropfen für ein paar Stunden. Tante Albérie hat nie eine größere Menge genommen. Das Erstaunlichste war, dass ihre Falten verschwanden, ja geglättet wurden, nachdem sie die Mixtur geschluckt hatte. Eigentlich habe ich sie nie alt werden sehen.«

»Wir werden zusammen dorthin gehen. Heute Nacht.«

»Das werden wir bestimmt nicht tun, mein Vater.«

Marie setzte ein gewinnendes Lächeln auf, aber ihr Blick ließ Unnachgiebigkeit erkennen. François spürte, wie ihn der Zorn packte.

»Nun gut, ich höre.«

»Lasst Huc augenblicklich frei und verjagt ihn. Er wird in Paris seine Gemahlin suchen und ihr berichten, was der Preis für sein Leben gewesen ist. Tante Albérie und Isabeau werden ihre Geschäfte in Paris wie bisher weiterführen. Und Ihr, Ihr könnt Eure Tochter großzügig dem König vorstellen, Euren Namen und Euren Titel legitimieren und wärt so frei, wie es nur die Mächtigen sind. Ich liebe diese Menschen, François de Chazeron, fünfzehn Jahre meines Lebens haben sie mich wie ihre eigene Tochter behandelt. Auch wenn ich es ihnen übel nehme, dass sie sich nun gegen mich gestellt haben, so weiß ich doch, dass sie das alles nur zum Besten für alle und aus Angst vor Eurem Zorn getan haben. Auf der Reise hierher sind mir all diese Dinge klar geworden und ich kann nun ihr Verhalten verstehen.«

»Warum verrätst du sie dann?«

»Ich hätte es nicht getan, wenn Ihr nicht Euer Wort gebrochen hättet. Ich habe es Euch gesagt. Ich werde Euch dorthin führen. Im Austausch gegen ihre Freiheit und ihr Vergessen. Und dafür möchte ich eine schriftliche Bestätigung.«

François de Chazeron überlegte einen Moment lang. Er brauchte Isabeau nur des Alkahests wegen. Und was Huc betraf, so hatte er ihn schon so oft verschont …

»Einverstanden«, sagte er. »Ich lasse Huc sofort frei. Du wirst ihn selbst mit seinen Waffen fortgehen sehen und mit einem Schreiben, das bestätigt, dass ich ihn von seinen Aufgaben entbunden habe. Ein zweites Schreiben wird die Aufforderung an Isabeau beinhalten, sich für immer von mir fern zu halten. Ich werde den Gang zumauern lassen und niemand außer uns beiden wird erfahren, dass er existierte. Ich gebe dir mein Versprechen, dass ich diese Verpflichtung einhalten werde.«

»In diesem Fall, mein Vater, werden wir bereits in der folgenden Nacht gehen.«

Marie erhob sich anmutig, verneigte sich mit strahlendem Lächeln vor ihm und verließ das Zimmer so leise, wie sie es betreten hatte.

Huc blieb nicht einmal die Zeit, Anstoß an der schmierigen Kälte des Kerkers zu nehmen. Zwei seiner ehemaligen Waffenbrüder holten ihn ab und führten ihn zu seinen Wohnräumen, wo sie darauf drängten, er solle so schnell als möglich seine Sachen packen; François de Chazeron wünsche ihn zu sehen.

Kaum hatte Huc das Arbeitszimmer betreten, übergab ihm François zwei Briefe und eröffnete ihm kühl:

»Ich habe beschlossen, dich zu begnadigen. Deine Gemahlin ist in Paris, gehe zu ihr und übergebe ihr das hier. Auf diesem Umschlag wirst du die Adresse von Isabeau vorfinden. Du wirst mir aus dem Weg gehen, Huc de la Faye, für immer. Mit diesem Dokument, das du unterzeichnen wirst, verzichtest du auf deine Wälder und deinen Titel.«

»Und von was werde ich leben?«, erwiderte Huc ironisch.

»Du wirst leben, ist das nicht genug? Ich will eine Entschädigung für das, was du getan hast. Unterschreibe!«

Huc ballte seine Fäuste. Einen Augenblick lang begehrte er innerlich auf bei dem Gedanken, das Einzige zu verlieren, was er noch in seinen unwürdigen Händen von seinen Vorfahren zurückbehielt. Dann gehorchte er der leisen Stimme in seinem Gedächtnis, der Stimme Maries, die ihn zur Unterwürfigkeit aufforderte, und fasste sich ein Herz. Mit einem Mal sicher, dass das Mädchen bei dem Ganzen seine Finger im Spiel hatte, verzichtete er, unter dem spöttischen Blick François', auf seinen Titel und seinen kärglichen Besitz.

»Du wirst sofort aufbrechen. Hier ist dein Sold, er wird ausreichend sein für deine Reise. Wir sind quitt, aber setze nie wieder einen Fuß auf diese Ländereien. Erwische ich nur einen Einzigen deiner Familie, werde ich euch töten wie wütende Wölfe. War ich deutlich genug?«

»Ich werde mich daran erinnern, habt keine Angst!«

»Ich hatte niemals Angst, was dich betrifft, Profos. Du bist der mieseste Feigling, den ich kenne. Du wirst deinesgleichen in den armen Teufeln des *Cour des Miracles* wiederfinden. Und, verdammt, diese Vorstellung gefällt mir weit mehr als dein Tod!«

»Bin ich frei?«, fragte Huc noch. Hinter seiner gespielten Gleichgültigkeit kochte er vor Wut.

»Du bist frei. Auf deinen Niedergang, mein Freund.«

Huc erwiderte nichts. Er warf sein schmales Bündel über die Schulter und ging entschlossenen Schrittes, ohne die Tür zu schließen.

Als er das Portal zu den Stallungen durchschritt, um sein Pferd satteln zu lassen, war kein Knecht zu sehen und sein Reittier bereits aufgezäumt. Gerade wollte er sich in den Sattel schwingen, als er die feine, helle Stimme Maries aus einem dunklen Winkel vernahm:

»Dreh dich nicht um, Huc, er beobachtet dich, aber kann mich nicht hören. Gehe einige Umwege, denn ich habe kein Vertrauen in sein Wort. Ich würde ihm zutrauen, dass er dir seine Männer hinterherschickt. Geh und kümmere dich nur um dich selber. Richte Tante Albérie aus, dass ich keine andere Wahl hatte. Sie wird es verstehen. Adieu, Messire Huc.«

Mit schwerem Herzen trieb Huc sein Pferd an. Als er den Hof erreicht hatte, trat Marie aus dem Dunkel hervor und lächelte ihm zu. Er verabschiedete sich von ihr mit einem leichten Kopfnicken, bevor er im Trab die Mauern von Vollore hinter sich ließ.

Sie wartete einige Minuten, um dem Spitzel von Chazeron noch ein wenig Zeit zu lassen, seinen Bericht abzugeben, dann verließ sie pfeifend die Stallungen. Als sie dem hinkenden Knecht begegnete, der, seiner Aufgabe entledigt, zurückkam, zauberte sie ein anmutiges Lächeln auf ihr engelhaftes Gesicht und warf ihm leichthin entgegen:

»Schöner Abend, nicht wahr?«

Aber anstatt zu antworten, senkte er den Kopf und beschleunigte seinen Schritt, als empfinde er plötzlich Scham darüber, sie denunziert zu haben. Marie insistierte nicht. In Paris wäre er ihr Freund gewesen, hier war er nichts als ein Sklave, wohlwollend gegenüber seinem Herrn, der ihm trotz seines hinkenden Beines Arbeit gab. Und, ohne dass er davon wusste, diente er auch ihr, indem er François in seinem Eindruck von ihr bestärkte.

10

Sie aßen schweigend im großen Empfangssaal, saßen einander gegenüber, jeder an einem Kopfende des langen, massiven Tisches, und maßen sich mit verstohlenen Blicken. Marie stellte all die Kunst unter Beweis, die Isabeau sie gelehrt hatte, und führte mit Geschick das Besteck. François de Chazeron konnte nicht umhin, sie trotz seiner Erregung angesichts der bevorstehenden Unternehmung zu bewundern. Mit einem granatfarbenen Kleid gekonnt herausgeputzt, ihrer langen Haarpracht, gebändigt mit Hilfe einer Haube, deren Ohrenklappen aus Satin mit Perlen verziert waren, wirkte sie so völlig anders als jene, die er vor drei Wochen entführt hatte. Sie war erst seit einigen Stunden auf Vollore, aber beherrschte diesen Ort bereits durch ihr gewandtes und sicheres Auftreten, wie keine andere es jemals zuvor verstanden hatte, nicht einmal Antoinette. Marie betörte ihn durch den aufrichtigen, stolzen Blick ihrer dunkelgrauen Augen, durch ihre Anmut und eine noch unausgereifte Sinnlichkeit, die ihre ganze Person umgab. Für einen kurzen Moment kam ihm die Idee, dass er sie genauso gut selbst heiraten könnte, dass sie ein perfektes Bild an seiner Seite abgeben würde. Aber er verscheuchte sofort diese Vorstellung von Inzest. Er hatte Marie zurückgeholt, um sie mit einer reichen und ihm Gewinn bringenden Partie zu verkuppeln. Er durfte diesen Plan nicht aus den Augen verlieren. Aber, bei Gott, wie sehr bereute er, dass sie seine Tochter war!

»Huc ist fortgegangen, ich habe es gesehen«, verkündete Marie und schob ihren Teller beiseite. »Ihr habt Euer Versprechen gehalten, nun bin ich an der Reihe. Wenn Ihr bereit seid, ich bin es ebenfalls.«

François stand augenblicklich auf, ohne dem Pagen überhaupt Zeit zu lassen, seinen Stuhl zurückzuschieben. Marie ihrerseits fügte sich dieser Gewohnheit, um ihre Fähigkeit erkennen zu lassen, sich jedem Umfeld anzupassen. Dann folgte sie ihm den Gang entlang, der zu den Stallungen führte.

»Ich dachte, ich müsste mich erst noch um Eure Erziehung kümmern«, bemerkte François gegen seinen Willen voller Bewunderung. »Ich habe mich wohl geirrt. Du hast nicht mehr viel zu lernen.«

»Man kann am *Cour des Miracles* leben und trotzdem die feine Gesellschaft nachäffen!«, erwiderte sie mit Humor.

François begnügte sich mit einem Lächeln, das sich in den schwingenden Hüften des jungen Mädchens verlor. Er ballte seine Fäuste, als eine Welle der Begierde von ihm Besitz ergriff. In einer Sekunde hatte er seine Entscheidung getroffen. Wenn er sie schon nicht heiraten konnte, dann konnte er sie doch wenigstens verführen. Er wäre nicht der erste Vater, der dadurch die Erziehung seiner Tochter besiegelte. Sie würde dadurch nur lockerer werden, am Tag ihrer Hochzeit. Diese Vorstellung konnte jedoch kaum seine in Wallung geratenen Sinne abkühlen, als sie gemeinsam die Zugbrücke in Richtung Saint-Jehan-du-Passet überquerten, und er schien mehr von ihrer Gegenwart beherrscht zu sein als von dem Gedanken an den so lang ersehnten Stein der Weisen.

Sie befestigten ihre Pferde an einer Eiche, die dort auf dem Hügel, gemeinsam mit vielen weiteren, gepflanzt worden war. Dann führte Marie ihn hinter den Altar. Im Umkreis einiger Meilen gab es keine einzige Menschenseele. Sie zündete mit einem Feuerstein eine Laterne an und machte sich ohne Zögern auf den Weg zum unterirdischen Felsensaal, der tief im Inneren des Berges verborgen lag.

François ließ sich schweigend von ihr führen. Der feuchte Geruch an diesem Ort widerte ihn ein wenig an, aber sein Verlangen, das Alkahest und das junge Mädchen zu besitzen, spornte ihn an.

Schon bald hatte er es aufgegeben, sich in diesem Wirrwarr

von Gängen, die sie immer tiefer hinabführten, zu orientieren. Marie schien genau zu wissen, wohin sie gingen. Er folgte ihr ohne Misstrauen, vielleicht weil sie ihm ähnelte, aber doch keinerlei Vertrauen in ihn besaß. Ihre Reaktion heute Nachmittag Huc gegenüber hatte ihn in seinem Gefühl bestätigt. Es lag nun ganz in ihrem Interesse, ihm zu dienen.

Der Schacht endete abrupt in einer Sackgasse. François runzelte die Stirn. Marie drehte sich nach ihm um und verkündete:

»Wir sind da. Aber Ihr schuldet mir einen Gefallen, mein lieber Vater. Tante Albérie hat mir verboten, vom Inhalt der Phiole zu kosten, unter dem einfältigen Vorwand, der Stein könne nur einem Herrn dienen. Nun haben sich die Dinge jedoch geändert. Ich will meinen Anteil an der Macht. Ich will Eure Partnerin sein.«

François fühlte, wie es ihn durchzuckte. Er nickte mechanisch mit dem Kopf, aber sein gieriger Blick verriet seine wahren Gedanken. Niemals würde er akzeptieren, dass eine Frau ihm ebenbürtig war, nicht einmal seine Tochter. Die Tatsache, dass diese Hexen bereits vor ihm von diesem Privileg Gebrauch gemacht hatten, verlangte ihm schon genug ab. Marie begnügte sich mit seinem zustimmenden Kopfnicken und ging auf einen Felsen zu, der zwischen den anderen herausragte. Sie rieb an zwei unterschiedlichen Stellen, brachte den Mechanismus der Türöffnung zum Vorschein und drückte dann auf mehrere eingravierte Zeichen, die nacheinander nach innen im Felsen verschwanden.

Kaum hatte sie den Vorgang beendet, als sich ein großer Stein bewegte und ihnen einen Gang frei machte. Marie trat hinein und Chazeron folgte ihr. François musste sich die Augen reiben, um sich zu vergewissern, dass er nicht träumte. Im Schein der Fackel glitzerte der ganze Raum voller Gold, wohin sein Auge auch blickte. Gierig ging er einige Schritte weiter, ließ sich in die Münzen hinein auf die Knie fallen und ließ sie durch seine Finger rieseln.

»Das Alkahest ist da«, verkündete Marie und wollte an

ihm vorbei, um sich der Phiole zu nähern, die auf einem Regal neben einem Vulkanstein thronte.

Als er sah, dass Marie im Begriff war, nach ihr zu greifen, erhob sich Chazeron mit einem Ruck und stieß sie beiseite, um ihr zuvorzukommen. Flink und behände fand Marie schnell wieder ihren Halt, ohne dabei die Laterne zum Flackern zu bringen. Sie trat zurück, um ihn vorbeizulassen.

François drehte den Flakon in seinen Händen hin und her.

»Ja, das ist es. Diese seltsame Farbe, kaum dunkler als damals. Das Lebenselixier.«

Er entkorkte das Fläschchen, ergriff mit derselben Ungeduld den Stein und betrachtete beides, jeweils in einer Hand haltend, mit ungezügelter Habgier.

»Nur einige Tropfen, Vater«, erinnerte ihn Marie. »Ich will auch etwas davon, Ihr habt es mir versprochen.«

Aber François hörte ihr kaum zu. Die Wirkung sei dauerhaft, hatte sie ihm heute Nachmittag gesagt. Dauerhaft. Er wäre also der reichste Mann der Welt, hätte das ewige Leben. Er ließ seine Augen auf dem jungen Mädchen ruhen und sein Blick wurde noch lüsterner. Er benötigte also keinen Erben mehr, könnte all seine Launen ausleben, auch jene, Marie zu heiraten, sie zu lieben, sie zur Frau zu machen.

»Ihr habt es versprochen«, insistierte Marie und kam auf ihn zu, eine Hand nach der Flasche ausgestreckt.

In einem Zug ließ er die Flüssigkeit seine Kehle hinabrinnen, blind und rasend von der Vorstellung, teilen zu müssen. Zufrieden wich Marie langsam zurück. Als die Phiole zu Boden fiel und Chazeron den Stein mit beiden Händen umklammerte, konnte sie die Freude über ihren Sieg nicht länger zurückhalten und warf ihm ein reizendes Lächeln zu. Während er sich noch darüber wunderte, begann er bereits grausame Schmerzen zu spüren und erbleichte. Er richtete seine Augen auf sie und konnte in ihrem Gesicht nichts weiter als wilden Hass lesen.

»Du wirst sterben, François de Chazeron. Inmitten dieses Goldes, das deine Verdammung bedeutet, sterben.«

»Was ist …?«, begann er und versuchte sich aufzurichten, aber die beißenden Schmerzen in seinem Bauch waren so stark, dass sie ihn daran hinderten.

Seine Muskeln wurden von Krämpfen geschüttelt und er hatte das Gefühl, seine Knochen würden zerbrechen, sich auseinander biegen, während sein Herz wie rasend zu schlagen begann.

»Das Alkahest existiert nicht, Chazeron. Ihr habt nichts weiter als Gift geschluckt. Ein starkes Gift, gegen das es kein Gegenmittel gibt«, fuhr sie fort. »Du wirst sterben oder dich in einen Wolf verwandeln, wie meine Mutter vor fünfzehn Jahren.«

Marie brach in wildes Lachen aus. François riss seine Augen weit auf, spürte mit seinem ganzen Körper, dass sie die Wahrheit sagte. In einem Aufbäumen von Wut versuchte er, sich auf sie zu stürzen, aber Marie wich ihm geschickt aus und François fiel flach auf den Boden. Sie nutzte seine Lage aus, indem sie sich auf seine Hüften setzte und sein Schwert aus der Scheide zog. Sie wusste, dass sie nur wenig Zeit hatte. Albérie hatte sie vorgewarnt.

Das Schwert in der Faust, ging sie auf den Gang zu, bereit, wenn nötig, zu fliehen. Aber sie wollte ihre Rache, die Rache ihrer Familie bis zum Ende auskosten. Mit einer Stimme, die von der Brutalität ihrer Tat entstellt war, eröffnete sie ihm:

»Ich bin nicht deine Tochter, François de Chazeron, sondern deine Enkelin. Jene, die du vor sechzehn Jahren für Isabeau gehalten hast, war meine Mutter und dein illegitimes Kind, gezeugt durch deine Vergewaltigung. Um mich vor dir zu retten, hat sie mich mit dem Säugling deiner Gemahlin vertauscht, bevor sie sich in diese graue Wölfin verwandelte, die deine Männer in Paris verletzt haben.«

»Das ist nicht möglich«, wütete François zwischen zwei Krämpfen und erbrach einen Schwall von Blut. »Du lügst, du lügst!«

Marie drehte sich um, hielt die Laterne auf Höhe ihres Nackens, den sie mit einer lockeren Handbewegung frei machte.

»Sieh selbst, ob ich lüge.«

François stieß einen Schrei aus, aus Wut ebenso wie vor Schmerz. Plötzlich ergaben all die Dinge einen Sinn und verloren gleichzeitig einen anderen. Marie drehte sich erneut mit dem Gesicht zu ihm.

»Das Wolfsmal, Chazeron. Ich gehöre ihrer Rasse an und auch der deinigen. Und daher ist es mir auch so leicht gefallen, diese Komödie zu spielen. Dein Blut fließt in meinen Adern und durch dieses Blut werde ich mit Recht das erneut erwerben, was du meiner Mutter, meiner Großmutter und meiner Tante geraubt hast: ihre Identität und ihren Namen. Und ich werde ihnen und mir zu jener Macht und jenem Ansehen verhelfen, das du mir vererbt hast. Du wirst lange leiden und leidend sterben. Umgeben von diesem Gold. Allein wie ein Tier, während ich auf dem Ball der Wölfinnen tanzen werde. Adieu, Großvater! Du träumtest von Reichtum. Dein Traum ist in Erfüllung gegangen!«

François krümmte sich vor Schmerzen und Marie sah, wie seine Kleidung langsam zu reißen begann. Sie wartete nicht länger ab. Flink verließ sie die Höhle und verschloss den Mechanismus. Der Schrei des Hasses hallte an den Wänden wider. Noch bevor er die Kraft dazu gefunden hatte, sich zu erheben, war er bereits eingemauert.

Erst dann begann Antoinette-Marie de Chazeron aus voller Kehle zu lachen.

Als sie aus der Kirche ins Freie trat, lag noch immer die Nacht über der Auvergne. Eine klare, frische Nacht, eine Nacht, die bereits den ersten Frost ankündigte. Ohne Reue, die Seele und das Herz von einer Last befreit, ging sie auf den Schatten zu, der sich neben dem Pferd von François abzeichnete. Jean Latour streifte seine Kapuze vom Kopf und Marie warf ihm ein verständnisinniges Lächeln zu.

Als sie bei ihm war, kam sie ihm zuvor und stellte als Erste eine Frage:

»Was ist mit Ma? Seit drei Wochen bin ich krank vor Sorge um sie!«

»Ma geht es gut, Marie. Philippus und Isabeau haben sie gerettet. Sie war gerade wieder zu Kräften gekommen, da habe ich Paris mit verhängten Zügeln verlassen, um dir hierher zu folgen und mich zu vergewissern, dass alles nach Plan verläuft. Nachdem du allein zurückkommst, gehe ich davon aus, dass dies der Fall ist.«

»Isabeau hatte Recht. Er war so von dem Stein der Weisen besessen, dass er blind in unsere Falle getappt ist. Es war ein Kinderspiel. Dieser Felsensaal wird sein Grab sein. Ich kann es nicht mehr erwarten, meine Familie zu sehen. Lass uns nach Paris zurückkehren, Jean.«

»Nicht so eilig, schöne Marie. Wir müssen erst noch unser Spiel zu Ende spielen.«

Er ergriff sanft ihren Arm, als er ihre betrübte Miene bemerkte.

»Dir ist es gelungen, das zu vollenden, von dem deine Familie seit dreißig Jahren träumt. Nun musst du bis zum Ende gehen.«

»Warum hat Constant dich nicht begleitet?«

»Isabeau hat es ihm verboten. Und sie hatte Recht. Niemand darf etwas vom Tod von François de Chazeron erfahren. Lass uns gehen, Marie. Wir müssen handeln, bevor der Morgen graut.«

»Ich weiß.«

Er drückte ihr zärtlich einen Kuss auf die Stirn und Marie spürte, wie ihr Herz schneller, stärker zu schlagen begann. Jean brachte ihre Gefühle in Wallung. Anders als Constant, das war nicht zu leugnen. Sie fühlte, wie Wut von ihr Besitz nahm. Sie würde ihre Mission beenden, aber nicht für Isabeau und Albérie. Sondern für sich. Um das Recht zu haben, ihr eigenes Leben zu wählen.

Als sie ihr Pferd besteigen wollte, drehte sie sich nach Jean um, der ihr ohne zu zögern mit einem Schwung in den Sattel verhalf.

»Sag mal, Jean, liebst du Isabeau?«, wagte sie ihn zu fragen.

Erstaunt blickte er sie mit seinen großen dunklen Augen an und antwortete mit einem spontanen, unverhohlenen Ja, als könne man, trotz seines Rufes, an seiner Aufrichtigkeit nicht zweifeln. Er fügte dennoch hinzu:

»Warum?«

Marie biss sich auf die Lippe. Wie konnte sie ihm nur erklären, dass sie gerne von der verbotenen Frucht seiner vollen Lippen kosten würde? Wie konnte sie ihm erklären, dass sie Constant liebte, aber beim Klang seiner, Jeans, Stimme erzitterte?

Die Dunkelheit verhüllte noch ihr von der Erregung erhitztes Gesicht. Er rückte mit seinem nervösen Pferd etwas näher zu ihr. Sie blickte ihn nicht an und, aufgeladen von der Anspannung der letzten Stunden, brach es aus ihr hervor:

»Sie ist alt. Und ich nicht.«

Ohne eine Antwort abzuwarten, gab sie ihrem Pferd die Sporen und ließ ihn einfach stehen. Er holte sie auf der Hauptstraße wieder ein. Die Luft hatte sich, mit Herannahen der Morgendämmerung, etwas abgekühlt. Aber beide spürten die Kälte nicht. Als sie sich dem Schloss näherten, wurde, auf ein Signal des Türmers, die Zugbrücke heruntergelassen. Marie hatte die wollene Kapuze ihres Mantels von ihrem Kopf gestreift, aber Jean behielt weiterhin den Kopf gesenkt. Sie waren zu zweit fortgegangen, sie kehrten zu zweit zurück. Keine der drei Wachen stellte ihnen eine Frage. François de Chazeron war eine solch unangenehme und verschwiegene Person gewesen, dass man sich nie danach gefragt hatte, was er eigentlich so trieb.

Die Dienerschaft schlief noch. Marie eilte Jean durch die Gänge voraus bis zum Zimmer von François, um einige Habseligkeiten zusammenzusuchen. Die Zeit war knapp. Sie vermied bewusst seinen Blick, verlegen über ihre Kühnheit kurz zuvor. Jean ließ sich nichts von seinen Gefühlen anmerken. Das Geständnis des jungen Mädchens hatte in ihm Klarheit darüber geschaffen, dass er sich von ihr angezogen fühlte. Er war davon überzeugt, dass er Isabeau gegenüber eine aufrichtige, außergewöhnliche Zärtlichkeit verspürte. Aber das, was Marie gesagt hatte, stimmte. Marie war von dieser Jugend, dieser Reinheit, der kein Mann widerstehen konnte. Er noch weniger als ein anderer, der nicht sein Leben lang von einem Bett zum anderen geflattert war.

Marie öffnete mehrere Truhen, um nicht untätig an seiner Seite zu verweilen. Schnell hatten sie einen Reisesack mit Kleidern gefüllt, in den sie auch einen Siegelring mit Chazerons Wappen legten. Als sie gerade ihre Arbeit beendet hatten, ertönte der Schrei des Hahnes im Stall.

»Ich muss fort, bevor der Knecht die Stallungen betritt und den Schwindel entdeckt.«

»Ja«, murmelte Marie mit einem schwachen Lächeln.

Sie war plötzlich traurig. Diese Festung, die nicht die ihrige war, löste in ihr eine ungewohnte Einsamkeit aus. Jean fühlte sich nur noch verstörter. Ihre Blicke kreuzten sich und er strich ihr eine schwarze Strähne aus dem Gesicht, die sich während des Rittes hierher aus ihrer Haube gelöst hatte.

»In einigen Wochen wird dich ein Brief mit dem Siegel Chazerons nach Paris beordern. Kehr nicht in die unterirdischen Gänge zurück. Erst später wieder.«

»Ich werde mich gedulden. Für den Moment …«

»Pst«, flüsterte er und gebot ihr zu schweigen, indem er seinen Finger auf ihren weichen Mund legte. »Die Liebe und das Begehren sind zwei sehr unterschiedliche Gefühle, Marie. Bringe nicht einen Sünder wie mich in Versuchung. Wir würden uns beide verlieren.«

Er beugte sich über ihren Atem und hauchte einen zarten Kuss auf ihre Lippen. Dann ließ er von ihr ab, um das Zimmer zu verlassen.

»Jean«, hielt Marie ihn zurück, das Herz erfüllt von einem Schrei nach Freiheit. »Sag Isabeau, dass ich nicht wie meine Mutter bin. Niemand wird jemals mein Schicksal bestimmen.«

Jean drehte sich um und betrachtete sie ernst. Ihr erhobenes Kinn wirkte wie eine Herausforderung gegenüber ihren Tränen und ihrer plötzlichen Verzweiflung. Er ließ den Reisesack los und streckte ihr seine fiebrige Hand entgegen. Sie fand sich so überraschend in seinen Armen wieder, wie ihn das Bedürfnis danach gepackt hatte. Marie spürte, wie ihr Innerstes von diesem brennenden und sinnlichen Kuss aufgewühlt wurde, der in ihrem Körper das Ungezügelte der Wölfin wachrief. Schließlich stieß er sie ebenso entschlossen wieder von sich.

»Dein Schicksal ist nicht mehr aufzuhalten, Marie. Bist du sicher, dass du es selbst lenken wirst?«

Er griff nach seinem Bündel und verschwand, als ein Dunstschleier den Himmel hinter dem Fensterkreuz in Glut tauchte.

Marie, von ungeahntem Fieber geschüttelt, folgte ihm bis zu den Stallungen. Sie sah ihm dabei zu, wie er François' Pferd bestieg, und sein Anblick beruhigte sie ein wenig, als der Knecht erschien. Er fuhr sich durch seinen flammenden Haarschopf, der so spröde wie Rosshaar war. Jean zog sich seine Kapuze tief ins Gesicht und ritt bis zur Hängebrücke, die er ungehindert passierte, immer darauf bedacht, dass man sein Gepäck bemerkte. Auf der Straße angelangt, trieb er mit glühendem Körper und verstörter Seele sein Tier an.

Marie wandte sich an den Stallknecht, der zu ihr getreten war und seinem Herrn mit einem lautstarken Gähnen und einem ausgiebigen Kratzen seiner verlausten Mähne zweifelnd hinterherschaute, und bemerkte verärgert:

»So ist er, mein Vater! Erst schleift er mich her, kommandiert herum, entlässt seine Leute, schickt mich des Nachts auf seine Felder, um mir die Abgrenzungen seiner Ländereien zu zeigen, und haut dann nach Paris ab, noch bevor der Tag angebrochen ist. Habt Ihr jemals auf dieser Welt eine solch unberechenbare, ungehörige und widersinnige Person kennen gelernt?«

»Das ist wohl wahr, mein Fräulein«, stimmte ihr der einfältige Knecht zu, aus dessen Gesicht man ein absolutes Unverständnis ablesen konnte, sowohl über seinen Herrn als auch über die Ausdrucksweise seiner Tochter.

Er kümmerte sich nicht wirklich um diese Eigenheiten und nur eine davon war für ihn wirklich von Bedeutung: Chazeron hatte ihm zwei Sous versprochen, wenn er Marie ausspionierte. Und nun, wo er fort war, ging er leer aus. Marie ließ ihn mit seinen für sie unverständlichen Gedanken allein und kehrte ins Schloss zurück. Der Tag war angebrochen und auf den Blättern, die den Boden bedeckten, zeichnete sich hauchdünner, weißer Raureif ab. Sie zitterte.

Im Gemeinschaftssaal waren Dienstmägde bereits in geschäftiges Treiben vertieft und trugen Becher mit Milch auf. Eine von ihnen bemerkte, wie mitgenommen sie aussah, füllte ein Schälchen und reichte es ihr, gerade als Bénédicte hereintrat. Die Wirtschafterin bemerkte ihre zerknitterte Kleidung und ihre unordentliche Frisur und erhob die Arme zum Himmel, wobei sie zu lamentieren begann:

»Bei allen Heiligen, woher kommt Ihr in einem solchen Aufzug? Was wird nur Euer Vater dazu sagen?«

Marie gähnte. Sie fühlte sich plötzlich erschöpft. Sie durchquerte den Raum und baute sich vor ihr auf:

»Mein Vater ist nach Paris zurückgekehrt, um seine Arbeit wieder aufzunehmen. Es scheint, dass sie in seinen Augen wichtiger ist als seine Tochter …«

»Aber er hat mir noch gestern eine Liste übergeben, welche Empfänge er zu geben gedenkt …«, protestierte Bénédicte verständnislos.

»Vergesst sie, meine Gute«, versicherte ihr Marie und gähnte ein weiteres Mal. »So wie ich die ganzen Versprechungen vergessen muss, die er mir auf dem Weg hierher gemacht hat. Es scheint, dass mein Vater ebenso launisch wie rücksichtslos ist. Er hat mich damit beauftragt, Euch zu sagen, dass ich während seiner Abwesenheit Eurer Autorität unterstehe. Womit ich einverstanden bin. Sobald ich den verlorenen Schlaf nachgeholt habe.«

Sie drückte der Matrone, die in ein zufriedenes Lachen

ausbrach, einen Kuss auf ihre Pausbacken und verschwand schwankend im Gang.

Kaum war die Tür ihres Zimmers hinter ihr ins Schloss gefallen, warf sich Marie angekleidet auf ihre Bettstatt. Das Zimmer war nicht geheizt, doch sie verspürte keine Kälte. Ihr Körper war ein einziger glühender Ofen. Sie fiel in einen unruhigen Schlaf, heimgesucht von verzerrten Träumen, in denen der sterbende Lehnsherr von Montguerlhe ihren Namen stöhnte.

Huc stand vor dem Schild »Königsgarn« und trat von einem Bein auf das andere. Ein weiteres Mal kontrollierte er die Adresse, die Chazeron ihm gegeben hatte. Er war von oben bis unten mit Dreck beschmutzt und sein Hut konnte die Regenmassen, die auf die Stadt niederprasselten, nicht mehr zurückhalten. Die Straßen schwemmten Massen von Schlamm heran, mit denen sich Unrat vermengte, und bedeckten seine Stiefel damit. Huc hatte zwei Meilen vor Paris sein Pferd verkauft. Das arme Tier war völlig entkräftet gewesen. Er ebenfalls, aber er hatte sich dazu gezwungen, trotz des schlechten Wetters zu Fuß weiterzumarschieren. Zahlreiche Fragen, aber auch eine große Hoffnung, trieben ihn seit seiner Abreise aus der Auvergne an.

»Auf die Seite, blöder Dummkopf«, schrie eine Stimme.

Ihm wurde plötzlich bewusst, dass er mitten auf der Straße stand und den Verkehr aufhielt. Er trat unter das Eingangstor, klopfte seine Pelerine ab, leerte seinen Hut und stieß die Tür auf, worauf ein zartes Glöckchen inmitten des heulenden Sturmes erklang.

»Ihr seid klitschnass, Messire!«, ertönte eine ihm unbekannte Stimme.

Das junge Mädchen schien ebenso überrascht wie angewidert.

»Ich suche eine Dame«, begann Huc und hustete, um seine Stimme, die durch Halsschmerzen heiser geworden war, klar zu machen.

»Legt die Elle Stoff beiseite, mein Kind, und nehmt schnell die Maße von Madame de Bernardin. Sie ist ein wenig kräftiger geworden und hat sich in den Kopf gesetzt …«

Der Rest des Satzes blieb Albérie, die soeben den Raum betreten hatte, im Halse stecken. Trotz des dichten, silbernen Bartes, der sein Gesicht einrahmte, und seines erbärmlichen Anblicks erkannte ihn Albérie sofort.

»Welche Dame, Messire?«, erkundigte sich das junge Mädchen, die nicht einmal bemerkt hatte, dass ihre Herrin hinter ihr stand.

»Diese da«, lächelte Huc, verdutzt über die veränderte Erscheinung seiner Gemahlin.

»Mein teurer Huc«, sagte sie und ging auf ihn zu. »Bleibt doch nicht hier so stehen, kommt herein!«, fügte sie hinzu und nahm seine Hände. »Carolys, gebt meiner Schwester Bescheid, dass mein Gemahl soeben angekommen ist.«

»Euer Gemahl, Madame Albérie?«, stotterte die Kleine.

Dann erst bemerkte sie, dass sie sich indiskret zeigte, und korrigierte sich eiligst:

»Ich gehe schon.«

Carolys verschwand auf der Stelle. Huc fand keine Worte. Er ließ sich einfach fortziehen.

»Als Erstes entledigst du dich erst einmal deiner Kleidung!«, insistierte Albérie, während sie das Vestibül von Isabeaus Wohnung betraten.

Und schon kam Bertille herbeigerannt.

»Wer ist denn das, Albérie?«

»Mein Gemahl, Bertille.«

»Bei allen Heiligen, er ist völlig durchnässt!«, rief Bertille, außer sich vor Empörung.

»Verzeiht«, begann Huc, aber seine Worte verloren sich auf den Lippen seiner Gemahlin.

Albérie hatte sich nicht länger zurückhalten können, war ihm um den Hals gefallen und küsste ihn. Er zögerte einen Augenblick, sie zu umarmen, um sie nicht schmutzig zu machen, gab dann jedoch seinem eigenen Begehren nach. Bertille grummelte verlegen:

»Das sind ja Manieren! Und mein ganzer Fußboden ist ruiniert! Albérie, schaut doch, Euer Kleid! Gütiger Gott«, schloss sie endlich und verließ das Zimmer, »so etwas möchte ich mir nicht anschauen! Nein, ich will das gar nicht sehen!«

Ihr Kuss ging in Gelächter über. Huc legte seine kräftigen Hände auf die rosigen Wangen seiner Geliebten.

»Allmächtiger, wie schön du geworden bist durch ein friedliches Leben, Albérie!«

»Du hast mir auch gefehlt, Huc«, antwortete sie und blickte ihn mit ihren stählernen Augen tief an.

»Können wir nun endlich Euren Gemahl von seinem Dreck befreien?«, ertönte erneut die aufbrausende Stimme von Bertille.

Beide drehten sich gleichzeitig um. Ihre Fäuste erzürnt in die Hüften gestemmt und die Stirn in Falten gelegt, überspielte die Zwergin ihre Rührung, um nicht in Tränen auszubrechen. Dies war ihre Art, gegen ihr weiches Gemüt anzukämpfen.

»Ich glaube ja, Bertille! Aber ich kann das auch selber übernehmen, denn angesichts seiner Größe hättest du wahrscheinlich Schwierigkeiten, ihn abzuschrubben.«

»Albérie! Als ob …«, verteidigte sich die Zwergin und errötete bis unter die Haarwurzeln.

»Komm, Huc. Bertille ist eine ausgezeichnete Köchin. Es wäre ihr ein wirkliches Vergnügen, dir etwas zu essen vorzubereiten.«

»Selbstverständlich! Aber er soll seine Schuhe ausziehen, bevor er weitergeht.«

»Eure Wünsche sind mir Befehl, junge Frau«, gehorchte Huc charmant.

Bertille ließ sich erweichen, errötete erneut, als er seinen Blick zu ihr herabsenkte, und ging mit wiegenden Hüften davon.

»Ich werde schon irgendwo einige Pasteten ausfindig machen … und Schinken und Gemüsekuchen«, zählte sie auf, um sich abzulenken.

Huc zog seine Stiefel aus, überschwemmte dabei mit dem Wasser, das sich darin befand, noch mehr den Fußboden und folgte schließlich Albérie in ein Badezimmer, das sich im ersten Stock befand.

Als Bertille an die Türe klopfte, um anzukündigen, dass das heiße Wasser bereit sei, kam als einzige Antwort ein Grummeln. Sie stellte die Zuber auf der Schwelle ab, wischte ihre kleinen Hände an ihrer Schürze ab und seufzte, während sie sich umdrehte:

»Er hätte doch wenigstens warten können, bis er sauber ist!«

Kurz darauf beklagte sie sich darüber bei Isabeau, die, als sie von der Neuigkeit erfahren hatte, sofort nach Hause geeilt war.

»Halte das Essen warm«, bemerkte Isabeau gerührt, nachdem sie ihren Bericht beendet hatte. »Sie haben viel Zeit nachzuholen. Ich komme später wieder. Hier«, fügte sie hinzu und reichte der Zwergin ein Taschentuch, »putz deine Nase.«

Bevor Bertille noch protestieren konnte, war Isabeau bereits mit einem Augenzwinkern verschwunden. Sie fühlte sich leicht. Zwei Briefe von Marie waren der Ankunft von Huc und Jean vorausgegangen. In dem ersten wurde ihr mit Ironie mitgeteilt, Chazeron sei »auf bedauernswerte Weise unter schrecklichen Schmerzen« verstorben, sowie die Ankunft Hucs angekündigt. In dem zweiten, der sie erst vor einigen Tagen erreichte, schrieb Marie, wie sehr sie sich trotz allem darin gefalle, sich um ihre Ländereien zu kümmern. Marie hatte die Grundbücher, die Huc ihr zurückgelassen hatte, genau durchgesehen und hatte, mit Hilfe von Bénédicte, damit begonnen, die Arbeit, die Huc angefangen hatte, weiterzuführen, um die Bauern vor einem strengen Winter zu schützen. Für alle unerwartet, hatte Marie ihre Familie um Erlaubnis gefragt, bis zum Frühling auf Vollore bleiben zu dürfen.

Isabeau war darüber erfreut gewesen. Es war ihr Erbe und nichts machte sie glücklicher als das Gefühl, Marie zufrieden und an ihrem Platz zu wissen. Dieser Platz, der die Belohnung ihrer Knechtschaft war. Allein Constants Reaktion bereitete ihr Sorgen.

Seit Marie fortgebracht worden war, hatte er sich verändert. Aus dem fröhlichen war ein schweigsamer Junge geworden, der wegen Kleinigkeiten anfing zu streiten, zeitweise sogar während der Versammlungen der Lutheraner. Als mache er die ganze Welt für die Leere, die sich in ihm ausgebreitet hatte, verantwortlich.

Tatsächlich hatte sich in den vergangenen zwei Monaten viel verändert. Der eigentliche Amtsinhaber, Jean de la Barre, hatte, nachdem seine Wunden geheilt waren, seine Arbeit als Profos wieder aufgenommen, und auch wenn er seine Sympathie zu den Lutheranern etwas weniger offen zur Schau stellte, so zeigte er sich doch auch nicht gerade übereifrig. Sofort nachdem Chazeron sein Amt als Stellvertreter durch ein offizielles Schreiben, verfasst von Marie, niedergelegt hatte, hatte er dessen Akten vernichtet und die Verfolgungen eingestellt. Die Lutheraner und die Bettler hatten es ihm, wie gewöhnlich, mit großzügigen Geschenken gedankt.

Ma hatte sich schnell wieder erholt. Philippus wich nicht von ihrer Seite, schlief neben ihr, was Constant, bereits betrübt durch den Verlust von Marie, noch etwas mehr aufbrachte. Isabeau hatte versucht, ihm die ganze Geschichte zu erklären, aber er wollte sie nicht hören. Es kümmerte ihn wenig, dass Philippus Maries Vater und Ma ihre Mutter war. Für ihn war nur eines gewiss: man schickte Menschen nicht fort, die man liebte. Marie als Adelige zu verkleiden war in seinen Augen schlimmer als das Gefängnis, schlimmer als der Tod. Wenn Marie behauptete, sie fühle sich wohl, dann nur, weil sie zu stolz war, um sich über ihr Leid zu beklagen. Wenn er reiten könnte, hätte er sich schon längst in die Auvergne aufgemacht, um sie zu erlösen. Einen Versuch hatte er bereits gewagt, trotz seiner Angst, die ihm diese Tiere einflößten. Aber er hatte, unter den spöttischen Bemerkungen der Bettler, nur mit seinem Hintern die Straße abgestaubt und es schließlich aufgegeben. Er hatte sich gesagt, dass Jean es ihm schon beibringen würde, sobald er zurückgekehrt war.

Aber Jeans Ankunft verzögerte sich. Ebenso wie Hucs.

Isabeau hatte endlich ihren Seelenfrieden gefunden und kehrte zu ihren Geschäften zurück. Huc war inzwischen angekommen und auch Jean würde nicht mehr lange auf sich warten lassen.

Während des Abendessens bei ihr zu Hause stimmte sie allein die Abwesenheit Constants traurig. Es war in der Tat ein sonderbarer Abend. Alle waren sie da: Philippus und Ma, Albérie und Huc. Sie waren alle ergriffen. Ergriffen darüber, wieder beisammen zu sein, die Seele angerührt von so vielen Erinnerungen. Erinnerungen, die von Lügen und Verrat überschattet und doch noch mehr von Liebe, Vergebung und Dankbarkeit durchtränkt waren. Sie unterhielten sich lange. Isabeau hatte erwartet, dass Huc ihr für alles, nichts, irgendetwas Vorwürfe machen würde. Aber er hatte sie nur mit einem aufrichtigen Lächeln und funkelnden Augen umarmt.

»Welch schönes Licht heute Abend«, hatte er nur festgestellt.

Sie hatte, ebenso wie die anderen, verstanden, von welchem Licht er sprach. Vom Licht der Wahrheit, der Opferbereitschaft, des Mutes und der Beharrlichkeit. Jenes Licht, das ihr Unglück und ihre Unterwerfung verdrängt hatte. Sie hatten gemeinsam gelacht. Von Marie gesprochen. Um Chazeron getrauert. Gemeinsam.

Jean kündigte sich zwei Tage später an. Er hatte seine geplante Route aufgrund der Pest abändern müssen.

»Das war zu erwarten. Wir müssen uns darauf vorbereiten«, antwortete Philippus besorgt.

Eine Woche später zog er gemeinsam mit seinem Freund Jean Pointet durch Paris, um der Epidemie vorzubeugen. Sein Quersack war voll mit Kernseife, die Isabeau, gemeinsam mit einigen vorsichtigen Bürgern, gekauft hatte.

Es dauerte nicht lange, und die allgemeine Unruhe breitete sich weiter aus. Frankreich wurde vom Übel heimgesucht, das sich wie eine mit Schorf überzogene Viper durch das ganze Land schlängelte. Man organisierte Prozessionen, betete. Ungeachtet der Gefahr beschloss der König, gemeinsam mit seiner Gemahlin und dem Thronfolger Frankreich zu durchqueren, glücklich über die Gelegenheit, jene Provinzen zu bereisen, die seine verstorbene Mutter ihm hinterlassen hatte.

In den Städten und Dörfern, die von der Geißel heimgesucht wurden, erhoffte man sich die königliche Durchreise in der Überzeugung, wenn er wie seine Vorfahren die Fähigkeit hatte, Skrofeln zu heilen, dann würde es ihm auch gelingen, seine Untertanen und ganz Frankreich vor diesem Unglück zu bewahren.

Sturmflutähnliche Regenfälle ließen in Paris die Seine über ihre Ufer treten. Zahlreiche Einwohner setzten all ihre Hoffnung auf die erteilten Ratschläge und wuschen sich in diesen Überschwemmungen, um sich vor der Pest zu schützen. Die Epidemie erreichte die Stadt nicht, ließ aber wenig Zeit zum Nachdenken.

Zwei Menschen jedoch quälten sich zutiefst: Constant, der die Tage bis zum Frühling zählte, während er in der Zwischenzeit heranwuchs und sich dazu zwang, ein Mann zu werden. Und Jean, den ein einziger Kuss durcheinander gebracht hatte.

Der Winter zog über ein Land hinweg, das unter vielerlei Missständen litt. Von Marie kamen nur gute Nachrichten, die ihre Familie beruhigten. Vollore war von der Epidemie verschont geblieben, obgleich sie in zahlreichen Häusern in der Auvergne zum Ausbruch gekommen war. Marie fühlte sich glücklich dabei, ihren Leuten, wie sie sie inzwischen nannte, helfen zu können. Sie fühlte sich nützlich, mehr noch als am *Cour des Miracles,* und fand Befriedigung darin, ihnen ihr Schicksal etwas erleichtern zu können. Auf Schloss Vollore gingen alle davon aus, dass Marie ihre Briefe zu François de Chazeron nach Paris sandte, wo ihn seine Verpflichtungen festhielten.

Bénédicte war glücklich darüber, dass der brummige Lehnsherr durch eine neue, junge Herrin ersetzt worden war, und hegte keinerlei Misstrauen. Dem Rat von Jean folgend, hatte Marie die unterirdischen Gänge von Montguerlhe seither nicht mehr betreten. Und doch vermisste sie alle, insbesondere Constant, und sie freute sich bei dem Gedanken, sie wiederzusehen, sobald Schnee und Eis den Weg nicht nur für Briefe freigeben würden.

Als am 25. April ein weiteres Schreiben im Laden ankam, riss Isabeau es eiligst auf, gewiss, dass Marie ihr Kommen ankündigen würde.

Doch beim ersten Blick auf das Geschriebene erbleichte sie und es blieb ihr nicht einmal mehr die Zeit, Carolys zu antworten, die sie besorgt ansprach. Ihr Blut stockte und sie fiel nach vorn auf die Fliesen.

Sie erwachte auf der Bank im Vestibül. Die Gesichter, die sich über sie beugten, wirkten ernst und sogleich kam ihr die Erinnerung zurück. Sie erhob sich und lehnte sich an das Leder.

»Ist es das, was ich denke?«, fragte sie.

»Leider!«, antwortete ihr Albérie mit erstickter Stimme.

»Wir müssen hinfahren«, entschied Isabeau. »Sofort. Dieses Mal werde ich nicht fliehen, meine Schwester.«

»Bertille packt bereits Eure Sachen«, meldete sich Jean dazwischen. »Meine sind schon fertig«, fügte er hinzu, wobei er seine Hand an den Degen führte.

»Das, was sein muss, wird geschehen.«

11

»Ein Reiter ist angekommen, Mademoiselle Antoinette-Marie.«

Ohne ihrer Dienstmagd Zeit zu lassen, weiteres hinzuzufügen, stürmte Marie die Treppe hinab, ungeachtet der Gefahr, mit den Füßen in ihren Unterröcken hängen zu bleiben.

Der Mann schüttelte seinen Reiseumhang, der vom Regen durchnässt war. Von seinem Hut tropfte es erbärmlich an beiden Seiten seines Gesichts hinab, das er hinter einer Ledermaske schützend versteckte.

»Constant!«, rief sie mit klopfendem Herzen.

Der Mann löste das Band der Maske und gab sein Gesicht frei, das am Kinn von einem schwärzlichen Bart gesäumt wurde.

»Jean«, verbesserte sie sich, ohne wirklich Enttäuschung zu verspüren, und verlangsamte ihren Schritt.

»Guten Abend, Marie«, antwortete er und bot ihr seine ausgebreiteten Arme dar.

Schutz suchend warf sie sich an seine Brust. Sie sah mitgenommen aus, hatte eingefallene Wangen, schwarz umrandete Augen und spröde Haare. Eine tiefe Sorgenfalte lief quer über ihre Stirn, auf die er einen zarten Kuss drückte. Er umarmte sie innig.

»Constant ist nicht weit. Einige Dutzend Meilen nur. Uns ist ein Rad in einer Wagenspur gebrochen, kurz hinter Clermont. Ich hielt es für besser, uns nach dem dadurch verursachten Aufenthalt nicht von der Nacht überraschen zu lassen, aber schon morgen werden sie alle hier sein. Ich wollte dir die Nachricht überbringen.«

Marie machte sich von ihm los, die Augen von einem unübersehbaren Schrecken geweitet.

»Nein, sie dürfen nicht kommen. Lass uns auf der Stelle fortgehen von hier, alle beide. Ich kann nicht länger an diesem fluchbeladenen Ort ausharren, Jean. Nimm mich mit, ich bitte dich. Ich bitte dich.«

Jean musterte einen Moment lang ihre Gesichtszüge. Er hatte eine etwas traurige, aber doch strahlende Marie zurückgelassen. Und nun stand vor ihm nichts weiter als der Schatten des jungen, schalkhaften und sinnlichen Mädchens, an die er sich erinnerte. Hatte Constant doch Recht gehabt? Waren ihre Briefe nur vorgetäuscht gewesen?

»Die Nacht ist dunkel, kalt und windig. Es wäre Irrsinn, sofort abzureisen. Wir sind hier in Sicherheit, Marie. Führe mich, wir müssen miteinander reden.«

»Messire, wo hält sich unser Herr auf? Bringt Ihr uns Neuigkeiten von ihm?«, rief die kräftige Bénédicte besorgt und kam aus der Küche herbeigeeilt.

»Sein Amt ist von ungeheurer Wichtigkeit und hält ihn daher leider noch immer in Paris fest«, antwortete ihr Jean und grüßte sie mit einem Kopfnicken. »Er schickt mich mit Eurem ehemaligen Profos, der, nach Beendigung seiner Mission, wieder hierher zurückkehren und sein Amt wieder aufnehmen wird.«

Bénédicte rollte mit den Augen.

»Messire Huc?«

»Ebendieser. Wer könnte sonst diesen Gräueltaten ein Ende setzen, wenn nicht er?«

Bénédicte schien erleichtert. Marie hatte dafür gesorgt, dass der Tratsch, den die Wachen verbreitet hatten, aufgehört hatte. Huc sei zu seinem Herrn nach Paris geschickt worden, der es für nützlicher befunden habe, Hucs Fähigkeiten für sich zu nutzen, anstatt ihn für schlechte Kapitalanlagen zu bestrafen. Niemand hatte Grund, Marie in diesem Punkt zu misstrauen. Und so waren die Gerüchte versiegt.

»Ihr müsst hungrig sein!«, bemerkte Bénédicte anstelle einer Begrüßung.

Jean nickte, aber Maries verzagte Miene zwang ihn zur Geduld.

»Ich muss zuerst mit Mademoiselle Antoinette-Marie eine private Unterhaltung führen, so wurde es mir aufgetragen.«

Bei diesen Worten schien es, als lebe in Marie ein Hauch ihres ursprünglichen Scharfsinns wieder auf. Sie packte ihn am Arm und zog ihn eilenden Schrittes mit sich.

»Folgt mir. Im letzten Brief riet mir mein Vater, die ganze Sache Euch und Messire Huc in die Hände zu legen.«

Bénédicte sah ihnen nach, wie sie den Gang entlang, zu François' Arbeitszimmer liefen, wo Marie, seit ihrer Ankunft, seinen Platz eingenommen hatte. Sie erinnerte sich an den Kurier, der ihr vergangene Woche ein Schreiben mit Chazerons Siegel überreicht hatte. Marie hatte nach seiner Lektüre erleichtert gewirkt. Nun verstand sie auch warum. Gelassen kehrte sie in die Küche zurück.

Kaum hatte sich an diesem Abend des 25. Mai 1532 die Tür hinter ihnen geschlossen, als sich Marie auch schon schluchzend an Jeans Brust warf.

Jean führte sie zu einer Bank, die mit blauem Samt bezogen war und unter dem Fenster stand, an dessen Innenseite vergitterte Läden angebracht waren. Sie schmiegte sich an ihn, unfähig die Anspannung, die sich in den vergangenen Wochen in ihr angestaut hatte, länger zurückzuhalten. Sie war entkräftet.

Jean wusste nicht, wie er sie besänftigen sollte, wiegte sie einfach nur zärtlich in seinen Armen und streichelte ihren Nacken, der von ihrem Schluchzen geschüttelt wurde. Zwischendurch wischte sie sich mit ihrem Ärmel die Nase und brachte ihn damit zum Lachen. Er dachte an Constant, den er, bekümmert darüber, dass er nicht ein Pferd besteigen und ihn begleiten konnte, mit den anderen auf der Straße zurückgelassen hatte. Er hatte Recht. Marie hatte nur ihr Äußeres ausgetauscht. Aber in ihrem Inneren ruhte noch immer das ungezähmte Mädchen vom *Cour des Miracles.* »Sagt ihr, dass ich sie liebe«, hatte er Jean aufgetragen, als er die Zügel Richtung Thiers gelenkt hatte. Aber Jean wollte es einfach nicht gelingen. Er hatte Isabeau den ganzen Winter über geliebt und sich dabei immerzu gefragt, warum dieser Kuss, den er Marie gestohlen hatte, den Rest seiner Nächte mit Träumen erhellte. Er fühlte sich zu Isabeau hingezogen. Auf ehrliche Weise. Also was? War es nur seine unersättliche fleischliche Begierde, die sich in ihm regte? Er war nicht wirklich davon überzeugt. Marie weckte in ihm ein viel verworreneres Gefühl, eine verfängliche Mischung aus Freundschaft, Respekt und Sinnlichkeit. Ein tiefes Gefühl, das er auch bei ihr zu spüren geglaubt hatte, als er sie umarmte. Trotz ihrer jeweiligen Bindungen zu einer anderen Person. Er hatte sich nicht davon losmachen können, trotz seiner Zuneigung zu Constant und der Vorstellung, dass er sein Vertrauen verriet. Und während ihr Schluchzen langsam versiegte, dachte er auch jetzt an nichts anderes. Sie beruhigen. Und wähnte sich auf eine fast ungebührliche Weise glücklich, der Erste an ihrer Seite zu sein.

»Es ist vorbei, Marie. Du hast nun nichts mehr zu befürchten, weder von ihm noch von jemand anderem.«

Er zog sein Taschentuch hervor und reichte es ihr, als sie erneut im Begriff war, ihr Gesicht mit ihrem Ärmel abzuwischen. Marie lächelte ihn an und in ihrem Blick lagen Dankbarkeit und Hoffnung. Sie putzte ihre Nase und drückte sich erneut an seine Brust, verwirrt über sein rasendes Herzklopfen, trotz ihrer eigenen Erregung. Sie hob ihre Augen zu ihm auf und blickte ihn überrascht und leidenschaftlich an. Und Jean warf all seine kläglichen Vorsätze über Bord.

Er bemächtigte sich ihres halb geöffneten Mundes mit dem Gefühl, sich ihrem Sturm anzupassen wie der Kapitän eines Schiffes, zu allem bereit, um nicht zu kentern.

Marie ließ sich mit leidenschaftlichem Stöhnen von ihm

führen. Sie hatte in den vergangenen Wochen eine Angst verspürt, gegen die sie nicht hatte ankämpfen können, gegen diese Düsterkeit, gegen diese Bedrohung, die zwar unsichtbar, aber dennoch hinter den Fenstern deutlich spürbar war. Sie hatte alle Türen der Zimmer verriegeln lassen, die einen Kamin besaßen, und bewaffnete Männer auf den Wartturm positioniert. Aber sie fühlte dennoch, wie er lüstern und blutrünstig um sie herumschlich.

Jean löste sich von ihrem tränenüberströmten Gesicht, erschöpft von diesem Kuss, als habe er seine ganze Seele hineingelegt. Marie stöhnte noch immer, hingebungsvoll und lasziv, beruhigt durch das Gefühl, sich in diesem Körper, der nach Zärtlichkeit lechzte, noch immer lebendig zu fühlen. Er versuchte einen Moment lang, sich zu zwingen, diese wilde Begierde, die ihn schmerzte, zu verdrängen, versuchte, sich Constants vertrauensvolles Gesicht vorzustellen, der in ihm einen Freund sah. Aber es gelang ihm nicht.

Mit geübter Hand öffnete er die Bänder ihres Mieders, dann die Haken ihres Kleides und entblößte ihren Oberkörper. Marie legte sich mit geschlossenen Augen auf die Bank. Sie war dünner geworden und ihre kleinen, runden Brüste füllten kaum Jeans Hand, aber er fand sie schöner als die aller anderen Frauen. Noch nie zuvor hatte er das Gefühl gehabt, so nützlich zu sein, als ob seine Finger, die über ihre weiße Haut glitten, jede Pore in ihr neu zum Leben erweckten. Er fühlte, wie sie zusammenzuckte, wie sie sich anspannte und wieder lockerte, sich darbot und ebenso instinktiv begehren ließ. Ein Überlebensinstinkt, den er bei Isabeau gespürt hatte, als sie sich zum ersten Mal geliebt hatten. Er ließ sich Zeit, sie zu entdecken, suchte in ihrem Stöhnen nach Zuspruch für sein miserables Verhalten.

Sie war Jungfrau, das wusste er. Zu einer anderen Zeit, an einem anderen Ort, bei einer anderen Frau hätte ihn das gleichgültig gelassen, hätte er von ihr Besitz ergriffen, wie von einer Dirne, ohne sich darum zu sorgen, sie möglicherweise zu schwängern oder sie unbefriedigt zu lassen. Marie aber verdiente mehr als das. Sie verdiente den Liebhaber, der er gelernt hatte zu sein und den bürgerliche Frauen sich ab und an erkauften, wenn er ihre Bettstatt verweigerte, um den Preis in die Höhe zu treiben. Für Isabeau hatte er einen Strich unter diese erbärmliche Vergangenheit gesetzt. Für Marie entdeckte er ihre Verderbtheit neu, um ihr wie keiner anderen zuvor die höchste Erfüllung zu schenken. Er schuldete ihr sein Leben. Er gab ihr das Leben zurück. Stolz überkam ihn, als das junge Mädchen seine Zärtlichkeiten auskostete. Sicher in dem, was er tat, bemächtigte er sich ihrer Jungfräulichkeit, indem er seine Lust von ihren Lippen trank, wie aus einer Quelle, die niemand zuvor sprudeln gesehen hatte.

»Hast du noch immer Hunger?«

Jean öffnete seine Augen einen Spaltbreit und betrachtete das sanfte Gesicht des jungen Mädchens.

»Ich glaube ja.«

»Wir müssen wieder in den großen Saal zurück, wo Bénédicte weinend über ihren erkalteten Krapfen sitzen wird«, amüsierte sich Marie.

»Ja, sicher.«

Aber Jean fand nicht die Kraft, sich zu bewegen. Hier zu verharren, an sie geschmiegt, bedeutete, einen verbotenen, lieblichen Traum aufrechtzuerhalten. Die Realität würde ihm missfallen. Das wusste er. Er stieß einen Seufzer aus und fuhr mit einem Finger über ihre seidige Schulter.

»Wir müssen diese Verfehlung vergessen, Marie.«

Er spürte, wie sich ihr Körper anspannte. Er hätte warten können, aber er wollte nicht, dass sich zwischen ihnen dieses nicht rückgängig zu machende Einverständnis außerehelicher Liebschaften einstellte.

»Du liebst Constant und er liebt dich«, fügte er mit fester Stimme hinzu, als Marie weiterhin schwieg. »Morgen wird er an deiner Seite sein und Isabeau an meiner. Ich bedaure nichts, Marie, aber du verdienst mehr als …«

Sie schnitt ihm mit harschem Ton das Wort ab, wobei sie sich zu ihm umdrehte:

»Gib dir keine Mühe, Jean. Ich habe verstanden. Ich hatte Angst und du hast mir auf deine Weise beigestanden. Ich brauchte diese Zärtlichkeit und ich bin dir nicht böse. Wir sind quitt. Niemand wird etwas davon erfahren.«

Er antwortete nicht. Er schaute ihr zu, wie sie sich eilig wieder anzog. Sie war wütend, aber er hatte das Gefühl, dass diese Wut viel mehr gegen sie selber gerichtet war als gegen ihn. Traurig dachte er bei sich, dass er noch schändlicher und feiger war, als er gedacht hatte. Auch er schnürte seine Bänder wieder zu.

Ohne ein weiteres Wort, das Feuer ihrer Körper gestillt, gingen sie zu Bénédicte, die es nicht wagte, eine Bemerkung zu machen, jedoch unterstrich, dass man sie über die Länge des Gesprächs ruhig in Kenntnis hätte setzen können.

Woraufhin Marie lächelnd bemerkte, dass schon morgen fünf weitere Gäste nach Vollore kämen.

Marie strich sich mit der Handfläche über ihren Bauch und ihre Brüste und warf dabei ihrem Spiegelbild Grimassen zu.

Nein, es hatte sich wirklich nichts verändert. Sie hatte sich immer gefragt, ob man wohl etwas nach dem ersten Mal sehen würde. Nein. Nichts. Sie war zu einer Frau geworden, aber ihr Körper bewahrte dieses Geheimnis verschlossen in seinem Inneren. Sie war wütend über Jean gewesen, dass er sie so zurückgewiesen hatte, so schnell, aber der Ärger war schließlich verflogen. Er war ein treuer Freund. Sie hatte in ihrer Erinnerung nachgeforscht und war zu der Einsicht gelangt, dass er sie schon immer angezogen hatte, ohne jedoch mit Überzeugung sagen zu können, dass sie ihn liebte. Es war also besser so. Sie würde Constant wiedersehen. Ihren Vater treffen, den sie nur für einen Augenblick kennen gelernt hatte, und sie würde keine Angst mehr haben. Sie fühlte sich auf Vollore zu Hause, mehr noch als in Paris, trotz der Aufregungen der letzten Zeit. Ihr Platz war hier. Ein

Platz für sie allein. Ein Lebensinhalt. Im Grunde war alles ganz einfach. Constant würde sie heiraten. Sie würde ihm Kinder schenken und diese Ländereien wären ihre Wiege. Ja, alles war ganz einfach.

Als sie sich zu Jean gesellte, der gerade sein Frühstück einnahm, lächelte sie heiter. Jean war erleichtert. Er hatte nicht schlafen können, war von seinen widersprüchlichen Gefühlen gepeinigt worden. Maries fröhliches und ausgeruhtes Gesicht wischte seine Zweifel endgültig fort. Und froh gelaunt erzählte er ihr, was ihnen auf der Reise alles passiert war.

Die Kutsche wurde am späten Nachmittag angekündigt, als der Tag gerade im Begriff war, sich zu neigen. Marie blieb keine Zeit, sie mit Worten willkommen zu heißen, als Ma sich schon hechelnd vor ihr aufbaute.

»Heiliger Jesus Christus! Aber das ist ja ein Wolf!«, stieß Bénédicte erschrocken aus, die der Kutsche entgegengelaufen war, um die Gäste zu empfangen.

»Ein gezähmter und ungefährlicher Wolf«, verbesserte Jean sie und legte beruhigend eine Hand auf ihre Schulter. Bénédicte lief bis unter die Haarwurzeln rot an, dachte aber nicht daran, sie abzuschütteln. Dieser Herr war überaus verführerisch und es missfiel ihr durchaus nicht, dass er sie beschützte. Marie bückte sich und vergrub zärtlich ihre Nase in dem grauen Pelz.

»Ma!«, rief sie aus. »Wie sehr du mir gefehlt hast!«

»Und ich? Hab ich dir auch gefehlt?«

Marie hob ihren Blick und sah in das Gesicht von Constant, das reifer wirkte und von Zärtlichkeit glühte. Sie richtete sich auf und lächelte in die Runde der Ihrigen, die sie alle mit dem gleichen Blick voller Liebe ansahen.

»Ihr habt mir alle gefehlt«, versicherte sie, bevor sie ihre Arme um den Hals Constants schlang.

Constant drückte sie fest an sich, glücklich und doch plötzlich auch befangen und verdutzt, sie, trotz ihrer zierlichen Figur, unverändert schön wiederzusehen.

»Lasst uns hineingehen«, sagte sie nur. »Wir haben uns viel zu erzählen.«

Bénédicte zog sich sofort zurück, nachdem das köstliche Essen beendet war. Sie hatte sich nur das gemerkt, was sie aus den Gesprächen herausgehört hatte: Huc de la Faye war zusammen mit einer Gemahlin zurückgekommen und diese Isabeau war ihre Schwester und gleichzeitig eine Verwandte von François de Chazeron. Auf dem Schloss gab es niemanden mehr, der Albérie hätte wiedererkennen können. Selbst wenn einige, die jedoch zu jung waren, um sich an ihre frühere Funktion zu erinnern, meinten, ihr Gesicht käme ihnen bekannt vor, konnte man dies einfach damit begründen, dass sie einst auf dem Schloss war, um ihre Verwandtschaft zu besuchen. Und im Grunde kümmerte sich Bénédicte nicht um diese ganzen Geschichten. Sie stellte wie bei der Rückkehr von Marie auch dieses Mal keinerlei Fragen. François de Chazeron hatte sich deutlich ausgedrückt: Er würde seine Tochter zurückholen, die in einem Kloster aufgewachsen war, denn der Wahnsinn ihrer Mutter hatte ihn dazu gezwungen, sich im Interesse des Kindes von beiden zu trennen. Diese neuen, der Kleinen gegenüber so warmherzigen Gesichter gefielen ihr umso mehr, als sie inzwischen ebenso wie alle anderen im Schloss eine tiefe Zuneigung zu Marie verspürte. Und daran änderte auch die Tatsache nichts, dass sie sich zu einer Wölfin hingezogen fühlte.

»Ich hatte so wenig Zeit, Euch kennen zu lernen, mein Vater!«, stellte Marie bedauernd fest, indem sie sich an Philippus wandte, der sie mit stolzen Blicken bedachte.

»Es wird uns noch genug übrig bleiben, sobald wieder Frieden in dieses Haus eingekehrt ist.«

Marie erschauerte und ihr Blick verriet ihre Furcht. Sie lächelte schwach. Es war nun an der Zeit, von den schrecklichen Ereignissen zu erzählen.

»Ich weiß nicht, ob das gelingen wird. Und eigentlich hatte ich bis gestern Abend, bis Jean mir von Euren Absichten berichtete, nur einen Wunsch: so schnell und so weit wie möglich von hier zu fliehen. Obgleich ich, wie ich gestehen muss, bis vor kurzem durchaus glücklich hier war.«

Constant kniff seine Lippen zusammen und machte ein mürrisches Gesicht.

»Dieses ganze Unterfangen ist meiner Ansicht nach aberwitzig. Wenn du willst, gehen wir fort, sobald der Morgen graut. Zu uns nach Hause«, fügte er hinzu.

Aber Marie schüttelte den Kopf.

»Nein, Constant. Euch alle wiederzusehen, hat mir den fehlenden Mut zurückgegeben. Wir müssen dem Ganzen ein Ende setzen oder ich werde nie wieder ruhig schlafen können.«

»Was ist passiert, Marie«, fragte Isabeau schließlich mit sanfter Stimme, selbst wenn jede einzelne ihrer Poren die Antwort bereits fühlte.

»Chazeron ist zurückgekehrt. Ich glaube es zumindest, selbst wenn er sich verändert hat. Oh, Allmächtiger, wenn ihr ihn nur gesehen hättet. Wir haben ein Monster geschaffen! Ein Monster!«, rief Marie aus und ein Schauer lief ihr den Rücken hinunter.

Sie hatte plötzlich das Bedürfnis, all die Bilder, all das Grauen loszuwerden, das sie seit über einem Monat peinigte.

»Es fing zu Beginn des Frühjahrs, mit dem Wärmeeinbruch an«, begann sie. »Einige Bauern wandten sich an den Sergeant, um sich darüber zu beklagen, dass Schafe verschwunden oder zur Hälfte zerfleischt aufgefunden worden seien. Auf Fermouly hatte sich die Anzahl des Geflügels immer mehr verringert, außerdem war der Maschendraht niedergerissen und zwei Hunden der Bauch aufgeschlitzt worden. Schließlich brachte eine Frau vom Nachbargut La Grimardie das Gerücht in Umlauf, das alles sei nicht die Tat eines Wolfes gewesen, wie alle zunächst geglaubt hatten, sondern die einer grässlichen Bestie, eines Werwolfes. Sie habe ihn gesehen, wie er im fahlen Schein des Mondlichts ihren Stall verwüstete. Ihr Mann hatte starkes Fieber, daher packte sie die Sense, um dieses Ungetüm zu verscheuchen, aber als es sie entdeckte, sei es geflohen. Andere bekräftigten ihre Beschreibung dieses Ungeheuers: das Biest stehe aufrecht auf Beinen, die von langem Haar bedeckt seien, seine Arme, die in einem gedrungenen Oberkörper steckten, endeten in Krallen. Das Gesicht sei missgestaltet, eine menschliche Stirn gehe in eine längliche Schnauze über. Es griff nie die Bauern an, schien sie vielmehr mit seinem unheilvollen Anblick zu verhöhnen, ließ sich von ihnen, zitternd vor Schrecken, anstarren, um sich dann auf alle viere fallen zu lassen und mit einer ungeheuren Geschwindigkeit Reißaus zu nehmen. Und das alles geschah allein im Umkreis von Montguerlhe und Vollore. Die erste Zeit verkroch ich mich nur, schickte die Wachen, zusammen mit den Mutigsten aus den benachbarten Dörfern, auf ihn los, aber die Treibjagd blieb ohne Erfolg. Ich war voller Angst und wehrte mich dagegen, der Wahrheit ins Gesicht zu sehen. Das konnte nicht er sein. Er war tot. Ich selbst hatte ihn eingemauert, als er bereits im Sterben lag. Aber ich fand keinen Schlaf mehr, Alpträume von den Seelen Verstorbener ließen mich schweißgebadet immer wieder aufschrecken, sobald ich einnickte. Schließlich wollte ich mir Klarheit verschaffen. Eines frühen Morgens täuschte ich den Türmer und machte mich allein, eine geladene Schrotbüchse unter meinem Mantel, zur Kirche Saint-Jehan-du-Passet auf, wobei ich die Erinnerung in mir wachrief, wie oft ich früher bereits die Soldaten der Pariser Feldgendarmerie besiegt hatte. Ich musste über meine eigene Feigheit lachen. Ich hatte schon einmal gegen diesen Mann angekämpft, und wenn es sich nicht um ihn handelte, dann wäre diese Person auch nicht gefährlicher als alle anderen. Der Durchgang war zwar noch immer zugemauert, aber der unterirdische Saal erwies sich als leer. Der Flakon, in dem die Flüssigkeit gewesen war, lag noch immer auf der staubigen Erde und Spuren von Krallen zeichneten sich am Boden ab. Ich untersuchte jeden einzelnen Winkel und fand schließlich eine Öffnung, die durch einen Erdrutsch verursacht worden war. In seinem Überlebensdrang musste Chazeron Luft gespürt haben, die von dort nach innen drang, und die Steine beiseite geräumt haben. Ich wagte es, seiner Spur nachzugehen, und kam im angrenzenden Saal heraus, jenem, in dem man früher die Münzen zu Barren geschmolzen hatte. Ich ging einmal ganz herum und wollte schließlich auf demselben Weg zurückkehren. Ich erschrak. Ich sah ihn nicht, aber er war da, versteckt, irgendwo, und weidete sich an meiner Furcht. Ich konnte seinen Geruch, vermengt mit den wilden Ausdünstungen des Tieres, fast einatmen. Zurück auf Vollore, musste ich die Rügen Bénédictes über mich ergehen lassen, die ich belogen hatte, indem ich vorgab, den Abt von Moutier zu besuchen. Aber ich war wie erstarrt. Meine erste Reaktion war, euch zu schreiben, um euch anzuflehen, mich von hier wegzubringen. Kaum war dieser Brief jedoch abgeschickt, bereute ich es bereits. Ich hatte genau das getan, was sich Chazeron erhofft hatte. Aus diesem Grund hatte er mich verschont, als es eine Leichtigkeit für ihn gewesen wäre, mich zu überraschen. An uns vieren will er sich messen. Ich schickte einen zweiten Brief hinterher, aber der Kurier wurde am darauf folgenden Morgen mit durchgebissener Kehle aufgefunden, nur einige Ellen von der Umfriedungsmauer des Schlosses entfernt. Ich ließ daraufhin alle Räume, die einen Kamin besaßen, unter Bewachung stellen. Ihr hattet mir das Wichtigste beigebracht, um Chazeron zu überzeugen, mir zu folgen, aber ich wusste nicht, wo sich die geheimen Zugänge zu den anderen unterirdischen Gängen befanden. Er hätte sich ins Schloss einschleichen können, wenn er wollte, meine Leute erdrosseln oder ihre Kehle durchbeißen, um mich zu bestrafen und meine Furcht zu verstärken. Ich gab meine Befehle, erklärte allen, dass ein dämonisches Wesen sich in die Rauchabzüge einschleichen könne und dass es besser sei, diese Räume nicht zu betreten, bis unsere Gebete erhört worden seien. Etwa eine Woche lang blieb alles ruhig. Er hatte erreicht, was er wollte, und wartete auf euch. Ich konnte mich ein wenig erholen, ein wenig schlafen. Doch vor drei Nächten ging alles wieder los. In den Stallungen geriet meine Stute in Aufregung, die anderen Pferde begannen zu wiehern, so dass sie die gesamte Dienerschaft aufweckten. Bénédicte verbot mir, hinauszugehen. So begab ich mich in François' Arbeitszimmer, öffnete die Fensterläden und drückte mein Gesicht gegen die Scheiben, um die Dunkelheit abzusuchen, welche von den Laternen der herbeigelaufenen Männer vertrieben wurde. Und da stand er vor mir, mit blutunterlaufenen Augen, für den Bruchteil einer Sekunde und drückte seine Schnauze gegen das Fenster. Dann verschwand er. Noch nie habe ich solche hasserfüllten Augen gesehen. Ich schlug die Fensterläden zu, wie immer ich das auch geschafft habe, blieb am anderen Ende des Zimmers erschüttert stehen und fuhr bei jedem kleinsten Geräusch zusammen, als erwartete ich, dass er in den Raum eindringen würde. Am Morgen teilte mir Bénédicte mit, dass meine Stute gerissen worden sei und man sie hatte töten müssen. Bis Jean gestern Abend eintraf, war ich noch immer vom Schock dieses grauenhaften Anblickes völlig verängstigt«, endete Marie mit verzerrtem Gesicht von der Anspannung der nahen Erinnerungen.

Jean nickte schweigend, doch Constant konnte sich nicht länger zurückhalten:

»Ich werde es nicht zulassen, dass dich dieses Monster noch länger in Angst und Schrecken versetzt. Morgen nehme ich dich nach Paris mit, ob es dir gefällt oder nicht.«

Marie riss erstaunt die Augen auf.

»Aber ich möchte nicht nach Paris zurück, Constant.«

»Natürlich möchtest du«, erwiderte er mit einem Achselzucken. »Dein Platz ist am *Cour des Miracles,* bei mir. Dort bist du in Sicherheit. Die anderen können ihn auch ohne uns jagen. Das ist nicht unser Kampf, Marie, sondern Isabeaus.«

Traurigkeit schwang in der Stimme des jungen Mädchens mit, als sie antwortete:

»Du verstehst nicht, Constant. Diese Ländereien gehören nun mir und die Leute zählen auf mich. Ich will nicht zurück. Dieser Kampf, wie du es nennst, ist mein Kampf geworden.«

Constant musterte sie einen Moment lang ungläubig, dann färbte die Wut seinen Blick und verriet den Schmerz, zurückgestoßen worden zu sein.

»Du redest völligen Unsinn!«, schleuderte er ihr entgegen und stand auf.

Bevor sie noch etwas antworten konnte, hatte er bereits das Zimmer verlassen. Albérie durchbrach die bleierne Stille:

»Lass ihm Zeit, Marie. Er war in großer Sorge. Er war davon überzeugt, dass das Leben hier für dich eine Bürde war. Sobald die Dinge wieder im Lot sind, werdet ihr beide einen klareren Blick haben.«

Marie nickte mit zugeschnürter Kehle.

»Es ist wichtig, dass du dich ganz genau erinnerst, Marie: Bist du dir sicher, dass die Phiole leer war?«, fragte Isabeau, die sich während des Berichts des Mädchens auf ihre eigenen Erinnerungen konzentriert hatte.

»Ja, Großmutter. Das kann ich beschwören. Ich habe gesehen, wie Chazeron sie bis auf den letzten Tropfen ausgetrunken hat. Das hätte ihn töten sollen. Nicht verwandeln. Er gehört nicht unserer Rasse an«, fügte sie hinzu, in Erinnerung an die Worte Albéries, als sie diese Möglichkeit auch für Loralines Schicksal in Erwägung gezogen hatten.

»Das kann nur eins bedeuten«, folgerte Philippus nachdenklich.

Sein Blick traf jenen Isabeaus, die ihm zunickte.

»Das Alkahest.«

»Ja, ungewollt habt Ihr sein Geheimnis entdeckt, Isabeau.«

»Das ist kein Zufall. Ich habe fünfzehn Jahre lang in der Abgeschiedenheit damit verbracht, das Rätsel zu ergründen, um meiner Schwester ein normales Leben zu ermöglichen. Ich dachte, es wäre mir misslungen. Und so ist es auch. Die Formel ist fehlerhaft oder nicht stabil, denn Chazeron ist verunstaltet. Sie lässt sich nur bei Menschen unserer Rasse anwenden.«

»Für unseren Zweck ist das vollkommen ausreichend, denkt Ihr nicht?«

»Gewiss.«

»Ich verstehe rein gar nichts von eurem Gerede«, entschuldigte sich Marie. »Inwiefern soll das alles von Bedeutung sein?«

»Das Alkahest ist der Schlüssel, Marie«, erklärte Philippus, den dieser Gedanke neu belebt hatte, »der Schlüssel, der deiner Mutter ihr altes Gesicht wiedergeben kann.«

»Ist das wahr?«, rief Marie und ihr Gesicht hellte sich auf.

»Leider ist es nicht ganz so einfach«, bremste Isabeau sie. »Wir müssen zuerst das Gegenmittel der Mixtur finden, doch dazu brauchen wir die Flüssigkeit. Wie du mir jedoch soeben bestätigt hast, hat Chazeron den einzigen Flakon, der davon übrig war, bis auf den letzten Tropfen geleert.«

»Bist du sicher, Großmutter?«, bohrte Marie weiter, die plötzlich nur noch diese wundervolle Perspektive im Blick hatte.

»Ich habe ihn, als ich Montguerlhe verließ, an dieser sicheren Stelle zurückgelassen, für den Fall, dass irgendetwas passieren würde. Loraline hatte eine Phiole in Reserve, um sie für ihren eigentlichen Zweck zu gebrauchen, und ich hatte eine nach Paris mitgenommen. Nachdem es mir leider nicht gelungen war, weiter zu dem Geheimnis vorzudringen, habe ich sie der Schwester des Königs übergeben, als jener in Gefangenschaft geraten war, um Karl V. damit zu töten. Die Phiole zerbrach ihr auf der Rückreise. Ich bedaure es zutiefst, Marie, denn gemeinsam mit deinem Vater hätten wir vielleicht das, was wir begonnen haben, zu Ende bringen können.«

»Chazeron bewahrt das Geheimnis wahrscheinlich in sich auf«, warf Philippus dazwischen. »Wir müssten das Alkahest mit Hilfe Eurer Aufzeichnungen nur noch einmal herstellen.«

»Ich hoffe, dass das geht, Philippus.«

»Ihr werdet nicht aufgeben, nicht wahr?«, vergewisserte

sich Marie und streichelte die Wölfin, die bereits den ganzen Abend zu ihren Füßen lag.

Isabeau, gerührt von diesem Anblick, lächelte ihrer Enkelin zu.

»Niemals, Marie. Niemals. Was immer ich auch dafür tun muss.«

»Dann müssen wir uns nun vorbereiten und ein Komplott schmieden, um der ganzen Sache ein Ende zu bereiten«, fasste Jean zusammen. »Und ich habe dazu auch schon eine Idee.«

Jean erläuterte seinen Plan. Huc unterstützte ihn sofort, indem er versicherte, er könne sich bei der Durchführung, in aller Diskretion, auf die Mithilfe seines Freundes Bertrandeau verlassen. Zwanzig Minuten später trennten sie sich leichten Gemüts und begaben sich auf ihre Zimmer, die für sie vorbereitet worden waren.

Marie, die angesichts dieser neuen Hoffnungen der Appetit gepackt hatte, beschloss, trotz der späten Stunde einige Naschereien in der Küche zu stibitzen.

Erstaunt und beglückt traf sie dort auf Constant, der unter dem neugierigen und einschmeichelnden Blick von Bénédicte am Tisch saß. Die Wirtschafterin hatte sich erhofft, aus ihm einige Informationen herauszubekommen, als er, kurz zuvor, aufgetaucht war, um nach etwas zu trinken zu fragen, aber trotz ihrer Anstrengungen, ein Gespräch in Gang zu bringen, blieb der mürrische Junge so stumm wie ein Fisch.

»Ich dachte, du schläfst schon«, äußerte Marie besorgt an Bénédicte gewandt.

»Und wer kümmert sich um die Gemüsekuchen für morgen?«, brummte sie. »Und die Pasteten? Und die Torten? Die Küchenjungen etwa?«

Marie eilte auf sie zu und küsste sie spontan auf ihre Wange, die augenblicklich eine rote Farbe annahm:

»Oh! Verzeih! Verzeih, Bénédicte. Ich wollte dich nicht

verletzen, das weißt du … Du hast bereits so viel zu tun, dass …«

»Schon gut, schon gut … Ich war sowieso gerade fertig«, bemerkte Bénédicte versöhnlich und wischte ihre Hände an ihrer fleckigen Schürze ab, bevor sie sie ablegte. »Ich lasse euch alleine. Es gibt noch Zimtmilch im Topf.«

Nachdem sie gegangen war, füllte ein Schweigen den weitläufigen Raum. Marie nahm sich etwas zu essen. Sie wusste nicht, wo sie anfangen sollte. Constant hatte sich in diesen wenigen Monaten so sehr verändert. Wie sie auch.

»Es scheint, dass sie dich gern hat.«

Sein Ton war unwirsch, aber Marie spürte, wie sie neuer Mut packte. Sie setzte ihre Milchschale neben Constant auf dem Tisch ab, der mit Backwaren überhäuft war, beugte sich zu seinem Ohr und wisperte ihm zu:

»Ich liebe dich auch, Constant.«

Er drehte sich mit einer ausholenden Bewegung zu ihr um und seine Augen fingen gleichzeitig mit seinen Knien an zu glühen, über die sich die kochende Milch ergossen hatte. Marie brach in helles Lachen aus, während er aufsprang und fluchend von einem Bein auf das andere hüpfte. Maries Heiterkeit verlor sich in einem inbrünstigen Kuss, den er ihr auf ihren Mund drückte und damit schlagartig ihre Kindheit vertrieb.

Einen Moment lang öffnete Marie ihre Augen einen Spaltbreit und erhaschte den schmerzvollen Blick Jeans, der in der Tür stand. Schnell schloss sie sie wieder und gab sich ganz der Umarmung hin, überzeugt davon, dass sie sich das alles nur eingebildet hatte.

»Das mit uns, das ist für immer, nicht wahr?«, hauchte Constant in ihr Haar.

»Ja«, antwortete sie aus dem tiefsten Inneren ihres Herzens.

Aber diese Gewissheit klärte nichts zwischen ihnen.

Die folgenden acht Tage waren, trotz der Bedrohung, ein einziges Fest. Es ereigneten sich keine weiteren Vorkommnisse in der Umgebung und jeder von ihnen wusste, warum: der Lehnsherr von Vollore wartete auf eine Konfrontation. Blieb nur noch die Frage, bei wem die Falle zuschnappen würde. Aber niemand wollte, angesichts ihrer Wiedersehensfreude, daran denken. Marie war glücklich darüber, ihren Vater zu entdecken. Von ihm erfuhr sie all das, was allein ihre Mutter hätte erzählen können: auf welch seltsame Weise sie sich begegnet waren und welches Versprechen sie einander gegeben hatten. Sie wollte alles über ihn, über sie beide, wissen, war gierig zu erfahren, wer sie war, nach so vielen Jahren der Unwissenheit und der Lügen, die sie dennoch niemandem vorwarf. Sie war aber auch fasziniert von dem Stein der Weisen, von dem Geheimnis der Verwandlung, dem Loraline unterlegen war. Marie öffnete Isabeau und Philippus die Tür zum ersten Stock, die man auf ihre Anweisung hin aufgebrochen hatte, da sie den Schlüssel dazu nicht besaß. Sie sah, wie ihre Großmutter ihre Aufzeichnungen und Notizen wieder entdeckte und Philippus die aktuellen Arbeiten von Chazeron durchsah. Sie wollte alles wissen, alles lernen: Alchemie, Anatomie, Chirurgie und Astrologie, überzeugt davon, ihrer Familie dadurch noch näher zu kommen und sie in ihrer Suche unterstützen zu können.

Constant jedoch zeigte eher Widerwillen gegenüber ihrem Enthusiasmus.

Sie vermied es, darüber nachzudenken. Die Wahrheit schmerzte sie, denn es war offensichtlich, dass Constant Vollore nicht mochte. Er ertrug es nicht, innerhalb der Umfriedungsmauer des Schlosses eingesperrt zu bleiben. Er war es gewohnt, frei zu sein. Das wusste Marie. Sie belog sich selber, indem sie sich einredete, danach wäre alles anders. Sie weigerte sich, den Graben zu sehen, der sich zwischen ihnen bildete, und freute sich, dass er Huc und Jean dabei half, zusammen mit Bertrandeau die Treibjagd vorzubereiten.

Am 6. Juni 1532 war es dann so weit. Zu Vollmond. Es war eine eigenartige Nacht. Trotz ihrer Einwände hatte sich

Albérie dazu überreden lassen, im Kreise der Familie auf ihre Verwandlung zu warten. Philippus hatte sich bereit erklärt, jede einzelne Etappe des Vorgangs, jedes Detail, das ihm nützlich schien, genau zu notieren. Marie hatte darauf bestanden, ebenfalls dabei zu sein, um die Metamorphose von Ma besser nachvollziehen zu können. Auch wenn Albérie sich ihrer Bitte gebeugt hatte, so war sie, was Huc betraf, doch zurückhaltender gewesen, aus Angst, das Gespenst der vergangenen Jahre könne wieder zwischen sie beide treten. Huc wusste von dem Tier in ihr, hatte sich ihm jedoch niemals genähert. Würde es ihm, nach diesem grauenhaften Anblick, noch immer gelingen, sie zu lieben, zu berühren, zu streicheln? So oft hatte sie sich selber vor ihrem eigenen Spiegelbild abgewandt … Ihr Wiedersehen hatte sie inniger zusammengebracht, als sie es sich zu erhoffen gewagt hatte. Würde dieses Erlebnis nicht alles wieder zerstören?

»Das ist die letzte Schranke zwischen uns, Albérie. Für mich vielleicht die einzige Möglichkeit, die ganze Frau zu entdecken, die ich geheiratet habe. Diese Seite von dir gehört mir nicht. Schenke sie mir. Ich bin bereit, sie anzunehmen.«

Sie hatte ihm schließlich geglaubt. In dem gleichen Zimmer, in dem sie sich zum ersten Mal geliebt hatten, verwandelte sie sich in die graue Wölfin. Dort wo alles begonnen hatte. Auf der Festung von Montguerlhe, die inzwischen geplündert, verwüstet und allein ihrem Fluch überlassen worden war. Bewacht von einigen wenigen Männern, die den Wegezoll einiger Pilger und Reisender auf dem Weg nach Rom einkassierten.

Im Beisein ihres Gemahls, dessen Augen sich mit Tränen füllten, und ihrer angesichts ihrer Qualen erschütterten Familie bot sie sich brüllend vor Schmerz ihren Dämonen dar. Dann mussten sie sich alle wieder fassen, gegen die Emotionen ankämpfen, die von ihnen bis tief in ihr Innerstes Besitz ergriffen hatten, und dem wahren Monster von Montguerlhe entgegentreten. Um es zu besiegen.

Isabeau führte die Gruppe an, die zwei Wölfinnen folgten ihr dicht auf den Fersen und Marie bildete den Schluss. »Vier Frauen, zwei Wölfinnen«, dachte Philippus, als er ihnen im Schein der Fackel nachblickte. Sein Herz zog sich zusammen. Bei Gott, wie er sie doch bewunderte, wie er sie liebte! Er betrat als Erster den unterirdischen Gang, um Jean, Constant, Huc und Bertrandeau zu führen, folgte einen Moment lang dem Lichtschein, der ihnen vorauseilte, und bog dann nach rechts ab.

Als Isabeau die Höhle betrat, begann sie zu husten, beeinträchtigt von den Schwefeldämpfen, die ihr Körper nicht wiedererkennen wollte. Sie war nun an andere Gerüche gewöhnt. Diese hier drehten ihr den Magen um und ließen die Abscheu darüber, was sie gewesen war, wieder aufleben.

»Geht es dir gut, Großmutter?«, fragte Marie besorgt.

Isabeau nickte und unterdrückte ihre aufkommende Übelkeit.

Marie schaute den zwei Wölfinnen nach, die in der Dunkelheit in Richtung Wald verschwanden, während sich Isabeau zwang, weiterzugehen.

»Ich habe Angst«, sagte Marie.

»Das brauchst du nicht«, beteuerte Isabeau und zündete die mit Spinnweben überzogenen Fackeln an, die noch immer in der Felswand steckten.

Ein warmes Licht breitete sich über den Wänden aus und verscheuchte die beängstigende Dunkelheit.

»Wird es lange dauern?«, fragte Marie und rückte näher an ihre Großmutter heran.

Sie war verschreckt und Isabeau legte zärtlich einen Arm um ihre Schultern.

»Nein, ich glaube nicht. Du hast nichts zu befürchten, Marie. Er wird dir nichts tun. Ich bin davon überzeugt, dass er dich an deinen Taten misst, seit du Vollore übernommen hast. Wer sonst außer dir hätte seine Nachfolge antreten können? Sein Blut fließt in deinen Adern. Er wird dich nicht töten. Sonst hätte er es längst getan.«

»Und dich?«

»Mich?«

Sie lachte traurig. Wie konnte sie ihr erklären, dass sie hierher gekommen war, um zu sterben. Um sie alle drei zu retten. Wie konnte sie ihr erklären, dass sie keine Furcht mehr hatte, dass sie im Stillen die Gewissheit hegte, dass der Moment gekommen war.

»Mach dir keine Sorgen um mich. Der einzige Unterschied zwischen einst und jetzt ist, dass er nun sein wahres Gesicht offen trägt, anstatt es zu verstecken. So ist alles viel einfacher. Und nun mach, was ich dir sage. Gehe in diesen Raum und bleibe so lange dort, bis ich dich rufe.«

»Ich verstehe nicht …«, begann Marie.

»Du wirst es verstehen. Später. Gehorche mir, Marie. Aus Liebe zu deiner Familie. Vertrau mir. Er muss denken, ich bin allein. Sonst wird er nicht kommen, und erst dann können wir ihn uns vom Halse schaffen. Geh.«

Marie verschwand widerwillig in der Grabkammer, die Isabeau mit einer Fackel ausgeleuchtet hatte, um sich zu vergewissern, dass sie auch leer war. Sie gehorchte. Jedoch mit dem eigenartigen Gefühl, dass Isabeau andere Regeln vorgab als jene, die sie gemeinsam festgelegt hatten.

Isabeau zündete die Fackel an, die sich auf der anderen Seite des langen Tisches befand, auf dem sie so viele Male tote Körper seziert und untersucht hatte. Zerbrochene Reagenzgläser lagen auf den Resten der Regale. Chazeron hatte jene Flakons mitgenommen, die von ihr gezeugte Embryonen von Monstern enthalten hatten. Er hatte sie nicht zu nutzen gewusst. Er hatte das Alkahest nicht neu geschaffen. All ihre Mühe war verloren. Sie biss die Zähne aufeinander und weigerte sich, noch weiter über den verschmutzten und verstaubten Resten ihrer stundenlangen Arbeit zu verweilen. Sie stützte sich auf die Tischplatte, die sie einst aus abgestorbenen Bäumen angefertigt hatte, um sich zu vergewissern, dass sie stabil war. Und hielt plötzlich inne, als sie seinen rasselnden Atem hinter sich vernahm.

»Ich habe dich erwartet«, bemerkte sie lakonisch.

Und begann sich mit ihren Händen, die kein Zittern erkennen ließen, zu entkleiden.

»Du hattest Recht, François. Ich gehöre dir. Ich habe es immer gewusst«, sagte sie mit ruhiger Stimme. Sie drehte sich zu ihm und bot seinen vor Hass geröteten Augen den Anblick des Siegels auf ihrer nackten Brust dar. »So wolltest du mich haben, nicht wahr, am Tag nach meiner Hochzeit. Und so komme ich heute zu dir. Ohne Maske, ohne Täuschungen, ohne Rache. Nur ich und du. Dort, wo alles begonnen hat. Anschließend kannst du mich gleich hier töten oder mich an deiner Seite behalten, damit ich dir diene. Ich füge mich. Ich bitte dich nur um einen Gefallen. Lass unsere Kinder in Frieden auf diesen Ländereien leben. Du warst immer der Herr. Und ich nichts anderes als deine Dienerin. Das weiß ich nun. Und ich werde es dir beweisen.«

Sie näherte sich ihm ohne Zögern, ohne ihre Augen von seinem lüsternen Blick abzuwenden, und umschloss mit ihren Händen sein vor Begehren aufgerichtetes Geschlecht. Mit seiner krallenbewehrten Hand versetzte er ihr eine Ohrfeige und schleuderte sie dabei gegen den Tisch. Dann stürzte er sich auf sie und leckte mit seiner rauen Wolfszunge über das eingebrannte Zeichen ihrer Unterwürfigkeit. Isabeau schloss ihre Augen und starb zum zweiten Mal.

Er ließ von ihr ab, als er ein Klicken vernahm, welches das Echo zu ihnen getragen hatte. Er grunzte und zog sie an ihrem Arm nach oben. Ohne Widerstand ließ sich Isabeau von ihm fortreißen. Er hielt sie wie ein Schutzschild vor sich und bahnte sich einen Weg durch die fünf Männer. Im Schein der Fackel glänzte Isabeaus nackter Körper, als verhöhne er Chazerons Abscheulichkeit.

Sie erfasste Philippus' fassungslosen Blick und wusste, dass er verstanden hatte. Sie lächelte ihm zu. Die Stunde war gekommen.

»Lasst uns durch, Huc«, presste sie hervor, den Hals von Chazerons Händen zugeschnürt.

»Macht, was sie sagt«, forderte Philippus sie auf.

Jean, Constant und Betrandeau traten zur Seite. Isabeau erahnte Jeans Wut, als sie seinen Blick auf ihren Bauch erhaschte. Und erst da fühlte sie den Schmerz. Aber es war zu spät. Sie hatte ihre Wahl getroffen und bereute nichts.

Plötzlich begann Chazeron zu brüllen und ließ sie los, um sich mit seinen Fäusten an den Rücken zu fassen. Isabeau bemerkte, dass sie auf Höhe der Grabkammer standen. Nun stieß auch Constant einen Schrei aus und Marie wurde mit Gewalt gegen einen Felsen geschleudert, während sich das Monster die alte Lanze, die sie zwischen seine Rippen gestoßen hatte, herauszog.

Huc und Jean nutzten dieses Durcheinander, um Isabeau gleichzeitig zu packen und außer Reichweite zu bringen, während Constant Bertrandeau zurief:

»Tötet das Ungeheuer!«

Chazeron rannte auf allen vieren davon und ließ sie im Labyrinth der unterirdischen Gänge weit hinter sich, bis zwei Wölfinnen, mit hasserfülltem Blick und fletschenden Zähnen, ihm den Weg versperrten. Einen Moment lang überlegte er, umzukehren, und bäumte sich dann vor ihnen, mit nach vorne gestreckten Krallen, auf.

Mit Philippus' Cape umhüllt, das er Isabeau übergeworfen hatte, um ihren nackten Körper zu bedecken, beugte sie sich über die bewusstlose Marie. Unter ihrem Kopf färbte ein Netz aus Blut den Felsen rot. Philippus zog aus seiner Geldkatze einen Flakon mit einer Flüssigkeit, von der er ihr einige Tropfen auf ihre bleichen Lippen tröpfelte. Das Mädchen hustete und öffnete schließlich ihre Augen.

»Steh bloß nicht auf«, wies Philippus sie an. »Dreh deinen Kopf langsam auf die Seite.«

Er untersuchte die Wunde. Sie war nur oberflächlich und sein aufrichtiges Lächeln beruhigte Isabeau.

»Eine hübsche Beule und einen schönen Schrecken«, fasste er zusammen und reichte Isabeau die Phiole.

Sie trug einen Spritzer auf die Wunde auf, woraufhin Marie ihr Gesicht zu einer Grimasse verzog.

»Und Chazeron?«, fragte sie, plötzlich wieder vollkommen wach.

»Die anderen sind ihm hinterhergejagt. Er wird nicht weit kommen. Hör auf, dich zu bewegen«, befahl sie ihr. »Die Wunde muss verbunden werden. Und kein Wort mehr!«

Philippus zerriss ein Schoßteil seines Hemdes und begann, Maries Kopf zu verbinden, während Isabeau sich entfernte.

Zurück in dem Saal, in dem sie soeben mit dem Leben der Ihrigen gespielt hatte, hob Isabeau ihre Kleidung auf, ließ das Cape von ihren Schultern gleiten und begann ohne Reue, sich wieder anzukleiden. In ihrem Kopf hämmerte es noch ein wenig und dort, wo sie geohrfeigt worden war, lief nach wie vor Blut ihre Wange hinab, aber sie hatte keine Schmerzen. Chazeron hatte sie genommen, aber er hatte sie nicht vergewaltigt. Sie hatte sich ihm hingegeben. Und wenn es sein müsste, würde sie es noch einmal tun. Bevor sie den Saal verließ, sammelte sie jedoch all ihre Kräfte zu einer einzigen flehentlichen Bitte und murmelte in die Dunkelheit:

»Allmächtiger, hilf, dass ich schwanger bin.«

Constant konnte seine Fackel in dem engen Schacht hin und her schwenken, so oft er wollte, doch erkannte er nichts weiter als drei Körper, die in einem grausamen tanzenden Knäuel ineinander verkeilt waren, ohne jedoch feststellen zu können, wer die Oberhand besaß. Niemand von ihnen wagte, in dieses Durcheinander einzugreifen. Ab und an bäumte sich Chazeron auf, dann lag er wieder am Boden, attackiert von den zwei hasserfüllten Wölfinnen. Das Schauspiel dauerte eine ganze Weile. Ihr von Schweiß, Speichel und Blut durchtränktes Fell glänzte im Schein der Flammen.

Schließlich blieb Chazeron am Boden liegen. Einen Moment lang fielen die Wölfinnen, aufgestachelt durch ihren Sieg, noch hartnäckig weiter über ihn her. Dann ließen sie von ihm ab. Jean und Constant gingen, ein Messer in ihrer Hand, auf Chazeron zu. Jean berührte seinen Halsansatz und fühlte an seinem unregelmäßigen und langsamer werdenden Pulsschlag, wie sein Leben entwich.

Als er nichts mehr spürte, wandte er sich zu den Wölfinnen, die sich gegenseitig ihre Wunden leckten.

»Er ist tot«, verkündete er.

»Er soll in der Hölle schmoren!«, schimpfte Constant.

Und ließ sie einfach stehen, um zu Marie zu rennen.

12

Er lag da. Ein aufgeschlitzter, regloser Körper, der seine ganze Abscheulichkeit darbot. Wie ein Versuchsobjekt lag er genau auf jenem Tisch, auf dem sie die Gnome, die ihrem Bauch entwachsen waren, geopfert hatte, ja sogar ihren Bauch selbst. Aus Liebe. Aus Liebe zu den Ihrigen.

Sie hatte geglaubt, in ihr sei nichts als Hass. Über Jahre hinweg. Sie hatte sich eingebildet, jede ihrer Handlungen sei von Rache gelenkt. Doch sie hatte sich geirrt. In ihr war nichts als Liebe gewesen. Verlorene Liebe, gestohlene Liebe, verratene Liebe, Liebe.

Isabeau sah Philippus dabei zu, wie er den riesigen Schädel der Bestie aufsägte, um dieses Gehirn freizulegen, dessen Wahnsinn nun endlich entwichen war. Würde es ihnen das Geheimnis seiner Seele verraten? Sie hoffte es. Um das Kind nicht gebären zu müssen. Um nicht töten zu müssen. Der Tod von Chazeron hatte sie ausgelaugt. Sie hatte ihn zu sehr herbeigesehnt.

Philippus warf ihr einen sorgenvollen Blick zu. Sie lächelte ihn an. Wie erschöpft sie sich fühlte. Sie verstand, warum Loraline diesen Mann erwählt hatte. Er musste schön gewesen sein. Nun war er hässlich geworden. Hässlich, weil er sich selbst aufgegeben hatte und das Leben verabscheute. Auch sie war in dieser Grotte über Jahre hinweg immer hässlicher geworden. Dann war da die Zeit in Paris gewesen. Und die Menschen, die es verstanden hatten, ihre verlorene Schönheit neu zum Leben zu erwecken. Dank ihrer Liebe. Sie war es ihnen schuldig, diese Liebe nun zurückzugeben. Auch jene von Loraline. Vor allem. Dann würde sie schlafen können. Endlich.

»Ihr solltet Euch ausruhen.«

Sie schüttelte den Kopf.

»Mein Platz ist hier, Philippus. Ich habe nicht jeden Schritt schriftlich fixiert. Das Alkahest dient nur einem Herrn«, fügte sie scherzhaft hinzu.

Philippus stimmte ihr mit einem Kopfnicken zu. Es schien, als wäre sie nahe an einem Schwächeanfall, aber sie hielt sich weiterhin aufrecht und auch ihr Blick wich nicht aus, trotz des vielen Blutes und trotz des bestialischen Gestanks dieses Fleisches, das eine eigenartige Struktur aufwies. Sie hatte ein Tuch über das nackte Geschlecht geworfen, als genüge dies allein, um zu vergessen. Ihr Opfer zu vergessen. Er hatte noch nie eine solche Frau kennen gelernt. Und würde auch nie wieder auf eine ähnliche treffen. Er bog die Knochen des Schädels auseinander und verkündete mit grenzenlosem Respekt:

»Seine Seele gehört Euch, Madame. Mögt Ihr Gott darin wiederfinden.«

Isabeau atmete tief ein und tauchte dann ohne zu zögern ihre Finger tief in die klaffende Öffnung hinein.

Albérie trug über den ganzen Körper verteilt Bissspuren des Tieres. Sie erinnerte sich nicht daran, sich schlafen gelegt zu haben. Aber als sie erwachte, war sie allein. Einen Moment lang zitterte sie vor Furcht, doch dann wurde ihre Erinnerung von Hucs Zärtlichkeit überstrahlt. Er hatte sie, als sie wieder ihre menschliche Gestalt angenommen hatte, umarmt und ihr zugeraunt, dass er sie liebe. Alles an ihr. Viel mehr noch als auf den Tod Chazerons oder die Vergeltung ihrer Familie hatte sie ihr ganzes Laben lang auf diesen Moment gewartet. Darauf, dass man ihre Andersartigkeit uneingeschränkt akzeptieren würde. Endlich mit ihrem zweiten Ich versöhnt, spürte sie, wie Tränen in ihr aufstiegen. Nun konnte sie hemmungslos weinen. Sie musste nur ihre fleischliche Hülle reinwaschen. Ihre Seele dagegen war unbefleckt. Für immer.

Sie waren nicht nach Vollore zurückgekehrt. Huc hatte es für besser erachtet, die restliche Nacht auf Montguerlhe zu verbringen, selbst wenn die Festung inzwischen alles andere als ein behaglicher Ort war. Zwei Zimmer waren erhalten geblieben. Jenes, in dem Huc seine Gemahlin geliebt hatte, und jenes, das François Antoinette während ihres Aufenthaltes im Jahre 1516 für sich allein zugebilligt hatte. Wie weit zurück schien doch diese Zeit. Er hatte gehört, dass Marie in Antoinettes Zimmer war, und Constant erlaubt, auf einem abgewetzten Teppich am Fuße ihres Bettes zu schlafen, um sie nicht zu stören. Marie hatte sich geweigert, die sterblichen Überreste von Chazeron anzusehen. Ihr Kopf schmerzte und Philippus hatte es für ratsamer gehalten, ihr ein Schlafmittel zu verabreichen.

Albérie öffnete die Tür, die, trotz aller Vorsicht, erbärmlich quietschte. Ma stellte ihre Ohren auf.

Wie sie war auch die Wölfin übersät mit Wunden, aber keine von ihnen war so tief, dass sie Ma daran gehindert hätte, den Kindern nachzufolgen. Constant hatte sich schließlich neben Marie auf die Steppdecke gelegt, seine Arme um den Hals von Ma geschlungen. Zwischen den beiden liegend, konnte man von Marie nur den dicken Verband erahnen, der ihr Gesicht umhüllte.

»Ist alles in Ordnung?«, flüsterte Albérie.

Mas Augen blinzelten. Ein Strahlen war in ihnen zu erkennen, aus dem man Glück und Seelenfrieden herauslesen konnte. Albérie schloss die Türe und verschwand, von Erinnerungen gepackt. So lange war es her, seit sie das letzte Mal diese Treppe hinabgestiegen war. Sie roch nach Schmutz anstatt nach Wachs, und nach dem Schweiß von Männern, die ihre Wohnräume in den Haupttrakt verlegt hatten, den sie als bequemer erachteten als den viereckigen, wuchtigen Turm.

Montguerlhe hatte seinen Nutzen verloren. Sie hatte dafür gesorgt, indem sie das hiesige Wasser vergiftet hatte. Eine beliebige Art, sich zu rächen. Einen Moment lang bereute sie diesen Schritt, doch verscheuchte sie ihre Gewissensbisse sofort wieder mit einem Handstreich, zusammen mit der fetten Fliege, die auf ihrer Stirn saß. Das, was von diesem Ort übrig blieb, reichte voll und ganz für ihre Erinnerung.

Sie traf Jean und Huc bei Tisch an. Ein Abt, der ihr bekannt vorkam, aß gemeinsam mit ihnen. Der bereits etwas ältere Mann riss seine Augen weit auf und begann mit vollem Mund zu stammeln:

»Bei allen Heiligen! Albérie, Ihr seid am Leben!«

Der Klang der Stimme versetzte sie elf Jahre zurück und erfreut ging sie auf den Abt zu:

»Bruder Étienne! Ich glaubte Euch ebenfalls seit langem schon unter Euren Aufzeichnungen begraben.«

Er erhob sich und umarmte sie warmherzig. Dann schob er sie von sich weg und richtete anklagend einen Finger auf Huc:

»Mich mit ihrer Beerdigung beauftragen, mich, deinen eigenen Bruder! Frevel. Zweifacher Frevel! Du solltest dich schämen, bei dem Namen, den du trägst, Huc de la Faye!«

Huc brach in schallendes Gelächter aus. Er hatte sich auf die Reaktion seines älteren Bruders vorbereitet.

»Was hätte ich anderes tun sollen, Étienne? Wäre ich dir gegenüber offen gewesen, hätte ich riskiert, dass man dich hängt. Und übrigens wusste ich die ganzen Jahre über nicht, was aus meiner Gemahlin geworden war.«

Étienne vergaß seine Wut und drückte Albéries Hände.

»So erfahre ich also an meinem Lebensabend diese Wahrheit, die die Schmerzen meiner alten Wunden mildert: Antoinette-Marie ist am Leben und die Vermutungen meiner Vorgesetzten sind bestätigt. Chazeron hatte also doch diese dämonischen Mächte eines Werwolfes in sich. Ich schmachte danach, ihn mit meinen eigenen Augen zu sehen. Anschließend werden wir einen Scheiterhaufen errichten und alle können mit ansehen, wie seine entsetzliche sterbliche Hülle durch die Flammen gereinigt wird. Und das ganze Land kann im Frieden des Herrn Jesus Christus neu zu Leben erwachen.«

Albérie begann ungewollt zu zittern. Ein Scheiterhaufen würde Günstlinge der Inquisition von Toulouse anlocken. Sie würden Fragen stellen, den Körper untersuchen, entdecken, dass er seziert wurde, und eine Untersuchung einleiten. Bei dieser Vorstellung sträubte sich alles in ihr. Huc musste ihre Angst gespürt haben, denn er fuhr sofort dazwischen:

»Nein, Étienne. Nichts davon geschieht, oder ein großes Unglück wird diese Ländereien heimsuchen!«

»Aber Huc, von was sprichst du?«

»Würde ich es wagen, diesen Leuten zu gestehen, dass wir Chazeron, ihren Lehnsherrn, gejagt und getötet haben? Deine Kleidung, die du trägst, und dein Amt würden ausreichen, um zu verhindern, dass ich wegen Verrats angeklagt würde? Niemand erkennt Chazeron unter seiner neuen Maske wieder und sein Verschwinden allein würde zu meiner Verurteilung reichen. Das Gleiche gilt für Albérie, weil sie damals Marie entführt hat, selbst wenn ihr kein Leid zugefügt wurde. Wer würde glauben, dass sie Marie ihren Eltern entrissen hat, um sie vor dem Bösen zu schützen? Wer, mein Bruder? In diesem Land wird schnell verbrannt und dann erst gerichtet. Du selbst würdest durch unsere verwandtschaftliche Beziehung verdächtigt werden, die Kirchenbücher gefälscht zu haben, die du führst. Antoinette-Marie und Albérie sind darin durch deine Feder und unter meinem Eid für tot erklärt.«

Der Abt setzte sich wieder. Angstschweiß bedeckte seine Stirn, den er mit einer Ecke des Tischtuches fortwischte.

»Leider hat er Recht, Bruder Étienne«, bestärkte ihn Albérie. »Wäre es nicht besser, das alles einfach zu vergessen? Der Friede kehrt in die Herzen zurück, wenn die Bestie nicht mehr auftaucht. Und glaubt mir, sie wird nicht mehr auftauchen.«

»Kann ich ihn sehen?«, fragte Étienne, besiegt von den unleugbaren Tatsachen.

»Sobald dieser Arzt, von dem ich dir erzählt habe, seine Untersuchung beendet hat. Dieser Fall interessiert ihn aus wissenschaftlichen Gründen ganz besonders.«

»Wird er anschließend eine Abhandlung über Lykanthropie schreiben?«

»Das weiß ich nicht. Er selbst weiß es noch nicht. Aber die Gelegenheit war zu verführerisch, die Bestie zu untersuchen.«

»Ich werde es tun, wenn ich es noch kann. Aber ich bin nichts weiter als ein bescheidener und reichlich alter Schreiber. Ich fühle mich plötzlich erschöpft, Huc.«

Albérie wurde plötzlich von Mitleid gepackt.

»Das ist alles ein wenig viel für Euer Alter.«

Die lebendigen und wilden Augen des alten Mannes (er ging auf die siebzig zu) begannen zu funkeln.

»Ich denke, es liegt eher am Appetit, den ihr mir genommen habt und der mich nun zur Ordnung ruft. Schneidet mir also doch ein Stück von diesem gepökelten Speck herunter und gebt mir dazu einen Becher Wein, damit ich daraus alle Vernunft der Welt schöpfe, um euch nicht allesamt zu verdammen.«

Albérie musste sich, ebenso wie Jean, Huc und Bertrandeau, zurückhalten, um nicht laut loszulachen, und machte sich daran, den Hunger ihres Schwagers zu stillen. Während sie aßen, hing jeder seinen eigenen Gedanken nach, bis Étienne schließlich die Stille brach.

»Wir müssen Madame Antoinette von der Neuigkeit in Kenntnis setzen.«

Albérie und Huc wechselten einen besorgten Blick. Der Abt ließ nicht locker:

»Sie hat seit jenem Tag ihre Tür vor dem Licht verschlossen und lebt von der Außenwelt vollkommen abgeschlossen in einem Kloster. Sie betet nur darum, dass der Tod sie holen möge. Es ist ihre Tochter, Albérie! Eure Beweggründe waren rühmlich, aber ihr Kummer steht für eine Anklage, die meine Vergebung nicht auszulöschen vermag. Gebt ihr Antoinette-Marie zurück. Wenn sie Euch ihrerseits verzeiht, dann werde ich dieses Geheimnis mit in mein Grab nehmen.«

Albérie nickte.

»Ich verspreche es Euch. Sobald es Antoinette-Marie besser geht.«

»Der Körper muss verbrannt werden«, fügte er hinzu, zufrieden darüber, dass ihm seine erste Forderung gebilligt worden war.

»Der Kamin des Bergfrieds wird dafür am geeignetsten sein«, versicherte Huc.

»Ich werde Antoine de Colonges die Wahrheit sagen müssen. Er hat sein Leben lang darauf gehofft.«

»Er hat dich auf meine Anweisungen hin hierher gesandt. Wie kannst du annehmen, dass er von nichts weiß?«

Étienne runzelte die Stirn. Pater Antoine hatte ihm aufgetragen, nach Montguerlhe zu gehen, ohne eine besondere Anweisung. Das stimmte. Er hatte nur sehr zufrieden gewirkt. Er selbst hatte sich gefragt, was es mit dieser Weisung wohl auf sich hatte, aber es war nicht seine Gewohnheit, Anordnungen in Frage zu stellen.

»Ich habe ihn heute Morgen benachrichtigt«, fuhr Huc fort. »Wenn er nicht persönlich erschienen ist, dann nur, weil ihn andere Verpflichtungen davon abhielten. Wir werden auf ihn warten. Ich weiß, dass er schon bald hier sein wird.«

»Gut. Ich spüre, wie mein Appetit zurückkommt.«

Dieses Mal konnte Jean, der bisher geschwiegen hatte, sein Lachen nicht zurückhalten. Der Mann hatte allein ein gutes Dutzend weich gekochter Eier, einen halben Schinken und so viele Pasteten verspeist wie sie vier zusammen.

Albérie stand vom Tisch auf. Huc folgte ihr. Als sie den Raum verlassen hatten, warf sie ihm amüsiert zu:

»Ich glaube, meine alte Rolle der Wirtschafterin holt mich gerade wieder ein. Wenn er bis morgen bleibt, sind unsere Vorräte aufgebraucht. Du solltest Bertrandeau nach Vollore schicken, um neue Nahrungsmittel zu holen. Dein Bruder hat sich wirklich nicht verändert.«

»Du schon, meine Gemahlin«, bemerkte Huc mit einem solch ernsten Ton, dass sie wie erstarrt stehen blieb.

Mit einer weit ausholenden Geste umschlang er sie und flüsterte ihr ins Ohr:

»Du bist noch viel schöner, jetzt wo ich alles von dir kenne. Und wenn du dem alten Mann, der ich bin, Glauben schenkst, dann habe ich unglaubliche Lust auf dich.«

Albérie spürte, wie ihr Herz zu rasen begann und eine Woge von Glück sie überwältigte. Ihre gierigen Lippen fanden einander und die Zeit vergaß sie.

Den ganzen Tag über quälten Marie furchtbare Kopfschmerzen. Sie blieb in ihrem Zimmer und Constant wachte über sie mit einer Aufmerksamkeit, die sie rührte. Er trug ihr das Essen herbei, verschwand, wenn sie nach dem Nachtgeschirr fragte, und klopfte an, bevor er das Zimmer betrat. Er verbot ihr zu sprechen und betrachtete sie im Schlaf, das Herz angefüllt mit all den Worten, die er nicht wagte auszusprechen und die er wie ein Narr hoffte, aus ihrem Mund zu vernehmen. Allein Ma flüsterte er seine Zweifel, seine Fragen zu; wie er es getan hatte, als er Kind war und Marie aus unerfindlichen Gründen schmollte. Er verstand nicht alles von dem, was vor sich ging. An dieser Familie erstaunte ihn nichts wirklich, er war seit seiner Kindheit mit ihrer Eigenartigkeit vertraut, so dass ihm die anderen unnormal erschienen. Er wusste nicht, wie und warum sie sich in Wölfe verwandeln konnten, aber fand es ebenso normal wie die Tatsache, dass sein Vater ein Zwerg war und er zwei völlig verschiedene Mütter hatte. All das war seine Welt. Das, was für ihn vielmehr ein Rätsel war, war Maries plötzliche Hinwendung zum Adel, den sie so viele Male gemeinsam verspottet und ausgeraubt hatten. Und das erschreckte ihn weit mehr als eine ganze Armee von Werwölfen.

Antoine de Colonges traf noch am Abend, zur selben Zeit wie Bertrandeau und der Nachschub an Lebensmitteln ein. Er war gealtert, aber, im Gegensatz zu Bruder Étienne, erschreckend abgemagert. Seine Haut klebte ausgetrocknet und faltig an den Wangenknochen und er ähnelte eher einer Leiche als Chazeron. Isabeau stellte man Bruder Étienne als eine Cousine von Albérie vor, bei der sie in Paris Unterschlupf gefunden hatte. Huc hatte es für besser gehalten, ihm die Wahrheit tröpfchenweise zu verabreichen. Und Ma zeigte sich nicht.

Entgegen Albéries Theorie behielt Chazeron sein bestialisches Aussehen auch nachdem er gestorben war. Philippus und Isabeau wehrten sich dagegen, darin den unleugbaren Beweis zu sehen, dass sich die Verwandlung nicht rückgängig machen ließ. Der tote Körper wurde stückchenweise in dem breiten Kamin des Wartturmes verbrannt. Vom Lehnsherrn von Vollore und Montguerlhe blieb bald nichts weiter mehr übrig als der Gestank beißenden, schwarzen Rauches, der über die Wände und Holzbalken des Zimmers kroch und alle zum Verlassen des Raumes zwang.

Der Geruch von verbranntem menschlichem Fleisch schwebte noch lange über den Dächern der Gegend und wurde schließlich von einem Ostwind vertrieben, der ihn auflöste und vergessen ließ.

Isabeau trug die Asche des Peinigers auf jenen Turm hinauf, auf dem einunddreißig Jahre zuvor Chazeron danach Ausschau gehalten hatte, ob Wölfe sich wohl auf ihren geschändeten Körper stürzen würden. Isabeau nahm sie in ihre Hände, so gut sie konnte, öffnete ihre Finger dann über den Tälern und murmelte:

»Möge Gott dir verzeihen, was ich niemals konnte!«

Dann bedankten sie sich bei Bertrandeau, der glücklich darüber schien, die Gegend gerettet zu haben, für seine Freundschaft und Hilfe und kehrten schließlich alle zusammen mit leichter Seele und Frieden im Herzen nach Vollore zurück.

Die Tür öffnete sich geräuschlos. Die Mönchszelle war durch eine einzelne Kerze beleuchtet und nur dann und wann huschte ein Sonnenstrahl durch die schweren Vorhänge, wenn ein starker Windstoß sie anhob.

Antoinette lag im Bett und, nach Meinung der Äbtissin, blieben ihr nur noch wenige Tage. Bei jedem ihrer eitrigen Hustenanfälle färbte sich die Haut um ihre Augenlider mit einem noch dunkleren Violett. Sie war so bleich wie die weißen Bettlaken. Marie erschauerte, näherte sich dennoch, Huc und Albérie an ihrer Seite, dem Bett. Sie hatte eingewilligt, das Spiel mitzuspielen. Vielleicht, weil entfernte Erinnerungen in ihr das Bild einer liebenswerten und fröhlichen Frau wachgerufen hatten, die sie einst Mutter genannt.

Die Novizin klopfte der Schlafenden auf die Schulter.

»Besuch für Euch, Madame Antoinette.«

Sie öffnete die Augen, verweilte einen Moment lang auf den Gesichtern, die sich ihr näherten, und schloss sie wieder, wobei sie murmelte:

»Welch schöner Traum. Ich sah darin meine Tochter. Weckt mich nicht auf, mein guter Huc.«

»Lasst uns fortgehen«, hauchte Marie, der ungewollt Tränen die Kehle zuschnürten.

»Wir haben es versprochen«, ermutigte sie Albérie, ergriffen von verspäteter Reue.

»Nein, sie hat Recht«, wandte Huc ein, dessen Blick sich mit Schmerz gefüllt hatte. »Es ist zu spät.«

Plötzlich von Mut gepackt, der inniger Liebe entsprang, ging Marie bis ganz an das Bett heran und nahm Antoinettes abgemagerte Hand zwischen die ihrigen.

»Ich bin wieder bei Euch, Mutter. Huc bringt mich zu Euch zurück, er hat mich gefunden.«

Antoinette zuckte mit ihren Wimpern und lächelte. Mit der freien Hand fuhr sie grazil über ihr Gesicht, das von Tränen überströmt war.

»Ja«, wisperte sie und hielt einen Hustenanfall in ihrer rasselnden Brust zurück. »Du ähnelst ihr. Meine Antoinette hatte solch große Augen wie du.«

»Ich bin Antoinette-Marie, Mutter. Man hat mich Euch gestohlen als Kind.«

»Ich wusste es. Ich habe es immer gewusst. Ich habe ihn

angefleht, mich nicht von dir zu trennen, aber er sagte, du seist tot. Er wollte sehen, wie ich wahnsinnig werde, um mich verstoßen zu können, aber es ist ihm nicht gelungen. Ich bin seine Gemahlin geblieben. Du bist ihm entkommen. Wie ich auch.«

Sie schloss ihre Augen.

»Er ist tot, Mutter. Euer Gemahl ist tot.«

Einen Moment blieben ihre Worte ohne Echo, dann begannen erneut Tränen ihre ausgemergelten Wangen hinabzurinnen und ihre Finger umklammerten jene Maries.

»Huc, mein guter Huc, ist das wahr?«, flüsterte eine erstickte Stimme.

Huc ging ebenfalls auf sie zu, während Albérie zurückwich und sich ganz von der Dunkelheit verschlucken ließ. Diese Frau war ihre Rivalin gewesen. Albérie hatte nichts weiter gemacht, als sich zu schützen, sie hatte nicht ihre Tochter entführt, sie hatte nur die eigene Nichte mitgenommen. Nichts weiter. Nichts Unrechtmäßiges. Sie war nicht für das verantwortlich, was Antoinette anschließend aus ihrem Leben gemacht hatte. Allein Chazeron war es. Und dennoch war sie ergriffen.

Huc kniete sich vor dem Bett nieder und strich ihr eine silberne Strähne aus der bleichen Stirn. Das Leben in der Isolation hatte sie verändert. Mit kaum vierzig Jahren wirkte Antoinette wie eine alte Frau.

»Euer Gemahl ist verschieden, Madame Antoinette. Ich habe ihn getötet, um Antoinette-Marie zu retten. Antoinette-Marie, die ich lebendig und in ihrer ganzen Schönheit wiedergefunden habe. So schön, wie Ihr es noch immer seid.«

Ihr Blick, in dem eine unendliche Zärtlichkeit lag, streifte ihre ergriffenen Gesichter.

»Ich habe immerzu gebetet. Ja, immerzu gebetet. Meine Antoinette. Mein Baby. Mein Schatz. Meine beiden verlorenen Schätze.«

Sie ergriff die Hand, die Huc ihr reichte.

»Keine Sekunde lang habe ich aufgehört, Euch zu lieben. Auf Euch zu warten. Ich wusste, dass Ihr kommen würdet.«

Sie wurde von einem Hustenanfall geschüttelt und erbrach einige Blutfäden auf die bereits beschmutzte Wäsche, die auf der Steppdecke abgelegt war. Als sie sich wieder auf ihr Kopfkissen zurücklehnte, war sie noch bleicher, fast durchscheinend. Ihre Augen besaßen jenen glasigen Schimmer, der den nahenden Tod ankündigt. Marie konnte nicht länger ein Schluchzen zurückhalten, so berührt war sie von dieser Frau, die sie doch nur kaum gekannt hatte, deren vergessene innige Liebe ihr jedoch das Herz zuschnürte. Auch Huc wollte es nicht gelingen, sich von jener Frau loszumachen, die er einst zu seiner Geliebten gemacht hatte. Er erinnerte sich nicht mehr wirklich, ob er sie geliebt hatte. Nur Albérie hatte für ihn gezählt, zählte noch immer für ihn.

Sie warteten, bis sie wieder ein wenig Kraft geschöpft hatte. Aber sie schien von Sekunde zu Sekunde von ihnen zu weichen und ihre Atmung war nicht viel mehr als ein furchtsames Pfeifen.

»Ich werde sterben, Huc. Ich spüre es genau, wer mich zu sich ruft. Er wird mich nicht in Frieden lassen. Niemals. Meine Liebe zu dir hat er nie verziehen, Huc. So ist mein Gemahl. Er wird es nicht zulassen, dass wir einander wieder finden. Antoinette, meine Antoinette. Hör mir zu. Komm näher heran.«

Marie beugte sich über das, was nur noch ein erschöpftes und verzweifeltes Raunen war.

»Du bist nun die Herrin von Vollore. Du, einzig und allein. Bei Gott dem Allmächtigen, sei jene, die ich nie war. Im Gedenken an mich.«

»Ich schwöre es, Mutter. Ich schwöre es, bei dem Leid, das man Euch zugefügt hat.«

Antoinette de Chazeron schlief mit einem Lächeln auf den Lippen ein. Einige Augenblicke später verließen alle drei schweigend die Zelle. Marie fragte nicht nach, was Huc mit Antoinette verbunden hatte. Es war ihr gleichgültig. Sie war aus Pflichtgefühl gekommen und kehrte zurück mit dem Gefühl, ein Teil von ihr selber läge hinter diesen Mauern im Sterben. Ein Teil, den sie nicht würde vergessen können.

Drei Tage später überbrachte ihnen ein Kurier die Nachricht von Antoinettes Tod. Und der Schwur, den Marie ihr geleistet hatte, kam in seiner ganzen Bedeutung zum Tragen.

Sie war nun die Herrin von Vollore. Sie war es schon immer gewesen. Seit ihrer Geburt. Seit der Lauf der Dinge eine andere Richtung eingeschlagen hatte.

Ein Blick auf Maries leidvolles Gesicht genügte und Constant begriff: nach Paris würde Marie nie wieder zurückkehren.

13

Der November des Jahres 1532 zog über das Land. Die Auvergne lag friedlich da, der Spuk der Bestie war vorübergezogen und das Leben hatte wieder seinen normalen Gang genommen.

Marie strich sich über ihren runden Bauch und lehnte sich gegen den Stamm eines hundertjährigen Baumes, der sich inmitten des Schlossparks in den Himmel erhob. »Der einzige Überlebende eines verheerenden Sturmes«, hatte Huc ihr erklärt. Sie fühlte sich erschöpft und ungewöhnlich dick. Sie war erst im siebten Monat. Albérie sagte ihr Zwillinge voraus. Im Grunde stimmte sie die ganze Schwangerschaft verdrießlich. Nicht etwa, weil sie sich nicht bereit fühlte, Mutter zu werden. Es war vielmehr die Identität des Vaters, die sie bekümmerte. Jean. Einmal. Ein einziges Mal in ihrem ganzen Leben. Und solche schwerwiegenden Folgen.

Sie seufzte und fuhr sich zärtlich über den Bauchnabel. Die Luft war lau und feucht. Man hätte fast meinen können, es sei Frühling. Der junge Hund, den sie vor einigen Wochen zu sich genommen hatte, lag zu ihren Füßen, lang ausgestreckt auf einem sorgfältig geschnittenen Rasen und dicht neben Ma, die ihn ebenfalls ins Herz geschlossen hatte. Marie musste immerzu an Constant denken. Bei ihrem Abschied hatte sie ihm gesagt, dass sie ihn liebte, dass sie sich ihn an ihrer Seite wünschte, hier, für immer. Er hatte sie traurig angesehen und geantwortet: »Du hast dir deine Welt ausgesucht, Marie. Aber das ist nicht meine.« Als sie weiter insistierte, hatte er sie abschätzig angesehen: »Ich bin nicht wie mein Vater und meine Verwandtschaft, Marie. Ich habe nicht die Seele eines Hofnarren.« Woraufhin sie geschwiegen und ihre Tränen hinuntergeschluckt hatte. Es stimmte, was er sagte. Selbst wenn sie die gleiche Erziehung genossen hatten, so war doch ein Individuum ohne Namen in dieser Welt nichts wert. Er hatte ihr keinen zu bieten und war doch zu stolz, einen Titel anzunehmen, den er niemals achten würde. Er kehrte gemeinsam mit Isabeau und Jean zwei Monate nach der Beerdigung von Antoinette de Chazeron nach Paris zurück.

Erst als sie von Isabeaus Schwangerschaft erfahren hatte, war Marie aufgefallen, dass ihre Menstruation im Verzug war. Sie hatte nichts gesagt. Es war zu früh, um sicher zu sein. Und was hätte sie auch sagen sollen? Sie hatte sich ihr Schicksal selbst ausgesucht.

»Alles ist so schnell gegangen«, sagte sie leise vor sich hin, in die Stille des Parks.

Isabeau und Philippus hatten sich über Wochen hinweg in das Labor des Turmes eingeschlossen. Sie hatten eine neue Flüssigkeit hergestellt, die keinerlei Wirkung auf Ma gezeigt hatte, außer dass sie davon krank geworden war. Sie hatten verbissen gearbeitet, aber mussten sich dennoch schließlich den Tatsachen beugen. Chazeron hatte ihnen das Geheimnis des Alkahest nicht hinterlassen.

»Das Kind, das ich unter meinem Herzen trage, ist die Frucht einer Abwandlung der Natur. Es allein kann uns den Schlüssel zu dem Geheimnis liefern. Wird es die Gestalt eines Menschen oder eines Wolfs haben? Ich weiß es nicht, aber was immer es auch sein wird, wir müssen es opfern«, hatte Isabeau ungerührt verkündet, nachdem sie ihnen den Misserfolg ihrer Experimente und die Wahrheit über das, was wirklich zwischen ihr und Chazeron in der Höhle passiert war, mitgeteilt hatte.

Angesichts ihres Schweigens war sie fortgefahren:

»Philippus und ich haben zwei Entscheidungen getroffen. Ich werde nach Paris zurückkehren, um mich meinen Geschäften zu widmen, die ich nun schon zu lange vernachlässigt habe. Philippus seinerseits wird in die Schweiz gehen, um seine eigenen Aufzeichnungen zusammenzutragen, aber auch alle anderen Schriften über den Stein der Weisen. Vielleicht ist mir irgendetwas entgangen. Ein Handgriff, eine Mixtur. Manchmal scheint mir alles so fern, dann wieder so nah. Mein Gedächtnis spielt mir einen Streich. Wir treffen uns Anfang des Winters wieder hier und werden dann unsere Versuche neu aufnehmen, sobald ich dieses Ding auf die Welt gebracht habe.«

»Wie erträgst du nur die Vorstellung, dass dieses Wesen in dir heranwächst?«, hatte Albérie mit unverhohlenem Abscheu ausgerufen.

Isabeau hatte sie lange mit einer Härte angestarrt, die Marie nicht an ihr kannte, und hatte dann ausgestoßen:

»Auf die gleiche Weise, wie ich die anderen ertragen habe. Damit auch du eines Tages ein Kind mit menschlicher Gestalt austragen kannst.«

Albérie hatte betroffen den Kopf gesenkt. Sie hatte schon fast vergessen gehabt, dass das Alkahest für sie entwickelt worden war, wegen ihrer Leiden, ihrer Verzweiflung, Huc keinen Sohn schenken zu können. Allein aus diesen Gründen hatten Isabeau und La Turleteuche ihre Experimente durchgeführt. Die Idee, es an Chazeron auszuprobieren und ihn damit zu töten, war erst viel später entstanden.

»Ich komme nicht mehr zurück.«

Marie spürte, wie sich ihr Herz zusammenzog. Alle Augen richteten sich auf Constant, der mit verschränkten Armen gegen die Wand gelehnt stand. Sein tiefer, schwarzer Blick stand drohend über ihr, wie der Himmel vor einem nahenden Unwetter. »Ich weiß«, hatte sie nur geantwortet, woraufhin Isabeau erneut das Wort ergriffen und erklärt hatte, jeder hier könne frei seine Entscheidungen treffen, aber sie seien nun eine Familie. Vereint oder nicht, das gleiche Geheimnis würde sie hinfort miteinander verbinden.

Constant hatte genickt und Ma hatte sich zu seinen Füßen gelegt, als wolle sie ihr Vertrauen in ihn bekräftigen.

Einige Tage später waren sie auseinander gegangen. Ma war an Maries Seite geblieben, auch wenn man ihre Wehmut über Philippus' Abreise spüren konnte. Huc und Albérie richteten sich auf Vollore ein und niemand hatte etwas dagegen einzuwenden.

Gemäß ihrer Abmachung verbreitete Bertrandeau die Kunde, Messire Huc habe die Bestie getötet und François de Chazeron darüber Bericht erstattet.

Der kleine Hund reckte sich und knurrte behaglich. Marie hob ihn auf ihren Schoß, wobei Isabeaus Brief zu Boden fiel. Sie ließ ihn von dem ungewöhnlich milden Wind in die Mitte der abgestorbenen Blätter forttragen.

In einigen Wochen würden Isabeau und Jean wieder hier sein. Ebenso Philippus. Sie könnte lügen, so wie Albérie es ihr geraten hatte, ihnen sagen, sie würde ein Kind von Constant erwarten. Jean würde jedoch auf diese Lüge nicht reinfallen. Sie hätte vielleicht besser daran getan, es abzutreiben, wie ihre Tante es ihr ganz zu Anfang vorgeschlagen hatte. Aber ebenso wie damals bereute sie auch jetzt ihre Entscheidung nicht. Sie wusste, dass es ihre Aufgabe war, diesen Ländereien Kinder zu schenken. Dass sie keinen Vater hatten, war nicht von Bedeutung. Sie würden den Namen Chazeron tragen. Das genügte, um sie zu legitimieren.

Der Hund begann, an ihren Fingern zu knabbern, und sprang dann auf das Kind, das sich in ihrem Bauch bewegte. Ma erhob sich augenblicklich, packte den Kleinen am Nacken und setzte ihn energisch auf dem Boden ab.

»Ma, er hat mich nicht gestört!«, entrüstete sich Marie lachend.

Die Wölfin warf ihr einen zärtlichen Blick zu und begann mit Noirot zu spielen, der nicht lockerließ und dieses Mal mit seinen Pfoten angriff.

»Das sind unsere Kinder, Mutter«, murmelte Marie und legte die Hände auf ihren Bauch. »Und ich schwöre, dass du sie eines Tages, wie diesen Welpen, in deinen Armen halten wirst.«

Die Wölfin leckte zart die Hand, die Marie nach ihrem Kopf ausstreckte. Begeistert von seiner Rolle als Störenfried, zog Noirot am Mantelärmel des jungen Mädchens. Erst ein Rüffel von Mas Schnauze beförderte ihn hochkant in die Wiese und setzte seinem Spiel ein Ende. Dort blieb er, die Schnauze in seinen Vorderpfoten vergraben, schmollend liegen. Marie brach in heiteres Lachen aus, stand auf und machte sich, eine Hand in ihre Seite gestützt, in Richtung Schloss auf, wo die Glocke zum Essen läutete.

Philippus meinte, seinen Augen nicht zu trauen, als er den Bauch seiner Tochter sah, die ihm ihre Arme entgegenstreckte.

»Herrgott«, rief er aus und packte diese Kugel mit beiden Händen.

Augenblicklich übermannten ihn seine Gefühle und er umarmte, soweit dies möglich war, sein geliebtes Kind, was darauf hinauslief, dass sich zwei dicke Bäuche aneinander rieben. Sie brachen in ein fröhliches, verständnisinniges Lachen aus. Gleich darauf wandte sich Philippus Ma zärtlich zu und richtete auf sie seinen Blick, in dem zu lesen war, wie sehr sie ihm gefehlt hatte.

Am gleichen Abend noch bestätigte Philippus Albéries Vermutungen, nachdem er Marie untersucht hatte.

»Die Herztöne sind unterschiedlich. Es sind also mindestens zwei, die sich dieses Nest teilen, meine Tochter! Die Niederkunft wird nicht mehr lange auf sich warten lassen.«

»Zwei! Wie ist das möglich?«

»Bei Gott, der Vater hat besonders gute Samen. Wann kommt er?«

Marie biss sich auf die Lippen. Philippus runzelte die Stirn.

»Du hast Constant noch nichts gesagt, oder?«

Sie zögerte nur eine Sekunde lang, dann erwiderte sie traurig:

»Jean Latour ist der Vater.«

Philippus' Gesicht nahm einen verstimmten Ausdruck an, er hielt sich jedoch mit einem Urteil zurück. Mit sicherer

Hand verstaute er seine Instrumente wieder in seinem Lederkoffer und setzte sich dann an den Bettrand zu Marie.

»Willst du, dass wir darüber sprechen?«, fragte er nur und nahm ihre Hände.

»Es gibt nichts zu sagen. Es ist in der Nacht geschehen, bevor ihr alle nach Vollore gekommen seid. Ich war verschreckt, verloren. Wir haben unseren Gefühlen freien Lauf gelassen. Ich werfe ihm nichts vor.«

Sie zuckte gleichgültig mit den Achseln. Und Philippus dankte dem Himmel, dass der Betroffene nicht in Reichweite war, sonst hätte er sich an ihm auf der Stelle seine Fäuste etwas aufgewärmt. Er selber hatte genug Frauen in seinem Leben besessen, um zu wissen, dass man nicht unüberlegt eine Jungfrau verführt. Jean hatte sich wie ein ungehobelter Kerl benommen und er würde die Gelegenheit gewiss nicht verpassen, ihm das vorzuwerfen. Marie musste seinen Zorn gespürt haben, denn sie flehte ihn an:

»Sag ihm nichts, ich bitte dich. Er weiß nichts von meiner Schwangerschaft und ich werde alles tun, dass er sich nicht dafür verantwortlich fühlt. Isabeau liebt ihn, glaube ich. Ich möchte keine Tragödie heraufbeschwören.«

»Er sollte dafür einstehen.«

»Ich liebe ihn nicht.«

»In Ordnung. Ich werde mich nicht einmischen. Aber das kostet mich meinen Vaterstolz.«

»Denke lieber an deine Würde als Großvater. Als zweifacher Großvater.«

»Großvater …«

Philippus küsste Maries Hände mit Inbrunst.

»Ich habe genug Liebe und Zeit nachzuholen, um euch drei damit zu versorgen.«

Isabeau und Jean kamen eine Woche später an. Isabeau war nur erstaunt, Jean dagegen erbleichte über alle Maßen und Philippus musste sich zurückhalten, um ihm nicht an die Gurgel zu springen. Seinem Versprechen gegenüber treu, rührte er sich jedoch nicht und grüßte ihn, als sei nichts geschehen. Was Isabeau betraf, so stellte sie keinerlei Fragen. Sie war erschöpft. Die Reise war anstrengend gewesen, trotz des schönen Wetters, das sich noch immer über ganz Frankreich ausbreitete. Sie war nicht mehr jung und hatte außerordentlich an Gewicht zugenommen. Philippus riet ihr, sich auf der Stelle etwas hinzulegen, damit sie das »Ding« – wie sie es hartnäckig nannte – ohne Gefahr auf die Welt bringen könnte.

Isabeau gehorchte bereitwillig und überließ sich der Obhut ihrer Schwester, der nichts mehr am Herzen lag, als sie zu umsorgen. Marie achtete sorgfältig darauf, mit Jean nicht allein zu bleiben, und Philippus war ihr dabei auf freundliche Weise behilflich, indem er sich in ihrer Nähe aufhielt, so oft er konnte. Und dennoch passierte es.

Zwei Tage nach ihrer Ankunft fühlte sich Isabeau nicht wohl und Albérie ließ Philippus herbeirufen. Marie wollte ihn begleiten, aber er lehnte ihre Hilfe ab. Isabeaus Bauch war bereits abgesunken. Die Niederkunft stand bevor und er wollte Marie nicht erschrecken. So fand sie sich allein und ratlos im Gang wieder. Bevor sie sich noch dagegen wehren konnte, hatte Jean sie schon am Arm in ein Nebenzimmer gezogen, wobei er genau darauf achtete, dass die Tür hinter ihnen sorgfältig verschlossen war.

»Deine Flucht ist ein Geständnis, Marie«, verkündete er ohne Umschweife. »Ich war des Öfteren schon inkonsequent und oberflächlich, ein Schürzen- und Mitgiftjäger, der nach Geld und Gunst trachtete, aber mit Aufrichtigkeit, ohne mich zu etwas Besserem zu machen, als ich bin, ohne etwas zu versprechen, das ich nicht halten konnte. Doch dieses Mal ist es anders. Ich kann dich nicht einfach so meine Kinder im Bauch tragen lassen, Marie.«

»Es sind nicht deine Kinder«, erwiderte sie mit zitternder Stimme.

In Jeans Augen blitzte der Zorn auf. Er packte sie mit Gewalt am Handgelenk, was ihr eine schmerzhafte Grimasse entlockte, und zwang sie, ihn anzusehen.

»Du tust mir weh, lass mich los«, jammerte sie.

»Nicht, bevor ich die Wahrheit gehört habe.«

»Und was wirst du daran ändern?«

Erst als er Maries harten Gesichtsausdruck sah, ließ er sie los. Einen Augenblick lang wusste er nicht, was sagen, dann verkündete er mit tonloser Stimme:

»Ich werde dafür geradestehen.«

Marie lachte auf. Doch ihr Lachen klang falsch.

»Vergiss das, Jean. Ich habe mich dafür entschieden, dieses Geschenk des Lebens zu behalten. Du schuldest mir nichts.«

»Ich habe dich entehrt. Das ist von Geltung.«

»Daran hättest du früher denken sollen«, gab sie ihm ohne Bitterkeit zurück.

Er ließ sich auf das Bett fallen und vergrub seinen Kopf in den Händen.

»Du verstehst nicht, Marie.«

»Es gibt nichts zu verstehen. Es ist meine Entscheidung. Ich habe dich provoziert, erinnerst du dich nicht? Du hast dir nichts vorzuwerfen. Und ich werfe dir auch nichts vor.«

Er sprang auf und fasste bebend erneut ihre Hände.

»Du verstehst nicht«, wiederholte er. »Ich habe nicht einen Moment lang aufgehört, an diese Nacht zu denken. Mit anzusehen, wie Constant dich zurückgestoßen hat, machte mich rasend, dich in seinen Armen anzutreffen, machte mich ebenfalls rasend. Ich verstand nichts mehr. Isabeau hat mir die Augen geöffnet. Ich liebe dich, Marie. Werde meine Gemahlin.«

Marie fühlte, wie ihre Knie wankten. Sie öffnete ihren Mund, um zu antworten, aber kein Laut kam hervor. Es war nicht sein Geständnis, das sie erschütterte, sondern die Tatsache, dass Isabeau über seine Untreue Bescheid wusste. Sie erbleichte so sehr, dass Jean sie in seine Arme nahm und ihr half, sich auf das Bett zu legen. Er suchte behutsam ihre Lippen. Sie widersetzte sich nicht. Sie hatte nicht die nötige Kraft dazu. Doch dieser Kuss offenbarte ihr mit einem Schlag die ganze Wahrheit.

Als Jean sich von ihr losmachte, hatte ihr Gesicht wieder Farbe angenommen.

»Ich will nur einen einzigen Vater für meine Kinder«, bekräftigte sie, »und das bist nicht du, Jean. Ich liebe dich nicht. Ich verspüre dir gegenüber ein Begehren, ja. Aber ein Begehren, das mich mit Scham erfüllt.«

Jean war getroffen, fing sich aber schnell wieder.

»Constant hat seine Wahl getroffen. Er will dich nicht. Und selbst wenn er seine Entscheidung rückgängig machte, würde er die Kinder eines anderen akzeptieren? Das bezweifle ich.«

»Auch er hätte ...«, begann sie.

»Du lügst. Constant ist eine reine Seele. Niemals hätte er dich entehrt. Niemals. Und wenn er es getan hätte, wäre er geblieben.«

»Du hast Recht. Constant ist ein Mensch, der keine Falschheit, keine Lügen und keine Heuchelei kennt. Wie kannst du dir einbilden, dass ich ihn in deinen Armen vergessen könnte? Ich werde dich nicht heiraten. Ich gehöre zur Rasse der Wölfe, Jean. Ich werde gewiss andere Liebhaber besitzen, aber niemals wieder werde ich diese Liebe in mir verspüren.«

Er erhob sich. Ihre Worte wirkten auf ihn wie eine Schmähung. Er holte mit der Hand aus und versetzte ihr eine Ohrfeige.

»Ich werde es nicht zulassen, dass du eine Hure wirst«, drohte er, als wolle er sich für diese Handgreiflichkeit entschuldigen, die er bereits bereute.

Maries Gesicht glühte vor Zorn und von den Spuren seiner Finger.

»Wenn das so ist, Jean Latour, dann halte dich fern von mir«, zischte sie.

Er wich zurück, voller Entsetzen über den Schmerz, der sich in ihm breit machte. Ein Schmerz, den er niemals zuvor verspürt hatte und gegen den er geglaubt hatte, gefeit zu sein. Er betrachtete diesen mit Leben angefüllten Bauch, dessen

Beben, trotz der zahlreichen Unterröcke, zu erkennen war, drehte sich dann um und verließ das Zimmer, mit dem Gefühl, jeden, der seinen Weg kreuzte, umbringen zu müssen.

Marie blieb lange Zeit reglos zurück. Nichts von dem, was sie ihm gesagt hatte, glaubte sie wirklich. Sie hing an ihm, selbst wenn ihre Zuneigung nichts mit jener zu tun hatte, die sie mit Constant verband. Er hätte sie gewiss glücklich gemacht. Gewiss. Er hätte die Rolle des Lehnsherrn eingenommen und seine Kinder wären in einer richtigen Familie aufgewachsen. Und mit der Zeit hätte sie Constant schließlich vergessen.

»Nein«, murmelte sie. »Es wäre nicht gegangen.«

Entschlossen stand sie auf und klopfte an Isabeaus Tür. Sie lag gegen mehrere Kopfkissen gelehnt in einem Zimmer, das von gleichmäßigem Sonnenlicht durchflutet wurde. Sie war allein.

»Komm näher, Marie«, forderte Isabeau sie auf und streckte ihr warmherzig eine Hand entgegen. »Dein Vater ist soeben gegangen. Es scheint, dass wir beide bald gebären werden.«

Marie setzte sich an das Fußende des Bettes und Isabeau entfuhr ein Lachen, als sie sah, wie Marie ihren störenden Bauch mit aller Vorsicht auf ihren Knien zurechtrückte.

»Ich weiß schon nicht mehr, was ich damit anfangen soll«, bemerkte Marie traurig.

»Bald wirst du es wissen. Heiratest du ihn?«

Marie erbleichte.

»Wen?«, fragte sie dumm.

»Jean natürlich!«

Isabeaus Gesicht überzog ein Hauch von Traurigkeit, als Marie ihre Augen niederschlug.

»Seit dem Tag, an dem ich ihn kennen gelernt habe, weiß ich, dass er dich verehrt. Schau mich an, Marie. Ich bin eine alte Frau und Jean ist zwanzig Jahre jünger als ich. Mein Wissen faszinierte ihn und er war aufrichtig, als er vorgab, mich zu lieben. Er hat es sich eingeredet, denn zwischen euch beiden stand Constant. Constant, sein Freund. Constant, dem er sein Leben verdankt. Es war schmeichelhaft, seine Geliebte zu sein. Ich brauchte sein Interesse, seine Aufmerksamkeit in einem Moment, in dem mich plötzlich wieder meine vergangenen Ängste einholten. Ich nahm das an, was er mir geben konnte, in dem Wissen, dass es nicht andauern würde. Dass es eigentlich dir gehörte. Ich liebe dich, Marie. Du bist die Fortsetzung meines Lebens, das vergehen wird. So viele Male habe ich versagt. So viele Male hat das Schicksal über meine Träume gesiegt. Lass dich nicht von deinem Stolz blind machen, um die deinigen zu leben. Jean ist nicht perfekt, aber er ist zuverlässig und treu. Der Rest zählt wenig, glaube mir. Heirate ihn. Er wird keine schlechte Wahl sein.«

»Ich kann nicht, Großmutter. Vielleicht eines Tages. Aber nicht im Moment.«

»Wann?«, fragte Isabeau.

»Wenn ich mir sicher bin, Constant verloren zu haben.«

»Ist es nicht allein die Schwärmerei für diese reine Seele, deren Verlust du nicht wahrhaben willst?«

»Nein. Gewiss, wir sind gemeinsam aufgewachsen, wir haben gemeinsam gelacht und geweint, auf seine Lippen habe ich meinen ersten Kuss gehaucht, aber auch meine Liebe ist diesen Weg mitgegangen. Ich habe Constant nie wie einen Bruder angesehen. Seit ich mich erinnern kann, war ich davon überzeugt, dass er an meiner Seite bleiben wird.«

»Aber er ist nicht an deiner Seite. Und du hast dich einem anderen dargeboten. Von dir aus.«

»Das Verlangen …«

»Nein, Marie, das Verlangen ist eine Sache. Die Furcht, die beängstigende Einsamkeit lastete auf den Herzen, aber wenn du Constant mit deinem ganzen Wesen geliebt hättest, hättest du niemals die Umarmung eines anderen ertragen. Glaube mir. Vielleicht ist er derjenige, von dem du träumtest, aber nicht derjenige, den deine Seele im Verborgenen gewählt hat.«

Marie blieb eine Weile in Gedanken versunken. Isabeau respektierte ihr Schweigen und fügte schließlich hinzu:

»Nimm dir Zeit, über all das nachzudenken. Wie immer du dich auch entscheidest, du hast meinen Segen, Marie. Dieses Leben gehört dir. Niemand darf es dir jemals stehlen.«

»Ich werde mich daran erinnern, Großmutter.«

Isabeau schloss die Augen und Marie verließ das Zimmer.

Die verbleibende Woche verlief voller Trübsinn. Das Wetter hatte sich schlagartig geändert. Die Kälte nahm ohne Vorankündigung mit Schneestürmen ihren Einzug. In wenigen Stunden waren die Gipfel der hügeligen Auvergne von einem milchigen Weiß überzogen und die Kamine des Schlosses mussten angefeuert werden, so eisig war der Wind, der durch sie hindurchpfiff und die Zimmer auskühlte. Der Rauch stand so lange in den Abzügen, bis diese sich ausreichend angewärmt hatten, um ihn über die Dächer fortzutragen, und zwang dadurch die Schlossbewohner, die Fenster halb offen zu lassen, damit der Rauch Hals und Nase nicht noch mehr reizte. Dann beruhigte sich alles wieder. Die winterliche Erstarrung isolierte das Schloss von Vollore und seine Bewohner vom Rest der Gegend und der Dezember brachte die weihnachtlichen Vorbereitungen mit sich.

Marie gebar zwölf Tage vor der Geburt Christi, wobei sie ihn mit ihrer ganzen Häretikerseele anflehte, ihr die Kinder nicht wieder zu nehmen. Alle beide.

Es waren zweieiige Zwillinge, die sich in keinster Weise ähnelten und denen sie die Namen Antoine und Gasparde gab. Die beiden schrien von morgens bis abends vor Hunger und entkräfteten ihre Mutter dermaßen, dass man eine Amme aus Thiers holen musste. Schließlich gesättigt von den schweren Brüsten der stämmigen Bauersfrau, gewährten sie Marie ein wenig Ruhe.

Ma wich nicht von ihrer Seite und wachte mit einer solchen Sanftmut über die Ihrigen, dass man im Schloss schon bald vergaß, dass sie eigentlich eine Wölfin war. Philippus trällerte ununterbrochen Schlaflieder, an die er sich voller Rührung erinnerte, und Jean umsorgte seine Sprösslinge mit einer solch innigen väterlichen Liebe, die ihn ebenso wie Marie erstaunte.

Sie hatte sich erhofft, dass Isabeau ihr einen Brief von Constant mitbringen würde, eine Antwort auf all jene, die sie ihm seit ihrer Trennung geschickt hatte. Aber er hatte nicht geschrieben. Er kämpfte nun an der Seite von Johannes Calvin und verbrachte seine ganze Zeit damit, die Reformationsbewegung zu unterstützen, die durch die immer zahlreicher werdenden Verleumder im Umfeld des Königs bedroht war. Croquemitaine versuchte umsonst, ihn zur Vernunft zu bringen, nichts konnte ihn bekehren. Er ging sogar so weit, des Nachts Schmähschriften gegen die Kirche zu verteilen. Er verstreute sie vor Häuser, Läden, Werkstätten und wurde dabei von seiner kleinen Schwester Solène und einer Bande anderer junger Männer seines Alters unterstützt, die Marie gut kannte. Sie waren ihre Spielgefährten gewesen. Bertille raufte sich die Haare, zitterte jede Nacht, aus Angst, sie würden von den Spähtrupps ertappt werden. Aber Constant hörte auf nichts und niemand. Außer auf Calvin. Und Calvin kümmerte sich nur darum, mithilfe seiner Ideen zu Ruhm zu gelangen und um sonst nichts.

Marie folgerte daraus, dass er sich in diese Aufgabe stürzte, um nicht an sie denken zu müssen. Aber sie konnte nichts dagegen tun. Sie konnte nun nicht mehr zu ihm, selbst wenn sie das gerne getan hätte. Und sie wollte Vollore auch nicht verlassen.

»Heirate mich!«

Sie erwachte von diesen Worten. Jean hatte sich über ihre Lippen gebeugt. Die Zwillinge waren gerade eine Woche alt. Sie konnte ihren regelmäßigen Atem aus den Wiegen vernehmen, die man nah an ihr Bett gestellt hatte. Draußen herrschte eine wundervolle, sternklare Nacht. Sie schüttelte den Kopf, aber ein weiteres Mal bemächtigte er sich ihres Mundes, als wolle er dadurch ihren törichten Widerwillen ins Tiefste ihres Inneren verdrängen. Marie ließ sich, noch vom Schlaf betäubt, fallen. Dann verließ er sie wieder. Sie blickte ihm ohne Reue nach und fragte sich flüchtig, ob sie gerade geträumt hatte.

Weihnachten feierten sie unter quäkendem Kindergeschrei. Die Zwillinge erhielten den Namen Chazeron, was Étienne de la Faye, der Schreiber des Klosters von Moutier, ohne Einwände schriftlich festhielt. Jean knirschte mit den Zähnen, entschloss sich jedoch, abzuwarten. Solange Marie ihn nicht verjagte, konnte er noch hoffen, sie irgendwann umzustimmen. Aber es erfüllte ihn nicht gerade mit Stolz, so zwischen ihr und Isabeau hin- und hergerissen zu sein, wenn es auch ohne Arglist war. Die Dinge waren ausgesprochen. Er liebte sie beide, aus verschiedenen Gründen, aber er konnte es nicht ändern.

Das Jahr 1532 hatte sich gerade seinem Ende geneigt, als Isabeau das »Ding« auf die Welt brachte, an einem regnerischen, trüben Nachmittag. Sie schrie lange Zeit. Erschrocken über dieses Wehklagen, ließen auch die Zwillinge nicht lange mit ihrem gellenden Kreischen auf sich warten und das gesamte Schloss umwehte die Stimmung eines nahenden Weltuntergangs.

Marie wollte Albérie bei der Geburt assistieren, aber Philippus war dagegen. Wie alle jungen Frauen im Wochenbett war auch Marie noch schwach und von gedrücktem Gemütszustand. Er legte keinen Wert darauf, ihr dazu noch den Anblick der Geburt eines Monsters zuzumuten. Und in der Tat beglückwünschte er sich für diese Entscheidung, denn er musste den Bauch, den die Natur nicht zum Gebären zwang, öffnen und das Kind mittels eines chirurgischen Eingriffs herausholen. Denn außer dem »Ding« war da auch noch das Kind.

Sie waren an einem Bein und einem Arm aneinander gewachsen. Die Verlängerung desselben Körpers zu einer Fratze mit zwei Gesichtern. Das eine war rund und pausbäckig, das andere war eine einzige Missbildung, bedeckt von Tierhaaren. Siamesische Zwillinge. Philippus hatte bisher noch nie so etwas Seltsames gesehen. Er war froh darüber, dass Isabeau nicht bei Bewusstsein war.

Einen Moment lang wussten sie nicht, was sie mit diesen Neugeborenen anfangen sollten, dann ergriff Albérie das zusammengewachsene Bein. Entschlossen hob sie die Zwillinge daran in die Luft und gab ihnen einen Klaps auf den Rücken. Sie fingen gleichzeitig zu schreien an, während sich Philippus daranmachte, Isabeaus Unterleib wieder zuzunähen.

»Wenn sie kein Fieber bekommt, wird sie alles gut überstehen«, versicherte er und legte letzte Hand an den Verband.

»Was machen wir mit dem da?«

Albéries ausgestreckter Finger verriet deutlich ihre Abscheu.

»Man sollte sie trennen, glaube ich.«

»Die Missgeburt vernichten wäre wahrscheinlich angebrachter!«

»Nur Isabeau weiß, was damit geschieht. Sie wird darüber entscheiden. Sie sind zusammengewachsen, Albérie. Ich will nicht, dass Isabeau sie so sieht.«

Er machte sich alleine an die Arbeit. Albérie rührte sich nicht von der Stelle. In dem zarten Gesicht des kleinen Jungen waren unverwechselbar die Züge Loralines zu erkennen. Aufgrund dieser Ähnlichkeit wusste sie jetzt schon, wie sich ihre Schwester entscheiden würde.

Isabeau erwachte spät in der Nacht, von Fieber und Alpträumen heimgesucht. Sie wechselten sich mit der Krankenwache ab und gegen Morgen schließlich war die Temperatur gesunken und sie verlangte danach, das Kind zu sehen.

Was sie jedoch als Erstes erblickte, war Ma. Ma, die sich hinter Philippus in das Zimmer eingeschlichen hatte. Ma, die sich dem Tisch genähert hatte, auf dem sich die Wickeltücher befanden. Ma, die mit ihrer rauen Zunge über das Gesicht des kleinen Jungen leckte.

»Zeigt ihn mir«, bat Isabeau, mild gestimmt.

Philippus brachte ihr den Säugling, Ma, die wie ein junger Hund winselte, dicht auf seinen Fersen. Isabeau wollte den Jungen hassen, aber es gelang ihr nicht. Wie Loraline, war es das Kind ihres Peinigers. Aber es war auch ihr Kind. Ihr Sohn.

Sie warf einen Blick auf das Ungeheuer, das Albérie ihr reichte, und verkündete dann mit heiterer Stimme:

»Wir opfern das ›Ding‹. Der Junge bleibt am Leben.«

Philippus fühlte sich erleichtert. Nicht eine Sekunde lang war es ihm in den Sinn gekommen, diesem liebreizenden Baby den Schädel zu öffnen. Als wolle es ihnen zustimmen, ertönte ein Raunzen aus Albéries Armen und das »Ding« begann sich zu bewegen.

Isabeau riss ihren Blick von dem Säugling los, von dessen Seite Ma nicht wich, und erklärte:

»Der andere wird nicht lange leben. Wir müssen schnell handeln. Ich kann Euch nicht helfen, Philippus, aber Ihr kennt die einzelnen Schritte, wisst, wie Ihr vorgehen müsst. Macht Euch also an die Arbeit und holt Marie herbei. Damit sie erfährt, dass soeben ein weiterer Chazeron geboren wurde.«

Trotz des Hasses, den sie gegenüber dem Lehnsherrn von Vollore empfand, billigte Marie die Entscheidung ihrer Großmutter. Sie bot sich an, alle drei zusammen aufzuziehen, gemeinsam mit Albérie und Huc, die auf einen Schlag eine ordentliche Nachkommenschaft geerbt hatten.

Sie legten den Säugling, dem sie den Namen Gabriel gaben, neben die anderen zwei und stillten ihn an derselben Brust, während Philippus im Turm des Schlosses mit der Hilfe von Albérie das »Ding« opferte.

Erst Ende Februar war Isabeau wieder völlig bei Kräften und dazu imstande, ihre Heimreise anzutreten. Das Alkahest war fertig, aber so wie es war, hatte es keinerlei Wirkung. Sie mussten zunächst auf seiner Basis ein Gegengift herstellen. Philippus war der Ansicht, das wäre ihm auf Vollore nicht möglich, denn hier würden ihm zu viele Retorten fehlen und auch ein zweiter Ofen. In Basel hätte er bessere Möglichkeiten, zu arbeiten. So beschloss er, abzureisen, doch dieses Mal machte Ma ihm deutlich, dass sie ihn begleiten wolle.

Marie spürte, wie ihr Herz schwer wurde, als sie ihren Wunsch verstand, stellte sich jedoch nicht dagegen. Sie war nun nicht mehr allein. Sie hatte eine Familie. Jean beharrte darauf zu bleiben, aber Marie zeigte sich unbeugsam:

»Isabeau hat eine Unterstützung im Laden mehr als jemals zuvor nötig. Ich ertrage den Gedanken nicht, dass sie allein zurückkehren soll. Die Wege sind nicht sicher und in Paris tobt der Hass gegen die Ketzer. Sie braucht dich, was immer sie auch sagt.«

»Du brauchst mich auch.«

»Nein, Jean«, lachte Marie. »Ganz im Gegenteil, ich brauche Zeit für mich allein, um Ordnung in meine Gefühle zu bringen.«

»Du gibst also zu, dass du welche hast!?«, antwortete er spitz mit einer Gegenfrage.

»Du bist mein Freund. Das warst du schon immer. Verlange nicht mehr von mir. Es ist ein wenig so, als wäre ich Witwe und hätte soeben die Liebe meines Lebens verloren. Lass mir Zeit zu trauern.«

»Gut. Ich akzeptiere deine Entscheidung. Pass auf unsere Kinder auf.«

»Und du, Jean, pass auf meine Familie auf. Und auf ihn.«

Jean nickte. Constant blieb sein Freund, aber er bezweifelte, dass der ihn noch immer als seinen Waffenbruder respektieren würde, wenn er die Wahrheit erfuhr.

Erneut verließ ihre Familie Vollore. Doch dieses Mal fühlte sich Marie allein zurückgelassen. Mit Ma verlor sie auch einen Teil ihrer Kindheit. Mit Jean die Unbekümmertheit. Aber sie war nun die Herrin von Vollore. Das hatte sie ihrer Adoptivmutter geschworen.

Sie würde dieses Leben leben, das man ihr vor langer Zeit gestohlen hatte.

Einige Monate lang sah sie glücklich und sorglos ihren Kindern zu, wie sie heranwuchsen. Dann fuhr erneut das Schicksal dazwischen, um das verworrene Netz, das ihre Familie gewoben hatte, zu durchschlagen.

Durch den Willen eines Mannes.

Durch die Launen eines Königs.

14

Marie machte vor der Halskrause und der Adlernase von Franz I. eine graziöse Verneigung. Da das Schloss von Thiers wegen Bauarbeiten nicht bewohnbar war, hatte der König von Frankreich beschlossen, diese Nacht in Vollore zu logieren.

Sein Hofstaat wurde in den bescheidenen Zimmern auf den verschiedenen Etagen des Haupthauses untergebracht, und für diejenigen, die dort keinen Platz mehr fanden, hatte man Zelte im Park und den anliegenden Gärten aufgestellt. Glücklicherweise war das Wetter in jenem April des Jahres 1533 nach einem unangenehm verregneten März angenehm mild und klar.

Marie war nur wenige Tage im Voraus von dem königlichen Besuch unterrichtet worden und hatte in großer Hast für die entsprechende Verpflegung sorgen müssen. Albérie, deren Wunden verheilt waren und die wieder in ihre alte Rolle zurückgefunden hatte, war es dank ihrer Umsicht und ihres Geschicks gelungen, auch noch den letzten Winkel des Schlosses mit dem Nötigsten auszustatten.

Der König war sehr angetan, sowohl von dem Empfang, der ihm bereitet wurde, als auch von der charmanten jungen Frau selbst, die ihm mit einem Lächeln begegnete, welches den Genießer in ihm an die saftige Frische einer reifen Frucht erinnerte.

»Dame de Vollore«, sagte er. Mit seiner beringten Hand, die gewohnt war, Liebkosungen zu vergeben, half er ihr aus der Verneigung. »Eure bezaubernde Gegenwart ist eine Bereicherung meines Hofstaates. Wo ist Euer Vater, damit ich ihn beglückwünschen kann?«

»Er bittet Euch um Verzeihung, Majestät. Er befindet sich auf Reisen, um seinen Geschäften nachzugehen, und hat leider zu spät von der Ehre Eures Besuches erfahren. Ich bin allein mit meinen Kindern.«

»Euren Kindern?«

»Drillingen, Majestät.«

Hinter dem König tauchte ein junger Mann auf, dessen Gesicht Neugierde und Erstaunen spiegelte. Marie erkannte ihn sofort. Es war Franz, der Dauphin.

Zusammen mit Constant hatte sie sich vor langer Zeit einmal einen Spaß daraus gemacht, seine Kutsche mit Kuhmist zu bewerfen. Als eins der Wurfgeschosse das Wams des gerade Aussteigenden getroffen hatte, war die allgemeine Empörung groß gewesen. Dank ihrer Behändigkeit hatten sie gerade noch flüchten können und sich tagelang versteckt, um der Todesstrafe zu entgehen, mit der ein solches Verbrechen geahndet wurde. Bei der Erinnerung an jene Dummheit stieg Marie die Röte ins Gesicht, und sie versank vor dem Sohn des Königs in einen tiefen Knicks.

Sie war erwachsen geworden, und er würde sie nicht wiedererkennen, dennoch konnte sie sich wie damals eines Gefühls der Bedrohung nicht erwehren.

»Erhebt Euch, meine Dame! Eure dreifache Mutterschaft ist eine Ehre für Frankreich. Andere wären daran zugrunde gegangen. Ihr hingegen seid geradezu von einem Strahlen umgeben.«

»Dies, Majestät, ist Eurem hohen Besuch zuzuschreiben.«

Franz I. brach in das für ihn so typische laute Gelächter aus, das ihm bis weit über die Grenzen seines Reiches hinaus einen Ruf als Lebenskünstler und Genießer eingebracht hatte, und klatschte begeistert in die Hände. Seine Höflinge beeilten sich, es ihm nachzutun.

Überrascht und erfreut errötete Marie erneut bis unter die Haarwurzeln. Unschlüssig ließ sie in ihrer Verlegenheit die Arme an beiden Seiten herabhängen, während der Dauphin sie mit unverhohlenem Vergnügen betrachtete.

»Man bringe uns diese Engelsköpfchen! Ich möchte sie von Stund an unter königlichen Schutz stellen. So wie ihren Vater, dessen Zeugungskraft zu rühmen ist.«

»Ihr Vater ist leider unterwegs zu den Meinigen«, beeilte sich Marie noch schnell hinzuzufügen, als Bénédicte und Albérie die Kinder auch schon herbeibrachten.

»Drei Knaben?«

»Zwei, Majestät, Gabriel und Antoine. Und das hier ist Gasparde, meine Tochter.«

Der König nahm die beiden Jungen in die Arme, um sie seinen Höflingen zu präsentieren.

»Nehmt Euch ein Beispiel an dieser jungen Frau, Damen Frankreichs! Und habt keine Scheu, im Sinne der Nachwelt Eure Hintern feilzubieten! Ab heute soll es für jede Drillingsgeburt eine Belohnung geben!«

Wieder wurde die königliche Äußerung von einem Klatschen begleitet, und Marie hatte mit einem Mal das Gefühl, sich mitten in einem Schwank zu befinden, wie sie von Bettlern gerne aufgeführt wurden. Zumal der Narr des Königs, in dem sie den Bruder von Croquemitaine erkannte, sich durch die Menge einen Weg nach vorne zu ihr gebahnt hatte und unter lautem Stöhnen und übertriebenen Gesten eine Niederkunft nachahmte. Seine Darbietung, die freilich weniger an Menschen denn an Affen gemahnte, ließ den Hofstaat erneut in fröhliches Klatschen und Johlen ausbrechen.

Franz schaute sich das Treiben seines Narren eine Weile an, dann gab er die beiden Kinder der Amme zurück.

»Holla!«, rief er. »Man bringe uns zu essen und zu trinken! Und was Euch betrifft, schöne Dame, verweilt an meiner Seite und erzählt mir ein wenig, welch Behandlung Euer Gemahl Euch widerfahren ließ, dass Ihr solche Prachtexemplare hervorbringen konntet.«

Mit sicherem Griff packte er Marie um die Schultern und zog sie mit sich. Mit einem halb entrüsteten »Sire!« versuchte sie sich ihm zu entwinden, doch das brachte den König und seinen Sohn, die ihr den Fluchtweg abgeschnitten hatten, nur einmal mehr zum Lachen.

Albérie hatte dafür gesorgt, dass Jongleure und Gaukler während des Mahls keine Langeweile aufkommen ließen. Der Wein floss in Strömen, und der König, getreu seinem Ruf als Bonvivant, machte sich einen Spaß daraus, die auftragenden Dienstmägde hier in den Po und da in die Brüste zu zwicken oder ihnen ab und an einen Kuss zu rauben. Marie fühlte sich unwohl in ihrer Haut, doch ihr gegenüber erwies sich Franz als durchaus respektvoll.

Im Laufe des Essens wurde sie schließlich sogar von seiner jungen Mätresse, Anne de Pisseleu, wiedererkannt, die sie häufig in der Gewandschneiderei gesehen hatte.

»Seid Ihr nicht die Nichte von Isabelle de Saint-Chamond?«

»In der Tat«, bestätigte sie.

Der König wandte sich zu ihr um und bedachte sie mit einem aufmerksamen Blick.

»Ich wusste nicht, dass sie mit diesem Schurken Chazeron verwandt ist«, bemerkte er ohne Bosheit.

Marie biss sich auf die Lippen.

»Selbst ein König kann nicht alles wissen«, entgegnete sie leichthin. »Sagtet Ihr nicht selbst vorhin erst, dass eine Frau stets eine Aura von Geheimnis um sich errichten soll?«

Die Antwort schien dem König zu gefallen, er zeigte sich beeindruckt.

»Geist! Oh, ich sehe, wir haben es hier mit jemandem von Geist zu tun, meine liebe Anne, nicht nur mit einer jungen Mutter. Umso bedauerlicher für die Eurigen, liebe Marie, denn ab morgen werdet Ihr mich begleiten.«

»Ich werde Euch begleiten, Sire?«, stammelte Marie.

»Unser Weg führt weiter nach Marseille, wo die Braut meines jüngeren Sohnes zu uns stoßen wird. Euer Vater strebte doch stets nach einem Amt bei Hofe. Ich biete Euch dasjenige einer Hofdame meiner zukünftigen Schwiegertochter an.«

»Aber, Sire, meine Kinder!«

»Eure Ammen werden sich um sie kümmern. Und Euer Gemahl wird auch davon profitieren. Also, keine Widerrede, es ist entschieden, Ihr werdet uns begleiten.«

»Und wenn ich mich weigern wollte?«, begehrte Marie auf.

Der König warf ihr einen warnenden Blick zu. »Nehmt mein Angebot an!«, flüsterte er. »Die Lutheraner brauchen Euch am französischen Hof.«

Marie neigte ihr Gesicht tief über ihren Teller. Sie hatte verstanden. Der König schätzte Isabeau. Doch sie hatte sich auf die Seite jener Häretiker geschlagen, die er nicht länger zu unterstützen vermochte, selbst wenn er persönliche Affinitäten zu ihrer Glaubensrichtung besaß.

Marie hatte ihr Schicksal selbst gewählt, aber möglicherweise lag es doch woanders. Vielleicht hatte auch sie eine Mission zu erfüllen. Diejenige, ihre Familie zu retten. Diejenige, Constant ins andere Lager hinüberzuretten. Notfalls gegen seinen Widerstand. Notfalls gegen jegliche Widerstände.

Innerhalb weniger Sekunden hatte sie ihre Entscheidung getroffen.

»Ich werde Euch folgen, Sire, aber nur unter der Bedingung, dass Ihr mir gestattet, meine Kinder jederzeit besuchen zu können.«

»Donnerwetter, Ihr sprecht von Fontainebleau wie von einem Kerker! Nichts und niemand soll Euch Schranken auferlegen, meine liebe Marie, im Gegenteil!«

Als Marie den lüsternen Blick des Dauphins bemerkte, überfielen sie für einen Moment nagende Zweifel. »Bah«, sagte sie sich dann und hielt seinem Blick stand, »ich bin schon mit ganz anderen Dämonen fertig geworden!«

Am übernächsten Tag, das Gepäck reisefertig, herzte und küsste sie die Kleinen, verabschiedete sich von Albérie und Huc und folgte in ihrer Kutsche dem Zug des gut gelaunten Hofstaats.

Albérie war von dem Vorhaben ihrer Nichte ganz und gar nicht begeistert gewesen, bis diese ihr die Worte des Königs wiederholte. Der letzte Brief Isabeaus zeugte in der Tat von einer Verhärtung der Front gegen die Lutheraner. Franz I. setzte sich jedoch immer noch für sie ein.

»Sie sind Teil meiner Familie«, erklärte Marie. »Ich bin mit Luthers Theorien groß geworden. Ich habe die Jungfrau geschändet und diesen neuen Glauben weiter getragen als viele andere. In den letzten Monaten habe ich viel über Astrologie und Rhetorik gelernt. Hier nützt mein Wissen niemandem etwas. Am Hof des Königs ist es jedoch von großem Wert. Vielleicht habe ich mich ja vertan, vielleicht ist jetzt doch nicht die Zeit für mich, bloß die Rolle der Herrin von Vollore zu spielen.«

»Gib Constant einen Kuss von mir«, antwortete Albérie.

Abgesehen von den Überlegungen, die sie ihrer Tante mitteilte, gab es noch einen anderen Grund für Marie, dem König zu folgen: die Stimme ihres Herzens.

»Du hast Recht, liebe Tante«, seufzte sie und warf sich in ihre Arme. »Vielleicht muss ich meinen Weg noch finden.«

»Dann geh! Und pass auf dich auf!«

Albérie küsste sie zum Abschied und schaute ihr nach, wie sie von dannen zog. Angst und Sorgen machten sich in ihr breit. Huc umarmte seine Frau zärtlich und flüsterte ihr ins Ohr:

»Jetzt sind wir allein, Geliebte. Ich habe immer von einer großen Familie geträumt – nun haben wir sie.«

»Eine seltsame Familie«, bemerkte Albérie traurig.

»Das macht nichts. Ein Kind ist nichts anderes als das, was die Liebe aus ihm macht. Du wirst die beste aller Mütter sein.«

»Bist du da sicher, Huc de la Faye?«

»Sicherer als je zuvor.«

»Die Kleine ist eine von uns. Sie trägt das Wolfsmal.«

»Es hilft nichts, wir müssen uns den Tatsachen beugen«, schloss Huc gut gelaunt. »Unkraut vergeht nicht.«

Ein paar Tage später erreichten der König und sein Hofstaat Le Puy. Marie hatte ihre Kutsche mit zwei charmanten Damen geteilt, die ihr alles Wissenswerte über die Schwiegertochter des Königs erzählt hatten, so dass sie sich über jedes Detail unterrichtet fühlte. Dank dieser Tratschgeschichten konnte sie nun fast jedem Höfling einen Namen, eine Funktion, einen Titel und ein paar Anekdötchen zuordnen. Manche kannte sie auch schon.

Mit Constant hatte sie sich oft einen Spaß daraus gemacht, sich auf die Wasserspeier von Notre-Dame zu hocken und die Höflinge zu beobachten, wenn diese sich in Paris aufhielten. Oder sie hatten sich auf dem Vorplatz der Kathedrale niedergelassen, Seidenstoffe und Spitzen feilgeboten, während sie lauschten, wie Intrigen gesponnen, Kontakte geknüpft oder Beziehungen gepflegt und hintergangen wurden. Manchmal bewarfen sie auch die Hermelinmäntel mit Kotbröckchen, die sie gesammelt hatten – oder zumindest zielten sie knapp daneben. Es gab so viele Tauben in Paris, dass die Adeligen gar nicht auf die Idee kamen, nach oben zu schauen. Zum größten Vergnügen der beiden Strolche versuchten diese dann, die Verschmutzungen zu beseitigen oder zu verreiben, wodurch die Flecken nur noch sichtbarer wurden. Andere Male hockten sie in Lumpen gekleidet auf dem Vorplatz und bettelten sich so viel Geld zusammen, dass sie prall gefüllte Börsen erwirtschafteten. In einer Seitengasse teilten sie dann ihren Gewinn auf oder überließen ihn auch schon mal anderen, die das Geld nötiger hatten als sie.

Es bereitete Marie Schwierigkeiten, sich inmitten dieser Leute vorzustellen, die sie gestern noch verachtet hatte. Ihre Vergnügungen waren belangloser Art, so wie sie selbst. Dafür wälzten sie sich in Exzessen, was Alkohol, Speisen und Liebesaffären betraf, was wiederum Marie mit leichtem Abscheu erfüllte. Sie betrachtete sie aus der Distanz, empfand sich als anders, und dennoch mischte sich ihr Lachen ins Gelächter der Höflinge, ahmte sie ihre Gesten nach und schien sich in ihrer Gesellschaft wie in ihrem Element zu fühlen, wenngleich sie nie ihre Zurückhaltung aufgab.

Franz I. verpasste keine Gelegenheit, sie als einen »außerordentlich fruchtbaren Schoß« zu bezeichnen, und wäre er nicht der König gewesen, hätte sie ihm wohl dafür eine Ohrfeige verpasst.

Die Anwesenheit von Königin Eleonore hingegen empfand sie als angenehm. Ihre diskrete und vornehme Art ließ einen schnell Ränge und Standesunterschiede vergessen. Marie fand sie sehr hübsch. Die Höflinge jedoch betrachteten sie als farblos, zumal an der Seite des Königs zwei ganz andere Juwelen funkelten: seine Mätresse Anne de Pisseleu und Diane de Poitiers, die mit einem einzigen Blick die Höflinge und den Grafen von Orléans in Unruhe versetzen konnte.

Franz I. hatte diese Reise unternommen, um seine zukünftige Schwiegertochter zu treffen, eine Medici mit dem Vornamen Katharina, die – sozusagen als Mitgift – seine Allianz mit Italien besiegeln sollte. Außerdem wollte er die Gelegenheit nutzen, seine Gemahlin und den Dauphin seinem Volk vorzustellen. Jedes Mal, wenn sie in eine neue Stadt kamen, setzten die Königin und der Dauphin sich an die Spitze des Zuges und wurden von der jubelnden Menge mit Hochrufen begrüßt.

So gelangten sie auch nach Puy, wo sie ein großes Fest erwartete. Auf dem zentralen Platz hatte man eine riesige Tafel aufgebaut, die von unzähligen Fackeln beleuchtet wurde. Die Straßen hatte man gesperrt, sodass die Untertanen ihren König zwar zu sehen bekamen, sich ihm aber nur auf Distanz nähern konnten. Doch auch sie erhielten zu essen, so viel sie wollten.

Marie wurde in der Nähe der Königin platziert, damit, sagte ihr Franz, ein wenig vom Glanz ihrer Fruchtbarkeit auf das königliche Ehebett abfärben möge. Ihr gefiel diese Sitzordnung, denn Eleonore war ebenso diskret wie freundlich. Während des Essens, zu dessen Unterhaltung Jongleure und andere Spaßmacher beitrugen, trat zum Erschrecken der

Menge plötzlich eine Schar Männer in den Kreis der Speisenden, die von einer bis an die Zähne bewaffneten Wache angeführt wurde.

Marie, die gerade in einen Hühnerschenkel hatte hineinbeißen wollen, hielt mitten in der Bewegung inne, den Mund vor Erstaunen geöffnet, als sich der Anführer des Zuges, ohne ein Wort zu sagen, in eine merkwürdig ungelenke Verbeugung vor dem König versenkte. Dieser erhob sich mit einem schwachen Lächeln auf den Lippen und begrüßte den Fremden:

»Khayr al-Dîn, mein Freund, was verschafft mir die Ehre deines Besuches?«

»Allah sei mit dir und mit meinem Herrn Soliman! Wir sind gekommen, dir das Geschenk zu überreichen, das er dir schicken lässt.«

Der Mann trat zur Seite, und Marie reckte den Hals, um einen besseren Blick auf den Gefangenentross in seinem Gefolge zu haben. Er bestand aus ungefähr fünfzehn Männern und Frauen mit sonnenverbrannten Gesichtern und verfilzten Haaren, die aneinander gefesselt waren. Ein Löwe, dem man die Ketten abgenommen hatte, machte Anstalten, sich auf die Wache zu stürzen, was der Menge das Blut in den Adern gefrieren ließ.

Der Türke brüllte einen Befehl, und sofort lösten seine Männer die Fesseln der Gefangenen.

»Es handelt sich um Christen, Sire. Als Zeichen seiner Freundschaft möchte Soliman sie dir zum Geschenk machen.«

»Majestät, könnt Ihr mir sagen, wer dieser Mann ist?«, fragte Marie, die nie zuvor jemanden mit einer solch dunklen Hautfarbe, einem so roten Bart und einem so ungewöhnlichen Auftreten erlebt hatte.

»Man nennt ihn Barberousse. Ein Pirat aus dem Orient, Kapitän-Pascha über das Mittelmeer, Oberbefehlshaber im Dienst Solimans des Prächtigen«, antwortete die Königin. »Ich habe keine Ahnung, was mein Gemahl mit ihm ausheckt, aber der Gedanke an eine Allianz mit diesem Türken behagt mir nicht.«

Marie hörte ihre Worte kaum. Franz war auf Barberousse zugetreten und näherte sich nun dem Löwen, den der rotbärtige Fremde ihm gerade zum Geschenk gemacht hatte. Die Gefangenen hatten sich schnell in Sicherheit gebracht und sich in der Nähe der Tische niedergelassen, wo man ihnen unter viel Geschrei und Gejohle Brot und Fleischbrocken zuwarf. Marie, die sich zu ihnen umgewandt hatte, stellte fest, dass die Gefangenschaft sie ihrer ganzen Würde beraubt hatte, so hemmungslos balgten sich die armen Teufel um die milden Gaben. Sie waren erschreckend abgemagert und hätten viel eher einen Platz am Tisch verdient, als nur die Brocken, die man ihnen zuwarf, auffangen zu müssen oder sich auf den Boden zu stürzen, um im Staub nach einem abgenagten Knochen zu wühlen.

»Schluss mit dem Spektakel!«, rief die Königin erbost.

Sie klatschte in die Hände, flüsterte dem herbeieilenden Wachposten einen Befehl ins Ohr, und schon wenig später wurden die Gefangenen in einer ordentlichen Reihe ins königliche Lager geführt, wo sie ein Bad, frische Kleidung und anständiges Essen erwarteten.

Marie war berührt von dieser Geste, ließ sich davon jedoch nicht ablenken. Ihr Instinkt witterte Gefahr. Sie hatte ihre Augen auf das dressierte Tier gerichtet, das von ein paar Männern, unter ihnen der Dauphin, widersprüchliche Befehle erhielt. Sie schlugen es mit einem Stock, zogen ihm am Schwanz oder an der Mähne. Marie fühlte die Wut des Raubtiers in sich aufsteigen. Die Bestie knurrte, doch ein Peitschenknall von Barberousse brachte sie zum Verstummen.

Damit war die Gefahr freilich keineswegs gebannt. Niemand war sich dessen bewusst, selbst der Türke schien lieber die Anwesenheit des Königs auszunutzen, um sich ungestört mit ihm zu unterhalten. Der Löwe hingegen hatte seine Aufmerksamkeit voll auf die Männer gerichtet. Marie konnte förmlich sehen, wie sich diese in Hass verwandelte. Plötzlich war sie nicht mehr nur unbeteiligte Zuschauerin der Ereignisse, die sich vor ihren Augen abspielten: Sie sprang auf, hastete mit wehenden Gewändern zwischen den Tischen entlang. Doch ohne Vorwarnung hatte sich der Löwe schon auf die Hinterbeine gestellt und sich auf einen vorbeilaufenden Pagen gestürzt, seine Zähne in dessen Arm vergraben und ihn schließlich blutüberströmt wieder fallen gelassen. Die Menge schrie auf. Barberousse wollte eingreifen, aber das Tier gehorchte ihm nicht mehr. Bereit, ein neues Opfer anzugreifen, wandte es sich dem Dauphin zu.

Instinktiv warf Marie sich zwischen die beiden, den Blick in den des Tieres versenkt, eine Hand nach vorne ausgestreckt, so wie sie es bei aufgebrachten Wölfen zu tun pflegte. Sie murmelte Worte, die sie selbst nicht verstand. Gegen jede Erwartung setzte das Raubtier nicht zum Sprung an, sondern hielt inne. Langsam näherte sie sich ihm, bis es sich in einer Geste der Unterwerfung vor ihr auf alle viere niederließ. Marie hatte weder das ungläubige Schweigen der Menge zur Kenntnis genommen noch den begehrlichen Blick des Türken. Sie kniete sich vor den Löwen und strich ihm über die Mähne.

»Hab keine Angst«, murmelte sie. »Niemand wird dir mehr was tun.«

Der Löwe rollte sich auf den Rücken und bot ihr seinen Bauch zum Streicheln dar. Marie ließ ihre Finger durch das dichte Fell gleiten, dann wandte sie sich zum König und zu Barberousse.

»Bitte schlagt ihn nicht, Sire. Er hatte bloß fürchterliche Angst. Er wird nicht mehr angreifen.«

Erst in dem Moment wurde ihr bewusst, dass sie sich in einer Lage befand, in der sie sich wohl besser nicht befunden hätte. Der Türke flüsterte dem König etwas ins Ohr. Franz I. schien es die Sprache verschlagen zu haben; wortlos starrte er sie an, so wie alle anderen rings um sie herum. Der Schreck fuhr ihr in die Glieder. Und keine Ma weit und breit, die sie wie früher beschützen konnte!

Die beiden Männer näherten sich ihr. Der König lächelte, während Barberousse enttäuscht über die Antwort schien, die dieser ihm gegeben hatte. Marie ergriff die ausgestreckte Hand des Monarchen und erhob sich. Ihr seidener Rock war bis zu den Knien voller Staub. Sie fühlte, wie ihr die Röte in die Wangen stieg. Barberousse beugte sich zu ihr:

»Ihr seid von unschätzbarem Wert für das Königreich Frankreich. Dieses Tier hat sich bisher von niemandem bändigen lassen – außer von mir. Allah beschütze Euch, wann immer Euer Gott es nicht tun sollte!«

Den Blick fest auf sie gerichtet, die Hand auf dem Herzen, trat er zurück. Nach wenigen Metern stieß er einen Befehl aus und wurde von seinen Wachleuten umringt, beeindruckenden Gestalten, die in prächtige, bis zum Hals geknöpfte Kaftane gekleidet waren und seitlich an ihren breiten Schärpen lange Krummsäbel trugen. Mit einer zackigen Bewegung schlug er die Hacken zusammen und entfernte sich.

An den Tischen und in der Menge erhoben sich die Stimmen und verbreiteten die Kunde von Maries Heldentat. »Wie eine Windböe, die sich allmählich in einen Sturm verwandelt«, dachte sie mit klopfendem Herzen.

»Ihr habt das Leben meines Sohnes gerettet, vielleicht sogar meins. Würdet Ihr mir beibringen, wie man dieses Tier zähmt, das jetzt so sanft wie ein Kätzchen zu Euren Füßen schnurrt?«

In der Tat schaute der Löwe Marie mit dem Blick eines Jungtiers seiner Mutter gegenüber an.

»Ich weiß leider auch nicht, wie mir geschehen ist, Sire. Es war, als hätte eine unsichtbare Hand mich geleitet«, fand sie die Kraft zu erwidern.

»Ich sehe nur die Hand Gottes und diejenige, welche die Eure hält und voll der Dankbarkeit und des Wohlwollens ist, mein Kind.«

»Sire, ich …«

»Gehen wir zum Tisch zurück«, schnitt ihr der Monarch sanft das Wort ab.

Marie folgte ihm dankbar. Der Dauphin hatte sich zurückgezogen und den Verletzten hatte man weggetragen. Der Löwe schaute zu, wie Marie sich entfernte; lammfromm lag er in dem grauen Staub des Festplatzes.

»Macht Euch keine Sorgen«, tröstete sie der König. »Barberousse hat mir versichert, dass das Tier zahm ist. Nur die Boshaftigkeit der Männer hat es in Rage gebracht. Es wird zusammen mit den anderen Tieren leben, die man mir geschenkt hat, und gut behandelt werden.«

Zwei Männer aus dem Gefolge von Barberousse traten im selben Moment auf das Tier zu und legten ihm einen Strick um den Hals. Ohne weitere Zwischenfälle folgte es ihnen auf dem Fuß.

»Wisst Ihr, was Barberousse mir für diese Meisterleistung angeboten hat?«, bemerkte der König, als sie die Tafel erreicht hatten, wo sie unter so heftigem Applaus begrüßt wurden, dass ihr abermals das Blut in die Wangen schoss.

Ohne ihr die Zeit für eine Erwiderung zu lassen, fügte er hinzu:

»Die Freiheit von zweihundert Sklaven, wenn Ihr bereit wärt, ihm in Solimans Harem zu folgen.«

Marie stockte der Atem.

»Was habt Ihr geantwortet, Sire?«, brachte sie hervor.

»Dass kein Gold dieser Welt das Leben meines Sohnes aufwerten könne.« Er zwinkerte ihr zu und gab ihre Hand frei. »Soliman wird es schon verschmerzen.«

Marie ließ sich mehr auf ihren Sessel fallen, als dass sie sich hinsetzte, und neigte das Gesicht tief über ihren Teller. Sie hörte kaum, wie ihr die Königin zuflüsterte: »Ihr könnt Euch der Gunst des Königs rühmen, seid stolz auf Euch!«

Doch Marie achtete nicht auf sie. Genauso wenig wie sie des hasserfüllten Ausdrucks in den Augen von Anne de Pisseleu und ihres Nachbarn, eines Priesters, gewahr wurde, der mit nach Toulouse reisen würde. Sie wollte nichts anderes, als in Ruhe ihr Fleisch essen.

»Hexe«, ließ sich eine leise Stimme in ihrem Kopf vernehmen. »Sie denken, ich wäre eine Hexe.« Und ihr war, als wäre diese Stimme umweht von dem Geruch nach verbranntem Fleisch.

Am nächsten Tag setzten sie ihre Reise fort. Marie hatte die ganze Nacht kein Auge zugetan. Irgendwann beschloss sie, sich keine weiteren Sorgen zu machen. Sie hatte nicht den geringsten Anlass, sich schuldig zu fühlen. Der König schätzte sie. Er hätte sie loswerden können, wenn er gewollt hätte, doch er hatte sich für sie entschieden. Er würde sie auch vor den Inquisitoren beschützen, falls jemand wegen ihrer Gabe, die Bestie zu zähmen, auf dumme Gedanken kommen sollte. Sie hatte sich wieder gefasst und begegnete den anderen Höflingen, die ihr eine neue Art von Respekt zu zollen schienen, fröhlich und mit einem Lächeln auf den Lippen. Nur Anne de Pisseleu ging ihr aus dem Weg, bis sie sich schließlich dazu herabließ, ihr zuzuzischen:

»Ihr werdet nichts als eine Laune sein! Wenn Ihr es darauf anlegt, werdet Ihr eine Enttäuschung erleben.«

Marie verstand nicht, was sie ihr damit sagen wollte. Erst als der König bei ihrem nächsten Aufeinandertreffen seinen Blick wohlwollend auf ihren durch die Schwangerschaft üppig gewordenen Formen ruhen ließ, begriff sie, was mit diesen Worten gemeint war.

»Lauft doch nicht weg vor mir!«, rief er, als er Maries erstarrte Gesichtszüge bemerkte.

Sie wusste nicht, was sie darauf entgegnen sollte, hielt sich aber dennoch fern von ihm. Ebenso vom Dauphin. Sie hatte nicht das geringste Interesse daran, seine Favoritin zu werden. Sie wollte nur ihren Platz finden. Und sie wusste, dass sich dieser ganz bestimmt nicht im Bett des Königs befand.

In Toulouse gab Marie ihre distanzierte Haltung allmählich wieder auf. Er schien keinen Druck auf sie ausüben zu wollen und ließ nicht davon ab, ihren »Ausnahmeunterleib« zu preisen, der dem Vaterland alle Ehre mache. Doch die Luft roch nach verbranntem Fleisch, und auf den umliegenden Hügeln wurden jeden Tag neue Scheiterhaufen aufgeschichtet.

Ein junges Mädchen von fünfzehn Jahren mit dem Namen Paule trat vor den Hofstaat und überreichte dem König die Schlüssel der Stadt, die ihn sofort als ihren Herrscher ausrief. Sie hielten sich drei Tage in Toulouse auf. Marie versuchte in der Öffentlichkeit möglichst würdevoll aufzutreten. Wer sie um Rat fragte, wie man ein wildes Tier zähmte, dem antwortete sie, dass allein das Gebet dazu verhülfe und dass die Stimme Gottes sie geleitet habe. Doch ob sie wollte oder nicht, die Gerüchte verdichteten sich, dass sie noch mehr verborgene Talente besäße. Unter anderem schrieb man ihr zu, den König verzaubert zu haben.

Als der Großinquisitor sich zu einer längeren Unterredung mit ihm traf, zitterte sie vor Angst, bemühte sich jedoch, niemandem ihre Unruhe zu zeigen. Die Königin wahrte ihre freundschaftliche Haltung ihr gegenüber und schien erfreut über ihre Anwesenheit.

Über den Inhalt der Unterredung erfuhr sie nichts, aber sie vermutete, dass der König sich für sie und ihren Glauben verbürgt hatte, denn sie verließen die Stadt wieder, ohne dass sie Anlass zur Sorge gehabt hätte oder gar verhört worden wäre. Erleichtert ließ sie zu, dass die Spannung aus ihren Zügen wich, und gab sich ganz der Freude an der Entdeckung immer neuer Städte hin, die sie begeistert und gastfreundlich empfingen. Je weiter sie in die Gegend des Languedoc vorrückten, umso mehr lernte sie die Großherzigkeit der Leute, ihr Temperament und die Schönheit der Landschaft schätzen.

Franz I. förderte die Künste, wie er die Frauen verwöhnte. Der Universität von Toulouse hatte er das Privileg eingeräumt, diejenigen zum Ritter schlagen zu können, die den Doktorgrad erworben hatten. In Narbonne führte er ausführliche Gespräche über die zahlreichen in der Stadt verstreuten Ruinen und Mauerreste und gab den Befehl, die Steine zur Unterstützung von Stadttor und Befestigungswall zu verwenden.

An Nîmes freilich bewahrte Marie die eindrücklichste Erinnerung: Sie hielten sich eine ganze Woche in der Stadt auf, während derer auf Anordnung von Franz die Häuser abgerissen wurden, die man auf den Überresten der römischen Amphitheater errichtet hatte.

Als diese Arbeit getan war, versammelte sich der Hofstaat beim *Maison carrée,* und der König gebot zu schweigen. In dem Moment, als er sich vor dem Säulentempel niederkniete, um die antiken Inschriften vom Staub zu befreien, trat ein Mann mit einem braunen Bart und einem kräftigen Gesicht hinter ihm hervor und rezitierte mit lauter Stimme:

»Das Wohl der andern wirst im Frieden wie im Kriege

du wahren, großer König, und damit auch der Götter Liebe.«

Der König drehte sich um und lächelte demjenigen zu, der es gewagt hatte, seine Andacht zu stören.

»Die Buchstaben haben zu dir gesprochen, mein Freund, so wie sie zu deinem König sprechen.«

»Das liegt daran, dass sie in Eurer Erwartung waren, genau wie ich«, bemerkte der andere und verbeugte sich.

»Und wer bist du, dass du dir dieses Privileg herausnimmst?«

»Der, den das Schicksal Euch schickt und den Ihr gesucht habt.«

Angesichts dieses mysteriösen Fremden, der solch ein Selbstbewusstsein an den Tag legte, musste der König laut lachen. Er drehte sich zu seinen Gefolgsleuten um:

»Meine Freunde, hier ist derjenige, den meine verstorbene Mutter stets fürchtete, weil er die Ankunft eines Kometen vorhergesagt hatte, der ein Zeichen für ihr Dahinscheiden wäre. Meister Nostradamus, seines Zeichens Astrologe.«

Marie war bei der Erwähnung des Namens vor Überraschung wie gelähmt. Als ihr Blick sich mit dem Michel de Nostre-Dames kreuzte, wurde sie von einer Welle der Sympathie überschwemmt. Er war so, wie ihr Vater ihn immer beschrieben hatte, und plötzlich war sie fest davon überzeugt, dass er sie unter all den anderen erkennen würde. Als wollte er ihre Vermutung bestätigen, grüßte Nostradamus sie mit einem leichten Kopfnicken, das von einem feinen Lächeln begleitet war, und folgte dem König.

Franz I. beanspruchte die ganze Aufmerksamkeit des Astrologen für sich, so dass Marie erst kurz vor ihrer Abfahrt die Gelegenheit fand, mit ihm zu sprechen. Sie brannte darauf, sich ihm zu erkennen zu geben. Doch Nostradamus kam ihr zuvor: Er drängelte sich durch die Menge bis zu ihr vor und fasste sie am Arm – wodurch sie wiederum Mittelpunkt des Geschehens wurde.

»Habt Ihr jenen Mann getroffen, den man Paracelsus nennt?«, fragte Michel ohne Umschweife.

»Er hält große Stücke auf Euch, ebenso wie seine Tochter«, entgegnete Marie, die etwaigen Lauschern keinen Anlass für Gerede geben wollte.

Ein breites Grinsen überzog Michels Gesicht.

»Gut, gut«, sagte er. »Die Dinge sind so, wie sie sein sollen. Der König hat mir von Eurer Heldentat erzählt«, fügte er hinzu. »Ratet ihm, den Löwen wegzugeben und nicht mit nach Paris zu nehmen. Er wird sonst schnell zu einer Belastung, meine Kleine. Gerüchte verstummen in der Regel, wenn ihr Anlass in Vergessenheit gerät.«

Marie war bei diesen Worten alles andere als begeistert, hatte sie selbst doch schon so etwas geahnt. Erst am Vorabend hatte man sie gerufen, um den Löwen zu beruhigen, der wild in seinem Käfig herumgesprungen war. Sie hatte die Bitte ausgeschlagen, mit dem Hinweis, dass sie jene Macht, die man ihr zuschrieb, nicht besäße, und das Tier sicher wieder vernünftig würde, wenn man es in Ruhe ließe, anstatt es von den Höflingen piesacken zu lassen. Das würde ihr gesunder Menschenverstand ihr eingeben, hatte sie noch hinzugefügt.

»Ich werde mich darum bemühen, Meister.«

Nostradamus schien sich über ihre Ehrerbietung zu amüsieren.

»Nehmt Euch in Acht, Marie! Ich wusste, dass ich Euch hier antreffen würde, das war mit ein Grund für meinen Besuch. Euch erwartet große Gefahr, vor der Ihr Euch nur durch Mut und Klugheit schützen könnt. Ihr werdet auch Liebe finden, wenn Ihr die richtige Wahl trefft.«

»Und welche ist die richtige, Meister?«, fragte Marie beunruhigt.

»Nun ja, das verrät mir meine Vision leider nicht. Aus Verbundenheit zu meinem Freund werde ich Euch einen Hinweis geben. Die Vision stellt auch für mich ein Rätsel dar, so wie für Euch. Hört sie Euch an und denkt gut darüber nach: ›Weil er die Wölfe nicht kennt, wird ein großer König sich noch grämen.‹ Ich überlasse Euch Eurem Schicksal. Grüßt Euren Vater von mir. Ich werde ihn nicht wiedersehen.«

Er hob Maries zitternde Hand an seine Lippen und drückte einen zarten Kuss darauf, dann drehte er sich auf dem Absatz um und verschwand.

Marie war blass geworden, doch sie hielt den neugierigen Blicken der Umstehenden stand.

»Der Zauberer und die Hexe, was für eine Verschwörung mögen die wohl ausgeheckt haben?«, schienen sie zu fragen.

Ein paar Tage später, am 8. Oktober 1533, ließ der König seine Gemahlin, den Dauphin und den gesamten Hofstaat in Aubagne zurück, um zu Montmorency zu stoßen, der als Vorbote und zur Vorbereitung der Hochzeitsfeierlichkeiten nach Marseille vorausgeschickt worden war. Bei einem Teil der Bewohner Marseilles hatte sich Unmut breit gemacht, weil bei den letzten Vorbereitungen für die Hochzeit – genauer gesagt: bei der Herrichtung der Hochzeitsallee – ihre Häuser in Mitleidenschaft gezogen worden waren, so dass er Montmorency den Auftrag erteilen wollte, die Leute zu entschädigen. Anschließend beabsichtigte er, sich mit Papst Clemens VII. zu treffen, dem Onkel und Vormund von Katharina von Medici.

Marie schenkte den Neuigkeiten, die jeden Abend verbreitet und von den Höflingen ausführlich besprochen wurden, nur ihre halbe Aufmerksamkeit. Ihr einziges Bestreben lag darin, die Hintergründe dieser merkwürdigen Verehelichung zu durchschauen, um sich ein besseres Bild von der zukünftigen Rolle machen zu können, die der König ihr auferlegt hatte.

Und wenn ihre Umgebung sich am Anblick der prächtigen Schiffe im Hafen entzückte, die Geschenke und Prälaten mit sich führten, dann interessierte sie nur der eigentliche Beweggrund dieser Heirat: In politischer Hinsicht stellte Katharina von Medici ein ganz beträchtliches Pfund dar. Ihre Mitgift war nicht der Rede wert, aber ihre Bedeutung war größer, als der Ehevertrag glauben ließ. Der Papst hatte dem König versprochen, ihn bei der Erfüllung seines ewigen Traums, der Rückeroberung des Herzogtums Mailand, zu unterstützen, der Stadt, über die sein Erzrivale Karl V. die Herrschaft zu gewinnen versuchte. Die Allianz mit dem Heiligen Vater war in den Augen des Königs so viel versprechend, dass er sie bereits als einen großen Sieg über seine Feinde betrachtete.

In dem herrschaftlichen Schloss des Barons von Aubagne, wo der Hofstaat darauf wartete, dass das Schicksal Frankreichs einmal mehr besiegelt wurde, konnte Marie an nichts anderes denken als an die Worte von Michel de Nostre-Dame. Sie ließen ihr keine Ruhe – wegen des Rätsels, das sie beinhalteten, wegen der Macht, die sie über sie hatten. Sie konnte sie nicht anders deuten, als dass sie sich, auf welche Weise auch immer, auf die Todesursache des Königs bezogen. Was sollte sonst damit gemeint sein? Welches war jene Wahl, von der er gesprochen hatte? Verhießen die Worte, dass die Ihrigen in Sicherheit sein würden?

Sie konnte kaum die Vorbereitung der Festlichkeiten genießen, obwohl sie etwas in der Art nie zuvor erlebt hatte. Ihr war nicht einmal richtig bewusst, dass sie die Auvergne vor mittlerweile fast einem halben Jahr verlassen hatte und dass sie ohne Neuigkeiten von ihrer Familie war, so sehr nahmen die Reise und ihre Umstände sie gefangen.

Dann erschien Katharina von Medici, am 23. Oktober, auf einer schaukelnden roten Sänfte thronend. Ihr zukünftiger Gemahl Heinrich, der zweite Sohn des Königs, empfing sie mit einer dumpfen Gleichgültigkeit, und plötzlich fand Marie sich in jener Realität wieder, die sie bisher nicht an sich herangelassen hatte. Katharina kniete vor ihrem Verlobten. Die Willkommensparade der Einwohner von Marseille schien sie mit Stolz zu erfüllen und sie in ihrer Bedeutung zu bestätigen.

Marie konnte es kaum erwarten, sie näher zu betrachten. Katharina war keine schöne Frau. Ihre Augen erinnerten sie an die der Fische, die sie seinerzeit zusammen mit Constant aus der Seine geangelt hatte. Ihr stark geschminktes Gesicht war aufgedunsen und wurde von einer dicken Kartoffelnase beherrscht. Ihr kurzer Hals ging in breite Schultern über, die nicht recht zu der eher kleinen Statur passen wollten. Trotz ihrer festlichen Garderobe waren das einzig Stattliche an ihr der stolze Blick und die geschwungenen feinen Lippen, die jedoch kein Lächeln zieren wollte.

»Das arme Kind. Sie ist Waise und hat bis heute nichts als Hass durch ihre Familie erfahren. Das ging so weit, dass sie fast ihr ganzes Leben eingesperrt in einem Kloster verbracht hat. Kein Wunder, dass sie so wenig Ausstrahlung besitzt«, bemerkte eine Comtesse an ihrer Seite.

Die Worte trafen Marie wie ein Säbelhieb. Wenn jemand die Gefühle der Ihrigen verstehen konnte, dann war es diese junge Frau! Als Katharina den Blick in ihre Richtung wandern ließ, verneigte Marie sich lächelnd. Für einen Moment schien die Fürstin überrascht, dass ihr jemand mit einem so offensichtlichen Ausdruck der Sympathie begegnete, und lächelte spontan zurück. Das war das Einzige, was sie sich zugestand.

Während der nächsten fünf Tage wurden die Festlichkeiten begangen und die Geschenke ausgetauscht. Der Löwe zog eine Menge Aufmerksamkeit auf sich. Als Marie feststellte, dass der Cousin von Katharina, ein Dunkelhäutiger mit dem Namen Ippolito, sich ernsthaft für das Tier interessierte, nahm sie die nächstbeste Gelegenheit wahr, dem König davon zu erzählen. Er nahm ihre Anregung umso ernster, als er sich immer wieder darüber ärgerte, wenn er den ein oder anderen missgünstigen Höfling dabei ertappte, das Wort »Hexe« in Bezug auf Marie zu äußern. Die junge Frau gefiel ihm, in mehr als einer Hinsicht.

Er überließ also Khayr al-Dîns Löwen Ippolito, der sich unbändig darüber freute, und schlug seinen Sohn zum Ritter. Die nachfolgende Hochzeit war ein grandioses Ereignis. Unzählige Salven wurden von den Schiffen im Hafen abgeschossen, und man aß, trank und tanzte bis in die frühen Morgenstunden. Dann begleitete der angetrunkene und bestens gelaunte König das junge Paar zu seinem Hochzeitsbett und überzeugte sich davon, dass sein Sohn seinen Teil des Ehevertrags erfüllte – wenngleich die Natur diesem und seinem ausführenden Organ dabei auch manch einen Streich zu spielen beliebte.

Nachdem der Beischlaf vollzogen war, stürmte er aus dem Zimmer und brüllte lauthals über die Flure des Palastes, dass Italien nun so gut wie besiegt und in seine Schranken verwiesen worden sei, was den Papst erfreute, Marie jedoch beinah mit Abscheu erfüllte, als sie sich die peinliche Lage Katharinas vor Augen führte.

Sie befanden sich bereits auf der Rückreise nach Paris, als der König eines Abends ohne Vorankündigung Maries Zimmer betrat, die sich gerade ihr Nachthemd übergezogen hatte. Mit einem leichten Lächeln auf den Lippen näherte der König sich ihr, und bei der Vorstellung erzitternd, was er von ihr wollen möge, warf sie sich vor ihm auf die Knie:

»Zwingt mir nicht Euren Willen auf, Sire. Belasst meinem Gemahl als Einzigem das Recht, mich zu lieben.«

Wie vor den Kopf geschlagen hielt Franz inne. Ihm fehlten die Worte, und so ergriff er die zur flehenden Geste erhobenen Hände und zog die Kniende auf die Füße, gerührt von so viel Ernsthaftigkeit.

»Glaubt Ihr mich zu solch einer Tat fähig, Marie?«

Scham erfüllte sie, dass sie ihren König so falsch eingeschätzt hatte.

»Verzeiht mir, Sire.«

»Wofür, guter Gott? Dafür, dass ich Euch überrascht habe?«

Seine Finger spielten in seinem dichten Bart. In seinen Augen blitzte der Schalk.

»Ihr gefallt mir, süße Marie, das kann ich nicht verhehlen. Ein solch gut gebauter, fruchtbarer Körper ist eine Verheißung für jeden Mann, aber ich habe Eure Zurückhaltung unterschätzt und erst recht die Animositäten, die mein Interesse für Euch wachrufen. Ich habe eine großzügige Gemahlin, aber eine sehr eifersüchtige Mätresse. Wenn es mir lediglich um eine einfache Liebesnacht mit Euch ginge, würde ich weder das eine noch das andere fürchten, doch aus diesem Grund habe ich Euch wahrlich nicht aus dem Schoß der Eurigen entführt.«

Marie wurde von einem Gefühl der Erleichterung durchflutet. Ein dankbares Lächeln untermalte ihren tiefen Knicks.

»Was alles andere betrifft, Majestät, so gehorche ich jedem Befehl von Euch.«

»Nicht meinem Befehl … Nein, kein Befehl. Setzt Euch neben mich. Ich sollte mich besser nicht länger als nötig in Euren Gemächern aufhalten, um keinen Verdacht zu schüren, der nur wieder als übles Gerücht Eure Ruhe stören würde.«

Marie tat wie ihr geheißen. Anmutig ließ sie sich auf der Bettkante nieder. Die Miene des Königs war ernst geworden.

»Während wir uns in Marseille aufhielten, hat mich eine Beschwerde vom Parlament erreicht. Nicolas Cop, der Rektor der Universität, hat eine Rede zur Verteidigung der Häretiker gehalten. Meine Schwester, Marguerite d'Angoulême, hält ihre schützende Hand über die Lutheraner, und ich selbst respektiere sie aus dem einfachen Grund, dass sie in

Deutschland als Gegner meines Erzfeindes Karl V. gelten. Ich habe eine Affinität zu ihrem Glauben, aber ich bin auch und vor allem ein christlicher König, Marie. Und mein Sohn ist nunmehr Neffe des Papstes. Man bedrängt mich, eine eindeutige Position zu beziehen, und auch die Staatsraison zwingt mich dazu. Ich habe eine Liste mit den Namen der Verdächtigen erhalten. Isabelle de Saint-Chamond befindet sich nicht darunter, und ich werde dafür sorgen, dass dies so bleibt, aber ich kann weder die Verhaftungen verhindern noch die anschließenden Prozesse. Manche der Verdächtigen stellen eine regelrechte Bedrohung für den zivilen Frieden dar, andere nicht. Ich werde mein Bestes tun, um den Aufruhr zu unterdrücken, aber ich weiß, dass die Zeit kommen wird, da auch ich gegen die zunehmenden Scheiterhaufen nichts mehr ausrichten kann.«

Mit beiden Händen presste er ihre Finger. Wieder zitterte Marie. Aber dieses Mal mehr aus Angst um ihren König.

»Helft mir dabei, diese Menschenleben zu retten, die ich im Namen des Königreichs opfern muss. Erzählt Euren Freunden weiter, was ich Euch gesagt habe. Dass man nur diejenigen verhaften kann, die aufgefunden werden. Im Gegenzug werde ich Euch beschützen. Ich habe mit Katharina über Euch gesprochen. Sie ist ganz versessen auf alles, was mit Magie, Astrologie und sonstigen mysteriösen Gaben zu tun hat. Euer Abenteuer mit dem Löwen ist ihr bereits zu Ohren gekommen. Ich stelle Euch an ihre Seite, so wie ich es versprochen habe.«

»Aber, Sire, ich spreche kein Wort Italienisch.«

»Macht Euch keine Sorgen, Katharina spricht ausgezeichnet Französisch. In ihrem Gefolge befindet Ihr Euch in der Nähe des Papstes und in meiner. Ihr riskiert nichts und könnt Euch nach Belieben frei bewegen. Wollt Ihr das, mein liebes Kind?«

»Um des Wohles der Meinen wegen, Sire, nehme ich Euer Angebot an.«

»Schön. Dann schlaft gut!«

Er gab ihr einen zärtlichen Kuss auf die Stirn und verließ den Raum. Marie blieb noch lange auf dem Bett sitzen. Ihr gegenüber gab ein großes, mit Stabwerk verziertes Fenster die Sicht auf den wolkenlosen Abendhimmel frei. Eine Vollmondnacht.

Um Philippus und Isabeau die Möglichkeit zu geben, ihre Forschungen weiter zu betreiben und ihre Familie von ihrem Fluch zu befreien, musste sie tun, was ihr Schicksal von ihr verlangte.

»Hexe«, »Scheiterhaufen«, »Ketzer«. Die Worte drehten sich in ihrem Kopf, bis ihr ganz schwindelig wurde. In der Ferne heulte ein Wolf, und ihr Herz begann noch lauter zu klopfen. Wenn die Auvergne nicht so weit weg von Paris läge, hätte man es für die Klage von Albérie halten können.

Wenig später als einen Monat, Anfang Dezember, nahm das Verhängnis seinen Lauf.

15

Das Grab war klein. Selbst für ein Kind. Für jenes Kind, das er letztlich nie aufgehört hatte, zu sein. Marie war zu spät nach Paris zurückgekehrt. Zu spät für seine Beerdigung, zu spät, um ihm Adieu zu sagen.

Kaum hatte sich der Hofstaat in Fontainebleau eingefunden, hatte sie auch schon Isabeau aufgesucht, um ihr von ihrer neuen Aufgabe zu erzählen. Sie hatte sie in Trauer angetroffen, die Augen vom Weinen verquollen.

»Croquemitaine ist tot«, lautete ihr Willkommensgruß.

Weinend warf sich Marie in die Arme ihrer Großmutter.

Sein Alter und das Fieber, das der Winter mit sich brachte, hatten ihn dahingerafft. Isabeau hatte nichts mehr tun können. Es war nun eine Woche her, dass sie ihren treuesten Freund verloren hatte. Er war fast wie ein Vater für sie gewesen. Marie konnte sich umso mehr in ihre Trauer einfühlen, als sie denselben Verlust verspürte. Wie oft hatte sie auf seinem Schoß gesessen, zusammen mit Constant und Solène. Bis sie zu »Riesen« geworden waren, wie er es genannt hatte, Riesen, die in ihrer Seele aber noch ganz klein waren.

Als sie einander Trost gegeben und ihr Leid ein wenig gestillt hatten, begann Marie zu erzählen. Isabeau unterstützte sie in ihrer Entscheidung. Sie hatte immer großen Respekt vor dem König gehabt, und die Lutheraner kannten sie gut genug, um ihre Haltung zu verstehen.

Außer Johannes Calvin. Er machte sich über seine Zeitgenossen lustig, hatte seine eigenen Regeln aufgestellt und wandte sich ganz offensichtlich gegen die Lehren Luthers. Zunächst hatte es nur so ausgesehen, als wollte er sich vor seinen Anhängern profilieren. Doch mittlerweile wurde in aller Öffentlichkeit von der calvinistischen Bewegung gesprochen. Isabeau hatte sich dem nicht wiedersetzt, denn seine Gedanken gingen in dieselbe Richtung wie die ihrigen, doch der Mann selbst gefiel ihr von Tag zu Tag weniger. Er wusste als echter Opportunist überall seinen Nutzen herauszuziehen, und oftmals schickte er andere vor. Er hatte seine Anhänger davon überzeugen können, dass sie ihren Meister beschützen müssten, damit seine Ideen sich weiterentwickeln und fortdauern würden. Sogar Clément Marot hatte sich schließlich von ihm gelöst. Er verbreitete zwar weiterhin offen die Glaubenssätze der Häretiker, tat dies aber im Windschatten der Schwester des Königs. Nur Constant folgte ihm nach wie vor blind, indem er in seinem Namen die niedrigsten und manchmal auch gefährlichsten Tätigkeiten übernahm. Lilvia und Bertille wurden verrückt vor Sorgen, wie auch Isabeau, die ihn wie einen Sohn liebte. Also hatte Jean damit begonnen, ihn auf Schritt und Tritt zu verfolgen. Um ihn vor sich selbst zu schützen.

»Was machst du denn hier?«

Die Stimme klang brüsk, und Marie spürte, wie ihr Kummer größer wurde. Sie hatte sich auf den Boden vor dem Grab gesetzt, ohne Rücksicht auf ihr Samtkleid zu nehmen, und ließ die körnige Erde durch ihre Finger rinnen wie all die Jahre des verlorenen Glücks.

»Bonjour, Constant«, presste sie hervor, ohne sich umzudrehen.

Er trat neben sie und setzte sich an ihre Seite. Sein Blick war hart, mit einem Ausdruck von Wut, der sein Leid verschleiern sollte. Aber Marie ließ sich davon nicht einschüchtern. Sie streckte die Hand aus und berührte seine von Bartstoppeln bedeckte Wange, um sich gleich darauf weinend in seine Arme zu werfen.

Lange blieben sie so sitzen, als könnte Croquemitaine ihre letzte Botschaft jenseits aller Worte vernehmen, und es hätte sie kaum gewundert, wenn er plötzlich seine krummen Arme aus der Erde hervorgestreckt, sie an sich gezogen und sie mit seiner dünnen Stimme und seinem trockenen Humor ein wenig hochgenommen hätte: »Wenn ihr erst mal groß seid, so wie ich, Kinderchen, wird Euch auch das vergehen.«

Schließlich hob Constant den Kopf. Ein schwaches Lächeln erhellte sein Gesicht.

»Jetzt ist es an uns, seinen Platz einzunehmen«, bemerkte er.

Marie senkte den Blick. Sie hatte nicht die Kraft, ihm zu widersprechen. Sie hatte auf ein vertrauliches Gespräch mit ihm gehofft. Vergeblich. Als sie in Albéries Bleibe ankamen, wo Solène, die Schwester Constants, sie in Empfang nahm, waren dort schon Calvin und Jean, die ins Gespräch vertieft mit ein paar anderen über einen Tisch gebeugt standen, der über und über mit Pamphleten bedeckt war.

Jean Latour zeigte sich überrascht über ihre Anwesenheit, doch dann trat er auf sie zu, um sie zu begrüßen. Über Albérie hatte er genau wie Isabeau davon erfahren, dass der König Marie bei Hof verpflichtet hatte, aber seitdem hatte er keine Neuigkeiten mehr von ihr erhalten. Die Zwillinge würden in einigen Wochen ihren ersten Geburtstag feiern.

»Marie«, rief Calvin aus, noch bevor Jean ein Wort hatte hervorbringen können. »Habt Ihr die königliche Leibgarde vor dem Haus stehen gelassen, und wollt Ihr Euch vor der Verhaftung noch davon überzeugen, dass wir wirklich vollzählig sind?« Seine Stimme klang scharf und anklagend.

Marie fühlte sich wie gelähmt. Sie wollte gerade antworten, als Constant ihr zuvorkam. Er war von ihr weggetreten, sein Gesicht war aschfahl.

»Erklären Sie sich, Meister!«, forderte er.

»Wie, du weißt von nichts, Constant?«, fragte Calvin. Ein böses Grinsen umspielte seine schmalen Lippen. »Man erzählt sich, dass Marie die neue Mätresse des Königs ist und dass wir ihr die jüngsten Verhaftungen zu verdanken haben.

Sie hat uns verraten, mein armer Freund. Schau dir nur mal ihren Aufzug an!«

Mit bohrenden Blicken musterte Constant sie von oben bis unten. Man hatte ihm gesagt, dass Marie die Auvergne im Gefolge des Königs verlassen hatte, aber die möglichen Konsequenzen hatte er nicht wahrhaben wollen.

Marie fühlte, wie das Blut in ihr hochwallte. Kochend vor Zorn, baute sie sich vor ihrem Ankläger auf und schleuderte ihm ins Gesicht:

»Ich bin weder die Mätresse des Königs noch eine Verräterin! Und falls irgendjemand in diesem Raum Zweifel daran hegen sollte …«, knurrte sie und begann ihre Ärmel hochzukrempeln, wie sie es so viele Male vor einer Rauferei gemacht hatte. Jean packte sie um die Schultern.

»Ich glaube dir, Marie. Aber die Gerüchte machen nun mal ihre Runde. Am besten, du erzählst uns deine Version der Geschichte.«

Und so fing sie an zu erzählen. Vom Besuch des Königs in Vollore, von seiner Sympathie für die Reformationsbewegung und über ihre zweifache Rolle am französischen Hof.

»Ich bin gekommen, weil der König will, dass ich Euch helfe.«

»Mit der Hinterlist eines Königs, der sich einschmeicheln will, um besser zuschlagen zu können, haben wir nichts zu schaffen!«, erboste sich Calvin und schlug mit der Faust auf den Tisch. »Wenn wir einen Kreuzzug gegen die Papisten anstrengen müssen, dann machen wir es eben. Die edle Seele hat vorm Scheiterhaufen keine Furcht. Nicht wahr, Constant?«

Doch Constant hatte nur Augen für Marie und die Hand von Jean, die immer noch auf der zarten Schulter unter dem granatfarbenen Samt ruhte. Die Blässe beherrschte nach wie vor sein Gesicht.

Marie drehte sich zu ihm um.

»Nein!«, schrie sie. »Ich bin zu eurem Schutz gekommen!«

Constant biss die Zähne zusammen und ließ sie stehen. Marie, die ihm aus lauter Bestürzung fast nachgelaufen wäre, fand in letzter Sekunde die Kraft, sich gegen Calvin zu wenden, der seinen Triumph zu genießen schien.

»Ihr habt ihn mir genommen, Johannes Calvin«, zischte sie, »und damit einen vorläufigen Sieg über mich errungen. Aber ich werde ihn retten, ob Ihr wollt oder nicht, und meine Freunde desgleichen!«

»Ihr wärt besser in der Auvergne geblieben, um Eure Bastarde großzuziehen«, brüllte er ihr nach, als sie schon halb aus dem Raum war.

Sie fand keine Gelegenheit mehr, auf seine hämische Bemerkung einzugehen: Die Faust Jean Latours war ihr zuvorgekommen. Mit blutig geschlagener Nase sank Calvin an der gegenüberliegenden Zimmerwand zu Boden.

Constant blieb verschwunden. Ohne auf die neidischen Blicke zu achten, die ihr prächtiges Kleid und ihr mit Hermelinpelz gefütterter Mantel auf sich zogen, hatte sie die engen Straßen, die sie so gut kannte, nach ihm abgesucht. Schließlich hielt sie inne. Wo konnte er bloß sein? Als sie die Augen zum Himmel hob, fiel ihr Blick zufällig auf die hohen Pfeiler von Notre-Dame und die Erinnerung stieg in ihr hoch. Constant konnte sich nur dort oben verborgen haben. Sie nahm sich nicht einmal die Zeit, den alten Vater Boussart zu begrüßen, sondern eilte geradewegs durch die geöffnete Tür auf die Wendeltreppe zu, die sich im Inneren der Kathedrale nach oben wand. Als sie auf den schmalen Gang rings um die Turmspitze trat, entdeckte sie ihn: Er saß rittlings auf einem Wasserspeier, seine Füße baumelten ins Leere. Genau wie früher.

»Wag dich bloß nicht näher«, knurrte er, als eine Taube aufgeschreckt durch Maries leichten Schritt sich flatternd in die Lüfte erhob.

»Ich bin zurückgekommen, Constant«, sagte sie schlicht. Sie lehnte sich gegen die steinerne Wand.

»Du hättest nicht weggehen dürfen. Niemals!«

»Ich konnte nicht anders«, antwortete sie schweren Herzens. »Wegen Ma.«

Als sie den Namen der Wölfin erwähnte, drehte Constant ihr sein verstörtes Gesicht zu. Er hatte sich verändert. Mit seinem braunen kurzen Bart und den gramzerfurchten Zügen sah er nun aus wie ein Mann, doch sein Blick war der von einst geblieben. Er wirkte genauso verloren wie als Kind, wenn sie, die Reifere, ihn geneckt und sich über seine Ängste oder Gefühle lustig gemacht hatte. Aber jetzt war ihr nicht nach Spielen zumute.

»Ich hatte gedacht, du wärest meinetwegen zurückgekommen«, stieß er hervor. »Was für ein Idiot ich doch war!«

»Warum sagst du das? Calvin lügt, glaub mir! Ich habe die Worte des Königs selbst gehört. Er ist besorgt und mit großem Ernst bei der Sache. Und ich kann dabei nützlich sein, die Reformationsbewegung genauso unterstützen wie früher auch. War ich nicht die Erste, die gegen die Heilige Jungfrau und die Prälaten gewettert, sie beschimpft und beleidigt hat? Du kennst mich, Constant! Habe ich mich so sehr verändert?«

»Mehr als du denkst, Marie«, tobte er. »Früher hast du mich nicht belogen.«

»Ich verstehe nicht …«, hob sie an.

Höhnisch lachte er auf, und mit einer eleganten Drehung des Körpers erhob er sich von seinem Sitz. Seine Augen funkelten vor Zorn, als er auf sie zutrat und direkt über ihrem Kopf seine Fingernägel in den Stein schlug, an dem die Zeit ihre Spuren hinterlassen hatte.

»Nein, du verstehst nicht, Marie. Wo warst du, als mein Vater dich kurz vor seinem Tode zu sich rief? Was hast du gemacht, während ich ihm versicherte, dass wir beide zusammen mit ihm Weihnachten feiern würden? Dass er uns miteinander verheiraten würde, so wie er es sich immer erträumt hatte? Dass du ihn mit schönen, hoch gewachsenen Enkelkindern verwöhnen würdest? Jene Kinder, die du mir verweigert hast, Marie. Jene Kinder, die du einem anderen geschenkt hast!«

Er stand nun ganz dicht vor ihr; sein Blick war vor Wut immer noch schwarz. Sie wollte alles abstreiten, ihn fragen, woher er seine Informationen hätte, doch er ließ ihr nicht die Zeit.

»Hast du vergessen, wer wir sind, Marie? Dem König der Verrückten bleibt nichts verborgen, er erfährt alles. Deine Heldentaten sind dir vorausgegangen. Es gibt keinen Narren in ganz Paris, der sich nicht über den ›Unterleib‹ lustig macht, auf den der König so große Stücke hält. Ein Marien-Unterleib, den man heilig sprechen kann! Verstehst du, selbst dieser Name ist in ihren Mündern zur Beleidigung geworden. Weißt du, wie sie dich genannt haben? Die Drillingsjungfrau! Ich habe darüber gelacht. Aus vollem Hals. Bis ich verstanden habe, dass du damit gemeint warst! Du! Die mich verraten hat.«

»Es sind keine Drillinge«, murmelte sie, als könnte ihr Einwurf noch etwas ändern.

»Ja, ich weiß. Das Kind, die heilige Kuh. Deine Großmutter hat mir seinerzeit davon erzählt. Den ganzen Rest hat sie verschwiegen. Als mein Vater starb, glaubte ich, wahnsinnig zu werden vor Einsamkeit, vor Groll. Ich hätte niemals gedacht, dass ich dich so lieben würde.«

Immer noch in Rage presste er seinen Mund auf ihr Haar.

»Als ich dich am Grab gesehen habe, hätte ich beinahe alles vergessen, alles verziehen, weil du zurückgekommen warst«, raunte er in ihr Ohr. »Dein Blick, deine Hand auf meiner Wange – so wie früher. Glaubte ich jedenfalls. Ich wollte glauben, dass alles nur ein schlechter Scherz war. Ein Scherz, für den ich bezahlt hätte. Aber nein, so ist es nicht.«

Seine Lippen glitten ihren Hals hinab, wild, drängend in verletztem Stolz und auflodernder Begierde. Marie versuchte erst gar nicht, ihn zurückzustoßen. Brutal riss er die Bänder ihres Mieders auseinander und bemächtigte sich ihrer Brust.

»Sag mir, bitte sag mir, dass er dir Gewalt angetan hat«, keuchte er flehend. »Dass er dich genauso verraten hat wie mich. Sag es mir, Marie, sag es mir!«

Er suchte ihren Mund mit den Lippen, doch der Blick,

der ihm begegnete, schnürte ihm das Herz zusammen. Nichts als die Bitte um Verzeihung las er darin.

»Du hast Recht, Constant. Ich habe dich verraten, und ich habe es bewusst getan.«

In dem Moment tauchte Jeans Kopf in der Öffnung der Wendeltreppe auf. Er hatte eine Weile gebraucht, um sie zu finden, und war noch ganz außer Atem.

»Du kommst zu spät, Jean Latour«, knurrte Constant, den das stille Eingeständnis von Marie wie versteinert hatte.

»Glaub mir …«, hob Jean an und trat langsam näher, doch Constant war bereits auf die Füße gesprungen und hatte seinen Dolch gezogen.

»Wag es nicht, dich in meine Angelegenheiten zu mischen! Du hast schon genug Unheil angerichtet.«

»Lass sie gehen und uns das Ganze unter Männern klären«, bat Jean, der vorsichtig zurückwich. »Nur du und ich.«

»Nein«, unterbrach ihn Marie. Sie war aufgestanden und hielt Constant mit einer Hand am Wams fest, doch dieser stieß sie von sich.

»Seinetwegen bist du zurückgekommen, was?«, fauchte er. »Vorhin ist mir schlagartig alles klar geworden. Als ich seine Hand auf deiner Schulter liegen sah.«

»Nein, Constant. Ich schwöre dir: Du bist der Einzige! Der Einzige, den ich je geliebt habe. Der Einzige, den ich je lieben werde. Es ist am Vorabend eurer Ankunft in Vollore geschehen. Ich hatte schreckliche Angst. Ich konnte nicht … Oh, Constant, ich hätte so sehr gewollt, dass du es gewesen wärst«, schluchzte sie.

Für einen Augenblick schien er verunsichert. Die Waffe glitt ihm aus den Fingern und schlitterte über den Steinboden. Er schloss die Augen, doch als er sie wieder öffnete, lag ein Ausdruck von Verbitterung in ihnen.

»Aber du hast nichts gesagt, Marie. Nichts! Du hast mich ziehen lassen. Um seine Kinder auf die Welt zu bringen.«

»Ich hätte eine Abtreibung vornehmen können, du hättest nie etwas davon erfahren. Aber dazu habe ich die Kraft nicht gefunden. Ich wusste nicht mehr, wer ich war, was ich wollte. Du hast mich zurückgewiesen. Ich habe dich angefleht, zu bleiben, erinnerst du dich nicht? Ich liebe dich, Constant. Ich habe mich so danach gesehnt, dass du mir verzeihst.«

»Es stimmt, was sie sagt. Aus dem Grund hat sie es abgelehnt, mich zu heiraten«, fügte Jean hinzu.

Constant ließ seinen Blick von einem zum anderen schweifen. Seine Verstörung war ihm anzusehen, als er ausrief:

»Du wirst dich damit abfinden müssen: Ich werde dir niemals verzeihen!«

Er wich zurück, bis er mit dem Rücken gegen das steinerne Geländer stieß. Der Schmerz raubte ihm fast den Verstand. Sein Kopf drehte sich. Als er hinunter auf die Passanten blickte, die auf dem Vorplatz der Kathedrale wie die Ameisen wimmelten, fragte er sich, ob Marie sich wohl an ihre Scherze erinnerte, daran, wie er ihr immer einen Schreck eingejagt hatte, wenn er sich an den Füßen der Wasserspeier festgehalten hatte und sich hoch über dem Abgrund schaukeln ließ ... Sie gehörte ihm, ihm allein! Jean würde dafür bezahlen müssen, dass er sich zwischen sie gedrängt hatte.

Mit einem heftigen Stoß in die Flanke warf er sich auf seinen Rivalen und riss ihn zu Boden. Ineinander gekrallt rollten die beiden Männer über den engen Gang. Mit der Faust hieb Constant Jean ins Gesicht. Marie schrie auf, dann ließ sie sich zu Boden sinken. Sie war vollkommen zerstört. Ihretwegen würden sie sich gegenseitig umbringen.

Der Kampf dauerte eine ganze Weile an, ohne dass sie erkennen konnte, welcher von den beiden Männern der stärkere war. Plötzlich schienen sie aus dem Rhythmus geraten. Constant fühlte, wie ihm der Dolch aus den Fingern glitt. Aber er konnte ihn erneut greifen und hielt ihn an Jeans Kehle, der rittlings auf seinen Schenkeln hockte. Sofort entließ Jean ihn aus seinem Griff und rührte sich nicht mehr.

»Nun mach schon, Constant«, sagte er kalt. »Los, setz dem Ganzen ein Ende!«

Langsam bohrte sich die Klinge in seine Haut. Ein Tropfen Blut perlte auf dem Stahl. Jean bewegte sich nicht. Marie weinte leise, sie wagte nicht, einzugreifen, aus Angst, Constants Wut noch mehr anzustacheln. Plötzlich hörte sie Jean die folgenden Worte sagen:

»Ich habe ihre Unschuld missbraucht, indem ich sie zwang, mich zu lieben. Das war nicht weiter schwer, denn es stimmt, was sie dir gesagt hat: Sie war panisch vor Angst, und ich war ihr Freund. Sie hatte Vertrauen in mich. Ich habe sie ohne Gewissensbisse genommen, überzeugt davon, dass ich ihr mehr zu bieten hätte als du.«

»Du Schwein!«, knurrte Constant. Die Klinge bohrte sich weiter in die Kehle des anderen, dessen Worte ihn jedoch ungleich mehr verletzten.

Doch Marie hatte genug ertragen müssen. Kriechend bewegte sie sich vorwärts, bis sie die beiden Kämpfenden erreicht hatte.

»Genug! Constant, ich bitte dich. Das Leben eines Mannes bin ich nicht wert.«

»Hör nicht auf sie, Constant! Ich hänge nicht an meinem Leben. Ich habe verloren. Sie wird mich niemals lieben.«

Constant zögerte kurz, dann zog er den Dolch zurück.

»Nein, mein lieber Freund, diesen Gefallen tue ich dir nicht. Du wirst leben und dein Leid erdulden müssen. So wie ich. Dafür werde ich schon sorgen. Aber fürs Erste lasst euch hier nicht mehr blicken! Alle beide!«

»Constant …«, flehte Marie.

»Eines Tages vielleicht, Marie. Du hast deinen Weg gewählt. Deinen Weg und deinen König. Nun bleib dabei.«

»Komm, Marie«, drängte Jean, der sich erhoben hatte, ohne auf das Blut zu achten, dass aus seiner Kehle tropfte.

Marie wischte sich die Tränen mit dem Ärmel ab. Als Constant sich nicht regte, murmelte sie:

»Wenn ich eines Tages noch einmal ein Kind empfangen sollte, wird es deins sein, Constant, das schwöre ich dir.«

Dann ließ sie sich fortführen.

In den folgenden Monaten verschlimmerte sich die Lage von Tag zu Tag. Die Verhaftungen, Prozesse und Hinrichtungen häuften sich. Marie kam nicht mehr zur Ruhe: Einerseits gelehrige Hofdame an der Seite einer strengen jungen Herrin, suchte sie andererseits die geheimen Treffen der Häretiker in den Kellern des Temple auf. Calvin hatte sich mit ihrer Unterstützung abgefunden, wozu der gut platzierte Fausthieb Jean Latours das Seine beigetragen hatte. Constant schnitt sie. Wenn sie sich über den Weg liefen, senkte er den Blick und drehte sich auf dem Absatz um. Marie gab die Hoffnung nicht auf. Sie tröstete sich mit jenem »vielleicht«, das auf der Galerie von Notre-Dame gefallen war. Sie betäubte sich mit Italienischstunden, nahm an den Festlichkeiten teil, die der König in seinen verschiedenen Schlössern gab, und hielt sich sorgsam von jeglichen Gesprächsrunden fern, in denen das Thema Reformationsbewegung aufkam. Isabeau führte ihre Gewandschneiderei weiter, doch die Gerüchte über ihre Zugehörigkeit zu den Lutheranern hatten sich verdichtet, sodass ihre Klientel spärlicher wurde. Zwei Lager hatten sich gebildet, die sich offen bekämpften. Isabeau wurde sich jeden Tag der Gefahr, in der sie schwebte, mehr bewusst. Und doch tauchte ihr Name auf den Listen nicht auf.

An einem Morgen im März tauchte Jean Latour in ihrem Geschäft auf. Er schien besorgt zu sein.

»Sie haben Pointet verhaftet, den Chirurgen. Er hat ein paar Priester behandelt, die sich mit Syphilis angesteckt hatten, und ihnen an den Kopf geworfen, dass das Zölibat schuld an ihrem Leiden sei.«

»Das entspricht in der Tat der Wahrheit«, entrüstete sich Isabeau. »In den Klöstern und den Häusern von Geistlichen wimmelt es nur so von Huren. Sie werden ihn schon wieder freilassen.«

»Ich fürchte nicht. Kaum hatten sie ihn in Arrest genommen, hat er sich auch schon der Beichte verweigert und die Jungfrau verhöhnt, indem er nicht vor ihr die Knie gebeugt hat. Er soll am Sonnabend auf dem Place Maubert hingerichtet werden.«

Isabeau ließ sich auf ihren Stuhl sinken. Sie war blass geworden. Jean kniete sich vor sie und nahm ihre Hände in die seinen.

»Marie kann nicht über alles wachen, Isabeau. Sogar die Anordnungen des Königs werden mittlerweile einfach übergangen. Du musst weg von hier.«

»Ich kann meine Familie nicht im Stich lassen, Jean.«

»Die Deinen befinden sich in Vollore. Es ist zu riskant geworden. Abgesehen vom Wahnsinn der Papisten darfst du die Inquisition nicht unterschätzen. Die Treibjagd auf Hexen und Alchimisten ist immer offener wieder aufgenommen worden. Überall lauern ihre Anhänger, und zahlreiche Prozesse sind dank ihrer Hilfe bereits angestrengt worden. Jacques de la Croix haben sie auch verhaftet.«

»Das ist ein Alchimist. Philippus und ich haben ihn kennen gelernt.«

»Und ein evangelischer Prediger. Isabeau, sie verbrennen alles, was sie kriegen können, und der König kann nur jeden Zehnten retten.«

»Aber da sind Marie, Constant, Bertille und all die anderen.«

»Man beobachtet uns, Isabeau. Es geht vor allem um die kleinen Leute. In den Tiefen von Paris kann man ihnen nichts anhaben, aber wir setzen sie der Gefahr aus, indem wir sie zu beschützen versuchen und uns in ihrer Nähe aufhalten. Marie ist in Sicherheit, der König hält seine Hand über sie. Und um Constant kümmere ich mich. Glaub mir, Isabeau: Du musst Paris verlassen. Und deine Forschungen weiterführen, um die Deinen zu retten.«

Isabeau hob den Kopf. Er hatte sie überzeugt.

Jean Pointet wurde auf den Scheiterhaufen geführt. Gefesselt an Stapel von trockenem Holz und Reisigbündeln, riss man ihm die Zunge aus dem Hals. Unter den Augen eines blutrünstigen Publikums hackte der Henker sie mit einem schnellen Hieb ab und hielt sie der johlenden Menge hin. »Der wird Gott nicht mehr lästern!«

Ein paar Tage später verbrannte sich Laurent Canu, genannt Jacques de la Croix, eigenhändig, seine Prozessakten hatte er mit einem Strick um seinen Bauch gebunden. Seine letzten Worte waren an Jesus gerichtet, der den Menschen ihren Wahnsinn verzeihen solle.

Im April 1534 stank es überall in den Vorstädten. Isabeau kündigte ihren Angestellten und ließ Bretter vor die Fenster nageln. Sie verließ Paris: ein neues Kapitel im Buch ihres Lebens sollte beginnen. Sie hatte Bertille überzeugen können, sie zu begleiten.

Lilvia starb sechs Monate später. Marie hatte sie nicht retten können. Mitten in einer Andacht war sie aus einer Ecke der Kirche hervorgesprungen und hatte die Kehle des Prälaten durchschnitten, der gerade dabei war, die Häretiker zu verdammen. Man hatte sie verurteilt und sie sofort auf den Scheiterhaufen geführt. Sie war eine Unbürgerliche. Jemand mit dem bösen Blick. Eine Hexe. Als Constant die Nachricht erhielt, hatte sich der Körper seiner Mutter bereits in eine brennende Fackel verwandelt, die kurz vor dem Verlöschen stand. Er wurde fast verrückt bei dem Anblick. Während Calvin Frankreich in Richtung Schweiz verließ, blieb er in Paris, tröstete seine Schwester und bereitete seinen Rachefeldzug vor. Marie versuchte, ihn zur Vernunft zu bringen, Jean desgleichen. Doch er lehnte sich gegen sie auf: »Es reicht. Bring sie fort von hier, Jean, und heirate sie! Ich will den Tod, nichts sonst, er wird mir euch vom Hals schaffen. Er wird mich von dir befreien!«, schrie er zu Marie gewandt und zeigte mit dem Finger auf sie.

Blitzschnell war er verschwunden, seine Flugblätter unter dem Arm. Marie brach in Tränen aus und warf sich schluchzend in Jeans Arme, dann kehrte sie nach Amboise zurück. In jener Nacht des 17. Oktober wurde ganz Frankreich von den heftigen Schmähungen Antoine de Marcourts erschüttert, eines mit Calvin befreundeten Pfarrers. Sein Pamphlet richtete sich gegen »den schrecklichen und unerträglichen Missbrauch seitens der päpstlichen Messe, die sich gegen das Abendmahl wendet«, und seine Beleidigungen galten »dem Papst und seinen kriecherischen Kardinälen, Bischöfen und Priestern, den Mönchen und anderen verleumderischen Predigern«.

Franz I. fand ein Exemplar des Pamphlets mit einer Stecknadel an die Tür seiner Gemächer geheftet. Wütend eilte er zu Marie.

»Ich habe getan, was ich tun konnte. Das kann ich nicht dulden! Das ist ein Angriff auf meine Souveränität. Eine Gefahr für den gesamten Staat, Marie. Eine Kriegserklärung. Ich hatte gehofft, dass sie Vernunft annehmen würden. Sie verweigern sich Euren Warnungen gegenüber, meinen Bemühungen, sie ihren Glauben leben zu lassen. Isabelle de Saint-Chamond ist außer Gefahr. Haltet Euch von nun an fern von den Reformierten, Marie, oder ich bürge nicht mehr für Euch.«

»Sire, ich beschwöre Euch«, flehte sie, die Augen von ihrer Auseinandersetzung mit Constant noch gerötet. Sie war sich sicher, dass er mit der Sache zu tun hatte.

»Es ist zu spät, Marie. Ich kann jetzt keine Rücksicht mehr nehmen. Ich bin der König.«

Am Boden zerstört ließ er sie zurück. Über einen Mittelsmann teilte Jean den im Untergrund Arbeitenden die Entscheidung des Königs mit. Constant lachte nur darüber, was ihn tief bekümmerte. Aus Liebe zu Marie beschützte Jean ihn auch gegen seinen Willen, denn sie selbst war dazu nun nicht mehr in der Lage.

Ein paar Tage später wurde eine Prämie in Höhe von zweihundert Goldécus für all diejenigen ausgeschrieben, die einen oder mehrere der Aufwiegler anzeigten.

Constant kannte sich in den Kellergewölben von Le Temple gut aus. Zusammen mit seinen Freunden versteckte er sich dort, während die Verurteilungen im Namen der Kirche sich vervielfachten. Eine Lehrerin wurde verbrannt, die versäumt hatte, die Kinder ein »Ave-Maria« aufsagen zu lassen, desgleichen ein Krüppel, der bei der Verkündung des Evangeliums seltsame Bewegungen gemacht hatte. Außerdem nicht wenige von denjenigen, die Marie in ihrer Kindheit so oft bei Isabeau angetroffen hatte: der Seilmacher Milon, der Maurer Poille, der Drucker Antoine Augereau.

Marie betete mit aller Inbrunst, dass all das endlich aufhören möge. Trotz ihrer Gebete kamen im Januar 1535 neue Flugblätter in Umlauf, die mit *Parantiphresis* überschrieben waren. Der König unterzeichnete ein Dekret, das allen Verlegern bei Todesstrafe untersagte, jedweden Text zweifelhaften Inhalts drucken zu lassen.

Anschließend ordnete er eine Prozession quer durch Paris an, bei der direkt hinter ihm die Reliquien sowie ein Schrein getragen wurden, der Fragmente der Dornenkrone enthielt, und forderte die Menge auf, ein Gebet für die Jungfrau zu sprechen. Seine Rede vom selben Abend zeigte einmal mehr seine Einstellung: »Wäre mein linker Arm von jener Fäulnis befallen, ich zögerte nicht einen Moment, ihn von meinem Körper abzutrennen.«

Eine Woche später wurde ein Standgericht eröffnet, das den Kreis der Schuldigen auf all diejenigen ausweitete, die den Lutheranern Unterschlupf gewährt hatten. Marie fürchtete um ihr Leben, doch der König hielt Wort und verriet sie nicht.

Aus Angst verfolgt zu werden, hielt sie sich im Kreis von Katharina von Medici und ihren Getreuen deutlich bedeckt. Die Italienerin hatte sich über ihre traurige Miene und ihren fehlenden Elan schon Gedanken gemacht. Maries Antwort lautete, dass sie Sehnsucht nach ihren Kindern habe. Natürlich würde sie oft genug Nachrichten von zu Hause erhalten, aber gesehen hätte sie sie seit achtzehn Monaten nicht mehr. Das stimmte, allerdings nur zum Teil. War es nicht ihr berühmt-berüchtigter Unterleib gewesen, der Constant dazu verdammt hatte, sich blindlings in seinen Glauben zu stürzen? Sie konnte ihm seinen Groll kaum verübeln. Sie selbst hegte Groll auf sich. Sie hätte ihre Vergangenheit verdrängen und Jean heiraten können, doch sie konnte sich nicht dazu entschließen. Als würde etwas, das stärker war als sie, ihre Schritte lenken. Jener wilde Instinkt, der den Ihrigen eigen war. Jener Instinkt der Wölfe, den sie nicht bezähmen konnte.

Trotz der übel riechenden Rauchschwaden, die Frankreichs Winde verpesteten, wurde bei Hofe weiterhin gelacht, gescherzt und leicht gelebt. Als gäbe es zwei Welten, deren Grenzen sich durch die prachtvollen Gärten der Paläste von Amboise, Saint-Germain, Fontainebleau oder »Klein Madrid« zögen, das der König hatte errichten lassen. Die erlesensten Künstler ließen ihrer Kreativität freien Lauf, unterstützt sowohl vom König als auch von seiner Mätresse Anne de Pisseleu, die zur Ehrenhofdame von Katharina avanciert war.

Marie kam nunmehr jeden Tag mit ihr zusammen. Sie hatten eine Möglichkeit des Umgangs miteinander gefunden. Anne war schrecklich eifersüchtig und intrigant, hatte auf infame Weise dafür gesorgt, dass die vorherige Mätresse des Königs, Françoise de Châteaubriant, in Vergessenheit geriet, und hasste Diane de Poitiers, deren Gesellschaft und Rat der König zu schätzen pflegte. Aber sie hatte begriffen, dass Marie keine Gefahr für sie darstellte, und zollte der Tatsache Anerkennung, dass Marie sich nicht in den Vordergrund spielte.

Dennoch war Marie Katharina von Medici näher als Anne de Pisseleu. Beim Tod von Papst Clemens VII. weniger als ein Jahr nach ihrer Eheschließung hatte sie Angst gehabt, verstoßen zu werden, doch Franz hatte keinerlei Anzeichen einer solchen Absicht zu erkennen gegeben. Er gefiel sich darin, überall herumzuerzählen, dass er die junge Frau ohne einen Faden am Leib bei Hof willkommen geheißen hatte, denn alle Hoffnungen auf eine Rückgewinnung Mailands hatten sich mit dem letzten Atemzug des Kirchenfürsten zerschlagen. Er freute sich an ihrem singenden Akzent und kam sie oft besuchen, legte eine Hand auf ihren Bauch oder manchmal auch auf ihr Ohr. Dass sie immer noch nicht schwanger war, betrübte ihn sehr, und jedes Mal verabschiedete er sie mit einem vertraulichen Klaps auf den Po und den

Worten, dass »ein schöner Hintern Anlass genug für kühne Reckenkämpfe« wäre.

»Marie, ach, Marie!«, rief er dann. »Zeigt diesen Liebenden doch bitte ein wenig von Eurer Kunst!«

»Ich werde mich bemühen, Sire, ich werde mich bemühen.«

Doch das war nur im Scherz gesprochen. Katharina blieb zugeknöpft.

Sie war ihrem Gemahl zwar zugetan, hatte Marie jedoch anvertraut, dass sich ihre einzige Liebe in Italien befände. Ihr Herz hatte allein ihrem Cousin Ippolito de Medici gehört, in all den Jahren, die man sie von den Geschehnissen auf dieser Erde fern gehalten hatte. Ihr bisheriges Leben unter den Nonnen war alles andere als glanzvoll und glücklich gewesen. Den verblichenen Ruhm der Medici kannte sie nur aus Erzählungen, nicht aus eigener Erfahrung. Sie rechnete es dem König daher hoch an, sie in der Nähe des Throns weilen zu lassen, wenngleich sie ihm sehr verübelte, dass er seinen Sohn wegen seiner offenen Schwärmerei für Diane de Poitiers nicht zur Raison rief.

Heinrich liebte Diane. Zärtlich und ohne die Hoffnung, jemals erhört zu werden. Der ganze Hof wusste von seiner Leidenschaft. Wenn er sich bei Turnieren auf den Kampf vorbereitete, war ihr Name derjenige, den er in die Menge warf, und Katharina tat, als bemerkte sie nichts. In der Tat verspürte sie auch nichts, weder Sehnsucht noch sonstige Emotionen. Nur die Dankbarkeit eines Waisenkindes denjenigen gegenüber, die ihm einen Namen geliehen haben. Nicht etwa Anne de Pisseleu war ihre Vertraute, sondern Marie.

»Was sagen die Sterne«, fragte sie oft.

»Dass Ihr Mutter sein und sehr viel Macht haben werdet«, versicherte ihr Marie.

»Mehr Macht als Diane?«

»Ihr Ruhm wird verblassen, Euch hingegen wird man verehren.«

»Bring mir bei, welche Pflanzen Heilkraft besitzen und welche man besser nicht verwendet«, bat sie dann.

Marie, die sich freute, ihr durch Vater und Großmutter erworbenes Wissen weitergeben zu können, willigte ein. Sie sprachen über Astrologie, Anatomie, alchimistische Theorien und die Kunst, Arzneimittel herzustellen. Katharina ließ ihren Garten mit allen möglichen Heilkräutern bepflanzen, die sie angeblich aus Italien bezog. Denn im Gegenzug zur Vermittlung ihres Wissens hatte Marie sich von ihr absolute Diskretion erbeten. Für nichts auf der Welt hätte sie erneut die Aufmerksamkeit auf sich ziehen wollen.

»Kennst du das Geheimnis der Gifte?«

»Was zu heilen vermag, vermag auch zu töten, Herzogin, aber diese Seite der Medaille hat mich nie interessiert. Ich kann Euch nur lehren, was ich selber weiß. Was Gifte betrifft, habe ich keinerlei Kenntnis.«

Katharina hatte so getan, als glaubte sie ihr, aber Marie traute dem Frieden nicht. Sie kannte die wahren Motive von Katharina nicht, doch ihr Argwohn war geweckt. Als strenge Katholikin verurteilte sie den Glauben der Lutheraner zutiefst. Wenn sie geahnt hätte, dass Marie diese insgeheim unterstützte, hätte sie ihr wohl niemals gestanden, wie sehr der Gestank nach verbranntem Fleisch sie in ihrem Gebet bestärkte und ihr Genugtuung verschaffte.

Ihr übersteigertes religiöses Empfinden, über das Marie sich heimlich ereiferte, war es auch, das sie des Königs Allianz mit dem türkischen Sultan ganz und gar nicht gutheißen ließ. Seit Anfang des Jahres 1535 hatte er sogar einen Botschafter nach Konstantinopel gesandt. Allein mit dem Hintergedanken, auf diese Weise die Vorherrschaft Karls V. in Europa eindämmen zu können.

»Sire, folgt dem Ruf Eures Herzens, nicht dem des Stolzes«, hatte Marie anzumerken gewagt, als der König nach ihr hatte schicken lassen.

Ein Lächeln erhellte das bärtige Gesicht von Franz I.

»Beider wegen seid Ihr hier, Marie. Antoine du Bourg fleht mich an, solche Martyrien zu unterlassen. Der Schmalkaldische Bund empört sich gleichermaßen ob dieser Repressionen wie bei der Vorstellung, den Islam begrüßen zu müssen. Karl V. bringt mich zur Verzweiflung, und Italien lässt mir keine Ruhe. Ach, Marie, habt Ihr gar nicht begriffen, was mich treibt?«

Marie schüttelte den Kopf. Sie hatte sich die vergangenen Monate von der Politik vollkommen fern gehalten, weil sie sich nicht noch mehr als ohnehin schon belasten wollte.

»Diese Massaker zu beenden, vor dem Glauben der Häretiker einzuknicken, hätte bedeutet, das Königreich aufs Spiel zu setzen, Marie. Frankreich ist für die Christenheit die älteste Tochter der Kirche. Ich mag meine Tage mit Jagen, in den Betten leichter Mädchen oder in Bordellen verbringen, Gedichte schreibend und die Gesellschaft von Künstlern genießend. Nachts jedoch höre ich die Todesschreie, und jene, die ich verurteilt habe, scheinen mir zuzurufen: ›Du wirst der Erste von uns sein.‹«

Der König griff sich mit der Hand in die vollen Locken. Marie war von seiner Beichte unangenehm berührt, wusste sie doch nicht, welchen Platz er ihr in seinen Gedanken einräumte. Doch der König beachtete ihre Verlegenheit nicht weiter, sondern ging einem Tiger in seinem Käfig gleich mit schwerem Schritt auf und ab.

»Wohl wissend um die Folgen dieses Bündnisses habe ich mit Soliman einen Pakt geschlossen. Ich brauchte einen Trumpf im Ärmel, falls ich die Ausschreitungen nicht in den Griff bekommen sollte. Der Fall ist eingetreten, und ich habe getan, was ich als christlicher König tun musste, nicht ohne dafür zu beten, dass all dies ein Ende haben möge. Wenn ich den Islam toleriere, zwingt mich dies in den Augen der Weltöffentlichkeit zugleich, die Lutheraner zu akzeptieren. Versteht Ihr nun, Marie, was es mit meinem Stolz auf sich hat? Einen heidnischen Gott zu bitten, mich den meinen verehren zu lassen!«

»Sire ...« Verzweifelt setzte Marie zu sprechen an.

»Ihr könnt Euren Freunden – falls es noch Überlebende geben sollte – mitteilen, dass sie keine Angst mehr zu haben brauchen. Und damit man sie endlich in Ruhe lässt, werde ich meinem einzigen Feind den Krieg erklären: Karl V. Er ist wie eine Spinne, die sich Europas bemächtigt. Ich muss ihn auslöschen, oder ich werde niemals in Ruhe sterben können.«

Er hielt inne und warf ihr einen scharfen Blick zu.

»Ihr werdet von Tag zu Tag schöner, Marie. Euer Gemahl ist weit weg. Um meinetwillen habt Ihr auf die Liebe verzichtet.«

Er näherte sich ihr mit einem traurigen Lächeln.

»Sire«, murmelte Marie, berührt von seinem Geständnis, »mein Herz und mein Leib sind ihm jetzt und für immer treu verbunden.«

Mit dem Finger fuhr der König ihr über Wange und Kehle. Er seufzte, als er sich zurückzog:

»Wenn sich dies jemals ändern sollte, werdet Ihr es mich wissen lassen?«

»Wenn sich dies jemals ändern sollte? Sire, ich fühle mich sehr geschmeichelt, aber ich bete zu Gott, dass dieser Fall niemals eintreten möge«, lautete ihre ehrliche Antwort.

»Dann, mein Kind, kehrt zu ihm zurück. Der Hof Frankreichs steht Euch offen, wann immer es Euch beliebt.«

»Ich danke Euch, Sire.«

»Nichts für ungut, Marie. Ich bin nicht stolz auf das, was ich getan habe.«

Mit einem Kuss auf die Stirn verabschiedete er sie. Marie fühlte sich einsamer denn je zuvor.

Constant war allein, als sie ihn aufsuchte. Er lag auf einer Matratze in einem kleinen Kellerzimmer. In einer Ecke stand ein Tisch, auf dem sich die Reste einer bescheidenen Mahlzeit und eine Kerze befanden. Jean musste die anderen zu irgendeiner geheimen Mission geführt haben, schloss Marie. Sie wusste, dass sie sich mit Constant abwechselten. Seit einigen Monaten schon hatte sie niemanden mehr von ihnen gesehen. Um ihr Versteck nicht zu verraten, pflegte sie ihre

Briefchen zusammen mit ein paar Münzen in die Schalen der Bettler zu werfen. Auf diese Weise hatten sie Nachrichten ausgetauscht. An einer Straßenecke hatte ein Taschendieb sie überfallen. Am Abend las sie fiebrig erregt die Botschaft, die sie in ihrer Kleidung gefunden hatte. Die Verfolgten hatten ihre Schlupfwinkel mehrfach gewechselt, aber diesen hier kannte sie gut.

Constant und sie waren eines Abends hier zusammen eingedöst, genau an der Stelle, an der er jetzt lag, eng aneinander geschmiegt. Sie hatten sich umarmt, wie Kinder es tun. Sie war damals zwölf, dreizehn Jahre alt gewesen. Es hatte sich lediglich um ein Spiel gehandelt. Und doch war es das erste Mal gewesen, dass ihr Herz einen Sprung gemacht hatte.

Sie hob ihre Röcke, streifte leise die Schuhe von den Füßen, und genau wie damals ließ sie sich an seiner Seite nieder. Nur ein kurzes Schnarchen ließ erkennen, dass er in seinem tiefen Schlaf ihre Anwesenheit bemerkt hatte. Traurig dachte Marie, dass sie ihn früher sicher in die Nase gekniffen hätte und sich das Lachen kaum hätte verbeißen können. Jetzt begnügte sie sich damit, ihn zu betrachten. Seine braunen Locken fielen auf die Schultern, die noch stattlicher geworden waren, und sein halb offener Mund ließ die für einen Vagabunden erstaunlich weißen Zähne sehen, ein Beweis dafür, dass er sie weiterhin putzte, so wie Isabeau es ihn gelehrt hatte.

Marie rollte sich an ihn gekuschelt zusammen. Sie ließ sich von der Wärme umhüllen, die sein Körper ausstrahlte.

»Oh, Constant«, seufzte sie, »wie sehr hast du mir gefehlt!« Einen Moment später war sie eingeschlafen.

Constant wachte als Erster auf. Es ärgerte ihn, dass er seiner Verwirrung nicht Herr werden konnte. Mit einem Lächeln auf den Lippen lag sie da, die Nase in seiner Schulter vergraben, die Augen geschlossen. Er fragte sich, ob er träumte, doch er rührte sich nicht. Die Kerze auf dem Tischchen war fast heruntergebrannt, und die Dunkelheit war mit den Augen kaum zu durchdringen. Doch selbst in der schwärzesten Nacht hätte er sie erkannt. Egal wie viel Cremes und Parfüm sie auch verwendete, der Geruch ihres Haares und ihrer Haut hatte sich nicht verändert.

Als er sich bewegte, reckte sie sich.

»Constant … Ich habe geträumt, du hättest mich geküsst«, murmelte sie noch halb im Schlaf.

»Hure«, knurrte er und beugte sich über sie. Trotz seines Grolls war er berührt.

»Ich liebe dich«, entgegnete sie und schlang ihre Arme um seinen Hals.

Als das Licht der Kerze erstarb, trafen sich ihre Lippen.

Sie gab sich seinen Liebkosungen mit unerwarteter Leidenschaft hin. So lange hatte sie darauf gewartet, dass sie sich wieder versöhnten. Constant öffnete ihre Schenkel, und sie stöhnte vor Lust und zog ihn an sich. Doch plötzlich blieb ihr Herz stehen. Mit einem bitteren Unterton flüsterte Constant in ihr Ohr:

»Wer ist der bessere Liebhaber, Marie, der König oder ich?«

Schlagartig ernüchtert schob sie ihn von sich.

»Lass mich«, schrie sie und versuchte sich zu befreien. Sie fühlte sich tief gedemütigt.

Doch Constant hatte nicht die Absicht, es dabei zu belassen. Mit beiden Händen hielt er sie fest und versuchte, mit seinen Blicken die schwarze Nacht zu durchdringen.

»Oh, nein! Warum willst du mir verweigern, was du sonst so freigebig verschenkst? Du stehst in meiner Schuld, meinst du nicht?«, schäumte er. Seine Begierde war so stark, dass er sie nicht mehr zu zügeln vermochte.

»Ich bitte dich, Constant, nicht so! Nicht so«, flehte sie schluchzend.

Ein Lichtstrahl erhellte seinen vernebelten Blick, und Constant, der kurz davor gewesen war, sie zu nehmen, hielt inne.

»Lass sie«, ertönte Jeans ruhige Stimme.

Ein böses Lächeln flackerte über Constants Lippen, um gleich darauf wieder zu verlöschen. Er bedauerte sein Verhalten, und mit einem Mal taten ihm diese Bitten wohl, sie erleichterten ihn. Er verspürte das Bedürfnis, sich bei ihr zu entschuldigen, sie zu küssen wie vorhin, bevor ihm eingefallen war, dass sie ihn verraten hatte.

»Lass sie«, wiederholte Jean fast freundlich.

Die Wut stieg wieder in ihm hoch. Er löste seine Finger von Maries Handgelenken und richtete sich auf.

»Siehst du«, sagte er zu der auf der Matratze liegenden Marie, »selbst wenn ich mich mit dir versöhnen will, stellt er sich zwischen uns.«

Er band sich die Hosen zu, während Marie sich die Augen rieb. Er trat auf den Tisch zu. Seine Stimme klang bitter, als er sagte:

»Sei unbesorgt, Jean, zumindest was mich betrifft, ist deine Ehre unbefleckt.«

Er griff nach der Weinflasche auf dem Tisch und trank die letzten Tropfen. Sein Herz war ihm schwer ob dieser Worte, die zu unterdrücken ihm nicht gelungen war, und dieser Liebe, die seine Seele verbrannte. Jean hatte die Hände zu Fäusten geballt, behielt sich aber in der Gewalt.

»Alles in Ordnung?«, fragte er Marie, die ihre Kleider herrichtete.

Sie nickte mit dem Kopf, um den Streit zwischen den beiden Männern nicht weiter anzustacheln, aber jede Faser in ihrem Körper bezeugte das Gegenteil.

Constant hatte sich zu ihr gewandt und sah zu, wie sie sich zurechtmachte. Sie war schön, trotz ihrer verweinten, roten Augen. Plötzlich gestand er sich ein, dass er ein Dummkopf war, dass er alles zerstört hatte, aus lauter Stolz. Doch Jean war derjenige, an dessen Seite sie nun stand – Jean, der sie ihm genommen, der ihr zwei Kinder gemacht, der sich ein weiteres Mal eingemischt hatte. Solène erschien von zwei Männern begleitet in dem Kellergewölbe, und die Spannung löste sich wie von selbst auf.

»Marie«, rief einer der beiden, als er sie erkannt hatte.

Auch er war ein Freund aus Kindertagen. Marie schluckte

ihre Tränen herunter und warf sich ohne jeden Hintergedanken in seine Arme. Constant wandte den Kopf ab. Gramvoll griff er nach einer weiteren Flasche, um auch diese zu leeren. Marie hatte ihr Lächeln wiedergefunden, ihr Stolz verbot ihr, sich ihre Qualen anmerken zu lassen.

»Bastien, ich freue mich sehr, dich wieder- und vor allem am Leben zu sehen«, sagte sie.

»Hast du geweint?«

»Vor Freude, euch in Sicherheit zu wissen«, log sie. »Es ist vorbei, Bastien. Die Repressionen sind vorbei. Der König hat den Arm gesenkt, es wird keine Verfolgungen mehr geben. Er hat es mir versprochen. Ihr seid frei.«

»War das der Grund für deinen Besuch?«, fragte Constant mit erloschener Stimme.

Sie wandte ihm den Blick zu.

»Ja. Meine Anwesenheit bei Hofe hat nunmehr keinen Sinn. Ich werde zurückkehren in die Auvergne und bei meiner Familie bleiben.«

Constant senkte den Kopf und nahm dann einen weiteren Schluck aus der Flasche. Ihm wurde schwindelig. Jean zögerte kurz, dann fragte er:

»Möchtest du, dass ich dich hinausbegleite?«

»Nein! Nein … ich möchte noch für einen Moment allein mit Constant sein«, bat sie.

Sein Missmut war ihm anzusehen, als Jean den anderen dreien ein Zeichen machte und sich zurückzog.

»Ich habe mich gefreut, dich gesehen zu haben«, sagte Solène und gab ihr einen Kuss auf die Wange.

»Pass auf dich auf. Passt auf euch auf!«

»Mach dir keine Sorgen, ich kümmere mich um sie«, versicherte ihr Bastien.

Constants zwölfjährige Schwester am Arm nehmend, zwinkerte er ihr komplizenhaft zu und verließ den Raum. Marie blieb mitten im Zimmer stehen, ihre Arme hingen unschlüssig an ihrem Körper herunter. Dann machte sie einen Schritt auf Constant zu.

»Bleib, wo du bist, Marie. Du kannst noch so viel um mich weinen, es nützt dir alles nichts.«

Sie rührte sich nicht. Das Herz tat ihr weh. Doch sie konnte es ihm nicht verübeln.

»Ob du willst oder nicht, Constant, ich liebe dich immer noch. Aber mir ist klar, dass, was immer ich tue oder sage, du mir nicht verzeihen wirst. Ich bin gekommen, dich zu fragen, ob du mich jetzt, da die Gefahr vorüber ist, an deiner Seite haben willst. Aber das war eine dumme Idee von mir. Ich werde daher nach Vollore zurückkehren. Die Mätresse des Königs bin ich nie gewesen, aber ich kann dennoch nicht ändern, was geschehen ist. Jean ist der Vater meiner Kinder, und ich werde ihn nicht daran hindern, sie zu sehen, wenn er das möchte. Aber einer Sache sei gewiss: Zu meinem, deinem und seinem Unglück gehöre ich dir, denn ich werde nie einen anderen Mann als dich lieben. Wenn es dir eines Tages gelingen sollte, zu vergessen, und du mich zu dir rufst …«

»Ich liebe dich, Marie«, unterbrach er sie.

»Ich weiß. Aber das allein genügt nicht, meinst du nicht?«

»Nein, das genügt wohl nicht.«

Mit Tränen in den Augen wandte Marie sich ab.

»Nun denn, adieu, Constant!«

Sie spürte, wie er mit sich kämpfte, doch er gab seinem Stolz nicht nach. Mit festem Schritt verließ sie den Raum und trat ins Freie. Sie gab Jean einen Kuss auf die Wange und bestieg ihre Kutsche.

Wenige Tage später verkündete Franz I. offiziell das Ende der Repressionen und erteilte den Lutheranern die Erlaubnis, nach Frankreich zurückzukehren, allerdings nur unter der Voraussetzung, dass sie ihrem Glauben abschwörten und als gute Christen lebten.

Marie machte sich keine Illusionen. Obzwar Johannes Calvin nicht zurückkam, ließ dies jedoch in keinster Weise die Reformationsbewegung ersterben und vermied auch nicht die Entstehung neuer Gemeinden.

Auf dem Rückweg in die Auvergne fühlte Marie sich sehr ermattet. Sie war die Vierte einer Familie, der die Liebe nur Unglück brachte. Sie dachte an ihre Tochter. So wie sie trug auch sie das Wolfsmal. Mit geschlossenen Augen sprach sie ein Gebet:

»Herr, mach, dass dieser Fluch ein Ende haben werde!«

16

Die Ankunft in Vollore wurde Marie leicht gemacht. Kaum war sie aus der Kutsche gestiegen, sprang ihr auch schon ein pelziges Etwas ins Gesicht: Noirot, der sie willkommen hieß. Schreie und Weinen ertönten, dann die Stimme von Albérie:

»Antoine, jetzt reicht's!«

»Aber das war ich nicht, das war …«

»Los, nehmt euch zusammen und kommt eure Mutter begrüßen!«

Zögerlich kamen die drei Kinder, deren Kleider die unübersehbaren Spuren einer Rauferei trugen, die Treppenstufen hinab. Marie fühlte, wie sich ihr Herz zusammenzog.

Gasparde hatte die grünen Augen von Isabeau und Loraline geerbt; ihre Stupsnase verlor sich in ihrem runden Gesicht mit den verschmitzten Zügen. Trotz ihres artigen Knickses schien sie ziemlich eingeschüchtert. Antoine hatte das kantige Gesicht und die dunkle Wuschelmähne seines Vaters geerbt, während Gabriel – wohl aus einer Laune des Schicksals heraus – seiner »Schwester« viel ähnlicher sah als ihr Zwilling.

Marie kniete sich vor ihnen nieder und breitete die Arme aus.

»Nun seid doch nicht so förmlich«, sagte sie. »Lasst euch umarmen!«

Linkisch kamen sie näher, um ihr verlegen einen Kuss auf die Wange zu drücken. Marie begriff, dass sie Zeit brauchten, um sich an sie zu gewöhnen. Isabeau tauchte hinter ihnen auf, die Hände voller Mehl. Ihr Haar hatte dieselbe Farbe wie das Mehl an ihren Händen angenommen, was Marie mit Bestürzung feststellte. Sie ließ von ihren Kindern ab, die angesichts dieser Fremden ohnehin nicht wussten, was sie tun oder sagen sollten, und bedachte Albérie und ihre Großmutter mit innigen Umarmungen.

»Wir haben dich nicht vor morgen erwartet«, entschuldigte sich Albérie und deutete mit dem Kinn auf die verschmutzte Kleidung der Kinder, die sich anschickten, ihre Balgerei wieder aufzunehmen.

Marie brach in helles Gelächter aus.

»Die Hitze war so drückend. Ich habe den Kutscher angetrieben. Die beiden hier haben sich ja gar nicht verändert!«

Sie wandte sich zu Antoine um, der seinen Bruder mit mordlustigen Blicken bedachte. Gabriel hatte ihn gekniffen.

»Los, lauft zum Fluss, ihr kleinen Schlingel!«

Die Augen der Jungen glänzten vor Freude, und ohne sich länger aufzuhalten, setzten sie sich auf ihren kurzen Beinchen auch schon in Bewegung.

»Darf ich sie begleiten, Mutter?«, ertönte schüchtern die Stimme von Gasparde.

»Was? Du bist noch nicht weg?«

Gasparde dankte ihr mit einem strahlenden Lächeln und einem Knicks, dessen Anmut Marie entzückte.

Die leichte Brise trug ihre Rufe noch herüber, als sie längst nicht mehr zu sehen waren:

»Bertille, beeil dich! Los, schnell!«

Noirot, der ihre Ungeduld zu teilen schien, ließ ein lautes Bellen hören. Marie legte die Arme um die Schultern von Albérie und Isabeau und trat mit ihnen über die Schwelle des Schlosses.

»Herr im Himmel«, rief sie aus, »wie hat Vollore sich doch verändert!«

Dem war in der Tat so. Die drei Kinder, die mittlerweile zweieinhalb Jahre alt waren, hatten das Haus mit Leben und Fröhlichkeit erfüllt. Sie liebten es, sich zu kabbeln, Streiche auszuhecken und alle möglichen Dinge anzustellen. In ihren

Späßen und ihrem Lachen erkannte Marie das kleine Mädchen wieder, das sie einst gewesen war.

Isabeau hatte ihren Platz in der Küche gefunden, und zusammen mit Albérie und Bénédicte herrschte sie über Pfannen und Töpfe. Bertille war für die Betreuung der Kinder zuständig, wobei ihre Kleinwüchsigkeit, etwa beim Versteckspielen im Park, durchaus von Vorteil war. Wie seinerzeit für Marie war sie nun auch ihren Kindern ein idealer Spielgefährte. Ihre kleine Statur flößte ihnen Vertrauen ein und ließ sie an ihren Spielen teilnehmen, während ihr graues Haar ihr die Autorität einer Streitschlichterin verlieh, die auch mal streng durchgreifen konnte.

»Ich bin am Ende meiner Kräfte«, beschwerte sie sich dennoch jeden Abend, wenn die Kleinen endlich im Bett lagen.

Ihre Amme war im Schloss geblieben, und ihr energisches, freundliches Wesen erwies sich als unersetzlich, wenn es darum ging, Bertille bei der Kinderbetreuung abzulösen und schwierigere Aufgaben zu übernehmen. Wie Isabeau spürte nämlich auch sie allmählich die Jahre. Die vier Frauen führten den Haushalt in einem herzlichen Einverständnis. Marie war sehr überrascht.

Das Leben hatte wieder Einzug in Vollore gehalten, und eine ansteckende Fröhlichkeit hatte sich breit gemacht. Wenn es auch keine Männer dort gab, so konnte Huc ihre Abwesenheit doch gut überspielen. Er saß am Kopf des Tisches, und ein einziger Blick aus seinen schwarzen Augen genügte und die Kinder beugten sich gesittet über ihre Teller. Marie begriff, dass er für sie der Vater war, den sie ihnen nicht geben konnte. Das war gut so. Alles befand sich an seinem Platz. Auch sie hatte den ihren gefunden. Selbst wenn sie mehr denn je wünschte, dass Constant an ihrer Seite wäre. Das Schloss von damals existierte nur noch in seiner äußeren Form. Er hätte diese neue Leichtigkeit innerhalb der Schlossmauern geliebt. Marie war guten Mutes, weit entfernt von irgendwelchen Querelen, vom Wahnsinn der Menschen und der Könige. Die Bauern waren zufrieden, die Handwerker hatten viel zu tun, die Mühlen arbeiteten auf Hochtouren, und die Klingenschmiede, die das Land in den Zeiten der Repression verlassen hatten, schienen in die Gegend von Thiers zurückkommen zu wollen – ganz anders als in Lyon, wo die meisten Weber endgültig ihre Heimat verlassen hatten.

Alles war in bester Ordnung. Zumindest nahezu.

Isabeau war es trotz all ihrer Bemühungen immer noch nicht gelungen, das Gegengift zu finden. Wieder und wieder hatte sie es versucht, doch sie war erfolglos geblieben. In jeder Vollmondnacht kehrte die graue Wölfin zurück.

Ein Bote aus Augsburg hatte ein in Leder gebundenes Medizinbuch gebracht. Philippus hatte das gesammelte Wissen Isabeaus und die Ergebnisse seiner eigenen Forschungen unter dem Namen Paracelsus dort zusammengefasst. Ma folgte ihm auf seinen Reisen, bei denen er andere Alchimisten traf oder versuchte, bestimmte Elemente gemäß seinen Schlussfolgerungen zusammenzubringen. Doch auch er kam nicht weiter. Genauso oft wie er bezweifelte, überhaupt jemals zu einem Ergebnis zu gelangen, hatte er Grund gehabt, den Menschen mit Misstrauen zu begegnen. Obgleich in Deutschland und Österreich den Lehren Luthers durchaus mit Wohlwollen begegnet wurde, gab es immer noch genug Gegner, die dem alten Aberglauben anhingen und bereit waren, jeden der Hexerei Verdächtigen dem Scheiterhaufen zuzuführen. Marie war ein wenig eifersüchtig auf ihn. Ihre Mutter fehlte ihr oft.

»Auf dieser Welt«, stellte Huc fest, »ist nichts vollkommen. Man muss die Dinge so nehmen, wie sie kommen.«

Er war glücklich mit Albérie, von ganzem Herzen. Und doch fühlte auch er das Alter auf seinen Schultern lasten, die längst nicht mehr so stark waren wie einst. Tiefe Furchen zogen sich über seine Stirn, und Lachfalten umkränzten seine Augen. Er war noch immer flink, geschmeidig und bei guter Gesundheit, aber je nach Klima hatte er oft große Schmerzen, wenngleich die Kinder ihn diese zumeist vergessen ließen.

Der Sommer verging auf Schloss Vollore, und schließlich der Herbst. Mit ihrer liebevollen Art hatte Marie sich schnell die Herzen der Kleinen zurückerobert. Sie erhielt regelmäßig Nachrichten vom königlichen Hof, verspürte jedoch keinerlei Lust, dorthin zurückzukehren, so sehr beherrschte sie den Alltag und das Zusammensein mit den Ihrigen, das Nüsse- und Pilzesammeln, die Apfel- und Brombeerernte. Zusammen mit den Kindern geriet alles zum Spiel. Und trotz ihrer zwanzig Jahre hatte Marie oft das Gefühl, selbst wieder Kind zu sein.

Mit Königin Eleonore wechselte sie gelegentlich Briefe. Marie hätte tausendmal lieber in ihren Diensten gestanden als in denen Katharinas von Medici. Die Gemahlin von Franz I. war intelligent, und sie schätzte sie sowohl für ihren Geist als auch für ihr Charisma.

Die Königin selbst war traurig. Traurig, weil der Krieg zwischen ihrem Bruder Karl V. und ihrem Gemahl einmal mehr unausweichlich schien. Der König von Frankreich wollte Mailand besitzen. Immer noch und für immer. Die Kriegsvorbereitungen waren im ganzen Land zu spüren, und auch der Landstrich um Thiers blieb davon nicht unberührt. Viele Männer stellten sich freiwillig dem Heer zur Verfügung, das der König aufbauen ließ. Doch Marie ließ sich davon nicht beirren. Mit den Ihrigen bereitete sie sich auf Weihnachten vor, und heimlich hoffte sie, dass ihre Sehnsucht gestillt würde.

Zwei Tage vor Heiligabend hielt im dichten Schneegestöber eine Kutsche vor dem Schloss. Zwei dicke, kugelbäuchige Männer, die mit langen, oben zugespitzten Stöcken bewaffnet waren und auf deren Nasen die stacheligen Schalen von Kastanien saßen, hatten den Ankommenden gleich bei ihrer Einfahrt in den Park einen leichten Schreck versetzt. Sofort beim ersten Schneefall nämlich hatten die Kinder erst eine Schneeballschlacht unternommen, um dann mit vereinten Kräften zwei weitere »Soldaten für den König« zu erschaffen, wie sie ihre Schneemänner nannten.

Klopfenden Herzens war Marie an die Tür getreten. Sie hatte Jean geschrieben und ihn eingeladen, mit ihnen zu feiern. Außerdem hatte sie Bertille bekniet, der sie ihr Leid anvertraut hatte, ihrem Sohn ebenfalls eine Einladung zukommen zu lassen. Als Constant den Wagenschlag öffnete, verspürte sie den drängenden Wunsch, sich in seine Arme zu werfen, doch Bertille kam ihr zuvor und schlang ihre Arme um die Knie ihres Sohnes. Constant hob sie hoch und wirbelte sie lachend durch die Luft. Und dieses Lachen, das aus der Vergangenheit zu kommen schien, dämmte all ihre Befürchtungen ein.

Jean war ebenfalls vorgetreten. Die beiden Jungen, die jeder in die Rolle eines »bösen Königs« geschlüpft waren und einander laut jauchzend durch das ganze Schloss verfolgt hatten, stürzten durch die geöffnete Tür. Bei seinem Anblick blieben sie wie angewurzelt stehen. Sein Umhang, unter den der Wind gefahren war, und sein über und über mit Schnee bedeckter Hut ließen Jean wie einen Vagabunden aussehen. Unbeeindruckt von Bertilles Freude suchten die beiden Kinder nach der Hand ihrer Mutter. Deren Herz war zum Zerreißen gespannt, als sie die Ankömmlinge begrüßte.

Jean küsste sie auf die Wange.

»So ein übles Wetter«, schimpfte er, als er die trockene Halle betrat.

Sie nickte, unfähig, sich zu rühren. Constant hatte die Zwergin auf seine Schultern gehoben und stieg trotz ihrer Protestschreie und Klapse auf seinen Kopf leichtfüßig die Stufen zu Marie hinauf.

»Guten Tag, Marie.«

Als er an Antoine vorbeikam, versetzte ihm dieser einen Tritt gegen das Schienbein. Er hatte die Hände zu Fäusten geballt und schäumte:

»Lass meine Bertille runter, du da!«

Constant ertrug seinen schwarzen Blick mit Fassung, während Bertille laut losprustete. Dann hob er den kleinen Jungen, als wäre dieser leicht wie eine Feder, mit einer Hand in die Höhe und packte ihn sich trotz heftigen Protests unter den Arm.

Zu Marie gewandt, sagte er, als er über die Schwelle schritt: »Bei dem hier besteht wohl kein Zweifel, wer der Vater ist!«

Marie biss sich auf die Lippen und folgte ihm ins Haus.

Bertille war es schließlich, die den Kindern die Gäste vorstellte. Kaum hatte Constant Antoine zu Boden gelassen, als dieser sich sofort hinter Maries Rücken versteckte.

»Constant ist mein Sohn«, sagte Bertille erklärend zu ihm, der durchaus nachtragend seinen Henker nicht begrüßen wollte.

Antoine machte große Augen. Immer noch misstrauisch trat er einen Schritt auf Constant zu.

»Und warum bist du dann so groß?«

Constant brach in Gelächter aus und kniete sich vor ihn.

»Weil Bertille mir immer an den Haaren gezogen hat, wenn ich etwas angestellt habe.«

Mit einem Mal verwandelte sich Antoines Argwohn in Bewunderung.

»Dann hast du bestimmt ganz viel angestellt«, rief Gabriel aus, der mit einem Sprung zu seinem Bruder gestoßen war.

Die beiden Bengel streckten Constant die Hand hin.

»Herzlich willkommen auf Vollore«, sagten sie einstimmig.

Gasparde, den Daumen der einen Hand im Mund, in der anderen eine Stoffpuppe, trat auf Jean zu, der sich seines Umhangs entledigt und den Schnee von den Kleidern geklopft hatte.

»Und du«, fragte sie, nachdem sie ihren Daumen aus dem Mund genommen hatte, »wer bist du?«

Marie räusperte sich. Die beiden Jungen und Constant hatten sich zu Jean umgedreht.

»Das ist euer …«, setzte sie an.

»Ich bin euer Onkel«, beendete Jean ihren Satz und beugte sich nach unten, um Gasparde auf den Arm zu nehmen. »Onkel Jean.«

Marie war ihm zutiefst dankbar. Sie wollte noch etwas hinzufügen, doch sie fand keine passenden Worte. Ihr Blick kreuzte den von Constant, aber sie vermochte seine Gedanken nicht zu lesen. Ohne viel Federlesens nahmen Gabriel und Antoine ihn bei der Hand und zogen ihn mit sich, um mit ihm zu spielen.

Die beiden darauf folgenden Tage boten wenig Gelegenheit für intime Momente. Die Jungen waren überglücklich. Sie wollten alles über Paris und den König wissen. Auch sie hatten vor, dem bösen Karl V. den Krieg zu erklären, und konnten gar nicht verstehen, dass weder Constant noch Jean sich freiwillig zur Armee gemeldet hatten. Sie löcherten die beiden Männer mit unzähligen Fragen, die manchmal ihre liebe Not damit hatten, angemessene Antworten zu finden. Marie war entzückt. Constant schien sich aufs Prächtigste mit ihnen zu verstehen. Sie hatte sogar einmal Gasparde auf seinem Schoß überrascht, sie, die so ungezähmt und scheu war. Auch Jean verbrachte viel Zeit mit den Kindern, ebenso mit Isabeau, die ihm am ersten Abend gleich ihre Tür geöffnet hatte. Sie hatten sich geliebt wie zwei alte Freunde, die einander eine große Zärtlichkeit entgegenbrachten.

Marie hätte gern mit Constant gesprochen, aber oftmals ging er am Abend als Erster zu Bett, und so hatte sie für sich beschlossen, dass es besser sei, ihn kommen zu lassen. Wenn er schon die beschwerliche Reise auf sich genommen hatte, dann zweifellos, weil er sich mit ihr versöhnen wollte.

»Warum lässt du es zu, dass eine Messe gelesen wird?«, hörte sie seine Stimme fragen, als sie für die Vorbereitungen zum Heiligen Abend in der Küche stand.

Marie drehte sich um. An den Türrahmen gelehnt, schaute er sie mit einem gereizten Funkeln im Blick an.

»Für diejenigen im Haus, die keine Lutheraner sind. Wir selbst werden die Messe nicht besuchen, Constant, aber ich habe einfach zu viel Leid aus diesem Streit entstehen sehen.

Hier in Vollore ist jeder frei in seinem Glauben. Und akzeptiert den des anderen.«

»Kennen die Kinder den Unterschied?«

»Ich werde sie darüber aufklären. Genauso wie ich ihnen beibringen werde, was Liebe und Geduld sind, Toleranz und Freiheit.«

Sie wurden von Bénédicte unterbrochen, die sich beschwerte, dass Maries Platz bei Tisch und nicht in der Küche sei.

Marie stibitzte sich einen Orangenschnitz von einem Teller und löste die Bänder ihrer Küchenschürze. Constant trat zur Seite, um sie vorbeizulassen. Ihre Hände berührten sich, und Marie hatte das Gefühl, das Herz müsste ihr zerspringen.

Der Weihnachtsabend verlief lebhaft und in herzlicher Atmosphäre. Der Tradition folgend, die Philippus sie gelehrt hatte, hatte Huc einen schönen Baum aus dem Wald geholt. Sie hatten ihn mit Mistelzweigen und roten Bändern geschmückt und in eine Ecke des Zimmers gestellt. In dem großen Kamin, dem mit Silber eingedeckten langen Tisch gegenüber, drehte sich ein Spanferkel. Mithilfe eines Trichters begoss einer der Bediensteten es von Zeit zu Zeit mit geschmolzenem Speck. Auf einem Rost, der auf der Glut auflag, brutzelten Kartoffeln, die durch den herabtropfenden heißen Saft aufplatzten.

Die Kinder sogen die köstlichen Düfte mit weit geöffneten Nasenflügeln ein und konnten ihre Augen kaum von dem flackernden Licht der überall im Raum aufgestellten Kerzen lösen. Marie hatte das Gefühl, wieder zum Leben zu erwachen.

Das Mahl war fast zu Ende, als Constant sich erhob. Er hielt sein Glas in der Hand, seine Wangen waren gerötet vom Wein und der Hitze.

»Ich bin gekommen, Euch ein Geschenk zu überbringen, Mutter«, verkündete er feierlich.

Marie fühlte, wie ihre Knie weich wurden und Hoffnung

sie durchströmte. Doch die Worte Constants sollten die Wirkung eines Eisregens auf sie haben:

»Solène erwartet ein Kind von mir. Ich werde sie heiraten.«

Sie schaute auf Constant. Jean hatte peinlich berührt das Gesicht abgewandt. Ein Schrei entfuhr ihr. Plötzlich konnte sie nichts mehr sehen. Um sie herum war es Nacht geworden.

Als sie aus ihrer Ohnmacht erwachte, fand sie Isabeau an ihrer Seite vor. Kaum hatte sie die Augen geöffnet, kam ihr die Erinnerung an Constants Worte. Ihr Herz schien zerspringen zu wollen. Isabeau beugte sich über sie und drückte ihren Kopf an ihre Brust.

»Meine arme Kleine«, murmelte sie. »Wein du nur, du wirst dich danach besser fühlen.«

»Ich dachte …«, schluchzte Marie. »Ich dachte …«, sagte sie noch einmal.

»Für uns alle war es eine Überraschung. Nur Jean scheint etwas gewusst zu haben, aber es war schließlich nicht seine Aufgabe, die Nachricht zu verkünden.«

»Warum nur? Alles war so schön«, wimmerte Marie.

»Ich nehme an, das ist seine Art der Rache. Er wollte das Bild unseres Weihnachtsfestes in sich und für uns zerstören. Du musst wissen, Marie, kurz nachdem du ohnmächtig wurdest, ist er – sicher auch, weil er zu viel getrunken hatte – in Tränen ausgebrochen.«

Marie hob den Kopf.

»Wo ist er?«

»Er ist heute Morgen ganz früh abgereist.«

»Heute Morgen?«

Marie rieb sich die Augen. Sie hatte nicht bemerkt, dass draußen helllichter Tag war und Sonnenlicht ihr Zimmer durchflutete.

»Du hast lange geschlafen. Die ganzen Festvorbereitungen müssen dich ziemlich erschöpft haben.«

»Warum habt ihr mich nicht geweckt? Ich hätte …«

»Er hat das hier zurückgelassen.«

Isabeau reichte ihr einen versiegelten Briefumschlag. Marie trocknete sich die Tränen mit dem Ärmel und öffnete ihn.

Marie.
Was geschehen ist, ist geschehen, wie du so schön gesagt hast. Heirate Jean, er verdient die Kinder, die du ihm geschenkt hast.

Adieu.
Constant

Sie zerknüllte den Brief mit den Händen und warf ihn wutentbrannt gegen die Wand.

»Niemals!«, schrie sie, als könnte er sie hören. »Niemals!«

Aufgebracht und leicht beschämt zugleich, zog sie ihre hermelingefütterten Stiefel und ihren Mantel an, dessen Kapuze sie weit in ihr blasses Gesicht zog. Sie musste nach draußen. Vor dem Haus sog sie tief die eiskalte Luft ein. Der Himmel war klar. In dem frischen Schnee konnte sie kaum laufen, doch energisch arbeitete sie sich vorwärts, bis sie die große Eiche erreicht hatte. Auf der schneebedeckten Bank ließ sie sich nieder.

»Du wirst dich erkälten«, sagte Jean, der ihr nachgeeilt war.

»Das ist mir gleichgültig«, antwortete sie.

Er kniete sich vor sie.

»Es tut mir wirklich Leid, Marie.«

»Es ist nicht deine Schuld«, antwortete sie achselzuckend. »Wann kommt das Kind?«

»Im Juli.«

»Es ist also schon eine Weile her, dass sie ...«

Die Worte erstarben auf ihren Lippen. Sie konnte sich Constant, der eine andere liebte, einfach nicht vorstellen. Noch weniger als Solène.

»Ich weiß es nicht. Sie waren sich immer schon nahe. So nah, wie Bruder und Schwester es sein können. Lilvia würde diese Verbindung ganz und gar nicht gutheißen. Bertille ist fuchsteufelswild. Selbst wenn sie nicht denselben Vater haben, sind sie doch aus demselben Mutterleib hervorgegangen. Ich verstehe es nicht. Aber vielleicht gibt es da auch nichts zu verstehen. Die Bettler haben ihn zu ihrem König gemacht. Er braucht eine Königin. Und am *Cour des Miracles* lieben sie Solène so, wie sie dich geliebt haben.«

»Das ist Unsinn, Jean. Du weißt so gut wie ich, dass der *Cour des Miracles* nichts als eine Legende ist, dass er genauso wenig existiert wie sein angeblicher König.«

»Sprich nicht so, Marie.«

Sie lachte höhnisch auf. Ihr Blick war hart, als sie fortfuhr:

»Wenn eine Hand voll Bettler, Krüppel und Huren sich auf einem Friedhof zusammentun, meinst du, das genügt, um ein Königreich auszurufen? Der König der Bettler ist nichts anderes als der Anführer einer Bande von Straßenräubern, die sich um des Überlebens willen über das Gesetz erheben. Das wissen wir doch alle, Jean! Der Rest ist nur ein Märchen, um dem Ganzen den Anstrich von etwas wahrhaft Königlichem zu verleihen. Als ich älter wurde, habe ich irgendwann aufgehört, daran zu glauben, und die Realität so genommen, wie sie ist. Man kann sie verkleiden, ihr eine Maske aufsetzen, sie ausmalen, aber es gibt nur eine Realität. Diejenige unserer Taten nämlich. Und meine haben mich den Mann verlieren lassen, den ich liebe.«

»Wenn er dich wirklich lieben würde, hätte er dir verziehen.«

»Was weißt du schon davon?«

Er seufzte und fügte hinzu:

»Ich werde auch abreisen, Marie … Ich werde dem königlichen Heer beitreten.«

Er schwieg. Marie wartete, dass er fortfuhr:

»Der König zahlt drei Goldécus pro Monat, außerdem bekommt man einen Militärumhang und die Waffen gestellt sowie die Zusage, in den Adelsstand versetzt zu werden, wenn man die Offizierslaufbahn einschlägt. Ich habe weder einen Titel, den ich dir bieten könnte, noch Gold – nichts, das der Herrin von Vollore würdig wäre, die du geworden bist. Was meine Liebe betrifft, so geht sie nicht unbedingt mit Treue einher, denn selbst unter deinem eigenen Dach mache ich vor fremden Betten nicht Halt. Ich habe also mehr Mängel als jeder andere aufzuweisen, so dass mir wahrlich nichts gebührt. Freilich hast du mir die schönsten Kinder der Welt geschenkt, Marie, das Einzige, auf das ich stolz bin. Selbst wenn sie nicht wissen, wer ich bin, muss ich ihretwegen jenen Ruhm erwerben, den ich bisher nicht aufzuweisen habe.«

Marie schüttelte den Kopf.

»Du kannst im Kampf fallen ...«

»Niemand wird um mich weinen. Kein Vater, keine Mutter, die Kinder nicht, du nicht, Isabeau nicht.«

»Doch, Jean. Du wirst mir fehlen.«

Er beugte sich über ihre bebenden Lippen und küsste sie sanft.

»Gott ist mein Zeuge, Marie, dass ich zahlreiche Frauen in den Armen gehalten habe. Aber niemals hat mich eine so berührt wie du. Niemals.«

»Würdest du bleiben, wenn ich dich heiratete?«, fragte sie tonlos.

»Nein. Aber meine Gefühle für dich werden der Grund für meine Rückkehr aus dem Kampf sein«, sagte er lächelnd. »Lass nicht zu, dass Constant dein Lächeln zerstört, Marie! Du bist so schön, wenn du lächelst. Und nun lass uns hineingehen, sonst erfrierst du wirklich.«

Sie ließ sich von ihm hineinführen. Als sie die Schwelle überschritten hatte, warf sich Gasparde in ihre Arme.

Jean fuhr am nächsten Tag ab, und ohne weitere Zwischenfälle verging der Winter in Vollore. Es war sehr kalt, und der einzige Lichtblick in den folgenden Monaten war die Lebhaftigkeit der Drillinge.

Ein Brief von Constant an seine Mutter unterrichtete sie darüber, dass er sich im Juni zur letzten Fliederblüte vermählt hatte. Solène kam kurz darauf nieder. Bertille zerriss den Brief. Sie verfluchte ihren Sohn, der nichts begriffen habe, und weigerte sich, ihn in Paris zu besuchen.

»Ich habe schließlich hier eine Tochter«, sagte sie und kniff Marie wie früher in die Wange, »und genug Enkelkinder, um meinen Kummer zu vergessen. Vergiss auch den deinen, Marie! Dieser Nichtsnutz hat die Tränen, die du seinetwegen vergießt, wahrhaftig nicht verdient.«

Marie ließ sich durch ihre Worte trösten. Philippus teilte ihnen mit, dass er sich auf einem guten Weg befinde und sie daher nicht wie geplant besuchen könne. Isabeau ihrerseits machte keinerlei Fortschritte. Ihr Augenlicht war mit dem Alter schlechter geworden, und sie musste mehr und mehr Maries Hilfe in Anspruch nehmen, um in ihren Forschungen voranzukommen. Trotzdem war sie weiterhin zuversichtlich gestimmt. Selbst wenn es ihnen bisher erst gelungen war, ein einziges Gift herzustellen. Sie hatten es in Tierversuchen ausprobiert, allerdings ohne sichtbare Resultate. Isabeau blieb unerschütterlich in ihrer Überzeugung, von der »magischen Formel«, wie sie sie nannte, nicht mehr weit entfernt zu sein.

Anfang Juli kam Hucs Bruder zu Besuch, der inzwischen das Amt des Schriftführers der Abtei von Moutier innehatte. Er spürte die Jahre auf seinem Buckel lasten und wollte, bevor der Tod an seine Tür klopfte, sichergehen, dass für Maries Kinder gesorgt wäre. Auf seinen Rat hin verfasste sie ein Testament, das er in den folgenden Monaten als das von François de Chazeron zu Gunsten seiner beiden Enkel Gabriel und Antoine ausgeben wollte. Die Ländereien der de la Faye, die Chazeron den seinen durch die Verbannung Hucs hinzugeschlagen hatte, wurden ebenfalls in das Testament mit eingeschlossen. Marie streute das Gerücht, dass sich ihr Vater als Offizier in der Armee des Königs verpflichtet hätte.

Allmählich wurde das Geld knapp. Der unter Montguerlhe versteckte Schatz, aus dem Isabeau und Philippus sich zur Finanzierung ihrer Forschungen bedienten, war beinah vollkommen aufgebraucht. Und selbst wenn ihre Ländereien genug Ertrag einbrächten, würde ein Unwetter oder Trockenheit genügen, das Gleichgewicht zu stören. Marie tröstete sich damit, dass sich früher oder später alles von selbst regeln würde.

Doch mit dem nun folgenden Ereignis hatte sie gar nicht gerechnet.

Die Nachricht war kurz und trug die Unterschrift von Katharina von Medici:

»Der König ist in großer Gefahr; Ihr allein vermögt ihn zu retten.«

Die seltsame Prophezeiung von Michel de Nostre-Dame kam ihr in den Sinn: »Weil er die Wölfe nicht kennt, wird ein großer König sich noch grämen.«

Sie zögerte nicht eine Sekunde. Wenn sie ihr Schicksal beeinflussen wollte, dann musste sie nach Paris zurückkehren, egal zu welchem Preis. Die Julisonne hatte die Früchte auf den Feldern reifen lassen. Sie küsste ihre Familie, versprach den Kindern, so bald wie möglich wiederzukommen, und stieg in ihre Kutsche. Jede Menge Fragen, auf die sie keine Antwort fand, geisterten in ihrem Kopf umher.

Was konnte sie tun, um ihren König zu retten?

Katharina war noch abgehärmter, als Marie sie in Erinnerung behalten hatte. Ihre strenge Kleidung, ihr bleiches Gesicht und die zusammengepressten Lippen ließen sie wie ein Rabe erscheinen, der überall dort auftauchte, wo man ihn am wenigsten erwartete. Sie umarmte sie freilich mit großer Herzlichkeit. Marie war überrascht, ließ sich jedoch nichts anmerken. Vielleicht war unter diesem strengen Auftreten doch noch ein wenig von dem überschwänglichen und lebhaften Temperament verborgen, das man den Italienern gemeinhin nachsagte.

»Ein Komplott spielt sich im Umkreis des Königs ab«, kündigte sie ihr ohne weitere Umschweife an, nachdem sie Marie in ihren Gemächern empfangen hatte. »Es sieht so aus, als hätten gewisse Leute seine Attacken gegen den Kaiser zugunsten der Rückeroberung Mailands nun endgültig satt. Ihr wisst, Marie, ich bin gut unterrichtet, weil das Spionieren zu meinen Lieblingsbeschäftigungen gehört. Ich kann mich nicht offen gegen die Anführer des Komplotts stellen, aber ich kann ihnen zumindest das Gefühl geben, unter Beobachtung zu stehen. Ich habe ausfindig gemacht, wer in ihrem Auftrag den König ermorden soll. Er soll in gut einer Woche zu Franz und seinem Heer stoßen. Lehrt mich die Kunst der Giftmischerei, und ich werde ihn an der Ausübung seines Planes hindern! Wenn der König in Sicherheit ist, werden seine Feinde sich wieder in ihre Schlupflöcher verkriechen, um nicht entdeckt zu werden.«

Marie rührte sich nicht.

»Ich bin in dieser Kunst selbst nicht bewandert.«

Die Röte schoss Katharina ins Gesicht, doch sie hielt ihre Wut im Zaum.

»Ich weiß, dass Ihr lügt. Wenn Ihr also nicht zu seinen Freunden gehört, bedeutet dies, dass Ihr in den Verschwörerkreisen verkehrt«, sprach sie anklagend.

Marie ließ sich auf einen Stuhl sinken. Den König retten. So wie er sie gerettet hatte.

»Gut«, gab sie nach. »Ich werde Euch helfen. Aber es darf niemals herauskommen, dass ich in die Geschichte verwickelt bin.«

»Niemand wird davon erfahren, teure Marie. Ich gebe Euch mein Wort. Das Versprechen einer Medici zählt mehr als jedes Gold dieser Welt. Nichtsdestotrotz ...«

Aus ihrem Ärmel zog sie einen prall gefüllten Beutel mit Goldtalern und ließ so viele davon in Maries Hände gleiten, wie diese fassen konnte.

»Nehmt«, sagte sie. »Ihr werdet es brauchen, um Euch die Zutaten zu besorgen – vielmehr, um Euch das Schweigen des Apothekers zu erkaufen.«

»Ich werde keine ...«, hob Marie an, doch sie beendete ihren Satz nicht.

Katharina brauchte nicht zu wissen, dass Isabeau ihr eine Phiole mit ihrem Giftgemisch mitgegeben hatte, als sie ihr den Grund ihrer Rückkehr an den Hof verraten hatte. »Man kann nie wissen. Sollte es notwendig sein, davon Gebrauch zu machen, haben wir zumindest die Möglichkeit, es an Menschen auszuprobieren«, hatte ihre Großmutter gesagt. Allerdings war Marie von der Aussicht wenig begeistert gewesen. Sie nahm das Geld an und verabschiedete sich von Katharina mit einem verschwörerischen Lächeln. Sie diente der Sache der Ihrigen, indem sie ihrem König diente. Wenngleich einem sehr stolzen König. Einem König, den sie respektierte.

Am nächsten Tag händigte sie der Medici das Gewünschte aus. Sie tröstete sich mit dem Gedanken, dass sie und die Ihrigen das Gold gut gebrauchen könnten. Um keinen Verdacht zu erregen, beschloss sie, den Sommer in Fontainebleau zu verbringen. Bei Hof wurde aufmerksam das Vordringen des Heeres in Savoyen verfolgt. Währenddessen versuchte Marie, nicht an Constant zu denken, der sich nur unweit von ihr entfernt mit seinem neu geborenen Kind aufhielt.

Weil Karl V. und Franz I. wegen des heiß umkämpften Herzogtums Mailand keine Einigung erzielen konnten, hatte sich der Kaiser dazu entschlossen, eine Offensive zu starten. Trotz des Widerstands des Papstes und der eigenen Leute betraten seine Truppen französischen Boden. Franz jubilierte. Sein Heer, das er in der Provence stationiert hatte, war bereit, dem Feind entgegenzutreten. Unter den verzweifelten Blicken der Landbevölkerung ließ Franz alles in der Gegend, was nicht niet- und nagelfest war, zerstören, die Felder anzünden, die Weintrauben von den Reben reißen und die Brunnen vergiften, indem er Viehfutter hineinschütten ließ.

»Wenn sie nichts zu essen haben, werden sie zurückkehren müssen!«, behauptete er. Er hatte sein Lager entlang der Rhône aufgeschlagen und war voller Kampfeslust.

Karl V., der bis Aix vorgedrungen war, ließ sich zum König von Arles und zum Fürsten der Provence ernennen. Sein Wille und sein Stolz waren ungebrochen.

»Und wenn wir Gras fressen und Regenwasser trinken: Tiefer als Paris werden wir niemals fallen«, lautete seine zynische Erwiderung.

Marie brachten solche Nachrichten schier zur Verzweiflung. Sie zermarterte sich weiterhin den Kopf, um wen es sich bei dem Verräter der Krone handeln könnte. Ihrer Meinung nach hatte Karl V. einen Spion bei Hof eingeschleust. Also musste es sich um jemanden aus dem Umkreis von Königin Eleonore handeln. Sie konnte sich nicht vorstellen, dass diese in das Komplott verwickelt war. Der Krieg zwischen ihrem Gemahl und ihrem Bruder belastete sie schwer, und sie betete inständig, dass die Querelen ein Ende haben mochten. Doch die täglichen Nachrichten von der Front verhießen nichts anderes, als dass die Spannungen immer bedrohlicher wurden.

»Der Dauphin ist tot! Der Dauphin wurde ermordet!«, schrie der berittene Bote unter den Fenstern des Palastes.

Marie und einige andere Hofdamen stürzten auf ihn zu. Der Mann war vom Pferd gestiegen und vor der herbeigeeilten Königin niedergekniet.

»Majestät, die Nachrichten, die ich Euch vom König überbringe, sind erfüllt von großer Trauer.«

Atemloses Schweigen lastete über dem Hofstaat, als die bleich gewordene Königin den Boten mit einer kurzen Geste zum Weitersprechen aufforderte.

»Nun, Majestät, der Dauphin ist vor drei Tagen in Tournon, wo er den König hatte treffen wollen, von uns gegangen.«

»Wie ist das passiert?«, fragte Eleonore. Sie hatte sich auf einen Stuhl sinken lassen.

»Es scheint, als sei es nach einer Partie Paume geschehen. Der Dauphin hatte Durst und hat nach einem Glas Wasser gegriffen, das sein Knappe ihm reichte. Wenige Minuten später wurde er von heftigen Krämpfen geschüttelt, woraufhin seine Diener ihn zwangen, sich hinzulegen. Das Wasser sollte sich jedoch als tödlich erweisen. Seine Majestät hat daraufhin eine Untersuchung anstrengen und den Schildknappen Montecucculi einkerkern lassen.«

Marie hatte das Gefühl, eine eiskalte Hand würde ihr Herz umschließen. Der Dauphin? War er der Verräter der Krone, die er doch selbst einmal tragen sollte? Sie konnte es nicht glauben. Tiefer Abscheu erfüllte sie. Dank dieses Verbrechens war die Medici mit dem künftigen König verheiratet. Marie wandte sich zu ihr um. Katharina lächelte, ihre Augen leuchteten.

Ein paar Tage später schickte ihr Gemahl Heinrich von Frankreich nach Anne de Montmorency, um sich auf seine künftige Rolle vorbereiten zu lassen, während Franz I. seinen Schmerz damit zu betäuben versuchte, dass er sich auf den Krieg konzentrierte.

»Ihr habt mein Vertrauen und meine Freundschaft missbraucht«, brach es aus Marie heraus, die sich in Katharinas Gemächer begeben hatte. Unbeeindruckt von ihrem Zornesausbruch betrachtete diese sie belustigt. Die junge Frau hatte drei schlaflose Nächte verbracht, nachdem sie begriffen hatte, dass man sich ihrer bedient hatte, um die Prophezeiung von Nostradamus wahr werden zu lassen. Jene Prophezeiung, die sie mit ihren Taten zu bekämpfen versucht hatte. Sie war wütend auf den Magier, wütend auf Katharina, wütend auf die ganze Welt.

»Beruhigt Euch und hört mir zu, Ihr Närrin«, unterbrach Katharina sie voller Geringschätzung.

Trotz ihrer kleinen Statur hatte sie keinerlei Schwierigkeiten damit, sich Respekt zu verschaffen. Marie empfand ihre harten Züge als hässlicher denn je zuvor. Sie schwieg, doch ihre Hände blieben zu Fäusten geballt.

»Mein Schwager war ein perverser Schwächling, der nur seiner Lust verpflichtet war und sich in Orgien und Gelagen erging, statt die Moral walten zu lassen. Ihr selbst konntet ihn nicht leiden. Seine Avancen, seine Blicke, seine obszönen Gesten haben Euch angewidert – mehr als ein Mal habt Ihr mir davon erzählt!«

»Das heißt noch lange nicht …«, hob Marie an zu sprechen.

»Schweigt!«, unterbrach sie Katharina. »Diese widerwärtige Kreatur hat die Gaben, die unser Herr ihm auf den Weg gegeben hat, aufs Schändlichste missbraucht. Und trotzdem hat sein Vater ihn nach Strich und Faden verwöhnt, denn er war der Älteste, der künftige König von Frankreich, und außerdem war er ihm ähnlich in seiner unersättlichen Fleischeslust. Doch das genügt nicht, um ein großer König zu werden. Ihr wisst, ich habe vor dem meinen mehr Ehrfurcht als irgendjemand sonst in diesem Reich. Ich verdanke ihm das, was ich bin. Aber seht selbst, wohin sein Ehrgeiz ihn treibt: Er räuchert, hungert, trocknet einen ganzen Landstrich aus, lässt sein Volk ausplündern und umbringen. Gott ist mein Zeuge, ich liebe meine Heimat Italien aus tiefstem Herzen, doch selbst ich bezweifle, dass Mailand all diese Opfer wert ist, dass Frankreich sich seinetwegen verschulden und der Armut hingeben muss. Der Winter wird zeigen, wohin die leeren Scheunen führen werden. Die Nachwelt wird in Franz I. vielleicht jemanden sehen, der großartige Schlösser erbauen ließ und der Kunst wegen berühmte italienische Maler ins Land holte, doch in Wirklichkeit hat er nur seinen Launen nachgegeben. Der Dauphin wäre nichts als eine billige Kopie seines Vaters geworden. Ich, ich habe ihm einen wahren König geschenkt!«

»Und eine Königin, scheint mir«, erboste sich Marie, die sich durch Katharinas Worte keinesfalls hatte besänftigen lassen.

»Ja, eine Königin. Aber egal, was Ihr denkt: Ich habe nicht aus Egoismus gehandelt. Heinrich ist der einzige würdige Nachfolger seines Vaters. Er ist stark, aber zurückhaltend. Er ist lebensfroh, aber nicht genusssüchtig. Er liebt nur eine Frau, hat aber diese Liebe nicht vollzogen. Im Gegenteil, um mir gegenüber seine ehelichen Pflichten zu erfüllen, widersetzt er sich den Annäherungsversuchen liederlicher Weiber. Er ist ehrlich und aufrichtig, treu und wagemutig, klug und raffiniert. Er ist nicht allein mein Gemahl, nein, er ist ein großartiger Mensch, und um seinetwillen, um Frankreichs willen, bereue ich keine Sekunde, was ich getan habe.«

»Ich werde dem König sagen, was Ihr angerichtet habt, Katharina. Ihr habt nicht das Recht, Euch über Gott zu erheben.«

Katharina brach in hämisches Gelächter aus.

»O nein, Marie, Ihr werdet kein Sterbenswörtchen sagen. Das bleibt schön unser Geheimnis. Wenn Ihr mich zugrunde richtet, richte ich Euch zugrunde. Vergesst Eure Wut, Euren verletzten Stolz und denkt über meine Worte nach. Wir sind Verbündete. Ihr und ich. Verbündet. Für immer.«

Marie hielt ihren Blicken stand. Dann machte sie auf dem Absatz kehrt. Sie verfluchte sich, denn sie steckte in der Falle.

Am 14. September 1536 musste Karl V. schließlich anerkennen, dass der Hunger ihn geschlagen hatte. Zwanzigtausend Mann hatte er verloren. Auch in Norditalien zog sich das kaiserliche Heer zurück. Während Franz I. sein Reich bereiste, den Befehl gab, zerstörte Städte wie Aix oder Marseille wieder aufzubauen, feierte der Hof in Fontainebleau ausgiebig den Sieg über den verhassten Feind.

Anfang Dezember wurde Montecucculi in Lyon der Prozess gemacht. Unter Folterqualen gab der Schildknappe zu, seinen Herrn auf Befehl Karl V. vergiftet zu haben, der für Franz I. dieselben Pläne gehabt hätte. Mit keiner Silbe wurde die Mittäterschaft von Katharina oder Marie erwähnt, doch die junge Frau machte sich weiterhin die schwersten Vorwürfe. Montecucculi wurde auf der Place de Grenelle gevierteilt.

»Es war grauenvoll«, wusste Marguerite, die Schwester

des Königs, zu berichten. »Seine Gliedmaßen waren mit Stricken an vier Pferde gefesselt, die ihn langsam auseinander rissen. Seine Überreste wurden anschließend mit Steinen beworfen. Kinder haben sein Haupt- und Barthaar einzeln ausgerissen. Seine Nase wurde abgehackt, seine Augen ausgestochen und sogar seine Zunge abgeschnitten. Niemals in meinem Leben habe ich ein derart abscheuliches Schauspiel mit ansehen müssen.«

Marie glaubte ihr aufs Wort, als sie ihrer zitternden Hände und ihres bleichen Gesichts gewahr wurde. Ihr selbst erging es beim Zuhören kaum anders. Wenn der König erfuhr, dass sie das Gift besorgt hatte, welches Schicksal würde sie dann ereilen?

Der Dezember war schon vorangeschritten, als Franz I. sie rufen ließ. Sie hatte ihn nicht mehr gesehen, seit er mit den Häretikern Frieden geschlossen hatte. Er gab ihr einen innigen Kuss auf die Stirn, nicht ohne scheinbar zufällig ihre Lippen mit den seinen zu streifen.

»Wie geht es Euren Kindern, süße Marie?«, fragte er sogleich. »Habt Ihr sie bei guter Gesundheit angetroffen und ihre Anwesenheit genießen können?«

»Ja, Sire. Sie strotzen vor Lebensfreude und Unternehmungslust. Sie wiederzusehen war für mich eine große Freude«, entgegnete sie ernst.

»Und so hat Euer Gemahl Euch erneut freigegeben?«, fragte er gut gelaunt, wie es seine Art war.

»Ja, Sire«, log Marie und biss sich auf die Lippen.

»Aber ich habe dir gefehlt, nicht wahr? Oder warum hast du ihn sonst allein gelassen?«, drang der König in sie. Mit dem Finger zeichnete er das Oval ihres Gesichtes nach.

»Constant ist verloren, und du musst dein Geheimnis wahren«, flüsterte ihr eine Stimme, voll der Scham und des schlechten Gewissens, ins Ohr.

»Ja, Sire«, hörte sie sich antworten. Sie hatte die Lider gesenkt. »Ihr habt mir gefehlt.«

Wildheit blitzte in den Augen des Königs auf. Er hob ihr zitterndes Kinn an und küsste die rosafarbenen Lippen. Marie gab sich seiner Zärtlichkeit hin; seine unerwartete Liebkosung verwirrte sie. Der König sei ein guter Liebhaber, besagten die Gerüchte. Vielleicht würde er ihr über Constant hinweghelfen. Doch dieses Mal würde sie wissen, wie sie sich schützen könnte. Ihre Großmutter hatte ihr das Rezept für einen Verhütungstrank verraten. Leidenschaftlich reagierte sie auf seinen Kuss.

Franz I. suchte sie in ihren Gemächern auf, kaum hatte der Abend seine Schatten über den Palast geworfen.

»Lass deine Tür unverschlossen«, hatte er ihr beim Abschied zugeflüstert, als Anne de Montmorency sich angekündigt hatte. Sie gehorchte und löschte die Kerzen. Das Herz schlug ihr bis zum Hals. Sie war erst ein Mal mit einem Mann zusammen gewesen; würde der König sie wegen ihrer Unerfahrenheit nicht auslachen?

Er zeigte sich überaus zärtlich und aufmerksam und schien ganz und gar nicht von ihrer Ungeschicklichkeit abgestoßen. Im Gegenteil, er wusste die Sinnlichkeit, die in ihr schlummerte, auf vielfache Weise zu wecken. Bei Morgengrauen war sie erschöpft und froh zugleich, seinem Drängen nachgegeben zu haben. Der König war seinem Ruf gerecht geworden und hatte sie vollauf befriedigt. Als er sich anzog, wandte er sich zu ihr:

»Ein weiteres Mal, Marie, werde ich dir ein Geheimnis anvertrauen.«

Noch bevor sie protestieren konnte, hatte er sich auf ihre Bettkante gesetzt und zog mit dem Finger die Umrisse ihrer linken Brust nach.

»Diesen Körper, dessen Freuden zu genießen du mir gewährt hast, habe ich mehr als nur ein Mal bewundert, und zwar genauso nackt, wie er jetzt ist.«

Marie blieb der Mund offen stehen.

»Sire … Wie …?«

»Sei mir nicht böse, ich bitte dich! Keine der Damen in diesem Palast hat so viel strahlende, sorglose Schönheit beim Bad bewiesen wie du.«

Er lachte spitzbübisch, als sie die Stirn runzelte.

»Unterhalb des kleinen Sees, den ihr so gerne aufzusuchen pflegt, befindet sich eine Grotte, wie du weißt. Ich habe einen unterirdischen Gang dorthin schlagen lassen, der mit einem komplizierten Spiegelsystem ausgestattet ist, mithilfe dessen ich in den Genuss des Anblicks eurer Körper komme.«

»Aber ... aber das ist ja skandalös!«, rief sie empört aus.

»Ich würde eher sagen ... faszinierend«, lachte der König und beugte sich über sie.

»Ich werde nie mehr dort zu baden wagen!«

»Natürlich wirst du! Du musst noch viel lernen, Marie. Nicht zuletzt das Begehren. Du bist die Einzige, die mein Geheimnis kennt, selbst Anne weiß davon nichts. Sie ist einfach zu eifersüchtig und hätte mich meines Vergnügens sicher beraubt, indem sie meinen Beobachterposten hätte zerstören lassen.«

»Aber warum sagt Ihr mir das?«

»Damit du das Gefühl hast, meine Augen würden dich liebkosen. Meine Augen und die anderer Edelmänner, denen ich gelegentlich den Zutritt zu meinem Observatorium gewähre.«

Marie fühlte, wie die Schamesröte selbst ihre Seele erreichte. Wie konnte er auch nur eine Sekunde glauben, dass sie es genoss, so ausgestellt zu sein wie eine Hure? Wütend warf sie ihm an den Kopf:

»Sire, ich hatte geglaubt, Ihr respektiert mich!«

»Marie, Marie«, beschwichtigte er sie erstaunt, »das tue ich doch! Sonst hätte ich dir davon nichts gesagt. Das ist ein Geschenk, das ich dir da gemacht habe. Du hast einen großzügigen und leidenschaftlichen Charakter, du weißt es bloß noch nicht. Dein Gemahl scheint keine Ahnung zu haben, welchen Schatz er an seiner Seite hütet«, fügte er belustigt hinzu.

Als sie nicht reagierte, wurde sein Lächeln noch breiter.

»Lass dich beim nächsten Bad also von deinen Empfindungen leiten; sie werden dich mehr über deine Gefühle und Wünsche lehren, als jeder Mann es vermag. Was mich betrifft: Niemand wird erfahren, dass du in mein Geheimnis eingeweiht bist. Lass mich deinerseits an deiner Hingabe bei diesem unschuldig-raffinierten Spiel teilhaben.«

»Woher weiß ich, ob Ihr mich beobachtet?«

»Du wirst es nicht erfahren, was deine Verwirrung nur noch reizvoller machen wird. Glaub mir!«

»Ich weiß nicht, ob ich es noch einmal wagen werde, dort zu baden«, gestand sie.

»Wenn du dich einem solch angenehmen Vergnügen von einem Tag auf den anderen verwehrst, erregst du nur unnötige Aufmerksamkeit. Du willst doch nicht, dass ich erwischt werde, oder? Anne würde mich umbringen!«

Angesichts dieser Gewissheit konnte Marie ein Lächeln nicht unterdrücken, doch sie wurde sofort wieder ernst.

»Wenn sie erfährt, dass Ihr mir Eure Gunst erweist, werde ich diejenige sein, die sie umbringen lässt, Sire.«

»Ach, meine hübsche Marie, such dir einen neuen Liebhaber.«

»Schon, Sire?«, fragte sie. Sie war sich plötzlich sicher, ihn enttäuscht zu haben.

Sein Lächeln war warm, als er sich über sie beugte und ihr einen Kuss auf die traurigen Lippen drückte. Dann stand er auf.

»Du hast mir eine Kostbarkeit geschenkt, Marie. Du bist seit langem die einzige Frau in diesem Palast, zu der ich Vertrauen habe. Das ist der Grund, warum ich mit dir das Bett teilen wollte. Ich könnte Anne verjagen, dich zu meiner Mätresse machen, doch sie würde dich oder deine Familie zerstören, um sich zu rächen. Und das möchte ich nicht.«

»Sie weiß viel, Sire.«

»In der Tat. Eine Menge, das meinen und den Feinden Frankreichs von großem Nutzen wäre. Dieses Risiko kann ich nicht eingehen. Außerdem kenne ich mich. Es würde nicht lange dauern, und ich wäre unsterblich in dich verliebt und bereit zu allen möglichen Verrücktheiten. Macht interessiert dich nicht, oder, Marie?«

»Nein, Sire. Macht ist mir egal.«

»Bleib so, wie du bist, süße Marie! Bleib meine Verbündete. Diese Nacht soll einen Pakt zwischen uns besiegeln. Mir lag viel daran, dich in die Liebe einzuweisen. Ich weiß, dass dein Gemahl sich darum nicht gekümmert hat, denn du bist gar nicht verheiratet.«

Marie war die Überraschung anzumerken, und so versuchte sie auch gar nicht, es zu leugnen:

»Woher wisst Ihr?«

»Ach, Marie! Was bist du naiv und charmant! Wenn ein König etwas wissen will, erfährt er es. Aber beruhig dich, ich habe zu niemandem ein Wort gesagt. Wir haben alle unsere kleinen Geheimnisse. Deins gegen meins, in Ordnung?«

»Ja, Sire, dem wird wohl so sein. In Ordnung, ich bin einverstanden.«

Sie fühlte sich plötzlich erleichtert. Wieder ließ der Hahn sein Krähen ertönen. Franz I. erhob sich und machte Anstalten, sich zurückzuziehen. Doch Marie hatte noch eine Frage auf dem Herzen:

»Sire, Euer Sohn Franz ...«

Der König drehte sich zu ihr um. Sein Gesicht war schmerzlich verzogen. Marie senkte den Blick unter dieser Last und fuhr fort:

»Hat er ... hat er mich beobachtet?«

»Ein Mal«, gab der König zu. »Er war pervers«, fügte er hinzu, »und sein Begehren befremdlich. Ich habe ihn deshalb gerügt und ihm untersagt, sich dir zu nähern.«

Für einen Moment verschlug es Marie die Sprache.

»Aber warum, Sire?«

»Er war mein Sohn, und ich habe ihn geliebt. Aber so lasterhaft ich auch sein mag, ich habe seine Orgien dennoch verurteilt, bei denen die Damen gegen ihren Willen genommen wurden.«

Marie schwieg entsetzt. Nach einer Weile fand sie die Kraft zu fragen:

»Sire, wie kann ich Euch jemals dafür danken?«

Er suchte ihren Blick und hielt ihn fest, bis sie ihm nicht mehr standzuhalten vermochte. Tonlos fügte er hinzu:

»Ohne es zu wollen, Marie, hast du mir deinen Dank bereits erwiesen.«

Er schloss die Tür hinter sich, und seine Schritte mischten sich unter die der anderen Ehebrüchigen, die an ihren rechtmäßigen Platz zurückkehrten.

Marie wagte kaum zu atmen. Wie ein Echo hallte sein letzter Satz in ihrem Kopf wider. Wusste er etwa, dass das Gift von ihr stammte? Wusste er, dass sie letztlich ihm zu Diensten gehandelt hatte? Dass Katharina Recht mit ihrer Behauptung hatte, dass Heinrich ein besserer König als Franz sein würde? War dies nicht der Grund dafür gewesen, dass Franz I. versucht hatte, Karl V. zu überreden, Mailand an Heinrich und nicht an seinen älteren Bruder abzutreten? Weil er ihn auf die eine oder andere Weise schon aufgegeben hatte, diesen seinen trotz aller Laster so geliebten Sohn?

Der Schlaf überwältigte sie bei ihren Überlegungen und Gedanken. Ohne es zu wollen, war sie Mitwisserin der dunkelsten Geheimnisse Frankreichs geworden – ein Schicksal, das sie sich nun wirklich nicht ausgemalt hatte.

Ein paar Wochen später, am 1. Januar 1537, heiratete Madeleine von Frankreich, die Tochter Franz I., in Erfüllung eines schon lange geschlossenen Ehevertrags zwischen den beiden Monarchien den schottischen König Jakob V.

Madeleine hatte Angst vor dieser Ehe. Sie hatte sich schließlich damit abgefunden, dass es keine andere Wahl für sie geben würde. Ihr Gemahl war zwar nicht hässlich, aber seine blonde Lockenpracht hatte sie dennoch befremdet.

»Er ist bestimmt ein Normanne, wenn sein Haar die Farbe von Weizen hat, nicht wahr? Wird er sich genauso grausam mir gegenüber verhalten, wie das seine Vorfahren getan haben?«, jammerte sie.

Eleonore und Katharina mussten ihre ganze Überzeugungskraft aufbringen, indem sie ihr gestanden, dass auch sie anfangs gegen eine organisierte Heirat gewesen waren, sich nun aber mit ihren Ehemännern durchaus glücklich schätzten. Die Zeremonie in Notre-Dame war sehr feierlich, doch Marie vermochte sie nicht recht zu genießen. Als sie zusammen mit den Großen des Königsreichs über den Vorplatz der Kathedrale schritt, musste sie daran denken, wie klein und unbedeutend sie alle wirkten, wenn man sie von der Turmspitze aus beobachten würde, wie Constant und sie es früher getan hatten. Vielleicht hockte er ja dort oben auf einem Wasserspeier. Sie wagte nicht, den Kopf zu heben, aus Angst, seine Silhouette auszumachen.

Drei Tage vor der Zeremonie hatte sie zusammen mit Madeleine, Katharina, Anne und anderen Hofdamen ein Bad in dem kleinen See genommen. Das Quellwasser, aus dem er sich speiste, war warm, so dass die Frauen ihn gleichermaßen im Sommer wie im Winter aufsuchten. Sie hatten in dem Wasser herumgeplanscht wie sonst auch, doch Marie hatte ihre Verwirrung nur schlecht verbergen können. Die Worte des Königs hatten sie verfolgt, zumal sie die feste Überzeugung gehegt hatte, dieses Mal tatsächlich ausspioniert zu werden – und zwar nicht von ihm allein. Bei dem Gedanken an Madeleine schoss ihr nachträglich noch die Röte ins Gesicht, die auf dem Rücken geschwommen war, die Beine weit geöffnet, und auf diese Weise sicher auch ihrem zukünftigen Gemahl tiefe Einblicke geboten hatte.

»Darf ich Euren Arm nehmen?«

Marie drehte sich um und nickte stumm. Der mächtige General Anne de Montmorency galt mit seinen regelmäßigen Zügen, den sinnlichen Lippen und tiefblauen Augen als der schönste Mann im ganzen Königreich. Ähnlich wie sein

Herr war auch er dem schwachen Geschlecht mehr als zugetan, doch sein Ruf als Liebhaber war gleich in mehrfacher Hinsicht legendär. Der Vierzigjährige hatte nämlich darauf bestanden, Junggeselle zu bleiben, und wer immer ihm deswegen Vorwürfe machte, dem antwortete er, dass er den Ehebruch zutiefst verurteile und keine andere Alternative als das Zölibat dazu sehe. Er war charmant wie geistreich, voller Lebensfreude wie ein guter Kämpfer und so tapfer wie raffiniert in seinen kriegerischen Schachzügen.

Als Marie gemeinsam mit ihm in die Kathedrale einzog, hatte sie ihre Erinnerungen schon beiseite geschoben.

»Auch ich habe meinen König gewählt, Constant«, sagte sie bei sich, »dein Stolz und deine Sturheit haben mich dazu gezwungen. Dass du es nur niemals bereuen mögest.«

17

Die Stimmung in jenem Januar 1537, in dem ein Turnier auf das nächste folgte, war friedlich und gelassen. Und jedes Mal machte der junge Heinrich Diane de Poitiers seine Aufwartung, wie Marie mit heimlicher Freude feststellte. Trotz der scheinbaren Gleichgültigkeit von Katharina von Medici wusste sie, dass diese damit große Schwierigkeiten hatte.

Es handelt sich um nichts weiter als eine höfische Liebe, redete die italienische Herzogin sich ein, eine jener Lieben, wie sie in Minneliedern besungen werden. Niemals würde Diane sich jenem Jüngling hingeben, den sie als Neugeborenen im Arm gehalten hatte. Und dennoch ließ die Aufmerksamkeit, mit der er die Ältere bedachte, sie nicht kalt. Sollte Heinrich sich doch nach ihr verzehren, tröstete sie sich, die Ehre einer Medici anzutasten, dazu brauchte es mehr. Doch sie sollte sich täuschen.

Es waren ihre Rachegelüste, die Marie Heinrichs Liebe zu jener Frau favorisieren ließen, obwohl sie niemals in ihrem Leben jemanden verraten oder sich bei einer Verschwörung beteiligt hätte. Diane war siebenunddreißig Jahre alt, doch weit davon entfernt, verblüht zu sein. Im Gegenteil, es gab kaum eine Frau im ganzen Königreich, die sich mit ihrer Schönheit messen konnte.

Immer öfter nahm Marie Einladungen zu Festen auf dem Schloss von Écouen an, das Anne de Montmorency gehörte. Alle Anzeichen sprachen dafür, dass er aus ihr seine neue Mätresse machen wollte, und sie hatte sich bereits mit der Idee angefreundet, ohne seinen drängenden Blicken bisher jedoch nachgegeben zu haben. Die Feste, die der General feiern ließ, waren mehr als prächtig. Die Musik, der Wein, die Spiele waren immer wieder neuen Themen gewidmet – meistens leicht frivoler Natur. Manches der Gemächer, in denen sich die Gäste trafen, wurde Schauplatz von Szenen, bei denen die Geliebten der einen die Mätressen der anderen mehr als nur spielerisch liebkosten. Marie hielt sich von jenen Zusammenkünften fern, die sie in ihrer Ungezügeltheit und Unmoral erschreckten, und zog es vor, sich von ihrem Gastgeber den Hof machen zu lassen. Wenn der Wein diesen allzu kühn vorpreschen ließ, pflegte sie sich zu verabschieden. Auch Diane kam zu jenen Salonfesten, bei denen Heinrich ihr zum Amüsement aller galant den Hof machte. Marie und sie waren sich bei diesen Gelegenheiten näher gekommen und teilten so manches Boudoirgeheimnis. An einem Abend, an dem wieder einmal in dem hell erleuchteten Schloss getanzt, gefeiert und geliebt wurde, hielten sie sich wie zwei Freundinnen ein wenig abseits, um miteinander in Ruhe zu plaudern, was bei der Aufmerksamkeit, die Diane in der Regel zuteil wurde, anders gar nicht möglich gewesen wäre.

Doch schon bald wurden sie von einem maskierten Edelmann aufgestöbert, der dem Lachen einiger Damen nachgelaufen war und sich mit zusammengeschlagenen Hacken bei ihnen für die Störung entschuldigte. Wenig später hastete, verfolgt von ihrem Jäger, eine junge Schöne mit hochgerafften Röcken und aufgeschnürtem Mieder an ihrem Versteck vorbei ins Nebenzimmer, das nur mit einem Vorhang abgetrennt war. Ein Dritter stellte sich ihr in den Weg, aus dessen Griff sie sich flehend und um sich schlagend zu entziehen versuchte. Doch ihr Zieren währte nicht lange, und sie ließ sich von ihm zu einem Bett führen und gemeinsam mit ihrem ursprünglichen Verfolger willig entkleiden. Diane hatte den Vorhang des Alkovens leicht zur Seite geschoben, um einen diskreten Blick auf die Szene zu erhaschen, und sie hatte Marie ein Zeichen gemacht, ihr zu folgen. Überrascht von dem so gar nicht zu ihr passen wollenden Verhalten, hatte Marie verlegen die Augen abgewendet.

»Schöne Marie, was seid Ihr denn so schamhaft!«, neckte die Witwe sie. Sie hatte die rot geschminkten Lippen hinter ihrem Fächer verborgen. »Dieses Jahrhundert ist der Liebe gewidmet!«

»Warum gebt Ihr Euch ihr dann nicht selbst hin?«, verwunderte sich Marie. Sie waren allein; Heinrich und Montmorency waren Getränke für sie holen gegangen.

»Mit wem denn, um Himmels willen?« Dianes Stimme klang unnatürlich hoch.

»Er liebt Euch, und Ihr liebt ihn, oder etwa nicht?«

»Er ist doch noch ein Kind«, gab Diane zu bedenken.

»Aber seine Stattlichkeit und Manneskraft sind nicht zu leugnen.«

»Mag sein. Doch was ist mit meinem guten Ruf?«

Marie zuckte mit den Schultern.

»Unsere Tugendhaftigkeit ist sicher eher Gegenstand des Spottes als die Frivolität der anderen.«

In dem Moment kehrten die beiden Männer zurück. Mit träumerischem Blick flüsterte Diane Marie ins Ohr:

»Ich werde nachgeben, wenn Ihr nachgebt, meine Liebe.«

»Jetzt? Hier?«, fragte Marie beunruhigt. Sie war erstaunt, die Ältere so rasch überredet zu haben.

»Später, in den frühen Morgenstunden. Heute Abend wollen wir ihnen schon zu verstehen geben, dass sie uns bekehrt haben. Ein Spiel. Wollt Ihr?«

»Was heckt ihr da für ein Komplott aus, meine Damen?«, fragte der Dauphin und trat an den Vorhang des Alkovens.

»Nichts, was Euch nicht gefiele, Heinrich«, antwortete Diane lachend. »Ihr werdet schon sehen, wie es Euch behagt ... Da kommt übrigens Euer Vater. Er scheint bestens gelaunt zu sein.«

In seinem golddurchwirkten Brokatgewand näherte sich laut lachend und mit ausgreifenden Schritten der König, begleitet von einer untersetzten Gestalt, deren Spitzbübigkeit sich sowohl in ihrem wohl genährten Gesicht als auch in den deftigen Gesten spiegelte.

»Wenn mich nicht alles täuscht«, flüsterte Diane Marie zu, »scheint es sich hier um diesen Taugenichts Rabelais zu handeln! Versucht er etwa, den König doch noch davon zu überzeugen, sein Werk zu drucken?«

Marie hatte mehr als ein Mal von den Schriften jenes Arztes gehört, in dessen Geschichten über Gargantua und Pantagruel es von anzüglichen Thesen und derben Sottisen nur so wimmelte. Der Hof hatte seinem Werk bisher keine Beachtung geschenkt, und auch dem König war es bisher zu anstößig erschienen.

»Meine Freunde«, rief der König aus. »Dieser Komiker hier amüsiert mich mehr als meine Narren, und, bei Gott, wäre er nicht so groß, würde ich ihn sofort an ihrer statt beschäftigen!«

»Sire«, warf der Mann mit gespielter Bescheidenheit ein, »die Verderbtheit meiner Seele würde die Deformation der Glieder allemal aufwiegen! Zu Euren Diensten ...«, sprach er an die Damen gewandt und versenkte sich in einer ungelenken Verbeugung.

Marie und Diane prusteten los. Ganz offenbar waren die beiden Herren mehr als nur angetrunken.

»Seht Ihr, Sire«, fuhr Rabelais fort, der sich wieder aufgerichtet hatte, »man scheint Gefallen an mir zu finden. Die Zeit, die man zum Abschlagen des Wassers braucht, und ich habe Euren gesamten Hofstaat gefügig gemacht.«

»Eure Schriften sind recht gewagt, Messire«, entgegnete Diane mit spitzen Lippen. »Um nicht zu sagen, vulgär und wenig raffiniert. Was mich betrifft, so ziehe ich es vor, mich von den Versen des jungen Ronsard einlullen zu lassen.«

»Gewiss«, erwiderte Rabelais, während er einen gierigen Blick in Dianes Ausschnitt warf, »er beliebt die Dornen von seinen Rosen zu entfernen, während ich nichts als einen großen Stachel habe ...«

Angesichts der Miene der Angesprochenen brach der König erneut in lautes Gelächter aus.

»Ihr seht, meine liebe Diane, der Mann ist unverbesserlich. Die reine Hoffnung hat mich dazu gebracht, ihn nach Paris zu rufen. Schade für den Hof – sein Habitus und sein Esprit sind wohl zu starker Tobak für die Meinen!«

»Dem wird wohl so sein«, antwortete Diane, die ihr Dekolleté mit ihrem Fächer bedeckt hielt. »Gestattet also, dass mein Sinnen und Trachten sich mehr denjenigen widmet, deren Kühnheit vornehmerer Natur ist. Was meint Ihr dazu, lieber Heinrich?«

Sie warf ihm einen bedeutungsschweren Blick zu. Heinrich schluckte und nickte zustimmend. Er glaubte noch zu träumen, als er seinen Vater ausrufen hörte:

»Wohl denn! Ein frommer Wunsch, der in diesen Hallen mir doch ein wenig fehl am Platz erscheint. Hier ist der Lasterhafte Herr und Diener zugleich! Anne, habt Ihr Marie jene Glasbemalung gezeigt, die selbst unseren Freund Rabelais zum Erröten bringen würde?«

»Noch nicht, Majestät, aber auf Euren Befehl hin werde ich es unverzüglich tun.«

Marie, die ihren Spaß bei diesem Wortwechsel gehabt hatte, ließ sich nun ihrerseits auf das Spiel ein:

»Mir scheint, sie erzählten von der Liebe Psyches …«

»Mit all der Schamlosigkeit, die ihrer Sinnlichkeit entspringt, meine Liebe«, mischte sich Montmorency ein und führte ihre Hand, derer er sich bemächtigt hatte, an seine Lippen.

Rabelais trat einen Schritt vor und legte den Arm um Marie.

»Glaubt mir, schöne Dame, es ist besser, wenn auch ich Euch begleite. Zwei sind besser als einer, Euch zu entzücken.«

Marie entwand sich seinem Griff mit einer eleganten Drehung.

»Und dann heißt es bei Euch, Marie hätte …«, konterte sie. »Nein, nein, Messire! Euer Ruf eilt Euch voraus. Ich stütze mich bei der Besichtigung doch lieber ganz auf die

Ausführungen desjenigen, der das Kunstwerk in Auftrag gegeben hat.«

»Das ist eine sehr gute Wahl, Marie«, stimmte der König ihr mit einem komplizenhaften Lächeln zu. Montmorency, entzückt von der Aussicht auf das, was in ihren Worten mitschwang, deutete eine Verbeugung an.

Rabelais, der ebenfalls einen Bückling machte, ließ statt einer Antwort einen donnernden Furz fahren.

Der König runzelte die Stirn, während die Damen sich angewidert abwandten:

»Eure Düfte lassen mich das Gesicht verziehen, mein Freund.«

»Welch ein Getändel, um seiner Empörung über einen Furz Luft zu machen, Sire!«

Wieder prustete der König los und nahm sich ein Glas Vin d'Anjou von dem Tablett, das man ihm reichte. Montmorency öffnete die Fensterläden, um zu lüften, und enthüllte dabei die Glasbemalung, von der der König gesprochen hatte. Er verflocht seine Finger mit denen Maries, als er sie aufforderte, das Kunstwerk zu betrachten.

Die Schamlosigkeit der Körper, die sich in einem kunstvollen Ballett aus Gold- und Rottönen miteinander vereinigten, entflammten ihren Blick und ihre Sinne. Der König machte Rabelais ein Zeichen, ihm zu folgen.

»Kommt, mein Freund, lasst uns frische Luft schnappen. Von der Euren bin ich erst einmal geheilt.«

»Ihr rettet mich vor einem Sturm, Sire, denn weitere Winde zu lassen scheint mir hier nicht recht erwünscht zu sein.«

Ihr lautes Lachen ging in der Geräuschkulisse des Palastes unter. In der Fensternische tat die geheimnisvolle Macht der Glasbemalung ihre Wirkung und legte ihren Charme über die beiden verstummten Paare. Vor lauter Angst, aus einem schönen Traum zu erwachen, schien Heinrich wie festgewachsen. Kaum berührte er Diane, die ihrerseits den Augenblick zu genießen schien und in neuem Licht erstrahlt war.

Montmorency beugte sich zu Marie.

»Ich glaube, die Stunde ist gekommen, Euch lieben zu lassen«, flüsterte er ihr ins Ohr.

»So lehrt mich denn, Messire, das wieder zu entdecken, das bei mir in Vergessenheit geraten ist«, hörte sie sich antworten.

Sie fühlte ein Verlangen in sich ansteigen, das von der Atmosphäre im Schloss einmal mehr entzündet war.

»Würdet Ihr mich auf mein Zimmer begleiten, Henri? Diese lüsterne Stimmung beunruhigt mich; ich möchte keinem dieser Betrunkenen in die Arme laufen«, wandte sich Diane mit einem koketten Augenaufschlag an den Dauphin, der sich willig von ihr mitziehen ließ.

Montmorency und Marie folgten ihnen.

Sein Gemach lag direkt neben dem, das er der ersten Hofdame zugeteilt hatte. Die beiden Paare verabschiedeten sich an der Türschwelle. Ohne zu zaudern, betrat Marie hinter dem General den prächtig ausgestatteten Raum, an dessen Wänden Teppiche mit sinnlichen Motiven hingen. Alles in diesem Zimmer schien eine Einladung an die Liebe auszusprechen. Und so gab sie sich ihrem Gastgeber hin, wie der König es sie gelehrt hatte, in der sicheren Gewissheit, dass im Nachbarraum Diane ihre Arme dem Mann geöffnet hatte, der so lange schon in ihr seine Göttin gesehen hatte.

Als der Tag über dem Schloss von Écouen anbrach, das wie ein großzügiger Freund die Lust zu behüten schien, bereitete sich Katharina von Medici in Fontainebleau, wie es ihren Pflichten entsprach, auf ihre erste Amtshandlung vor. Sie war traurig und bedrückt. Wie sie diese Orgien doch hasste!

Ein paar Tage später fiel ihr ein Brief in die Hände, in dem Diane de Poitiers ihr in gereimter und verschlüsselter Form ihre Liebschaft mit Heinrich offenbarte.

Wütend warf Katharina das zusammengeknüllte Blatt Papier gegen die Wand. Ihr Gesicht war zu einer hasserfüllten Maske verzerrt. Die Hände zu Fäusten geballt tobte sie:

»Du wirst mir einen Sohn, ein Königreich und einen Titel schenken, du eingebildeter Lüstling, und anschließend wirst du sterben, und wenn ich den Teufel persönlich zu Hilfe holen muss!«

»Marie«, rief sie griesgrämig in die Flure ihrer Gemächer hinaus.

Doch Marie antwortete nicht. Sie hatte eine Nachricht aus der Auvergne empfangen. In Tränen aufgelöst war sie auf ihr ungemachtes Bett gesunken. Die Botschaft war kurz und unmissverständlich, Albérie war der Absender:

»Isabeau ist heute Morgen gestorben. Wir erwarten dich.«

Zwei Wochen später warf sie sich in die Arme ihrer Kinder und gab sich ihrem Kummer hin.

»Bertille hat sie gefunden, als sie eines Morgens nicht aus ihrem Zimmer auftauchen wollte. Sie ist im Schlaf gestorben, ganz entspannt, mit einem Lächeln auf den Lippen«, erklärte ihr Albérie, deren Miene ihre Trauer verriet. »Beim Ordnen ihrer Sachen ist mir das hier in die Hände gefallen«, fügte sie hinzu und reichte Marie einen Briefumschlag. »Sie wollte ihn dir sicher noch schicken. Ich kenne seinen Inhalt nicht. Dein Name steht drauf, ich habe ihn nicht geöffnet.«

Marie drehte und wendete den Umschlag in ihren eiskalten Fingern.

»Ich möchte allein sein.«

»Wir passen auf, dass du nicht gestört wirst«, versicherte ihr Huc liebevoll.

Marie seufzte. Sie warf ihm einen entschuldigenden Blick zu. Auch er hatte sich verändert. Sein Haar war mittlerweile ganz weiß, sein Gesicht von Falten durchzogen und seine Schultern gebeugt. »So ist das Leben. Es wartet nicht darauf, dass sich die Wünsche und Hoffnungen aller erfüllen«, dachte sie. Langsam stieg sie die Treppe hinauf, die zu ihrem Zimmer führte. Ihr Kopf schmerzte schon seit Stunden.

Auf dem Treppenabsatz fand sie ihre Tochter vor, den Schoß voller Stoffpuppen.

»Schau mal, Großmutter Isabeau hat sie für mich genäht. Für jeden Monat eine«, verkündete sie stolz. »Hast du geweint, Mutter?«

»Wie schön, dich hier zu treffen«, sagte Marie nicht ganz der Wahrheit entsprechend und zog das pummelige kleine Mädchen in ihre Arme. »Was bist du groß geworden, während ich weg war! Sind deine Brüder nett zu dir gewesen?«

»O nein! Sie ziehen mir immer an den Zöpfen und machen meine Schleifen auf. Und Gabriel hat den Bauch von einer meiner Puppen aufgeschnitten, weil er sie operieren wollte.«

»Weil er sie operieren wollte?«

»Ja! Er hat sich das große Buch genommen, das Großvater uns geschickt hat – weißt du, das, in dem die Leute auf dem Rücken liegen und …«

»Ich weiß, welches du meinst«, unterbrach Marie sie, die wissbegierigen Jungen vor Augen, die sich in Paracelsus' medizinische und chirurgische Abhandlungen vertieft hatten. »Albérie hat mit ihm geschimpft, hoffe ich …«

»Ja, ja, sie hat ihm eins mit der Peitsche übergezogen, aber die Puppe war kaputt, und Isabeau musste sie ganz neu machen. Sie hat ihr einen schönen Namen gegeben: Loraline. Hübsch, nicht wahr, Mama?«

»Sehr hübsch, Gasparde. Ja, sehr hübsch«, flüsterte Marie. Sie dachte an Ma, deren Abwesenheit ihr mit einem Mal schmerzlich bewusst wurde.

»Weinst du, Mama? Warum?«, fragte das Mädchen, das beim Anblick der kummervollen Miene seiner Mutter selbst kaum mehr die Tränen unterdrücken konnte.

Sie ließ all ihre Puppen fallen, umschlang Marie mit ihren kleinen Armen und schmiegte ihr Gesichtchen an deren Hals.

»Isabeau ist von uns gegangen, Gasparde. Weißt du, was das bedeutet?«, murmelte Marie.

»Nicht richtig. Ich weiß, dass sie in einem großen Kasten schläft. So eine komische Kutsche ohne Räder. Tante Albérie hat gesagt, dass man damit in den Himmel fährt. Wird sie denn bald wiederkommen?«

»Nein, meine Kleine, wir werden sie nie mehr wiedersehen.«

»Sie wird nicht mehr mit uns spielen?«

»Nein, Gasparde.«

Bei diesen Worten brach das kleine Mädchen in Tränen aus. An den Hals seiner Mutter geschmiegt, stieß es schluchzend aus:

»Dann werde ich also nie mehr neue Puppen bekommen?«

»Doch, natürlich, meine Liebste. Aber das werden andere Puppen sein. Alles wird anders sein.«

Marie hörte, wie die Jungen sich am Fuß der Treppe zu schaffen machten. Mit unsicheren Schritten, vorsichtig ihr schweres Bündel balancierend, trat sie ihnen entgegen. Als sie ihren unverhüllten Schmerz bemerkten, in den sich nun leichter Ärger gemischt hatte, schlichen sie mit gesenkten Häuptern schnell wieder davon. Kaum hatten sie die nächste Ecke erreicht, nahmen sie ihr Spiel wieder auf.

Marie nahm Gasparde mit auf ihr Zimmer. Beruhigt von der Zärtlichkeit ihrer wiedergefundenen Mutter schlief das Mädchen eng an sie gepresst auf dem Bett ein. Marie ließ sich die tröstenden Worte Albéries durch den schmerzenden Kopf gehen.

Die Trauerfeier war einfach gewesen, wie es Isabeaus Wesen entsprach. Sie hatten sie in der Familiengruft der Chazerons beerdigt, ohne dass auch nur irgendjemand die Legitimität dieses Vorgangs in Frage gestellt hätte. Sie hatte sämtliche Herzen von Vollore erobert; niemals hatte sich jemand Gedanken über ihre Vergangenheit gemacht. Albérie hatte ihren Tod im Register des Schlosses nicht vermerkt. Isabelle de Saint-Chamond hatte nie existiert, und Isabeau war irgendwann im Jahr 1500 gestorben. Siebenunddreißig Jahre später waren nur noch vage Erinnerungen an sie vorhanden.

Marie öffnete den Umschlag, als die Nacht über Vollore hereinbrach, eine kalte Februarnacht. Leise fiel der Schnee auf die schiefergedeckten Dächer, doch der regelmäßige Atem von Gasparde erwärmte ihr Herz.

Mein liebes Kind,
seit einigen Wochen lassen meine Kräfte nach, ohne dass ich etwas dagegen anrichten könnte. Meine Tage sind gezählt. Ich fühle es. Ich weiß es. Ich habe niemandem von meinen Befürchtungen erzählt, um meinen eigenen Schmerz nicht auch noch auf meine Familie zu übertragen, aber Albérie wird es gespürt haben. Seit zwei Tagen heulen die Wölfe unter meinem Fenster. Sie muss es gespürt haben. Ich werde dich wohl nicht wiedersehen, was ich sehr bedauere – wie so vieles mehr.
Ich bin gescheitert, Marie. Ich habe das Geheimnis der Verwandlung nicht lösen können. Der Gifttrunk war ein reiner Glücksfall oder eine Wahnsinnstat. Ich war damals ein Wesen zwischen Frau und Wölfin, und welche von den beiden dieses Mysterium erzeugt hat, weiß ich bis heute nicht, ich hatte nur jenes unbegreifliche Gefühl, dass durch mich etwas vollbracht werden müsste. Du weißt, ich bin kein Freund von großen Worten, bin es nie gewesen. Aus Schüchternheit, aus Scham vielleicht. Es gibt eine Menge Dinge, die ich gerne gesagt hätte, stattdessen habe ich sie höchstens angedeutet. Deine Mutter fehlt mir, Marie, wie ein abgetriebenes Kind. Ich hätte alles darum gegeben, sie ein zweites Mal auf die Welt kommen zu sehen. Beim ersten Mal war ich hasserfüllt – erst sie hat mir gezeigt, was Liebe ist, was eine Familie, ja, auch Nachkommen zu haben bedeutet.
Durch dich habe ich das unschätzbare Vergnügen gehabt, weitere Kinder aufwachsen zu sehen. Selbst wenn mein eigener Sohn mich Großmutter nennt, so verbindet er mich doch mit meiner Vergangenheit und mit Loraline. Scham, Reue und Zärtlichkeit überfallen mich regelmäßig, weil ich ihn auf die Welt gebracht habe. Scham, weil meine Rachsucht so viel Schlechtes mit sich gebracht hat. Rache ist sinnlos, Marie.

Abgesehen vom Besitz dieser Ländereien, wozu hat sie geführt, außer zu Unglück, falscher Eitelkeit und Verletzungen? Der Preis, den ich gezahlt habe, war hoch; viele Jahre habe ich ohne jede Lebensfreude verbracht. Alles hat seinen Preis. Alles, Marie.
Dies ist der Grund, warum ich mich heute an dich wende. Was du an Besitz, an Macht in den Händen hältst, hätte sich keiner von den Meinen je zu erträumen gewagt. Ich habe die Ordnung der Dinge über den Haufen geworfen, euch durch Handlungsweisen, deren Konsequenzen damals nicht abzusehen waren, ein ganz besonderes Schicksal geschaffen. Ich möchte, dass du dich, wann immer du vor einer Entscheidung stehst, daran erinnerst, damit du diejenige bleibst, die ich so liebe: ernsthaft, altruistisch, begabt, wissbegierig, gerecht, großzügig und zärtlich. Lass dich von der Macht nicht verderben, das Geld nicht deinen Geiz anstacheln, die Liebe deine Schönheit nicht zum Verblühen bringen. Bewahre das Kind in dir wie ein Spiegelbild vor deinem inneren Auge auf, das Kind der Straße, der Bettler, um niemals zu vergessen, woher du stammst und wer du bist.
Es gibt Tausende von Möglichkeiten, ein Individuum in ein Monster zu verwandeln. Der Gifttrunk hat nur Auswirkungen auf das äußere Erscheinen. Viel schlimmer sind diejenigen, die sich durch Geiz, Dummheit, Stolz und Neid verändern. Am Hofe Frankreichs sind die Gefahren zahlreich. Ich habe mich davor hüten können. Ich habe nach Jacques de Chabannes nur einen einzigen Mann wahrhaft geliebt. Er hat meine Liebe erwidert, ohne es zu wissen. Dieser Mann, der mein König war und der deine ist, hat niemals sehen können, wer ich wirklich war. Mach nicht denselben Fehler, Marie. Constant hat einen Dickschädel, und dieser Dickschädel hat ihn in die Ehe getrieben, und doch ist er der Einzige, der dich so gut kennt wie ich. Der Tag wird kommen, mein Kind, an dem du dieser Wahrheit ins Auge blicken und sie akzeptieren musst. Darum zu kämpfen, wird vielleicht die einzige Möglichkeit für dich sein, dich nicht für immer zu verlieren. Führe meine Forschungen weiter, so wie deine Tochter es nach dir tun soll, um die Unsrigen von dem zu befreien, was uns von den anderen unterscheidet und ins Abseits stellt. Doch sorge dafür, dass sie es niemals vergessen. Darin liegt unsere Kraft, es ist auch das Kostbarste, was wir besitzen.

Sag deiner Mutter, dass ich sie um Verzeihung bitte. Einmal mehr und zum letzten Mal. Und bleib vor allem die wundervolle Frau, die du bist. *Deine Großmutter Isabeau*

Sorgfältig faltete Marie den Brief mit der schrägen, zittrigen Handschrift zusammen. Trotz ihres Kummers war ihr mit einem Mal leichter ums Herz zumute. Sie verstand besser denn je, warum Franz I. sie bei Hof eingeführt und warum die Nachricht von Isabeaus Tod ihn so erschüttert hatte.

Sie löschte die Kerze, schloss die Augen und zog den Körper ihrer kleinen Tochter noch enger an sich. In die Stille, die das Schloss nunmehr durchdrungen hatte, flüsterte sie:

»Du hast dich getäuscht, Isabeau. Der König hat dich doch geliebt.«

Die nächsten Tage beherrschte die Trauer das Leben auf Schloss Vollore. Nur die Kinder hatten ihren Übermut wiedergefunden und ließen sich von der trüben Stimmung nicht anstecken.

Gasparde verfolgte ihre Mutter auf Schritt und Tritt und hatte wieder angefangen, am Daumen zu lutschen. Marie fand nicht die Kraft, sie zu maßregeln. Bertille bereitete ihr Sorgen. Sie zog ein Bein nach und wirkte sehr erschöpft. Der Tod von Isabeau hatte sie sichtlich mitgenommen, doch Marie war überzeugt davon, dass noch etwas anderes sie quälte. Eines Morgens, als sie in der Küche aushalf, fragte sie nach, ob Jean benachrichtigt worden sei. Albérie bejahte ihre Frage:

»Seine Nachricht kam kurz vor deiner Ankunft. Er hätte nichts lieber getan, als an unserer Seite zu weilen, doch ihm wurde nicht gestattet, seinen Posten irgendwo im Norden zu verlassen.«

»Geht es ihm gut?«, fragte Marie, die seit ihrer Rückkehr nach Paris im Sommer des letzten Jahres keine Nachrichten mehr von ihm erhalten hatte. Der Tod des Dauphins und ihre Mitwirkung daran hatten sie alles andere vergessen lassen.

»Es scheint so. Er schreibt oft, um sich nach den Kindern zu erkundigen. Und nach dir«, fügte Albérie hinzu. »Er ist ein guter Junge. Er hätte es wirklich verdient gehabt, dass du ihn geheiratet hättest. Die Vorstellung, dass der Krieg erneut ausbricht und ihn aus unserer Mitte reißt, gefällt mir gar nicht.«

»Was den König betrifft, so würde er diesen Krieg am liebsten vermeiden«, teilte Marie ihr mit. »Er hat Karl V. vorgeschlagen, an einer Sitzung des Parlaments teilzunehmen, doch der hat ihn nur ausgelacht. Wenn er bei seiner Haltung bleibt, werden sicher neue Kämpfe entflammen. Jean wird darum wissen.«

Bertille räusperte sich. Sie fragte endlich, was ihr schon lange auf dem Herzen lag:

»Hast du Constant in Paris gesehen?«

»Nein, Bertille«, musste Marie eingestehen. Ihr trauriger Blick war ihr nicht entgangen. »Hat er dir geschrieben?«

Bertille schüttelte den Kopf, und Marie fühlte, wie Verzweiflung in ihr hochstieg. Sie kniete vor der kleinen Frau nieder.

»Warum besuchst du ihn nicht?«

Bertille schien die Stimme zu versagen.

»Nein, ich bin zu alt. Außerdem hat er zu viel Unheil angerichtet. Er verdient, was ihm passiert ist.«

»Mach nicht denselben Fehler wie Isabeau, verharre nicht im Schweigen.«

Marie faltete die Seiten auseinander, die sie am Herzen trug, und las den Brief den beiden Frauen vor. Dann fasste sie Bertille um die Taille und hob sie auf den Tisch, ohne auf ihren Protest einzugehen.

»Es ist dein Sohn, Bertille, und ich weiß, dass du Solène so sehr liebst wie mich. Ob du willst oder nicht, ich werde dich nach Paris bringen, und gemeinsam werden wir uns den Enkel anschauen, den sie dir geschenkt haben. Und dann wirst du entscheiden, wo du deine alten Tage verbringen willst.«

»Wird das nicht schmerzvoll für dich werden?«, warf die Zwergin ein.

»So wie für ihn im letzten Jahr. Isabeau hat Recht, Bertille. Man darf die Realität nicht verleugnen, egal, wie sie aussieht, egal, was es kostet. Wir müssen aus unseren Fehlern lernen und dürfen uns nicht falschen Hoffnungen hingeben. Nur so hat unser Leben einen Sinn. Im Frühling werden wir fahren. Morgen schreibe ich Jean einen Brief. Ich kann mir vorstellen, wie sehr Isabeaus Tod ihn getroffen hat. Er muss wissen, dass wir uns auf seine Rückkehr freuen.«

»Wirst du ihn endlich heiraten?«

Marie schwieg. Nach einer Weile sagte sie zögernd:

»Vielleicht ist es an der Zeit, dass ich akzeptiere, was ich nicht ändern kann.«

»Du verzichtest also auf Constant? Trotz Isabeaus letzter Worte?«

»Er ist derjenige, der auf mich verzichtet hat, Tante Albérie. Wusstest du das mit dem König?«, fragte sie noch.

»Ich wusste es«, antwortete Bertille lächelnd, »allerdings hat sie es mir nie gesagt. Jacques de Chabannes hat gewusst, wie er sie an sich binden konnte, und sie ist ihm immer treu geblieben. Ich erinnere mich noch an ihr erstes Treffen mit Franz I. Irgendetwas muss sich zwischen ihnen abgespielt haben. ›Sire‹, sagte La Palice, als sie zu ihnen trat, ›hier ist eine Blume, die ich bewahren möchte.‹ Und der König antwortete, dass einem so treuen Feldmarschall wie ihm kein Wunsch verwehrt bleiben dürfe. Das war zu Zeiten von Françoise de Châteaubriant, seiner ersten Mätresse. Es hat meines Wissens nur wenig gefehlt, und Isabeau hätte sie von ihrem Platz verjagt. Sie war damals noch zu schwach. Sie liebte die Macht nicht genug.«

»Ich glaube vor allem, dass sie Angst hatte«, mischte sich Albérie ein, die wie Marie zum ersten Mal mit diesem Geheimnis in Berührung kam. »Angst, dass ihre wahre Identität entdeckt würde.«

Die Kinder kamen in die Küche gestürmt, Antoine als Erster. Wie immer hatte er sich vor seine Geschwister gedrängelt.

»Wir haben Hunger«, verkündete er. Beim Anblick der Zwergin auf dem Küchentisch bleib er wie angewurzelt stehen.

»Wenn wir schon mal die Zeit vergessen, wisst ihr aber ganz genau, wie ihr uns wieder in das wirkliche Leben zurückholen könnt, ihr kleinen Schlingel!«, grummelte diese und ergriff Maries Hand, um von ihrem Thron herabzusteigen. »Es gibt Kompott. Und wehe, ich erwische einen von euch, wie er versucht, es mir nachzutun!«, drohte sie scherzhaft mit dem Finger.

Gasparde ließ ihre Blicke zweifelnd vom Tisch zur Zwergin und wieder zurück wandern. Mit der ganzen Länge ihrer vier Jahre richtete sie sich auf, die Hände in die Hüften gestützt, und sagte:

»Wie soll ich das denn anstellen? Du hast schließlich die Leiter versteckt.«

Alle drei Frauen brachen in Lachen aus, während Bertille das Blaubeerkompott auf dicke Brotscheiben strich, Marie Gasparde und Gabriel auf ihre Knie setzte und Antoine es sich auf Albéries Schoß bequem machte. Ein Geruch nach warmer Milch erfüllte das Zimmer, und Marie ließ sich gern von ihm einhüllen.

Philippus hatte die Botschaft Albéries nicht gebraucht, um von Isabeaus Tod zu erfahren. Ma hatte in der Nacht, in der sie gestorben war, den Mond angeheult. Sie befanden sich zu dieser Zeit in Österreich.

Mit ihr zusammen suchte er jeden Ort auf, nahm jeden Weg, der ihn zu einer Möglichkeit führen könnte, sein Wissen oder sein Vermögen zu vermehren. Wie Isabeau, mit der er eine rege Korrespondenz unterhalten hatte, war er gegen eine Mauer gelaufen. Isabeau hatte in Vollore festgesessen, während er seine Forschungen jenseits der Lektüre von immer denselben Büchern und dem Ausprobieren von immer denselben Formeln weiter hatte ausdehnen können. Bereits in jungen Jahren hatte er sein Wissen damit angereichert, dass er auf Reisen die Begegnung mit Hexen und Weisen gesucht und ihre Lebensumstände und Geheimnisse erforscht hatte. Weil Ma unterwegs oftmals unerwünschte Aufmerksamkeit auf sich zog, waren sie übereingekommen, bei Ankunft in einer neuen Stadt getrennter Wege zu gehen. Die deutschen, österreichischen, ungarischen, böhmischen und Schweizer Wälder boten Ma genügend Möglichkeiten des Unterschlupfs und ließen zu, dass sie sich in der Nähe des Mannes aufhielt, dem zu folgen sie sich entschieden hatte. Die anderen Wölfe kümmerten sich nicht weiter um sie. Sie lebte von der Jagd und fand selbst im tiefsten Winter ein geschütztes Ruheplätzchen. Sie beklagte sich nie. Manches Mal hatte Philippus ein schlechtes Gewissen, dass er ihr dieses wilde Leben aufgebürdet hatte. Er hatte ihr mehrfach vorgeschlagen, sie nach Vollore zu den Ihrigen zu begleiten und alleine weiterzureisen. Der traurige Blick voller Liebe, mit dem die Wölfin ihn dann bedachte, brachte ihn jedes Mal wieder davon ab. Ma wollte in seiner Nähe sein. Nur das zählte für sie.

Dank der Unterstützung von Feldmarschall Lipnitz, den er von einem Wundbrand geheilt hatte, verfügte er wieder über ein wenig Geld. Für das Gegenlesen seiner Abhandlung über Astronomie hatte er außerdem die Möglichkeit erhalten, seine alchimistischen Geräte und Zutaten zu benutzen. Der Feldmarschall war ein passionierter Lykanthrop, und Philippus war dankbar, in ihm jemanden gefunden zu haben, mit dem er sich hinsichtlich seiner Kenntnis und Erfahrungen mit Werwölfen austauschen konnte. Allerdings weihte er ihn nicht in sein Geheimnis ein.

Sie verbrachten viel Zeit mit gemeinsamen Forschungen in jenem Jahr 1537. Philippus traf Ma jeden Abend auf einer Lichtung in einem benachbarten Wald. Sie kommunizierten in einem Sprachgemisch aus Geheul und Seufzern miteinander, das Philippus in den langen Monaten entwickelt hatte, die er bei den Wölfen in den Kellergewölben von Montguerlhe verbracht hatte. Lange Stunden saßen sie zusammen am Lagerfeuer, bis er in die Wärme seiner Herberge zurückkehrte, im Herzen heiter, doch in der Seele zerrissen, um das verdiente Geld weiterhin für seine Forschungen zu verwenden. Für seine Forschungen, die allein den Zweck hatten, sie von ihrem Fluch zu befreien.

18

Marie kehrte zu Beginn des Frühjahres 1537 nach Paris zurück. Der Kummer der Kinder beim Abschied zerriss ihr das Herz, und sie musste sich zwingen, sich nicht nach ihnen umzudrehen. Bertille hingegen konnte sich von ihrem Anblick überhaupt nicht lösen, und sie winkte mit ihrem Taschentuch aus dem Kutschenfenster, bis sie nicht mehr zu sehen waren. Sie hörte nicht auf zu jammern, was für eine Verrücktheit sie begingen, die »kleinen Schlingel«, wie sie sie nannte, allein zu lassen.

Ihre Reise wurde von heftigen Regenfällen erschwert, die Bertille nur noch mehr Anlass zu Klagen gaben. Hier ihre Knie, da ihre Zehen, dort ihre Niere, die zwickten, zwackten oder knackten.

»In Wahrheit hast du doch nur Angst vor der Begegnung mit deinem eigenen Sohn«, neckte Marie sie, die ganz genau wusste, warum sie selbst solche Magenschmerzen hatte.

»Die Wahrheit ist, dass ich eine alte Frau bin, die der Teufel holen kommt«, gab Bertille knurrend zurück.

»Was soll der schon mit jemandem anfangen, der so ausdauernd jammert«, ärgerte Marie sie weiter. Ein Schlagloch ließ sie mit dem Kopf gegen die Kutschendecke schlagen und die Zwergin einen weiteren Klageschrei ausstoßen.

Dennoch erreichten sie irgendwann Fontainebleau. Von Bertille, die es kaum hatte erwarten können, Triboulet wiederzusehen, war mit einem Mal die Erschöpfung vollkommen abgefallen. Es hätte nicht viel gefehlt, und sie hätte sich dem wilden Freudentanz des Narren angeschlossen. Katharina zeigte sich begeistert, ihre Bekanntschaft zu machen, und der König hob sie in seine Arme, um sie zu küssen und ihr traurig zu gestehen, dass er ebenso wie sie untröstlich über den Verlust seiner Freundin sei. Vierundzwanzig Stunden im Palast hatten sie all ihre Ängste und Wehwehchen vergessen lassen, und frisch und ausgeruht, angetan mit neuer Würde und neuem Gewand ließ sie sich von Marie in die Rue Vieille-du-Temple führen, nachdem sie einen Rundgang über den Friedhof Saints-Innocents gemacht hatten, wo sie das Grab von Croquemitaine besuchten.

Als sie an der alten Gewandschneiderei von Isabeau vorbeikamen, fühlte Marie, wie das Herz ihr stockte. Immer noch waren die großen Glasfenster mit Brettern zugenagelt, um neugierige Blicke abzuwenden. Doch sie schienen gelockert worden zu sein, und Marie hätte schwören mögen, dass jemand in die Schneiderei eingedrungen und sie verwüstet hatte.

»Wir müssen verkaufen«, dachte sie laut.

»Oder wieder von vorne anfangen«, erwiderte die Zwergin und tätschelte ihre Hand.

»Ich kann nicht nähen, Bertille. Das Wenige, was ich konnte, habe ich längst verlernt.«

»Du musst es nur wollen.«

»Ich habe kein Geld, um ein Geschäft aufzumachen.«

»Frag den König, ob er dir ein Darlehen gibt. Er wird dir helfen, da bin ich ganz sicher.«

»Ich weiß nicht. Wir werden sehen.«

Solène umarmte Bertille liebevoll. Marie hatte sie als schmächtiges kleines Mädchen mit tief liegenden Augen in Erinnerung. Doch die sechs Jahre jüngere Frau, die sie nun vor sich sah, hatte die wilde Schönheit ihrer Mutter Lilvia geerbt. Ihre runden Formen verliehen ihr die Haltung einer Königin, und unter dem goldenen Haar, das in einem Zopf zusammengehalten war, strahlte ihr ein Blick vollkommenen Glücks entgegen. Marie ließ sich von ihr umarmen und herzlich willkommen heißen. Im Angesicht einer solchen Schönheit verstand sie plötzlich, warum Constant sich die Augen hatte verdrehen lassen.

Bertille hielt gerührt ihren kleinen Enkel im Arm.

»Er ist so klein«, bemerkte Solène traurig. Eingewickelt in seine Windeln sah der bald Einjährige aus wie ein kleines Püppchen. »Wir haben ihn Bertrand genannt, nach seinem Großvater, aber ihr wisst, das ist nicht …«

»Was sind das denn für Sitten, hier einfach aufzukreuzen, ohne sich vorher anzumelden!«, wurde sie von Constant unterbrochen. »Aber ich freue mich, euch hier zu sehen, Mutter«, fügte er besänftigend hinzu und hob Bertille in die Luft.

Für einen Moment hätte Marie schwören können, dass Solène ihren Blick über einem Geheimnis gesenkt hatte. Was mochte sich hinter ihrem unvollendeten Satz verbergen?

Constant trat auf sie zu und gab ihr einen Kuss auf die Wange. Sie spürte, wie ihre Knie weich wurden, doch es gelang ihr, ihn zu begrüßen und etwas gezwungen anzulächeln.

»Ich gehe Wein holen«, kündigte Solène an und warf Marie einen betrübten Blick zu.

Ihre Miene verdüsterte sich. Marie konnte alles ertragen, was ihre Rivalin mit ihr anstellen mochte: dass sie ihr wie einer Freundin begegnete, sie mit Missachtung strafte oder ihr mit der Arroganz der Siegerin entgegentrat. Nur eins konnte sie partout nicht erdulden: ihr Mitleid. Sie hob den Kopf und rief aus:

»Ich wusste gar nicht, dass Croquemitaine mit Vornamen Bertrand hieß!«

»Man kommt nicht mit einem Spitznamen auf die Welt, den muss man sich verdienen. Hast du das vergessen? Na ja, aus heutiger Sicht muss dir die Welt der Bettler ziemlich lächerlich erscheinen.«

»Nicht so lächerlich wie diejenigen, die glauben, ich hätte mich verändert«, gab sie zurück.

»Also, jetzt reicht's, ihr beiden! Ich habe diese lange und anstrengende Reise nicht unternommen, um euch beiden beim Streiten zuzuschauen. Könnt ihr nicht endlich Frieden schließen? Ich möchte so gerne, dass ihr euch wieder vertragt, bevor ich die Augen schließe«, fügte Bertille fast flehend hinzu.

Constant beugte sich über seine Mutter und küsste sie auf die Stirn.

»Wenn das der einzige Grund ist, der dich daran hindert, dann niemals!«, lachte er.

»Mach dich nicht über mich lustig, du Schlingel!«, brummte Bertille.

Marie trat vor und legte die Hand auf Constants muskulösen Arm.

»Sie hat Recht. Dieser Streit dauert schon zu lange an, Constant. Im Namen unserer Kinder: Vergessen wir ihn. Lass uns wieder Freunde werden!«

Er lächelte und nickte, doch etwas in seinem Blick sagte Marie, dass er ihr nicht verziehen hatte. Für Bertille genügte sein Zugeständnis. Sie wollte alles von ihm wissen: was er machte, was aus dem und aus jenem geworden war, was die Reformationsbewegung für eine Entwicklung genommen hatte.

Constant erklärte ihr, dass er Arbeit in einer Druckerei gefunden hätte. Jemanden zu finden, der geschickt und schnell war, lesen und schreiben konnte, war in der Welt der kleinen Leute nicht unbedingt einfach, und so hatte er keine Probleme gehabt, mit seinen Fähigkeiten unterzukommen. Er engagierte sich insofern weiter in der Reformationsbewegung, als der König nach sorgfältiger Überprüfung seinem Meister gestattet hatte, die Schriften Calvins und Luther-Übersetzungen zu drucken. Albérie hatte ihm angeboten, in ihrer Wohnung unterzukommen. Solène, die ganz in ihrer neuen Mutterrolle aufging, widmete sich den Straßenkindern und brachte ihnen die Zahlen und das Alphabet bei. Marie beneidete sie. Sie schien ganz offensichtlich sehr glücklich und in ihrer Nähe wirkte auch Constant ruhiger und besonnener. Er war reifer geworden. Feine Fältchen umkränzten seine Augen, wenn er lachte.

Sie blieben zwei Stunden. Mit der Atmosphäre, die Marie als Kind kennen gelernt hatte, hatte all das jedoch nichts mehr gemein. Ein Zeichen dafür, dass sie im Recht und Constant im Unrecht war. Die ganze Welt hatte sich verändert, und der *Cour des Miracles* stellte nichts weiter als den Übergang zwischen Bourgeoisie und bitterer Armut dar. Eine Bezeichnung, die vor allem für ein Stück Menschlichkeit stand. Und doch hatte diese Welt niemals aufgehört, die ihre zu sein.

Die Wohlgerüche von Schloss Fontainebleau schienen ihr kaum mehr erträglich. Es hätte nicht viel gefehlt, und sie wäre heimgekehrt zu ihren Kindern. Doch sie beherrschte sich. Bertille wollte so viel Zeit wie möglich mit ihrem kleinen Enkel verbringen, den sie ohne zu zögern angenommen hatte. Von den Erwachsenen, die Maries Kindheit behütet hatten, war nur noch sie in Paris. Die Repressionen hatten die Gruppe um Isabeau auseinander gesprengt, die harten Winter die Bettler sterben lassen. Mit Isabeau war eine ganze Generation von ihnen gegangen und eine Seite im Buch des Lebens zugeschlagen. Marie brauchte mehrere Wochen, um dies anzunehmen.

Bertille, die bei Constant wohnte, bedrängte Marie, sie besuchen zu kommen. Aus Zuneigung zu der Zwergin gab sie nach, doch bei jedem ihrer Besuche hatte sie das Gefühl, als würde ihr ein Spiegel vorgehalten. Trotz der Liebkosungen von Montmorency, der inzwischen das Geheimnis ihres Verbrechens wahrte, fühlte Marie sich einsam. Einsam und nutzlos.

Der frühe Tod von Madeleine von Frankreich, kaum sechs Monate nach ihrer Vermählung, bedeckte das Land mit einem Schleier der Trauer. Der Sommer schließlich brachte zahlreiche Feste in den Gärten und Parks mit sich. Zwei klar voneinander getrennte Kreise hatten sich bei Hof herausgebildet. Auf der einen Seite standen die Günstlinge des Königs und Anne de Pisseleus, auf der anderen Seite die von Heinrich und Diane de Poitiers. Durch ihre Verbindung zu Anne de Montmorency gehörte Marie dem zweiten Kreis an. Katharina hingegen schien unbeirrt ihrer eigenen Wege zu gehen. Sie nahm regelmäßig an den Jagdausflügen des Königs teil und hatte sogar gelernt, im Herrensitz zu reiten, angetan mit bequemen Reithosen, die zugleich schicklicher waren. Doch von größeren Feierlichkeiten hielt sie sich fern. Sie umgab sich mit einer würdevollen, respektheischenden Aura, die es ihr erleichterte, die Blicke der anderen und insbesondere Diane de Poitiers zu ertragen. Diane, Anne de Pisseleu und Katharina wollten alle dasselbe: jene Macht, die Marie verabscheute.

Ihre einzige wirkliche Verbündete, das hatte sie bald begriffen, war die Schwester des Königs, die sich weiterhin sehr für die Reformationsbewegung einsetzte. Ihre Freundschaft war aus ihrem gemeinsamen Glauben heraus entstanden, aber auch und vor allem aus ihrer großen Verbundenheit während der Tage finsterster Repression.

Im Herbst erhielt Marie Nachrichten von Jean. Er freue sich, dass sie sich Gedanken um ihn mache. Trotz seines Kummers über den Tod von Isabeau war er mit seiner neuen Beschäftigung hoch zufrieden. Sein taktischer Verstand und seine Tapferkeit hatten ihn zum Offizier werden lassen, und er rüstete sich, mit dem französischen Heer zusammen das Piemont einzunehmen. Der König war in der Tat bereits in Lyon eingetroffen, um bei seinen Truppen zu weilen. Montmorency und Heinrich folgten ihm. Einmal mehr ging es darum, die verlorenen Städte Italiens zurückzuerobern.

Dort erreichte Franz I. auch die Botschaft vom Tod Françoise de Châteaubriants. Das Gerücht verbreitete sich von Stadt zu Stadt, und der Hof bebte vor Entrüstung: Die ehemalige Mätresse des Königs sei von ihrem Gemahl ermordet worden. Dieser, der über Jahre hinweg den königlichen Ehebruch ohne ein Wort des Vorwurfs akzeptiert hatte, hatte seine von Anne de Pisseleu verjagte Gattin schließlich bis zu jenem 16. Oktober des Jahres 1537 einsperren lassen. Es hieß, er sei ihrer überdrüssig geworden und gemeinsam mit Chirurgen und bewaffneten Männern in ihr Zimmer eingedrungen, das in Wirklichkeit mehr Ähnlichkeit mit einem Kerker aufwies. Dort habe man ihr die Adern geöffnet und hätte ihr beim Verbluten zugeschaut.

Den König erschütterte dieser Verlust nach so vielen anderen in diesem Jahr sehr. Sein Haar wurde von einer Nacht auf die andere weiß. Am 10. Februar 1538 ernannte er Montmorency zum Connétable von Frankreich und beauftragte ihn mit einer Untersuchung des Falls, sobald der Krieg zu Ende wäre. Er selbst stürzte sich voller Elan in die Kämpfe, um Vergessen zu finden.

In jenem Winter 1538 befand sich kaum noch ein Mann bei Hof. Die Atmosphäre in den Gemächern war aufgeladen von Groll und Ranküne, und hinter den Masken der Freundlichkeit und Wohlerzogenheit machte man sich übereinander lustig. Die meisten Hofdamen hatten sich in den Schoß ihrer Familien zurückgezogen, nur Marie fand nirgendwo ihren Platz.

Sie hielt es nicht mehr aus. Isabeau hatte ihr ihr Haus und ihre Gewandschneiderei vermacht. Sie beschloss, dorthin zurückzukehren. Katharina gegenüber gab sie vor, ihre Familie zu besuchen. Seit sieben Jahren verlassen, war die Luft in den Räumen vom Gestank der Ratten verpestet. Marie tauschte ihre höfische Kleidung gegen die einer Dienstmagd und krempelte die Ärmel hoch, um dem Haus seine vergessene Pracht zurückzugeben. Sie brauchte einen Monat. Während Bertille den kleinen Bertrand hütete, stand Solène ihr hilfsbereit zur Seite. Ihre einfache und ehrliche Freundschaft tat Marie gut. Sie vermieden es, über Constant zu sprechen, und Solène erwies sich als äußerst verständnisvoll.

In der Gewandschneiderei waren die Verhältnisse noch schlimmer. Die Ballen mit den kostbaren Stoffen hatten Löcher bekommen, waren verdreckt von Mäusekot und verschimmelt durch die Feuchtigkeit. Was sie retten konnten, verteilte Solène an die Armen, ebenso wie die aus der Mode gekommenen und verblichenen restlichen Kleidungsstücke und Bänder.

Als alles gereinigt und wieder hergerichtet war, hatte der Winter sich zugunsten eines sonnigen Märzen verzogen. Marie hatte genug Zeit zum Nachdenken gehabt. Ihre Forschungen machten keinerlei Fortschritte, weil es ihr an Geld fehlte. Vollore und die anderen Ländereien, die Chazeron ihr hinterlassen hatte, warfen genug Ertrag ab, um sich selbst zu unterhalten, doch es blieb nichts übrig, das sie in die Ausstattung eines neuen Labors hätte stecken können. Und Ma wurde älter – so wie Huc, wie Bertille, wie Albérie. Wenn sie das Geld für ihre Forschungen nicht würde auftreiben können, würde die Zeit sie ihr alle nach und nach stehlen und ihr die Möglichkeit nehmen, eines Tages ihre Mutter wiederzusehen.

Im folgenden Monat machte Marie sich auf nach Angoulême. Sie wurde von der Schwester des Königs herzlich empfangen und reiste nicht nur mit einem Darlehen im Gepäck ab, das diese ihr wie erwartet gewährt hatte, sondern vor allem mit dem Gefühl, eine wahre Vertraute gefunden zu haben, was sie zutiefst berührte:

»Isabelle de Saint-Chamond war meine Freundin, und ich habe sehr bedauert, dass sie La Palice treu geblieben ist. Wenn sie die Favoritin meines Bruders geworden wäre, hätten wir für die Reformationsbewegung gemeinsam viel erreichen können. Ich habe sie jedoch für ihre Treue genauso geschätzt wie für ihre Großzügigkeit. Ihr Geheimnis war mir wohl vertraut. Dem König übrigens ebenso, dessen Schutz sie erbeten hatte, anstatt zuzugeben, dass sie ihn liebte. Eure Großmutter war etwas Besonderes. Ihr seid ihr ähnlich, Marie. Ich werde Euer Geschäft nicht allein dadurch unterstützen, dass ich Eure Kundin werde, sondern verspreche Euch darüber hinaus, Euch zahlreiche weitere Klienten zuzuführen, damit Ihr das entsprechende Renommee erlangt.«

Marie wagte nicht, sie zu fragen, ob sie die ganze Wahrheit kannte, aber nichtsdestotrotz tröstete sie die uneingeschränkte Zuneigung von Marguerite d'Angoulême.

Kaum war sie Anfang Juni 1538 zurück in Paris, begab sie sich zu Katharina, um dieser ihre Pläne zu gestehen.

»Ich brauche dich bei Hof, deine hellseherischen Fähigkeiten und astrologischen Kenntnisse«, entgegnete diese mit zornblitzenden Augen.

»Ich denke, Ihr habt genug Spione, um zu wissen, was um Euch herum und anderswo passiert«, erwiderte Marie.

»Aber niemanden, der nah genug an Diane herankommt, um sie mir vom Hals zu schaffen«, antwortete Katharina mit harter Stimme, die keinen Widerspruch duldete.

Marie wurde blass vor Wut. Doch die Duchesina vermochte ihr keine Angst mehr einzujagen. Sie erhob sich, ihrem boshaften Medusenblick standhaltend:

»Niemals.«

»Willst du, dass ich dich des Mordes am Dauphin anklage? Deine Freundschaft zu Königin Eleonore, der Schwester von Karl V., allein würde genügen, um dich als Spionin, als Meineidige dastehen zu lassen. Ich werde dich nicht gehen lassen, ohne dass du mir diesen Dienst erwiesen hast, Marie.«

»Dies werden andere als Ihr zu entscheiden haben. Denn, glaubt mir, Katharina, wenn ich falle, werdet auch Ihr fallen. Der König ist Euch zugetan, weil Ihr in seinen Augen Italien repräsentiert, aber er ist nicht mit Blindheit geschlagen. Das Verbrechen hat Euch sehr viel mehr genützt als mir, und ich werde mich Euren Launen nicht ein zweites Mal aussetzen. Ihr seid keine Mutter, und Euer geliebter Heinrich erwidert Eure Gefühle nicht. Vergesst nicht, Herzogin, dass es für den König und seinen Sohn keinerlei Hinderungsgrund gibt, Euch vor die Tür zu setzen.«

Katharinas schwarze Augen funkelten vor Zorn. Ein nervöses Zucken durchlief ihren Körper.

»Raus hier!«, schrie sie. »Mach, was du willst, aber lass dich hier nicht mehr blicken, *puttana*! Deine Liebschaften werden dir nichts nutzen! Wer nicht für mich ist, ist gegen mich. Der Tag wird kommen, an dem du bittere Reue empfinden wirst.«

»Das mag sein, aber niemals so sehr, wie ich den Verzicht auf meine Freiheit bereuen würde.«

Mühsam die Etikette wahrend zog sie sich mit einem Knicks zurück. Ihre Zeit am Hofe Frankreichs war abgelaufen. Sie würde sich Montmorencys Aufmerksamkeit bewahren, dessen neue Aufgabe ihr mehr Nutzen brachte als je zuvor, und außerdem die Zuneigung des Königs und der Königin. Zu Hause angekommen, im Herzen von Paris, schrieb sie einen Brief an Diane, die bei ihrer Familie weilte: »Passt auf Euch auf. Man trachtet danach, Euch zu schaden, vielleicht sogar, Euch noch Schlimmeres anzutun«, begann sie. Sie entschied sich, anonym zu bleiben, und unterschrieb lediglich mit »Eine Freundin«, weil sie befürchtete, ihr Brief könnte abgefangen werden. Sie wollte vermeiden, dass Katharina gegen sie etwas in der Hand hätte.

Sie wartete auf Solène, der sie ihre Rückkehr mitgeteilt hatte, denn sie verspürte das starke Bedürfnis, sich auszusprechen. Sie hatte damit aufgehört, sie als eine Rivalin zu betrachten, sondern sah in ihr nur noch das kleine Mädchen von einst, das bei ihren Spielen mitgemacht hatte. Ob Constant sie nun aus Liebe geheiratet hatte oder um sich an ihr zu rächen, machte für sie keinen Unterschied mehr. Solène war diejenige geblieben, die sie immer schon gewesen war, und Marie brauchte jemanden, dem sie vertrauen konnte.

Um sich abzulenken, sah sie die Post durch, die ihr vom Schloss aus nachgeschickt worden war. Auch eine Nachricht von Jean befand sich darunter:

Eine böse Verletzung am Bein hat meiner Laufbahn in der Armee ein Ende bereitet. Die Ärzte sind nicht sehr optimistisch, liebe Marie. Vielleicht können sie mich nicht retten. Pass auf meine Kinder auf.

Jean

Der Brief war datiert vom 20. Oktober. Fieberhaft blätterte Marie durch ihre Post, die seit Januar auf sie wartete, seit ihrer Rückkehr zu Isabeau. Jean hatte kein weiteres Lebenszeichen von sich gegeben. Sie schaute auf die mit zittriger Hand geschriebenen Buchstaben. Hier und da waren auf dem Papier die Spuren von Blut und Schweiß zu erkennen. Angst ergriff sie, und sie ließ sich auf einen Stuhl fallen. Kein Zweifel, dass er hohes Fieber gehabt hatte. Er hatte sie vorwarnen wollen.

Schluchzend fand Solène sie vor. Die junge Frau stürzte auf sie zu und nahm sie in die Arme, ohne recht zu begreifen, was da vor sich ging. Als sie den auf den Boden geglittenen Brief bemerkt, ihn aufgehoben und überflogen hatte, entfuhr ihr ein Schrei, und von einem Augenblick auf den anderen wurde sie ohnmächtig.

Marie hob den Kopf, als sie das dumpfe Geräusch ihres Aufschlagens auf dem Fußboden hörte. Angesichts von Solènes Not vergaß sie ihren eigenen Schmerz und kniete nieder, um die junge Frau gegen einen Sessel zu lehnen. Sie suchte nach einer Flasche Likör, als sie ein Stöhnen hörte. Solène war völlig verstört, die Tränen standen ihr in den Augen, krampfhaft hielten ihre Finger die Botschaft des Verletzten fest. Marie zwang sie, einen ordentlichen Schluck von der scharfen Flüssigkeit zu trinken. Sie hätte nicht gedacht, dass diese Nachricht sie so aus der Fassung bringen würde.

»Er ist tot, nicht wahr?«, wimmerte Solène mit zitternden Lippen.

»Ich weiß es nicht, ich habe nur diesen Brief von ihm.« Marie hatte ihre Arme um die junge Frau geschlungen und wiegte sie sanft. Sie brachte es nicht fertig, sich Jeans Tod auszumalen, er war dem Tod so oft entronnen, in letzter Sekunde hatte er sich über die Männer des Profos lustig gemacht und über die verweichlichten Ehegatten. Ein Gefühl der Schuld überkam sie, als sie über den Grund seiner Abreise nachdachte. Wenn sie ihn geheiratet hätte, hätten die Kinder einen Vater an ihrer Seite gehabt, sie wäre weiterhin die Dame de Vollore gewesen und alles wäre viel einfacher und wahrhaftiger gewesen. Weil Solène sich gar nicht mehr beruhigen konnte, versuchte sie sie zu trösten:

»Jean ist schlau, gewitzt und bei guter Konstitution, Solène. Ich bin sicher, dass er heil aus der ganzen Geschichte herauskommen wird. Ganz sicher, verstehst du?«

Solène nickte mit dem Kopf und schniefte. Sie griff nach der Flasche und genehmigte sich noch einen ordentlichen Schluck.

»He«, wies Marie sie sanft zurecht. »Du wirst noch vollkommen betrunken werden.«

»Das ist mir gleichgültig.«

»Ich wusste nicht, dass du so empfindsam bist. Wir haben so viele Leute sterben sehen, so viele Freunde sogar ...«

Solène senkte den Kopf und schniefte wieder.

»Das ist etwas anderes. Ihn habe ich geliebt«, gestand sie.

Marie stockte der Atem.

»Ich verstehe nicht ...«, stotterte sie.

Solène schaute sie aus großen, traurigen Augen an.

»Da gibt es nichts zu verstehen. Du bist diejenige, die er erwählt hat.«

Marie versuchte die Einzelteile einer Geschichte zusammenzusetzen, die dieses Geständnis in alle Richtungen hatte auseinander brechen lassen. Doch sie hatte ihre liebe Mühe damit; es war, als fehlte ein Teil, damit der Zusammenhang deutlich würde.

»Warum hast du mich gebeten zu kommen?«

Solènes Frage erwischte sie kalt. In Gedanken versunken, antwortete sie mechanisch:

»Um dich für meine Pläne zu gewinnen. Ich habe das Darlehen erhalten, das ich erbeten hatte, um die Gewandschneiderei wieder eröffnen zu können.«

»O mein Gott, Marie!«, rief Solène und fasste sie um die Schultern. »Wie könnte ich, ohne dir die ganze Wahrheit zu sagen?«

Marie suchte ihren Blick. Er war von solch einer Trauer umnebelt, dass Zärtlichkeit sie ergriff. Solène fuhr fort:

»Du bist so großherzig. Dabei hättest du mich verwünschen müssen wegen der Rolle, die zu spielen er mich gezwungen hat. Stattdessen habe ich die große Schwester wiedergetroffen, die ich als Kind so verehrt habe.«

»Welche Rolle? Wovon sprichst du, Solène?«, fragte Marie, deren Kopf sich drehte ob dieses halben Geständnisses, der intuitiven neuerlichen Verbundenheit mit Constant und des Schuldgefühls, das sie bei der Möglichkeit von Jeans Ableben überfallen hatte.

»Bertrand ist nicht Constants Sohn«, verkündete Solène. »Ich habe immer nur Jean geliebt«, fügte sie hinzu, als sie Maries verblüfften Gesichtsausdruck sah. »Als ich von Constant hörte, was zwischen dir und Jean abgelaufen war, wurde ich fürchterlich eifersüchtig, aber konnte dir zugleich keine Vorwürfe machen. In Jeans Augen war ich noch ein Kind, und du wusstest schließlich nichts von meinen Gefühlen zu ihm. Dann kamen die Repressionen. Ich habe mich ihm mehr oder weniger an den Hals geworfen, bestärkt davon, was Constant, mein in seiner Eitelkeit gekränkter, armer Bruder mir anvertraut hatte. Er gefiel sich darin, dich zurückzuweisen, wissend, dass du Jean nicht mehr liebtest als ihn. Er wollte dich bestrafen. Ich musste mitspielen, ob ich wollte oder nicht. Der Tod meiner Mutter, die Enthüllungen über meine Geburt. Calvin, der unsere Gesellschaft suchte und uns seine Ideen und Theorien aufzwang. Ich verstand nichts von dem, was Constant ausheckte. Dann bist du weggegangen und Jean ist geblieben. Er war unglücklich. Er wusste, dass du ihn niemals heiraten würdest. Ich habe ihn schließlich davon überzeugen können, dass ich ihm eine Familie schenken könnte, dass ich ihn zu lieben wüsste. Und dass, wenn er mich heiratete, alles wieder in Ordnung käme. Constant würde ihm verzeihen und an ihre alte Freundschaft anknüpfen. Er hat sich überzeugen lassen, und wir haben uns geliebt – trotz seines Heiratsversprechens dir gegenüber. Ich habe Constant davon erzählt, der einen Wutanfall bekam. Er brüllte herum, dass so lange er lebte, Jean niemals mehr glücklich und in Frieden sein würde. Er hat mich unter der Drohung, Jean eigenhändig umzubringen, schwören lassen, auf Jean zu verzichten. Er war grausam, hat mich geschlagen. Ich bekam Angst, dass er seine Drohung wahr machen würde. Also habe ich gehorcht. Und dann habe ich festgestellt, dass ich schwanger war. Ich habe es Constant gebeichtet. Eine Woche später ist er zusammen mit Jean zu dir in die Auvergne gefahren. Constant hatte mir versprochen, unterwegs mit Jean ein klärendes Gespräch zu führen und mir nach seiner Rückkehr davon zu berichten. Er ist allein zurückgekommen und hat behauptet, Jean hätte nur mit mir gespielt und beschlossen, dich zu heiraten, um seinen Kindern ein guter Vater zu sein. Ich habe fürchterlich geweint und seinen Vorschlag, ihn zu heiraten, angenommen, um meine Ehre zu retten. Jean war sehr wütend, als er von all dem erfuhr. Sie haben gestritten, und auf diese Weise habe ich die Wahrheit erfahren. Jean ist in die Auvergne gefahren, um dir von seiner Absicht zu erzählen, mich zu heiraten, doch Constant ist ihm zuvorgekommen. Jean hat den Mund gehalten. Doch bei seiner Rückkehr hat er reinen Tisch machen wollen. ›Du hast mir mein Glück geraubt, jetzt werde ich deines bekommen‹, hat Constant ihm an den Kopf geworfen und wie ein Irrer gelacht. ›Wenn einer von euch beiden glaubt, Marie einweihen zu müssen, dann mache er sich darauf gefasst, dass euer Kind der Leidtragende sein wird.‹ Am nächsten Tag ist Jean zur Armee gegangen. Ich habe ihn nicht wiedergesehen. Constant wollte euch beide bestrafen. Das ist so dumm!«, rief sie aus und warf sich in Maries Arme.

Marie zog sie an sich. Sie war vollkommen überwältigt. Ein Gefühl des Hasses stieg in ihr hoch, so stark, wie sie es nie für möglich gehalten hätte. Ohne sich etwas anmerken zu lassen, schob sie Solène sanft von sich und richtete sich auf.

»Hat er dich vergewaltigt?«, fragte sie.

»Wer?«

»Constant. Hat er dich vergewaltigt?«

»Ein einziges Mal«, gab Solène zu. »Wegen deines Verhältnisses mit dem König und wegen meiner Mutter.«

»Wegen deiner Mutter?«, rief Marie verblüfft. Sie hatte die Hände zu Fäusten geballt.

Solène zögerte, als sie Maries wutverzerrtes Gesicht bemerkte.

»Sprich«, befahl sie in einem Ton, der härter als beabsichtigt klang.

Besänftigend fügte sie hinzu:

»Wir dürfen keine Geheimnisse mehr voreinander haben, Solène.«

Die junge Frau hob den Kopf.

»Dank Triboulets Vermittlung ist meine Mutter zu Beginn der Regentschaft von Franz I. für einen Abend ins Château de Blois bestellt worden, um den König und seine Gäste zu unterhalten. Sie hat getanzt, wie nur sie es vermochte, hat die Männer verrückt gemacht, sich ihnen jedoch verweigert. Und dennoch hat sie sich schließlich von einem von ihnen verführen und betören lassen. Am nächsten Morgen hat sie das Schloss mit einer Börse voll Gold und dem Kind von Franz I. im Bauch wieder verlassen.« Errötend fügte sie hinzu: »Dieses Kind war ich. Niemand außer Croquemitaine und Bertille kannte die Wahrheit. Er hat es mir kurz vor seinem Tod gestanden und ich habe nicht widerstehen können, Constant einzuweihen, weil dieses Geheimnis mich so belastet hat. Ein paar Wochen später hat Triboulet ihm erzählt, dass der König den Weg in dein Bett gefunden hat. Das hat ihn wahnsinnig gemacht. ›Wenn sie sich einen König nimmt, nehm ich mir eine Königin!‹, hat er geschrien und mich geschlagen. Ich habe ihn gewähren lassen. Anschließend hat er mich um Verzeihung gebeten und geschworen, dass dies nie mehr vorkäme. Zum Glück bin ich nicht schwanger geworden, und er hat sein Versprechen gehalten.«

Langsam stand Marie auf. Ihre Fingerknöchel waren weiß geworden, so fest hatte sie ihre Hände zu Fäusten geballt.

»Wohin gehst du?«, fragte Solène mit zitternder Stimme.

»Wohin ich gehe?«, wiederholte Marie höhnisch auflachend. »Ihn umbringen!«

Sprach's und ließ sie stehen, um mit fliegenden Seidenröcken durch die engen Straßen von Paris zu rennen, ungeachtet der neugierigen Blicke der Passanten, gleichgültig allem gegenüber, was ihren Weg kreuzte.

Doch dieses Mal war sie nicht mehr das kleine Mädchen, das sich an seinem Milchbruder wegen einer aufgezogenen Schleife rächen wollte. Dieses Mal war er zu weit gegangen.

Keuchend und schwitzend erreichte sie Constants Haus, wo Bertille gerade den kleinen Bertrand zu Bett brachte. Constant selbst war noch nicht aus der Druckerei zurückgekehrt, und Marie machte sich nicht die Mühe, Bertille den Grund ihrer Suche nach ihm zu erklären. Noch bevor diese sich über ihren aufgelösten Zustand hatte wundern können, war sie auch schon weitergelaufen.

Die Druckerei lag nur zwei Straßen entfernt. Heftig atmend betrat Marie den Raum.

Constant erhob sich, die Hände und den blauen Arbeitskittel von Tinte verschmiert. Er zeigte sich erstaunt, sie wie in alten Tagen unordentlich gekleidet und mit aufgelösten Haaren vorzufinden. Marie schnappte nach Luft, dann fragte sie:

»Bist du allein?«

»Ja. Warum?«

Kaum hatte er das letzte Wort ausgesprochen, hatte er sich auch schon eine Ohrfeige gefangen, die so kräftig war, dass sein Kopf zur Seite flog. Ihm blieb keine Zeit zu reagieren, denn Marie hatte sich bereits auf ihn gestürzt und ihm ein Bein gestellt, während sie sein Gesicht mit den Fäusten bearbeitete. Im Fallen stieß er gegen die Druckerpresse, warf ein Tintenfass um und landete zwischen zwei Stapeln Papier. Marie schwang sich auf seinen Bauch; sie war wütend und völlig enthemmt.

Noch immer hatte er nicht ganz begriffen, was da vor sich ging. Ein Auge war halb zugeschwollen, das Blut floss aus seiner Nase. Schließlich gelang es ihm, sie bei den Handgelenken zu packen und ihre Arme zur Seite zu biegen.

»So beruhige dich doch!«, rief er.

»Niemals, niemals«, zischte sie, durch seinen Widerstand noch mehr angestachelt.

Sie rangen noch eine Weile miteinander, bis es Constant gelang, unter den Papierbergen hervorzukriechen, die seine Bewegungsfreiheit behinderten, und sich auf Marie zu rollen. Mithilfe seines Gewichts vermochte er schließlich auch ihren Füßen, Knien und Fäusten jegliche Bewegungsfreiheit zu nehmen, was sie jedoch nicht daran hinderte, mit dem Kopf zu seinem Ohr hochzustoßen und ihm kräftig ins Ohrläppchen zu beißen. Vor Schmerz schrie er auf. Er wusste sich nicht anders zu helfen, als ihr ins Gesicht zu schlagen, um ihre Raserei zu stoppen.

»Ich bring dich um!«, schrie sie. Wütend versuchte sie, ihre Gliedmaßen zu befreien, und schnappte dabei nach allem, was ihr in die Quere kam.

Doch allmählich verließen sie ihre Kräfte. Constant war einfach viel stärker als sie. Über und über beschmiert mit Tinte, Blut und dem Schweiß ihrer beiden Körper, hatte sich etwas in ihm gelöst, als er sie plötzlich wieder so erlebte, wie er sie von früher her kannte. Wild und ungezähmt, nicht mehr die Dame von Welt, mit deren Entwicklung er nicht hatte mithalten können, deren Veränderung ihn fast den Verstand hatte verlieren lassen. Er fing ihre Hände über seinem Kopf ab, die einen letzten, geschwächten Angriffsversuch unternommen hatten, und suchte ihren Mund. Marie fühlte eine neue Welle des Zorns über sich hereinbrechen und bäumte sich auf. Ein Schwall von Flüchen kam über ihre Lippen, als sie den Kopf zur Seite drehte und sich wie ein Aal in seiner Umklammerung wand.

Aber sie hatte keine Chance. Sein Mund bemächtigte sich des ihren. Sie schmeckte Blut, und plötzlich war ihr Durst gestillt. Sie stöhnte unter seiner Gewalt, all ihre Sinne hellwach, und dann ließ sie sich von ihren Gefühlen überwältigen. Constant löste seinen harten Griff und verflocht seine Finger mit ihrem aufgelösten Haar, während sie ihre Rächerinnenhände um seinen kräftigen Hals legte und ihre Schwäche verteufelte.

»Ich hasse dich! Ich werde dich zerstören, Constant!«

»Endlich kenne ich dich wieder!«, murmelte er in ihre aufgeworfenen Lippen hinein, bevor er sie erneut küsste.

»Mistkerl!«, rief sie und stieß ihn zurück.

Doch er küsste sie wieder.

»Nichtsnutz!«, versuchte sie es noch einmal, doch ihre Wut verlor sich in seinem Blick.

Einem Blick, der um Verzeihung bat. Einen Moment blieben sie reglos, suchten in der Seele des anderen nach einem Grund, warum sie sich weiter hassen sollten. Es gab Tausende. Doch sie fanden keinen.

»Du hast mir so gefehlt«, flüsterte Constant. Seine Hände wühlten in ihren von Tinte und Leim feucht gewordenen Haaren, in denen sich ein paar Lettern verfangen hatten.

Sie zog ihn an sich, vermischte ihren Atem mit dem seinen.

»Eines Tages, Constant, werde ich dich zerstören.«

»Wie du willst. Ich habe es verdient. Und mehr noch.«

Ohne Hast entkleidete er sie. Er ließ sie nicht aus den Augen, die junge Wilde, die sie für ihn wieder geworden war. Sie liebten sich wie zwei Kinder, die einander zum ersten Mal entdecken. Ohne ein Wort zu sagen, um den Zauber nicht zu brechen, mit vorsichtigen Berührungen, um sich gegenseitig nicht noch mehr zu verletzen. Ihre Vereinigung war so natürlich wie nichts auf der Welt.

Die Nacht über Paris war schwarz, als sie sich zur Ruhe legten, eng umschlungen, inmitten des Durcheinanders, das sie in der Druckerei angerichtet hatten. Marie kuschelte sich an Constants unbehaarte Brust. Die Hände hinter dem Kopf verschränkt, umgeben von umgestürzten Papierstapeln, lächelte der junge Mann. Seit Jahren hatte er erstmals wieder seinen inneren Frieden gefunden. Er ahnte jedoch, dass die Stunde der Geständnisse ihm erst noch bevorstand. Was Marie in der Zwischenzeit allein herausgefunden hatte, wusste er nicht, aber er war entschlossen, nicht mehr die Unwahrheit zu sagen, kein falsches Spiel mehr zu spielen. Er strich ihr über die Wange und fühlte, wie die Müdigkeit seinen Körper schwerer werden ließ. Er brauchte die Ruhepause, um sich darüber klar zu werden, was mit ihnen geschehen war. Er allein trug an allem die Schuld, aber genügte diese Erkenntnis, um noch einmal von vorne anfangen zu können?

Marie schüttelte ihn heftig.

»Es wird gleich Tag, Constant«, rief sie, während er sich reckte und streckte. »Wir müssen noch aufräumen, sonst werfen sie dich hinaus.«

Er riss die Augen auf. Das Sonnenlicht, das die dämmrigen Gassen erhellte, war noch schwach. Er sprang auf, und Marie senkte den Blick vor seiner Nacktheit. Sie hatte sich angezogen, während er langsam wach geworden war, in der Befürchtung, dass sie überrascht würden. Er fühlte sich unbehaglich vor ihrem abgewandten Gesicht. Aus Angst, dass sie ihm entwischen könnte, streckte er die Hand aus und griff nach ihrem Arm. Er zog sie an sich und war beruhigt, als er keinen Widerstand verspürte. Er hielt sie gegen seinen nackten Bauch gepresst und ließ seinen Mund zu ihrem Ohr hinabgleiten.

»Ich liebe dich, Marie.«

»Das reicht nicht«, erwiderte sie wie ein Echo auf jene Worte von einst, die ihren Glanz verloren hatten.

»Doch, das reicht, Marie«, versicherte er und zog sie nur noch fester an sich. »Ich habe Bestrafung, Hass, Wut verdient, doch für diese Liebe habe ich bereits genug gezahlt.«

»Jean ist tot.«

Für einen Moment war er wie versteinert, dann ließ er seine Arme nach unten fallen.

»Das habe ich nicht gewollt«, murmelte er kopfschüttelnd.

Marie küsste ihn auf die Wange. Dann wandte sie sich ab.

»Ich weiß. Zieh dich an und lass uns aufräumen. Ich will nicht, dass du deine Arbeit verlierst. Du hast ein Kind zu ernähren.«

»Das ist nicht mein Kind, Marie«, offenbarte er.

»Auch das weiß ich. Lass uns später darüber sprechen.«

Sie lächelte ihm zu, was ihn neue Hoffnung schöpfen ließ. Rasch warf er sich seine Kleidung über, während sie die Lampen anzündete. Anschließend beseitigten sie so gut wie möglich die Spuren ihres Zusammenstoßes.

Die Spitzen von Notre-Dame glänzten im Morgenlicht, als sie die Druckerei verließen. Sie hatten schweigend gearbeitet, um die Erinnerung an die vergangene Nacht nicht zu zerstören. Als sie die Straßenecke erreicht hatten, verflocht Marie ihre Finger mit denen Constants. Er wandte sich zu ihr um und zog sie mit sich in einen Wettlauf, der genauso unbändig war wie sein wiedergefundenes Glück.

Außer Atem, wie zwei Kinder, hielten sie erst inne, als sie Isabeaus Haus erreicht hatten. Solène war in einem Sessel eingeschlafen, und Marie legte einen Finger auf die Lippen, damit Constant sie nicht aufweckte. Nachdem sie die Schuhe ausgezogen hatten, liefen sie genauso schwungvoll die Treppe hinauf, und sie führte ihn in das Zimmer, das sie für sich hergerichtet hatte.

Als die Tür ins Schloss gefallen war, wandte sie sich zu ihm um. Mit hängenden Armen stand Constant da, wie der kleine Junge von einst, der etwas ausgefressen hatte und sich von ihr aus der Patsche helfen ließ.

»Sie hat dir alles erzählt«, bemerkte er mit niedergeschlagenem Blick. »Ich hatte vor, es selbst zu tun, sobald du die Gewandschneiderei wieder eröffnet hättest. Sie ist mir zuvorgekommen.«

Marie forderte ihn auf, sich neben sie aufs Bett zu setzen. Die vergangene Nacht hatte ihre Wut besiegt und ihren Ärger gemildert.

»Du hattest kein Recht, ihr Leben zu stehlen, um dich an Jean und mir zu rächen«, sagte sie einfach, ohne seine Hand loszulassen, die sich fest um ihre klammerte.

»Das war nicht ich, Marie. Ich habe mich gehasst für das,

was ich getan habe, für meine Gewalt, jene ungesunde Macht, die mich vorantrieb, alles zu zerstören. Es war, als hätte mich der Teufel geritten. Als könnte nur das Übel mein Leid dämmen, dabei ist es dadurch nur noch angewachsen. Ich habe keine Entschuldigung vorzuweisen. Solène ist meine Schwester. Weißt du, Marie, ich habe sie sogar vergewaltigt, als ich hörte, dass sie die Tochter des Königs ist, den ich so verabscheute. Ich wollte mich von den Wasserspeiern Notre-Dames hinunterstürzen, ich war bereit zu sterben, so verzweifelt war ich. Ich dachte an Chazeron, war davon überzeugt, nicht besser zu sein als er. Ich weiß bis heute nicht, was mich letztlich davon abgehalten hat, zu springen.«

Marie wagte nicht, ihm zu sagen, dass Solène ihr auch bereits davon erzählt hatte. Seine Beichte zu hören, tat ihr gut. Mochte er seine Fehler nur eingestehen. Ermutigt durch ihr Schweigen fuhr er fort:

»Ich habe eine Weile gebraucht, um die Ursache für meine Raserei zu begreifen. Zunächst glaubte ich, deine Kinder seien an allem schuld. Aber als ich sie gesehen, mit ihnen gespielt habe, fühlte ich mich so verletzlich, so traurig, dass sie nicht die meinen waren, dass du nicht die meine warst. So kam die Idee, Solène zu heiraten, in mir auf – eher um diese fehlende Vaterschaft auszugleichen, als um Jean zu bestrafen. Ich habe mir vorgemacht, es sei Rache, weil ich mir die Wahrheit, die mich erschreckte, nicht eingestehen wollte. Oh, Marie, wie soll ich es dir begreiflich machen?«, schluchzte er und suchte ihren Blick. »Nicht deinen Lebenswandel habe ich verabscheut, sondern die Distanz, die das Schicksal zwischen uns aufgebaut hat. Ich konnte beobachten, wie du dich verändertest. Wie du jene Reichtümer genossest, die ich dir nie hätte bieten können, wie du die Juwelen der Dame de Vollore trugst und bei Hof alle Herzen erobertest, bis hin zu dem des Königs. Nicht deinen Aufstieg habe ich verachtet, sondern meine Jämmerlichkeit. Ich konnte dir nicht verübeln, jenes Schicksal erwählt zu haben, über das wir uns einst lustig machten, daher musste ich dich aus meinem Herzen vertreiben, mit der Begründung, von dir verraten worden zu sein. Denn ich fühlte mich verraten, Marie! Weil du nicht mehr dieselbe warst, ich dich nicht mehr wiedererkannte, aber vor allem, weil trotz deiner Beteuerungen ich keinen Platz mehr in dem Leben hatte, für das du dich entschieden hast.«

»Es war niemals das meine. Wenn ich mich damit arrangiert habe, dann um die Unseren zu retten. Um dich zu retten. Ich habe unzählige Male versucht, dir das begreiflich zu machen.«

»Ich weiß, aber ich konnte nicht. Wenn du so gekleidet, so frisiert und so geschminkt vor mich tratest, warst du so anders, wunderschön und unnahbar, genau wie jene Damen aus den goldenen Kutschen. Du warst dafür gemacht, eine von ihnen zu sein. Und ich war nur ein Bettler auf deinem Weg.«

Wie hatte sie so blind sein können, auf die andere Seite des Spiegels zu treten, ohne sich dessen bewusst zu werden?

»Weißt du noch, was Croquemitaine immer sagte, Constant? ›Im Körper eines jeden Menschen schlägt ein Herz. Und seine Gefühle bleiben dieselben, egal welche Kleidung er trägt und welche Maske er aufsetzt.‹ Ich habe mich nicht verändert.«

»Das habe ich begriffen, als du gekommen bist, dein neues Domizil hier zu beziehen, als du Solène aufgenommen hast und deine Einfachheit von einst wiedergefunden hast. Was wird aus uns werden, Marie? Ich liebe dich so sehr.«

»Ich dich auch, Constant. Doch unsere Irrtümer haben unsere Leben verändert. Du bist verheiratet und wirst diesem Kind ein Vater sein, denn Jean ist nicht mehr. Ich bin die Mätresse von Montmorency und muss es fürs Erste bleiben, um mein Geheimnis vor dem Hass der Medici zu hüten.«

»Dein Geheimnis?«

»Ich bin schuld daran, dass der Dauphin gestorben ist.« Constant bekam den Mund vor Staunen nicht mehr zu, während sie ihm die Geschichte in allen Einzelheiten erzählte. Als sie fertig war, machte er seiner Wut Luft.

»Sie hat dich für ihre Zwecke missbraucht! Du musst dem König die Wahrheit sagen. Er wird es verstehen und dir verzeihen.«

»Eines Tages vielleicht. Noch ist es zu früh. Ich darf das Risiko noch nicht eingehen, für dieses Verbrechen mit dem Tod bestraft zu werden, Constant. Isabeau ist tot, und mein Vater braucht sowohl Geld als auch Unterstützung, um Ma zu retten. Ich bin die Einzige, die den Fluch aufheben kann.«

»Und was wird aus uns?«

»Solène wird das entscheiden müssen, da eure Heirat nichts als eine Formalität ist. Und du wirst dich der Frage stellen müssen, ob du bereit bist, dich mit der wenigen Zeit zu begnügen, die mir neben meinen anderen Pflichten für dich bleibt.«

Constants Miene verdüsterte sich. Marie sah, wie seine Fäuste sich öffneten und schlossen, als wollten sie seinen inneren Kampf begleiten.

»Diese Nacht«, fragte er, »war sie wie …«

»Nein«, unterbrach sie ihn. »Du erst hast mich zur Frau gemacht, durch dich bin ich endlich zu mir gekommen. Niemand wird mir dieses Glück jemals nehmen können.«

Da umschlang er sie und legte sie aufs Bett. Sie gab sich der Zärtlichkeit seiner Lippen hin, die die ihren berührten. Jede Zelle ihres Körpers signalisierte ihm ihr unendliches Sehnen.

»Ich werde warten«, flüsterte er, als er sich erhob. »Lass uns Solène aufwecken.«

Doch Marie legte ihre Arme um seinen Hals und zog ihn fest an sich.

»Wir haben noch genug Zeit«, flüsterte sie. »Heute ist Sonntag, und du musst nicht zur Arbeit.«

Constant zögerte keine Sekunde. Sie hatten zu lange darauf verzichten müssen, sich zu lieben.

Trotz ihres Kummers wegen Jean zeigte Solène sich glücklich über ihre Versöhnung. Sie liebte beide aufrichtig wie Bruder und Schwester und hatte nichts gegen ihre neue Verbindung einzuwenden. Bertille verspürte ein leichtes Bedauern, als sie die Wahrheit über Bertrand vernahm, so sehr sie sich über das Ende der Feindschaft zwischen Marie und Constant freute.

»Er wird für immer mein Enkel bleiben, und ich hoffe sehr, dass sich für ihn nichts ändern wird«, fügte sie hinzu und herzte den kleinen Jungen überschwänglich.

Der kleine Schlingel dankte es ihr mit einem kräftigen Tritt.

19

Im Lauf des Juni ereilte eine frohe Botschaft das Land. Auf Betreiben von Papst Paul III. hatten Franz I. und Karl V., die sich in Nizza getroffen hatten, auf der Basis eines komplizierten Kompromisses einen Waffenstillstand über eine Dauer von zehn Jahren geschlossen. Franz I. durfte Bresse, Bugey und zwei Drittel des Piemont behalten, während Karl V. Mailand und das übrige Piemont erhielt.

Frankreich konnte endlich aufatmen und sich dem Wiederaufbau und seiner Erneuerung widmen. Einen Tag nach Verkündung dieser Neuigkeit eröffneten Marie und Solène ihre Gewandschneiderei.

Marie war an den Hof zu Katharina zurückgekehrt, um sie davon in Kenntnis zu setzen. Sie hatte die vage Hoffnung, dass die Italienerin ihr gegenüber milder gestimmt wäre, doch diese musterte sie nur geringschätzig von Kopf bis Fuß:

»Man kann nicht gleichzeitig von Adel und eine einfache Bürgerliche sein. Ihr habt Euren Weg gewählt. Mit Eurem Rückschritt macht Ihr mir keinen Eindruck.«

Zum Glück erfreute sich Marie der Unterstützung einiger Hofdamen, denen sie erzählt hatte, dass ihr Gemahl in der Schlacht gefallen sei und sie in ihrer Eigenschaft als Witwe beschlossen habe, das einst florierende Geschäft ihrer »Tante« weiterzuführen. Manch eine von ihnen fand ihren Mut bemerkenswert und ihren Wunsch, nützlich zu sein, durchaus nachvollziehbar.

Da die Männer fast alle im Krieg waren, langweilte sich die Damenwelt meistenteils. Sie versprachen, ihr einen Besuch abzustatten – nicht zuletzt, weil sie sich immer noch als die offizielle Mätresse des mächtigen Montmorency bezeichnen konnte.

Jener hatte sie, wohl vom König dazu angehalten, in ihrem Vorhaben bestärkt. Er fühle sich geschmeichelt, sagte er, wie La Palice vor ihm eine Frau zur Geliebten zu haben, die sowohl den Ehrgeiz als auch den Willen habe, ihren eigenen Weg zu gehen. Franz I. hatte ihr eine Nachricht zukommen lassen, in der er ihr versprach, ein guter Kunde zu werden.

Im August 1538 erzählte man sich im Land, dass Franz I. und Karl V. sich gegenseitig mit Geschenken überhäuften und ihre Beziehung eitel Sonnenschein sei. Einem Brief von Montmorency entnahm Marie jedoch, dass diese Freundschaft falscher sei als eine missgestimmte Laute und man sich hüten solle, Karl V. auch nur einen Zoll weit zu vertrauen. Des Weiteren würde er, Anne, sich glücklich schätzen, sie wiederzusehen, und er wolle ihr das Versprechen abnehmen, während des Winters den König und sein Gefolge auf seinen Reisen zu begleiten.

Marie antwortete, dass sie ihn mit Vergnügen aufsuchen würde, sobald ihre Arbeit ihr eine Ruhepause gönnen würde. Ihr war nicht wirklich daran gelegen, zumal Constant jede Nacht in ihrem Bett darauf bestand, die verlorenen Jahre nachzuholen.

»Ich will ein Kind von dir«, pflegte er zu sagen.

»Nein, Constant. Ich habe überall herumerzählt, dass ich Witwe bin, wie sollte ich da meinen sorgsam gehüteten guten Ruf bewahren, wenn ich plötzlich schwanger wäre? Oder man würde meinen, das Kind sei vom Connétable Frankreichs. Ich kann das Risiko nicht eingehen. Bitte hab noch ein wenig Geduld. Du hast es mir versprochen.«

Er gab sich geschlagen, hielt jedoch an seinem Wunsch fest. Und tatsächlich, hätten ihre Kenntnisse der Heilkunde sie nicht gelehrt, eine Schwangerschaft zu verhüten, hätte sie wohl bald wieder einen dicken Bauch gehabt.

Ihr Glück erreichte seinen Höhepunkt, als sie eines Morgens Anfang September drei lachende Lockenköpfe an ihrer Haustür hochspringen sah. Albérie hatte einen Überraschungsbesuch mit den Drillingen unternommen. Wie hatten sie ihr gefehlt! Auch nach Bertille hatten die Kinder sich gesehnt, und so war ihr Wiedersehen von großer Freude und Zärtlichkeit geprägt.

Als die Kleinen im Bett lagen und eingeschlafen waren, übergab Albérie Marie einen Brief. Der Umschlag war geöffnet, der Adressat war Huc.

Mein Freund,
ich wollte Euch sagen, dass ich immer noch am Leben bin, wenn auch weniger denn je geeignet, eine Frau glücklich zu machen. Der Krieg hat mir ein Bein und meine – so gern unter Beweis gestellte – Männlichkeit geraubt. Vielleicht ist es an der Zeit, dass Gott mich für meine Sünden bestraft. Ich werde mich seinem Urteil beugen.
Ich weiß nicht, wie ich es anstellen soll, Marie von meinem Gebrechen zu berichten. Derzeit lebe ich in einem Kloster. Es hat lange gedauert, bis ich bereit war, meinen Zustand anzunehmen, mich von meinem Mannsein zu verabschieden. Ich überlege, dort zu bleiben.
Ihr wisst sicher besser, die Dinge zu vermitteln, die ich nicht aussprechen kann. Sagt Constant, dass ich immer sein Freund geblieben bin, trotz allem. Der Krieg hat ihn gerächt. Möge er von nun an in Frieden leben!

Jean Latour

Marie war überwältigt von ihren Gefühlen, als sie die Augen von dem Schreiben hob, das Albérie ihr zu lesen gegeben hatte.

Solène hatte Bertrand im Arm, der bequem auf ihrem Schoß saß. Der Kleine war durch die Anwesenheit der Drillinge so aufgeregt, dass er größere Einschlafschwierigkeiten als diese selbst hatte, die von der langen Reise und all dem Neuen um sie herum völlig erschöpft waren.

»Er lebt, Solène. Jean ist am Leben«, sagte Marie, als die

junge Frau ihr den Blick zuwandte. »Aber er ist nicht mehr der Alte«, fügte sie zaghaft hinzu.

Sie reichte ihr den Brief und küsste sie auf die Stirn.

»Du musst tapfer sein.«

Am nächsten Tag schrieben sie ihm gemeinsam, dass er zurückkommen möge, zu seinen Kindern, die ihm niemand mehr würde nehmen können. Constant setzte einen Satz unter ihre Zeilen, der mit »mein Bruder« begann und einer Bitte um Verzeihung endete.

Sie waren eine Familie. Verletzt, vergrößert, in Trauer, aber eine echte Familie. Nichts konnte sie nun mehr trennen.

Im Oktober 1539 ließ Montmorency Marie die Nachricht übermitteln, sie möge an den Hof zurückkehren. Er wünsche, sich mit ihr zu unterhalten, Neuigkeiten von ihr aus Paris zu erfahren und würde sie dafür mit Zärtlichkeiten entschädigen. Constant wusste nicht, ob er stolz auf Marie sein oder an seine eigenen Gefühle denken sollte. Es fiel ihm schwer, sein Versprechen zu halten. Marie zauderte nicht lange. Triboulet, der wegen seines Alters den König nicht mehr auf seinen Reisen begleiten konnte, befand sich mittlerweile im Gefolge Katharinas, worum Constant ihn gebeten hatte.

Marie wusste von ihm, dass die Duchesina sich regelmäßig von Magiern, Kartenlesern und Astrologen beraten ließ, unter anderem von Michel de Nostre-Dame. Nostradamus, der in der Gegend von Bordeaux zu tun hatte, nahm jede Gelegenheit wahr, der Frau, der er insgeheim misstraute, einen Korb zu geben. Sie sprach häufig von Marie, behauptete, dass diese übersinnliche Kräfte besitze, Löwen zu bändigen wisse, die Männer ihr zu Füßen lägen und dass ihre Abwesenheit bei Hof damit zu tun habe, dass sie unlautere Dinge plane.

Marie sah ein, dass sie sich in Fontainebleau sehen lassen musste. Die Schwester des Königs hatte ihr Versprechen gehalten und ihr jede Menge Kundschaft geschickt, und auch Franz I. hatte die Gewandschneiderei mit seinem Besuch beehrt. Allmählich zahlte sich ihr Engagement aus, und sie verdiente genug Geld, um Philippus einen Teil davon zu schicken und ihre Schulden zu begleichen. Genug, um ihre Forschungen weiter voranzutreiben.

Sie erneuerte ihre Garderobe, indem sie die schönsten Seidenstoffe aus Italien für sich selbst verwendete, um sich anschließend mit verliebtem Augenaufschlag und dem Ausdruck großer Wiedersehensfreude ins Geleit des Connétable zu begeben. In seinem Umfeld fühlte sie sich sicher. Es dauerte keine Woche, und die Gerüchte verstummten. Sie ließ sich lieben und gab sich seinen Launen hin wie zuvor, doch selbst fühlte sie nichts dabei. Ihre Seele war nicht beteiligt. Freilich hegte sie auch keinerlei Gewissensbisse. Drei Wochen später fuhren sie gemeinsam in die Provence, wo Montmorency dem König die Ergebnisse seiner Untersuchung des Todes der Comtesse de Châteaubriant vorzustellen hatte.

Bei ihrer Ankunft küsste Franz I. sie auf beide Wangen.

»Ihr hier, mein allerliebstes Schneiderlein!«, rief er lachend. »Montmorency, ich entführe sie Euch.«

»Sire, wenn Ihr sie mir zurückgebt …«, konterte der Connétable und deutete eine Verbeugung an, während der König Marie mit sich zog.

»Morgens gehe ich zur Jagd, nachmittags gehe ich zur Jagd«, hob der König an zu sprechen.

»Und nachts, Sire?«, fragte Marie.

»Nachts, meine schöne Marie? Nachts pflege ich die Spuren meiner Lieblingsbeute zu verfolgen«, entgegnete er amüsiert.

»Und worum handelt es sich dabei?«, spielte sie sein Spiel mit.

»Die Turteltaube! Sie weiß am besten zu gurren, zu säuseln und mich zu umgarnen.«

Beide mussten sie lachen. Franz I. klatschte in die Hände, damit man ihm Speisen und Getränke brachte. Hackenschlagend trat ein Mann hervor:

»Ich hörte von einem Ausflugsort, Majestät, wo viel Wild sich aufhalte und es wunderschön sei, rund zwanzig Meilen von hier.«

»Haben wir hier schon alles leer gejagt?«

»Ich fürchte, ja.«

»Sire, die Gesandten des Kaisers erwarten, uns hier vor Ort vorzufinden. Sie sind alles andere als beglückt darüber, Euch ständig an einem anderen Platz aufsuchen zu müssen«, mischte Montmorency sich leicht verärgert ein.

»Sollen sie sich doch aufregen«, lachte der König. »Wir fahren, meine Freunde! Anne, meine süße Anne, schaut, wen der Connétable uns gebracht hat.«

Anne de Pisseleu trat aus den Waschräumen und begrüßte Marie mit einem herablassenden Lächeln. Sie war ganz offensichtlich wenig begeistert darüber, den König an ihrem Arm spazieren gehen zu sehen. Marie löste sich aus seinem Griff und trat auf sie zu, um sie zu begrüßen.

»Liebe Marie«, rief die falsche Schlange aus, »wie schön, Euch zu sehen! Die Gerüchte besagen, Ihr seid Gewandschneiderin in Paris geworden. Welche Niedertracht!«

Marie ließ sich von der spitzen Bemerkung nicht beirren. Sie waren schließlich nur nach außen hin gute Freundinnen. Die Herzogin von Étampes hatte mit jeder Frau ihre Schwierigkeiten, der der König zugetan war. Marie lächelte ihr freundlich zu.

»Meine Witwenschaft zwingt mich dazu, selbst Geld zu verdienen, Madame. Ich muss schließlich meine Kinder durchbringen.«

»Warum heiratet Ihr nicht wieder?«, fragte Anne, als ob allein dieser Weg dem Adel gemäß sei. »Montmorency, mein Lieber, könntet Ihr Euch das nicht vorstellen?«, fuhr sie scheinheilig fort.

Montmorency, der sich in der Falle fühlte, versuchte sich herauszureden.

»Sire, es handelt sich um eine ganz frische Witwenschaft.«

Sowohl der König als auch Marie konnten sich ein Lächeln nicht verkneifen.

Sie eilte ihm zu Hilfe:

»Der Krieg hat mir meinen Gemahl genommen, Madame.

Glaubt Ihr, dass ich erneut das Heer ehelichen könnte? Ich brauche ein wenig Zeit, mich zu erholen und meine Wunden verheilen zu lassen. Auf Euer Verständnis kann ich doch zählen, nicht wahr, mein Lieber?«, fragte sie an den Connétable gewandt.

»Aber gewiss doch, gewiss doch«, erwiderte dieser erleichtert. »Sire, kann ich Euch für einen Moment unter vier Augen sprechen?«, fragte er den König, sichtlich bemüht, sich aus der Affäre zu ziehen.

Sie entfernten sich, und Anne de Pisseleu lehnte sich genüsslich in einem Sessel zurück.

»Setzt Euch doch, Marie, und vertraut mir Euer Geheimnis an«, schmeichelte sie. Die anderen Höflinge waren ihrer Wege gegangen.

»Welches Geheimnis?«, fragte Marie wie aus der Pistole geschossen.

»Ihr flieht der Macht genauso sehr, wie ich sie suche, und doch habe ich manchmal den Eindruck, dass sie Euch mehr liebt als mich. Ich kann nicht verhehlen, dass ich Euch darum beneide«, gestand sie.

»Ich bin nicht Eure Rivalin, Anne. Und ich habe nichts zu verbergen.«

»Umso besser!«, rief diese aus. »Es täte mir Leid, wenn Ihr so enden würdet wie die arme Madame de Châteaubriant.«

Ihr rätselhaftes Lächeln versetzte Marie in Erstaunen. Hatte Montmorency nicht gesagt, dass seine Untersuchungen nichts weiter ergeben hätten, als dass die ehemalige Mätresse des Königs eines natürlichen Todes gestorben sei? Sie ließ sich ihre Verwunderung nicht anmerken – und auch nicht, dass sie sehr wohl die versteckte Drohung verstanden hatte. Wenn es sich denn wirklich um eine handelte. Aber was wäre dann? Warum hatte Montmorency das Gerücht abgestritten? Sie nahm sich vor, sehr wachsam zu sein. So liebevoll er sich ihr gegenüber auch zeigte, dass er sie von einem Tag auf den anderen ersetzen würde, war durchaus nicht ausgeschlossen.

Drei Tage später reisten sie wieder ab. Montmorency zog den Hof von Heinrich und Diane dem des Königs vor. Vor ihrer Abfahrt erhielt Marie einen ordentlichen Vorschuss auf eine Bestellung von Stoffen und Unterkleidern. Wie schön wäre es, wenn es ihr gelänge, die Gewandschneiderei wie zu Zeiten ihrer Großmutter florieren zu lassen. Sie erinnerte sich noch gut an die vielen fleißigen Näherinnen, die im Dienst Isabeaus gestanden hatten. Die alten Zeiten wieder zum Leben zu erwecken, wäre eine schöne Hommage an die Tapferkeit und Ausdauer ihrer Großmutter.

Diane de Poitiers' Freude über das Wiedersehen mit ihr war wohl ähnlich groß wie das Vergnügen angesichts der sauren Miene, die Katharina bei ihrer Ankunft zog. Heinrich und Diane waren mittlerweile unzertrennlich, und es gab keinen Ort auf ihren Wegen, an dem nicht irgendein Maler oder Bildhauer ihre ineinander verschlungenen Initialen verewigt hätte. Heinrich, dessen Verliebtheit sich noch zu steigern schien, amüsierte sich darüber, wenngleich er seinen ehelichen Pflichten regelmäßig nachkam und sich Katharina gegenüber äußerst zuvorkommend zeigte.

Böse Zungen behaupteten, dies geschähe vor allem aus Angst, dass sie ihre Rivalin umbringen lassen könnte, was in Maries Augen keineswegs abwegig war. Sobald sie konnte, kehrte sie zu den Ihrigen zurück. Montmorency erwähnte das Thema Heirat mit keinem Wort, sodass sie die Taktik des Sich-rar-Machens anwendete, um seine Sehnsucht zu schüren.

Sie hatte beschlossen, die Drillinge bei sich in Paris zu behalten, wo der Winter weniger hart war. Sie waren alt genug, um sich in der Obhut Bertilles gesittet zu benehmen, wenngleich diese manches Mal ihre liebe Not damit hatte, sich mit ihren Wünschen durchzusetzen. Constant spielte mit ihnen, wann immer es seine Arbeit erlaubte. Er fragte sie nicht, was sich in den zwei Monaten, die sie bei Hof war, abgespielt hatte, doch seine Leidenschaft und sein Bestreben, ihr die innigste Lust zu bereiten, um sie den anderen vergessen zu machen, waren umso größer.

»Ach, wie ich es genieße, wenn du eifersüchtig bist!«, murmelte Marie in sein Ohr, als er nach einer langen, erschöpfenden Liebesnacht an ihrer Seite schon fast eingeschlummert war. So antwortete er auch nicht, sondern zog sie schlaftrunken nur noch fester an sich.

Der milde Winter 1538/39 war dank des Waffenstillstandes, der die aufgebrachten Gemüter im Herzen Europas in Schach hielt, sehr ruhig. Franz I. befand sich weiterhin auf Reisen. Er nutzte die eigene gute Verfassung und den Frieden im Land, um überall seine Edikte zu erlassen.

Marie empfing Montmorency mehrmals bei sich. Ein Mal liefen er und Constant sich dabei über den Weg. Letzterer senkte den Blick, ohne zu grüßen, und trat auf seinem Weg die Straße hinunter nach jedem Stein, den er nur finden konnte. Marie erklärte dem Connétable, dass es sich um den Gatten einer ihrer Angestellten handelte, den sie dafür gemaßregelt hätte, sie zu oft von der Arbeit abzuhalten. Anne de Montmorency schien ihr Glauben zu schenken. Darüber hinaus war es ihm vollkommen egal. Er war allein gekommen, um sie zu lieben. Er fragte unruhig nach den Kindern, ob diese sie nicht überraschen könnten, doch Marie versicherte ihm, sie für den Abend bei ihrer Amme untergebracht zu haben. Er wunderte sich noch nicht einmal darüber, dass ihr Schäferstündchen in einem Raum stattfand, der keinerlei persönliche Habe aufwies und so gar nicht von Marie bewohnt schien. Einmal mehr gestand er ihr seine Zuneigung und schenkt ihr zum Zeichen seiner Liebe einen diamantenbesetzten Anhänger, der aus einem rosenumrankten, fein ziselierten M bestand.

Marie dankte ihm und begleitete ihn mit weit größerem Vergnügen hinaus, als sie während des Liebesspiels empfunden hatte. Constant lächelte am nächsten Tag freundlich und sie beschloss, nicht nach dem Grund zu fragen, um seine Eifersucht nicht unnötig anzustacheln. Marie war es mehr und mehr leid, die sanfte, willige Mätresse zu spielen. Der Connétable mochte ein noch so guter Liebhaber sein: Keine seiner raffinierten Liebkosungen berührte sie mehr als ein einfacher Kuss Constants.

Jean meldete sich auf ihren Brief erst im Juli 1539. Er kündigte seine Rückkehr an. Marie beschloss, die Kinder vor seiner Ankunft nach Vollore zu schicken, aus Angst davor, sie könnten mit ihren naiven Fragen das Wiedersehen unerträglich für ihn machen. Es war besser, die Dinge zunächst unter Erwachsenen zu regeln. Danach würde man sehen.

Sie nahmen den Abschied nicht so schwer, wie Marie befürchtet hatte. In der Tat hatten sie in Paris sehr viel weniger Freiheiten als in der Auvergne. Das Kommen und Gehen der Kutschen beschränkte ihr Spiel auf das Haus oder den Hof, und so hatten sie viel zu wenig Auslauf. Außerdem sehnte Albérie sich nach ihrem Mann, den sie seit über einem Jahr nicht mehr gesehen hatte. Keiner von ihnen fühlte sich in Paris so recht zu Hause. Man musste schon wie sie in der Stadt aufgewachsen sein, um sich hier wohl zu fühlen.

Anfang August 1539 reisten sie ab. Eine Woche später kehrte Jean zurück.

Marie hätte ihn kaum wiedererkannt, so mager und alt war er geworden. Ein Holzbein, das mit Lederbändern an seinen Oberschenkel gegürtet war, ersetzte das echte. Nichtsdestotrotz musste er sich mit einem Stock behelfen, um sich fortbewegen zu können. Vom Küchenfenster aus konnte sie beobachten, wie er aus der Kutsche stieg, während sie sich die Hände an ihrer Schürze abtrocknete. Sie nutzte die gewonnene Zeit, ihre Bestürzung hinunterzuschlucken und ein einigermaßen fröhliches Gesicht aufzusetzen, bevor sie hinausging, um ihn zu begrüßen. Jean würde ihr Mitleid nicht ertragen können, das wusste sie.

Sie öffnete weit die Tür, verbarg ihren Schmerz und rief laut und herzlich:

»Jean!«

Er wandte sich zu ihr um, nachdem er dem Kutscher seinen Lohn in die Hand gedrückt hatte, und wartete, bis sie in der engen Gasse vor ihm stand. Ohne zu zaudern, nahm sie ihn in die Arme.

»Wie schön, dich zu sehen, Jean. Komm schnell! Paris wird immer ungemütlicher.«

Wie um ihre Worte zu bestätigen, wären sie in dem Moment beinahe von einem Pferd umgerissen worden, das stattdessen mit dem Besitzer eines Handkarren voller Wassermelonen zusammenstieß, welcher einen Schwall von Flüchen ausstieß.

Wenig später befanden sie sich in Maries Haus. Sie hatte darauf verzichtet, ihm beim Hinaufgehen der drei Eingangsstufen behilflich zu sein.

»Gib mir deinen Mantel«, sagte sie.

Weil sie nicht die geringsten Anstalten machte, ihm beim Ausziehen zur Hand zu gehen, entspannte er sich endlich, und Marie sah mit Erleichterung sein altes Lächeln aufblitzen. Sie hängte den Ledermantel auf einen Haken und umfasste den mager gewordenen Hals mit beiden Händen.

»Ich hatte solche Angst, dich nie mehr wiederzusehen«, sagte sie einfach und drückte ihm einen Kuss auf die bärtige Wange. »Herzlich willkommen zu Hause, Jean.«

Mit einer ausholenden Armbewegung umfasste er ihre Hüften und presste sie fest an sich. Sie wehrte sich nicht, aber da schob er sie auch schon wieder von sich.

»Verzeih mir«, sprach er.

Sie blieb stumm. Sein Blick hatte ihr bewusst gemacht, dass er mit dieser Geste seiner verlorenen Männlichkeit hatte nachspüren wollen. Sein trauriges Gesicht zeigte ihr, dass er sie nicht gefunden hatte.

»Erzähl«, forderte er sie auf, um den Moment der Verlegenheit zu überspielen. »Ich will alles wissen, was passiert ist, seit ich mich aufmachte zu sterben.«

Marie zog ihn zu einem Armstuhl, und sie sprachen, bis es dunkel wurde. Ermutigt durch ihre Offenheit, vertraute Jean ihr an, dass seit der Operation irgendetwas mit ihm nicht mehr in Ordnung sei. Die Ärzte hätten ihm zwar versichert, dass die Amputation seines Beines nichts mit seiner Unfähigkeit zur körperlichen Liebe zu tun habe, dass die Ursache eine andere sei, doch er glaubte ihnen nicht. Sein Verlangen sei schließlich weiterhin vorhanden, nur sein Körper weigere sich, es zur Erfüllung kommen zu lassen. Marie versprach ihm, Philippus um Rat zu fragen.

Kaum hatte sie diese Worte ausgesprochen, betrat Solène den Raum, die gerade die Tore der Gewandschneiderei geschlossen hatte.

»Jean!«, rief sie mit erstickter Stimme und ließ ihre Schlüssel zu Boden fallen.

Jean lächelte und öffnete die Arme. Zärtlich gab sie sich in seine Umarmung, doch er drehte den Kopf weg, als sie ihm einen Kuss geben wollte. Solène kämpfte mit den Tränen. Sie schlug die Augen nieder:

»Ich hätte es wissen müssen, dass dein Herz immer noch allein für sie schlägt«, warf sie ihm an den Kopf. Sogleich bereute sie ihren Vorwurf.

Maries Lächeln war eingefroren. Über Jeans Gesicht war ein Schatten der Trauer gehuscht, doch er umfasste ihr Kinn und zwang sie, ihm in die Augen zu schauen.

»Das ist es nicht, Solène. Du bist eine verheiratete Frau, und ich respektiere die Ehe.«

»Du hast die Ehe niemals respektiert, Jean Latour. Und in diesem Fall ist sie noch nicht einmal vollzogen, also ohne weiteres zu annullieren.«

Jean drehte den Kopf zu Constant, der von allen unbemerkt den Raum betreten hatte und nun langsam vortrat. Er wollte sich erheben, doch sein Stock entglitt ihm. Constant eilte ihm zu Hilfe, indem er ihm die Hand reichte. Sie fassten einander bei den Unterarmen, und Constant zog ihn hoch, sodass Jean sich in seiner Umarmung wiederfand. Wie zwei Brüder hielten sie sich schließlich umschlungen.

»Ich war ein Dummkopf. Wie soll ich bloß jemals wieder gutmachen, was ich dir angetan habe?«

»Also begraben wir unsere Feindschaft, Constant«, erwiderte Jean.

Solène beobachtete sie angespannt. Marie spürte ihr Dilemma, wusste aber nicht, wie sie ihr helfen konnte. Die junge Frau hatte nicht eine Sekunde bezweifelt, dass Jeans Rückkehr bedeutete, er würde sich für sie entscheiden. Nun schien ihr überhaupt nichts mehr gewiss.

Endlich löste sich Jean von Constant und wandte ihr seinen Blick zu.

»Du hast Recht, Solène«, sagte er sanft. »Meine Bindung an Marie ist sehr stark. Sie ist es immer schon gewesen, aber während des letzten Jahres habe ich nicht aufgehört, dem Himmel für die Chance zu danken, die er mir noch einmal gewährt hat. Deine Liebe, Solène, hat mich zurückgeführt, und dennoch bin ich gekommen, dich freizugeben. Ich habe dir nichts zu bieten. Nichts von dem, was eine schöne junge Frau von ihrem Gemahl zu erwarten hat. Ich bin nicht einmal in der Lage, eine Familie zu unterhalten, trotz der Rente, die der König mir wegen meiner vergangenen Dienste und meines Rangs als Offizier auszahlt. Ich bin nur noch ein halber Mann, und diese übrig gebliebene Hälfte ist einer Frau wie dir nicht würdig, Solène.«

In Solène war die Wut hochgestiegen. Sie trat einen Schritt vor und verpasste ihm eine Ohrfeige, die so laut schallte, dass sie alle drei vor Verblüffung innehielten.

»Das ist die schlechteste Ausrede, die ich jemals gehört habe, Jean Latour«, sagte sie mit hoch erhobenem Kopf. »Du musst schon eine bessere finden, wenn du mich damit abspeisen willst.«

Sprach's und verließ den Raum. Vor Erstaunen bekam Jean den Mund nicht mehr zu, während Marie ihre gute Laune wiederfand. Sie hatte gewusst, dass Solène Temperament besaß, aber dies war das erste Mal, dass sie es so effektvoll unter Beweis gestellt hatte.

»Marie, erklär ihr, was los ist!« Jean, der allmählich begriff, was sich abgespielt hatte, wandte sich zu ihr um.

»O nein, Jean! Du musst schon hinnehmen, was hier vor sich geht. Sie liebt dich so, wie du bist, und deine äußere Erscheinung ist ihr vollkommen egal.«

»Mein Bruder«, hob Constant an und legte ihm die Hand auf die Schulter. »Sie haben dir dein Bein abgeschnitten, aber doch nicht etwa den Verstand oder anderes?«

»Nein, nicht dass ich wüsste …«

»Also, nutze deine zweite Chance! Wenn du mit dir im Reinen bist und sie daran teilhaben lässt, wird schon alles wieder gut werden. Glaub mir!«, fügte er mit einem verschmitzten Blick in Richtung Marie hinzu.

Jean seufzte. Nach einer Weile fragte er:

»Und was meinst du, Marie?«

»Ich hätte es nicht besser ausdrücken können«, erwiderte diese.

»Gut«, gab er sich geschlagen. »Wo finde ich sie?«

»Bei deinem Sohn, mein Freund. Komm, ich bringe dich zu ihnen.«

Jean nahm die Hand, die Constant ihm reichte. Marie schaute ihnen nach, wie sie Arm in Arm von dannen zogen.

Zu viert beschlossen sie, dass Jean bei Albérie wohnen und das Bett mit Solène teilen solle, ob er sie nun würde befriedigen können oder nicht.

»Im Übrigen«, sprach sie zu ihm, »denke ich doch, dass du in der Liebeskunst so bewandert bist, auch noch ein paar andere Wege und Möglichkeiten zu finden.«

Was Jean sich beeilte, ihr zu beweisen.

Ende Oktober erhielt Marie einen Brief vom König, der sich bei Compiègne aufhielt, um sich von einem »kleinen Übel« zu kurieren, das »seine Weichteile« befallen habe und ihm große Unannehmlichkeiten bereite. Karl V. hatte seine Einladung angenommen. Er befand sich auf einer Reise in Etappen durch Frankreich, weil er im aufständischen Flandern nach dem Rechten zu sehen plante. Ganz im Sinne ihrer neuen Freundschaft hatte Franz I. seinem Schwager empfohlen, in den Wintermonaten nicht den Seeweg zu nehmen, sondern über Land zu fahren. Ein Angebot, das jener dankbar annahm, was wiederum den König erstaunte und in Entzücken versetzte. Im Hinblick auf den bevorstehenden Besuch wollte er bestens vorbereitet sein, um einen möglichst guten Eindruck zu hinterlassen, und so bestellte er bei Marie vierzig Ellen Goldstoff, um für seine Favoritin Madame de Canaple Kleid und Unterkleid anfertigen zu lassen, sowie sechshundert Ellen purpurfarbenen Samt für die Hofdamen, die er alle gleich gekleidet sehen wollte. Außerdem orderte er weitere Seidenstoffe und hermelingefütterten schwarzen Samt für Eleonore, Katharina und die Hofdamen sowie die entsprechende Anzahl plissierter Kragen.

Maries Glück war gemacht. Sie dankte dem König in einem langen Brief, in dem sie zugleich die besten Wünsche für seine Genesung ausdrückte, und beeilte sich, sein Begehren mit all der Tüchtigkeit, die man ihr zuschrieb, in die Tat umzusetzen.

Montmorency hatte seine Besuche bei ihr mehr und mehr eingestellt, ein unwiderlegbarer Beweis, dass er ihrer überdrüssig geworden war. Marie wunderte sich darüber kaum. Der Connétable hatte niemals geheiratet, um seinen unstillbaren Appetit nach Neuem stets weiterhin befriedigen zu können, und ihrem verlässlichen Spitzel Triboulet zufolge mangelte es bei Hof nicht an willigen jungen Schönheiten.

Marie machte sich weiter keine Gedanken über den unvermeidlichen Bruch. Die Bestellung des Königs hatte sie seiner Treue versichert, sie war glücklich mit Constant und träumte davon, im kommenden Frühjahr ihren Vater zu besuchen, eine prall gefüllte Geldbörse im Gepäck, die ihn vielleicht davon überzeugen konnte, zusammen mit Ma nach Vollore zurückzukehren. Denn ihre Sehnsucht nach dieser wurde größer und größer.

20

»Die Medici hat ein Komplott ausgeheckt, um dir endgültig den Garaus zu machen«, verkündete ihr Triboulet ohne viel Federlesen Anfang Dezember.

Er hatte so viele Runzeln im Gesicht bekommen, dass Marie das Gefühl hatte, einen welken Apfel zu küssen, doch das Alter hatte der Wachheit seines Verstandes keinen Abbruch getan.

»Es ist viel Zeit vergangen«, sagte Marie leichthin, »was sollte sie gegen mich noch zu Feld führen können?«

»Alles, Marie, alles. Sie will Montmorency vernichten und dich in seinem Gefolge.«

»Er wird sich schon zu wehren wissen.«

»Montmorency wird sich nicht zu wehren wissen. Katharina hat ihn in der Hand.«

Seine Worte erfüllten Marie mit Unruhe. Wenn Triboulet unter diesen Umständen das Risiko auf sich genommen hatte, zu ihr zu kommen, dann war die Lage schlimmer als erwartet.

»Erzähl!«

»Montmorency wird darauf bestehen, dass du nach Fontainebleau zurückkommst, wenn Karl V. sich dort aufhält. Er hat den Befehl, den König davon zu überzeugen, dass deine Anwesenheit unerlässlich ist. Dir wird man einreden, du müsstest anwesend sein, weil schließlich der ganze Hof in deine Stoffe und Unterkleider gewandet ist. Anschließend wird er die Dinge so arrangieren, dass du in flagranti mit Karl V. erwischt und des Ehebruchs beschuldigt wirst.«

»Wie will er das denn anstellen? Dieser Mensch ist mir zutiefst zuwider!«

»Mithilfe eines Schlaftrunks. Du wirst an der Seite des königlichen Gastes aufwachen, der böswilligerweise behaupten wird, dich mit deinem vollen Einverständnis geliebt zu haben.«

»Und warum sollte er das tun?«

»Weil Montmorency ihm eingeredet hat, dass Franz I. ihn weniger denn je wegen Italien belangen würde, wenn er ihm hülfe, den Drahtzieher des Komplotts gegen den Dauphin ausfindig zu machen.«

Marie fühlte, wie ihr Herzschlag sich beschleunigte. Triboulet fuhr fort:

»Dem König gegenüber hat er genau die entgegengesetzte Taktik angewendet, damit dieser Karl V. mit der größtmöglichen Achtung empfängt. Er hat ihm versichert, dass ihm im Gegenzug zu seiner Großzügigkeit Mailand restituiert würde. Aus diesem Grund hat der König seine Schatztruhen geöffnet und darauf bestanden, dass die Örtlichkeiten aufs Schönste geschmückt und die Höflinge aufs Eleganteste gekleidet sein müssten. Montmorency wird dem König einreden, dass er sich nur mit dir eingelassen hätte, um dich deines Verbrechens überführen zu können. Er wird ihm begreiflich machen, dass die Beweislage durch deine vertrauliche Zusammenkunft mit Karl V. ja nunmehr eindeutig und dein Desinteresse an der Macht lediglich vorgeschoben gewesen wäre, um deine Charakterlosigkeit und Geldgier zu verschleiern. Seinen Intrigen ist es zu verdanken, dass du mittlerweile als steinreiche Witwe betrachtet wirst.«

Marie war entsetzt. Dass Katharina früher oder später versuchen würde, ihre Drohung in die Tat umzusetzen, hatte sie gewusst, aber sie hatte nicht damit gerechnet, dass es ihr gelänge.

»Du hast gesagt, sie wolle auch Montmorency vernichten. Warum? Und wie, Triboulet?«

»Um ihn dafür zu bestrafen, dass er die Annäherung von Heinrich und Diane gefördert hat. Wenn sie ihre Rivalin umbringen ließe, würde ihr Gemahl ihr dies niemals verzeihen – das ist ihr vollkommen klar. Sie hat herausgefunden, dass Montmorency den König um eine hübsche Erbschaft betrogen hat: die des Comte de Châteaubriant. Dieser hat nämlich all seine Besitztümer dem Connétable vermacht statt seinen Neffen, damit dieser seinen Mund über die genauen Umstände des Ablebens seiner Gemahlin hält. Die Änderung des Testaments hat heimlich mithilfe eines verschwiegenen Notars stattgefunden, aber Katharina hat trotzdem Wind davon bekommen. Sie hat Montmorency damit erpresst, ihn beim König zu verraten, wenn er ihr nicht dabei helfen würde, ihr Vorhaben umzusetzen. Anschließend plant sie, ihn aus dem Weg zu räumen, indem sie behaupten wird, ihr wäret Komplizen gewesen und er hätte sich dein Schweigen mit Juwelen erkauft. Katharina würde vor dem König letztendlich als diejenige dastehen, die zwei ebenso raffgierige wie eiskalte Vaterlandsverräter entlarvt hätte, wodurch die Gefahr beseitigt wäre, dass Franz I. sie eines Tages wegen ihrer Kinderlosigkeit verbannen würde.«

»Diese elende Schlange!«, tobte Marie. Sie schlug mit der Faust auf den Tisch. »Ich werde einen Vorwand erfinden, warum ich hier nicht weg kann.«

»Es wird dir nichts anderes übrig bleiben. Deine einzige Chance, dich zu retten, ist ein volles Geständnis dem König gegenüber. Und Montmorency als Ersten in sein Verderben rennen zu lassen.«

»Katharina wird herausfinden, dass ich gewarnt worden bin, was wiederum dich in Gefahr bringt.«

»Sie weiß es bereits, meine kleine Marie. Sie lässt mich beobachten.«

Er sprang von seinem Stuhl auf und umfasste ihre Hände.

»Ich fürchte, weiter kann ich dir nicht helfen. Wir werden uns nicht wiedersehen.«

Marie kniete sich nieder. Der Zwerg lächelte ihr zu.

»Du hast dich geopfert, um mich zu retten. Warum?«

»Weil du die Auserwählte bist. Croquemitaine hat es gewusst. Auch ich weiß es, ebenso wie alle anderen vom Kleinen Volk.«

»Die Auserwählte? Was soll das bedeuten?«

»Wir Zwerge wissen mehr als ihr Riesen. Wir leben dicht über dem Boden und stammen von einer Rasse ab, die die Götter vergessen haben. Als Entschädigung für unsere Hässlichkeit haben sie uns mit einem anderen Talent ausgestattet: dem der Hellseherei und des Wissens um die Zukunft. Aber das war nicht ausreichend. Also haben sie uns mit der Milch von Wölfen ernährt, damit wir als Clan im Verborgenen leben und die Unsrigen schützen können. Hinter unserer scheinbaren Verrücktheit verbirgt sich eine große Weisheit, Marie. Constant wurde geboren, um sie zu übermitteln, und du, Marie, damit das Blut der Wölfe endlich reingewaschen wird. Ich werde sterben, aber das ist nicht weiter schlimm. Ich bin alt und müde. Ich habe für dich getan, was in meiner Macht stand. Deine Aufgabe ist es nun, deine Kinder zu unterstützen. Wenn der Kreis sich schließt, kann ich beruhigt sterben.«

Er umschlang Maries Hals mit seinen kurzen Ärmchen. Lange blieben sie so sitzen. Dann gab Triboulet ihr einen Kuss auf die Wange und überließ sie ihrer Verwirrung.

Wenige Tage später erhielt Marie eine Nachricht von Katharina: »Der Hof hat einen seiner Narren verloren, nicht größer als ein Kind. Möge Gott die Euren beschützen.«

Sie schickte unverzüglich einen Boten zu Albérie, damit diese noch besser als bisher auf die Drillinge Acht gebe. Wenn Katharina ihren teuflischen Plan umzusetzen gedachte, bestand die Gefahr, dass sie sich an den Kindern vergriff. Zunächst einmal weinten sie um Triboulet.

Als Montmorency sie aufsuchte, um ihr mitzuteilen, dass er sie anlässlich der Festlichkeiten wegen des Besuchs von Karl V. an seinem Arm zu sehen wünschte, schenkte sie ihm ihr schönstes Lächeln.

»Nichts lieber als das, Anne. Sagt dem König, dass ich mich glücklich schätze, ihm persönlich für seine Gunst danken zu können.«

Daraufhin überreichte ihr Montmorency ein Etui, in dem sich ein mit Diamanten besetztes Kollier befand.

»Bitte tragt diesen Schmuck, Marie, als Zeichen meiner großen Verehrung.«

Er legte es ihr um den Hals, und Marie hatte das Gefühl, als würde eine unsichtbare Hand ihr die Kehle zudrücken. Sie schluckte und nahm es sofort wieder ab, ohne jedoch die Ruhe zu verlieren.

»Ich werde es zusammen mit einem Kleid anlegen, das seiner Schönheit würdig ist, Lieber. Diesem hier gebührt wahrlich nicht sein Glanz.«

»Wie es Euch beliebt«, erwiderte er und tat es zurück in die Schatulle, welche er auf ihren Nachttisch legte.

»Ich werde bald nach Euch schicken lassen«, fügte er beim Abschied hinzu.

In den folgenden Nachtstunden machte Marie kein Auge zu, und kaum war am nächsten Morgen Solène eingetroffen, um mit ihr die Gewandschneiderei zu öffnen, erzählte sie ihr von dem merkwürdigen Gefühl, das sie befallen hatte, als sie das Kollier angelegt hatte.

»Zeig es mir«, bat Solène.

Marie führte sie in das Zimmer, in dem sie Montmorency zu empfangen pflegte. Die Laken zeigten noch die Spuren der vergangenen Nacht, was sie in Verlegenheit versetzte. Constant hatte den Raum nie betreten. Solène griff ohne zu zögern nach der Schatulle aus gedrechseltem Mahagoni.

»Schwarze Magie«, nickte sie wissend und fuhr mit dem Finger über die Diamanten.

»Das habe ich mir gedacht. Was soll ich tun? Ich habe Montmorency versprochen, es zu tragen.«

Solène lächelte.

»Gib es mir. Wir Zigeuner kennen viele Geheimnisse, unter anderem das, wie man ein Übel dorthin zurückschickt, wo es herkommt. In zwei, drei Tagen wird die Medici sich in Krämpfen winden und am ganzen Körper eiternde Abszesse haben.«

»Was wäre passiert, wenn ich dieses Schmuckstück getragen hätte?«

»Du wärst gestorben. Auf eine ähnliche Art, wie wenn man dich erhängt hätte.«

»Laut Plan war mein Tod aber gar nicht vorgesehen«, sprach Marie besorgt.

»Sie musste möglicherweise ihre Pläne ändern, weil sie fürchtete, von Triboulet verraten worden zu sein. Wusste sie, was er wusste? Wusste sie es nicht? Sei vorsichtig, Marie. Sollte diese Frau sich der Hexerei bedienen, um dich zu vernichten: Bei Hof kann ich dir nicht helfen. Wie dem auch sei, du musst ihr vorgaukeln, die magischen Tricks, derer sie sich bedient, zu durchschauen und immun gegen sie zu sein. Das wird sie vielleicht davon abhalten, es noch einmal auszuprobieren.«

»Aber du gerätst dadurch nicht in Gefahr, oder?«, fragte Marie beunruhigt.

Solène brach in Gelächter aus.

»Du musst nur das Gerücht verbreiten. Wir werden sehen, wer den längeren Atem hat. Triboulet fehlt mir, und zu nichts auf der Welt hätte ich größere Lust, als den Mord an ihm zu rächen.«

Mehrere Tage vergingen. Am Sonnabend schließlich trat das ein, was Solène vorhergesagt hatte. Die Glocken läuteten, um Kunde davon zu geben, dass es der Duchesina sehr schlecht ginge: Sie war von hartnäckigem Fieber und eitrigen Pusteln am ganzen Körper befallen. Eine Woche lang stand das Schloss unter Quarantäne und Katharinas engste Umgebung unter ständiger medizinischer Beobachtung, vor lauter Angst, eine Epidemie könnte sich ausbreiten.

»Sie wird sich bald wieder erholen«, sagte Solène zu Marie. »Ihre Kenntnisse der Magie sind weniger profund als die meinen«, fügte sie hinzu, »aber dessen ist sie sich nicht bewusst.«

Sie schien hoch erfreut, es der alten Hexe gezeigt zu haben. Marie freilich war weniger froh gestimmt. Katharina würde eins und eins zusammenzählen, sobald sie sie mit dem Geschmeide auftauchen sähe. Und sie kannte die Italienerin mittlerweile gut genug, um zu wissen, dass sie diese Niederlage nicht hinnehmen würde.

Am 27. November 1539 betrat Karl V. in Saint-Jean-de-Luz französischen Boden. Am selben Tag legte Solène Marie das Kollier um den Hals, das sie von seinem bösen Zauber befreit hatte. Sie war erleichtert, nur noch den frischen, kühlen Glanz der Steine auf ihrer Haut zu fühlen. Katharina war »wie durch ein Wunder«, so jedenfalls ihre Ärzte, wieder auf den Beinen und Schloss Fontainebleau in Vorbereitung des kaiserlichen Besuches vom Kellergeschoss bis zum Dachstuhl einer Generalreinigung unterzogen worden.

Montmorency war dem König und seiner Gemahlin Eleonore nach Loches nachgereist, wo das Paar Karl V. in Empfang nehmen wollte, um ihn auf seiner Reise durch das Land zu begleiten. Marie wusste daher, dass sie ihn erst würde sprechen können, wenn die Falle schon über ihr zugeschnappt wäre.

Die Ihrigen diskutierten lange, wie sie sich am besten verhalten könnte. Constant war der Ansicht, dass sie sich in Vollore verstecken sollte. Bertille war derselben Meinung, aber nur unter der Bedingung, dass ihr Sohn sie begleitete. Solène und Jean hingegen hielten es für klüger, einen Gegenangriff zu unternehmen. Wenn Marie ihrer Angst nachgäbe, so argumentierten sie, wäre sie nur umso verletzlicher.

Während des Gesprächs fiel unter anderem der Name Marguerite d'Angoulême. Marie schöpfte Hoffnung: Die Schwester des Königs hatte nie ein Hehl aus ihrer Sympathie für sie und ihrer Abneigung gegenüber Katharina gemacht. Sie würde ihr bestimmt einen Rat geben können. Trotz des ersten Raureifs machte sie sich auf den Weg nach Poitiers, wo diese sich derzeit aufhielt.

Marguerite zeigte sich hoch erfreut, sie zu sehen, und gewährte ihr sofort das Gespräch, um das sie gebeten hatte. Marie bemühte sich, den Sachverhalt so genau wie möglich zu erklären, und verschwieg selbst das kleinste Detail nicht: die Prophezeiung von Nostradamus; das Drängen Katharinas, damit sie ihr das Gift überreichte; Katharinas Hass, nachdem sie sich geweigert hatte, ihr bei ihren weiteren tödlichen Intrigen behilflich zu sein; die Habgier von Montmorency. Marguerite hatte ihre Beichte mit keinem Wort unterbrochen, doch ihre Miene spiegelte ihr Entsetzen. Schließlich überreichte Marie ihr noch Katharinas letzten Brief mit der Nachricht vom Tod Triboulets und gestand ihr ihre darauf gründenden Befürchtungen. Dann hielt sie erschöpft inne, lehnte sich in ihrem Sessel zurück, trank in einem Schluck den Mandellikör aus, den ihre Gastgeberin ihr offeriert hatte, und wartete. Marguerite schwieg noch immer, in den Händen hielt sie Katharinas Brief.

Nach einer Weile hob sie den Kopf. Unter ihren sorgfältig frisierten Stirnlöckchen hatte sich eine tiefe Falte gebildet.

»All das macht mich unendlich traurig, Marie«, sprach sie. »Die Schuld Katharinas am Tod des Dauphins ist dem König nie verborgen geblieben, genauso wenig wie Eure Mitwirkung daran. Isabelle de Saint-Chamond hat mir einmal dasselbe Gift besorgt. Das war, als der König sich in Madrid in Gefangenschaft befand. Die Umstände tun nichts zur Sache, jedenfalls werdet Ihr wissen, dass ich für Verbrechen dieser Art nicht gemacht bin. Wie dem auch sei, mein Bruder kennt die Herkunft des Giftes, das seinen Sohn getötet hat.«

»Warum hat er nichts gesagt? Warum hat er nichts gegen mich unternommen?«, fragte Marie.

Just in dem Moment fielen ihr die Worte des Königs wieder ein, die er beim Verlassen ihres Zimmers gesprochen hatte, nachdem er sie geliebt hatte. Hatte sie nicht schon damals das Gefühl gehabt, durchschaut worden zu sein? Marguerite zuckte mit den Schultern:

»Er hält zu seinen Getreuen. Allerdings sind die Gründe für seine Zuneigung zu Katharina meines Erachtens nicht einsichtig, doch sie sind zweifellos ernster Natur. Was Euch betrifft, so hat er niemals daran gezweifelt, dass man Euch manipuliert hat. Das steht auf einem anderen Blatt. Zu der ganzen Geschichte hinzu kommt die traurige Tatsache, dass der junge Franz, den er aus tiefstem Herzen liebte, ein perverser und grausamer Mensch war. Trotz seiner Gefühle für ihn war meinem Bruder bei der Aussicht nicht wohl, dass er sein Nachfolger werden würde. Er hatte Angst, dass eines Tages ein Bruderzwist ausbrechen könnte. Sein Kummer über seinen Tod war immens, doch zugleich war er erleichtert, zu wissen, dass Frankreich seinem zweiten Sohn zufallen würde. Vielleicht bereut er das inzwischen, jetzt, wo Heinrich sich ihm aus Dutzenden von lächerlichen Gründen widersetzt, wer weiß?«

»Er wird schlecht beraten, Marguerite. Montmorency, den ich für integer und gerecht hielt, handelt nur im Sinne seines eigenen Ruhms und Profits.«

»Das scheint mir nun auch so. Das ist mit ein Grund für meine Betrübnis. Mein Bruder vertraut ihm aus tiefster Seele.«

»Was soll ich tun?«, fragte Marie.

»Euch in die Falle begeben, um Katharinas Hass von Euren Kindern abzuwenden. Ich werde meinerseits den König davon unterrichten, dass sich ein Komplott gegen Euch entsponnen und dass Montmorency ihn verraten hat. Habt Ihr noch irgendwelche Interessen bei Hof?«

»Kein einziges, Madame. Ich brauche nur schlicht und einfach Geld, um die Meinen zu versorgen, aber dank Eurer Hilfe hat die Gewandschneiderei bereits zahlreiche Kunden gefunden.«

»Dann macht Euch auch mal keine Sorgen! Selbst wenn Ihr vorübergehend in Ungnade fallen solltet: Euer Geschäft wird nicht darunter leiden. Dafür bürge ich. Ihr wisst es besser als jeder andere: Die Zuneigung gedeiht im Schatten besser als im Sonnenlicht. Habt Vertrauen in mich und Euren König.«

»Ihr seid die Einzigen, die mich niemals enttäuscht haben.« Marguerite erhob sich und umarmte sie zärtlich.

»Und nun geht, mein Kind.«

Marie hatte schon fast ihr Gemach verlassen, als ein neuer Gedanke ihr durch den Kopf schoss:

»Ich möchte noch ein Geheimnis loswerden, Marguerite. Es hat weiter keine Bedeutung, aber ich möchte es mit Euch teilen.«

»Ich höre, Marie.«

»Vor langer Zeit hat der König in einer Nacht eine Zigeunerin geliebt. Ein Mädchen ist aus dieser Verbindung hervorgegangen. Sie heißt Solène und wurde vom Bruder Triboulets an Kindes statt angenommen. Sie ist meine Freundin und Geschäftspartnerin.«

Marguerite konnte ein beglücktes Lächeln nicht unterdrücken.

»Ein Grund mehr, Euch mit unserer Familie verbunden zu fühlen, Marie. Bestellt derweil meiner unehelichen Nichte, dass ich von ihrer Existenz weiß und sie unter meinen Schutz stelle, sollte sie ihn jemals benötigen.«

Marie verneigte sich tief und ging erleichtert ihrer Wege. Wenn ihr etwas zustoßen sollte, waren zumindest Solène und die Gewandschneiderei in Sicherheit.

Constant hingegen zeigte sich zurückhaltend, als Marie ihm von ihrem Gespräch mit Marguerite erzählte.

»Und wenn auch sie dich verrät?«, fragte er. »Die Adeligen sind gerissen und kennen keine Skrupel.«

Doch Marie ließ sich nicht beirren. Sie vertraute ihrem Gefühl. Isabeau, Albérie und ihre Mutter waren vor der Bedrohung geflohen, und das Unglück hatte sie dennoch ereilt. Sie war auserwählt, hatte Triboulet gesagt. Selbst wenn sie niemals hinter den Sinn dieses Satzes kommen sollte, so würde sie doch nicht zulassen, dass ein neues Monster ihre Pläne zunichte machte.

Eine Woche später trieb heftige Übelkeit sie aus dem Bett und an die Latrine. Den ganzen Tag und auch die folgenden ging dies so weiter. Bertille begriff als Erste, was das zu bedeuten hatte. Sie klatschte entzückt in die Hände:

»Ich werde wieder Großmutter!«, rief sie der verblüfften Marie ins Gesicht.

Noch während sie sich erbrechen musste, begann Marie, die Tage zu zählen. Sie hätte schon längst ihre Monatsblutung bekommen sollen. Dabei hatte sie doch immer ihren Kräutertee getrunken. Wann hatte sie vergessen, das Getränk einzunehmen? Kalter Schweiß brach ihr aus. An dem Abend, als Montmorency ihr das Kollier überreicht hatte. In der Nacht und in den folgenden. In wie vielen? Zwei, drei? Sie erinnerte sich nicht mehr. Aber eins war sicher: Sie erwartete ein Kind. Doch wer von den beiden war der Vater? Der Connétable oder Constant? Der Gedanke, nicht zu wissen, woran sie war, erfüllte sie mit unsagbarem Schrecken. Wie würde Constant reagieren, wenn er von ihrem Dilemma erführe?

Er nahm die Neuigkeit mit großer Begeisterung auf. Er hob sie in die Luft und wirbelte sie herum, während Bertille, die von Tag zu Tag älter zu werden schien, juchzend ihrer Freude Ausdruck verlieh. Auch Solène und Jean waren ganz beglückt, sodass sie nicht den Mut fand, ihre Zweifel laut werden zu lassen. Wenn sie das Kind tatsächlich behalten dürfte, würde immer noch genug Zeit dazu sein, sagte sie sich.

Am Tag darauf wurde sie wiederum von einer tröstlichen Neuigkeit überrascht. Als sie nach Hause zurückgekehrt waren, hatten Solène und Jean sich zu Bett begeben. Als hätte die bevorstehende Geburt irgendetwas bei ihm ausgelöst, hatte Jean seine Männlichkeit sacht erwachen gespürt. Solène hatte ihn ermutigt und endlich ihren wiedergefundenen Geliebten wahrhaft zu Hause willkommen heißen können.

Zwei Tage später, Marie war auf dem Heimweg, in den Armen einen noch warmen Laib Brot, forderte vor der Friedhofspforte Jeans Stimme in ihrem Rücken sie auf zu warten. Er bewegte sich mittlerweile recht schnell vorwärts, da er gelernt hatte, sich sowohl den Stock als auch sein Holzbein zunutze zu machen. Während sie versuchte, sich angesichts seiner angestrengten Grimassen das Lachen zu verkneifen, hievte er sich mit einem letzten Schwung an ihre Seite.

»Mach dich ruhig lustig über mich«, beschwerte er sich, als er sich auf ihrer Höhe befand. »Ich möchte dich mal sehen, wenn du auf einem Bein tanzen musst!«

»Ich würde mich sicher weniger geschickt anstellen als du und hilflos in deine Arme sinken«, gab sie lachend zurück.

»Das würden die Geister, die mich einst verfolgten, wohl kaum ertragen«, erwiderte er ernster als beabsichtigt.

Er streckte den Arm nach ihr aus, und Marie entzog sich nicht.

»Wovon sprichst du, Jean?«

Er wartete mit seiner Antwort, bis sie an einem fliegenden Händler vorbeigegangen waren. Die Geschäftigkeit auf der Straße, die sie dazu zwang, die Stimmen zu erheben, verwirrte ihn. Er wollte nicht, dass man ihn hörte, genauso wenig, wie er eigentlich seine Worte laut aussprechen wollte. Dennoch konnte er sich nicht zurückhalten:

»Du fehlst mir, Marie.«

Mit sicherer Hand öffnete er die Haustür und ließ ihr den Vortritt.

Marie legte das Brot auf den Küchentisch, pustete das Mehl von ihrem Umhang und hob ihren Blick zu ihm. Jean hatte die Tür hinter sich geschlossen. Seit seinem Geständnis hatte er sie unverwandt angeschaut.

»Da ist Solène … und Constant«, versuchte sie ihn vorsichtig zur Besinnung zu bringen.

Jeans Lachen war freiheraus, als er auf sie zutrat und sie in seine Arme zog.

»Darum geht es nicht, Marie. Solène macht mich glücklich, und Constant ist derjenige, den du erwählt hast. Es ist alles geklärt und hat alles seine Ordnung. Doch eine Kraft, die ich verloren glaubte, lässt mich an gewisse Düfte denken, an fleischliche Gelüste, die ich mehr genossen habe als andere.«

»Du bist unerträglich«, hielt sie ihm vor. Sanft befreite sie sich aus seinem Griff.

Sie wusste nicht genau, ob es ihm ernst war oder nicht, beschloss aber, die Sache auf die leichte Schulter zu nehmen. Doch sein brennender Blick in ihrem Rücken belehrte sie eines Besseren.

»Ich weiß, ich gehöre auf den Scheiterhaufen«, gestand Jean bereitwillig ein, »denn ich begehre dich noch immer – gegen meinen Willen, das kannst du mir glauben. Beweis genug, dass irgendwelche bösen Mächte mich besetzt halten und keine Erlösung weit und breit in Sicht ist.«

»Quäl mich nicht weiter, Jean. Für mich ist es schon schwierig genug, Constant zu betrügen.«

»Er kennt die Gründe, die dich in Montmorencys Bett führen. Ich allein würde ihn betrügen, wenn ich es denn wagen würde. Aber ich werde es nicht wagen, Marie. Selbst wenn die Frau, die du geworden bist, mich mehr reizt als das junge Mädchen von damals. Vielleicht ist es auch dein Bauch, der mich an frühere Zeiten erinnert. Dieser Bauch voller Leben, der eine ungute Eifersucht in mir entfacht. Verzeih mir!«

Marie hob den Kopf. Sie zog einen Schmollmund.

»Du willst gar nicht, dass ich dir verzeihe!«

»Stimmt«, gab Jean zu. »Ich habe meine Männlichkeit wiedergefunden, Marie. Ich fühle mich dem Leben wieder zugehörig, wie aus einem Alptraum erwacht. Und die Tatsache, dass ich dich noch immer begehre, ist ein schöner Sieg über vergangene Zeiten. Du solltest dich geehrt fühlen.«

»Du bist unerträglich«, seufzte die junge Frau.

»Du wiederholst dich, meine Hübsche. Und nun sag mir, was dir auf der Seele liegt. Denn nicht nur der Geruch deiner Haut fehlt mir, sondern auch das offene Gespräch mit dir und dein Vertrauen.«

Marie atmete tief ein. Jean hatte Recht. Seine Besorgnis hatte sie wieder ihrer Freundschaft versichert. Sie hatte nicht geglaubt, dass ihm so viel daran gelegen wäre. Solène war sehr aufmerksam ihm gegenüber.

»Es geht um meinen Bauch, in der Tat, Jean«, begann sie zaghaft. »Die Geschichte wiederholt sich.«

»Montmorency?«

»Vielleicht. Ich war so durcheinander wegen dieses Komplotts, so traurig über den Tod von Triboulet. Ich habe vergessen, Vorsorge zu treffen. Wie kann ich nun sicher sein?«

»Was sagt Constant?«

»Er tut so, als wüsste er von nichts, nehme ich zumindest an. Er scheint glücklich, doch ich kann mir nur schwer vorstellen, dass er sich nicht auch seine Gedanken macht.«

»Sag es ihm!«

»Wenn das so einfach wäre!«

»Ach, Marie«, seufzte Jean und zog sie noch einmal in seine Arme.

Sie legte den Kopf an seine Schulter. Genießerisch sog Jean ihren Duft nach Erika und frischem Brot ein. Dann flüsterte er ihr ins Ohr:

»Nur Lügen und Zweifel schaden dem Vertrauen. Öffne ihm dein Herz, deine Ängste. Teil sie mit ihm. Wahrscheinlich hegt er dieselben wie du.«

»Du hast Recht.«

Marie fühlte sich plötzlich gestärkt. Spontan drückte sie einen Kuss auf Jeans Wange, der sie noch enger an sich presste.

»Wenn du Montmorency verlassen solltest, gib dem Holzbein eine Chance«, sagte er mit kaum vernehmbarer Stimme, in der eine leise Verwirrung mitschwang.

Marie wand sich aus seiner Umarmung. »Rechne nicht damit, Jean Latour«, entgegnete sie, jedoch in einem Ton, der ihn ihrer wiedergefundenen Vertrautheit versicherte.

Am selben Abend beim Zubettgehen schmiegte Marie sich nackt in die starken Arme Constants. Er streichelte sie lange, und wie jedes Mal, wenn sie zusammen waren, staunte er auch jetzt wieder über jene sich bis zu einem hingebungsvollen Stöhnen steigernde Lust, die die Berührung seiner Finger in ihr hervorzurufen schien und die er nach Belieben verlängern konnte. Marie genoss sein Spiel, konnte sich allerdings nicht ganz des Gedankens an Jeans Geständnis erwehren. Als sich ihrer beider Atem nach dem gemeinsamen Höhepunkt wieder beruhigt hatte, war ihre Entscheidung getroffen.

»Ich schäme mich, Constant«, flüsterte sie, den süßen Moment der Erschöpfung nach dem Liebesakt ausnutzend.

Constant, der bemerkt hatte, wie ihr die Last seines Körpers zu schwer wurde, stützte sich auf den Ellbogen, um sich zu erheben. Mit seinem zerrauften Haar, dem rebellischen Bart und dem verschlafenen Blick sah er aus wie ein Wilder. Marie wurde von Zärtlichkeit überwältigt und umschlang seine Hüften mit den Armen, um ihn in sich zu halten.

»Ich möchte, dass mein Kind das deine ist«, sagte sie. Aus ihren Augen sprach uneingeschränkte Liebe.

»Das ist es.«

»Da ist der andere …«, begann Marie.

»Das ist mir egal«, erwiderte Constant. »Dieses Kind wird nur einen Vater haben, und wenn ich dafür Montmorency mit meinen eigenen Händen umbringen müsste.«

Marie schwieg. Ihr Herz schlug so schnell, dass es fast schmerzte. Sie kuschelte sich an ihn.

»Das wird aber nicht nötig sein, oder?«, nuschelte Constant und versuchte, ein Gähnen zu unterdrücken.

»Nein, das wird nicht nötig sein. Ich werde der Medici die Stirn bieten, Constant. Dann spreche ich mit dem König und trenne mich von Montmorency. Das verspreche ich dir.«

»Pass gut auf dich auf, Marie«, murmelte er, die Hand schwer auf ihrem Bauch. »Dieses Kind ist mir genauso wichtig wie dir.«

Marie lächelte still in der Dunkelheit. Sie fühlte sich bereit, ihrem Schicksal entgegenzutreten. Sie nahm sich vor, Jean einen Kuss zu geben, einen Kuss für seinen Rat und für seine Zärtlichkeit. Constant gab einen leisen Schnarcher von sich, sodass sie lachen musste. Sie kniff ihm in die Nase und murmelte:

»Ich liebe dich.«

Schlaftrunken nahm Constant ihre Finger in beide Hände.

»Ich dich auch. Und nichts und niemand wird mich davon abbringen, ob Bettler, Edelmann oder König!«

Marie unterdrückte ein Lachen und ließ sich in einen glücklichen Schlaf gleiten.

Ein paar Tage später sorgte sie dafür, dass ihr Vater das Geld erhielt, das sie hatte zur Seite schaffen können. Sie teilte ihm mit, dass sie ihn so bald wie möglich besuchen wollte. Dann ging sie zu ihrem Bankier, um sich zu vergewissern, dass – falls ihr etwas zustoßen sollte – all ihre Konten wechselfähig waren.

»Um das Böse abzuwenden«, hatte Solène gesagt, »gibt es nichts Besseres, als es vorwegzunehmen.«

Dann ließ sie sich die nahende Ankunft von Karl V. bestätigen und trat ihrem Schicksal entgegen.

Es war in Schloss Chambord, dass Franz I. die Nachricht seiner Schwester erhielt, am Fuß der raffinierten Innentreppe, die er dort hatte erbauen lassen und nun seinem Gast vorführte. Dieser war von so viel Einfallsreichtum ganz sprachlos.

In der Tat hatte Franz I. nach einer Möglichkeit gesucht, den Zwischenfall wieder gutzumachen, der ihm und Karl V. in Schloss Amboise im Hurtault-Turm widerfahren war. Ein Fackelträger war gestolpert und hatte mit seiner Fackel einen eigens für den hohen Besuch angebrachten Wandteppich entzündet. Sie hatten unverzüglich vor den Flammen fliehen müssen und waren nur durch ein Wunder mit heiler Haut davongekommen.

Der König hatte sich wieder und wieder entschuldigt. Um die gute Stimmung zwischen ihnen nicht zu gefährden, hatte Karl V. versichert, den Zwischenfall längst vergessen zu haben, doch das klang genauso falsch wie das Pfeifen, das seine wuchernden Polypen ihn immer wieder ausstoßen ließen. Franz I. zog es vor, sich an die Worte von Montmorency zu halten, der ihm gesagt hatte: »Wenn der Kaiser zufrieden ist, wird Mailand es Euch danken.«

Die Neuigkeiten von Marguerite kamen ihm von daher denkbar ungelegen. Am Abend nahm er die Müdigkeit des Kaisers zum Vorwand, die ihm zu Ehren geplanten Feierlichkeiten abzukürzen. Die Einsamkeit seines Zimmers verhalf ihm, wieder zur Besinnung zu kommen und Montmorency nicht auf der Stelle aufs Härteste zu bestrafen. Schließlich freundete er sich sogar mit dem Vorschlag seiner Schwester an, um die Aussicht auf ein zurückerobertes Mailand nicht gänzlich zu zerstören, wenngleich er die Hoffnung schon weitgehend aufgegeben hatte. In seiner kleinen, schrägen Handschrift ließ er Marguerite wissen, dass er vollkommen mit ihr übereinstimme und nunmehr dafür Sorge trage, dass Gerechtigkeit die Interessen des Königreichs bestimmen würde. Dann nahm er ein zweites Blatt Papier und schrieb darauf die folgenden Zeilen an Marie:

»Seid Euch meiner Zuneigung gewiss und der Freude, die ich daraus ziehe.«

Am nächsten Morgen zügelte er seine schlechte Laune, die ihn beim Anblick des falsch lächelnden Connétable überkam, gab seine Briefe in die Post und schlug Karl V. den Besuch eines Klosters vor.

Dieser nahm die Einladung dankbar an. Auf der Fahrt dorthin erläuterte ihm der König, dass er im August des vergangenen Jahres ein Edikt erlassen habe, dem zufolge die Gemeinden sich verpflichten mussten, über Tod, Geburt oder Heirat eines jeden Einzelnen genau Buch zu führen, damit, so führte er aus, man in diesem Land endlich wisse, wer dort lebte und stürbe.

»Da seht Ihr, lieber Schwager«, sagte er abschließend, »welch ein praktischer Geist sich hinter der Stirn eines Monarchen verbergen kann.«

Anstelle einer Antwort übertrug Karl V. seine sämtlichen Titel und Stellungen in das Register, das der Abt ihm reichte. Der König, der seine Verärgerung mit aufgesetzter Fröhlichkeit überspielte, begnügte sich damit, mit einem simplen »Franz, Seigneur de Vanves« zu unterschreiben.

Lachend fügte er hinzu:

»Ihr werdet sehen, in Fontainebleau, unter all den Künstlern, die mir Nahrung für Geist und Sinne sind, gebe ich mich bescheidener als ein Waisenkind.«

Karl ging darauf nicht ein. Auch ihm hatte Montmorency in den schillerndsten Farben ausgemalt, was er zu erwarten hätte: dass der König von Frankreich seine Besitzansprüche hinsichtlich Italiens aufgeben würde. Und dafür konnte man schon mal ein paar Beleidigungen einstecken.

Der Brief des Königs traf zur selben Zeit in Paris ein wie der von Montmorency. So sehr Marie sich über Ersteren freute, so sehr erfüllte Letzterer sie mit Furcht.

Es war der 24. Dezember 1539. Montmorency hatte sie aufgefordert, zu ihm zu stoßen. Und Karl V. begeisterte sich an dem Schauspiel, das seinem Einzug in Fontainebleau voranging.

Am folgenden Tag verbeugte sich Marie tief vor dem König und seiner Gemahlin. In ihrem Dekolleté, das von einem mit edelster Seide gefütterten Hermelinkragen umrahmt wurde, funkelte das Diamantenkollier. Das Licht der Kronleuchter brach sich in den Steinen und umgab ihre Schönheit mit einem Schein aus Regenbogenfarben.

Der König, der sie verzückt betrachtet hatte, reichte ihr die Hand und stellte sie seinem Gast vor:

»Marie de Chazeron ist eine der Künstlerinnen, deren Talente Ihr noch Gelegenheit zu bewundern haben werdet, mein Schwager.«

Karl V. runzelte die Stirn. Dass Frauen Talente besaßen, war ihm neu. Als wollte sie ihn in seiner Ansicht bestärken, mischte Marie sich lächelnd in das Gespräch:

»Sire, die Italiener, die an diesem Ort ein wahres Kunstwerk geschaffen haben, wären sicher betrübt, wenn sie Euch hören könnten. So wie ich, die ich Euch leider enttäuschen muss.«

»Schaut her, Karl«, entgegnete der König. »Andere hätten sich bei diesem Kompliment vor Stolz aufgeplustert – nicht aber unsere Marie. Und dennoch: Die Schönheit all meiner Hofdamen, die Euch in Empfang genommen haben, ist allein diesen geschickten Händen zu verdanken, die sich um ihre Ausstattung gekümmert haben.«

»Ich habe nichts getan, als meinem König zu dienen«, antwortete Marie.

»Ich möchte wetten, Ihr dient ihm gut«, bemerkte Karl V., als sie sich erhob.

»Folgt uns, Marie! Der Kaiser möchte mein Domizil besichtigen. Der Hofstaat wird uns begleiten.«

Marie nickte mit dem Kopf und machte einen Schritt zur Seite, um die beiden Herrscher vorbeizulassen. Montmorency trat auf sie zu und umfasste besitzergreifend ihren Arm.

»Ihr seid schöner denn je«, raunte er in ihr Ohr.

»Das sind die Juwelen, mein Freund. Ihr habt mich so schön gemacht.«

Wieder versank Marie in einen tiefen Knicks, als Eleonore ihr warm zulächelte. Ihr folgte Anne de Pisseleu, deren Lächeln etwas verhaltener war, und schließlich der Dauphin, der nur Augen für Diane hatte. Diese hielt sich wie immer vornehm zurück und nickte ihr nur freundlich zu. Hinter ihr schritt der jüngste Sohn des Königs, vor dem Marie sich ebenfalls verbeugte.

Als die Reihe an Katharina war, stellte Marie zufrieden fest, dass diese bei ihrem Anblick erblasste. Reflexartig fuhr sich die Duchesina mit der Hand zum Hals und kniff die schmalen Lippen zusammen. Grußlos reihte sie sich wieder in die Reihe der Höflinge ein. Marie entnahm ihrem Verhalten, dass sie verstanden hatte, und beschloss, von nun an besonders auf der Hut zu sein. Doch zunächst hieß es, den Worten des Königs zu lauschen, der sich vor seinem Gast damit rühmte, die Schönheiten Fontainebleaus erfunden zu haben.

Sie begannen ihren Rundgang in den Gemächern des Königs selbst, die mit Wandteppichen von Raffael ausgekleidet waren. Dann stiegen sie die Treppe zum zweiten Stock hinauf.

»Gestern, zur Feier der Ankunft von Karl V., wurde aber mehr geboten als heute«, lästerte Montmorency. »Sketche, Schauturniere und sonstige Darbietungen. Schade, dass Ihr nicht dabei sein konntet! Was das hier betrifft«, er machte eine weite Geste, die das Turmzimmer umfasste, in dem sie sich gerade befanden, »so kennt Ihr doch jedes Detail in- und auswendig. Wollen wir uns nicht ein wenig von dem Tross absetzen?«

»Ich habe gehört, es seien eigens für diesen Anlass Gemächer neu eingerichtet worden«, antwortete Marie, die alles andere als begierig darauf war, allein mit dem Connétable zu sein.

»Es handelt sich um die Gemächer des Kaisers. Ein eckiger Pavillon, in dem auf sein Geheiß Käfige mit Adlern aufgehängt wurden. Außerdem hat man dort zahlreiche Öfen aufgestellt, weil es keinen Kamin gibt. Möchtet Ihr sie sehen?«, bedrängte sie Montmorency. Er legte einen Arm um ihre Taille.

Wenn sie sich früher geschmeichelt gefühlt hatte, weil er sie begehrte, so war sie nunmehr bloß ärgerlich. Der Gedanke an seine Intrigen hatte in ihr jeden Respekt ersterben lassen. Höflich entgegnete sie:

»Es scheint mir nicht sehr schicklich, ohne Einladung in die Gemächer eines Fremden einzudringen. Habt Geduld, Anne. Heute Nacht stehe ich Euch zur Verfügung, mit nichts auf der Haut als diesen Juwelen.«

»So lange kann ich nicht warten«, stöhnte er. »Können wir uns nicht eher sehen?«

»Was seid Ihr so ungeduldig, mein Lieber«, machte Marie sich über ihn lustig. »Ihr erinnert mich an einen verschmähten Jüngling. Genug! Heute Nacht werdet Ihr bekommen, was Ihr verdient.«

Anne de Montmorency gab sich geschlagen, und Marie reihte sich wieder in das Gefolge des Königs ein. Der letzte Teil ihrer Antwort war nicht gelogen gewesen. Diese einfache Feststellung beruhigte Marie.

Der Zug bewegte sich von einem Zimmer zum anderen, vorbei an unzähligen Werken Leonardo da Vincis, Raffaels und anderer italienischer Meister. Beim Anblick des *Herkules* von Michelangelo, der *Gioconda* an der Wand oder den Goldschmiedearbeiten von Cellini, die selbst die Badezimmer schmückten, geriet Franz I. wieder und wieder in Entzücken, und in seiner unsagbaren Begeisterung für die Kunst in all ihren Formen zog er den Kaiser durch Fontainebleau, das er zum schönsten Ort von Frankreich gemacht hatte.

Beim Diner, das den Tag beenden sollte, beglückwünschte der Kaiser Marie zu den prächtigen Gewändern, welche die Hofdamen trugen. Marie entgegnete, dass sein Lob allein dem König zustünde, der bei ihrer Auswahl so viel Geschmack bewiesen hätte. Doch ihr blieb nichts anderes übrig, als das Gespräch mit dem Kaiser fortzusetzen und seine Aufforderung zum Tanz anzunehmen. Zu ihrer großen Überraschung nahm er sie beiseite und flüsterte ihr ins Ohr: »Ihr seid so schön, dass es mir gefiele, Eure Schönheit genauer zu betrachten.« Marie beschränkte ihre Erwiderung auf ein Lächeln. Obwohl sie nach außen hin sehr souverän wirkte, fühlte sie sich in ihrer Haut gar nicht wohl. Sie schaute immer wieder zu Montmorency und Katharina, von denen sie annahm, dass sie irgendwelche Intrigen schmiedeten. Sie hatte keine Ahnung, wann das Fallbeil niedersausen sollte, doch sie achtete darauf, was sie aß und trank, rührte nichts mehr auf ihrem Teller an, wenn sie ihren Platz auch nur für einen Moment verlassen hatte, und vergewisserte sich, stets zeitgleich mit Montmorency mit neuen Speisen und Getränken versorgt zu werden.

In der darauf folgenden Nacht ließ sie sich bereitwillig lieben, um keinen Verdacht zu erregen, doch es kostete sie mehr Überwindung, als sie gedacht hatte, obwohl Anne sich ausnehmend zärtlich zeigte. Vier Tage vergingen auf diese Weise. Der Kaiser suchte immer häufiger ihre Gesellschaft und amüsierte sich über ihre Scherze, als wäre er ein altvertrauter Freund. Katharina schien sich darüber zu freuen – im

Gegensatz zu Montmorency. Am Vorabend der Abreise von Karl V. flüsterte er ihr ins Ohr:

»Ich habe die Aufgabe, Euch zu töten, Marie. Aber ich will Euch retten. Ein Brief wird nachher neben Euch zu Boden fallen. Ich soll ihn aufheben und dem König übergeben. Kommt mir zuvor. Niemals wird es mehr so sein, wie es war!«

Bevor sie den Inhalt seiner Worte erfassen konnte, war er auch schon wieder verschwunden. In dem Moment kam eine Polonaise an ihr vorbei, von der sie mitgerissen wurde. Marie überließ sich der Bewegung, mechanisch schaute sie auf ihre Füße. Als sie noch ganz benommen vom Tanz sich dem König näherte, wurde sie beinah von einem Pagen überrannt. Ein geöffneter Briefumschlag fiel vor ihr auf den Boden. Montmorency befand sich direkt neben ihr, doch rasch kam sie ihm zuvor und steckte den Brief mit einem Lächeln in ihren Ärmel. Der Connétable bedachte sie mit einem Blick gespielten Ärgers, der für Katharina bestimmt war, die die Szene genau beobachtet hatte. Instinktiv trat Marie auf den König zu, der sich im Gespräch mit Diane de Poitiers befand. Sie verschränkte die Arme vor der Brust und ließ ihr helles Lachen in das von Diane hineinperlen. Nach außen hin wirkte sie ruhig, doch in ihr brodelte die Angst.

Nachts, als sie allein in ihrem Zimmer war, faltete sie den Brief auseinander, den sie bei der erstbesten Gelegenheit diskret in ihrem Dekolleté hatte verschwinden lassen. Das Siegel war das des Kaisers. Er dankte ihr für ihre Dienste, erklärte, dass der Tod des Dauphins ihn für all die Demütigungen entschädigt hätte, die der König von Frankreich ihn habe erleiden lassen, und kündigte an, ihr für weitere Dienste dieselbe Summe Geldes zahlen zu wollen. Die Nachricht war datiert vom 26. August 1536. Marie wirbelte der Kopf. Der Brief war authentisch, daran bestand kein Zweifel. Wenn der Kaiser ihn geschrieben hatte, dann weil er der sicheren Annahme war, dass sie – oder jemand, der sich für sie ausgab – in seinem Sinne als Spionin am Hof des Königs tätig war. Deshalb dieser vertrauliche Ton!

Marie war vollkommen durcheinander. Mit einem Satz sprang sie zur Tür, verriegelte sie und verbrannte anschließend den Brief in der Flamme einer Kerze. Die verkohlten Reste warf sie in den Kamin und stocherte so lange darin rum, bis nur noch Asche übrig war. Mochten die Wachen mit ihr anstellen, was sie wollten, dieser falsche Beweis war jedenfalls für immer vernichtet. Dennoch brauchte sie ein paar Sekunden, um sich wieder zu fassen, als plötzlich an ihrer Tür geklopft wurde. Sie versicherte sich, dass keine Spuren von dem Brief mehr zu sehen waren, und ging öffnen.

Montmorency stand im Türrahmen. Er war allein. Er trat ein und schob den Riegel vor.

»Seid Ihr gekommen, mich festzunehmen oder um mir alles zu erklären?«, fragte Marie mit schneidender Stimme.

»Euch um Verzeihung zu bitten, nichts sonst.«

»Ich höre«, sagte sie etwas besänftigt.

»Wo ist er?«

Marie zeigte auf den Kamin, in dem in diesem Moment eine Flamme erstarb.

»Das war das einzig Richtige«, bestätigte er.

Er hatte sich auf ihr Bett gesetzt, seine Züge waren von Müdigkeit gezeichnet. Erst da wurde Marie klar, dass er kein falsches Spiel mit ihr spielte. Ihre Angst verschwand und machte den Fragen Platz, die sich in ihrem Kopf drängten.

»Wer hat ihn Euch gegeben?«, fragte sie, obwohl sie die Antwort schon kannte.

»Katharina von Medici«, antwortete der Connétable, ohne zu zögern. Er drehte sich zu ihr und schaute sie aus traurigen Augen an.

»Ich habe ihn wieder und wieder lesen müssen, weil ich nicht glauben wollte, dass Ihr eine Verräterin seid, Marie. Ich dachte, Ihr hättet mit so etwas nichts im Sinn.«

»Ihr täuscht Euch, Anne. Ich bin unschuldig.«

»Die Nachricht war authentisch. In meiner Eigenschaft

als ranghöchster Militär habe ich genug von dieser Sorte öffnen müssen und kenne die Handschrift und das Siegel des Kaisers besser als jeder andere.«

»Ich weiß. Darin liegt ja gerade mein Unglück.«

Marie stützte den Kopf in die Hände. Mit einem Mal war sie vollkommen erschöpft. Ihr wurde schwindelig. Mühsam versuchte sie, ihre Übelkeit zu unterdrücken. Montmorency hatte sie gerettet, und doch glaubte er, dass sie schuldig wäre. Das machte keinen Sinn.

»Nehmen wir einmal an, ich schenkte Eurer Unschuldsbeteuerung Glauben, Marie. Das hieße, Ihr wärt Opfer eines Komplottes ... Denn ich versichere Euch, Marie – bei Anrufung Eurer heiligen Namensvetterin –, der Kaiser hat keinerlei Erstaunen ob Eurer Anwesenheit gezeigt. Vielmehr schien sie ihn sehr zu erfreuen.«

»Glaubt mir, ich zuallererst habe mich sehr darüber gewundert! Und wenn dieser Brief zwar sein Verhalten erklärt, so wirft er dennoch mehr Fragen auf, als er Antworten gibt. Lasst uns versuchen, sie gemeinsam zu klären. Was bedeutet, dass ich Euch ein Geständnis machen muss, Anne, was mir nicht ganz leicht fällt.«

Wie zuvor Marguerite d'Angoulême erzählte sie nun ihm von dem schrecklichen Band, das sie an Katharina fesselte. Ihre Beichte war lückenlos, bis auf die Tatsache, dass sie ihn, Montmorency, beim König angeschwärzt hatte. Der Connétable war aufgestanden und lief im Zimmer auf und ab. Gedankenverloren kraulte er sich den Bart. Als sie geendet hatte, stieß er einen tiefen Seufzer aus.

»Mailand! Das ist der Grund.«

Marie ließ einen Moment Zeit verstreichen, dann schüttelte sie den Kopf.

»Ich verstehe nicht.«

»Indem sie dem Kaiser vorgegaukelt hat, er hätte in Euch eine Verbündete, eine Komplizin, ja eine Helfershelferin gefunden, hat Katharina ihr eigenes Verbrechen kaschieren können. Wenn der Verdacht auf sie gefallen wäre, hätte sie diesen Brief oder einen anderen vorweisen können. Und sie wird mit Sicherheit weitere von der Sorte besitzen«, fügte er ergrimmt hinzu.

Marie hob den Kopf. Bei dieser Aussicht fiel jede Erstarrung von ihr ab. Sie hob an zu sprechen, doch Montmorency kam ihr zuvor:

»Katharina verabscheut Euch, Marie. Ihr seid schön, und Ihr seid frei. Zu frei. Wir leben in einem Zeitalter, in dem jede Form von Freiheit verdächtig ist. Um nicht zu sagen, gefährlich.«

»Inwieweit bin ich freier als sie, Anne? *Sie* ist die Regentin. Nicht ich.«

»Sie ist die Sklavin dieser Macht, die ihre einzige Waffe darstellt, ihren einzigen Trumpf. Sie regiert nur wegen des zwiespältigen Verhältnisses, das sie zu ihresgleichen unterhält. Für einen Zipfel von dieser Macht würden viele Leute ihre Seele verkaufen. Ihr hingegen habt es vermocht, Euch Eure Reinheit zu bewahren, und mit dieser unschuldigen Frische habt Ihr den König dazu gebracht, Euch zu lieben – den König, der sie, Katharina, mit einem Fingerschnippen ins Abseits befördern könnte. Man wiegt sich gerne in dem Glauben, in seinem Gegenüber einen Seelenverwandten zu finden. Katharina hatte durch diese Intrige die Möglichkeit, Euch zu vernichten, solltet Ihr ihr einmal Eure Dienste verweigern. Was ja dann eingetreten ist. Aber das hätte auch für den Fall gegolten, dass Ihr Euch entschieden hättet, dem König zu ihrer Verbannung zu raten.«

»Ich habe niemals darauf hingearbeitet. Ich verstehe immer noch nicht ...«

»Deshalb dachte ich an Mailand. Ihr wisst genauso gut wie ich, dass Katharina sehr an dem Land ihrer Väter hängt. Es sollte ihre Mitgift sein. Ihre Garantie für ein Bleiberecht in Frankreich.«

»Gewiss.«

»Seit ein paar Jahren geht das Herzogtum Mailand vom König an den Kaiser und vom Kaiser an den König über, in einem mörderischen Wettkampf, der Letzteren aber dennoch glauben ließ, es eines Tages zurückzuerhalten. Die Obsession von Franz I. in dieser Frage war für sich genommen ein Versprechen. Doch dann schließt er auf einmal Frieden mit seinem Feind. Mailand ist verloren. Für Katharina eine schreckliche Vorstellung, ähnlich wie die Tatsache, dass Heinrich dem Charme von Diane de Poitiers verfallen ist, die der König – ähnlich wie Euch – sehr schätzt. Zu allem Überfluss ist Katharina auch noch unfruchtbar. Ein Nichts hätte also ausgereicht, um sie zu verstoßen. Ihre einzige Zuflucht lag daher in der Rache. Malt Euch die Situation einmal aus, Marie: Ich hebe den Brief auf. In meiner Eigenschaft als Connétable muss ich ihn dem König überreichen, der in dem Moment sowohl seinen ärgsten Feind als auch die Schuldige am Tod seines Sohnes in der Hand hat. Sein Zorn hätte Euch beide getroffen. Der Kaiser wäre gefangen genommen worden, so wie einst Franz I. selbst, und Mailand wäre das Faustpfand für seine Freilassung gewesen. Euch hätte man den Prozess gemacht und Euch wegen Mordes und Hochverrats verurteilt. Ich hätte keine andere Möglichkeit gehabt, als vorzugeben, mich Euch angenähert zu haben, weil ich Euer Geheimnis durchschaut und Euch aus der Nähe besser hätte überführen können. Katharina wäre gerächt gewesen und Mailand gerettet.«

»Warum habt Ihr das Spiel mitgespielt, Anne? Es hätte genügt, wenn Ihr mit mir gesprochen hättet.«

»Ich hatte keine andere Wahl, Marie. Diese Schlange hält mich gefangen, das ist der Grund.«

Marie fühlte sich von einer Woge der Zärtlichkeit davongetragen. Konnte es sein, dass auch Montmorency sich in den Fängen der Medici befand? Sie warf ihm einen traurigen Blick zu.

»Ich habe Euch nicht die volle Wahrheit gesagt, Anne«, gestand sie. »Ich dachte, Ihr gehörtet auch zu ihrer Truppe und wäret bereit, mich aus niedrigen Motiven zu vernichten. Ich habe mich zu schützen versucht. Und Euch aus diesem Grund beim König in Ungnade gebracht.«

Vor Verblüffung blieb Montmorency der Mund offen stehen. Marie begann mit ihrem Besuch in Poitiers und endete mit dem Brief, den sie vom König erhalten hatte. Erschlagen von ihrem Bericht ließ Anne sich an ihrer Seite nieder.

»Noch ist es nicht zu spät. Vielleicht kann ich den König noch überzeugen«, hob Marie an zu sprechen.

Doch der Connétable unterbrach sie. Seine Stimme klang brüchig.

»Nein. Nun werde ich also bestraft für mein Schweigen, Marie. Es war ein Fehler. Ein dummer Fehler. Der Comte de Châteaubriant hat sich bei meinem Besuch sehr anständig benommen, und ich habe in der Tat keinen Zeugen ausfindig machen können für das, was sich ereignet hatte. Keine Spur von Blut in den Gemächern, sondern, im Gegenteil, die Aussage eines Arztes, der mir unter Eid geschworen hat, der dreitägigen Agonie von Françoise beigewohnt zu haben, die – so sagte er – darauf bestanden hätte, dass der König nichts von ihrem Leiden erführe, weil sie wollte, dass er sie als junge schöne Geliebte in Erinnerung behielte und nicht als die vom Leiden gezeichnete, unglückselige Frau, die sie geworden war. Der Comte hat mir die Grabinschrift gezeigt, die sie offenbar kurz vor ihrem letzten Atemzug selbst verfasst hat. Und in der Tat, Marie, ich schwöre Euch, ich habe nichts gefunden! Katharina hat auch mich erpresst. Eines Morgens hat sie mir die Schenkungsurkunde des Comte unter die Nase gehalten, in der er mir sein Vermögen vermacht hat. ›Er hat sich Euer Schweigen zu einem angemessenen Preis erkauft‹, sagte sie mir ins Gesicht. Ich habe versucht, mich zu verteidigen und meine Unschuld zu beteuern. Doch sie hat mich nur ausgelacht. Aus dem Mund des Comte persönlich habe ich erfahren, dass Katharina ihm angekündigt habe, ich hätte alles aufgedeckt und würde kommen, mir mein Schweigegeld zu holen. Er habe getan, was sie ihm empfohlen hätte, und würde nun gar nicht verstehen, dass ich nicht zufrieden damit wäre, sagte er mir. Daraufhin habe ich insistiert, dass er sein Testament neu aufsetzt, doch er hat sich geweigert. ›So weiß ich sicher, dass Ihr niemals reden werdet‹, lautete seine Begründung. Er hatte Recht. Ich habe die Wahrheit totgeschwiegen. Und akzeptiert, was geschehen war, wodurch ich in der Tat zum Schuldigen wurde.«

»Verzeiht mir, Anne. Ich wusste, dass Ihr es mit der Macht haltet, Ihr habt nie einen Hehl daraus gemacht. Katharina hat uns geschickt gegeneinander ausgespielt, genauso wie Triboulet, den sie mit falschen Informationen zu mir kommen ließ.«

»Das stimmt. Doch der Graben, der zwischen Opportunismus und Hochverrat liegt, ist tief. Niemals hätte ich ihn aus freien Stücken überwunden, das könnt Ihr mir glauben.«

»Wir sind beide Opfer ihrer intriganten Natur geworden. Und wenn Ihr nicht so besonnen gewesen wärt, mich trotz allem zu retten, hätte sie in jenem Augenblick das Spiel gewonnen. Was hat Euch dazu getrieben, Eure Meinung zu ändern, als alles für meine Schuldigkeit sprach?«

»Habt Ihr das denn gar nicht begriffen?«, fragte er und nahm ihre Hände in die seinen.

Eine Ahnung durchlief sie – und dann ein Zittern. Die müden Gesichtszüge des Connétable wurden von einem Lächeln erhellt, das seine meerblauen Augen zum Strahlen brachte.

»Ich liebe Euch, Marie. Gewiss, das habe ich Euch – und anderen – schon Tausende von Malen ins Ohr geflüstert. Erst die Vorstellung, Euch zu verlieren, hat mir meine Gefühle für Euch wirklich bewusst gemacht. Ich hatte keine Ahnung, dass sie so stark waren. Als hätte mein ganzes Wesen sich dagegen aufgelehnt, Euch zu verraten.«

»Anne, ich …«

»Psst, sagt jetzt nichts, Geliebte. Das Schlimmste ist verhindert worden, das ist alles, was im Moment zählt. Der Kaiser wird seiner Wege gehen, und in einigen Tagen werde ich dem König meine Fehltaten beichten. Ich bin kein Feigling, Marie. Unser Herrscher ist gerecht. Ich habe keine Angst vor seiner Strafe, aber ich möchte Euch nicht in diese Sache hineinziehen. Nehmt die Situation so, wie sie ist, und lasst Euch lieben. Wie hold Ihr mir seid, kann ich kaum in Worte fassen, und wenn Ihr meine Diamanten tragt, wird mir ganz warm ums Herz. Behaltet sie an, so wie in den vorangegangenen Nächten. Ihr Schein spiegelt mir tausendfach Eure Schönheit wider.«

Sanft drückte er Marie aufs Bett und begann, sie zu entkleiden. Ihre Übelkeit war verschwunden, mit einem Mal war ihr der Connétable gar nicht mehr unangenehm. Und so genoss sie seine Liebkosungen und seine Leidenschaft, die durch ihre Verbrüderung umso inniger erschien. Als der Tag anbrach, lagen sie immer noch beieinander.

Als sie aufwachte, war Marie allein. Während ihre Kammerzofe ihr dabei half, ihre Gewänder anzulegen, war sie tief in Gedanken versunken. Sie konnte nicht zulassen, dass die Medici sich so leicht aus der Affäre zog. Zumal sie ihrem Zugriff noch längst nicht entronnen war, trotz aller Vorsichtsmaßnahmen und des Schutzes von Montmorency. Sie musste dem König die Wahrheit sagen, koste es, was es wolle. Außerdem schien es ihr dringend angeraten, den Connétable vor einem Unglück zu bewahren. Denn sie war sicher, dass Katharina die nächstbeste Gelegenheit ausnutzen würde, sie beide beim König in Misskredit zu bringen.

Als sie leichtfüßig die Treppen hinunterstieg, die in den großen Empfangssaal mit dem prächtigen Büfett und den etwa einhundert geladenen Gästen hinabführten, hatte Marie ihre Unbekümmertheit und ihren Kampfgeist wiedergefunden. Auf ihrem Weg dorthin plauderte sie hier mit Madame de la Richelière über das milde Wetter, dort mit der Gräfin du Plessis über die kunstvoll in ihre Frisur eingearbeiteten Diamanten und Rubine, ließ sich Komplimente machen über ihre eigene Garderobe und die Erzeugnisse ihrer Gewandschneiderei, reagierte schlagfertig auf ein paar kühne Bemerkungen und hatte die ganze Zeit den König im Blick, zu dem sie sich allmählich vorarbeitete. Als sie ihr Glas an die Lippen führte, kreuzte ihr Blick den von Montmorency. Er nickte ihr verschwörerisch zu, und gut gelaunt erwiderte Marie seinen Gruß. Im Gegensatz zum Abend davor, als der bloße Anblick der Speisen sie zu den Latrinen hatte hasten lassen, fühlte sie sich an diesem Morgen ausgehungert und voller Tatendrang. Mit den Augen suchte sie die Medici und war fast enttäuscht, sie nicht zu entdecken. Wie gerne hätte sie ihre Rivalin durch ihr selbstbewusstes Auftreten gedemütigt! »Die Gelegenheit wird schon noch kommen«, tröstete sie sich und pirschte sich diskret weiter an den König heran. Ihr war klar, dass es keinen besseren Moment geben würde, Franz I. ungestört zu sprechen. Er unterhielt sich gerade mit dem Kaiser, doch Marie zog es vor, sich nicht in die Unterredung einzumischen, sondern begab sich dankbar in die herzliche Umarmung der Schwester des Königs.

»Ihr seht entzückend aus«, rief Marguerite d'Angoulême, um etwas leiser hinzuzufügen: »Was macht unser Problem?«

»Seine Lösung steht bevor, Madame.«

»Kann ich Euch irgendwie behilflich sein?«

»Es wäre gut, wenn ich die Gelegenheit fände, ein paar Worte mit dem König zu wechseln.«

»Begebt Euch zu dem Fenster dort hinten, auf der rechten Seite. Ich werde tun, was in meiner Macht steht«, versprach Marguerite und drückte ihr als Zeichen ihrer Verbundenheit den Arm.

Verschwörerisch lächelten sie einander zu. Wenig später konnte Marie von ihrem Platz am Fenster aus beobachten, wie Marguerite den Kaiser und seine Schwester, Königin Eleonore, mit ihrem Charme und ihrer spontanen Art in ein angeregtes Gespräch verwickelt hatte. Franz I. verzog das Gesicht wegen eines plötzlichen Schmerzes, den er in der Hüftgegend verspürte, entschuldigte sich bei seinem Gast und begab sich leicht hinkend in die Abgeschiedenheit einer durch einen Vorhang abgetrennten Nische. Dort begrüßte Marie ihn formvollendet, ohne sich mit ihrem Anliegen jedoch weiter zurückzuhalten, um nicht die Aufmerksamkeit etwaiger Medici-Spione auf sich zu lenken, die, wie sie wusste, zahlreich vertreten waren.

»Sire, ich bitte Euch, wartet mit der Bestrafung von Montmorency noch eine Weile! Was auch immer man Euch gesagt oder gezeigt haben mag, habt Vertrauen in mich – im Gedenken an die wahrhafte Liebe, die Isabelle de Saint-Chamond Euch entgegenbrachte.«

Wenn der König sich über ihr Begehren gewundert haben sollte, so ließ er sich nichts anmerken und verabschiedete sie mit einem harmlosen Kompliment, das bei den Umstehenden anzügliches Gelächter hervorrief. Marie allein wusste, was seine Worte wirklich bedeuteten:

»Euer Anblick, liebstes Schneiderlein, lässt mich vergessen die größte Pein!«

Nur wenig später tauchte die Medici auf, deren italienischer Akzent sich trocken über ihre schmalen Lippen quälte, während ihre Worte vor Heuchelei trieften. Marie hatte sich zurückgezogen. Sie wollte Katharina nicht dadurch provozieren, dass sie sich im Gespräch mit dem König sehen ließ.

Kurz bevor der Empfang sich auflöste und die Höflinge sich auf die Jagd begaben, gesellte Marie sich zu Montmorency. Ihr war während ihrer Gespräche und in Kenntnis des neuesten Klatsches, den man ihr hier und da zugetragen hatte, eine Idee gekommen, die sie dem Connétable unbedingt unterbreiten wollte. Mit einem koketten Augenaufschlag forderte sie ihn auf, ihr den Arm zu bieten.

»Begleitet mich ein Stückchen, Anne. Katharina möchte, dass wir zu Pferd alle Hosen tragen und nicht im Rock aufsitzen. Da die Beinkleider aus meiner Gewandschneiderei stammen, wäre es dumm von mir, mich dagegen zu verwehren, meint Ihr nicht?«

»Ganz Eurer Meinung, meine Liebe. Gerne führe ich Euch zu Eurer Kammerzofe.«

Unter dem Kichern derjenigen umstehenden Damen, die

es nicht wagten, die neue Mode mitzumachen, welche die Medici allein ihrer eigenen Bequemlichkeit halber zum Diktat erhoben hatte, und dem leicht gequälten Lächeln jener, die Montmorency galant von seiner Bettkante verstoßen hatte, entfernte sich das Paar.

Kaum hatten sie einen Nebenflur erreicht, in dem sie ungestört waren, flüsterte Marie dem Connétable zu:

»Der König wird mich in Eurer Angelegenheit anhören, Anne. Bei Euch scheint es mir am günstigsten, dort sind wir vor Schnüfflern sicher. Der Einzug Karl V. nach Paris steht bevor, und sein Weg wird ihn an Eurem Palast vorbeiführen. Bietet dem König doch einen Logenplatz an einem Eurer Fenster an! Er wird verstehen.«

»Eure Wünsche sind mir Befehl, Geliebte«, murmelte er rasch, denn schon waren wieder die Stimmen der anderen zu vernehmen.

»Nehmt Euch in Acht, mein Lieber!«, rief der Comte de Blois, der an jedem Arm eine Hofdame hängen hatte. »Ehe Ihr Euch verseht, seid Ihr noch verheiratet!«

»Ihr seid es bereits, mein Freund«, entgegnete Montmorency in einem ebenso scherzhaften Ton, »und wenn mich nicht alles täuscht, leidet Ihr nicht gerade darunter!«

»Parbleu! Da wäre ich mir aber nicht so sicher!«, widersprach der Comte, der in dem Ruf stand, wahrlich kein Kostverächter zu sein, und unter seiner faden Gattin nicht wenig erdulden musste. »Seht Ihr nicht die Ketten, an die ich gefesselt bin, mein Freund? Sie sind so schwer, dass ich mir jugendliche Unterstützung geholt habe, sie zu tragen.«

Marie, die sich das Lachen nicht verkneifen konnte, mischte sich in ihr Geplänkel ein:

»Werdet Ihr mit auf die Jagd kommen, Comte?«

»Mitnichten, mitnichten. Ich hätte zu viel Angst, meine Frau mit einem Wildschwein zu verwechseln. Das überlasse ich lieber anderen – nicht, dass man mir hinterher etwas zu Lasten legt.«

Die beiden jungen Frauen kicherten aufgeregt, während er

die Gelegenheit nutzte, sie – rechts und links – in ihre Allerwertesten zu kneifen.

»Hört Ihr ihr Quietschen, mein Freund?«, wandte er sich mit Kennermiene an Montmorency. »Die kleinen Wachteln warten nur darauf, aufs Canapé gelegt zu werden. Ich eile!«

Montmorency verabschiedete Marie an der Schwelle ihres Zimmers. Ihm schoss durch den Kopf, dass er vor nicht allzu langer Zeit noch dem Beispiel des Comte gefolgt wäre und sich zur Zerstreuung ein paar leichte Mädchen besorgt hätte. Der alte Bock hatte Recht: Seine Gedanken kreisten wirklich ständig um Marie.

Der Rest des Tages verging mit der Treibjagd nach einem prächtigen Hirsch, was dem Kaiser großen Spaß zu machen schien, den König jedoch sehr erschöpfte. Das »kleine Übel«, das seine »Weichteile« befallen hatte, bereitete ihm nach wie vor starke Schmerzen. Doch die Ärzte konnten ihm noch so viel raten, nicht aufs Pferd zu steigen – die Vorstellung, eine Treibjagd in der Kutsche mitzumachen, bereitete ihm noch schlimmere Qualen als das Reiten selbst. Zumal es seinen Stolz aufs Empfindlichste verletzte, wenn der Kaiser sich immer wieder scheinheilig nach seinem Befinden erkundigte und ihm vorschlug, sich doch lieber ein wenig auszuruhen, statt sich der Pein weiter auszusetzen. Franz I. biss die Zähne zusammen und antwortete im gleichen Ton falscher Freundlichkeit:

»Meine Freude entspringt aus der Euren, lieber Bruder. Das wollt Ihr mir doch nicht verwehren, oder?«

Am selben Abend, dem 30. Dezember, nahm der Kaiser mit Tränen in den Augen Abschied von Fontainebleau und dankte Franz I. für seine Gastfreundschaft, die er ebenso genossen hätte wie das Zusammensein mit dem König selbst. Umgeben von Königin Eleonore, seinen Kindern und seinem Hofstaat lud Franz I. ihn ein, in einer Gondel Platz zu nehmen, die er eigens aus Venedig hatte kommen lassen. Vom sanften Schaukeln der im Mondlicht glitzernden Seine getragen, entschwand das Boot langsam Maries Blicken. Und mit ihm die Aura von Gefahr, die seinen Fahrgast die ganze Zeit umflort hatte.

Zwei Tage später betrat Karl V. in einem wahren Triumphzug Paris, angeführt von sämtlichen Würdenträgern weltlicher und geistlicher Provenienz. Mehrmals wurden Salutschüsse abgegeben, und Franz I. beglückwünschte sich, die Einladung Montmorencys angenommen zu haben. Von den Fenstern seiner Stadtwohnung aus war die Aussicht fantastisch, und noch dazu konnte er unverhohlen seinem Vergnügen an dieser diplomatischem Farce Ausdruck verleihen. Denn er hatte den feierlichen Einzug Karls V. nach Paris allein aus dem Grund arrangiert, dass er diesem eine Ahnung davon hatte verleihen wollen, um wie viel erhebender es gewesen wäre, wenn er die Stadt als Sieger betreten hätte.

»Da ist er!«, rief Anne de Pisseleu und klatschte in die Hände.

Der König streckte den Kopf in den Sprühregen hinaus, der seinen Schleier über der Stadt ausgebreitet hatte. Unter einem schützenden Baldachin in seinen Farben grüßte der Kaiser von seinem Rappen aus die Menge mit der behandschuhten Rechten.

»Er macht lange nicht so eine gute Figur wie Ihr«, flüsterte Marie dem König ins Ohr, der ihr mit einem Lächeln dankte und das Fenster schloss.

»Was für eine Kälte! Er hat uns gesehen – das soll mir genügen. Bis Notre-Dame wird er noch ein Weilchen brauchen, so wie ich das Tempo seines Gefolges einschätze. Was den Gesandten des Papstes betrifft, der ihn empfangen wird, so ist er geschwätziger als eine Elster. Wir haben also genug Zeit für eine heiße Milch und ein ausführliches Gespräch. Denn wir müssen reden, Marie«, bemerkte der König ernst.

»Möchtet Ihr, dass ich Euch allein lasse, Sire?«, fragte Anne de Pisseleu höflich. Sie rechnete fest damit, dass dieser ihre Frage verneinen würde.

Doch das Gegenteil war der Fall.

»Bitte, meine Liebe, seid so nett, Euch an meiner Stelle an die Spitze des Zuges zu setzen. Unser Connétable wird Euch begleiten.«

Montmorency wollte schon protestieren, denn ihm lag daran, selbst Stellung zu den Vorwürfen zu nehmen, die man ihm machte. Doch der eisige Blick des Königs hielt ihn davon ab.

»Es ist mir eine große Ehre, Majestät«, antwortete er stattdessen und bot Anne de Pisseleu galant den Arm.

Verärgert nahm die königliche Mätresse sein Angebot an. Sie geriet jedes Mal in Wut, wenn der König sich mit anderen Frauen befasste, obwohl er weit davon entfernt war, sie durch eine Rivalin ersetzen zu wollen.

Marie und Franz I. saßen wie zwei alte Freunde in einem kleinen, mit dunkelblauen Tapeten ausgekleideten Zimmer beieinander und sprachen über dies und das. Erst nachdem ein Diener ihnen Gewürzbrot und heiße Milch mit Zimt gebracht hatte, kam die junge Frau auf sich selbst, die Gewandschneiderei, Constant, Jean, ihre Kinder, Isabeau und Chazeron zu sprechen. Ohne das kleinste Detail zu vergessen, ohne irgendetwas auszusparen. Zum ersten Mal in ihrem Leben enthüllte sie das Geheimnis der Ihrigen vollkommen. Sie hatte keine Angst. Nicht ihrem König offenbarte sie sich an diesem intimen kleinen Ort, sondern dem einzigen Menschen auf der Welt, der ihre Entscheidungen, ihre Zweifel und ihre nicht immer rechtmäßigen Handlungen verstehen konnte. Sie endete mit den jüngsten Ereignissen und verschwieg auch nicht, was sie über Katharina und den Connétable herausgefunden hatte, ohne dass der König sie ein einziges Mal unterbrach. So berührt er von ihrem Vertrauen war, so sehr beunruhigte ihn der Inhalt ihres Berichts.

»Sire«, schloss sie, »ich lege mein Leben in Eure Hände. Wie auch immer Eure mir zugedachte Bestrafung aussehen mag, ich werde sie akzeptieren. Doch um eines bitte ich Euch aus tiefstem Herzen: Lasst meine Kinder und meine Familie nicht darunter leiden.«

»Davon kann gar keine Rede sein, Marie«, antwortete der König und nahm ihre Hände. »Ich weiß um Eure Verbundenheit mit mir, und weder Eure Herkunft noch irgendwelche falschen Beweise werden mich jemals an Eurer Aufrichtigkeit zweifeln lassen. Ich habe keine Möglichkeit, meine Schwiegertochter zu bestrafen. Sie zu verstoßen wäre für mich, der ich mich als einen Christen betrachte, eine Sünde. Ich werde mir Montmorencys Verteidigungsrede anhören, da Ihr für seine Unschuld bürgt. Es stimmt jedoch, dass er sowohl mir als auch meinem Feind das Herzogtum Mailand versprochen hat.«

»Weil er auf übelste Weise dazu erpresst wurde, Sire.«

»Wie dem auch sei ... Obwohl ich ihn schätze, muss ich ihn für eine Weile aus seinen Ämtern entfernen. Unter einem falschen Vorwand, doch er wird verstehen. Um das Misstrauen Katharinas nicht zu erregen, erscheint mir das sehr wichtig. Es geht schließlich um Euer beider Rettung«, fügte er hinzu, als er sich erhob.

»Danke, Sire«, murmelte Marie. Sie blickte ihm offen ins Gesicht.

Der König streckte die Arme aus und zog sie an sich. Sie wehrte sich nicht, als er einen zarten, keuschen Kuss auf ihre Lippen drückte.

»Isabelle hat mich geliebt, hast du gesagt«, flüsterte er.

»Ihr wart ihre einzige Liebe. Das hat sie in einem Brief gestanden, den sie mir hinterlassen hat.«

»Das macht mich sehr froh.« Er schob sie von sich. »Zieh dich zurück, Marie – und zwar sofort! Je größer der Hofstaat eines Königs ist, desto mehr üble Gerüche breiten sich unter den prächtigen Roben aus. Du gehörst so wenig hierher wie Isabelle. Wahrer Adel manifestiert sich nicht in einem Titel, Marie. Adel ist eine Geisteshaltung, ein Ausdruck von Reinheit. Wie Isabelles Seele ist auch die deine rein. Das unterscheidet dich von den anderen und wird dir zum Verhängnis werden. Ich habe schon wieder vergessen, was du mir erzählt hast. Und die Sünden verziehen, die zu begehen das

Schicksal dir auferlegt hat. Du bist einer Chazeron um so vieles würdiger, als François es je gewesen ist. Doch du musst keine Reue empfinden, für nichts, Marie. Adieu, mein geliebtes Schneiderlein! Bis an mein Lebensende werde ich über dich wachen.«

»Adieu, mein König.«

Er wandte sich ab und verließ den Raum, ohne sich noch einmal umzudrehen.

Lange blieb Marie so stehen. Sie schaute auf die Stadt, die sich vor ihren Augen unter dem Joch der Dunkelheit und des schönen Scheins erstreckte. Sie hatte ihren Frieden gefunden.

Die Protestanten brauchten ihre Hilfe nicht mehr, seit sich ein paar Märtyrer für ihre Sache aufgeopfert hatten, und jene glanzvolle, oberflächliche Welt, die nicht die ihre war, würde sie innerhalb von zwei Tagen vergessen haben.

Sie hatte Montmorency versprochen, auf seine Rückkehr zu warten. Kaum hatte der König sein Stadtschloss erreicht, um Karl V. dort zu empfangen, hatte der Connétable sich auf den Weg zu ihr gemacht.

Als er seine Gemächer betrat, fand er Marie schlafend auf dem Sofa des blauen Salons vor, in dem der König sie zurückgelassen hatte. Ihr Gesicht war zum Fenster gewandt, gegen das der kalte Januarregen schlug. Er setzte sich ihr gegenüber, denn er wollte sie nicht aufwecken. Ein Lächeln huschte über ihre friedlichen Züge. Schließlich gähnte sie ungeniert wie ein Kind und schlug die Augen auf. Seine unfreiwillige Abwesenheit hatte sein Verlangen nach ihr noch verstärkt, und so suchte er ihre Lippen in einem innigen Kuss.

Sie schlang ihre Arme um seinen Hals. »Ich habe den König von Eurer Unschuld überzeugen können. Doch Ihr werdet Euch eine Zeit lang zurückziehen müssen.«

»Wann?«, fragte Montmorency, der zugleich erleichtert und bestürzt war.

»Der König wird es Euch wissen lassen. Zunächst einmal muss der Kaiser seine Reise beendet haben. Ich selbst werde nicht mehr da sein, mein Freund. Ich werde nach Hause zurückkehren. Solène wird sich um die Gewandschneiderei kümmern; der König hat versprochen, ihr ein treuer Kunde zu bleiben. Die Stunde des Abschieds dürfte somit gekommen sein.« Sie lehnte sich gegen die Rückenlehne des Sofas und reckte sich. Die Kälte war ihr während ihres unverhofften Nickerchens in die Glieder gefahren.

Montmorency streckte seine gepflegte Hand nach ihr aus. Als Marie sie ergriff, fand sie sich in seinen Armen wieder. Zärtlich bettete er sie auf das Sofa.

»Werdet die Meine, ein letztes Mal!«, flehte er, die Lippen in ihrem hochgesteckten Haar vergraben. »Euch zu verlieren, wird mir schwer fallen, doch Euch gegen Euren Willen zu halten, wohl erst recht.«

»Ein letztes Mal, Anne. Mit all der Zärtlichkeit, mit der Ihr mich beschützt habt.«

Ihre Münder vereinten sich, und mit ihrem ganzen Wesen gab Marie sich ihm hin. Für einen Moment flackerte das Bild Constants vor ihrem geistigen Auge auf. Sie lächelte ihm zu, doch sie fühlte keine Reue. Es war, als machte sie sich selbst ein Geschenk – ein Geschenk, das Freiheit hieß.

Solène brach in helles Gelächter aus, als Marie mit ihrem ausführlichen Bericht geendet hatte. Mit Rücksicht auf Constant, der so glücklich über ihre Rückkehr war, hatte sie die erotischen Details ausgelassen.

Marie ließ ihren Blick von Constant zu Jean wandern, die beide ebenso erstaunt wirkten wie sie.

»Verzeih mir«, prustete die Zigeunerin heraus, »aber ich war fest davon überzeugt, dass du es sofort durchschauen würdest.«

»Was hätte ich denn durchschauen sollen?«, fragte Marie nun leicht verärgert.

»Dein Kollier«, japste Solène, die sich immer noch nicht beruhigen konnte. »Das Kollier hat dich gerettet.«

»Was erzählst du da?«, fragte sie verständnislos.

»Nicht jeder Liebestrank wird über den Mund eingenommen, meine liebe Marie«, amüsierte sich Solène. »Ich möchte wetten, er wollte, dass du ständig das Kollier trägst«, fügte sie immer noch prustend hinzu.

Marie fasste sich an den Hals. Sie ließ die Bilder der vergangenen Tage an ihrem inneren Auge vorüberziehen. Auf jedem von ihnen hatte sich der Blick des Connétable in ihren Juwelen verfangen, bevor er sie geliebt hatte.

»Zauberei!«, rief sie. »Du hast die Diamanten mit einem Zauber belegt.«

»Und wie ich das habe! Wenngleich ... ich möchte nicht ausschließen, dass seine Zuneigung dir gegenüber echt war«, fügte sie hinzu, um die Freundin nicht zu verletzen, »aber sie allein hätte nicht ausgereicht, dich zu retten. Daher habe ich mir gesagt: Besser ein wenig nachhelfen. Was dann keine Kunst mehr war.«

Sie bemühte sich, ernst zu bleiben, doch Maries verdutzte Miene löste einen neuen Lachanfall in ihr aus. Lachend erhob sie sich aus ihrem Sessel und umschlang die Freundin mit den Armen.

»Verzeih mir, verzeih mir! Ich hätte dich vorwarnen sollen, aber ich war fest davon überzeugt, dass du den Zauber durchschauen würdest. Ich wollte unbedingt, dass du dich keiner unnötigen Gefahr aussetzt.«

Marie legte den Arm um die Zigeunerin und kniff sie in die Wangen. Sie hatte ihre gute Laune wiedergefunden.

»Und ich dachte, er wollte mich tatsächlich heiraten«, kicherte sie.

Constants Züge verfinsterten sich. Marie verfluchte ihre Grobheit. Sie schob Solène von sich und kniete sich vor Constant.

»Es ist vorbei. Ich habe mich von ihm getrennt.«

»Bist du dir sicher, dass du das willst?«, fragte er sichtlich erleichtert.

»Vollkommen, Constant«, erwiderte sie mit fester Stimme.

Das Schweigen, das er folgen ließ, wurde allein von dem

Schluckauf unterbrochen, den Solènes Lachkrampf in ihr ausgelöst hatte.

Schließlich fragte er:

»Hast du ihm von deiner Schwangerschaft erzählt?«

Sie schüttelte den Kopf.

»Er ist nicht der Vater, den ich mir für mein Kind wünsche, das weißt du genau.«

»Bist du dir deiner Entscheidung genauso sicher wie ich mir meiner?«

»Ja, Constant. Wenn du meine Sünden genauso annimmst wie meine Liebe.«

»Das Kind wird ein Bastard bleiben, Marie. Ich kann ihm keinen legalen Status verleihen, denn ich bin bereits verheiratet. Und selbst wenn, hätte ich immer noch keinen ehrwürdigen Namen, den ich ihm geben könnte.«

»Das ist mir egal. So wie das Ungeborene und wie meine anderen Kinder kannst auch du den Namen Chazeron tragen. Ich habe keinerlei Gewissensbisse, ihn zu verwenden. Du bist der einzige Mann, den ich jemals lieben werde.«

Sie legte ihren Kopf auf seine Knie und ließ sich von dem Geliebten die Wange streicheln. Ihr Blick kreuzte den von Jean, den Solène, welche sich endlich beruhigt hatte, umarmt hielt. Sie las darin eine Zärtlichkeit frei von Leidenschaft, selbst wenn sein Begehren immer noch nicht ganz erloschen war. Jean war eben so, doch er hatte seinen Frieden gefunden. Marie fühlte, wie ein warmes Glücksgefühl sie überschwemmte.

Nach einer Zwischenstation in Chantilly, wo Montmorency ihn ehrfurchtsvoll empfangen hatte, und einem Kurzaufenthalt auf Schloss Villers-Cotterêts, dessen Umland der König ihm als erlesenes Jagdgebiet empfohlen hatte, verließ Karl V. Ende Januar die Grenzen Frankreichs. Nicht ein einziges Mal während ihres Zusammentreffens hatten die beiden Schwager das Wort Italien oder andere strittige Punkte erwähnt. Sie trennten sich als gute Freunde, doch der Kaiser blieb weiterhin eifersüchtig auf die Reichtümer des Königs, während dieser ihm grollte, sich für die seinetwegen zustande gekommenen Ausgaben allein mit einer Umarmung bedankt zu haben.

Drei Tage später folgte der Connétable Frankreichs dem Ratschlag des Königs und zog sich auf seine Ländereien zurück, ohne dass der Name der Comtesse de Châteaubriant noch einmal erwähnt worden wäre.

21

Gasparde stand am Fenster des Spielzimmers und beobachtete ein Rehkitz, das durch den tiefen Schnee stakste. Es war fast bis zur Brust in die dichte Masse eingesunken, und Gasparde wurde von einer Welle des Mitleids überspült.

»Schau mal, Noirot«, sagte sie zu dem Hund, der zu ihren Füßen schlief. »Schau doch mal!«, drängte sie und zog an seinem Halsband.

Das Tier richtete sich auf, gähnte und stupste mit der Nase gegen die Scheibe.

»Es hat seine Mama verloren«, flüsterte Gasparde mit Tränen in den Augen. »Sie ist weggegangen, und jetzt ist es ganz allein. Wie ich.«

Sie zögerte kurz, warf einen Blick auf ihre Brüder, die mit ihren bemalten Holzsoldaten eine Schlacht nachstellten, überzeugte sich, dass sie sie nicht hören konnten, und beschloss:

»Komm, Noirot! Wir gehen zu dem Rehkitz. Es ist zu kalt draußen.«

Das Mädchen zog seine gefütterten Stiefel an, stülpte sich seine Mütze über den Kopf und knöpfte sorgfältig seinen Mantel zu. Es wusste, dass Albérie es nicht gerne sah, wenn es alleine nach draußen ging, doch bis es ihr sein Vorhaben erklärt und sie dazu gebracht hätte, ihre Arbeit niederzulegen und es zu begleiten, wäre das arme Tier schon längst erfroren.

Die Jungen achteten nicht auf Gasparde. Mit forschem Schritt ging sie nach draußen, Noirot auf den Fersen. Das

Rehkitz hatte sich ein paar Meter durch den Schnee gequält. Es war sichtlich enttäuscht, weil es nichts zu essen gefunden hatte. Die Luft war eisig, daher konnte es die Witterung des Mädchens nicht aufnehmen und bemerkte es erst, als es neben ihm stand. Verängstigt machte das Tier einen Satz ins Unterholz und war verschwunden.

»Komm zurück«, schrie Gasparde. Sie stapfte durch den Schnee, der ihr bis zu den Knien reichte.

Sie näherte sich den Büschen, um seine Spur aufzunehmen, als Noirot plötzlich anfing zu knurren. Sein Fell sträubte sich.

»Still, Noirot, du erschrickst es nur!«, rief sie.

Doch der Hund ließ sich nicht durch einen Klaps auf die Nase beruhigen. Sein Bellen, das einem dicken Baum in einigen Metern Entfernung galt, wurde immer aufgeregter.

Der Schuppen, unter dessen Vordach Huc dabei war, Holz zu hacken, befand sich nur wenige Schritte entfernt. Das wütende Bellen des Hundes, den er bei den Kindern im Haus gewähnt hatte, scheuchte ihn auf. Auch Gasparde hatte angefangen zu schreien. Vor ihr stand ein Mann. Er hatte sein Schwert gezogen, auf das der Hund sich nun stürzte.

»Lauf, Gasparde«, schrie Huc, als er näher kam.

Immer noch schreiend beeilte sich das Mädchen, ihm zu gehorchen. Mit langen Schritten bahnte der Profos sich seinen Weg durch den schweren Schnee.

Im selben Moment, als Noirot leblos zusammenbrach, stürzte er sich auf den Fremden. Stolpernd gelang es Gasparde, sich aus der Gefahrenzone zu entfernen.

Die Fensterscheibe, hinter der völlig aufgelöst die Jungen standen, warf ihr Spiegelbild zurück. Die Tür öffnete sich, als das Mädchen sie erreicht hatte. Rasch zog Albérie das Kind ins Haus und warf die Tür hinter ihm zu. Vor ihren Augen hob Huc seine Axt und richtete sie gegen den Angreifer. Das Herz schien ihr zerspringen zu wollen, als sie ihn brüllen hörte:

»Bring die Kinder in Sicherheit!«

Sie rührte sich nicht. Wenige Sekunden später brach Huc zusammen.

»Nein!«, schrie Albérie und stürzte hinaus.

Der Unbekannte stieß ein letztes Mal mit seinem Schwert in die Flanke des alten Mannes, dann drehte er sich auf dem Absatz um und verschwand leichtfüßig im Wald.

Von den Schreien alarmiert, waren die Wachen angelaufen gekommen und hefteten sich an seine Fersen, doch Albérie bemerkte nichts davon. Das Blut, das sich in dem weißen Schnee ausbreitete wie eine aufblühende Rose, hatte ihren Blick getrübt. Sie kniete neben Huc, der nur noch keuchen konnte, weil die tiefe Stichwunde in seiner Brust ihn am Atmen hinderte.

»Huc«, wimmerte sie, »verlass mich nicht! Noch nicht. Ich flehe dich an!«

Huc öffnete die Augen. Ein Schleier hatte sich bereits über seinen Blick gelegt.

»Die Stunde des Abschieds ist gekommen«, flüsterte er.

Ein Hustenanfall ließ einen Faden Blut aus seinem Mund sickern. Albérie wurde von tiefen Schluchzern geschüttelt.

»Hast du gesehen?«, fragte er. »Dieses Mal habe ich sie gerettet.«

Seine Lider schlossen sich über einem Lächeln, und Albérie schrie in die winterliche Stille hinaus, an ihrer Brust den einzigen Mann, den sie jemals geliebt hatte. Als ihr die Luft ausging, barg sie ihr Gesicht an seinem Hals, um noch einmal seinen Geruch einzuatmen.

Zwei der Wachmänner kehrten zurück. Sie waren völlig verwirrt: Der Angreifer schien wie von Zauberhand vom Erdboden verschwunden. Genauso wenig hatten sie verstanden, wie er bis zum Schloss hatte vordringen können, ohne dass einer von ihnen seine Anwesenheit bemerkt hatte. Doch Albérie hörte sie nicht, sie sah nichts als das Blut, das sich mit dem Rot ihres Kleides vermengte. Wie eine Wunde in ihrem eigenen Fleisch. Nach und nach traten die Männer des

Profos vor, respektvoll verharrten sie vor dieser letzten Umarmung. Schließlich legte ihr Anführer seine eiskalten Hände auf ihre bebenden Schultern.

»Es ist zu Ende, Madame«, murmelte er und versuchte, sie sanft zum Aufstehen zu bringen. »Ihr müsst zurück ins Haus. Wir kümmern uns um ihn.«

Albérie rührte sich nicht.

»Kommt«, sagte er mit fester Stimme. »Kommt zurück ins Haus.«

Endlich ließ sie zu, dass er sie mit sich führte. Ohne den warmen Körper an ihrer Seite, aus dem allmählich das Leben wich, spürte sie plötzlich die Kälte durch ihre feuchten Kleider dringen. Sie klapperte mit den Zähnen, zitterte, und nur das Weinen der Kinder, die sich an ihre steif gewordenen Beine klammerten, brachte sie wieder zur Besinnung.

Bénédicte hüllte sie in eine Decke.

»Ihr müsst Euch ausziehen und warm abrubbeln«, insistierte sie. »Ihr werdet Euch sonst schrecklich erkälten.«

Albérie nickte und löste die Arme Gaspardes, die sich zitternd an ihren Röcken festgeklammert hatte.

»Es ist alles meine Schuld«, wimmerte das Mädchen tränenüberströmt. »Ich bin schuld.«

Albérie beugte sich zu ihr herunter und umfasste ihr zitterndes Kinn.

»Nichts ist deine Schuld, Gasparde. Putz dir die Nase ab.«

Als Bénédicte sie mit sich zur Treppe zog, weinte das Kind immer noch.

»Du wirst nicht sterben, nicht wahr?«, schluchzte sie in den Armen einer Dienerin. »Du wirst uns nicht allein lassen?«

Doch Albérie antwortete nicht. Sterben? Wegen des bisschen Schnees auf ihrem besudelten Körper? Das Tier in ihrem Inneren hatte ihr das noch nie zugestanden. Ein böses Lachen entwich ihrem Mund.

Marie,
ich fühle mich alt. Ich bin es immer schon gewesen, aber seit heute hat es ein Gewicht bekommen, dessen Ausmaß ich mir nicht habe vorstellen können. Mein Gemahl ist tot. Ich musste ihn unter die Erde bringen, um jene Worte nachvollziehen zu können, die meine Schwester nach dem Erhängen ihres geliebten Benôit wieder und wieder sprach: »In seinem Schatten bin ich wie ein Tropfen Tau auf einem sonnendurchglühten Felsen vergangen.« Ich glaube, insgeheim habe ich damit gerechnet, dass wir gemeinsam gehen würden, Hand in Hand, so wie zwei Liebende vor den Altar treten. Wie dumm von mir! Sein Tod macht, dass ich, die man immer für kalt und herzlos gehalten hat, meine in all den Jahren stets angelegte Maske verliere.
Ich habe nur noch dich, der ich mich anvertrauen kann. Sicher auch, weil das Schicksal dich dazu bestimmt hat, unser einziger Nachkomme zu sein. Er hat dich geliebt wie eine Tochter und alles getan und hingenommen, damit es dir wohl ergehe. Sogar meine Flucht. Heute verfluche ich das Joch dieser verlorenen Jahre. Damals hat es mir nichts ausgemacht. Er war mir immer gegenwärtig; nicht ein Mal habe ich unter unserer Trennung wirklich gelitten. Als hätte ein Band, das stärker ist als jede Entfernung, uns zusammengeschmiedet. Mein Schmerz ist groß, mein Kind, denn ich fühle, wie es auseinander bricht. Das Band ist nicht mehr. Eine Schaufel dunkler Erde hat genügt, es zu zerstören.
Verzeih mir diese Zeilen. Unser Leben war in den Augen der anderen wohl mehr als ungewöhnlich. Ich war so zurückgenommen, so nah und doch so distanziert zugleich, dass du nun denken musst, ich hätte den Verstand verloren, weil ich mich dir in meinem Unglück plötzlich offenbare. Aber bei wem sollte ich es sonst tun? Den Kleinen gegenüber muss ich mich zusammennehmen. Huc fehlt ihnen. Gasparde ist völlig verschreckt. Sie fühlt sich für seinen Tod verantwortlich, glaubt, dass alles ihre Schuld wäre, weil sie gegen mein Verbot nach draußen gegangen ist, um ein Rehkitz zu retten. Sie hat darauf bestanden, dass Noirot mit in Hucs Sarg kommt. Ich habe nicht das Herz gehabt, ihr diesen Wunsch zu verweigern.
Ach, ich vergesse ganz, dass du die Umstände der Tragödie nicht kennst – alles erscheint mir so verwirrend und so klar zugleich. Hier,

was sich zugetragen hat: Ein Mann ist bis zu unserem Haus vorgedrungen. Ich weiß nicht, zu welchem Zweck, ob er uns ausspionieren wollte oder ob er nur ein einfacher Marodeur war. Er hat deine Tochter zu Tode erschreckt und den Hund erschlagen, der sie beschützen wollte. Huc kam ihr zu Hilfe. Doch sein Alter hat ihn dem jungen Mann unterlegen gemacht. Er hatte nichts als seine Axt, um sich des mörderischen Schwerts zu erwehren. Sie war zu schwach. Ich glaube, er ist befreit gestorben. Er hat sich so oft Vorwürfe gemacht, Isabeau, Loraline und auch meinem Vater nicht geholfen zu haben. Ich musste ihm immer wieder sagen, dass ich ihm verziehen hatte, dass ich sehr bald verstanden hatte, dass er keine Schuld an ihrem Unglück trug. Ich glaube, er wusste es. Man sagt den Seinen viel zu selten, dass man sie liebt. Ich habe nicht die richtigen Worte gefunden, als es nötig gewesen wäre. Genauso wenig wie heute, da ich dir von meiner Trauer berichten will. Unserer Trauer. Pass auf dich auf! Und mach dir keine Sorgen um uns. Ich habe die Wache verstärken lassen, die Kinder sind in Sicherheit. Ich passe auf sie auf. Das ist jetzt meine Aufgabe. Bis dass der Tod mich hinwegrafft, aus einem Leben ohne Glanz. Bis dass Gott mich zu jenem Mann führt, den ich niemals aufhören werde zu lieben.

Albérie

Marie musste sich gegen den kleinen Tisch lehnen, der zufällig in ihrer Nähe stand. Bei all dem Kummer, den sie wegen Hucs Tod empfand, war nicht das der Grund für ihren Schrecken. Sondern das, was Albérie nur zwischen den Zeilen ausgedrückt hatte.

Hätte ohne Hucs Hilfe der geheimnisvolle Angreifer ihre Tochter getötet? War er womöglich von Katharina geschickt worden, die ihren verletzten Stolz hatte rächen wollen? Die Medici hatte ihr unmissverständlich klar gemacht, dass sie sich an ihren Kindern vergehen wollte, falls sie sich ihrem Willen widersetzte.

Wut stieg in ihr hoch und verdrängte die Angst. Ohne weiter nachzudenken, trat sie hinaus und ließ ihre Pferde anspannen.

Katharina von Medici befand sich in der Bibliothek von Schloss Fontainebleau, als Marie wenige Stunden später dort hineinstürmte. Sie hatte sich nicht die Mühe gemacht, sich angemessen zu kleiden oder zu schminken. Die Wut hatte ihre Wangen gefärbt.

Die Duchesina saß in die Lektüre einer astronomischen Abhandlung vertieft, die ihr ein gewisser Ruggieri zusammen mit einem Begleitbrief gesandt hatte. Sie hatte ihm nach Italien geschrieben, wo er lebte, und um seine Dienste angefragt. Als Antwort hatte ihr der Gelehrte, dessen Ansehen stetig wuchs, ihr diese Abhandlung geschickt, um seinen Besuch noch hinauszögern zu können.

Die energischen Schritte auf dem gewachsten Parkett ließen sie wütend aufschauen. Vor ihr stand Marie. Mit einem Ruck entriss ihr diese das Werk des Astronomen und schleuderte es auf einen Tisch, der bereits unter dem Gewicht mehrerer aufgeschlagener Enzyklopädien zusammenzubrechen drohte. Katharinas Pupillen verengten sich.

»Wie könnt Ihr es wagen?«, fauchte sie und wollte sich erheben. Doch Marie legte ihr die Hände auf die Arme und presste sie in ihren Stuhl zurück.

»Mit dem Recht einer Mutter wage ich es. Und Ihr werdet mir jetzt zuhören!«

Beim Anblick der zusammengepressten Fäuste ihres ganz und gar nicht willfährigen Opfers lockerte sie ihren Griff, doch mit ihren Blicken hielt sie Katharina weiterhin in Schach. Ihre Stimme war genauso kalt wie ihre Wut:

»Die Geschichte mit dem Kollier hätte Euch klüger machen müssen, Katharina. Mit Hexerei könnt Ihr gegen mich nichts ausrichten, ebenso wenig wie mit Euren Intrigen. Ihr habt es geahnt, und nun werde ich es Euch bestätigen: Meine übersinnlichen Kräfte sind immens; keiner Eurer Hexenmeister kann sich mit mir messen. Wenn Ihr Euren Frieden behalten wollt, vergesst mich – so wie ich Euch vergesse, Euch, die Euren und sogar die Orte, an denen ich ein und aus ging. Solltet Ihr Euch ein einziges Mal noch an meinen

Kindern vergreifen, auf welche Weise auch immer, werden Euch gewaltige Furunkel im Hals wachsen, die Euch die Luft abdrücken werden, bis der Tod unausweichlich ist. Das schwöre ich Euch bei Gott und dem Teufel, dann werdet Ihr nicht mehr so glimpflich davonkommen. Habt Ihr mich verstanden?«

Katharina war blass geworden. Sie hatte vor nichts Angst, außer vor jenen dunklen Mächten, derer sie sich nach Belieben bediente und in deren Obhut die Geheimnisse ihrer Kindheit und Familie lagen. Sie schüttelte den Kopf, all ihre Energie schien von ihr gewichen:

»Ich … ich werde Euch festnehmen und verbrennen lassen«, stotterte sie. Nur mühsam gelang es ihr, ihre Würde zu bewahren.

»Wenn Ihr auch nur Anstalten dazu macht, werde ich Eure Seele aus einem goldenen Kelch trinken«, knirschte Marie zwischen den Zähnen.

Mit einer abrupten Geste ließ sie die Italienerin los und trat einen Schritt zurück. Hoch aufgerichtet wirkte sie in ihrer Entschlossenheit noch schreckenerregender als zuvor. Zu ihrem Leidwesen fand Katharina nicht die Kraft, sich aus ihrem Sessel zu erheben, was Marie mit tiefer Genugtuung erfüllte. Der Schweiß, der ihr über das hassverzehrte Gesicht tropfte, erhöhte die Dramatik ihres Auftritts. Mit dem ausgestreckten Arm auf ihre Widersacherin zeigend, sprach sie:

»Ihr werdet mich nicht wiedersehen. Niemals. Ihr werdet Kinder gebären, und Ihr werdet regieren. Doch solltet Ihr es wagen, meinen Weg zu kreuzen, und sei es auch nur ein Mal, wird selbst Euer eigener Schatten an der Wand Euch zum Erzittern bringen.«

Sie ließ ihren Worten ein drohendes Schweigen folgen, bevor sie sich auf dem Absatz umdrehte und verschwand. Sie hatte nur die Unwahrheit gesprochen, was ihre übersinnlichen Kräfte betraf. Sollte Katharina sich an ihre Kinder heranwagen, würde sie sie umbringen.

»Es ist Zeit, nach Hause zurückzukehren, Marie«, sagte Constant mit ruhiger Stimme.

Große Trauer war der Nachricht von dem Mord an Huc gefolgt. Jean und Constant und auch Solène erinnerten sich voller Zärtlichkeit an den alten Mann, und sein Tod hatte einen tiefen Schatten auf ihr junges Glück geworfen.

»Nach Hause?«, wiederholte Marie. Sie hob ihr Gesicht zu ihm, das vom Licht einer wilden Hoffnung erleuchtet war.

»Ich will nicht, dass unser Kind hier auf die Welt kommt, Marie. Paris ist nicht mehr der Ort, der mich stets zum Bleiben bewegt hat. Die Zeit ist über unser Leid, über meine Unvernunft und Bockigkeit hinweggegangen. Albérie und die Kinder warten auf uns.«

»Er hat Recht, Marie. Euer Platz ist in der Auvergne«, bekräftigte Jean, der Solène im Arm hielt. »Die Drillinge brauchen einen Vater, jetzt, wo Huc ihn nicht mehr ersetzen kann. Ohne ihn müssen sie verloren sein. Was uns betrifft, wir bleiben hier.«

»Wenn du möchtest, werden wir uns um die Gewandschneiderei kümmern«, fügte Solène hinzu.

»Unsere Wege werden sich nun also trennen«, stellte Marie fest. Das Herz wurde ihr schwer.

»Nein, Marie. Sie gehen auseinander, um zusammenlaufen zu können, wann immer wir es wünschen«, berichtigte sie Jean. »Wir werden euch besuchen. Ihr werdet uns besuchen. Doch nun ist es an der Zeit, dass du die Deinen aufsuchst.«

»Sie fehlen mir, das stimmt.«

»Also sind wir uns einig. Vollore wird seine Herrin empfangen. Was glaubt ihr wohl, wie ich mich in der Rolle des Lehnsherrn fühlen werde?«, fragte Constant schelmisch.

»Wie der Hahn im Korb!«, versicherte ihm Marie und fuhr ihm liebevoll durch sein Haar, sodass es wie ein leicht zerrupfter Kamm nach oben stand.

Ihr durch die Trauer gedämpftes Lachen war sacht wie

Vogelgezwitscher zu Frühjahrsbeginn. Huc, das wussten sie, hätte sich über ihr Gedenken gefreut.

Innerhalb von einer Woche hatte Marie alles geregelt. Mit Solènes und Jeans Einverständnis verkaufte sie Albéries Haus und überließ dem Paar stattdessen das zur Gewandschneiderei gehörige. Sie selbst blieb Eigentümerin, sprach jedoch Solène als ihrer Stellvertreterin einen Großteil der Einnahmen zu, sodass sie, Jean und ihr Sohn gut davon leben konnten. Wie seit ehedem blieben ihre Türen für die Armen geöffnet. Sie, die sie die Armut alle selbst kennen gelernt hatten, wollten sich ihrer Vergangenheit nicht verschließen. Solène sorgte außerdem dafür, dass Philippus regelmäßig Geld bekam und Marie ihren Geschäftsanteil erhielt.

Marie selbst hatte nur noch einen Wunsch: bei ihren Kindern zu sein und das ungeborene auf die Welt zu bringen. Außerdem würde sie ihren Vater und Ma wiedersehen, während Constant mit Bertille und Albérie in Vollore die Stellung halten würde.

Gasparde verkeilte sich regelrecht zwischen den Beinen ihrer Mutter und gab erst Ruhe, als diese sie auf den Arm nahm und küsste.

»Du bist aber gewachsen, meine Prinzessin!«, sagte Marie zärtlich. »Lange werde ich dich wohl nicht mehr auf den Arm nehmen können.«

»Doch! Immer, immer!«, rief die Kleine in ihrer Freude, endlich die Mutter wiedergefunden zu haben.

Irgendwie gelang es Marie schließlich, sie auf den Boden zu setzen, als der Stoff ihres Rockes von heftigen Tritten gegen die Bauchdecke gewölbt wurde. Sie umarmte Albérie, die ganz in Schwarz gekleidet war. Ihr Gesicht war aufgedunsen, und sie wirkte wie mit einem Schlag gealtert. Lange hielt Marie sie umschlungen, als wollte sie ihr durch die innige Umarmung einmal mehr Trost zusprechen. Dann küsste sie die beiden Jungen, die sich ihrerseits vor allem über das Wiedersehen mit Bertille freuten. Fast kam es der Zwergin vor, als wäre sie nie weg gewesen.

Vollore erschien ihnen trist und verlassen. Eine weitere Seele war von ihnen gegangen.

»Ich werde die Nächste sein«, verkündete Albérie eines Abends bei Sonnenuntergang.

»Ich will nicht, dass du stirbst, bevor das Rätsel des Fluchs gelöst ist«, entgegnete Marie. »Sobald das Kind geboren ist, werde ich mich auf Reisen begeben.«

Albérie blieb stumm. Ihr war es mittlerweile gleich, dass sie keine richtige Frau war. Sie hatte davon geträumt, von ihrem Fluch befreit zu werden, um ihrem Gemahl einen Nachkommen zu gebären. Die Besitztümer der de la Faye hatten nun Antoine und Gabriel an Stelle der Kinder geerbt, die sie ihm nie hatte schenken können.

Die folgenden Tage waren schwierig. Trotz der Bemühungen Constants, sie zu zerstreuen, sprachen die Jungen nur über den Profos: Huc hat das gesagt, Huc hat das gemacht, Huc hat ... Sein Tod hatte sie einer Zuflucht beraubt. Überallhin waren sie ihm gefolgt: auf die Jagd, zum Fischfang, bei seinen Ausflügen zu den Lehnsleuten, zum Müller oder Klingenschmied. Sein Tod hatte sie mehr aus der Bahn geworfen als der von Isabeau.

Ganz allmählich gelang es Constant jedoch, ihr Vertrauen zu gewinnen. Marie wollte vor Zärtlichkeit fast das Herz überlaufen, als Constant eines Tages auf eine Frage Antoines erwiderte: »Also, euer Vater, das bin jetzt ich. Und nichts und niemand wird mich dazu bringen, euch jemals wieder zu verlassen.« Auf diesen Satz hatte sie all die Jahre gewartet.

»Du musst nach vorne schauen und die Zügel fest halten«, erklärte Antoine Constant mit ernster Stimme. Verzweifelt bemühte sich dieser, auf dem Rücken der sanftmütigen Stute sitzen zu bleiben.

Gabriel prustete los. In der Hand hielt er eine Nadel verborgen, die er aus Albéries Nähkasten entwendet hatte. Er wusste genau, dass eine harte Strafe ihn erwarten würde, schließlich hatte er die ganze Nacht das Für und Wider seines Planes erwogen. Doch er hatte der Versuchung nicht widerstehen können und schließlich seinen Bruder davon überzeugt, dass darin die einzige Lösung lag.

Constant ahnte von all dem nichts. Er nahm seine Rolle als Vater sehr ernst und wusste, dass das Besteigen eines Pferdes Teil der zugehörigen Pflichten war. Er hatte eine ganze Woche dazu gebraucht, seine Angst zu überwinden, aber es wollte ihm einfach nicht gelingen, mehr als ein paar Meter auf dem Rücken des Tieres sitzen zu bleiben, egal, wie fügsam er die Anordnungen der Zwillinge befolgte. Letztlich hatte das auch den Ausschlag für ihre Annäherung gegeben, und Marie und er waren sich einig darüber gewesen, dass die Überwindung seiner Angst vor den »Gäulen«, wie er sie zu nennen pflegte, kein zu hoher Preis dafür war.

»Ja, so ist es gut!«, bekräftigte er und richtete den Oberkörper auf, entschlossen, seine Position zu halten, und wenn es ihn weitere blaue Flecke und Blessuren an Oberschenkeln und Pobacken kosten sollte.

Gabriel prustete wieder laut heraus. Sein Bruder warf ihm einen bösen Blick zu, der ihn zum Schweigen brachte. Constant gab dem Pferd die Sporen. In ihrer lammfrommen Art machte die Stute ein paar müde Schritte auf der Weide.

»Los, ein bisschen schneller, Vater!«, rief Antoine.

Überrascht und gerührt über diese Bezeichnung, die er zum ersten Mal aus dem Mund eines der beiden Jungen vernahm, fasste Constant Mut.

»Ich glaube, der Gaul hier hat keine Lust mehr!«, prahlte er.

»Verlass dich lieber nicht darauf«, bemerkte Gabriel, der die Spannung nicht mehr ausgehalten hatte und nun dicht neben der Kruppe des Pferdes stand.

»Gib ihm doch noch mal ein bisschen die Sporen, dann

sehen wir, was er will!«, schlug Antoine vor und blinzelte seinem Bruder zu.

In dem Moment, als Constant seinen Vorschlag ausführte, piekte die Nadel in die Haut der Stute, die vor Überraschung laut wieherte und anschließend auf das offene Gattertor zupreschte.

»Halt die Zügel fest, Vater! Wir kommen nach«, brüllten die beiden Jungen und schwangen sich auf ihre Pferde, die von zwei feixenden Stallburschen gehalten wurden.

Hin und her geschüttelt wie ein zu locker verschnürter Strohballen, versuchte Constant, der Lage Herr zu werden. Unter dem Lachen seiner Leute wurde er am Schloss vorbei in Richtung Wald getragen. Am liebsten hätte er geschrien, doch das verbot ihm sein Stolz. Also presste er die Oberschenkel zusammen, um nicht herunterzufallen, und zog mit aller Kraft an den Zügeln, bis er befürchtete, sie könnten zerreißen.

Als die beiden Jungen sahen, dass Constant sein Tier unter Kontrolle hatte, beeilten sie sich, zu ihm vorzustoßen. Ihre Belustigung verbergend, gaben sie vor, sich große Sorgen gemacht zu haben.

»Alles in Ordnung, Vater?«, fragte Gabriel unschuldig, als die Stute unter Constant endlich zum Halten kam.

»Ja, alles in bester Ordnung.«

»Du hast sie bezähmt wie ein echter Recke!«, rief Antoine begeistert.

Constant konnte das Gefühl von Stolz, das tief aus seinem Inneren hervordrang, nicht mehr verbergen. Er grinste breit.

»Und ich bin nicht heruntergefallen!«, fügte er hochgemut hinzu.

»Siehst du, du kannst reiten!«

Constant beugte sich vor und tätschelte den Hals des Tieres.

»Und es macht sogar Spaß«, musste er zugeben.

»Siehst du, ich hab's dir doch gesagt«, flüsterte Gabriel seinem Bruder zu.

Dieses Mal war der verschwörerische Blick, den die beiden Jungen einander zugeworfen hatten, Constant freilich nicht verborgen geblieben.

»Sollte ich etwa einem Streich aufgesessen sein?«, fragte er drohend.

Einen Augenblick zauderten die zwei Scherzbolde. Dann öffnete Gabriel seine Hand mit der Nadel und zeigte sie Constant.

»Was ist denn ... Ihr Schlingel! Ihr verdient wirklich ...«

Doch der Rest des Satzes ging im Gelächter der Brüder unter, die schwungvoll auf ihre Pferde gesprungen waren und ihnen die Sporen gegeben hatten.

»Krieg uns doch!«, schrie Antoine.

»Ja, los, Vater, krieg uns doch!«, wiederholte Gabriel.

»Als wäre ich dazu ...«, fing Constant an. Um sogleich bei sich hinzuzufügen: Und wie ich dazu in der Lage bin!

Er warf die Nadel ins Gras und gab der Stute, die ihre Ruhe wiedergefunden hatte und friedlich graste, einen resoluten Tritt in die Flanken. Angestachelt von dem neuen Selbstbewusstsein seines Reiters, nahm das Tier die Verfolgung der Jungen auf, deren nicht enden wollendes Gelächter vom Wind über den Waldweg getragen wurde.

Schließlich hatte er sie eingeholt und sich das Versprechen abnehmen lassen, vor den anderen kein Wort über die Nadel zu verlieren. Gut gelaunt machten sie sich auf den Rückweg.

»Morgen müssen wir einen Ausflug übers Land machen«, beschloss Gabriel.

»Ja, Onkel Huc hat das jeden Donnerstag gemacht«, setzte Antoine hinzu.

»Gut, machen wir. Also morgen!«

Um nichts in der Welt hätte Constant zugegeben, dass ihm der Hintern mehr wehtat, als wenn man ihm eine Tracht Prügel mit der Gerte verpasst hätte. Und wie sich das anfühlte, davon konnte er weiß Gott ein Liedchen singen – dazu hatte er mit Marie zusammen in jungen Jahren genug Dummheiten angestellt.

Im September des Jahres 1540 brachte Marie einen Sohn zur Welt, der so groß war, dass sie das Gefühl hatte, ihr Unterleib würde auseinander gerissen. Er wurde auf den Namen Philibert getauft und zeigte sich an ihrer Brust unersättlich.

Constant war hin und weg von seinem Sprössling und brüstete sich überall damit, dass er ganz auf ihn käme. Gasparde hingegen konnte ihn gar nicht leiden, wenngleich auch sie gerührt war, wenn sie ihn schlafend in seinem Bettchen betrachtete. Doch sie hätte die lang vermisste Mutter gerne noch ein Weilchen für sich behalten. Marie begriff, wie sehr Hucs Tod und der von Noirot als ihrem liebsten Begleiter sowie die Umstände des Überfalls das Mädchen verstört hatten. Sie bemühte sich, wo sie konnte, ihrer Tochter ihre Zuneigung und Zärtlichkeit zu beweisen – ohne jedoch aus den Augen zu verlieren, dass sie ihr mit ihrer bevorstehenden Abreise einmal mehr würde wehtun müssen.

Ihr Entschluss stand jedoch fest. Constant hatte sie darin bestärkt. Eine innere Stimme, eine urtümliche Intuition sagte ihr, dass die Zeit dafür gekommen war. Sie wollte nicht, dass Isabeaus Opfer vergebens, dass ihr ganzes Leben nichts als eine Flucht vor ihrem Unglück gewesen wäre. All das musste einen Sinn gehabt haben. Und den hätte es nur, wenn Albérie und Ma erlöst würden.

Sie blieb zwei weitere Wochen im Bett, bis ihr durch die Niederkunft geschundenes Fleisch wieder geheilt war. Mitte Oktober, unberührt von den Geschicken Frankreichs und dem Rest der Welt, überließ sie ihre Kinder einmal mehr der Obhut ihrer Getreuen, küsste Constant, versprach Gasparde, bald wiederzukommen, und machte sich mit der Gewissheit auf den Weg, dass ein Kreis sich schließen würde.

Marie erreichte die Grenzen des Heiligen Römischen Reiches Deutscher Nation Mitte Dezember 1540, zusammen mit drei Männern Begleitschutz. Obwohl ihre Kutsche mit Kissen und Fellen ausgepolstert war, zwangen ihre Narben sie zu häufigem Pausieren und bereitete ihr das lange Sitzen schreckliche Schmerzen. Abgesehen von ihren Malaisen trug auch das Wetter das Seinige dazu bei, die Fahrt zu verlangsamen. Die Wege waren tief verschneit oder von Eis bedeckt, sodass sie nur mit großer Vorsicht vorankamen. Oft genug zwang auch ein Achsenbruch sie zum Anhalten. Auf halber Streckte mussten sie sogar eins der Pferde töten, das sich in einem unter dem Schnee verborgenen tiefen Schlagloch das Bein gebrochen hatte. Marie musste mehrere Stunden in der Kälte ausharren, bis einer ihrer Männer ein neues Pferd von einer nah gelegenen Postkutschenstation geholt hatte.

Vollkommen erschöpft kam sie in Salzburg an, in der Hoffnung, dass Philippus sich seit seinem letzten Brief noch immer dort befand. Er hatte ihr mitgeteilt, dass er sie sehnsüchtig erwarten würde. Als ihre Kutsche mit dem Wappen der Chazerons vor dem Fachwerkhaus anhielt, das er ihr als seine Adresse genannt hatte, schlug ihr das Herz bis zum Hals.

Sie klopfte. Die Tür öffnete sich, und vor ihr stand endlich Paracelsus, der so gealtert war, dass sie ihn fast nicht wiedererkannt hätte.

»Marie«, rief er erfreut und zog sie ins Innere des Hauses.

Zärtlich nahm er sie in die Arme. Im selben Moment spürte sie, wie jemand sie heftig bei den Schultern packte. Sie fühlte das pelzige Fell von Ma, die sich wie damals auf sie gestürzt hatte. Eine raue Zunge leckte ihr das Gesicht, und Marie stieß ein überraschtes, freudiges Lachen aus. Eine Sekunde später sank sie ohnmächtig zu Boden, überwältigt von ihrer Müdigkeit und ihren Gefühlen.

Sie glaubte, aus einem bösen Traum zu erwachen, als sie das Bewusstsein wiedererlangte. Sie befand sich in einem Zimmer mit einer bunten Tapete und einem Baldachin über dem Bett, der mit Myriaden von Sternen übersäht war. Ein Stöhnen entfuhr ihr, als sie sich reckte. Ihr Schritt schmerzte fürchterlich.

Ma, die ihr seit ihrer Ankunft nicht mehr von der Seite gewichen war, spitzte die Ohren und sprang aufs Bett, um sich neben ihr auszustrecken. Marie drehte der Wölfin ihr Gesicht zu und lächelte.

»Ma«, murmelte sie. »Wie schön, dich wiederzusehen.«

Im selben Moment öffnete sich die Tür, und Philippus trat ein, einen Becher in den runzeligen Händen. Als er sah, dass sie wach war, setzte er sich auf die Bettkante.

»Du hast uns ja einen schönen Schreck eingejagt, meine Tochter!«, sagte er.

»Ich verstehe nicht«, log Marie.

»Du hattest fürchterliches Wochenbettfieber, meine Liebe. Das Kind hat dich förmlich zerrissen. Deine Wunden waren alles andere als verheilt.«

»Aber es hatten sich doch schon Narben gebildet«, widersprach sie.

»Eine Kruste vielleicht, mehr nicht«, präzisierte Philippus.

»Na ja, vielleicht. Aber ich hatte kaum mehr Schmerzen«, gab Marie zu. »Ich dachte, während der Reise würde alles schon verheilen.«

»Im Gegenteil, die Narben haben sich entzündet.«

»Manchmal hatte ich tatsächlich das Gefühl, Fieber zu haben, aber nie lange. Diese Reise hätte jeden an den Rand der Erschöpfung gebracht. Außerdem habe ich bei jedem Halt eine Mohntinktur auf die Wunde gepinselt.«

»Das hat nicht genügt. Auf Reisen ist die erforderliche Sauberkeit und Wundpflege kaum durchzuhalten. Ich habe deine Narben aufschneiden müssen, damit der Eiter abfließen konnte. Erst dann ist die Entzündung zurückgegangen und das Fieber gesunken. Aber es wird alles wieder verheilen.« Er reichte ihr den Becher. »Hier, nimm! Trink das, damit du wieder auf die Beine kommst. Du hast zwei Tage nur geschlafen, weil ich dir ein Schlafmittel gegeben habe, damit du dich besser erholen konntest.«

»Zwei Tage!«, rief Marie. »Und dafür habe ich mich so beeilt!«

Sie trank das bittere Gebräu, ohne sich nach seinen Ingredienzien zu erkundigen. Ihr Vater wusste, was er tat.

»Und woher wusstest du Bescheid?«, fragte sie.

»Ich habe es an deinem Urin erkannt. Ich untersuche ihn immer zuerst. Er hatte einen merkwürdigen Geruch. Aber jetzt ruh dich erst mal aus! Morgen kannst du aufstehen und etwas essen. Es war höchste Zeit, dass du zu uns gekommen bist. Noch ein paar Tage länger und die Entzündung hätte auf deinen ganzen Bauch übergegriffen. Ich glaube, das haben wir gerade noch einmal vermeiden können.«

Marie fühlte, wie die Müdigkeit sie übermannte. Nach dem, was ihr Vater ihr gerade offenbart hatte, wunderte sie sich darüber nicht.

»Kann ich denn noch einmal ein Kind empfangen?«, fragte sie gähnend.

Statt einer Antwort ertönte ein lautes Lachen. Doch das hörte sie schon kaum mehr.

Sie war sehr erleichtert, als sie am nächsten Tag feststellte, dass ihr Vater Recht behalten hatte. Sie konnte ohne Schmerzen zu verspüren Wasser lassen, was in den letzten Wochen kein einziges Mal der Fall gewesen war. Und sie freute sich, in den Augen von Ma, welche die ganze Zeit an ihrer Seite geblieben war, die alte Zärtlichkeit wiederzuentdecken.

Als sie aufstehen wollte, um sich anzukleiden, stieß die Wölfin ein lautes Bellen aus. Philippus tauchte im Türrahmen auf. Er wischte sich die blau verschmierten Hände an einem Tuch ab, das bereits mit verschiedenfarbigen Flecken übersät war.

»Gut, gut«, murmelte er und trat näher. »Aber vielleicht sollten wir erst mal reden.«

»Aber ich habe Hunger!«, protestierte Marie.

»Sie hat Hunger! Hörst du, Loraline, unsere Tochter hat Hunger! Dann lass uns etwas essen gehen«, fügte er hinzu und brach in schallendes Gelächter aus.

Marie wurde gezwungen, ein heißes Bad zu nehmen, bevor sie sich anziehen durfte. Eine Stunde später stieg sie unter Ächzen die Treppe hinab. Laufen bereitete ihr immer noch große Schmerzen.

»Es wird eine Weile dauern, bis sich die Narben bilden«, erklärte Philippus.

Auf dem Esstisch waren Schüsseln und Platten mit gefülltem Huhn, Schinken, Pastete und verschiedenen Gemüsesorten angerichtet. Marie nahm Platz, ohne sich weiter im Haus umzuschauen. Ein Kamin verbreitete eine angenehme Wärme, und hinter dem Fenster, das auf die Straße hinausging, wirbelten die Schneeflocken.

Als sie sich ein Stück Brot abbrach, fielen ihr plötzlich die Männer ein, die sie auf ihrer Reise begleitet hatten. Philippus beruhigte sie belustigt:

»Sie haben sich ihre wohlverdiente Ruhepause gegönnt und es sich in der Kammer auf frisch gefüllten Strohsäcken bequem gemacht. Zurzeit, möchte ich wetten, sind sie beim Nachbarn. Gestern hat Bigot zwanzig Écus beim Würfelspiel verloren. Die schien er sich unbedingt wiederholen zu wollen.«

»Er ist ein leidenschaftlicher Spieler«, erwiderte Marie. »Jedes Mal verliert er seinen ganzen Monatslohn dabei. Ich werde die Männer nach Frankreich zurückschicken.«

»Das wirst du nicht!«, widersprach Philippus. »Sie werden weiterhin Kost und Logis von uns bekommen, schließlich sind sie dir treu ergeben und benehmen sich sehr rücksichtsvoll. Drei Mäuler mehr oder weniger zu stopfen, machen dem alten Wolf, der ich bin, nun auch nichts aus.«

Wie um ihm ihre Zustimmung zu signalisieren, ließ Ma ein lebhaftes Knurren hören.

»Na gut«, gab sich Marie geschlagen. »Aber die Zeit wird ihnen lang werden, denn ich habe nicht vor, hier abzureisen, bevor wir nicht das gefunden haben, weswegen ich hergekommen bin.«

Philippus' Miene verdüsterte sich. Marie wagte es nicht, sein Schweigen zu unterbrechen, und schnitt sich ein Stück

Huhn ab. Er setzte sich zu ihr an den Tisch und schaute ihr zu, wie sie hungrig das Fleisch verschlang. Eine tiefe Sorgenfalte hatte sich auf seiner Stirn gebildet. Er sah alt und müde aus.

»Es kann sein, dass wir es nie finden werden, Marie.«

Sie hob den Kopf. Ma hatte ihre Schnauze auf ihrem in Samt gehüllten Schoß abgelegt.

»Das will ich nicht glauben«, entgegnete sie.

»Seit neun Jahren erforsche ich sämtliche Möglichkeiten. Ich habe die Hoffnung noch nicht aufgegeben, Marie, aber allmählich glaube ich, dass Isabeau Recht hatte. Vielleicht war das, was sie gefunden hat, wirklich nur ein Zufallsprodukt – was bedeutet, dass wir niemals auf seine Formel stoßen werden.«

»Das widerspricht sämtlichen Theorien und logischen Schlussfolgerungen«, beharrte Marie und nahm sich eine große Portion Gemüse. »Hast du nicht selbst behauptet, dass die Materie einer ständigen Entwicklung unterliegt?«

»Der Meinung bin ich immer noch. Ohne daraus jedoch irgendeine Gewissheit ziehen zu können.«

»Vielleicht siehst du den Wald vor lauter Bäumen nicht! Dein Wissen ist für dich in seiner Vielfalt so selbstverständlich geworden, dass du den einen Pfad nicht mehr erkennst, der uns zu einer Lösung führen könnte. Vater, die Leute machen sich über deine Theorien lustig, und doch sind sie es, die ihnen zur Heilung verhelfen. Das heißt doch, dass sie richtig sind.«

»Sie sind nichts anderes als die Weiterentwicklung dessen, was Isabeau und Loraline begonnen haben.«

»Also ist dort der Schlüssel zu finden. Gemeinsam werden wir das Rätsel lösen. Auch ich habe in den vergangenen Jahren eine Menge gelernt. Wir werden noch einmal ganz von vorne anfangen. Gemeinsam. An Geld fehlt es mir nicht, um das zu vollenden, was begonnen wurde.«

»Mein Vater ist im September 1534 gestorben. Ich habe dieses Haus, das er mir vermacht hat, erst in dem Moment aufgesucht, als du mir dein Kommen angekündigt hast. Ich wollte, dass du dich bei mir zu Hause fühlst«, gestand Philippus. »Ich wollte dir und deiner Mutter endlich das Heim geben, das ihr bei mir nie hattet.«

»Es ist noch nicht zu spät, Vater. Du weißt es, und ich weiß es auch.« Marie legte eine Hand zwischen die Ohren der Wölfin.

»Gott ist mein Zeuge«, sprach sie. »Du wirst wieder in das Gesicht meiner Mutter blicken können, so wie ich es tun werde.«

»Möge er deinen Willen erfüllen, Marie. Möge er deinen Willen erfüllen!«

In der folgenden Woche zeigte Philippus Marie das Zimmer, das er sich gleich als Erstes neben seinem Schlafzimmer als Labor eingerichtet hatte. Und sie schickte die Männer, die sie auf ihrer Reise begleitet hatten, zurück nach Vollore. Sie traute Katharina von Medici immer noch zu, sich an ihr rächen zu wollen, und zog es vor, ihre Kinder von möglichst vielen Wachleuten beschützen zu lassen.

Sie war davon überzeugt, dass ihr Vater irgendwo in seinen Aufzeichnungen und Abhandlungen einen Schlüsselsatz niedergeschrieben hatte, irgendeinen Hinweis, der ihnen die Lösung des Rätsels zuführen würde. Sie stürzte sich also in die Lektüre, um anschließend noch einmal von vorne zu beginnen, bis sie den Inhalt seiner Schriften auswendig kannte, während er eine Auflistung aller Krankheiten, ihrer Ursachen und Behandlungsmethoden aufstellte, denen er im Lauf seiner Forschungen begegnet war.

Diese Arbeit hielt sie bis zum Frühjahr 1541 in Atem. Die Sätze, die sie tagsüber gelesen hatte, verfolgten sie nachts in ihren Träumen, manchmal vermengten sie sich auch mit jenen, wurden immer wirrer und immer sinnloser, doch Marie absorbierte und destillierte sie.

»Alles ist giftig, nichts ist giftig; es ist lediglich eine Frage der Dosierung. Die Krankheit entspringt aus der Gesundheit und die Gesundheit aus der Krankheit. Nicht nur die Ursprünge der Krankheit muss man kennen, sondern vielmehr wissen, wie es zur Gesundung kommt«, hallten die Sätze in ihrem Kopf wider. »Krankheiten entstehen durch Mutationen. Alles, was mutiert ist, mutiere auch du, doch achte darauf, dass die einzelnen Strukturen in Einklang miteinander bleiben. Wenn es zum Ausbruch der Krankheiten kommt, sorge dafür, dass sie verschiedenen Mutationen ausgesetzt sind. Entsprechend müssen die Arzneivorschriften formuliert sein, wobei größte Sorgfalt auf die Zusammenstellung der Heilmittel zu verwenden ist, auf ihre Dosierung, die Dauer ihrer Anwendung, den Zeitpunkt, ihre Eigenschaften und so weiter.«

Als es Juni wurde, hatte Marie nunmehr nur noch diese Sätze behalten, die in ihr jedoch so fest verankert schienen, dass sie von ihrer Einzigartigkeit überzeugt war. Philippus beugte sich ihrer Ansicht. Im Laufe der Monate waren sie so vertraut miteinander geworden, dass ein Blick genügte, um sie die Meinung des anderen wissen zu lassen. Ihre gemeinsame Liebe zu der Wölfin, die jeden ihrer Schritte begleitete und sie mithilfe ihres eigenen Instinktes leitete, bestärkte sie in ihrer wilden Hoffnung. Wenn es ihnen gelänge, das gesuchte Mittel zu finden, würde das ihren Sieg über die Absurdität einer egoistischen und engstirnigen Welt bedeuten. Um dem noch mehr Sinn zu verleihen, breitete Philippus jenes sonderbare Horoskop vor ihnen aus, das Michel de Nostre-Dame für ihn erstellt hatte. In diesem Horoskop waren sämtliche Sterne miteinander verbunden, wodurch sie den Umriss eines Wolfskopfs ergaben. Schließlich beugten sie sich über die Tafel, die er zu den verschiedenen Krankheitsbildern gezeichnet hatte. Bei genauer Betrachtung entdeckten sie Parallelen zu dem Horoskop und zu den Anatomiezeichnungen von Isabeau: da die Sonne, die Einfluss aufs Herz hatte, dort der Mond, der in Verbindung zum Gehirn stand, hier der Mars, der seine Wirkung auf die Galle ausübte, und da die Venus, deren Kräfte die Nieren bestimmten. Das Zusammenwirken von Quecksilber, Salz und Schwefel verursachte Paracelsus zufolge Krankheiten, während Quecksilber und Antimon zusammen für alchimistische Zwecke gebraucht werden konnten.

Auch Isabeau hatte diese Elemente bei ihren Versuchen, das Alkahest herzustellen, verwendet. Philippus erklärte Marie, dass der Balsam, mit dem er ihre Wunden behandelt hatte, seine eigene Kreation, ähnlich wirkte.

Er erzählte ihr, dass es ihm gelungen wäre, mithilfe der Flüssigkeit, die Isabeau aus Hirn, Eingeweiden und Blut des Monsters gewonnen hatte, winzige geschlechtslose Wesen mit menschlichen Gesichtszügen zu erzeugen, die er in Gläsern aufbewahrte. Sie hatten vierzig Tage in einem Alraunensud überlebt, bevor sie abgestorben waren.

Isabeau war zu ähnlichen Forschungsergebnissen gekommen. Vielleicht hatte doch nicht allein der blanke Zufall regiert. Beide hatten sie freilich nicht gewusst, welchen Weg sie in der Folge hätten einschlagen sollen.

Der September kam. Es war kalt in jenem bergigen Teil Österreichs. Ihre Abreise aus der Auvergne war fast ein Jahr her, doch sie erhielt regelmäßig beruhigende Nachrichten von zu Hause. Alle sehnten sie sich nach ihr, doch Constant beharrte in seinen Briefen darauf, dass er seine Rolle gut auszufüllen gelernt hätte und sie sich ihrer Aufgabe widmen sollte, bis sie erreicht hätte, was sie wollte. Für Marie bedeuteten seine Worte Trost, und in ihren Antworten versicherte sie ihn ihrerseits ihrer Liebe zu ihm und den Kindern und dass sie weiterhin die Hoffnung auf Erfolg nicht aufgegeben hätte. Dank dieses regelmäßigen Briefwechsels war ihr Alltag zwar immer noch von Heimweh, aber auch von Heiterkeit und Zuversicht geprägt.

Ein Feuer loderte fröhlich im Kamin, vor dem Ma sich auf einem frischen Strohsack ausgestreckt hatte, den schönen Kopf auf die Pfoten gelegt. Marie, die mit großem Appetit eine in warme Milch getauchte Scheibe Brot verspeiste, konnte ihren Blick nicht von ihr lösen. Sie versuchte sich vorzustellen, wie die Frau aussehen mochte, die sich hinter der Maske der Wölfin verbarg.

»Sie sah Isabeau unglaublich ähnlich«, bemerkte Philippus, als hätte er ihre Gedanken lesen können.

»Glaubst du, dass sie trotz allem älter geworden ist?«

Mit seiner großen Hand ergriff Philippus die seiner Tochter, die ihren Becher abgestellt hatte. Ein Milchbart zierte ihre Oberlippe.

»Bald werden wir es wissen, Marie.«

»Manchmal frage ich mich, ob es überhaupt so wichtig ist«, antwortete die junge Frau. »Sie scheint glücklich, und wir sind es auch.«

Philippus seufzte, und Marie hakte nach:

»Oder etwa nicht?«

»Doch, doch, meine Tochter. Doch dieses Glück hat mit unseren Forschungen zu tun. Dadurch sind wir zusammengekommen, dadurch kommen wir einander immer näher. So wie dir deine Kinder fehlen, hast du mir lange gefehlt. Ich möchte dich ihnen zurückgeben. Ich möchte dich ihr zurückgeben.«

»Ich hatte die beste aller Mütter. Sie hat mir so viel gegeben.«

»Ich weiß, aber ganz egoistisch gesprochen: Das genügt mir nicht. Ich weiß, dass sie leidet, und ich kann dieses Leiden nicht länger mit ansehen. Für mich selbst müsste sich nichts ändern. Aber für sie.«

»Ich verstehe, Vater. Wir müssen weitermachen.«

Schweigend beendeten sie ihr Frühstück. Ma schien zu schlafen und nicht auf ihr Gespräch geachtet zu haben, doch Marie wusste, dass sie jedes Wort mitbekommen hatte. Um sich abzulenken, stellte sie eine Frage, die ihr schon lange durch den Kopf ging.

»Woher kommt eigentlich der Name Paracelsus? Isabeau hat behauptet, Michel de Nostre-Dame hätte dich so getauft.«

»Das stimmt. Es bedeutet ›nah am Himmel‹, in einer Mischung aus Griechisch und Latein. Mir hat das immer gefallen, zumal die Übersetzung meines Familiennamens ins Französische ›das hohe Haus‹ bedeutet. Als ich das erste Mal von Michel weggegangen bin, wollte ich darin einen Zusammenhang mit Aulus Cornelius Celsus sehen, dem ich durch das ›para‹ ebenbürtig wurde.«

»Was hattest du denn mit diesem Arzt zu tun, der im Zeitalter von Augustus gelebt hat?«, fragte Marie belustigt.

»Nichts als die pure Eitelkeit«, entgegnete Philippus achselzuckend. »Ich habe mich in dem Moment einfach geschmeichelt gefühlt. Später habe ich diesen Namen mit dem Horoskop in Verbindung gebracht, das Michel erstellt hat. Vielleicht liegt in jenem Geheimnis mein Schicksal. In der Tat, ich habe keine Erklärung dafür.«

»Nichts geschieht aus Zufall, Vater. Vielleicht hast du dich unbewusst einer verborgenen Wahrheit angenähert.«

»Das ist durchaus möglich. Ich habe hier eine Abhandlung von Celsus: *De arte medica, libris VIII* über Heilkunde und Chirurgie. Während meines Studiums habe ich immer wieder darauf zurückgegriffen. Seitdem allerdings nicht mehr. Ich hatte nicht das Gefühl, dass es mich weiterbringen würde.«

»Vielleicht müsste man das Buch noch einmal lesen …«

»Ich bin mir nicht sicher, ob man den Behauptungen dieses Mannes Glauben schenken sollte. Man weiß nichts über ihn, außer dem, was in dieser Abhandlung steht, die vor gut hundert Jahren in der Kirche Sant' Ambrogio in Mailand gefunden wurde. Man weiß nicht einmal, ob er wirklich Arzt war; manche halten ihn nur für einen Vielschreiber.«

»Das ist egal. Du hast dir schließlich auch nicht all dein Wissen an der Universität erworben. Hast du ein Exemplar des Originals?«

»Ja, die Florentiner Fassung aus dem Jahr 1478.«

»Gut. So müssen wir uns wenigstens nicht mit irgendwelchen ungeschickten Interpretationen abquälen. Vielleicht finden wir ja wider Erwarten eine Übereinstimmung mit den Aussagen von Nostradamus und diesem ›himmlischen Geheimnis‹.«

Sie hoben die Tafel auf. Ma folgte ihnen auf dem Fuß, und Marie wusste, dass ihr Instinkt sie nicht getrogen hatte. Wenn Ma schlief, dann nur mit einem Auge und einem Ohr. Nach langem Suchen fand Philippus die Abhandlung des Römers schließlich in einem alten Koffer. Er hatte die Krankheiten ihren Heilmöglichkeiten zufolge in drei Kategorien unterteilt: Die erste umfasste jene, die durch die Umstellung von Körperpflege und Ernährung zu beeinflussen waren, die zweite jene, die man mithilfe von Heilmitteln behandeln konnte, und die dritte betraf die Chirurgie, wobei er sich sogar auf das Entnehmen und Verpflanzen lebender Organe und auf Korrekturen körperlicher Missbildungen bezog.

An mehreren Stellen war von Salzen die Rede, und zwar sowohl im Hinblick auf Arzneimittel als auch in Zusammenhang mit Vernarbung. Mehrfach wurde auch von Mohntinkturen gesprochen.

Marie notierte sich alles, was ihr seltsam, auffällig oder bedeutend erschien. Dann nahm sie sich die Aufzeichnungen von Philippus ein weiteres Mal vor, ganze Hefte, die er während seiner zahlreichen Pilgerfahrten verfasst hatte. Sie war sich sicher, schon einmal etwas über eine Flüssigkeit gelesen zu haben, die aus Mohnblüten gewonnen wurde.

Bei einer Anmerkung über eine Hexe, die ihr Vater in Armenien kennen gelernt hatte, wurde sie fündig. Sie hatte ihm ein Rezept verraten, durch das man angeblich Leben verlängern und den Alterungsprozess aufhalten konnte. Philippus hatte einen Kommentar hinzugefügt: Sollte es sich hierbei um das Elixier handeln, dessen sich die Patriarchen aus vorsintflutlicher Zeit bedient hatten, um die Unsterblichkeit zu erlangen? Für die Zubereitung war eine Flüssigkeit vonnöten, »die nach Ei roch«, und ein Sud aus Schlafblüten. Außerdem mussten die Sterne in einer bestimmten Anordnung zum

Mond stehen und mehrere Zahlen genau in dem Moment gesprochen werden, in dem die vereinigte Dreiheit erreicht wäre.

»Das erschien mir damals zu kompliziert, selbst wenn diese Frau angeblich dreihundert Jahre alt geworden ist.«

»Was bedeutet ›vereinigte Dreiheit‹?«, fragte Marie.

»Man spricht auch von ›Acharat‹. Sie symbolisiert Feuer, Gas und Energie. Die Hebräer beziehen sich oft darauf. Manche haben sogar in Erwägung gezogen, sie mithilfe von einem Herrenkolben zu erreichen«, erwiderte Philippus belustigt.

»Erzähl mir von diesem Elixier.«

»Man weiß nur sehr wenig darüber. Die Flüssigkeit besaß, so hieß es, die Fähigkeit, Leben zu verlängern, indem das Alter hinausgezögert wurde, allerdings verhinderte sie keinen Unfalltod. Zahlreiche Philosophen kommen immer wieder auf sie zu sprechen. Manche behaupten, sie sei in Atlantis entwickelt worden. Atlantis war eine Vulkaninsel, zumindest der Legende nach. Aus dem Lavastrom, der sich ins Meer ergoss, wurden unendlich viele Mineralstoffe gewonnen, und mithilfe ihrer Schwefeldämpfe konnten bestimmte Hautkrankheiten geheilt werden.«

»Wie in Montguerlhe. Hat Isabeau dieses Schwefelwasser verwendet?«, fragte Marie nachdenklich.

»Ja, zwangsläufig«, gab Philippus zu. »Die Quelle war die einzige, die es in den unterirdischen Gängen von Montguerlhe gab. Ich will dir nicht verschweigen, dass ihr Geruch mich anfänglich nicht gerade dazu ermutigt hat, die Nase hineinzustecken, aber irgendwann habe ich mich daran gewöhnt. So wie an die anderen Gerüche, die mich so glücklich gemacht haben«, fügte er sehnsüchtig hinzu und streichelte den Kopf der Wölfin.

»Was hat sie?«, fragte Marie, als sie sah, wie diese sich unter der liebevollen Hand wand.

Philippus kniete sich vor Ma.

»Haben wir etwas vergessen?«

Ma löste sich von ihm und legte ihre Pfote auf Maries Notizen.

»Das Elixier, Vater«, begriff Marie. »Das Elixier der alten Frau ist der Schlüssel zum Geheimnis.«

»Kann sein. Aber da ist noch etwas anderes. Ich komme einfach nicht drauf, aber gleich … Gleich …«, murmelte Philippus. Mit schweren Schritten ging er im Raum umher, die Finger auf seine Schläfen gepresst, als wollte er den allerleisesten Hauch einer Erinnerung aus seinem Schädel zwingen.

»Lass uns noch einmal alles durchgehen«, kam Marie ihm zu Hilfe. »Isabeau hat das stark schwefelhaltige Wasser von Montguerlhe verwendet. Die Hexe ebenfalls. Bei der Schlafblüte kann es sich nur um Mohn handeln, von dem wir bereits wissen, dass er Bestandteil ist. Dann gibt es noch die Zahlen und die Buchstaben. Was mögen sie bedeuten? Längengrade, Breitengrade? Astronomische Hinweise? Die Hexe spricht von kleinen Schlüsseln, aber was sollen sie öffnen?«

»Warte, warte«, unterbrach sie Philippus. Der Schweiß stand ihm auf der Stirn. »Hast du richtig gelesen: ›kleine Schlüssel‹?«

»Bei 3 und 7 sind die kleinen Schlüssel. Zu Acharat werden sie …!«

»Der Hebräer!«, rief Philippus aus. »O mein Gott, wie konnte ich den Hebräer vergessen!«

»Wovon sprichst du, Vater?«, fragte Marie, die sein irrer Blick mit Unruhe erfüllte.

Ma fing an zu japsen, und Marie bekam plötzlich Angst, dass nun alle beide verrückt geworden wären. Philippus hatte die Vorderpfoten der Wölfin ergriffen und mit ihr zu tanzen begonnen, begleitet von ihrem Heulen. Marie ließ sich auf einen Stuhl sinken. Sie hatte keine Ahnung, was dieses ausgelassene Verhalten bedeuten sollte, aber immerhin schienen die beiden sehr glücklich zu sein. Das, was sie nicht mitbekommen hatte, war ganz offensichtlich etwas von großer Bedeutung. Und das war ja wohl das Wichtigste. Philippus blieb vor ihr stehen. Ein strahlendes Lächeln hatte sein rundes Gesicht überzogen. Er ließ die Wölfin los, die sich benebelt von der ungewohnten Bewegung zu seinen Füßen zusammenrollte.

»Salomon ist die Verbindung zwischen der armenischen Hexe und dem Hebräer aus meiner Kindheit. Komm, Marie!«

»Wohin? Nach Montguerlhe?«, fragte die junge Frau mehr und mehr verstört.

»Nein, in den Keller.«

Er schnappte sich eine Laterne und begann, die Treppe hinabzusteigen. Marie zögerte, ihm zu folgen, doch Mas aufmunterndes Grollen ließ sie schließlich mit den Achseln zucken und murmeln:

»In den Keller. Wohin sonst?«

Als sie die Stufen hinuntergeklettert war, fand sie ihren Vater in ein seltsames Abschreiten des Raumes vertieft vor. Erst ging er sieben Schritte und dann noch einmal zwölf in die eine Richtung, um schließlich drei Schritte in die andere zu machen. Als er endlich zum Stehen kam, atmete er tief durch und schaute ihr ins Gesicht.

»Ich habe alle Elemente aus Montguerlhe mitgebracht, die zum Extrahieren des Alkahest erforderlich sind, sogar ein Fass Schwefelwasser. Ich wusste nur nicht, wie ich sie anwenden sollte. Isabeau ging es genauso: Hundert Mal hat sie dieselben Gesten wiederholt, und immer war sie sich sicher, dass irgendetwas fehlte. Wir hatten alles hier, Marie. Alles, außer dem Wissen, wonach wir suchen sollten. Bevor wir die Formel finden konnten, mussten wir erst denjenigen finden, der sie aufgestellt hatte. Die Armenierin wusste, wer es war, genauso wie die Hebräer. Er war ihr König.«

»Salomo?«, fragte Marie erstaunt. »Ich verstehe immer noch nicht, Vater. Was hoffst du, aus diesem Keller zu holen?«

Philippus gab keine Antwort. Er hockte auf dem Boden und versuchte, mit der Hand den Staub von einer der Steinplatten zu entfernen. Als er sie fast freigelegt hatte, versuchte er, sie aus den Fugen zu lösen.

»Schau mal, ob du etwas findest, mit dem wir sie hochhebeln können«, sagte er.

Mit der Laterne leuchtete Marie den Raum aus. Auf den Regalen stapelten sich Einmachgläser. Schließlich entdeckte sie an eine Wand gelehnt ein imposantes Stemmeisen aus schwerem Eisen, das sie Philippus brachte. Ohne zu zaudern, setzte er die Spitze in die Fuge und stemmte sich dagegen. Marie verzichtete darauf, eine Erklärung von ihm einzufordern. Das Herz schlug ihr so hart in der Brust, dass sie das Gefühl hatte, sie müsse ihr zerspringen. Was auch immer ihr Vater verborgen haben mochte, es musste sich um etwas sehr Bedeutsames handeln, wenn er einen solchen Aufwand mit dem Versteck betrieben hatte.

»Hilf mir mal«, ächzte er. Die Anstrengung hatte ihm Schweißperlen auf die Stirn getrieben.

Gemeinsam schafften sie es, die Platte zu lösen. Ein seltsam verschnürter Umschlag aus Leder kam zum Vorschein.

»Was ist das?«, fragte sie.

Statt einer Antwort hob Philippus vorsichtig das Paket aus dem Bodenloch. Er legte es auf die entstaubte Steinplatte und löste vorsichtig die Kordeln, die das grobe Leder zusammenhielten.

»Wie hatte ich sie nur vergessen können?«, murmelte er, mehr für sich als an sie gerichtet.

Im Licht der Laterne, die Marie dicht über seinen Kopf hielt, wickelte er drei hauchdünne Granittafeln aus. Sie waren über und über mit Zeichen bedeckt, die sie noch nie zuvor gesehen hatte.

»Das ist weder Latein noch Griechisch«, bemerkte sie in der Hoffnung, dass er ihr endlich mehr erzählen würde.

»Nein, meine Tochter, das ist Hebräisch. Salomo selbst hat diese Tafeln beschrieben. Das ist eine lange Geschichte«, fügte er mit einem fröhlichen Lächeln hinzu. »Dieses Haus hat meinem Vater gehört, wie du weißt. Er hat diesen

Schatz vor vielen Jahren hier versteckt. Ich war damals noch ein Kind. Ein alter Mann hatte ihn um einen Rat gebeten, er war krank und erschöpft. Er behauptete, aus Ägypten zu kommen, nachdem er zahlreiche andere Länder besucht hatte, immer auf der Flucht vor etwas, das er ›Akasha‹ nannte. Er delirierte lange, bis er schließlich starb, ohne dass man ihm hatte helfen können. Mein Vater hat dann versucht, seine Identität ausfindig zu machen, und war in seinen Sachen auf diese Tafeln gestoßen. Er rief mich und zeigte sie mir, kaum war der Unbekannte in einem Gemeinschaftsgrab beerdigt worden. ›Das hier ist das Wertvollste, was es auf der Welt gibt‹, sagte er mir. ›Man hat es lange Zeit für verschollen gehalten. Es wird *Ars Notoria* genannt. Manche Leute hielten es sogar nur für eine Legende.‹ Ich fragte ihn, was auf diesen Tafeln geschrieben stand. ›Die dunkelsten oder die edelsten Geheimnisse über die Entstehung des Lebens. Alles ist Mutation, mein Sohn‹, antwortete er. Er versteckte die Tafeln in diesem Keller, und er hat gut daran getan. Mehrfach wurde unser Haus ausgeraubt, während wir unterwegs waren, wobei völlig klar war, wonach die Eindringlinge eigentlich suchten. Schließlich wurde es sogar offiziell durchsucht. Mein Vater hatte unaufhörlich das Gefühl, unter Beobachtung zu stehen. Irgendwann hörte das auf, und er zog es vor, die Existenz des Schatzes zu vergessen, zumal er die Botschaft auf den Tafeln ohnehin nicht entziffern konnte. Das Einzige, was er wusste, hatte er dem wirren Gefasel des kranken Fremden entnommen. Ich selbst habe sie schließlich auch vergessen, Marie, schließlich hatte ich genug mit meinen eigenen Dämonen zu tun. Eben erst ist mir wieder eingefallen, dass diese Tafeln existieren. Ich weiß noch, wie ich dem Sterbenden etwas zu trinken gebracht habe. Seine Finger hatten sich dunkel verfärbt, wie seine Lippen waren sie blau angelaufen, und man nahm an, dass er vergiftet worden sei. Wenn man ihn danach fragte, sprach er immer nur von der Existenz von Akasha, dem fünften Element, und wiederholte jene

Maxime, die mittlerweile auch die meine geworden ist: ›Alles ist Gift, nichts ist Gift.‹«

»Weißt du, was Akasha bedeutet, Vater?«

»Es symbolisiert die spirituelle, allgegenwärtige Macht, von der das Universum durchdrungen ist. Die fundamentale Energie, der alle Elemente ihre Existenz verdanken.«

»Also Gott?«

»In gewisser Weise schon.«

»Glaubst du, dass dieses Gift dasselbe ist, das Isabeau aus Versehen oder durch Zufall entwickelt hat? Enthüllen diese Tafeln das Geheimnis des Alkahest?«

»Das müssen wir herausfinden, Marie. Ich habe nie zuvor das Gefühl gehabt, so nah am Ziel zu sein. Schau Ma an«, fügte er hinzu.

Wie besessen leckte die Wölfin die Tafeln ab, auf denen die geheimnisvollen Zeichen eingraviert waren. Ihre Blicke trafen sich, und Marie war überwältigt. In dem Heulen der Wölfin war das Weinen Loralines zu vernehmen.

»Ich weiß, wo wir jemanden finden können, der Hebräisch spricht«, fuhr Philippus fort. »In einer dieser Spelunken, in die du mich so ungern gehen lässt. Der Mann hat sich mir bereits mehrfach angenähert. Er wollte dieses Haus kaufen, als er erfahren hat, dass ich nach vierzig Jahren Abwesenheit zurückkommen würde.«

»Vater …«, warf Marie beunruhigt ein.

»Diese Tafeln enthalten vielleicht die Wahrheit, Marie. Du weißt, dass ich nicht an Zufälle glaube.«

»Und dennoch, wenn dieser Mensch in der Lage ist, sie zu entschlüsseln, dann kennt er auch ihren Wert und wird alles daransetzen, sie in seinen Besitz zu bringen – so wie andere bereits vor ihm.« Marie war bang ums Herz geworden.

»Ma wird uns beschützen«, bemerkte ihr Vater gut gelaunt und legte der Wölfin die Arme um den Hals. »Es wird sich lohnen, Marie, wir müssen es versuchen.«

Sie nickte. Doch wohl war ihr bei dem Gedanken nicht.

Ein leichter Nebel lag über Salzburg, als die Sonne unterging und Philippus die morsche Tür zu einer der Spelunken der Stadt aufstieß. Der Raum war nur schwach erleuchtet, um sowohl die Gäste als auch die Ausstattung in ein gnädiges Dunkel zu hüllen. Einen Besen schien das Lokal nur selten zu sehen, und so hatte der Unrat sich unter den Füßen der Huren verteilt, die mit ihren offenherzigen Dekolletees und weit gespreizten Beinen versuchten, gegen gutes Geld ihre welken Körper zu verkaufen. Ein bunt gemischtes Volk aus aller Herren Länder, Menschen verschiedenster Rassen und unterschiedlichster Standeszugehörigkeit, hatte sich um die Tische versammelt, auf denen sich umgekippte oder ausgetrunkene Humpen und üppig beladene Teller stapelten, die freilich selten appetitanregend wirkten.

Philippus bahnte sich seinen Weg durch die Menge, antwortete hier auf einen Gruß, kniff da in einen Hintern, der schamlos seine Dienste feilbot. Er richtete seine Schritte auf einen Tisch im hinteren Teil des Raumes, in dem man kaum sein eigenes Wort verstand. Qualm, der von einem fetttriefenden Spanferkel ausging, welches in einem offenen Kamin vor sich hin brutzelte, behinderte die Sicht.

Die Vorstellung, dass Marie ihn an einem solchen Ort wusste, gefiel ihm gar nicht. Er trank gerne mehr, als ihm gut tat, daran bestand kein Zweifel, und er hatte sich während der Jahre, in denen er die Erinnerung an seine verlorene Liebe zu verdrängen versuchte, häufig diesem Laster hingegeben. Die Erinnerung war ihm geblieben, ein Bäuchlein gewachsen. Doch mehr noch als seinen Bierdurst wollte er seinen Wissensdurst stillen, und in der Tat hatte er in diesen von ehrbaren Leuten kaum besuchten Lokalen manch spannende Geschichte und amüsante Anekdote gehört. Er hatte Alchimisten kennen gelernt, die auf dem Umweg über Satan sich Gott annähern wollten, Heilerinnen und Engelmacherinnen ebenso wie Huren. Bei einem Glas Wein oder Bier hatten sie sich ihm alle anvertraut und ihn an ihrem Wissen teilhaben lassen. Philippus hatte den

Mann, den er suchte, bald ausfindig gemacht. Er saß allein an einem Tisch.

Als Philippus sich ihm näherte, erkannte ihn der Fremde sofort und begrüßte ihn freundlich. Philippus zog sich einen Stuhl heran und setzte sich ihm gegenüber, nachdem er die Bedienung aufgefordert hatte, einen weiteren Krug Wein zu bringen.

»Wie großzügig, der Herr Medicus!«, bemerkte der Mann mit seinem starken Akzent.

Er hatte eine dunkle Hautfarbe, doch Philippus wusste nicht mehr über ihn als das, was die Leute sich erzählten: Er sei Jude, ein angesehener Mann, würde sich Levi nennen und wäre interessiert an seinem Erbe. Philippus hatte sich seit seiner Rückkehr nach Salzburg keine weiteren Gedanken über ihn und sein Begehren gemacht, doch das hatte sich nun gründlich geändert.

»Ich möchte dich um einen Gefallen bitten«, sagte er ohne Umschweife. Er hatte wenig Neigung, sich auf ein Gespräch einzulassen, das möglicherweise mitgehört wurde. »Du kannst Althebräisch lesen, nicht wahr?«

Der Mann nickte. In seinen dunklen, klaren Augen hatte es aufgeblitzt.

»Ich bin im Besitz eines Textes, dessen Übersetzung ich brauche«, fuhr Philippus fort, der sich sicher war, das Interesse des anderen geweckt zu haben.

»Ich bin dir gern zu Diensten, wenn du mich angemessen entlohnst«, antwortete Levi in einem leicht überheblichen Ton, der Philippus nicht gefiel.

»Du wirst schon zufrieden sein. Voraussetzung ist allerdings, dass du dich zur allergrößten Diskretion verpflichtest.«

»Bei meinem Glauben, Doktor, ich werde schweigen wie ein Grab.«

»Komm morgen zu mir«, entgegnete Philippus. »Allein. Du wirst vor Ort den Wert dessen, was du zu übersetzen hast, einschätzen und einen angemessenen Preis vorschlagen, über den wir uns sicher einigen werden. Es heißt, du würdest auch Französisch sprechen. Ist das wahr?«

»Ich habe zahlreiche Talente, aber spreche nur eine Sprache. Ich werde kommen.«

Philippus erhob sich, als die Bedienung den Wein brachte. Er hatte keine Lust, etwas zu trinken. Die herablassende Art des Juden hatte sein Misstrauen geweckt. Er beschloss, ihm zu zeigen, dass er sich nichts vormachen ließ. Er warf ein paar Münzen auf den Tisch und verabschiedete sich:

»Lösch deinen Durst, mein Freund, aber halte deine Zunge im Zaum. Sonst wird das Akasha dafür sorgen, dass sie dir im Hals stecken bleibt.«

Dann bahnte er sich einen Weg zum Ausgang und atmete tief die Nachtluft ein.

Ein ungefähr zwölfjähriger Junge stand gegen einen Baum gelehnt und bemühte sich, durch die offene Kneipentür einen Blick auf einen hochgeschobenen Rock oder ein aufgeschnürtes Mieder zu erhaschen. Philippus musste grinsen. Plötzlich schoss ihm ein Gedanke durch den Kopf. Er trat auf den Jungen zu und drückte ihm ein paar Münzen in die Hand, um seine Begehrlichkeit anzustacheln.

»Um sich eine Hure leisten zu können, braucht man Geld. Kennst du den Mann, den sie den ›Hebräer‹ nennen?«

»Gewiss, mein Herr.«

»Weißt du, wo er wohnt?«

»Nein, aber ich würde es gerne wissen«, antwortete der Junge, der ganz offensichtlich mit der Aussicht auf mehr Geld spekulierte.

»Dann folge ihm und bringe mir seine Adresse. Abgesehen von dem Geld für deine Entjungferung werde ich dir dann auch den Namen einer Person geben, die diese Aufgabe übernehmen kann.«

»Mit dem größten Vergnügen, mein Herr.«

»Weißt du, wo ich wohne?«

»Jeder kennt Euch hier«, entgegnete der Jüngling respektvoll. »Ihr seid der Medicus.«

»Ich erwarte dich also«, rief Philippus ihm zum Abschied zu.

Er kehrte nach Hause zurück, ohne sich zu beeilen. Über seinem Kopf, der von einer gewaltigen Glatze dominiert wurde, beleuchteten Myriaden von Sternen die unermessliche Ewigkeit. Lange betrachtete er sie, an die Wand seines Hauses gelehnt. Sie waren für ihn Geheimnis und Erleuchtung zugleich. Michel de Nostre-Dame hätte ein Zeichen aus ihnen herauslesen können, er selbst hatte nur die Wissenschaft, um zu erkennen, was das Schicksal für ihn bestimmt hatte.

Und ihm war klar, dass er dabei war, ein gefährliches Wagnis einzugehen.

22

Wie Philippus vorausgesehen hatte, war der Hebräer nicht weiter überrascht, als er vorsichtig vor seinen Augen die Kordeln löste, welche den ledernen Umschlag zusammenhielten. Marie glaubte sogar, in seinen Augen so etwas wie Gier aufflackern zu sehen.

»Die Tafeln Salomos!«, stellte er fest und fuhr mit dem Finger über die eingravierten Buchstaben. »Ich wusste schon lange, dass sie im Besitz deiner Familie sind, Doktor«, fügte er auf Französisch hinzu, ganz so wie Philippus ihn gebeten hatte.

»Woher wusstest du das?«, fragte dieser, bestärkt in der Hoffnung, seine Vermutungen könnten sich bewahrheiten.

»Der Mann, um den dein Vater sich vor vielen Jahren gekümmert hat, war ein Priester, so wie ich heute. Als er starb, wusste niemand, wo er die Tafeln versteckt hatte, und die Bruderschaft der Söhne Salomos hat sie nicht ausfindig machen können. Wir sind seit Generationen Wächter über das Wissen Salomos. Diese Tafeln hätten niemals entwendet werden dürfen. Doch die Eitelkeit unseres Bruders war stärker als sein Ehrgefühl. Er behauptete, ein Hellseher zu sein, der vom Allmächtigen selbst geführt würde, damit seine Prophezeiungen sich erfüllten. Sein Machtwillen war so groß, dass er darüber verrückt geworden ist. Denn anstelle von Prophezeiungen haben wir nur seine Hirngespinste vernommen, und sein Tod hat uns in große Unruhe gestürzt. Wir wussten genau, dass dein Vater im Besitz des Schatzes war. Seit langem haben wir dich beobachten lassen, denn uns war klar, dass du uns eines Tages zu den Tafeln führen würdest. Die Geldgier der Menschen bringt sie doch immer wieder zu

Fall«, schloss er. Um seine Mundwinkel spielte ein verächtliches Grinsen, das Marie zur Weißglut brachte.

»Du irrst dich, Fremder. Und als Beweis dafür sollst du als Lohn für deine Übersetzerdienste die Tafeln selbst erhalten.«

Er warf ihr einen misstrauischen Blick zu.

»Sie sind von unschätzbarem Wert. Könige würden ihre Vermögen dafür opfern, sie zu besitzen. Was suchst du in ihnen, das diese Reichtümer aufwiegen könnte, Frau?«

»Das Leben. Für meine Familie.«

Der Mann kniff die Augen zusammen. Seine Stimme klang bitter, als er fortfuhr:

»Das Geheimnis der ewigen Jugend, die Unsterblichkeit, ich verstehe. Du hast Recht. Das ist unbezahlbar.«

»Es ist nicht so, wie Ihr glaubt …«, begann Marie.

Philippus unterbrach sie:

»Lass ihn glauben, was er will, das spielt keine Rolle. Übersetze nach bestem Wissen und Gewissen, Levi, und du kannst dieses Gut mitnehmen und es seinen rechtmäßigen Besitzern zurückgeben, wer immer sie auch sein mögen.«

Levi nickte. Tiefe Befriedigung war seiner Miene anzusehen.

»Es wird eine Weile dauern. Ein paar Stunden vielleicht, denn manche Zeichen sind kaum mehr zu erkennen. Ich kann sie nur mithilfe der kleinen Schlüssel Salomonis übersetzen, welche einen Code darstellen, den Salomo selbst entwickelt hat. Das werde ich jedoch nur tun, wenn ihr mich allein lasst.«

»Gut. Die Wölfin bleibt bei dir. Du brauchst keine Angst vor ihr zu haben.«

Der Priester stimmte zu und beugte sich über seine Arbeit. Ma legte sich zu seinen Füßen und tat, als schliefe sie.

»Können wir ihm vertrauen?«, fragte Marie, kaum dass die Tür sich hinter ihnen geschlossen hatte.

»Sicher nicht, aber wir haben keine andere Wahl. Du hast es selbst gesagt, Marie, ein Teil von mir ist mit diesem Mysterium verbunden.«

»Warum wolltest du nicht, dass ich ihm die Wahrheit sage? Seine herablassende Art hat mir ganz und gar nicht gefallen.«

»Ich möchte deine Mutter nicht in Gefahr bringen. Ihr Geheimnis ist genauso kostbar wie die Tafeln. Lass uns lieber die Elemente, über die wir verfügen, zusammensuchen. Wir dürfen keine Zeit verlieren, die Enthüllungen der *Ars Notoria* umzusetzen, wenn sie sich als das herausstellen sollten, was wir suchen.«

»Warum?«

»Heute Nacht ist Vollmond, Marie. Du weißt um seine Bedeutung. So viele Dinge ergeben einen Sinn, nunmehr.«

»Ja, du hast Recht.«

Sie gab ihm einen Kuss auf die Wange und folgte ihm die Treppe hinauf. Sie machte sich weiter keine Gedanken: Levi würde ihnen schon nicht entkommen, Ma passte auf.

Drei Stunden später hatten sie ihre Notizen ein weiteres Mal gelesen und überprüft. Sie waren bereit.

1510 hatte Isabeau die Substanzen genommen, die sie bei der Trepanation der halb in Wolfs- und halb in Menschengestalt auftretenden Gnome gewonnen hatte, hatte sie mit stark mineralstoffhaltigem Wasser, Schwefel, Quecksilber und Aurum vermengt und Wolfsblut, Alraunensud, Eisenkraut und Mohntinktur hinzugefügt. Soweit hatten sie begriffen. Lediglich die Mengenangaben zu jeder Ingredienz waren ihnen unbekannt. Außerdem fehlten ihnen die Zeitangaben zur Erhitzung, Destillation, Verschmelzung und Stabilisation. Und welche Rolle die Sterne dabei spielten, war ihnen unbekannt. All das hatte Isabeau nicht vermerkt. Vielleicht weil Zeit in ihrer Höhle keine Bedeutung hatte, ebenso wenig wie der Unterschied zwischen Tag und Nacht. Die Extrahierung des Alkahest war genauso vom Zufall abhängig gewesen wie von der Zusammensetzung der Elemente. Aus diesem Grund war sie, ebenso wie Philippus, nicht in der Lage gewesen, etwas anderes als ein Gift herzustellen. Wenn das Elixier des biblischen Patriarchen das Alkahest war, würde die *Ars Notoria* dies enthüllen. Denn beide führten zum Akasha, dem fünften Element. An den Beginn wie an das Ende. Zum Leben wie zum Tod. Darüber waren sie sich mittlerweile im Klaren.

Gemeinsam gingen sie zurück ins Esszimmer, setzten sich schweigend in ihre Sessel und warteten. Es dauerte noch eine ganze Weile, bis die Tür sich öffnete und Levi hereintrat. Er streckte sich. Seine Augen funkelten.

»Folgt mir«, sagte er einfach.

Auf dem Tisch lagen unter dem flackernden Licht einer Kerze Papiere, die mit Zeichen, durchgestrichenen Wörtern und Skizzen bedeckt waren. Das Tintenfass war fast leer, und die Feder sah reichlich mitgenommen aus.

»Salomo erklärt in diesen Texten verschiedene Dinge«, begann der Mann. »Die erste Tafel ist der Bundeslade gewidmet. Da der Tempel zerstört ist, weiß man nicht, wo ihre Überreste sich befinden.«

»Eure Priester werden es wohl wissen«, warf Philippus amüsiert ein. »Doch ich lasse Euch Euer Geheimnis. Erzähl weiter.«

»Die zweite führt zum Schatz des Tempels und verrät die Wege, wie man die Fallen umgehen kann, durch die er geschützt wird.«

Da kein weiterer Zwischenruf erfolgte, fuhr er fort:

»Die dritte, diejenige, die Euch interessiert, beinhaltet das Geheimnis der Transmutation. Bei Festkörpern angewandt, können diese in reines Gold umgewandelt werden. Wenn man die geheimnisvolle Substanz als Flüssigkeit darreicht, führt sie zum ewigen Leben, indem der Zelltod verhindert wird. Jeder Fehler, jede Unvollständigkeit bei der Anwendung freilich führt zu einem extrem schmerzhaften Tod.«

Marie und Philippus fühlten, wie ihr Herzschlag sich beschleunigte.

»Kann diese Flüssigkeit auch das äußere Erscheinungsbild eines Lebewesens beeinflussen? Zum Beispiel einen Menschen in ein Tier verwandeln? Oder umgekehrt?«, fragte Marie erregt. Sie vermied es, zu Ma zu schauen, um sich nicht zu verraten.

Die Augen des Mannes verengten sich. Sie senkte den Kopf, weil sie befürchtete, er könnte ihre Gedanken lesen. Es wollte ihr nicht gelingen, ihre Aufregung zu verbergen.

»Die Natur hat dies nicht gewollt«, antwortete er. »Warum willst du es dann?«

»Gott hat uns auch nicht das ewige Leben geschenkt«, mischte Philippus sich ein, »und doch hat Salomo ein Mittel gefunden, es zu erwerben.«

»Die Flüssigkeit kann zur Transmutation führen, wenn sie mit einer weiteren Ingredienz vermengt wird«, gab der Mann zu.

»Mit Schwefel?«

»Das ist eins der Bestandteile, aber das allein genügt nicht, Doktor. Man braucht auch Blut. Das Blut des Wesens, dessen Erscheinungsbild man verändern möchte.«

»Gib uns die Formel.«

»Hier ist sie. Auf Lateinisch, denn du musst sie selbst lesen«, entgegnete der Mann und zeigte auf zwei Blätter, die auf dem Tisch lagen. »Für dich habe ich auch eine Abschrift gefertigt, Frau«, sagte er zu Marie gewandt.

Fieberhaft beugten sie sich über die Übersetzung der Formel, ohne den spöttischen Gesichtsausdruck des Fremden zu bemerken. Gleichzeitig hoben sie schließlich den Kopf.

»Die Schlafblüte, von der du sprichst, das ist doch Mohn, oder?«, fragte Philippus.

»In Asien wird daraus Opium gewonnen«, erwiderte der Mann. »Mohn hat viele Eigenschaften.«

»Du hast deinen Auftrag erfüllt. Die Tafeln gehören dir.«

Der Mann wickelte die Tafeln in den Lederlappen und erhob sich, um sie in seinen Beutel zu stecken. Dann verbeugte er sich vor Philippus und Marie. Ein seltsames Leuchten lag in seinem Blick.

»Adieu«, sagte er lakonisch.

»Vielleicht kreuzen sich unsere Wege noch einmal.«

»Das glaube ich kaum, Doktor. Das glaube ich kaum.«

Er drehte sich auf dem Absatz um und trat hinaus. Sie

warteten, bis sich die Tür hinter ihm geschlossen hatte, bevor sie sich jubelnd um den Hals fielen.

»Alles erscheint mir jetzt so klar!«, rief Philippus aus.

»Glaubst du, dass er uns auf irgendeine Weise betrogen hat?«

»Nein, das würde mich sehr wundern. Mir scheint daran nichts verdächtig oder merkwürdig. All diese Substanzen hat Isabeau besessen, bis hin zum Wolfsblut. Außerdem stimmt alles mit meinen eigenen Überlegungen überein. Komm«, fügte er hinzu, »wir haben keine Zeit zu verlieren. Ich habe gestern Abend ein Experiment gemacht. Der Gedanke ist mir gekommen, als ich das Firmament betrachtet habe. Ich habe eine Karte gezeichnet. Ich wollte erst mit dir darüber sprechen, wenn uns die *Ars Notoria* erschlossen sein würde, falls ich falsch gelegen hätte.«

Er zog Marie die Treppe hinauf und entrollte das Horoskop von Nostradamus. Er legte ein Stück Pergamentpapier darüber, auf das er eine Reihe von Punkten übertragen hatte. Sie stimmten perfekt mit den Planeten überein, die Michel de Nostre-Dame miteinander verbunden hatte, um das Profil der Wölfin nachzuzeichnen. Nur einer befand sich leicht unterhalb der Linie.

»Isabeau hat Loraline in einer Vollmondnacht geboren«, sagte er. »Am 24. September 1501, erzählte sie mir.«

»Heute ist der 24. September«, rief Marie aus.

»Genau. Und in jener Nacht vierzig Jahre später werden die Linien wieder genau übereinstimmen«, jubilierte Philippus. Inbrünstig drückte er ihre Hände.

Sie suchten all die erforderlichen Ingredienzien zusammen und lernten jeder für sich die Formel auswendig, mithilfe derer die Flüssigkeit herzustellen war. Um sicher zu sein, dass sie auch ja nichts übersehen oder missverstanden hatten, drehten und wendeten sie das Papier mit der Übersetzung Dutzende von Malen in ihren Händen.

Eine Stunde vor Mitternacht ließ Philippus sich auf einen Stuhl sinken. Bald würde auch der letzte Planet sich in die Reihe einfügen. In genau dem Moment müssten sie alle Substanzen miteinander vermengen und mit der Destillation beginnen, indem sie die Retorte erhitzten. Er presste die Hände gegen seine Schläfen. Ein stechender Kopfschmerz hatte ihn befallen, der immer heftiger wurde. Außerdem hatte er das Gefühl, einen Stein im Magen zu haben, musste ständig aufstoßen und konnte kaum mehr einen Brechreiz unterdrücken. Das musste die Anspannung sein, dachte er bei sich. Wenn er jetzt schlappmachte, würde er sich das nie verzeihen.

Marie hatte von seinem Schwächeanfall nichts mitbekommen. Durch das Fernrohr betrachtete er aufmerksam den Himmel. Als es schließlich so weit war, versuchte er, trotz der starken Schmerzen seine Gedanken zu sammeln.

»Jetzt«, sagte er zu Marie, die so sehr auf den Moment gewartet hatte, dass sie von ihrem Stuhl aufsprang.

Philippus hielt das Blatt Papier zwischen den Händen, und jedes Mal, wenn sie laut ein Element benannte, das sie der Mischung beigab, überprüfte er die Liste. Sie war zu Ende, als sein Blick sich trübte.

»Fach das Feuer unter der Retorte an«, sagte er mit schwerer Zunge.

Marie war so in ihre Arbeit vertieft, dass sie nicht bemerkte, wie er sich an die Wand lehnte und sich mit dem Ärmel den Schweiß von der bleichen Stirn abwischte.

»So, Vater. Jetzt müssen wir nur noch abwarten«, bemerkte sie zufrieden und drehte sich nach ihm um.

Sie stieß einen Schrei aus, als sie seine Leichenblässe gewahrte, und stürzte auf ihn zu.

»Ich fühle mich nicht sehr gut«, gab er mit einem schwachen Lächeln zu und ließ sich auf den Stuhl sinken, den sie ihm unterschob.

»Zeig mir deine Zunge«, befahl Marie. Sie ahnte Schlimmes.

Sie hatte eine bläuliche Farbe angenommen und war dunkelgelb gefurcht, genau wie sein Zeigefinger, den sie daraufhin untersuchte. Doch Philippus hatte schon verstanden. Genau dieselben Symptome hatte François de Chazeron vor Jahren gezeigt. Wie um ihm Recht zu geben, wurde er plötzlich von einem heftigen Krampf geschüttelt und spuckte bittere Galle.

»Such Levi«, würgte er hervor. »Er wohnt an der Ecke von der dritten Straße rechts. Ich habe ihn gestern verfolgen lassen«, fügte er dumpf hinzu. »Ich hatte befürchtet, dass er ein Verräter ist.«

»Du wirst nicht sterben, ja?«, fragte Marie ängstlich, als Ma anfing zu heulen.

»Beeil dich. Lauf! Und nimm Ma mit. Die Straßen ...«, begann er, doch der Schmerz in seinem Bauch ließ ihn nur noch das Gesicht verziehen.

Ohne zu zögern, eilte Marie die Stufen hinab, Ma dicht auf den Fersen. Die Tränen liefen ihr aus den Augen, doch sie achtete nicht weiter darauf. Ihr Vater durfte nicht sterben. Nicht jetzt, wo sie fast ihr Ziel erreicht hatten.

Sie hatte die Haustür des Hebräers in dem Moment erreicht, als dieser sie zuschlagen wollte. Seine Kutsche stand nur wenige Meter entfernt. Das Knurren der Wölfin brachte ihn dazu, sich umzudrehen. Die Angst stand ihm ins Gesicht geschrieben, als Marie sich auf ihn stürzte. Der Kutscher wollte helfend eingreifen, doch als Ma ihn zähnefletschend davon abhielt, begnügte er sich damit, seine Pferde zu beruhigen, die nervös mit den Hufen scharrten.

»Was habt Ihr mit meinem Vater gemacht?«, schrie Marie. »Ihr werdet mit mir kommen und ihn heilen, und zwar sofort! Sonst, das schwöre ich bei Gott, wird Euch die Wölfin so zurichten, dass ihr nicht einmal mehr beten könnt!«

»Beruhigt Euch«, sagte der Mann. »Ich werde Euch begleiten.«

Er wollte vermeiden, dass das ganze Viertel zusammenlief und mitbekam, wie er beschuldigt wurde. Vorher mussten die Tafeln, die er bei sich trug, in Sicherheit gebracht werden. Er nahm Marie beim Arm, zog sie in die Kutsche und befahl dem Mann, sofort loszufahren. Wenig später standen sie vor Philippus' Haus.

»Wartet hier auf mich«, ordnete Levi an.

Als sie das Zimmer betraten, musste Philippus sich gerade ein weiteres Mal übergeben. Mit einem Blick hatte Levi die Situation erfasst. Es war eingetreten, was er vorhergesehen hatte. Philippus warf ihm einen Blick zu und flüsterte mit schwacher Stimme:

»Das Gegengift. Gebt mir das Gegengift!«

»Ich habe kein Gegengift.«

»Ihr lügt!«, schrie Marie. Ma hatte die Nackenhaare aufgestellt und bleckte die Zähne.

Der Hebräer wich zurück. Der Schweiß stand ihm im Gesicht.

»Hör mich an, Frau. Das Gebot der Bruderschaft der Söhne Salomos ist unumstößlich: Wer das Geheimnis der Tafeln entdeckt, muss sterben. Das Gift ist in der Tinte enthalten, mit der ich die Formel niedergeschrieben habe; es ist extrem konzentriert. Ich habe kein Gegengift dazu. Auf der Basis der Flüssigkeit kann man es zwar herstellen, aber das wäre zu spät für deinen Vater. Zumindest, wenn das, was ich glaube, der Wahrheit entspricht«, fügte er mit schwacher Stimme hinzu.

»Rettet ihn, oder Ihr werdet sterben!«, entgegnete Marie barsch.

»Zeig mir deine Zunge und deine Finger.«

»Ich verstehe nicht ...«

»Mach, was er sagt«, mischte Philippus sich ein. Er war so schwach, dass er sich auf den Fußboden legen musste.

Sie tat wie ihr geheißen. Levis Augen weiteten sich vor Erstaunen. Marie wies dieselben Verfärbungen auf wie ihr Vater. Levi faltete die Hände zum Gebet:

»Bei Adonaï! Also ist es doch wahr!«

»Was ist wahr?«, fragte Marie ungeduldig, während sie mit ansehen musste, wie Philippus sich krümmte und röchelnd nach Atem rang.

»Du bist die Erwählte, Frau. Die aus der Prophezeiung.«

Sie stürzte sich auf ihn, packte ihn beim Kragen, und

mit der Kraft, die ihr ihre Wut verlieh, hob sie ihn beinah vom Boden.

»Spiel hier nicht auf Zeit, sondern rette ihn!«

»Nur du allein bist dazu in der Lage – wenn es nicht schon zu spät ist.«

»Wie?«, brüllte Marie. Sie hielt den Mann immer noch fest im Griff, auf dessen Gesicht sich nun so etwas wie Ehrfurcht abzeichnete.

»Mit deinem Blut. Er muss dein Blut trinken. Ich habe auch dich vergiftet, Frau, die Verfärbungen beweisen es. Du müsstest derweil eigentlich die gleichen Schmerzen haben wie er. Doch du zeigst nicht das leiseste Unwohlsein. Du bist die Erwählte, diejenige, von der auf den Tafeln die Rede ist. Gegen dich ist das Gift machtlos – warum, weiß ich nicht.«

Die Erinnerung an Triboulet und seine Behauptung, dass sie die Erwählte sei, überfiel Marie. Selbst wenn ihr all das vollkommen absurd erschien, so musste sie sich doch den Tatsachen beugen: Das Gift schien ihr nichts anhaben zu können. Sie griff nach einem Lederband und einem Skalpell, dann befahl sie:

»Binde mir den Unterarm ab. Da, weiter oben. Und jetzt zieh! Halte den Behälter unter die Schnittwunde. Wenn er voll ist, gib meinem Vater davon zu trinken. Dann warten wir gemeinsam, bis es ihm wieder besser geht. Und ich rate dir, bete dafür, sonst wird kein Gott dieser Erde für deine Rettung mehr einstehen, das verspreche ich dir!«

Der Mann nickte, während er bewundernd zuschaute, wie Marie ohne mit der Wimper zu zucken die Klinge in ihre Armbeuge stieß. Begierig schaute sie zu, wie dunkles, fast schwarzes Blut aus der Wunde quoll, während sie aus tiefster Seele ein Gebet sprach.

Während der Hebräer den Behälter zurückzog, wickelte sie ein Tuch um die Wunde. Folgsam trank Philippus das Blut. Als er etwas davon wieder ausspuckte, hastete Marie zu ihm und hielt ihm den Kopf nach hinten, damit er es nicht erbrach. Sie selbst fühlte sich schwach, aber das war jetzt nicht wichtig.

»Die Retorten«, keuchte Philippus. »Achte auf die Retorten. Tu es für mich, Marie. Rette sie«, wimmerte er, als sie sich vorsichtig von ihm löste.

Sie beruhigte ihn und befahl dem Priester, sich nicht von der Stelle zu rühren.

»Du passt auf ihn auf, Ma!«

Dann kümmerte sie sich um die Flüssigkeit, die sich zu verändern begann. In ihre Arbeit vertieft, gewann Marie allmählich ihre Kräfte zurück. Sie hatte eine neue Ausstrahlung erlangt, wie ihr der Blick Levis bestätigte, der den ihren von Zeit zu Zeit kreuzte. Anstelle seines Hochmuts war ein wachsender Respekt getreten. Der Morgen brach an, als die Destillation beendet war. Ihr Vater hatte aufgehört zu stöhnen, und die Farbe war in sein Gesicht zurückgekehrt, doch seine Augen blieben weiterhin von einem dunklen Blau umschattet, auch wenn seine Kopfschmerzen verflogen waren. Er hatte einen Teil des Blutes wieder ausgespuckt, aber nicht so viel, wie er getrunken hatte.

»Ich fühle mich schon viel besser«, sagte er, als Marie das Alkahest, das vor sich hin köchelte, für einen Moment vernachlässigte und auf ihn zutrat.

Der Hebräer nickte mit dem Kopf.

»Ich habe in meinem ganzen Leben noch nichts Vergleichbares gesehen, Frau. Die Wirkung des Gifts scheint nachgelassen zu haben. Dein Blut hat ihn gerettet!«

Doch Marie hörte seine Worte nicht. Sie war erschöpft und alles andere als beruhigt. Obwohl es ihrem Vater sichtlich besser ging und die Vergiftungssymptome fast verschwunden waren, wurde sie den Verdacht nicht los, dass er ihr etwas verbarg. Sie lehnte sich gegen die Wand und drehte sich zu Levi um.

»In der Kammer hinter der Küche findest du einen Bottich und eine Scheuerbürste. Ma wird dich begleiten. Bring beides hierher. Der Geruch hier unten ist nicht mehr auszuhalten«, befahl sie ihm, dieses Mal jedoch in einem freundlichen Ton.

Als er Anstalten machte, den Raum zu verlassen, rief sie Ma zurück.

»Wenn er fliehen will, töte ihn«, sagte sie der Form halber.

Der Priester stieß ein kurzes Lachen aus, als wäre dieser Gedanke so absurd wie die Situation selbst. Dann stieg er die Treppe hoch. Als sie allein waren, fragte Marie:

»Was weißt du, was ich nicht weiß, Vater?«

Er schenkte ihr ein blasses Lächeln.

»Ich werde sterben, Marie«, sagte er und streichelte ihre Wange, die von Blut, Staub und Tränenspuren bedeckt war.

Marie legte ihre Hand auf die seine. Sie fühlte einen stechenden Schmerz im Bauch. Ihr war klar, dass er im Recht war, doch sie wollte es nicht wahrhaben.

»Du siehst viel besser aus als vorhin«, widersprach sie.

»Das stimmt. Das Gift arbeitet nicht mehr«, bestätigte Philippus. Dann konnte er nicht mehr an sich halten: »Da haben wir so lange versucht, dem Geheimnis auf die Spur zu kommen, und du hast des Rätsels Lösung die ganze Zeit in dir getragen. Um was für ein Wunder mag es sich bloß handeln? Ich kenne jene Prophezeiung nicht, von der er gesprochen hat. Er muss es uns unbedingt verraten. Wir müssen wissen, warum und inwiefern du die Erwählte bist.«

»Was spielt das noch für eine Rolle, jetzt, wo du dadurch gerettet werden konntest. Vielleicht hilft es uns auch, Mama zu retten«, sprach Marie hoffnungsvoll.

»Wir müssen uns beeilen. Vermeng die Flüssigkeit mit deinem Blut und gib sie ihr zu trinken.«

»Sofort.«

Doch Philippus hielt sie zurück.

»Der Trank und das Sekret müssen dieselbe Temperatur haben. Sonst stimmt die Mischung nicht, und alles war umsonst.«

Kaum hatte er diese Worte ausgesprochen, als Levi zurückkehrte. Der Hebräer hatte über das von Marie Gewünschte hinaus noch saubere Kleidung und einen weiteren Eimer mit Seifenwasser mitgebracht.

»Ich habe die Wölfin gefragt. Sie ist sehr klug.«

Als Marie mit dem Kopf nickte, fragte er:

»Die Flüssigkeit ist für sie, oder? Wer ist sie?«

»Meine Mutter«, antwortete sie bloß, doch mit so viel Liebe in der Stimme, dass auch die letzten Schranken zwischen ihnen fielen.

Der Hebräer schenkte ihr ein ehrfürchtiges Lächeln.

»Dann sollten wir uns beeilen. Gleich bricht der Tag an.«

Marie fühlte, wie die Zuversicht in ihr anwuchs.

»Hilfst du mir?«

»Ja, Frau«, versprach der Hebräer ernst. »Später werde ich dir alles erklären«, fügte er hinzu. Sein Blick war von einer solchen Demut erfüllt, dass Marie sich abwenden musste. »Ich werde mich um den Medicus kümmern. Und du musst die Flüssigkeit stabilisieren und darauf achten, dass ihre Temperatur allmählich auf 37 Grad absinkt. Das ist der schwierigste Teil. Ein Fehler – und alles war umsonst.«

»Es wird schon klappen«, beruhigte Marie den Mann, in dem sie den kalten, hochmütigen Priester von vor wenigen Stunden gar nicht mehr wiedererkennen wollte.

Sie konzentrierte sich auf das Alkahest, während er ihren Vater wusch und umkleidete. Als er sich davon überzeugt hatte, dass Philippus eine bequeme Haltung eingenommen hatte, überließ er Ma seinen Platz und kehrte zu Marie zurück. Die Wölfin legte den schönen Kopf auf die Knie ihres Geliebten und gab sich seinem zärtlichen Kraulen zwischen ihren Ohren hin. Philippus konzentrierte sich auf diese Geste, um nicht einzuschlafen. Noch nicht. Nicht bevor er jene Frau in den Armen gehalten hatte, für die er nunmehr sein Leben geopfert hatte.

Eine lange Weile verging, in der Marie Schritt für Schritt den Anordnungen Levis folgte. Schließlich ließ sie sich noch einmal zur Ader, da er ihr bedeutet hatte, dass das Mischungsverhältnis der Flüssigkeit noch nicht das richtige war.

Beim ersten Hahnenschrei stellte sie eine silberne Schale mit dem Gebräu vor Ma. Die Wölfin schleckte die Flüssigkeit aus, bis kein Tropfen mehr übrig war, und streckte sich dann neben Philippus aus. Atemlos warteten sie darauf, was nun passieren würde. Nach all den Jahren des Wartens glich ihre Hoffnung nun einer klaffenden Wunde, die geschlossen werden musste.

Nach ein paar unendlich erscheinenden Minuten, in denen überhaupt nichts passierte, stieß die Wölfin einen langen, schmerzvollen Schrei aus. Der Priester schien fasziniert. Philippus hatte die Augen geschlossen und betete ein stummes Gebet, während Marie wieder und wieder ein Kinderlied sang, das Isabeau ihr einst beigebracht hatte. »Ich habe es manchmal vor mich hin gesummt, als Loraline noch ein Kind war. Es ist mein Erbe«, hatte ihr die Großmutter nach ihrem letzten missglückten Versuch, das Alkahest herzustellen, anvertraut. »Ich hätte sie so gerne ein zweites Mal auf die Welt kommen sehen. Im Moment der Verwandlung hätte ich sie in den Armen gehalten, mit diesem Refrain auf den Lippen. Sie hätte dann schon verstanden, wie sehr ich sie geliebt habe.« In jenem Moment, in dem alle erdenklichen Grenzen ihre Bedeutung verloren, musste Marie an Isabeau denken, an ihr Opfer, ihr verpfuschtes Leben, und ihr war, als hörte sie ihre Stimme, die eine Hymne auf die Liebe sang. Die Huldigung einer Tochter und die einer Mutter. Als der Tag anbrach und sein Licht immer strahlender wurde, hatte die Verwandlung sich vollzogen. Der Körper beruhigte sich und blieb schließlich still: der Leib einer Frau mit grauem Haar, die sich langsam aufrichtete, erstaunt und bewegt.

»Mama!«, rief Marie, als Loraline die Arme öffnete und sie an sich zog. Die Tränen standen ihr in den moosgrünen Augen.

Während Levi vor Begeisterung wie ein Kind in die Hände klatschte, schaute Philippus sie nur an. Doch der Augenblick der Verzauberung währte nicht lange. Marie löste sich aus der Umarmung, als ein Stöhnen ihrem Vater über die Lippen entfloh.

»Wir müssen ihn ins Hospital bringen«, wachte Loraline mit brüchiger Stimme aus ihrer Erstarrung auf. Sie bedeckte sein Gesicht mit Küssen.

»Warum? Warum, Mutter?«, ängstigte sich Marie.

»Nein, nein«, keuchte Philippus und nahm ihrer beider Hände. »Das würde nichts nützen. Ich will mich an deinem Anblick laben, Geliebte, bis es mit mir zu Ende geht. Du bist so schön, immer noch«, fügte er hinzu. Mit dem Finger fuhr er über die zarten Fältchen, die Loralines Gesicht bedeckten.

»Ich war nicht unglücklich, Philippus. Ich war mit den Meinigen zusammen. Und ich habe dich lieben, dich beschützen können. Wie sehr hätte ich mir gewünscht …«

»Ich auch«, unterbrach er sie, »aber wie du weißt, muss man für seine Ausschweifungen bezahlen. Unser Schicksal hat bestimmt, dass wir so lebten, wie wir gelebt haben. Und so kann ich nun in Frieden sterben.«

»Was heißt denn hier ›sterben‹, Papa!« Marie wollte nicht hinnehmen, dass ihr Vater mit dem Tod rang. »Vater, ich bitte dich! Warum solltest du sterben – dafür gibt es überhaupt keinen Grund!«

»Doch, Marie, den gibt es.«

Er nahm ihre Hände zwischen die seinen.

»Das Gegengift hat gewirkt, aber es war nicht stark genug. Ich bin krank. Deine Mutter wusste es. Freund Alkohol ist mir zu nahe gekommen, Marie. Schau dir meinen Bauch an, warum ist er wohl so aufgedunsen? Meine Leber und mein Magen sind zerstört. Ich wusste, dass es früher oder später um mich geschehen sein würde, aber meine größte Angst war, dass ich die Erfüllung meines und deines Traums nicht mehr erleben könnte. Das Gift hat den Verfall beschleunigt. Dein Blut hat mir – abgesehen von dem Gegengift, das es enthält – scheinbar neues Leben eingehaucht, aber eben nur scheinbar. Ich verblute innerlich. Mein Körper wird überschwemmt, ich fühle, wie ich von einer sanften Welle davongetragen werde. Ich leide nicht. Schau selbst, ich bin glücklich, dass ich euch beide vereint vor Augen habe, zum ersten und zum letzten Mal in meinem Leben.«

»Ich lasse nicht zu, dass du stirbst! Wir bringen dich ins Hospital, nicht wahr, Mutter?«

»Ja, Marie. Vielleicht ist es noch nicht zu spät. Bitte, Philippus«, insistierte Loraline. »Lass es uns wenigstens versuchen. Ich möchte nicht untätig mit ansehen müssen, wie du stirbst – nicht nach all dem, was du für mich getan hast.«

»Geh nach oben und such ein festes Leintuch, aus dem wir eine Bahre bauen können«, bat Marie den Priester.

Sie gewahrte mit einem Mal die wilde, nackte Schönheit Loralines. Schamhaft sagte sie:

»Du musst dich bedecken, Mutter.«

Loraline lächelte ihr zu, doch Marie las in ihrem Blick, wie wenig sie sich in diesem Augenblick für ihre Blöße interessierte. Sie errötete und schwieg.

»Bring mir irgendein Kleidungsstück, was du möchtest«, sagte Loraline schließlich besänftigend. »Ich warte hier.«

Marie erhob sich, zauderte einen Moment und trat dann aus dem Zimmer. Wenn ihr Vater nicht mehr würde aufstehen können, war dies die letzte Gelegenheit für ein wenig Intimität zwischen ihm und ihrer Mutter. Auf der Treppe begegnete ihr Levi.

»Ich brauche einen Kräutertee. Könntest du mir einen zubereiten?«

»Du musst ihnen die wertvolle Zeit lassen, die ihnen noch bleibt«, sagte er schlicht. »Es tut mir aufrichtig Leid.«

Marie schwieg. Nach einer Weile erwiderte sie:

»Du hast deine Pflicht getan. Es ist ihr Schicksal, Levi. Wir können nichts daran ändern.«

Sie spürte die Hand des Priesters auf ihrer Schulter, er legte das Leintuch auf den Treppenabsatz und stieg wortlos die Stufen hinab. Marie ging in ihr Zimmer. Sie wählte ein tiefrotes Kleid aus, fast schwarz und sehr feierlich, eins ihrer

Lieblingsstücke. Dann kehrte sie um und setzte sich auf den Treppenabsatz, die Seide fest an ihr Herz gedrückt.

Als der Hebräer zurückkam, hatte sie sich keinen Zoll weit gerührt.

Philippus starb am Spätnachmittag des 24. September 1541. Ein Lächeln auf den Lippen, war er eingeschlafen und ganz allmählich der hiesigen Welt entglitten. Mutter und Tochter waren nicht von seiner Seite gewichen, seit die Ärzte des Salzburger Hospitals, in das Levis Kutscher sie gebracht hatte, seine Diagnose bestätigt hatten. Sie verbrachten auch die folgende Nacht noch dort, als könnte er wie durch ein Wunder wieder zum Leben erweckt werden. Arm in Arm weinten sie um den Mann, den sie beide liebten.

Levi hatte unaufhörlich gebetet. Er fühlte die Trauer der beiden Frauen, die er in der kurzen Zeit so schätzen gelernt hatte, aus tiefster Seele mit. Er brachte sie nach Hause und versprach, sie am nächsten Tag zu besuchen. Zu erschöpft, weitere Tränen zu vergießen, ließen Loraline und Marie sich auf Philippus' Bett nieder. Als Levi zwölf Stunden später wieder auftauchte, waren sie gerade aufgestanden. Er bereitete ihnen ein Frühstück und beobachtete traurig, wie Loraline aus einem Reflex heraus mit der Zunge die heiße Milch aus ihrem Becher schlappte, bevor sie ihn zum Trinken an den Mund setzte. Erst dann hob er an zu sprechen, damit kein weiteres Geheimnis ihre Trauer mehr störte.

»Als ich die Schrift auf den Tafeln entziffert hatte, deren Inhalt mir unbekannt gewesen war, fand ich mich plötzlich mit der Prophezeiung Salomos konfrontiert – wie jener Priester, den wir für verrückt gehalten und des Diebstahls bezichtigt hatten. Salomo hatte die Geburt einer Zauberin verkündet, deren Geist der einer Frau und einer Wölfin sein würde. Sie selbst sei das Alkahest, denn in ihrem Blut trage sie das Geheimnis der Transmutation von Körpern. Diese Frau sei die Erwählte, die Wächterin über jenes kostbare

Wissen, zu dem der Allmächtige in seiner Güte ihr den Zutritt verliehen habe.

Sie allein sei würdig, dieses Wissen zu hüten. Salomo hatte bestimmt, dass es Aufgabe seiner Söhne sei, die Frau zu suchen, zu finden und anzuleiten. Anschließend sollte ihr das heilige Buch übergeben werden, um der Menschheit Geiz, Egoismus und das Leiden an einer Unsterblichkeit zu ersparen, zu der sie noch nicht bereit wäre.

Ich habe es nicht glauben wollen, selbst als alles schon so klar war, dass es mir wie Schuppen von den Augen hätte fallen müssen. Eure Forschungen, die Wölfin … Ich habe nach den Geboten gehandelt, die mir auferlegt worden waren. Allein Stolz und Hochmut lagen ihnen zugrunde, jenen Geboten, die uns annehmen ließen, wir allein, die Söhne Salomos, seien auserkoren, sein Erbe anzutreten. Dabei war unsere Rolle lediglich die von Vermittlern.

Euer Vater wäre auf jeden Fall gestorben, Marie, doch ich kann mich des Gefühls nicht erwehren, ihm wertvolle Zeit gestohlen zu haben, ihn der Wiedersehensfreude mit Euch und Eurer Zärtlichkeit beraubt zu haben. Mein Leben ist zu kurz, um dies jemals wieder gutzumachen, noch dazu muss ich weiterziehen, um meine Entscheidung meinen Brüdern mitzuteilen und ihrer aller Zustimmung zu erlangen: Nehmt diese Tafeln«, sprach er und reichte Marie das in Leder gewickelte Paket, »Ihr werdet mit Liebe und Gerechtigkeit darüber walten. Dass diese Geste Euch meines Bedauerns versichere und mehr noch, Marie, meiner Zuneigung, die ich Euch jetzt und immer entgegenbringen werde. Mögt Ihr mir eines Tages verzeihen können.«

»Es gibt nichts, was ich Euch verübelte, Levi. Es geschieht nur, was geschehen muss, hat mein Vater immer gesagt. Heute weiß ich, wie Recht er hatte. Ich verspreche Euch, dass niemals irgendjemand Kenntnis von der *Ars Notoria* erhalten wird. Das bin ich meiner Familie schuldig, die aus diesem einen Grund vom Schicksal zum Opfer erkoren wurde.«

»Gehet hin in Frieden.«

Nach einer herzlichen Verabschiedung von dem Priester waren sie allein. Keine Worte dieser Welt hätten die Innigkeit ihrer Verbundenheit auszudrücken vermocht.

Die Beerdigung von Paracelsus zwei Tage später war feierlich, doch ohne Tränen. Seine Hinterlassenschaft wurde auf dieselbe Art und Weise geregelt, wie er sein Leben geführt hatte: ohne Unruhe zu erzeugen und Hass zu säen.

Als sie diesen letzten Dienst an ihm erledigt hatten, heuerten Mutter und Tochter eine Eskorte an und bestiegen die Kutsche, ohne sich ein einziges Mal umzudrehen.

Eine hohe Schneedecke hatte die Auvergne überzogen. Der Winter war hart in diesem Jahr, doch in ihrem Herzen spürte Marie die Wärme, als sie sich Vollore näherten.

In dem Moment, als der Wagen vor dem Schloss hielt, trat Constant heraus. Sein Instinkt hatte ihn gerufen, jenes Gefühl, das sie unabänderlich aneinander band. Er hatte den in einen dicken Pelz gewickelten Philibert auf dem Arm. Während Marie auf ihre Liebsten zustürzte, hörte sie die Freudenschreie Gaspardes, die ihre Ankunft ebenfalls bemerkt hatte.

Wenige Augenblicke später hatte sich die ganze Familie auf der Türschwelle versammelt. Mit großen Augen wurde die Frau bestaunt, die sich, ein schüchternes Lächeln auf den Lippen, dicht hinter Marie hielt.

»Großmutter Isabeau«, flüsterte Gasparde. »Großmutter Isabeau ist aus dem Himmel zurückgekehrt.«

»Gütiger Gott, ihr habt es geschafft!«, brachte Albérie mit zitternder Stimme hervor.

»Guten Tag, liebe Tante«, erwiderte Loraline und trat hervor, um sich in ihre Arme zu werfen.

Marie hatte sich zu den Drillingen hinuntergebeugt und drückte sie – gegen den Widerstand der Jungen, die sich zu erwachsen für solche Sentimentalitäten fühlten – fest an ihr Herz.

»Das ist nicht Großmutter Isabeau, Gasparde. Das ist

Großmutter Loraline. Aber für mich – für uns«, fügte sie mit Blick auf Constant hinzu, »wird sie immer Ma bleiben.«

An diesem Abend war die Freude groß auf Schloss Vollore, trotz der Trauer um Philippus.

»Ich werde nie mehr fortgehen, Constant, nie mehr. Du wirst mir noch viele Kinder schenken. Und hier werden wir sie großziehen. Doch zuerst muss ich noch etwas erledigen«, murmelte Marie, als sie schließlich im Bett lagen.

»Morgen«, sagte Constant und bedeckte ihren Körper mit zärtlichen Küssen. »Jetzt bin ich an der Reihe! Ich will deine Haut riechen, deinen Atem, den Geruch nach Leben, den du mit dir zurückgebracht hast.«

Die Nacht war kurz für Marie, und dennoch machten sich die drei Frauen in den frühen Morgenstunden auf nach Montguerlhe. Ihr gemeinsamer Wille einte sie. Albérie hatte sich dagegen entschieden, sich durch das Gift befreien zu lassen. Ihr Wölfinnengewand war die einzige Verbindung zu Huc, die sie noch hatte. Sie hatte keine Angst mehr davor. Mit ihr würde die Rasse aussterben, sobald sie sich vergewissert hätten, dass Gasparde mit Beginn der Pubertät nicht vom selben Schicksal heimgesucht werden würde.

Die Phiole mit dem Alkahest und die Tafeln Salomos wurden in der Totenkammer vergraben, die Isabeau einst als Fluchtstätte gedient hatte, und einmal mehr wurde diese von außen versiegelt. Mit jenem Erbe kehrte La Turleteuche an den Ort zurück, der sie hervorgebracht hatte, und der Fluch zurück in seinen Hort.

Wenige Tage später zerstörte Constant den Kellereingang, der durch die Berge hindurch zu der Höhle führte, und das Geheimnis von Montguerlhe verlor sich in den Ruinen der Festung, die unter den gelassenen und heiteren Blicken der drei Wolfsfrauen mit den Jahren mehr und mehr dem Verfall preisgegeben wurde.

Nichts würde ihnen mehr etwas anhaben können.

Und dennoch wurde zweihundert Jahre später das Land des Marquis d'Apcher, eines der letzten Nachfahren von Gabriel de Chazeron, von schrecklichen Verbrechen heimgesucht. Sie wurden einem Mann zugeschrieben, der derselben Sippe entstammte und von dem es hieß, er könnte mit den Wölfen sprechen. Um seine Unschuld zu beweisen, musste er das Monster, das den Landstrich in seinen Klauen hielt, gefangen nehmen und töten. Er brachte es dem König in einem solchen Zustand der Verwesung, dass niemals bestätigt werden konnte, ob das Gerücht der Wahrheit entsprochen hatte … Die Morde hörten auf, wie sie begonnen hatten, und die Legende besagte schließlich, ein Wesen, das halb Mensch, halb Wolf war, habe sie begangen. Ein Wesen, dem man den Namen »die Bestie von Gévaudan« verliehen hatte.

Doch dies ist eine andere Geschichte …

Unter uns gesagt

Auch dieses Mal habe ich viel nachschlagen und herumstöbern müssen, um in Schriften, Legenden und Archiven Material für diese wundersame Geschichte zu finden.

Was die Epoche betrifft, in der die Handlung meines Romans spielt, so rate ich dem interessierten Leser, die urwüchsigen Schriften Rabelais' zu lesen oder wiederzulesen. Abgesehen von der Tatsache, dass Sie viel zu lachen haben werden, können Sie bei genauerem Hinschauen eine Unmenge von Details entdecken, die in ihrer Wahrhaftigkeit den damaligen Adel zutiefst erzürnt haben.

Ich möchte an dieser Stelle Monsieur Jacques Ytournel und Mademoiselle Florence Grangeponte vom Stadtarchiv Thiers meinen Dank für die wertvolle Zuarbeit aussprechen. Herzlichen Dank auch an Monsieur Bernard Brugiere, der mir freundlicherweise eine Veröffentlichung über Montguerlhe besorgt hat. Deren Herausgeber, die Association Escotal, bemüht sich, die Ruinen jener vergessenen Festung vor dem Verfall zu bewahren. Sollten Sie sich zufällig in dieser Ecke der Auvergne aufhalten, empfehle ich Ihnen den Versuch, ihr Geheimnis zu ergründen – nach einem Besuch des Schlosses von Vollore, das im siebzehnten Jahrhundert zwar baulich verändert wurde, aber dank seines derzeitigen Besitzers Monsieur Michel Aubert de La Fayette nichts von seiner Strahlkraft verloren hat.

Ich möchte mich auch bei Monsieur Raphaël Bruni bedanken, in dessen Eigentum sich das Schloss der Chazerons befindet und der begeistert ihre Geschichte verfolgt hat. Desgleichen bei Monsieur Jacques de Chabannes, dem das

Schloss der La Palice gehört und der mir zahlreiche Dokumente über seinen berühmten Vorfahren zur Verfügung gestellt hat. Meine Dankbarkeit gilt auch Madame Madore, die in der Bibliothèque Historique der Stadt Paris als Konservatorin alter Pläne tätig ist, wie auch Monsieur Henri Hours, dem Leiter des Regionalarchivs Puy-de-Dôme, und Monsieur Pierre Lanaret, dem Archivar des historisch-archäologischen Forscherteams Livradois-Forez.

Auch Régine Gonnet gilt an dieser Stelle mein ganz herzlicher Dank. Mit ihrem Engagement, ihrer Ernsthaftigkeit, Kompetenz und Neugier, die sie dazu getrieben haben, jede einzelne meiner schriftstellerischen Eingebungen zu überprüfen, hat sie – wie schon in *Isabelle – Die verbotene Kammer* – dazu beigetragen, diesem Roman eine historische Identität zu verleihen. Dank ihrer Recherchen habe ich die meinen zurückstellen und mich stattdessen mehr dem Schreiben und meinen Kindern widmen können.

Desgleichen und aus Gründen, die mehr mit dem alltäglichen Leben zu tun haben, danke ich Sandrine Joubert.

Euch, meinen Freunden, meinen Lesern, Journalisten und Unbekannten, die ihr von meinem Vorhaben wusstet, ein Buch über jene Epoche zu schreiben, danke ich für die Vermittlung eurer Kenntnisse, auf die ihr zufällig auf euren Wegen gestoßen seid. Dadurch wurde mir einmal mehr euer Interesse an meiner Arbeit bekundet.

Meinen kleinen Bruder Michel, der zahlreiche Dokumente über Paracelsus in Deutschland ausfindig gemacht und sie mir übersetzt hat, möchte ich wie schon so oft meiner tiefen Liebe versichern.

Meinem Verleger Bernard Fixot und seinen unermüdlichen Mitarbeitern gegenüber kann ich meine große Freude, in ihnen eine zweite Familie gefunden zu haben, die an mich geglaubt hat und weiterhin glaubt, gar nicht genug betonen.

Ihnen, meine Leser, denen ich bei Signierstunden zu meinem ersten Buch begegnet bin, möchte ich meine Freundschaft anbieten. Ihre E-Mails und Briefe von überall her haben mich in ihrer Herzlichkeit und ihren Ermutigungen in den letzten Monaten selbstbewusster werden lassen und zahlreiche neuere und ältere Verletzungen geheilt.

Ihr alle habt meinen Worten einen Sinn verliehen.

Das war und ist der schönste Lohn für mein Schreiben.

Möge mein Buch euch auf seine Art danken und eure Erwartungen und euer Vertrauen nicht enttäuschen!

blanvalet

Historische Romane bei Blanvalet

Lassen sie sich von großartig erzählten und
detailgenau recherchierten
Romanen in die Vergangenheit entführen!

36174

36182

36129

35966

www.blanvalet-verlag.de